Für alle,

die sich damals so energisch darüber beschwert haben,
dass mein erstes Buch nicht ihnen,
sondern meinem Hund gewidmet wurde.

Und natürlich für Ernie – den besten Hund, den es gibt.

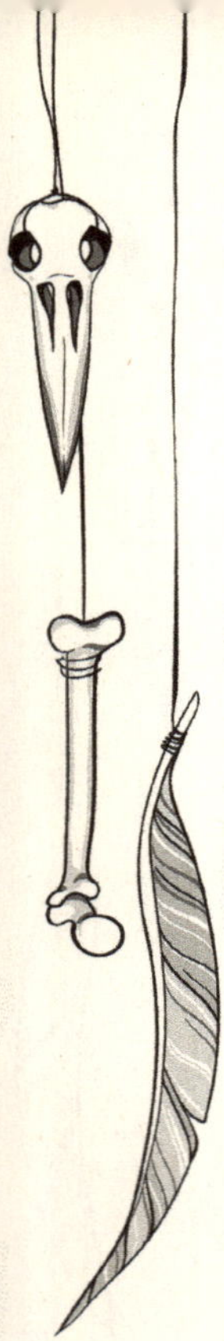

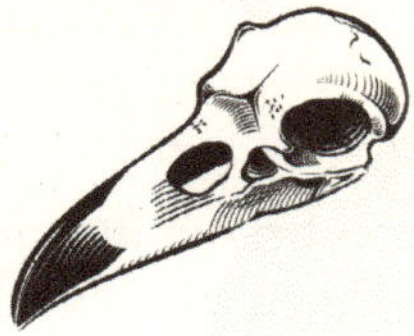

0

Corax

Das Unglück folgt Corax wie ein Schatten, wohin auch immer er geht. Auf samtweichen Pfoten.

Es gibt viele Schatten in den Millionen von Universen da draußen. Große, finstere Schatten grollender Gewitterwolken, die von kalten Stürmen zerfressen werden. Die schnellen, vom Wasser gebrochenen Schatten kleiner Fische. Schatten ohne Anfang und Ende – Schatten, die so scharf vom Licht umrissen sind, dass einem die Augen davon schmerzen.

In seinem Fall ist es ein ganz besonders dunkler Schatten.

Die Sonne überflutet den Platz wie Wasser, das über die Ränder einer Schüssel quillt. Die runden Tische glänzen unter den gefüllten Tellern und Tassen, Gläsern und den Dingern, die man benutzt, um Essen aufzuspießen und es sich in den Mund zu stecken. Er wird nie verstehen, wozu man so etwas Starres, Unbewegliches braucht, wenn es mit den Fingern doch viel besser geht.

Corax lauert im Halbverborgenen und tritt unruhig von einem Bein auf das andere. Er hat einen Grund, hier zu sein, heute, an diesem sonnigen Tag, an dem die Welt noch nicht in Stücke zersprungen ist: Er ist auf einer Mission. Es wird nicht einfach sein, aber das Loch in seinem Magen treibt ihn voran, und wenn er sich vorstellt, wie das süße Gebäck auf seiner Zunge zergeht, wird ihm ganz anders vor Hunger.

Corax ist hergekommen, um einen Keks zu ergattern.

Oh je, oh je. Die vielen, vielen Weisen, in denen so ein Versuch schiefgehen kann. Er hat sie alle erlebt. Wenn man es nüchtern betrachtet, gibt es eigentlich nur zwei Möglichkeiten. Die erste: Er bekommt einen Keks. Die zweite: Der Tag endet in einem Blutbad. Entweder er bekommt einen Keks oder er bekommt eine Katastrophe. Das ist das Schlimme an der Sache – Corax will eigentlich keine weitere Katastrophe. Er will nur einen Keks. Und für einen Keks muss man tun, was man für einen Keks tun muss.

Manchmal gehen die Dinge weniger schlimm aus. Manchmal sind die Tage voller Glück, das die Verheerung zur Seite drängt wie ein behäbiges Tier, das durchs hohe Gras schreitet und die Halme an sich abprallen lässt.

Er hofft, dass heute einer dieser Tage ist.

Als er aus den Schatten tritt, das Herz voller kribbelnder Hoffnungen, lachen die Leute. Sie wissen nicht, was sie von ihm halten sollen, das spürt er. Sie sehen in ihm nur die endlose Schwärze der Nacht, zusammengedrängt in einem kleinen, merkwürdig geformten Körper. Aber daran hat er sich gewöhnt, und er ist gut darin geworden, Tonlagen zu verstehen. Manche von ihnen halten ihn für niedlich, das passiert ab und zu. Andere halten ihn für seltsam und lachen nur, damit sie etwas zu tun haben. Aber die meisten haben Angst. Corax findet es besser, wenn sie denken, dass er niedlich ist, denn es ist ein gutes Gefühl. Glaubt er. Zudem erhöht es die Chance auf Kekse.

Vorsichtig sieht er sich um. Sein Bild spiegelt sich in den bauchigen Gläsern, so unheimlich und fremdartig wie ein Nachthimmel ohne Sterne. Er kann nicht sauer sein, dass das Mädchen mit der sumpfgrauen Haut ihn aus misstrauischen Mondaugen betrachtet und seinen Teller näher an sich heranzieht. Vielleicht spürt es seinen Hunger. Er kann auch nicht sauer sein, dass der Junge mit dem Stachelhaar einen Stein nach ihm wirft, mit einem Lachen, das scharfkantig wie eine Scherbe ist. Es hat schon immer Jungen gegeben, die gerne Vögel jagen. Es wird immer Jungen geben, die gern mit Steinen schmeißen. Die Ausgewachsenen schütteln mit den Köpfen und geben kleine, missbilligende Laute von sich, aber sie rufen ihn nicht zurück. Das sagt alles. Vorsichtig wagt Corax sich weiter vor in das gleißende Sonnenlicht, in dem das Silberbesteck so verlockend glitzert, dass nur sein Hunger ihn davon abhalten kann, sich aus lauter Gier auf Glanz und Glimmer darauf zu stürzen. Das Kichern und Tuscheln wird lauter, als die Zuschauenden sehen, wie ruckartig und unsicher er sich bewegt. Es wächst an wie eine Welle und drängt ihn immer weiter auf die dünne Klinge zu, die tief in ihm wohnt und nach der es kein Zurück mehr gibt. Er kann die Katastrophe schon auf den Lippen schmecken – vielleicht ist es besser, wenn er wieder geht. Dann hat er sich eben getäuscht, als er dachte, dass heute ein Kekstag ist.

Aber dann passiert es. Eine Frau mit leuchtend rotem Haar, durch mehrere lachende, glotzende Tische von ihm getrennt, hebt die Hand und wackelt einladend mit den Fingern. Corax kennt die Geste. Sie bedeutet: *Komm doch näher und hol dir einen Keks.* Die Tasse der Bluthaarigen ist randvoll mit schaumiger Milch. Auf dem weichen, mit kleinen Schnörkeln verzierten Stück Papier, das man benutzt, wenn beim Aufspießen der Nahrung etwas schiefgegangen ist, liegt er. Er zieht Corax' Blick an wie eine Kerze den Falter – der perfekte, runde, goldgelbe Keks mit dem roten Klecks Marmelade in der Mitte.

Rotes Haar. Rote Marmelade.

Corax zögert nicht lange. Jeder, der klar denken kann, weiß, dass man sich nicht zweimal bitten lassen darf, wenn es um Kekse geht. Und er mag die Farbe Rot. Sie ist ein gutes Zeichen.

Mit drei, vier flachen Hüpfern nähert er sich dem Tisch der Fremden (hier schreien einige der Leute erschrocken auf, und das Geräusch ist wie kleine Speere, die in einen Teich gestoßen werden) und duckt sich neben den Stuhl, bis Ruhe eingetreten ist. Dann legt er behutsam, ganz sachte nur, die Fingerspitzen auf die Tischkante und richtet sich vorsichtig auf. Er hat Pflanzen gesehen, die sich der Sonne entgegentasten, und genau so fühlt er sich in diesem Moment. Er will die Bluthaarige nicht erschrecken.

Er will sich selbst nicht erschrecken.

Schlimme Dinge passieren, wenn Corax erschrickt.

Er reckt den Hals, legt nachdenklich das Kinn auf den Tisch und schenkt der Frau ein Lächeln, wie es ihm seit Langem nicht mehr auf die Lippen gekommen ist – breit und sorglos, nur für diesen einen Moment, in dem der Keks in der Sonne strahlt wie ein Versprechen. Kekse machen alles möglich. Zögerlich streckt die Bluthaarige die Hand aus, und Corax läuft das Wasser im Mund zusammen, als er auf die leuchtende Marmeladeninsel starrt, gefangen in einem Meer aus süßem Teig –

– und die Hölle bricht herein, laut und schmerzhaft. Der Jäger wirft sich auf ihn, Tische und Stühle und Gäste von den Beinen fegend, und Corax' Welt ertrinkt in dem Brodeln seines Zorns. Wie hat er ihn gefunden? Die Frage hat keinen Zweck, denn sie duckt sich furchtsam unter den Fäusten, die ihm in die Seite gestoßen werden. Es ist nicht wichtig, wie der Jäger ihn gefunden hat – der Jäger findet ihn immer. Und er ist gekommen, um ihn zu töten.

Da. Er hat doch gesagt, es gibt eine Katastrophe.

Später wird er sich daran erinnern, wie die Bluthaarige entsetzt aufspringt und zur Seite hechtet, als es passiert. Wie ihr rotes Haar von ihrem Kopf rutscht und in einem eleganten Bogen durch die Luft segelt. Es breitet sich aus wie die Fangarme einer sonnenuntergangsfarbenen Qualle und dreht sich mühelos um die eigene Achse. Und landet auf dem Tablett eines schimpfenden Kellners. Später wird er sich daran erinnern, dass ihr Haar unter der Perücke rabenschwarz ist, wie er selbst.

Schwarzes Haar.

Schwarzer Rabe.

Es wäre ein gutes Zeichen gewesen.

Später, wenn er nicht länger mit dem Gesicht voran zu Boden gepresst wird, während dumpfe, hasserfüllte Schläge auf seinen Rücken prasseln wie Hagel, wird er darüber lachen.

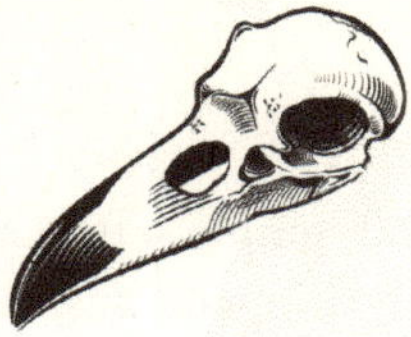

1

Fionagh

Hier ruft der Tod, Sumpflichter sind hilfreiche Leselampen und ein Fremder mit einem Cowboyhut hat keine Manieren.

In Wirklichkeit trug die Bluthaarige einen Namen und eine Perücke eigentlich nur in Ausnahmefällen. Tatsächlich war sie schon immer stolz auf ihr silberweißes Haar gewesen (auch wenn es sich ständig verknotete und ihr an den meisten Tagen furchtbar auf die Nerven ging). Das war der springende Punkt: Weiß. Nicht Schwarz. Und auch nicht Rot. Zumindest zu dem Zeitpunkt, an dem die Geschichte begann.

Zu dem Zeitpunkt, an dem die Geschichte begann, war Fionagh Fanshawe, ihres Zeichens Privatdetektivin, dem Raben noch nie begegnet. Im Grunde genommen wusste sie noch nicht einmal, dass er existierte. Es war ein überraschend harmonisches Leben gewesen. Später würde sie es vermissen.

Die Geschichte begann aus mehreren Gründen an jenem ereignisreichen Tag, an dem das ganze Schlamassel seinen Lauf nahm. Zum einen hatte sie schon den ganzen Morgen über merkwürdige Vorahnungen gehabt, die zwischen ihren Zähnen steckten wie abgesplitterte Zahnstocher. Und zum anderen war da der Besucher.

Im Nachhinein wünschte sie sich in schlaflosen Nächten, sie hätte damals das alte Schild an der Haustür aufgehängt. Das, auf dem in verblichenen Lettern zu lesen war: *Geschlossen (auch für Lebensformen, die telepathisch dazu imstande sind, Türen zu öffnen. Bitte unterlassen Sie dies. Mentale Schlossknackerei ist laut §935 StGG seit vier Jahren verboten, und wir würden nur ungern unseren Zentauren auf Sie loslassen).*

Inzwischen war der Paragraph schon seit sieben Jahren gültig. Das Schild musste wirklich dringend ausgewechselt werden – damals hatten sie ja noch keine Ahnung gehabt, wie gut die Detektei laufen würde. Dennoch, wie alles andere im Leben – bis auf die unbestrittene Schmackhaftigkeit sahnegefüllter Karamellkracher vielleicht – war *gut* lediglich eine Ansichtssache.

Aber zurück zu einem gewissen verhängnisvollen Tag. Es wäre zu viel des Klischees gewesen, ihn als »ein Tag wie alle anderen« zu bezeichnen. (Wer genau hinschaut, muss erkennen, dass kein Tag dem anderen gleicht.) Tatsächlich war es einer von der nervenaufreibenden Sorte, die für Kreaturen wie Fionagh von einem elektrischen Knistern durchsetzt war, das einem das Haar zu Berge stehen ließ und sich hartnäckig zwischen den Sekunden hindurch wob, bis die Stimmung angespannter war als eine zu straff sitzende Hose. Als es auf den Nachmittag zuging, hatte Fionagh bereits fünf der acht Tassen Kaffee fallen lassen, die Mirembe ihr zubereitet hatte. Natürlich nicht mit Absicht – es war alles nur diesem verdammten Knistern geschuldet. Es lag ihr immerzu in den Ohren, bis sich ihre Trommelfelle unter seiner Last bogen und Blasen schlugen. Es begleitete sie, wohin auch immer sie ging. Das Wort *Privatsphäre* schien es nicht zu kennen. Es war das Geräusch des Todes, und leider konnte der Tod ziemlich aufdringlich sein.

»Fanshawe.«

Ach ja, richtig. Sie war, sämtlichem Wunschdenken zum Trotz, nicht die einzige Person im Universum. Schluss mit der Tagträumerei! Schläfen reiben, Kopf schütteln, lächeln, das Knistern ignorieren. Der Tod war etwas, über das sie in der Mittagspause nachdenken konnte. Viel wichtiger war jetzt, dass sie eine Kundin hatten.

Diese war nicht amüsiert. »Hast du mir überhaupt *zugehört?«*

Fionagh räusperte sich ausgiebig und raschelte mit höchstmöglicher Wichtigkeit und Professionalität mit den wild durcheinanderfliegenden Papieren auf ihrem Schreibtisch herum. Weshalb sie das Gefühl hatte, dass dies ihr den Anschein verlieh, sich hochmotiviert auf den Fall stürzen zu wollen, wusste sie nicht genau … aber es war eine große, dicke Lüge. Sie war noch nie weniger begeistert gewesen, sich an die Arbeit zu machen, und das aus gutem Grund.

»Ja. Ja, ich verstehe schon. Alles notiert, siehst du? Hier. *Stephanie Konstantopoulus' Küchenmaschine ausgerissen.* Wir werden uns darum kümmern.«

Stephanie Konstantopoulus kniff die türkisfarben umrandeten Augen zusammen.

»Sie ist nicht *ausgerissen*«, zischte sie mit düsterer Miene, wobei sich eine Strähne ihrer kompliziert verschlungenen Hochsteckfrisur aufrichtete und Fionagh misstrauisch anstarrte. »Ich sagte dir bereits, Fanshawe, sie ist auf *mich* programmiert. Sie gehorcht nur *meiner* Stimme. Eine elektromagnetische Sperre hindert sie daran, sich ohne meinen direkten Befehl vom Fleck zu rühren. Es handelt sich um einen ausgeklügelten Diebstahl! Jemand will wohl meine neue *sieben mal sieben*-Funktion ausspionieren. Hah! Maschinell verarbeitetes Mehl war noch nie fluffiger.«

Dazu wollte Fionagh nichts weiter sagen. Sie nahm behutsam Kaffeetasse Nummer acht vom Fensterbrett hinter dem Tisch und stand auf, das Gesicht dem strahlend gold-blauen Himmel zugewandt. Der Grund für das unangenehme Schweigen war eine noch viel unangenehmere Erinnerung, in der Stephanie Konstantopoulus' lunarbetriebener Allzweckschäler die Hauptrolle spielte. Vor etwa zwei Monaten hatte er mit Bravour bewiesen, dass er durchaus auch dazu in der Lage war, Haut zu schälen. Menschliche Haut. Von den Wangen argloser Passanten. Es war ein peinlicher Vorfall gewesen.

Fionagh nippte an ihrem Kaffee und verzog leicht das Gesicht, obwohl es eigentlich ein sehr schmackhafter Kaffee war – mit schön viel schaumiger Schlagsahne. Sie hätte beim Trinken allerdings viel lieber in *netteren* Erinnerungen geschwelgt.

Stephanie Konstantopoulus schien ihre Gedanken zu erraten, denn inzwischen stand ihr gesamtes Haar zu Berge und funkelte Fionagh finster an. Ein grauenvoller Anblick.

»Geht es etwa *immer noch* um diesen dämlichen Schäler?«, schnappte sie. Fionagh hatte große Lust, sie daran zu erinnern, dass der dämliche Schäler ihr die miesesten Schlagzeilen seit der Sache mit Elf-Zehen-Jim eingebracht hatte, aber sie tat es nicht, da sie sich im Allgemeinen für höflich hielt.

»Er ist auf der Hauptstraße Amok gelaufen«, erinnerte sie die Kundin taktvoll.

Stephanie Konstantopoulus verschränkte trotzig die Arme und starrte an die Decke, die dunkelblau geschuppten Lippen zu einem Schmollmund verzogen. »Wir sind heute aber wieder empfindlich, was? Kein Grund, überzureagieren. Es war nur ein kleiner, harmloser Schäler.«

»Von dem du mir versprochen hast, dass er bloß auf meinen Befehl hin anspringen würde.«

»Du hast ›schneiden‹ gesagt!«

»Ich sagte ›kleiden‹, im Sinne von: *Nächstes Mal müssen wir uns aber wirklich verkleiden, Mirembe, sonst kommt der Typ, den wir hier schon seit vier Stunden verfolgen, uns am Ende noch auf die Schliche – er guckt schon so komisch! Warte mal, was wackelt denn da in meiner Tasche? Aaarrghhh!*«

Die Dame im Sessel jenseits des Schreibtisches legte einen spektakulären vierfachen Augenverdreher hin. Ihr Haar tat es ihr dutzendfach nach. »Jaja – woraufhin der Schäler dir aus der Tasche sprang, neun Passanten tätlich angriff, der Verdächtige im anschließenden Chaos entkam und du froh warst, eine Risikoversicherung mit einer Extraklausel für magisch-technische Unfälle abgeschlossen zu haben. Ich kenne die Geschichte. Allerdings *habe* ich dich auch vorgewarnt, dass der Schäler noch nicht ganz ausgereift war. Die Stimmfunktion inbegriffen. Konnte ja nicht wissen, dass du ihn bei der Arbeit mit dir herumträgst, so was von leichtsinnig. Ich hatte dich gewarnt, dass du vorsichtig mit ihm sein sollst. Du hast *gewusst,* dass er auf ›Kampfgemüse‹ programmiert war. Das tendiert dazu, sich zu wehren. So ein Schäler muss sich gegen eine Horde Schwertpastinaken eben durchsetzen können!«

Dieser verdammte Schäler. Seit Monaten stritten sie sich jetzt schon wegen der blöden Geschichte, aber Fionagh wollte einfach nicht verstehen, wozu ein Gemüseschäler eine eingebaute Killerfunktion brauchte. Natürlich war ihr bewusst, dass sie die Sache auch einfach auf sich hätte beruhen lassen können – aber sich über den Schäler zu streiten, bedeutete immerhin, sich nicht sofort auf die Suche nach Stephanie Konstantopoulus' *Küchenmaschine begeben zu müssen.*

»Vielleicht ist die Maschine ja ebenfalls nicht ganz ausgereift«, begann sie und biss sich sofort auf die Zunge. Es gab Dinge, die man schon bereute, bevor man sie überhaupt ausgesprochen hatte. Dies war der König aller Fehltritte, oder zumindest ein äußerst hochrangiger

Fürst. Stephanie Konstantopoulus holte tief Luft. Dann holte sie noch tiefer Luft. Dann brüllte sie ohrenbetäubend drauflos und übertönte für ein paar Sekunden sogar das rastlose Sirren des Todes.

»*Diese Küchenmaschine ist das Projekt meines Lebens!«,* zeterte sie aufgebracht, die schwimmflossigen Hände wild in der Luft herumfuchtelnd. »Wie kannst du es wagen, Fanshawe! Monatelang habe ich an ihr herumgetüftelt!«

»Klirr«, kommentierte Mirembe das Geschehen fröhlich von ihrem Platz im Korbsessel aus. Fionagh starrte betroffen auf die achte Kaffeetasse des Tages, die nun in Scherben zu ihren Füßen lag. Stephanie Konstantopoulus räusperte sich verlegen.

»Oh«, machte sie. »Das tut mir jetzt aber leid. Ich konnte ja nicht wissen, dass du heute einen deiner *Tage* hast.«

»Nicht schlimm!« Das war natürlich Mirembe. Fionagh hätte es niemals »nicht schlimm« gefunden, dass sie schon wieder mit Tassen um sich warf. Es war nicht professionell. Nach all den Jahren hätte man erwarten können, dass sie sich inzwischen ein bisschen besser im Griff hatte, aber ihre Nerven vibrierten und sangen wie falsch gespannte Geigensaiten aus gedrehtem Katzendarm. Sie stand untätig (und panisch von einem Bein auf das andere tretend) herum, während Mirembe sich das krause Haar aus dem dunklen Gesicht strich, leichtfüßig aus dem Sessel sprang und zu ihr hinüberschlenderte. Zeit für ihre große Show. Fionagh ließ sich resigniert seufzend auf das Fensterbrett sinken und sah zu. Hexen gaben immer so furchtbar gerne an.

»Na, dann wollen wir doch mal sehen«, sagte ihre Mitarbeiterin fachmännisch, während sie sich hinabbeugte und die Kaffeepfütze einen Moment lang mit höflichem Interesse musterte. Dann, vor den Augen der peinlich berührten Kundin, erhoben sich die Scherben in die Höhe und setzten sich fein säuberlich zusammen. Einen Augenblick später folgte ihnen der Kaffee, löste sich Tropfen für Tropfen vom Boden ab und formte in Ellenbogenhöhe einen dunklen, sahnedurchsetzten Ball. Wie ein kleiner schwarzer Planet drehte er sich behäbig um die eigene Achse.

»Den kann man noch trinken«, behauptete Mirembe kühn. Es war eine Diskussion, die sie inzwischen an die hundert Mal geführt hatten, und sie folgte immer dem gleichen Muster.

»Er war auf dem Boden«, entgegnete Fionagh pflichtbewusst.

Mirembe seufzte ganz nach Drehbuch. »Na schön.« Sie legte die Stirn in Falten, dachte einen Moment angestrengt nach, und im nächsten Augenblick verdichteten sich – nur ein paar Fingerbreit unterhalb des Kaffeeplaneten – eine Handvoll Schmutzpartikel, ein paar Chipskrümel und einige Staubflusen. Die Hexe strahlte. »Jetzt ist er wieder sauber.«

»Den trinke ich nicht! Der war auf dem Boden.«

»Also gut. Wie du willst. Dann trinke ich ihn eben für dich.«

Vorsichtig senkte sich der Kaffeeball in die auf wundersame Weise geheilte Tasse, die Mirembe fröhlich aus der Luft pflückte und sie an ihre Lippen hob. Der Staub entsorgte sich ganz von allein in Fionaghs Papierkorb. Stephanie Konstantopoulus starrte.

»Ich muss jetzt zurück nach Hause«, räusperte sie sich nach einem Moment der unangenehmen Stille. »Sagt mir Bescheid, wenn es Neuigkeiten von meiner Maschine gibt. Ich vertraue auf euch. Ihr wisst ja: Ingwergeruch lockt sie an. Vorsicht mit Ofenhandschuhen. Und tragt auf *keinen Fall* grüne Gürtel. Ihr meldet euch, ja?«

»Machen wir«, beruhigte Mirembe sie kaffeeschlürfend. »Und jetzt ist es wahrscheinlich besser, wenn du gehst, bevor

Fionagh noch den Rest unseres Porzellangeschirrs zusammenschlägt.«

Fionagh, der ehrlich gesagt wirklich ein wenig danach zumute war, etwas (oder vielleicht sogar jemanden) zusammenzuschlagen, verabschiedete sich steif und wartete darauf, dass sich die Tür hinter Stephanie Konstantopoulus' in blaue Seide gekleidetem Rücken schloss. Jetzt würde Mirembe gleich sagen –

»Mann, sieht die vielleicht gut aus!«

Fionagh musste gegen ihren Willen lächeln. In Mirembes Augen sahen die meisten Lebewesen gut aus. Es war ganz praktisch, eine Expertin in Sachen Ästhetik zur besten Freundin zu haben, denn Fionagh selbst konnte meistens nicht zufriedenstellend erkennen, ob jemand als schön galt oder nicht. Die Maßstäbe waren verwirrend, zumal sie sich von Spezies zu Spezies unterschieden. War es nun gut oder schlecht, wenn man Unmengen an schwefelgelbem Schleim produzierte? Niemand schien es so recht zu wissen.

»Jetzt mal ehrlich, Fionagh, ist sie nicht *umwerfend?«*

»Sie hat Eidechsen als Haare«, merkte Fionagh mit einem leisen Hüsteln an.

»*Wunderschöne,* golden glänzende Eidechsen!«

»Aber dennoch Eidechsen.«

»Ach, Schlangen sind doch überbewertet. Es kann eben nicht jeder eine Medusa sein. Ein Haupt voller Schlangen? Das sind unrealistische Schönheitsstandards, denen man sich nicht unterwerfen sollte. *Ich* mag die Eidechsen.«

Fionagh beobachtete kopfschüttelnd, wie Mirembe sich die (halbherzig hingekrakelten) Notizen vom Tisch nahm und es sich neben ihr auf dem Fensterbrett bequem machte. Es war breit genug, um an regnerischen Tagen als Sofa zu dienen, und gerade unbequem genug, dass man nicht darauf einschlief.

»Du kennst die Regel«, beharrte sie streng.

»Jaja.« Mirembe winkte unbeeindruckt mit einer Handvoll Zettel ab.

»Wie lautet die Regel?«

»Keine Dates mit Kunden. Schon klar.« Für einen Moment herrschte Stille. »Aber trotzdem.« Fionagh musste gar nicht hinsehen, um zu wissen, dass Mirembe grinste. Sie hörte es allein am unanständigen Tonfall. »Ich muss ja nicht gleich bei ihr einziehen. Ich kann sie ja auch einfach mal auf einen Nebelwhiskey einladen.«

»Sie hat Eidechsenhaare!«

»Du kennst doch das Sprichwort: Lieber Eidechsen auf dem Kopf als eine frustrierte Mitarbeiterin in der Detektei, die niemals ihren Spaß haben darf und deswegen alle Aufträge durcheinanderbringt.«

Ehrlich gesagt kannte Fionagh das Sprichwort nicht, aber sie wollte sich auch gar keine Gedanken darüber machen. Die letzten Wochen waren zäh und anstrengend gewesen, und zwar nicht deswegen, weil Mirembe nicht genug Zeit damit verbringen durfte, das Aussehen irgendwelcher Leute zu bewundern. So langsam hegte sie den Verdacht, dass es viel eher damit zusammenhing, dass eine Privatdetektei nur in den ersten Monaten eine übermäßig spannende Sache war. Vielleicht hatten Privatdetekteien das so an sich. Eine Privatdetektei hatte wie eine ausgezeichnete Idee geklungen, als sie noch keine Privatdetektei gehabt hatte. Inzwischen klang es nach Papierkram und Gaunern mit

Schweißflecken unter den Armen. Und dazu kam noch die Tatsache, dass ständig jemand von den Behörden hereingeschneit kam, weil manche ihrer Methoden nicht hundertprozentig legal waren – oder manche ihrer Kunden. Oder auch manche ihrer Fälle. Man hätte sie *vorwarnen* können, was für ein Haufen Arbeit es war, sich selbstständig zu machen, ohne gegen das Gesetz zu verstoßen.

»Ich kann es kaum erwarten, mir diesen Toaster zu schnappen«, murmelte Mirembe gedankenverloren. Es war, als hätte sie bemerkt, dass Fionagh dringend eine Aufmunterung nötig hatte: Es gab keine bessere Motivation als die Aussicht, einen entlaufenen Roboter mit Rachegelüsten und Brotmesserarmen einfangen zu dürfen.

»Es ist eine Küchenmaschine. Mit einem Toaster hätte ich ein viel kleineres Problem«, schnappte sie. Große Materie, sie war heute wirklich viel zu gereizt. Aber was wollte man erwarten, wenn einem das Verderben im Ohr saß und hartnäckig zuflüsterte, dass der Untergang nahte? Möglicherweise würde ein kleiner Snack zur allgemeinen Beruhigung beitragen. Essen half immer. »Ich brauche was zu futtern. Soll ich dir was mitbringen, wenn ich eh schon in der Küche bin?«

Mirembe hob den Kopf. Über ihr Gesicht ging ein Strahlen wie von einer arktischen Mitternachtssonne in einem sternenklaren Himmel. Na also: Essen half *immer.* »Jeden Tag, o Botin des Todes und der Kartoffelfäule, bin ich dankbar, dass wir uns kennengelernt haben.«

Selbst in der Küche hingen Mirembes Worte immer noch hartnäckig in der Luft. Die Finger knöcheltief im Essiggurkenglas vergraben, richtete Fionagh den Blick auf die Gebäude von Avanis, die sich wie endlose, bunt schillernde Schneckenhäuser gen Himmel schraubten, und dachte darüber nach, wie ihr die Hexe zum ersten Mal begegnet war.

Es war lange her.

Nach dem Essen trug Brutus, der Firmenzentaur, drei benutzte Teller zurück in die Küche und stapelte sie fein säuberlich in der Spüle auf. Sein langes braunes Haupthaar fiel ihm glänzend über die nackten Schultern, und als er den Abwasch machte, spielten die Muskeln unter seiner bronzefarbenen Haut wie aneinandergebundene kleine Fässer. Außerdem summte er ein Lied aus der Werbung, in dem es um krankhafte Verstopfung ging. Leider kam es auf Dauer recht kostspielig, einen tonnenschweren Pferdemenschen mit dem Appetit eines Mähdreschers und dem verwöhnten Gaumen einer Hauskatze durchzufüttern, aber ein hauseigener Zentaur machte durchaus etwas her. Sein beeindruckendes Aussehen (dunkle, stechende Augen, bloßer Oberkörper und ein Gürtel mit gefühlt mehr Dolchen und Krummsäbeln, als jemals geschmiedet worden waren) wurde nur geringfügig von der Tatsache geschmälert, dass Fionagh ihn innerhalb der Detektei dazu zwang, handgestrickte Wollschoner über den Hufen zu tragen. Das Parkett hatte sie erst vor drei Jahren neu legen lassen und Hufeisenabdrücke waren sehr undekorativ. Dafür eignete Brutus sich aber für viele unheimlich nützliche Dinge: Er verscheuchte lästige Kunden, kannte sich bestens mit Buchhaltung aus und man musste sich nie ein Taxi nehmen, wenn man mit ihm unterwegs war. Allerdings behauptete er hartnäckig, dass ihm von Straßenarbeit übel wurde. Wozu er all die Waffen mit sich herumtrug, konnte Fionagh beim besten Willen nicht sagen, da er sowieso von morgens bis abends nur im Büro versauerte … aber einmal hatte sie ihn dabei erwischt, wie er einen frisch geschliffenen Säbel als Brieföffner benutzt hatte. Na ja, irgendwer musste sich ja um die vielen Rechnungen kümmern. Warum nicht ein furchtloser Steppenkrieger, dem beim Anblick von Blut und blauen Flecken schwarz vor Augen wurde? Fionagh sah ihm dabei zu, wie er die Teller einschäumte, rieb ihre schmerzenden Schläfen und versuchte sich in einem plötzlichen Anflug von Hoffnung wieder auf den Papierkram zu konzentrieren. Aber es half nichts. Der Tag verging wie zäher, heißer Teer, der eine flimmernde Straße entlangkroch. Wie immer gab es viel zu viel zu tun, wobei eine launische Spielerei der Realität es irgendwie schaffte, dass es zugleich viel zu *wenig* zu tun gab. Bis zu dem exakten Moment, in dem das ganze Schlamassel endlich seinen Anfang nahm, denn diesem Moment begann die Geschichte, wie so viele Geschichten vor ihr.

Es war kurz vor Einbruch der Dunkelheit, als der Besucher in die Detektei kam. Fionagh und Mirembe steckten bis zum Haaransatz in Personalakten, die es schon vor Tagen zu bearbeiten gegolten hätte. Draußen vor dem Fenster ging langsam, mit der Besinnlichkeit einer alten Dame auf einem Zebrastreifen, die kleine Sonne unter, und die große folgte ihr wenige Minuten später nach. Der Himmel überzog sich mit jenem lilafarbenen Schleier, welcher der Nacht vorauseilte. Einige der zahmen Sumpflichter, die im Miniaturmoor in der Badewanne hausten, flackerten grünlich leuchtend ein paar Handbreit über dem Schreibtisch auf. Was auch immer hinter dem leeren Bilderrahmen neben der Tür lebte, fing an, ein kehliges Klicken und Schnurren von sich zu geben. Die kompliziert verknoteten Tentakel der Hausschlingpflanze wanden sich schläfrig an der Decke entlang. Tom, der Haushaltstroll, schlurfte lustlos grummelnd in der Küche herum und riss sich ihre Eierbecher unter den Nagel. Brutus hatte sich bereits vor einer halben Stunde (elegant über den Fußboden schlitternd und seine Hufschoner verlierend) verabschiedet und ihnen eine kleine, freundliche Notiz am Kühlschrank hinterlassen, dass sie schon wieder mit der Miete im Rückstand waren und er, ungeachtet der roten Zahlen, so langsam dringend eine Gehaltserhöhung verdient hätte. Allmählich wurden Fionaghs Augenlider schwer, das anstrengende Singen ihrer Nerven flaute unmerklich ab …

… Die Tür schwang auf und schlug mit einem lauten Krachen gegen die Wand. Die Sumpflichter zischten wie undichte Luftballons ziellos durch das Zimmer und vergingen mit einem leisen Puffen. Der Raum versank in Dunkelheit. Erst als Fionaghs Augen sich an die Schatten gewöhnt hatten, bemerkte sie, dass der Bleistift in ihrer Hand vor Schreck zu Staub zerfallen war.

Und dann fiel ihr Blick auf den Fremden, der reglos in der Tür stand. Seine Silhouette wurde dramatisch vom golden blinkenden Licht des Notausgangs auf der anderen Seite des Korridors umspielt. Nach einem Moment des Zögerns steckte er einen klobigen Gegenstand unter seine Weste, der verdächtig nach einer gewaltigen Pistole aussah. Und dann, als er sich vollkommen sicher war, dass sie angemessen beeindruckt dreinschauten, trat er ins Zimmer.

»Starker Auftritt«, kommentierte Mirembe hoheitsvoll, während Fionagh mit zittriger Hand den Papierstapel auflas, den sie vom Tisch gefegt hatte. Der Fremde schien der Detektei nicht zu trauen. Er stopfte sich die Hände in die Hosentaschen und warf eine Handvoll skeptischer Blicke auf seine Umgebung, als sei sie solcherlei Almosen gar nicht wert – die abblätternden Wände, die die Bezeichnung »eierschalenfarben« nicht *wirklich* verdienten, die paar strategisch über Wasser- und Plasmaflecken platzierten Bilder an der Wand, die knautschigen Sitzsäcke, aus denen die Füllung quoll, weil in ihrem Inneren seit Generationen eine Horde Mühlmäuse hauste, das Aquarium mit den vegetarischen Egelschnecken und letztendlich die Vorhänge, die sich ganz von allein zu bewegen schienen und ein zorniges Wispern von sich gaben. Fionagh knipste die Leselampe auf dem Tisch an und wünschte sich sofort, sie hätte es nicht getan. Im plötzlichen Licht warf das Chaos hässliche Schatten, die leider nur hervorhoben anstatt zu kaschieren. An manchen Tagen war sogar ihre eigene Lampe gegen sie! Dem Gesicht des Besuchers hingegen schmeichelte das Licht: fransiges blondes Haar, spöttische Augen, obligatorische Hakennase, und als er grinste, blitzte ein Goldzahn auf. In Fionaghs Magen krampfte sich so einiges zusammen, von dem sie an guten Tagen gar nicht wusste, dass es existierte – der Mann gab sich äußerste Mühe, verwegen und draufgängerisch auszusehen. Und er hielt sich für etwas Besseres. Nichts davon konnte etwas Gutes bedeuten.

»Setzen Sie sich doch«, lud sie ihn mit einer eisklirrenden Stimme ein, die hoffentlich klarmachte, dass es ein ausgesprochen gefährlicher Zeitpunkt war, ihre Detektei zu kritisieren. Der Fremde hatte Talent. Er sah sich genau eine weitere Millisekunde zu lang um, bevor er lederknirschend nähertrat und sich lässig in den Korbsessel vor dem Schreibtisch sinken ließ. In einem Anflug von Gehässigkeit hoffte Fionagh, dass es der mit dem abstehenden Ästchen war, das einem beim Hinsetzen in den Hintern pikte.

»Danke«, erwiderte er mit *genau* dem richtigen Fünkchen Sarkasmus in der Stimme. Seine Worte klangen nach Rauch. »Ich hoffe, ich störe nicht – so spätabends.«

Eine kleine Anmerkung: Später würde Fionagh aufgehen, dass das ganze Schlamassel in genau dem Moment seinen Lauf genommen hatte, in dem sie ihm erlaubte zu sprechen. Sie hätte ihn gleich wieder rausschmeißen müssen. Stattdessen lehnte sie sich vor, verfing sich im Klang seiner Stimme und musterte ihn mit geblähten Nasenflügeln. Yep, eindeutig Mensch. Das sagte ihr schon der Geruch – Schweiß, Sonnenlicht, Tabak, Seife, Haut, Pfefferminztee. Ihre Schleimhäute flehten sie inständig an, den Kopf zur Seite zu drehen, aber ihr Gehirn beharrte darauf, dass man den Fremden keine Sekunde lang aus den Augen lassen durfte. Der Mann zog sich den abgewetzten Cowboyhut ins Gesicht und lehnte sich entspannt zurück. Vermutlich nahm er an, dass ihm die Geste eine Art beiläufige Coolness verlieh.

»Sie sind doch die, nach der ich suche, nicht wahr?«, murmelte er. »Ich muss sagen, ich hab es mir hier um einiges weniger runtergekommen vorgestellt. Detektei … lass mal sehen …« Als er die Hand in die Hosentasche steckte und ein paar lange Momente wortlos darin herumkramte, fiel Fionagh auf, dass er fingerlose Handschuhe trug. Und von der speckigsten, abgegriffensten Sorte – genau wie der Zettel, den er hervorzog und vage interessiert musterte. »Da hab ich euch ja. Detektei Fionack …«

Eine kleine Brezel mit Honig-Senf-Geschmack prallte an seinem Hut ab und plumpste ihm auf die Schulter.

»Das *gh* am Ende ist stimmlos. Fionaaah, nicht Fionack«, informierte ihn Mirembe vom Fensterbrett aus liebenswürdig und drohte mit erneutem Beschuss durch Salzgebäck.

Der Fremde pflückte sich die Brezel von der Schulter und steckte sie sich in den Mund. »Alles klar, Detektei … Fionagh und Mi… meine Güte, was habt ihr denn für Namen? Mir…«

Fionagh angelte sich eine der Knabbereien aus der Schüssel in Mirembes Schoß und schnippte sie gekonnt auf die abgewetzte Hutkrempe. Es machte erstaunlich großen Spaß. »Das *-embe* am Ende spricht man aus.«

»Ihr seid mir vielleicht gut gelaunt«, nuschelte der Mann durch eine Mundvoll Krümel hindurch. »Hmm, lecker, Honig-Senf. Meine Lieblingssorte. Und schmecke ich da einen Hauch von Dill? Na ja, was soll's. Ich taufe euch einfach Mi und Fio. Nennt mich Carl.«

»Oho«, tönte Mirembe, »*Carl.* Das ist aber auch ein komplizierter Name. Bist du dir sicher, dass du ihn richtig aussprichst? Das *R* in der Mitte könnte stimmlos sein. Vielleicht nennen wir dich zur Vorsicht doch lieber Ca.«

Und dann fingen die beiden an zu zanken wie kleine Kinder. Es geschah ohne jede Vorwarnung, wie es mit den Menschen oftmals war, und schien immer nur noch schlimmer zu werden. Gerade so, als ob jemand einen Hüpfball in eine internationale Tagung von Mausefallen geworfen hätte: auf allen Seiten schnappte und eskalierte es. Fionaghs Nerven jodelten im Takt dazu und machten das Chaos komplett.

»Gebt ihr jetzt endlich mal *Ruhe!*«, murrte sie schließlich und verletzte sich bösartig die Hand, als sie auf die Tischkante schlug. »Was denken Sie eigentlich, wer Sie sind? Sie kommen nach Einbruch der Dunkelheit mit gezogener Waffe ins Haus gestürmt? Gut, von mir aus! Sie haben noch nie von Klopfen gehört? Auch schön! Sie fläzen sich wie eine verendende Qualle in meinen Sessel? Wunderbar. Sie essen meine Brezeln? Ausgezeichnet! Aber zeigen Sie wenigstens ein bisschen Anstand und sprechen Sie unsere Namen vollständig aus, sie sind immerhin keine zehnseitige Abhandlung über das komplizierte Rechtssystem nach den Richtlinien von Q'Arggah'tah-Mui-Aq'rahlta. Man sollte eigentlich meinen, dass sogar ein Exzentriker in Stulpenstiefeln zumindest einen leichenblassen Schimmer von guten Umgangsformen hat!«

»Das ist übrigens der Grund, warum wir so wenige Aufträge bekommen«, sagte Mirembe fröhlich in die peinlich berührte Stille hinein. Wenig hilfreich, aber leider zutreffend. Auf den sturmumtosten Schwingen ihres Ärgers dahingleitend, beugte Fionagh sich vor und ließ ihr bedrohlichstes Zornfunkeln sehen. Die Schatten in den Ecken des Zimmers wuchsen an, die Vorhänge flatterten heftiger. Es hatte seine Vorteile, eine Banshee zu sein. »Jetzt setzen Sie sich gerade hin! Waffe auf den Tisch, sofort. Und dann sagen Sie uns, was Sie wollen, oder Sie verschwinden wieder, wir haben nämlich noch zu tun.«

»Zu ihrer Verteidigung, sie hat heute einen schlechten Tag. Ihr ist sechs Mal die Kaffeetasse runtergefallen.«

Halt die Klappe, Mirembe.

Der Cowboy starrte, wobei Fionagh ganz und gar nicht entging, dass ein kleines Lächeln an seinen Mundwinkeln zupfte. Schließlich, mit grenzenloser Überwindung, zog er eine unheilvoll anmutende Laserkanone unter der wettergegerbten Jacke hervor und legte sie behutsam auf den Tisch. Fionagh funkelte weiterhin. Mit einem tiefen Seufzen richtete er sich auf, drückte das Kreuz durch und faltete brav die Hände auf der Tischplatte zusammen. Es war ihr ein nachsichtiges Lächeln wert. So mochte sie ihre Kunden: *rückgratlos und gehorsam.*

»Na also! Sie haben die Erlaubnis, uns zu erklären, was Sie hergetrieben hat. Wir sind auf Diebstähle, magische sowie nichtmagische Verwicklungen, Entführungen und Erpressungen der Stufe A bis F spezialisiert.«

Der Goldzahn blitzte auf. »Da fragt man sich doch, ob ihr all diese netten Verbrechen verursacht oder bekämpft. Eure Bekannten scheinen sich in der Hinsicht nicht ganz sicher zu sein.«

»Das ist reiner Rufmord. Glauben Sie kein Wort von dem, was in den Zeitungen steht.«

»Aber niemals. Zuerst ein paar kleine Fragen, der Form halber. Ich schätze mal, ich bin hier richtig bei der Detektei Fio und Mi.«

»Falls Sie damit *Fionagh und Mirembe* meinen«, murrte Fionagh, »wie es auch ganz groß draußen auf dem Schild steht, genau wie auf der Klingel, genau wie auf all unseren Werbeanzeigen, genau wie vorne an meinem Schreibtisch, genau wie auf der kleinen Plakette hier an meinem Oberteil – dann ja, Sie sind richtig.«

»Ah, ich erkenne eine leise Andeutung von Genervtheit in Ihrer Stimme – ist sie immer so?«

Mirembe zuckte mit den Schultern. »Sie hat Todesahnungen. Da ist so was normal.«

»Ah. Abrupter Themenwechsel: Reden wir von Vertrauen.« Der Cowboy warf einen vielsagenden Blick auf die Waffe auf dem Tisch. »Bei euren Ermittlungen müsst ihr euch uneingeschränkt aufeinander verlassen können, nehme ich an?«

Fionagh nickte steif. »Absolut. Und das tun wir auch.«

»Wie lange arbeitet ihr schon zusammen?«

Zum ersten Mal kam Fionagh ins Stocken. Fragte sie ihr Zeitgefühl, dann behauptete es stocksteif, dass inzwischen acht Jahre vergangen waren – aber leider war auf ihr Zeitgefühl nicht immer Verlass. Fragend drehte sie sich zu Mirembe um, die wissend grinste. Sie liebte Fionaghs Zeitgefühl, weil es ihr ermöglichte, solche überaus amüsante Dinge zu sagen wie: *Kommt es dir nicht auch erst wie gestern vor, dass ich mich zuletzt über deine miese Erinnerung lustig gemacht habe? Ach nein, warte mal. Das war vor fünf Minuten.*

»Seit acht Jahren«, raunte die Hexe vertraulich.

Acht Jahre. Also doch. Ja, Fionagh erinnerte sich an den Tag in der Bar, an dem ihr Leben in Scherben unter den Füßen einer undankbaren

Bande Kobolde gelegen und sich eine Frau mit schwarzen Augen ganz unerwartet zu ihr gesetzt hatte …

»Acht Jahre schon, hm?«, unterbrach Carl ihre nostalgischen Gedankengänge, die Hand schon wieder an der Hutkrempe. »Respektabel. Also keinerlei Grund, einander zu misstrauen.«

»Keinen«, bestätigte Fionagh mit grimmigem Stolz.

»Aber klar doch, jede Menge«, sagte Mirembe und grinste. »Ich mache natürlich nur Witze.«

»Ihr würdet füreinander einstehen, wenn es hart auf hart kommt – selbst wenn es um Leben und Tod geht, würdet ihr immer noch zusammenhalten?«

»Aber immer«, sagte Mirembe.

»Ach was, niemals«, widersprach Fionagh. »Ich mache natürlich nur Witze. Wieso beantworten wir Ihre Fragen eigentlich? Sie sind nicht unser Paartherapeut.«

»Die Sache ist die, Fio.« Der Cowboy legte zum ersten Mal den Hut ab, was Fionagh angesichts seiner Besessenheit von dem Ding beinahe wie ein feierlicher Akt vorkam. Das schummrige Licht zeichnete sein Profil sanft in die Schatten. Aha. Also war er groß, blond, braun gebrannt *und* er trug eine lange Narbe mitten im Gesicht, die seine Augenbraue spaltete und sich schräg über den Wangenknochen zog. Außerdem trug er einen Stoppelbart. War es nicht merkwürdig, wie viel Trost die Menschen in ihren Klischees fanden? Man musste ihn nur *ansehen,* um zu wissen, dass er ganz bestimmt nicht wegen einer Einladung zum Kaffeekränzchen mit anschließendem Steppdeckenhäkeln aufgetaucht war.

»Die Sache ist die – ich suche ein paar Leute, die mich auf eine Art Mission begleiten. Die besten, die ich kriegen kann. Ich war auf der Durchreise, also dachte ich, ich höre mich ein bisschen um. Ein Typ namens Bunny hat mich zu euch geschickt.«

Mirembe rutschte vom Fensterbrett und quetschte sich neben Fionagh auf die Stuhlkante, ungeachtet aller Proteste. »Was denn für ein Bunny? War das so eine dunkle, wabernde Kugel von Antimaterie, die bei jeder Bewegung die Luft zum Zittern brachte und ein leises, kontinuierliches Schnarchen auszustoßen schien?«

»Kommt hin.«

»Dann sprichst du von Banni. Es, nicht er. Heißt so, weil es offiziell von achtzehn Planeten der nördlichen Galaxis verbannt wurde, und dieser hier folgt bald nach, wenn es weiterhin Leuten wie dir von unserer Detektei erzählt.«

»Ach, ich wäre nicht so streng mit ihm. Es hat mir nur gesagt, dass ich hier zwei skrupellose Langfinger finden würde.«

Mirembe prustete lautstark los. »Hast du … warte mal! Bist du etwa in die Unterwelt marschiert und hast gefragt: *Hey, Leute, wisst ihr zufällig, wo ich zwei skrupellose Langfinger finde?*«

»Ich glaube, ich war ein bisschen subtiler – aber ja, so in etwa«, schulterzuckte Carl gelassen, während Mirembe ihn fröhlich auslachte.

»Banni ist unser Informant«, bestätigte Fionagh ihn mit einem mitleidigen Lächeln. Menschen. Sie konnten so schwer von Begriff sein. »Es hört sich für uns in den etwas zwielichtigeren Kreisen um und schickt Kleinverbrecher mit falschen Versprechen in unser Büro – manchmal wollen wir tatsächlich mit ihnen zusammenarbeiten, aber meistens geht es darum, sie mit möglichst wenig Arbeitsaufwand hochzunehmen. Natürlich«, setzte sie vielsagend hinzu, »funktioniert das nur bei den zerebral sehr Beschränkten.«

Der Cowboy schaute vage enttäuscht drein. Selbst seine Narbe schien zu schmollen. »Ich hatte gehofft, das ganze Detektiv-Gedöns wäre nur Tarnung.«

»Falsch gedacht. Wir sind echt. Aber andererseits«, Fionagh wollte sich hoheitsvoll zurücklehnen und rutschte fast vom Stuhl, weil Mirembe inzwischen mehr als die Hälfte der Sitzfläche für sich beanspruchte, »sind wir *selbstverständlich* auch skrupellose Langfinger. Das muss man sein in unserem Geschäft. Also, was wollen Sie von uns? Wozu brauchen Sie unsere Hilfe? Sie sind kein gewöhnlicher Dieb, der hinter einem langweiligen Einbruch her ist.«

»Ach nein?«

»Nein.« Mirembe schüttelte den Kopf. »Das sieht man auf den ersten Blick. Du bist kein Dieb, du bist ein Kopfgeldjäger. Und jetzt frag bitte bloß nicht so was wie ›*Woher wollt ihr das wissen?*‹. Große Knarre, große Sprüche, Lederjacke und ein Cowboyhut. Brauchst du sonst noch Beweise?«

»Na schön, ihr habt mich erwischt.« Carl lehnte sich nach vorn, bis das Licht sich glitzernd in seinen Augen brach, und warf seinen sonnengebleichten Hut auf den Schreibtisch. »Kopfgeldjäger. Korrekt. Aber einer mit einem unwiderstehlichen Angebot.« Er senkte die Stimme zu einem Raunen wie von einem Moospolster unter einer dunklen Tanne. Gegen ihren Willen spitzte Fionagh die Ohren. »Ich bin hier, um euch das Angebot eures Lebens zu machen.«

Normalerweise hätte es lächerlich geklungen, aber bei einem Typen mit einer Narbe schräg über dem Auge wirkten solcherlei Äußerungen seltsam glaubhaft. Das Sirren in Fionaghs Ohren wurde lauter.

»Und das Angebot lautet?«, fragte sie ärgerlich. Ihre Aggression rührte hauptsächlich daher, dass sie tatsächlich auf seine Antwort gespannt war.

»Nun, was ihr wissen müsst, ist, dass ihr es auf keinen Fall abschlagen werdet – wenn ich mir eure Wohnung so anschaue. Da blättert ja überall der Putz ab. Wenn ihr mitmacht, werdet ihr reich. Reicher, als ihr es euch jemals vorstellen könnt. Wir reden hier von *Bergen* von Kohle – mehr als genug, um das ganze Haus von Grund auf zu renovieren und euch für den Rest eures Lebens auf die faule Haut zu legen. Falls ihr das wollt. Schlagt ihr ein, werdet ihr mächtige Freunde gewinnen, ewige Dankbarkeit und jede Menge Ruhm … in den richtigen Kreisen. Und nun kommt das Beste an der Sache: Es ist für einen guten Zweck.«

Mirembe war fasziniert verstummt und hibbelte aufgeregt auf der Stuhlkante herum, Fionagh hingegen konnte sich ein Lachen nicht verkneifen. »Welch selbstloses Angebot! Und wo ist der Haken bei der Sache, wenn ich fragen darf?«

»Oh, ach ja.« Carl wuschelte sich nachdenklich durch das viel zu lange Haar. »Stimmt. Ihr werdet mit großer Wahrscheinlichkeit entweder draufgehen oder zumindest für den Rest eures Lebens entstellt sein. Es wird saugefährlich. Ihr werdet unter eurer eigenen Last zusammenbrechen und euch wünschen, ihr hättet euch nie auf die Sache eingelassen. Aber dafür wird es auch verdammt spaßig. Zeitweise.«

Er schnappte sich wahllos eine der auf dem Tisch verstreuten Akten und kritzelte ein paar Worte darauf, bevor Fionagh ihm das Papier aus der Hand reißen konnte. Eine Adresse.

»Wo soll das sein?«, fragte sie. »Außerhalb der Stadt?«

»Anderer Planet«, gähnte der Cowboy und lehnte sich zurück. »Ist gleich um die Ecke. Akanon-X6, auch bekannt als Senoba, Hort der toten Wespenkrieger. Wenn ihr Interesse habt, kreuzt dort in zwei Tagen auf. Wir treffen uns zur Mittagszeit, Anreise ganz einfach mit dem Shuttle-Bus. Mehr will ich euch fürs Erste nicht erzählen. Ich lasse euch stattdessen lieber eine Weile lang in eurer eigenen Neugierde garen.«

»Aha.«

»Wenn ihr nicht da seid, gehe ich davon aus, dass ihr kein Interesse habt. Bis jetzt gefallt ihr mir ja ganz gut, auch wenn ihr es mit dem Detektivzeug tatsächlich ernst zu meinen scheint. Abgesehen von Klauen und Rumschnüffeln, was könnt ihr eigentlich noch so? Fio, lass mich raten. Braun gebrannt wie ein Schneeball, Augenringe bis zum Bauchnabel, voluminös wie ein Gerippe, Furcht einflößendes Haar – du bist eine Todesfee, nicht wahr?«

»Ich bevorzuge den politisch korrekten Begriff Banshee«, gab Fionagh säuerlich zurück, die sich an so gut wie jeder einzelnen dieser Beschreibungen stieß.

»Eine Banshee also. Du kannst rumkreischen und Leute wegekeln, das klingt schon mal ganz praktisch. Was ist mit dir, Mi?«

Fionagh musste nicht hinsehen, um zu wissen, dass Mirembes Augen glitzerten. »Ich bin eine Hexe.«

»Das heißt im Klartext?«

Der Sicherheitsriegel von Carls Pistole schob sich wie von Geisterhand zurück. Mühelos drehte sich die Waffe auf der Tischplatte um ihre eigene Achse, leere Tassen und Papiere zur Seite schiebend, und richtete die Mündung direkt auf Carls Brust. Mirembe klatschte in die Hände. »Ta-daaah!«

»Okay, nicht schlecht.« Der Kopfgeldjäger griff behutsam nach der Waffe und drückte sie von sich weg. Er machte plötzlich einen etwas käsigen Eindruck, offensichtlich überzeugt von den Fähigkeiten einer freiberuflichen Hexe. »Wie machst du das?«

Der Riegel rutschte mit einem leisen Klicken zurück in seine Position. »Ich weiß, das wird jetzt ein echter Schock für dich sein, aber – Magie.«

»Ja, aber wie *funktioniert* es?«

»Kann dir doch egal sein.« Mirembe zuckte mit den Schultern. »Die Hauptsache ist, *dass* es funktioniert. Du siehst also: Fionagh kann rumkreischen und Leute wegekeln, ich kann Schlösser knacken, leblose Gegenstände beeinflussen und Leute auf meine ganz *eigene* Art vergraulen. Reicht dir das?«

Für den winzigsten Bruchteil einer Sekunde zögerte der Fremde. Dann nickte er und ließ ein scharfzähniges Grinsen erstrahlen. »Das reicht.« Hut auf. Jacke zu. Waffe in die Hand. »Ich sehe euch in zwei Tagen. Wenn ihr euch traut. Schönen Abend noch, Fio. Mach's gut, Mi.«

»Tschüss, Ca.«

Er war ebenso schnell wieder verschwunden, wie er aufgetaucht war. Erst nachdem sich die Tür hinter ihm geschlossen hatte, wagten sich die Sumpflichter zurück ins Zimmer.

»Nein«, sagte Fionagh in die gespannte Stille hinein. »Kommt überhaupt nicht infrage.«

»*Natürlich* machen wir mit«, widersprach Mirembe begeistert, das Grinsen auf ihrem Gesicht so hell strahlend wie der Mond. »Und es wird wundervoll werden!«

»Auf keinen Fall.«

»Jetzt tu doch nicht so. Du wirst darüber schlafen, und morgen früh wirst du aufwachen und deine Sachen packen, damit wir nach Akanon-X6 aufbrechen können. Das Abenteuer unseres Lebens einfach ausschlagen? Dafür kenne ich dich viel zu gut, Fionagh Fanshawe.«

»Schlag es dir aus dem Kopf«, grummelte Fionagh missmutig. Der Tod klopfte ihr fröhlich auf die Schulter, um ihr mitzuteilen, dass er sich bald an die Arbeit machen würde. Fionagh hatte genug. Genug von entflohenen Küchenmaschinen, verschreckten Sumpflichtern, abenteuerlustigen Hexen und Machos in Hüten, die ihr zwielichtige Angebote unterbreiteten. Morgen. Morgen würde sie sich darum kümmern, wenn sie wieder klar denken konnte – aber jetzt war es Zeit, die Dunkelheit ihre Wunder wirken zu lassen. Sie fühlte sich wie ein schwerer, fauler Stein, als sie sich die Wendeltreppe zum Schlafzimmer hochschleppte, entschlossen, ihre Sorgen in einer gesunden Dosis Schlaf zu ertränken. Für heute würde sie keinerlei weitere Gedanken an irgendetwas jenseits von fluffigen Federdecken verschwenden. Carl war ein gelangweilter Vagabund, der in der sumpfigsten Midlife-Crisis der Menschheitsgeschichte steckte. Wahrscheinlich hatte er ihnen nichts als Lügen aufgetischt, in der Hoffnung, dass sie ohnmächtig vor Ehrfurcht zu seinen Stiefelspitzen niederfielen. Kunden von der Sorte kannte sie zur Genüge. Sie würde sich schlichtweg weigern, ihn ernst zu nehmen. Das war wohl ohnehin das Beste.

Dennoch, als sie einige Minuten später zwischen den weichen Kissen lag und in die Schwärze starrte, während Mirembe es sich mit einem Buch in der Hängematte gemütlich machte (sie behauptete hartnäckig, dass Hexen im Dunkeln sehen konnten), fand Fionagh einfach keine Ruhe. Und als der Schlaf dann endlich doch über sie hereinbrach wie ein ausgehungertes Tier, brachte er ihr einen Traum von rabenschwarzen, blicklosen Augen und einem Grinsen, das die Nacht durchschnitt. Von weichen Federn in der Nacht.

Und so machte Fionagh Fanshawe sich auf die Jagd nach dem Raben, bevor sie es überhaupt wusste – an dem Tag, an dem die Geschichte begann.

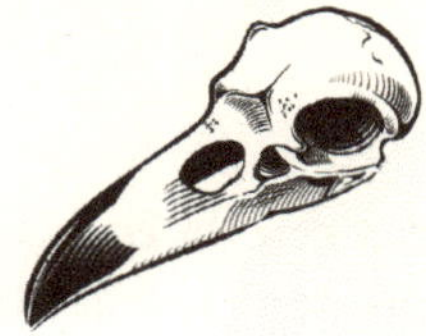

2

Mirembe

Hier muss eine Banshee dringend Prioritäten setzen, ein Mädchen ist ein Geist und leicht zu beleidigende menschliche Leser schauen auf Seite 35 besser weg.

Viele, viele Monate, bevor er der Bluthaarigen begegnen wird, ist der Himmel schwarz und ohne Sterne.

Corax zögert einen Moment, bevor er sanft gegen die kühle Glasscheibe drückt. Das Fenster kippt lautlos zur Seite, und mit ihm fällt das Straßenlicht, das sich silbern in seiner Oberfläche spiegelt. Ein schmaler Spalt breitet sich aus. Corax schlüpft geschmeidig hindurch und gleitet in die Stille der nächtlichen Wohnung.

Er hält inne, wie Diebe es immer tun, wenn sie sich zu siegessicher fühlen. Ist er wirklich ganz alleine? Kommt das leise Knacken nur von den Wänden, die im Dunkeln flüstern, oder ist es das Geräusch von Blicken in seinem Rücken – wie Blütenblätter, die säuselnd zu Boden fallen?

Nein. Niemand ist hier. Er weiß es, weil er im Schatten gewartet hat, bis die Mondscheintrinker einer nach dem anderen in die Nacht verschwunden sind. Im Morgengrauen werden sie zurückkehren, die Bäuche voller Licht, und bis dahin wird Corax längst wieder verschwunden sein.

Das ist gut so.

Vorsichtig wagt er einen Schritt in die Dunkelheit. Er ist hergekommen, weil er weiß, dass ihn zwei Dinge erwarten: Stille einerseits, und Wände, die ihn für ein paar Stunden vor neugierigen Blicken schützen. Und dann ist da noch das Futter. Er kann es schon riechen.

Corax folgt dem sich windenden Faden aus Duft, der wie eine federleichte Schlange in der Luft liegt und darauf wartet, dass er ihn mit gierigen Lippen aufsaugt. In einem Raum voller Schatten findet er es – Essen, gutes Essen, leckeres Essen! Es steht in Regalen und Schränken, verbirgt sich in einem Kasten, aus dem die Kälte strömt. Er zerreißt knisternde Hüllen, die unter seinen Fingern zerplatzen, um den Weg auf ihr schmackhaftes Inneres freizugeben. Früchte, süßlich reif, Dosen voll von dickflüssigem Saft, Tüten mit Grassamen und samtigem Brot, und das ein oder andere Glasfläschchen voll eingesperrtem Licht. Sie schimmern sanft unter seinen Händen, aber er stößt sie achtlos beiseite. Licht kann Corax nicht trinken. Er schmeckt es nicht einmal. Aber der Rest ist köstlich: Er schlägt sich hastig den Bauch voll, damit er fertig ist, bevor der Tagesanbruch ihn findet. Er schaufelt sich das Futter in den Rachen, ohne sich zu schämen. Süß, sauer, salzig, wieder süß – er zerfetzt eine neue Hülle und krächzt begeistert, denn jetzt schmeckt es salzig und süß zugleich, und dann bitter – nein, bitter ist schlecht, zurück zu sauer …

Und die Stille platzt. Hinter ihm knurrt die Dunkelheit. Corax erstarrt. Es ist ein Knurren, das an den Rändern golden schimmert und kleine Wellen schlägt. Ein solches Knurren meint es ernst. Ruckartig fährt er herum. Ein Raubtier mag keine schnellen Bewegungen, aber in manchen Momenten ist es, als tanzte er auf einem Seil, das weit aufgerissene Maul des Abgrunds unter ihm. Es ist schwer, ruhig zu bleiben, wenn die Tiefe so lautlos gähnt.

Es ist nicht die Dunkelheit, die geknurrt hat. Es ist ein Tier. Seine Ohren wackeln im Takt mit seiner hechelnden Schnauze, wie der Wind über einem kleinen See. Es starrt. Und es lauert. Und Corax lauert seinerseits.

Kleine Wellen in den Ohren des Hundes. Große Wellen in Corax' Innerem. Große, weiße, Gischt sprühende Wellen. Er duckt sich behutsam. Wie flüssiger Schatten, der aus einer umgestoßenen Flasche Nacht sickert, nähert er sich und streckt die Hand aus …

… und zwischen seinen Fingern liegt eine grünlich schimmernde Frucht, wie ein vor langer Zeit verglommener Stern. Er weiß genau, wie man sich Hunde zu Freunden macht.

Aber der Hund scheint es nicht zu wissen.

Tiefes Wasser.

Schäumende Gischt.

Als Corax das Haus verlässt, leise wie ein Atemzug, schwarz wie Teer, wirft er einen kurzen Blick in die Dunkelheit der Küche zurück. Sie schlägt träge Blasen. Das Blut ist kaum zu erkennen, aber es glänzt wie geraubter Schmuck, oder wie gestohlenes Leben, oder wie die klebrigen Finger der Schuld. Das Tier liegt ganz still. Seine Ohren wackeln nicht mehr. Sein Herz tut es ihnen gleich.

Corax schlüpft durch das Fenster, durch das er gekommen ist. Er bemerkt nicht, dass er eine schwarze Feder an der mondlichttriefenden Scheibe hinterlässt, ans Glas geheftet mit einem klebrigen Tropfen fremden Blutes.

Über ihm ist der Himmel wie der Blick in ein endloses Meer. Der Rabe gleitet an der kalten Hauswand hinab und landet leichtfüßig auf nassem Asphalt. Sein Bauch ist voll, aber seine Brust ist leer. Sein Weg führt ihn durch verwinkelte Gassen, durch rötlich wabernde Nebelschwaden, über rostige Abflussdeckel und zwischen haushohen Müllcontainern hindurch, und schließlich auf schartige Dächer in das erste Blinzeln des Tageslichts. Er verharrt zusammengekauert zwischen zwei Schornsteinen und wartet angespannt. Worauf? Er weiß es noch nicht. Vielleicht darauf, dass vor ihm die Sonne aufgeht, rund und strahlend, und dass die Schatten schrumpfen und der Himmel gelb wird.

Corax weiß so vieles nicht. Er weiß nicht, dass die Feder sich langsam vom Fenster löst und zu Boden sinkt, auf sanften Winden die Straße hinabgleitet und im Randstein verschwindet. Er weiß nicht, dass in diesem Moment ein Lichttrunkener nach Hause kommt, durch eine Tür, durch die der Verlust hindurchsickert, und all das Blut sieht und schreit.

Anderswo ging die Diskussion weiter.

»Du könntest dir die Riesenwürgepflanze kaufen, von der du schon so lange träumst.«

»Nein«, sagte Fionagh nachdrücklich, die mit fahriger Hand irgendwelchen Papierkram in die oberste Schreibtischschublade stopfte. »Ich meine, ja, natürlich könnte ich das, aber – nein. Wir gehen nicht mit irgendeinem Psychopathen auf Abenteuersuche, nur weil du findest, dass er gut aussieht.«

»Entschuldige mal, ich will nicht auf Abenteuersuche, nur weil ich finde, dass irgendein Psychopath gut aussieht.« Mirembe beschäftigte sich vage genervt damit, ein paar Papierschnipsel um Fionaghs Kopf herumschweben zu lassen, ein hübsches kleines Sonnensystem aus Zetteln und silbernem Haar. »Eigentlich bin ich hauptsächlich auf sein Geld aus.«

»Er hat gesagt, es wird gefährlich!«

»Jaah, aber, Fionagh, überleg mal!« Mirembe folgte ihrer Freundin beharrlich ins Badezimmer und sah ihr dabei zu, wie sie das Badewannenmoor wässerte. Aus seinem Inneren erklang ein dankbares Zirpen. »Du könntest deine Orchideensammlung erweitern, das hast du schon seit Monaten vor. Und wir hätten endlich mal wieder etwas Aufregung. Das würde dir guttun, du wirst langweilig auf deine alten Tage. Gestern habe ich dich sogar dabei ertappt, wie du ein *Kreuzworträtsel* gelöst hast.«

»Na und?!«

»Außerdem willst du doch wissen, worum es geht. Ich weiß es ganz genau! – Wir hätten bestimmt viel Schpaß! Ein echtesch Abenteuer!«

Fionagh hielt inne, die Gießkanne in der Hand, und warf ihr einen empörten Blick zu. »Wie oft soll ich es dir noch sagen, die Duschpepperoni sind *nicht zum essen da!*«

Kopfschüttelnd schob sie sich an ihrer Freundin vorbei, die sich gerade eine längliche Schote mit der vagen Konsistenz einer Badehaube aus dem Mund zog, und verpasste dem Egelschneckenaquarium seine wöchentliche Portion Kompost.

»Wir haben noch Fälle zu erledigen – *viele* Fälle. Das schaffen wir nie im Leben innerhalb von zwei Tagen.«

Hinter ihr spuckte Mirembe angewidert eine Handvoll Duschpepperoni ins Waschbecken. Es stimmte – sie waren *wirklich* nicht zum essen da. Irgendwie schmeckten sie nach Chilliseife, aber nach all den Jahren fiel Mirembe immer noch auf ihre zarte, zuckerwattefarbene

Schale und auf die hauchdünnen Ranken herein, die sich adrett um den Duschkopf wanden.

»Wir treten die Aufträge einfach an Banni und seine Kumpels ab«, schlug sie vor. »Jetzt beweg doch mal deine trägen Hirnwindungen! Wir haben die perfekte Möglichkeit, uns vor dem Desaster mit der Küchenmaschine zu drücken! – *Aha,* du hast gezögert. Kein Grund, so zu tun, als wär nix gewesen, ich hab's gesehen! Du *willst* nämlich gehen. Du bist gelangweilt und frustriert, und plötzlich klopft ein mysteriöser Cowboy an deine Tür und bietet dir einen Haufen Geld und ein Abenteuer an. *Natürlich* wirst du gehen!«

Mit diesen Worten allein hatte Mirembe gewonnen. Fionagh stand einige Sekunden reglos da, den Blick starr auf die schlemmenden Schnecken im Aquarium gerichtet. Dann drehte sie sich mit der Geschwindigkeit eines in die Jahre gekommenen Gletschers zu ihr um. In ihren Augen stand die Antwort in großen, neonfarbenen Lettern geschrieben.

»Wir könnten verletzt werden«, sagte sie zögerlich. »Du hast es gehört. Wir könnten *sterben.*«

Ach, das schon wieder. Wenn man nicht sterben wollte, durfte man nicht geboren werden. Das Leben hatte eine hundertprozentige Todesquote. Davon durfte man sich nicht abschrecken lassen.

»Du bist eine *Banshee,* schon vergessen? Wie alt bist du jetzt, zweihundertirgendwas Jahre? Sollte das nicht langsam mehr als genug sein? Vielleicht tut dir so ein klein wenig sterben sogar ganz gut, du bist schon richtig blass.«

Eine kleine Falte bildete sich zwischen Fionaghs Augenbrauen. Sie sprach Bände.

Mirembe seufzte gutmütig. »Du machst dir Sorgen um mich? *Mich!* Ausgerechnet. Schau mich doch an! Was siehst du?« Mirembe gab sich größte Mühe, so unternehmungslustig wie möglich auszusehen – mit ein bisschen Glück würde sich Fionagh bei ihr anstecken. Sie brachte sogar ihr Haar dazu, sich vor Aufregung noch mehr zu kräuseln, als es ohnehin schon der Fall war.

»Meine beste Freundin«, murrte Fionagh widerstrebend. »Mit grauen Strähnen übrigens. Sie ist alt geworden. Und sie hat einen Zahnpastaklecks neben dem Mundwinkel. Und jetzt wird sie mir gleich erzählen, dass ich mich nicht sorgen muss, weil nichts und niemand sie unterkriegen kann.«

»Wie war das? Wer oder was könnte mich unterkriegen?« Mirembe kratzte fröhlich mit einem himmelblau lackierten Fingernagel an dem Zahnpastafleck auf ihrer Wange.

»Nichts und niemand«, wiederholte Fionagh missmutig.

»Na also! Damit wäre die Sache wohl entschieden. Wir gehen.«

»Das kannst du nicht einfach so bestimmen! Ich werde ja wohl auch noch ein Wörtchen mitreden dürfen!« Fionagh war inzwischen dazu übergegangen, ihre Kreise durch den Raum zu ziehen wie ein aufgebrachter Modellzug, Dampf und Ärger speiend. Es war ihr nur allzu deutlich bewusst, dass sie verloren hatte. Mirembes Mitleid hielt sich in Grenzen. »Nur weil du ihn hübsch findest …«

»Ich habe dir bereits *gesagt*, solange er unsere Namen nicht aussprechen kann, weigere ich mich, seinem Aussehen gegenüber auch nur ein einziges löbliches Wort zu äußern.«

»Du kannst so geschwollen daherreden, wie du willst, er ist und bleibt ein …« Zögerliche Stille fiel in den Raum wie ein Stein, den jemand durchs Fenster geschleudert hatte. Fionaghs fahles Haar sträubte sich vor Abscheu. »… ein *Mensch!*«

Jetzt fing das schon wieder an. »Na und?«

»Menschen sind *furchtbar!*«

Sie meint es nicht so, erinnerte Mirembe sich mit der grenzenlosen Geduld einer freiberuflichen Hexe, die den Großteil ihres Arbeitstags damit verbrachte, sich unappetitliche Furunkel anzusehen und notgedrungen allen möglichen vor Schmalz und Selbstmitleid triefenden Geschichten ein offenes Ohr zu schenken. Der große Unterschied zwischen Fionagh und ihr selbst war vor allem die Tatsache, dass Fionagh nie den Mund aufmachte, ohne vorher gründlich nachzudenken. Was wiederum bedeutete, dass die Kritik nicht persönlich gemeint sein konnte.

»Ich meine, ihre *Zähne* passen nicht in ihre Münder«, fuhr die Banshee schaudernd fort. »Sie reißen sie sich raus. Oder biegen sie zurecht. In ihren Poren stauen sich Talg und Eiter! Sie tragen *Tierhäute am Leib!*«

»Und was ist mit deiner Jacke?«, warf Mirembe weise ein.

»Was soll damit sein?«

»Sie ist aus Leder.«

Fionagh verscheuchte ungeduldig einige unsichtbare Fliegen mit der Hand. »Das ist ein Imitat. Aber *Menschen!* Sie stinken. Fäulnis zersetzt sich auf ihrer Haut und in ihren Mündern. Ganze Heerscharen von mikroskopischem Getier weiden sich an und in ihnen.«

Mirembe fand es an der Zeit, sich dezent zu räuspern. »*Ich* bin ein Mensch.«

Zumindest besaß Fionagh den Anstand, kurz zu stutzen und sie anzustarren, als ob sie ihre Mitbewohnerin zuvor noch nie gesehen hätte. »Wie? Du zählst nicht. Du bist eine Hexe. Hexen müffeln nicht. Sie haben ihre Bakterien im Griff. Aber *Menschen* … selbst wenn sie hübsch sein mögen …«

Mirembe seufzte leise, als sie sich hinter den Schreibtisch schwang und den Computer anwarf. Todesbotinnen. Ja, definitiv schwierig, manchmal. »Jetzt hör auf, eifersüchtig zu sein, und schau dir an, was ich heute Morgen gefunden habe.«

Fionagh balancierte einen Moment lang widerwillig auf der Schneide zwischen Missgunst und Neugierde, dann ließ sie sich mit größtem Argwohn dazu herab, ein wenig näher zu kommen. Mit abfällig gekräuselter Nase spähte sie auf den Bildschirm, den Mirembe ihr zugedreht hatte. Carls Gesicht stierte ihr mit dem feinsinnigen Charme eines Bulldozers entgegen.

»Das ist seine Akte.« Mirembe ließ sich die Worte auf der Zunge zergehen wie eine bürokratische Praline. »Sieh dir das an! Carl ist gar nicht sein echter Name. Er heißt eigentlich John. *John!*«

Fionagh schien wenig beeindruckt. Sie ließ ein schlecht gelauntes Knurren hören (Eifersucht, hatte sie es doch gesagt!) und trommelte irritiert mit den Fingerspitzen auf der Tischplatte herum. »Er hat sich einen Decknamen zugelegt? Glaubst du jetzt immer noch, dass er vertrauenswürdig ist?«

»Ach, darum geht es doch gar nicht! Es ist *lustig,* verstehst du? Der Typ hat den einfallslosesten Namen der Welt, also was tut er? Er geht hin und legt sich einen *noch* langweiligeren zu! Wie kannst du jemandem misstrauen, der vor Originalität so dermaßen überquillt?«

Fionagh malträtierte ihre Unterlippe wie einen schmackhaften Kaugummi. »Ich finde es bedenklich, dass er sich überhaupt einen Decknamen zugelegt hat.«

»Äh, ja, und das kommt ausgerechnet von der Fee, deren Name eigentlich gar nicht *Fionagh* lautet.«

Wären Banshees dazu imstande zu erröten, dann wäre dies der perfekte Zeitpunkt gewesen. So allerdings wuschelte die Fee, deren Name eigentlich gar nicht Fionagh lautete, bloß mit verlegener Miene durch ihr weißblondes Haar und ließ ein abfälliges Schnauben hören. »Bei mir ist das was anderes.«

»Stimmt. Du wolltest bloß cool sein.«

»Ich wollte – das hat damit überhaupt nichts zu tun! Ich wollte nur nicht der Tradition folgen. Das *ist* etwas anderes! Aber dieser Mensch … dieser *John …«* Sie wischte ungeduldig über den Bildschirm, um die spärlichen Daten unter Carls-oder-vielleicht-auch-Johns griesgrämiger Visage zu überfliegen. »Wahrscheinlich hat er jede Menge Feinde. Wer weiß, vor wem er sich versteckt!«

»Vor niemandem, sonst wäre es mir nicht so leicht gelungen, an seine Akte zu kommen«, warf Mirembe triumphierend ein. »Sieh mal, es steht alles hier – geboren in Kaikoura – in Klammern ›Erste Erde‹ –, freiberuflicher Kopfgeldjäger Klasse A, gemäß Arbeitsschutzgesetz von fester Wohnsitzpflicht befreit, wohnhaft in … kein fester Wohnsitz angegeben … Hoppla. Wahrscheinlich hat er ein Schiff! Hach, das wird lustig. Vorstrafen – oh, hier wird es erst *richtig* interessant. Vielleicht hattest du recht. Er ist mit allen Wassern gewaschen. Mit überaus schmutzigen Wassern.«

»Über *fünfzig registrierte Diebstähle!«*, las Fionagh empört vor. Mirembe jedoch hörte die schlecht versteckte Bewunderung, die in ihrer Stimme mitschwang. Die Ärmste litt unter Stress. Sie sah ganz danach aus, als ob sie im nächsten Moment anfangen würde zu schreien. Sie verbreitete sogar bereits den Todesgeruch, den sie unter Anspannung ständig ausströmte und von dem Brutus an hektischen Tagen schwindlig wurde. Normalerweise benebelte sich Fionagh mit einer kräftigen Deowolke, bevor es so weit kam, denn wer einmal den gesamten Mageninhalt eines Pferds über den Schreibtisch drapiert bekommen hatte, wurde in gewisser Hinsicht ein bisschen umsichtiger. Vorsichtshalber öffnete Mirembe das Fenster, damit sich der Duft verziehen konnte. »Beamtenbeleidigung! Einbruch, vier Haftstrafen, Körperverletzung, ein *ausgestochenes Auge,* ein schwerer Fall von ungebührlichem Verhalten gegenüber sensiblem Mobiliar! Die Sache ist gegessen!« Der Bildschirm verdunkelte sich. »Wir lehnen das Angebot ab!«

Aber da war dieses Glitzern in Fionaghs blassen Augen. Wie ein Glühwürmchen im Nebel. Und Mirembe wusste, dass ihre Kollegin sich an das letzte Mal zurückerinnerte, als die beiden sich mit einem Gauner zusammengetan hatten … und dass sie sich insgeheim danach sehnte, dass Mirembe sich endlich ein bisschen mehr anstrengte, sie zu überreden.

Aber die Hexe lächelte und hüllte sich in wissendes Schweigen.

Die Mittagssonnen brannten heiß auf Akanon-X6. Mirembe hatte noch nie ein vergleichbares Licht gesehen – es tauchte alles in einen körnigen Schleier aus tiefem Violett, als hätte jemand einen gewaltigen Kübel Fliedersirup über ihren Köpfen ausgeleert. Fionagh spähte auf den schmuddeligen Zettel in ihren Händen. Dann schleuderte sie dem Haus vor ihrer Nase einen zutiefst skeptischen Blick zu. Mirembe konnte ihr Misstrauen verstehen. Das Gebäude machte den Eindruck, jeden Moment aus allen Nähten zu platzen – nicht gerade vertrauenerweckend.

»Und das soll die richtige Adresse sein?«, fragte die Banshee skeptisch. »Sieht nicht unbedingt professionell aus.«

Vom Dach des Hauses löste sich ein Stückchen Ziegelpergament und flatterte ihnen fröhlich entgegen.

»Jetzt mal im Ernst, was hast du erwartet?« Mirembe blinzelte schulterzuckend dem violetten Licht entgegen. »Senoba, Hort der toten Wespenkrieger. Natürlich bestehen die Häuser aus Waben. Stabil und gleichzeitig flexibel genug, den wöchentlichen Erdbeben standzuhalten. Schau nicht so, ich hab mich eben schlau gemacht.«

»Wöchentliche Erdbeben«, brummelte Fionagh vor sich hin. Sie gab sich immer noch alle Mühe, so zu tun, als ob ihr die Sache gehörig gegen den Strich ging. Sie war schon die ganze Shuttlefahrt über betont einsilbig gewesen und hatte nur ab und zu den Mund aufgemacht, um den armen Busfahrer für seinen permanenten Haschischalgenkonsum rundzumachen. Todesbotinnen besaßen einfach keine Manieren. »Deswegen sehen die Straßen also so aus.«

In der Hinsicht wenigstens musste Mirembe ihr recht geben. Die Straße war durchzogen von breiten, klaffenden Rissen, von denen manche groß genug waren, ein gemästetes Hausschwein zu verschlucken. Immerhin bot ihr dies einen perfekten Rückzugsort, sollte Fionagh mal wieder ausfällig werden und Mirembe sich vor Scham wünschen, im Erdboden versinken zu können. Kein besonders abwegiger Gedanke. Sie überquerten einen mit diversen Abfällen gefüllten Krater, der mittels einer geschwungenen kleinen Holzbrücke geflickt worden war und bedrohlich unter ihren Füßen vor sich hin brodelte. Vor der runden Haustür blieben sie ratlos stehen. Irgendetwas hatte eine gewaltige Wespenkriegerwabe an sich, das nicht gerade einladend wirkte.

Eine kleine, dunkle Gestalt löste sich aus den indigofarbenen Schatten neben dem Eingang und winkte sie ungeduldig näher. »Wollt ihr hier draußen versauern, oder was soll das werden?« »Ein Kind«, murmelte Fionagh misstrauisch. Aber Mirembe war sich da nicht so sicher. Es sah zwar *aus* wie ein Kind. Es hatte zwar alles, was ein Kind so brauchte – zwei Arme, zwei Beine, einen Kopf, einen Gesichtsausdruck von unvergleichbarer Langweile … Aber es war keines. Irgendetwas war merkwürdig an ihm.

Das Nichtkind schlenderte auf sie zu und blieb mit verschränkten Armen vor ihnen stehen. Eine Wand aus Kälte prallte gegen Mirembes Stirn. Sie musste sich schwer zusammennehmen, um nicht vor Schreck zurückzuweichen – die Kleine war eiskalt.

»Ihr sucht wohl nach Carl.«

Ja, die Stimme passte. Samtig, kühl und zutiefst ungesund, wie verdorbene Schlagsahne in einem Gefrierfach. Als das Wesen lächelte, entblößte es eine Reihe beängstigend makelloser Zähne. Und es war nicht *wirklich* ein Lächeln – vielmehr eine Einladung, sich in allen unappetitlichen Farben auszumalen, wie sich kleine, scharfe Beißerchen tief in ihre Kehle senkten und *zudrückten* … Aber es waren Mirembes Augen, die ihr diese Geschichte erzählten. Manchmal war auf Augen kein Verlass. Was man sah, war zumeist nur ein gebrochenes Spiegelbild der Wahrheit. Also schloss sie die Lider und spürte, was wirklich war, wie ihr Oberster es sie einst gelehrt hatte –

– feuchte Erde und dunkle Wälder. Feine Pilzsporen unter nasser Rinde. Weite Ebenen in pfeifendem Sturm, welkes Gras, das sich unter der Last des Windes bog, und ein Hauch von Nacht, der selbst durch die wärmsten Sonnenstrahlen kroch …

Die letzten Spuren einer uralten Kultur, die jene kleinen, dunklen Gestalten vor langer Zeit zuerst gesehen hatten. Mirembe wusste, was das bedeutete. Sie öffnete die Augen und grinste, wie nur eine Hexe es konnte, denn dies war kein Kind. Es war eine Kreatur aus Sturm, die sich lediglich als Mensch ausgab. Leicht und flüchtig; so unfassbar wie die Luft, nur dass sich die Luft ein Gesicht gegeben hatte. Die Erscheinungsform des Wesens war zierlich, mit langem, schwarzem, seidigem Haar, welches ihm bis in die Kniekehlen fiel, und schmalen, finsteren Augen. Blutunterlaufene Haut schimmerte im Licht der beiden Sonnen dunkelpurpurn auf.

Mirembe *mochte* das Nichtkind. Es war so selbstschwärmerisch, unanfechtbar *finster.*

»Carl, ja«, nickte sie beflissen. »Genau den suchen wir. Gehörst du zu ihm?«

Das Mädchen schnaubte, als hätte es noch nie von einer amüsanteren Vorstellung gehört. Nun, *Mädchen* war selbstverständlich der falsche Begriff, denn was da vor ihnen stand und frech die Hände in die Hüften stemmte, war ein Seuchenbringer – ein Krankheitsbote, den Tiefen der urältesten Geschichten entschlüpft. Man traf sie manchmal in finsteren Ecken unter einem Krankenlager oder in der flimmernden Verzerrung, die ein Hustenanfall in der Luft hinterließ. Die Krankheit hatte schon immer eine Vorliebe für harmlose Erscheinungen gehabt.

»Er gehört zu *mir«,* entgegnete das Wesen. »Wer bist du?«

Ein bedrohlich glitzernder Eckzahn blitzte auf. Mirembe weigerte sich, den Einschüchterungsversuch auf sich wirken zu lassen. Sie hatte sich nicht umsonst vor Jahren gegen Seuchenbringerepidemien impfen lassen.

»Mirembe. Ich bin eine Hexe.«

»Und wer ist *sie?«*

Sie, auch bekannt als Fionagh, schien es vor Entrüstung die Sprache verschlagen zu haben. Wahrscheinlich lag es daran, dass Carl zu erwähnen vergessen hatte, dass er Leute rekrutierte, die nicht einmal anderthalb Meter groß waren. Mirembe beschloss großzügigerweise, die Antwort für sie zu übernehmen. »Das ist Fionagh. Sie ist eine Banshee – du weißt schon, rumschreien, Leute vom rechten Pfad abbringen, Todeshauch verbreiten, so was in der Art. Sie ist der *Knaller* auf Partys.«

Die Kleine überlegte einen Moment. Die Andeutung eines Naserümpfens kräuselte sich über ihr Gesicht.

»Das wird gehen«, meinte sie schließlich gedehnt. »Ich würde nicht darauf wetten, dass ihr überlebt, aber vielleicht schafft ihr es zumindest für ein paar Wochen.«

»Oh.« Mirembe konnte sich das Grinsen nicht länger verkneifen. Erstaunlich, wie leicht man auf illegalen Missionen neue Freunde fand. »Das ist sehr ermutigend. Wer bist du eigentlich?«

Das Nichtkind lächelte das scharfzähnigste Lächeln, das Mirembe je gesehen hatte. Und dies hatte einiges zu bedeuten, wenn man bedachte, dass sie erst vor ein paar Monaten mit Großmaul-Nuxor Geschäfte gemacht hatten, dem rasiermessermündigen Halsabschneider und Schrecken aller Zahnärzte. »Nennt mich Geist. Kommt jetzt endlich. Es wird Zeit. Außerdem, die Lichtfrequenz hier draußen macht auf Dauer süchtig. Ihr geht besser ins Haus, bevor wir euch auf Entzug setzen müssen.«

Als sie Geist in das nach allen Seiten ausgebeulte Wabenhaus folgten, wanderten Mirembes Gedanken in weit entfernte Welten. In einem anderen Universum wäre John-Schrägstrich-Carl in Anzug und Krawatte in der Detektei erschienen und hätte ihnen eine seriös designte Visitenkarte mit Goldrand über den Schreibtisch geschoben. Er hätte ihnen sein Anliegen in klaren, vertrauensvollen Worten unterbreitet und ihnen angemessene Besoldung, Unfallversicherung, Rentenkredit und Schmerzensgeldanspruch versprochen. Er hätte einen säuberlichst aufgesetzten Vertrag aus einer schwarz glänzenden Aktentasche gezogen und sie mit feierlicher Miene unterschreiben lassen – und ganz gewiss hätte er ihre Namen bis auf das letzte stimmlose *gh* tadellos ausgesprochen.

Und sie wären nie am Treffpunkt erschienen. Es war Carls großes Glück, dass Fionagh sich nur auf Dinge einließ, die ihr zutiefst suspekt vorkamen. Vielleicht erklärte das auch, warum sie Geist so anstandslos folgte.

»Das ist ein Kind!«, zischte sie Mirembe entrüstet ins Ohr. Offenbar hatte sie in den Tiefen ihres Kehlkopfs gestöbert und ihre Stimme wiedergefunden. »Er hat ein *Kind* eingestellt!«

»Ach, keine Sorge, das ist kein Kind«, beruhigte Mirembe sie fröhlich. »Das ist ein Seuchenbringer der tödlichsten Kategorie.«

»Aber sie sieht *aus* wie ein – was meinst du damit, ein Seuchenbringer? Weißt du, wie lange es her ist, dass meine Impfung erneuert wurde?«

»Wahrscheinlich ist sie sogar älter als ich«, fuhr Mirembe ungerührt fort, als sie ins Innere des Hauses traten. Hier, wo die achteckigen Fenster mit fein gewebten Lichtfiltern versehen waren und die Purpurfarbe draußen hielten, war die Vorliebe der Kreatur für Krankheiten aller Art ein wenig offensichtlicher. An manchen Stellen war ihre lehmfarbene Haut bläulich angeschwollen; winzige, dekorativ verteilte schwarze Pusteln überzogen ihre Schultern. Ein feiner Leichenschimmer lag über ihren Gesichtszügen, und unter ihren Augen spannten sich tiefe Schatten.

»Lass mich raten, Geister brauchen keinen Schlaf?«, fragte Fionagh eher schnippisch. Mirembe wunderte sich wirklich, warum sie nicht mehr Freunde hatte.

»Wir bekommen keinen. Und ich bin kein Geist, ich heiße nur so.«

Eine hauchdünne, wächserne Tür schwang beiseite und gab den Blick auf einige der seltsamsten Gestalten frei, die Mirembe jemals in einem Raum hatte herumlungern sehen. Es fing an bei dem filigran gegliederten Elfen, der sich auf dem Esstisch lümmelte. Er war kaum größer als die ungewaschenen Teetassen, die ihn so bedrohlich umzingelten, und wäre leicht zu übersehen gewesen, wenn er nicht von einer Aura schillernder Anderweltlichkeit umgeben gewesen wäre – nur halb auf diesem Planeten und mit den Gedanken fern in den Sternen. Schillernde Kolibrifedern von glänzendem Meeresblau und grellem Türkis, die bei jeder kleinsten Bewegung aufleuchteten, bedeckten ihn von Kopf bis Fuß. Ein herrliches Geschöpf. Mirembe hätte den ganzen Tag lang blöde glotzend in der Tür stehen und seine unwirkliche Schönheit bewundern können. Elfen waren selten geworden, aber es stimmte, was man über sie sagte: Sie waren aus purem Staunen gemacht.

Das Wesen hob den Kopf und ertappte sie beim Starren. Seine waldgrünen Perlenaugen weiteten sich.

»Was gucks'n du so?«, zeterte es los. »Hab ich was im G'sicht? Oder was glotzte mich so dämlich an, eh?«

»'tschuldigung«, räusperte Mirembe sich. Möglicherweise war der Elf doch weniger herrlich als erwartet. Er zog einen Löffel heran, der länger war als er selbst, hauchte panisch auf das Metall und polierte es mit seinem zart gefiederten Arm. »Nein, ich mein's ernst! Hab ich mich eingesaut, häh? Sag schon! Megapeinlich, Mann! Beim ersten Vorstellungsgespräch!«

Ohne den Blick von ihrer neuen Bekanntschaft abzuwenden, zeigte Mirembe Fionagh dezent den Vogel, als der Kleine sein verzerrtes Spiegelbild im Löffel gehetzt von allen Seiten betrachtete. Erst im Nachhinein fiel ihr auf, dass Fionagh gar nicht mehr neben ihr stand.

»Geht das schon wieder los«, brummte Geist unwillig und setzte sich lustlos im Schneidersitz auf den Boden, offenbar darauf bedacht, einen möglichst weiten Abstand zu dem neurotischen Federwisch zu halten. Mirembe konnte es ihr nicht verdenken. Es blieb nur zu hoffen, dass die anderen Kollegen ein wenig angenehmer waren. Dass Fionagh sich freiwillig mit ihnen zu unterhalten schien, war schon einmal ein gutes Zeichen – sie stand neben einer lässig an die Wand gelehnten Frau, die … oh, aber hallo. Mirembe verfiel sofort wieder zurück ins Staunen. Zeit, sich vorzustellen.

»Hallo«, klinkte sie sich eifrig ins Gespräch ein. Die beiden warfen ihr einen wenig begeisterten Blick zu. »Ich bin Mirembe.«

Die Frau hob eine Augenbraue und musterte sie skeptisch. Nach einem Moment ließ sie ein träges Grinsen sehen, das Mirembe nur allzu gern erwiderte. Sie war groß – unglaublich groß sogar, wahrscheinlich hatte sie sich in der Mitte einfalten müssen, um überhaupt durch die Tür zu passen – und trug einen maßgeschneiderten weißen Anzug, komplett mit Silberkrawatte, handgefertigten Manschettennadeln, fein geschliffenen Alabasterknöpfen und makellos gefaltetem Einstecktuch. Dazu noch das halblange rötliche Haar, das sie sich in einem eleganten Wirbel zurückgekämmt hatte – sie war perfekt. Wäre sie Anwältin gewesen, Mirembe hätte ihr liebend gern geglaubt, dass der dreiköpfige, blutsabbernde, menschenfressende Dämon, der ihr vor aller Augen ein horrendes Bestechungsgeld angeboten hatte, garantiert nicht an der gewalttätigen Mordserie der letzten drei Jahrzehnte schuld war und alle Zeugen ganz offensichtlich haarsträubende Lügen verbreiteten.

»Jamie«, unterbrach sie Mirembes Gedankengänge mit einer Stimme, die beinahe unanständig nach Reichtum klang. Wäre es anatomisch möglich gewesen, hätte Mirembe auf Stimmbänder aus Gold getippt. Es war ein Tonfall, der auf Generationen gehorteten Vermögens schließen ließ, auf Butler und Chauffeure und jemanden, der ihr morgens mit getragenem Tonfall die Zeitung vorlas. Erst als sie sich wieder Fionagh zuwandte und das Gespräch fortsetzte – in einer Sprache, die Mirembe zu ihrer großen Missgunst nicht verstand –, fiel ihr die zierliche Gestalt auf, die sich hinter Jamies Rücken herumdruckste. Es war ein schlanker, kleiner Mann mit zartbrauner Haut und wuscheligem Haar, der nach Zimt roch und aussah, als ob er sich am liebsten in den scharfen Bügelfalten des weißen Anzugs verkriechen wollte.

»Alesander«, murmelte er verlegen, als ihr Blick auf ihn fiel, und streckte ihr eine schüchtern anmutende Hand entgegen. »Hallo, Mirembe.«

»Ich bin entzückt.« Und das war sie wirklich. Die beiden gefielen ihr; die eine groß und blütenblass, der andere klein und dunkel. Irgendwo hatte sie diese Kombination schon einmal gesehen. Fionagh fing ihren Blick auf, nickte unauffällig in Alesanders Richtung und formte mit den Lippen ein stummes *Sieht er gut aus?* Mirembe grinste nur.

»Ich hatte gar nicht mit einer Party gerechnet, wir hätten Snacks mitgebracht!« Sie warf einen Blick in die illustre Runde. »Sind wir damit vollzählig? Ein Nichtgeist namens Geist, ein selbstverliebter Elf …«

»Hey! Was soll'n das?!«

»… eine taktlose Hexe, eine Banshee, die ich hier nicht näher beschreiben will, weil sie mir sonst das Fell über die Ohren zieht, eine …«, (an dieser Stelle warf sie einen kurzen Seitenblick auf Jamies durchscheinend bleichen Teint, die spitz zulaufenden Zähne und den fein kultivierten Gesichtsausdruck), »… eine viel zu gut angezogene Vampirin und ein … was auch immer du bist.«

»Ein Wer-Stier.« Alesanders so oder so schon rötliche Wangen liefen hübsch dunkelrosa an. »Aber keine Angst, nur bei Vollmond. Ich fange nicht plötzlich an, mit den Hufen zu scharren oder zu muhen.«

»Das ist ja irgendwie putzig. Also, und ein Wer-Stier«, fasste Mirembe die Situation zusammen. »Das ist unsere Crew?«

»Es kursieren Gerüchte, dass noch jemand fehlt.« Jamie hatte eine langfingrige Hand in ihre Hosentasche gleiten lassen und ein kleines violettes Pflaster hervorgezogen. »Aber vermutlich wird unser Ehrengast noch eine Weile auf sich warten lassen. Es gibt wohl noch einiges zu klären.«

»Sie ist auf Blutentzug«, meinte Alesander entschuldigend, als die Vampirin einen schneeweißen Ärmel hochkrempelte und das Pflaster fest auf ihr Handgelenk drückte. »Und wenn Menschen in der Nähe sind, wird sie immer ein bisschen … na ja, es ist auf jeden Fall besser, auf Nummer sicher zu gehen. Kennt ihr Carl schon lange? Eigentlich wollte ich gar nicht mitkommen, aber Jamie hat mich überzeugt. Es wird bestimmt gefährlich«, seufzte er, nur um sich schuldbewusst zu unterbrechen, als die Tür aufflog und der Cowboy hereingewirbelt kam. Er war in eine dicke, undurchdringliche Wolke Knobellauch gehüllt. Sie stieg in der unverwechselbaren Fragezeichenform aus dem gigantischen Teigfladen auf, den er in der Hand hielt. Man sagte, Knobellauch rege von allen existierenden Gewürzen die Hirnfunktion an wie kein anderes, doch alles, was Mirembe an sich bemerkte, war ein leichtes Magengrollen.

»Hat keiner außer mir was zu Futtern dabei?«, fragte Carl, als er sich in einen der Stühle fallen ließ, nicht ohne Knobellauchdressing quer durch den Raum spritzen zu lassen. Der Elf stieß ein entsetztes Quieken aus, als ein geröstetes Zwiebelstück in seine Richtung segelte und ihn nur deswegen um Federbreite verfehlte, weil er sich mit einem gewagten Hechtsprung hinter die nächstbeste Tasse rettete. »Ich sagte doch, wir treffen uns zum Mittagessen. Na ja, bedient euch am Tee, und ein paar Cracker müssten auch noch irgendwo rumliegen.«

Er blickte in die stumme, mehr oder weniger betreten dreinschauende Runde, schüttelte den Kopf und klatschte das unidentifizierbare Gebäckstück auf den Tisch. »Na kommt schon, steht nicht so komisch rum, setzt euch. Zeit für die Besprechung.«

Mirembe griff nach Fionaghs Hand und zog sie zu einem der freien Stühle, die allesamt verdächtig so aussahen, als hätte Carl sie bei Nacht und Nebel von irgendeinem Sperrmüllhaufen geklaut. Die Vampirin und der Wer-Stier folgten ihnen sorgsam und selbst Geist bequemte sich dazu, sich an den Tisch zu setzen. Der Cowboy grinste ihnen unter der abgewetzten Hutkrempe hervor zu und schnippte mit den Fingern. Violette Dunkelheit senkte sich über sie.

»Des Effekts wegen«, erklärte er. »Ihr werdet gleich sehen, wozu. Zuerst aber eine kleine Formalität. Was nun folgt, wird euer Leben verändern. Sobald ihr von der Sache gehört habt, wird es kein Zurück mehr geben. Selbst wenn ihr den Job ablehnt – was euer gutes Recht ist –, wird euch das Wissen bis an euer Lebensende verfolgen. Und da wir ein paar Langlebige unter uns haben, könnte das zu einer ganz schönen Belastung führen. Noch steht es euch frei, einfach zu gehen.« Keiner rührte sich vom Fleck. Carl nickte zufrieden mit dem Kopf. »Wusste ich's doch. Na gut, dann streckt mal alle eure Zungen raus.« Zögerlich kamen sie der Aufforderung nach. Mirembe ahnte nichts Gutes, aber ein unterhaltsamer Anblick war es trotzdem. Die Zunge des Elfen war spitz und gespalten wie die einer Schlange. »Geist, du bist dran.«

Das Nichtkind nickte. Es hob eine Hand und wackelte mit den Fingern. Unmerklich verschoben sich die Schatten im Raum. Nur für einen kurzen Moment fühlte es sich an, als ob jemand Mirembes Zunge mit feinst gemahlenem Pfeffer bestreut hätte – ein Hauch eines Kribbelns, ein süßes Brennen, dann nichts mehr. Sie hatte es doch *gewusst*.

»Das hast du nicht ernsthaft gemacht«, stöhnte sie. »Wie unhöflich.«

Geist lächelte.

»Was hat sie denn gemacht?«, hakte Alesander besorgt nach.

»Wie einige von euch bestimmt wissen«, plauderte Carl fröhlich weiter, »ist Geist eine Seuchenverbreiterin. Sollte es euch also jemals in den Sinn kommen, irgendetwas von dem herumzuerzählen, was ich euch gleich verraten werde …«

»Unhöflich«, betonte Mirembe. »Sehr sogar.«

»… dann wird euch die Zunge abfaulen.«

Einen Moment lang herrschte Stille. Dann ließ der Elf ein Keuchen hören, das an ein Leck in einem Teekessel erinnerte, und schlug sich beide Hände über den schuppigen Mund.

»Das ist komplett illegal!«, fauchte Fionagh in das betretene Schweigen hinein. »Diese Methode darf nur unter einvernehmlicher Zustimmung und medizinischer Aufsicht angewandt werden, und erst, nachdem beide Parteien eine offizielle, notariell beglaubigte Einverständniserklärung unterschrieben haben!«

»Schon gut, Fio.« Carl pickte eine orangerot leuchtende Schleierschote aus seinem Mittagessen und warf sie sich vergnügt in den Mund. »Das war ganz bestimmt nicht unsere letzte illegale Aktion.«

Fionagh verengte die Augen und Mirembe tätschelte ihr rasch das Knie, bevor sie sich dem Drang hingab, alles zusammenzubrüllen. Es wäre der ohnehin schon angespannten Atmosphäre bestimmt nicht sonderlich zuträglich gewesen. Carl versicherte sich mit einem raschen Seitenblick, dass sie sich wieder beruhigt hatte, dann zuckte er mit den Schultern und zog eine flache, dunkel glänzende Scheibe unter der Jacke hervor. Er schob ein paar Tassen beiseite und klemmte dabei aus Versehen den linken Flügel des Elfen zwischen zwei teebefleckten Henkeln ein (lautstarkes Gemotze). Carl verdrehte nur die Augen. »Halt mal den Rand.«

Unwillig leistete das kleine Geschöpf der Aufforderung Folge, streckte seine Finger aus und legte sie um die Kante der Scheibe. Dann gab er ihr einen behutsamen Schubs und trat einen vorsichtigen Schritt zurück. Die Scheibe begann sich von ganz allein auf dem Tisch zu drehen, unaufhörlich um ihre eigene Achse rotierend wie ein perfekt ausbalancierter Kreisel. Die Luft füllte sich flimmernd mit Bildern …

Die Dunkelheit verdichtete sich.

»Also dann«, raunte Carl mit einem Grinsen, das einem Fleischwolf alle Ehre gemacht hätte. »Trefft euren Feind.«

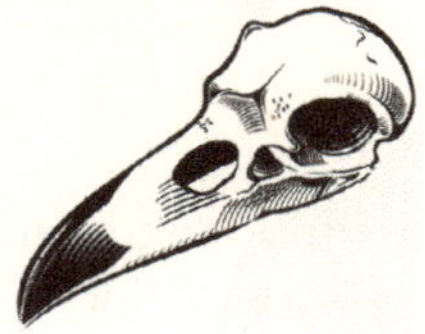

3

Carl

Hier wird eine finstere Geschichte erzählt, in der es um alte Knochen, Männer in weißen Kitteln und schlechte Ideen geht, und ein Rabe ist ein Aas.

Körnchen für Körnchen wurde das grobe Licht im Raum von den Schatten verschluckt, und die Bilder wuchsen an. Je schneller sich der Spiegelprojektor drehte, umso farbenfroher wurden sie. Sie breiteten sich im rasch entstehenden Dunkel aus, flimmernd wie eine heiße Straße unter glühenden Sonnenstrahlen, und formten ein kleines Universum um den Tisch herum. Sterne schwebten sanft durch die staunenden Gesichter der Zuschauer, die sich benahmen, als ob sie noch nie zuvor eine 3-D-Show gesehen hatten. Über dem Tisch dehnten sich glitzernde Gaswolken aus, bunt gefärbte Sternennebel und träge verstreute Meteoritenfelder. Das Bild vergrößerte sich, bis ein dunkelblauer Planet direkt über der Scheibe zum Schweben kam. Vier kleine Monde umkreisten ihn. (Einer davon wurde vorübergehend von Geists linkem Nasenloch verschluckt.) Die Gruppe drängte sich in stiller Bewunderung um den Tisch und sperrte eifrig Augen und Münder auf – Carl konnte ein zufriedenes Grinsen nicht unterdrücken. Gute Vorbereitung zahlte sich eben doch aus. Er hatte die Vorstellung schließlich oft genug geübt.

»Hier nimmt die Sache ihren Anfang«, begann er mit leiser Stimme, die sich kunstvoll zwischen den unzähligen Sternen brach. »Wir befinden uns im Jahr X+3.97, siebenhundertsiebenunddreißig Jahre vor unserer Zeit. Was ihr da mit derart mörderischer Geschwindigkeit auf euch zurasen seht, ist die Oberfläche eines kleinen Planeten, der …

Und schon wurde die Stimmung ruiniert. »Wie klein genau?«, mischte sich Jamie ein. Carl warf ihr einen finsteren Blick zu. Es hatte schon immer genau ihrem Humor entsprochen, anderen Leuten auf die Nerven zu gehen. »Im Vergleich zum Universum in etwa so groß wie eine Amöbe in einem Ozean. Zufrieden?«

»Und im Vergleich zu meiner Heimat?«

So langsam ging die ganze schöne Wirkung flöten. Die Rede war zeitlich perfekt abgestimmt gewesen, bevor sich ein gewisser Blutsauger dazu entschieden hatte, ihm dazwischenzuquatschen. »Woher kommst du noch gleich?«

Jamie verschränkte voller Selbstgefallen die goldbeknöpften Arme vor der Brust. »Erde.«

»*Welche* Erde, verdammt noch mal?«

»Die mit den drei Sonnen und der magnetischen Strahlung.«

»Nächstes Mal sag's gleich. Also, im Vergleich zu deiner Erde ...« Er dachte kurz nach, trommelte ungeduldig mit den Fingern auf dem Knie herum und gab ein nachdenkliches Brummen von sich. »Wie eine Dornfrucht im Vergleich zu 'ner Lockenschote. Jedenfalls ...«

Und er wurde schon wieder unterbrochen. Dieses Mal war es die Hexe. »Welcher der beiden Planeten ist die Lockenschote?«

»Der Planet, um den es geht, ist die kleinere Frucht! Es ist ein kleiner Planet, das wollte ich damit sagen! Er ist klein!«, blaffte Carl, mit den Nerven am Ende. Zu seinem Groll musste er bemerken, dass sie schon längst durch die sahnige Wolkendecke geflogen waren und auf den schlanken, schwarz glänzenden Gebäudekomplex zuhielten, der sich an der Küste auftat. So viel zu gutem Timing. »Dieser Planet, in etwa so groß wie eine verdammt kleine Frucht im Vergleich zu einer verdammt großen Frucht, wurde vor siebenhundertsiebenunddreißig Jahren Schauplatz eines der leichtsinnigsten, genialsten, schauerlichsten Experimente der Medikamentenforschung. Kurz darauf, vor siebenhundertsechsunddreißig Jahren, wurde er aufgegeben. Bis dahin war er eigentlich viele Jahrzehnte lang recht nützlich gewesen. Nicht unbedingt aufgrund seiner florierenden Wirtschaft, da er wirklich so absolut gar nichts an sich hatte, das in irgendeiner Weise begehrenswert war – es sei denn, man steht auf ätzende Säuren und radioaktives Gestein –, sondern vor allem wegen der vielen Forschungsstationen, die auf ihm beheimatet waren. Jede seiner Inseln beherbergte ein von der Intergalaktischen Vereinigung finanziertes Institut oder einen militärwissenschaftlichen Stützpunkt. Diese Inseln waren von einem tiefen Schwefelmeer voneinander getrennt, das kein organisches Wesen lebend durchqueren konnte. Perfekte Bedingungen für zwielichtige Wissenschaft, nicht wahr? Nichts konnte den Planeten ohne Erlaubnis betreten. Nichts konnte ihn ohne Erlaubnis verlassen. Tja, dachte man zumindest. Denn dann kam irgendein Blödmann auf eine ganz und gar verheerende Idee, die dazu führte, dass man den Planeten nach Jahren emsiger Forschung eines Tages Hals über Kopf verlassen musste.«

Das Miniaturuniversum löste sich um sie herum in feinen, glitzernden Staub auf – und Carl lehnte sich mit einem Seufzen zurück. Gerade noch rechtzeitig. Zwar stark gekürzt, die Erklärung, aber immerhin besser als gar nichts.

»Was ihr hier seht, ist Station 11. Weiße Wände, chromglänzende Tische, fein säuberlich aufgereihte Reagenzgläser, Typen in makellos weißen Kitteln, alles drum und dran. Wie ihr unschwer erkennen könnt, ist die ganze Ausrüstung inzwischen ein bisschen veraltet, aber das ist in Ordnung, wir befinden uns immerhin sieben Jahrhunderte in der Vergangenheit. Nun, nähern wir uns doch einer der magisch versiegelten Petrischalen in dem kleinen Wärmebehälter dort drüben – und, was seht ihr?«

Alesander war der Erste, der sprach. Carl entging das angeekelte Naserümpfen nicht. »Einen Wurm!«

»Einen Gräulichen Blutekel«, korrigierte Jamie ihn mit einem Gesichtsausdruck, als hätte sie den Gräulichen Blutekel gerade zwischen den Borsten ihrer Zahnbürste hervorgepflückt. »Farbe: Grau. Nahrung: Blut. Charakter: sowohl gräulich als auch eklig.«

Carl nickte beeindruckt. Besser hätte er es nicht formulieren können. »Ganz genau, Eins mit Sternchen. Was wir hier haben, liebe Leute, ist das Musterexemplar eines Sumpfparasiten, der in den Jahren von X+1.14 bis X+3.96 eine Seuche verursachte, die bekannt war als *Würgelpest* und mehrere Millionen Todesopfer in allen Ecken des Bekannten Universums forderte. Wisst ihr vielleicht noch aus dem Geschichtsunterricht, immerhin war es der Auslöser für die Eintausendsiebzehnte Große Krise und die damit einhergehenden venusianischen

Pestarztaufstände. Eine kurze Einführung, damit ihr wisst, womit ihr es zu tun habt: Diese nette kleine Krankheit hatte mehrere Stadien, eine hübscher als die andere.« Angeekeltes Würgen rund um den Tisch, als der Projektor das Bild eines von wild wuchernden und Blasen schlagenden Beulen überzogenen Mannes zeigte. »Erstes Stadium: betrifft die Haut. Dicke Pusteln auf Armen und Beinen, pink verfärbter Teint, auf den jedes Ferkelchen neidisch wäre, extremer Juckreiz. Übertragung durch Blutkontakt. Zweites Stadium«, allgemeines Keuchen, »betrifft das Fleisch. Rote, eitrige, rissige Haut. Beulen breiten sich über den gesamten Körper aus und wachsen an. Große Schmerzen durch den entstehenden Druck. Übertragung durch Hautkontakt. Drittes Stadium«, Geist grinste glücklich. Alesander und der Elf wandten den Blick ab. »Dunkelrot bis schwarz verfärbte Haut. Beulen haben sich bis auf die Knochen vorgefressen und betreffen nun auch die Atemwege, daher der reizende Name *Würgelpest*. Übertragung durch Tröpfcheninfektion. Und viertens«, hier stürzte der Elf rückwärts von der Tischkante, »die Beulen platzen auf.«

»Meine Lieblingsphase«, flüsterte Geist mit einem verzückten Lächeln. Der Blick, den sie dem Bild zuwarf, war angesichts von so viel Eiter selbst für einen Seuchengeist ein bisschen schräg. Die anderen schienen nicht ganz so begeistert – zwischen Jamies blassen Augenbrauen hatte sich eine steile Furche gebildet, Alesander war ungesund fahl geworden, die Hexe sah peinlich berührt aus und knibbelte an ihrem inzwischen gurkengrünen Nagellack herum, und die Banshee … die Banshee hatte sich fasziniert vorgebeugt und sog den Anblick von Stadium vier konzentriert in sich auf. Na ja, eigentlich kein Wunder bei einer Todesfee. Eine attraktive Todesfee, übrigens. Zumindest wenn sie nicht ständig so ausgesehen hätte, als habe ihr vor vielen Jahren jemand sämtliches Blut aus den Adern gelassen. Ihre Gesichtsfarbe erinnerte ein bisschen zu sehr an zerronnene Milch. Ah, ja – zurück zum Thema.

»Ihr könnt euch vielleicht denken, dass die Leute ihr kleines Problem so schnell wie möglich loswerden wollten. Man konnte sich kaum noch irgendwo blicken lassen, ohne dass alles um einen herum in eitrigen Beulen ausbrach und man unweigerlich Gefahr lief, sich den sicheren Tod einzufangen. Nicht gerade die besten Voraussetzungen für eine stabile Sozialordnung, wenn ihr mir folgen könnt. Tja, und so führt uns unsere Geschichte endlich zurück zu Station 11, wo die talentiertesten, skrupellosesten Forscher ihrer Zeit verbissen versuchten, ein Heilmittel für die Seuche zu finden.« Wie auf Kommando schlenderten einige Gestalten in weißen Kitteln durch das Bild. »Mittlerweile veranstaltete die Würgelpest außerhalb der sicheren Mauern des Instituts weiterhin die reinste Orgie für all diejenigen, die Spaß am Massensterben hatten. Die Realität war leider ein bisschen weniger steril als unser nettes kleines Labor hier, wo die Keime unter Hochsicherheitsbedingungen untersucht wurden. Eine Zeit lang sah es so aus, als ob jegliche Hoffnung auf Fortschritt vergebens wäre. Es war eine Krankheit, wie selbst Geist sie sich nicht besser hätte ausdenken können.«

»Na ja. Das würde ich nicht so sagen. Sie ist mittlerweile ausgestorben – ich hätte sie viel nachhaltiger hinbekommen.«

»Dann wissen wir wenigstens schon mal, dass die Sache nicht auf deinem Mist gewachsen ist. Man stand kurz vor der endgültigen, verzweifeltsten Hoffnungslosigkeit. Die Projektleiter sollten gefeuert werden, Bevölkerungen zahlloser Planeten lynchten sich gegenseitig für angebliche Heilmittel, die sich im Nachhinein als gemahlene Warzenschweinwarzen, Destillate aus alten Socken oder gammliges Blumenwasser herausstellten. Tja, und dann … dann trat diese interessante Dame hier ins Spiel. Den Namen lest ihr besser selbst.«

»Aiaiaxhaiatxa Nxl! Jeder kennt die, Mann!«, quäkte der Elf, der sich gerade mühsam an der Tischkante hochhangelte. »Und glotz nich' so, ich weiß, dass ich Flügel hab, aber die nutzen sich halt ab, wenn ich zu viel mit den'n rumflatter.«

»Also, ich habe noch nie von der … ähm … Frau gehört«, meldete Alesander sich ein wenig verlegen zu Wort.

»Der Name is' Aiaiaxhaiatxa Nxl, aber kein Problem, wenn du's nich' aussprechen kannst, dafür braucht man Membrankiemen. Auf jeden Fall – Entdeckerin von Galantis? Hat das Goldtablett von Eruador entschlüsselt? Nee? Mann, ihr wisst ja wohl gar nix. Na ja, kann nich' jeder Interstellare Kulturwissenschaften studiert haben, nehm ich an. Ich hatte übrigens den best'n Abschluss von allen.«

»Hübsche Dame«, bemerkte die Hexe mit Blick auf das schwebende Bild über der Tischplatte.

»Ja, ich wusste auch lange Zeit nicht, dass sie aussah wie ein aufrecht stehendes Kamel, dessen Höcker auf der falschen Seite angebracht waren«, erwiderte Carl gedehnt. »Warum erzähle ich euch von ihr? Weil eines Tages, gerade, als man wie erwähnt kurz davor stand, die ganze Sache vor Frustration hinzuschmeißen, ihre Forschungsergebnisse in Station 11 eintrudelten, wo ein alter Studienkollege von ihr damit beschäftigt war, Gräuliche Blutekel auszuquetschen. Er erhielt einen hastig geschriebenen Brief von ihr … und noch etwas anderes.«

»Ein Heilmittel!«, keuchte der Elf aufgeregt. Er hatte es wohlbehalten zurück auf die Tischplatte geschafft und saß jetzt andächtig glubschend in einem Löffel.

Carl hob eine Augenbraue. »Jaah, ein Heilmittel. Das sie irgendwo in einer lange verlassenen Höhle gefunden hatte, überliefert aus uralten Zeiten. Man setzte es ein, schwupps, alle wurden wieder gesund und glücklich, die gute Frau erhielt eine Wagenladung Orden und die Geschichte fand ein perfektes Happy End. Nein, verdammt noch mal, natürlich *nicht!*«, fügte er ruppig hinzu. Der Federwisch zog eine beleidigte Schnute. »Es geht hier um Wissenschaftler in einer Forschungsstation auf einer einsamen Insel inmitten eines Säuremeers. Hast du auch nur für eine Sekunde geglaubt, dass die Sache gut ausgehen würde? Nein, Aia-wasauchimmers Lieferung enthielt kein Heilmittel. Stattdessen bestand sie – wie gesagt – aus einem Brief … und einem kleinen, gut gepolsterten Päckchen. Und in ihm befand sich ein einziges Ei.«

»Aha. Aber die Geschichte könnten wir uns eigentlich sparen«, mischte sich Jamie in ihrem üblichen versnobten Tonfall ein. Eine derartige Tonlage hätte eigentlich nur alten Geldsäcken vorbehalten sein sollen, die sich darüber pikierten, dass ihnen schon wieder das Monokel ins Champagnerglas geplumpst war. »Denn das Heilmittel gegen die Seuche wurde in den Sümpfen von Ü entwickelt, auf dem Heimatplaneten des Gräulichen Blutekels. Und zwar in Form einer Wildefeupflanze, die in Symbiose mit den Parasiten lebte. Aus ihren Wurzeln fertigte ein im Sterben liegender Apotheker eine heilende Essenz an, die ins Rückenmark oder, in Ermangelung einer Wirbelsäule, in die Beutelsynapsen der Erkrankten gespritzt werden konnte.«

»Und hiermit hätten wir die *offizielle* Geschichte. Ein Lob auf die Leichtgläubigkeit. Nein, in Wahrheit geschah Folgendes: In dem

Päckchen war ein Ei, sorgfältig mit Sterneneis gekühlt. Ein Ei von einem fernen Planeten jenseits des erforschten Universums, auf dem Aia-Dingsbums im Alleingang eine Ausgrabung unternommen hatte. Kaum war sie gelandet, wurde ihr klar, dass niemand mehr am Leben war, mit dem sie sich über Buddellizenzen und Landrecht und dergleichen herumstreiten musste. Der Planet war eine einzige Eiswüste, eine Grabstätte von globalem Ausmaß, vor Tausenden von Jahren gefroren. Ich hab euch etwas mitgebracht.« Er gab dem Projektor einen Stups, woraufhin er sich in die andere Richtung zu drehen begann. »Hier haben wir die Originalaufnahmen ihrer Forschungen, die nach ihrem mysteriösen Tod zwei Jahre nach der bahnbrechenden Entdeckung aus sämtlichen öffentlichen Beständen gelöscht wurden. Fragt mich ja nicht, wie ich da rangekommen bin. Vor allem du nicht, Fio. Die Antwort würde dir wahrscheinlich nicht gefallen.«

Das Bild wackelte und verschwamm. Dann – in unterirdisch schlechter Qualität, die förmlich *Original X+3* schrie; wahrscheinlich mit einer altmodischen Spiegelkamera aufgenommen – manifestierte sich eine neblige Landschaft vor ihnen.

»So weit das Auge reicht«, nuschelte eine tiefe Stimme durch das Pfeifen des Windes (sie sprach in einem ausgestorbenen Dialekt, für dessen Übersetzung Carls Cortexchip immer noch mehrere Sekunden brauchte, obwohl er sich die Aufnahmen schon an die zwanzig Mal angesehen hatte), »nur Schneewehen und diese merkwürdigen Felsnadeln. Und mein Auge reicht ziemlich weit.« Eine Art bewimperter Fühler streckte sich ins Bild und zwinkerte zutraulich. »Bis jetzt noch keine Spuren von Zivilisation – bis auf das hier.« Die Kamera schwenkte nach unten. Zwischen zwei in dicke Fellwickel eingepackten, sechsfach gespaltenen Hufen schimmerte das Eis. Darunter verbarg sich ein länglicher Schädel, merkwürdig verzerrt und mit leeren Augenhöhlen in den Himmel starrend. »Sehr faszinierend. Muss wohl den Schneidbrenner rausholen, um das gute Stück zu bergen.«

Die Aufzeichnung brach ab. Einen Moment später flackerte das Bild erneut auf – dieselbe öde Landschaft, diesmal hell erleuchtet von einem goldenen Morgenmond. Nebel sickerte zwischen den Felsnadeln hindurch wie flüssiges Metall. Ein recht behaartes Gesicht schob sich vor die Kamera.

»Eisschmelze«, sagte Aia-Dingsda fröhlich. »Ich habe Glück und bin genau zum Ende der Kaltzeit eingetroffen. Ich schätze, dass der Planet, aufgrund seiner Umlaufbahn um die langsam verglühende Sonne, regelmäßigen Temperaturschwankungen unterliegt. Es wird bestimmt noch einige Hundert Jahre dauern, bis das Eis vollständig abgetaut ist, aber ich stehe bereits knöcheltief im Schmelzwasser. Heute sehen wir uns das hier an.« Das Bild schwankte bedrohlich. Carl schnappte sich sein Mittagessen und kaute ungeniert. »Gestern nach Einbruch der Dunkelheit gefunden, heute schon viel besser erkennbar – wir befinden uns in einem kleinen, vor Stürmen und Witterungen geschützten Tal, in dem ich eine ehemalige Siedlung vermute. Abgesehen von einigen interessant angeordneten Pflanzenresten und der ein oder anderen Ansammlung von Webzäunen habe ich noch keine Gebäudespuren entdecken können. Dafür aber ... tadaaah! *Noch* mehr Knochen. Werde mich an die Ausgrabungen machen – die länglichen, fragil gebauten Schädel lassen meiner Meinung nach auf eine ornithologische, möglicherweise flugfähige Rasse mit humanoiden Einflüssen schließen. Damit meine ich, es waren zivilisierte Vögel. Höchst spannend. Kann es kaum erwarten, die Funde datieren zu lassen – ich persönlich würde sie auf etwa X-10 schätzen. Man stelle sich das mal vor – über dreizehnhundert Jahre!«

Das Bild wackelte erneut.

»Drei Tage später. Habe einige interessante Langknochen und zwei Schädel zutage gefördert. Extrem porös. Es bleibt zu hoffen, dass die morgige Grabung – beziehungsweise Schmelzung – weitere Funde aufdeckt. Habe eine Massenbestattung in einer Felsschlucht entdeckt. Werde an der Sache dranbleiben.«

Eine dunkle Felsnische, davor eine pelzige Pfote, die einen glänzenden Knochen hielt. Als Aia-Dingens sprach, klang ihre Stimme wie die eines Marathonläufers, der dringend eine Pause nötig hatte.

»Aufsehenerregende Neuigkeiten: Eine Grube, in der Individuen aus mehreren Generationen bestattet wurden! Hier wird die Sache interessant – die Skelette der ältesten Generation weisen eine gesunde Knochenstruktur auf. Die beiden Generationen danach: ausgefranste Löcher in der Knochenwand, bröckelige Textur, grau verfärbte Gelenke. Wir erinnern uns: sichere Anzeichen der Würgelpest! Und auf so einem kleinen Planeten und in so einer stark umgrenzten Population absolut tödlich, oder? Eine derart gefährliche Seuche in so einem gedrängten Umfeld würde sicherlich alle im Handumdrehen dahinraffen? Falsch gedacht! Das hier sind Knochen aus der darauffolgenden Generation.« Erneutes Krusteln. Dann kamen Bruchteile eines wesentlich intakteren Skeletts ins Bild. Carl vertrieb einige Knobellauchschwaden mit einem genervten Handwedeln, um besser sehen zu können. »Das muss man sich einmal vorstellen! Unversehrt! Das bedeutet: Innerhalb von nur zwei Generationen wurde die Pest überstanden! Wie ist das möglich? Entweder durch strenge Trennung der Befallenen von den Gesunden, oder durch die Entwicklung natürlicher Antikörper des Nachwuchses. Bei einer Tabuisierung der Erkrankten sind unterschiedliche Lebensräume notwendig, was darauf schließen lässt, dass die Gesunden und Erkrankten wohl kaum am selben Ort bestattet werden würden. In der Tat würde man selbst die Grabstätten der Befallenen vermeiden, weil sich die Krankheit ab einem gewissen Stadium bereits über die Atemwege im Körper verbreiten kann. Die Befallenen und Gesunden mussten somit immer noch engen Kontakt pflegen. Das wiederum bedeutet, wir haben es hier mit der einzigen bekannten Population zu tun, die jemals eine Resistenz gegen diese Krankheit entwickelt hat! Ein einmaliger Fund! Wie genau die Erreger vor über tausend Jahren auf diesen Planeten kamen, bleibt noch abzuwarten, aber ich werde weitere Felsnischen nach Grabstätten durchsuchen, um meine Theorie zu untermauern.« Die Kamera schwenkte auf ein begeistertes Kamelgesicht. »Wenn es stimmt, was ich vermute – das muss zu Protokoll gegeben werden –, dann haben wir hiermit einen ersten Hinweis darauf, dass die furchtbarste Seuche unserer Zeit auf natürlichem Wege überwunden werden kann. Diese Spezies (von wohl vogelähnlicher Gestalt und Verhalten, ein Forschungsaufsatz meinerseits folgt nächstes Milchjahr) hat einen Weg gefunden, der Krankheit allein durch Verbesserung ihres Erbguts zu trotzen! Wenn man den Antikörper aus dem vorhandenen organischen Material separieren und an rezenten Organismen testen könnte …«

Ein plötzliches Aufheulen des Windes, ein Ruckeln der Kamera … und die Aufzeichnung brach ab. Carl legte den halb aufgegessenen Chilifladen beiseite und lehnte sich mit funkelnden Augen vor.

»… dann hätte das die ultimative Heilung bedeutet, gegen die jedes Gewächs aus irgendwelchen kümmerlichen Sümpfen alt ausgesehen hätte. Und als Aia-wasauchimmer einige Wochen später ein intaktes Nest unter meterdickem Eis vorfand, behielt sie acht der neun Eier für sich selbst, aber eines davon – ein einziges nur! – schickte sie an Station 11, wo man sich umgehend daranmachte, es aus sämtlichen Blickwinkeln zu durchleuchten. Und man beschloss einstimmig: Das Ding musste ausgebrütet werden.«

Allgemeines Stöhnen in der Runde. Über dem Tisch schwebte eine perfekt geformte, glänzende Eischale, schwarz wie die Rückseite des Mondes in einer sternenlosen Nacht.

»Ja, anscheinend waren Hunderte von Katastrophenfilmen unseren verehrten Forschern keine Lehre, denn man brütete das Ding tatsächlich aus. Heraus kam ein Wesen, das man von Anfang an zu einem vergnüglichen Badeausflug im Säuremeer hätte einladen sollen. Anstatt dass man die kleine Missgeburt allerdings diskret beseitigte und den Fehltritt überspielte, fing man an, sie zu klonen – in der Hoffnung, mehr über diese einzigartige Spezies lernen zu können. Dazu kam es schließlich auch … allerdings nicht in der erhofften Weise. Das Projekt hätte von dem Augenblick an beendet werden sollen, in dem es gelang, einen Wirkstoff zu entwickeln. Denn das schafften sie tatsächlich – Antikörper aus dem genetischen Erbgut eines vor Tausenden von Jahren im Eis gefangenen, ungeborenen Lebens. Es dauerte einige Monate fleißiger DNA-Sequenzspaltung und unzählige Polymerase-Kettenfunktionen, aber schließlich gelang es, den Wirkstoff zu isolieren und impftauglich zu machen. Millionen von Erkrankten wurden geheilt und die Krankheit zog sich wieder in die Sümpfe von Ü zurück, wo sie auf den nächsten dämlichen Touristen ohne Gummistiefel wartete, der sie zurück ins Universum schleppen würde. Und danach? Tja. Danach gehen die Aufzeichnungen und Zeugenberichte ein wenig auseinander.« Carl seufzte schwer. »Ich weiß nicht, ob die kleinen hausgezogenen Monster durch die ganzen Versuche und verkorksten genetischen Experimente zu dem wurden, was schließlich den Untergang von Station 11 bedeutete, oder ob sie von Natur aus so abscheulich waren. Letztendlich spielt es keine Rolle. Man klonte das allererste Wesen dutzendfach, verbesserte seine DNA in Hinsicht auf Immunfunktionen und fand einen Wirkstoff. Die Würgelpest wurde ausgerottet. Monate später war Station 11 eine Ruine. Ein paar Wochen danach starb Aia-Keineahnungwas bei einem angeblichen Unfall allein in der Wildnis in ihrem Zelt. Ihre Unterlagen und Forschungsergebnisse zum Würgelpest-Fall wurden aus den offiziellen Verzeichnissen genommen. Man schürte das Gerücht, das Heilmittel gegen die Seuche sei aus einer wilden Efeupflanze gefertigt worden, in irgendeiner Schlammpfütze, von einem halb toten Apotheker. Manche Trottel glaubten sogar daran.«

Er warf Jamie einen kurzen, garantiert nicht als Kritik gedachten Blick zu. »Und irgendwann wurde dies zur offiziellen Geschichte. Was in Wahrheit passiert war? Nun, die tatsächliche Version der Vorfälle war wesentlich dunkler und wesentlich blutrünstiger als das. Die Wesen degenerierten. Bewegungsmangel und unzulängliche Ernährung ließen sie verkümmern. Also vermischte man ihr Erbgut mit menschlicher und anderer bekannter DNA, um eine gemeinsame Nahrungsgrundlage zu unterstützen, und brütete neue kleine Monster aus. Man werkelte an ihren Nervensystemen herum und dachte sich die abwegigsten Hochsicherheitsmethoden aus, sie gefangen zu halten. Irgendwann wurde den braven Forschern klar, dass aus dem genetisch inzwischen komplett verdorbenen Material nichts mehr rauszuholen war und sie taten das, was sie von Anfang an hätten tun sollen: Sie vernichteten die ganze Brut, vom ersten Küken bis zum letzten voll ausgewachsenen Ungetüm. Es geschah alles innerhalb einer Nacht – man vergiftete die Monster eines nach dem anderen, betäubte sie und schläferte sie anschließend ein (was ich vollkommen gutheiße). Tja, aber dann beging jemand einen Fehler.«

Ein uraltes Bild flackerte auf. Es musste irgendwann einmal aufgenommen worden sein, als Kameras noch auf verstärkt zweidimensionaler Ebene funktioniert hatten. Ein aufrecht stehendes, schnauzbärtiges Etwas in einem weißen Kittel war zu sehen. Es blickte mit großen, schwarz glitzernden Facettenaugen in die Welt.

»Ich verstehe ja, wieso ihr so schockiert dreinschaut, aber nein, das ist keine der herangezüchteten Bestien. Man sagt Morganus Thom sogar nach, dass er außerordentlich friedfertig war und sich nur von Früchten ernährte, die aus freiem Willen in seine Handfläche fielen.

Tja, der gute Mann – ich benutze das Wort in einem sehr großzügigen Kontext – hatte leider eine Schwäche für seine Zöglinge entwickelt und versuchte mit allen Mitteln, ihre Beseitigung zu verhindern. Hat nicht geklappt. Ob es nun tatsächlich nur aufgrund seiner Gutherzigkeit oder wegen seines ungestillten Forschungsdrangs war – diese Definition von einem Volldeppen hier schmiedete letztendlich einen Plan. Er würde sein persönliches kleines Monster, an dessen Hirn er noch vor ein paar Wochen erst fröhlich herumoperiert hatte, aus der Station schmuggeln. Tja, Leute werden manchmal komisch, wenn es um ihre Schützlinge geht. Also blieb Morganus Thom eines späten Abends im Labor, während alle anderen schon zu Bett gegangen waren. Er weckte den letzten überlebenden Klon aus dem künstlichen Dämmerschlaf, in den er ihn versetzt hatte, um den Anschein zu erwecken, dass man ihn genau wie alle anderen bereits eingeschläfert hatte. Er hüllte ihn in seine Jacke. Er stahl sich mit ihm durch die Sicherheitstüren, an den Wachen vorbei und hinaus ins Freie.«

Eine kurze Pause.

»Am nächsten Morgen fanden ihn seine Kollegen mit aufgerissener Kehle am Strand liegen. Sie beendeten das Projekt. Die meisten von ihnen verloren ihren Job. Die Sicherheitsvorkehrungen für moralisch bedenkliche Regierungslabore wurden erneuert. Station 11 wurde aufgegeben, gefolgt von einem beinahe fluchtartigen Rückzug aus den anderen Instituten. Ein Forschungsstützpunkt nach dem anderen wurde aufgegeben, bis nur noch das Säuremeer übrig blieb. Die Sache musste natürlich vertuscht werden, man war kaum über die Skandale und die damit einhergehenden Aufstände des *Echte Fleischfressende Politiker Aus Der Vergangenheit*-Vergnügungsparks hinweg. Also löschte man Zeugenberichte und Forschungsaufzeichnungen, setzte ein paar gut platzierte Schmier- und Bestechungsgelder seitens der Intergalaktischen Wissenschaftsbehörde ein und sah ach so hilflos zu, wie die Hauptbeteiligten einer nach dem anderen entweder ihre Stelle, ihren Verstand oder gleich ihr Leben verloren. Was sollte man schon machen? Alles reiner Zufall, und es hatte überhaupt nichts mit den hochbezahlten Agenten zu tun, die sicherstellen sollten, dass die Blamage niemals öffentlich bekannt werden würde. Das Biest aber entkam. Und es ist immer noch auf freiem Fuß, seit über siebenhundert Jahren.

Und wo auch immer es auftaucht – wo auch immer es wahllos stiehlt und mordet –, verschwinden die Beweise, erhalten die Betroffenen feine, gemeine Drohungen, werden Unterlagen sorgfältigst gefälscht, damit keine Aufzeichnung übrig bleibt. Denn hinter der endlos langen Geschichte der Manipulation verbirgt sich eine Panne, die zu peinlich ist, um sie jemals zuzugeben: Dass man ein Monster auf das Universum losgelassen hat, das so unmöglich zu fassen ist wie Wasser. Ein Wesen ohne Moralvorstellungen, Gnade oder Zuneigung. Und hier kommen wir zu dem Grund, aus dem ihr hier seid – aufgrund eines Geheimnisses, das so wichtig ist, dass es nur offiziellen Regierungsagenten und voll ausgebildeten Kopfgeldjägern anvertraut werden darf.« Er rollte mit den Augen. »Ach, schaut doch nicht so. Dann habe ich eben ein bisschen geschummelt, aber ihr bekommt eure Ausbildung ja bald, mit Lizenz und allem Drum und Dran. Es handelt sich um eine Geschichte, die ihr von mir aus gern ausplaudern dürft … wenn ihr wollt, dass Geist euch die Zungen abfault und die Intergalatical Security Agency euch auf die Liste der Universell Gejagten setzt. Aufgrund ihrer Wichtigkeit wird euch die Mission das Leben kosten, wenn ihr versagt, aber genau deswegen wird sie euch auch reicher machen, als ihr es euch jemals vorstellen könnt – wenn ihr gut seid. Wenn ihr gut seid, wird es sich um das größte Abenteuer eures Lebens handeln. Seid ihr bereit, mir zu vertrauen? Auch wenn ich mir gerade größte Mühe gegeben habe, euch Angst einzujagen? Seid ihr bereit, die ganze Geschichte zu hören? Die ultimative Legende der Geschichte der Kopfgeldjagd mit mir fangen zu gehen? Sehr gut. Denn der Name des kleinen Bastards, dessen miserable Existenz wir gemeinsam zur Hölle machen werden, lautet …«

Der Spiegelprojektor gab ein ersticktes Stottern von sich, eierte einen Moment kraftlos auf der Stelle und fiel mit einem Scheppern auf den Tisch. Carl sprang entsetzt auf. Nein. Nein, doch nicht ausgerechnet jetzt!

»Verflucht!« Er raufte sich das Haar. »Warum gibst du *jetzt* den Geist auf? Warum nicht eine einzige Minute später? Nachhaltige Bauweise und minimalverbrauchende Schattenenergie, ha-ha-verdammte-Weltraumkacke-noch-mal-*ha.*«

Das Fluchen nützte nichts. Leider. Der Projektor sprang auch nach dem dritten Versuch nicht wieder an, obwohl der verschüchtert dreinschauende Elf so freundlich war, ihm mit zaghaften Flügelschlägen frische Luft zuzufächeln. Es hatte keinen Sinn. Carl ließ sich mit einem frustrierten Augenrollen zurück auf den Stuhl fallen und fischte in der Jackentasche nach Plan B. Warum versagte Technik immer genau in dem Moment, in dem sie am meisten gebraucht wurde? Wer hatte sich das ausgedacht? Er pfefferte einen Packen abgegriffener Bilder auf den Tisch.

»Na ja, dann eben so. Was soll's. Schaut euch diese Fotos hier an. Das ist er, die miese Bestie. Unser Gesuchter. Er trägt viele Namen. Ich persönlich nenne ihn ein verdammtes kleines Rabenaas. Offiziell …« Damit zog er das Gummiband ab, das die Fotografien zusammenhielt, und verteilte sie mit einem achtlosen Schlenker über den Tisch. »… nennt man ihn Corax.«

Sie ahnten ja noch nichts von dem, was auf sie zukommen würde. Noch saßen sie da und betrachteten die verhasste Visage mit derselben neutralen Faszination, die man widerlichen Verkehrsunfällen entgegenbrachte. Noch ahnten sie nicht, dass es ihnen über kurz oder lang genauso ergehen würde wie ihm – dass diese blicklosen Augen sie bis in die dunkelsten Momente der Nacht und in die strahlendsten Augenblicke des Tages hinein verfolgen würden. Dass allein die Erwähnung seines Namens genug sein würde, ihnen die Galle bis in die Nasenlöcher aufsteigen zu lassen. Noch wussten sie nichts von dem abgrundtiefen Abscheu, den der kleine Mistkerl mit einem bloßen Krächzen in einem hervorrufen konnte. Einzig Alesander schien es zu frösteln – als ob er die kühlen, schattengleichen Finger bereits spüren könnte, die sich unaufhaltsam nach ihm ausstreckten. Kluger Junge. Es war die Hexe, die das Schweigen schließlich brach.

»Er sieht ein bisschen blass aus, findet ihr nicht?«, fragte sie, über einen Schnappschuss des kleinen Meuchelmörders gebeugt, auf dem er sich auf einem schartigen Hausdach zusammenkauerte. Carl war besonders stolz auf diese Aufnahme. Sie war zufällig von einem Satelliten gemacht worden und er hatte sie höchstpersönlich aufgespürt. »Sollte mal öfter in die Sonne.«

»Er ist pechschwarz«, merkte Jamie taktvoll an. Carl fragte sich, ob er sie in die Kunst des Sarkasmus einweisen sollte, entschied sich dann aber dafür, einfach mal die Klappe zu halten und abzuwarten. Corax entfaltete stets den seltsamsten Effekt auf die Leute, und die unerfreuliche Nebenwirkung, das Hirn auszuschalten, gehörte mitunter dazu.

»Diese Augen«, seufze Geist hingerissen. »Wie schwarze Löcher.«

»Das liegt daran, dass er ein seelenloser Hund ist«, pflichtete Carl ihr bei. Sie schwärmte für merkwürdige Dinge, die Kleine. Na ja, wahrscheinlich bestand ihr liebster Zeitvertreib nicht ohne Grund darin, sich im Wartezimmer irgendwelcher Ärzte hingebungsvoll Bilder von fortgeschrittener Zahnfäule anzusehen.

Eitrige Zahnstümpfe jedoch waren nichts im Vergleich zu dem, was vor ihnen lag. Man gewöhnte sich als interstellarer Kopfgeldjäger an viele Anblicke, inklusive Tentakel, Warzen, organartig pochende Geschwüre und scharfkantige Schnäbel an Körperstellen, aus denen niemals Schnäbel wachsen sollten – aber das Rabenaas war ein Fall für sich. Es jagte einem jedes Mal erneut einen Schauer über den Rücken. Ein flinker, rettungslos verkorkster Schatten, das Resultat der Alkoholvergiftung einer verkaterten Natur. Und dazu dieses *Lächeln.*

»Seine Beine«, flüsterte Alesander andächtig. »Ich meine seine Knie. Sie sind … falsch rum.«

»Japp. Das liegt daran, dass er zum Großteil immer noch ein Vogel ist. Die Kniekehlen zeigen nach vorn.« Leih Corax nur ein Mal deine Hose aus und du kannst sie nie wieder tragen. »Er kann nicht aufrecht gehen. Seine Anatomie erlaubt ihm nur trippelnde Hüpfer. Seine Füße, wie ihr seht, hat er in hübsche schwarze Lederschuhe gezwängt. Leider gibt er gern hartnäckig vor, ein zivilisierter Mensch zu sein; ansonsten könntet ihr sehen, dass seine Zehen messerscharfe Klauen sind. Die Hose trägt er auch aus demselben Grund: Er will nicht, dass jeder auf den ersten Blick erkennt, wie missgestaltet er ist. Dass man sieht, wie dürr und schuppig seine Beine in Wahrheit sind, dass sein gesamter Körper oberhalb der Knie mit Federn bedeckt ist. Aber er ist ein wahr gewordener Albtraum, eine Kreatur wie aus einem Fieberschlaf. Daran kann auch die schickste Kleidung nichts ändern.«

»Du kennst dich sehr gut damit aus, wie er nackig aussieht«, stellte die Hexe gut gelaunt fest, aber Fio unterbrach sie unwirsch. Materie sei Dank.

»Wenn er ein gesuchter Mörder ist, wo hat er dann die feinen Kleider her? Seht euch die Handschuhe an. Bestes Schmeichelleder. Und eine Samtweste mit einem schwarzen Seidenhemd. Wenn ich nicht wüsste, dass er aus beruflichen Gründen wohl kaum in das nächstbeste Geschäft schlendern kann, würde ich beinahe davon ausgehen, dass die Kleidung maßgeschneidert wurde. Aber er hat sie gestohlen?«

»Na klar hat er sie gestohlen«, winkte Carl abfällig ab. »Das Biest klaut wie ein eifersüchtiger Verwandter. Keine Ahnung, wem er da den Kleiderschrank leer geräumt hat. Irgendeinem jungen, neureichen Schnösel, nehme ich an. Das dürfte passen. Er ist kleiner als wir alle im Raum. Geist zählt nicht.«

»Vielen Dank.«

»Na ja, gut, sagen wir, Geist zählt. Ich will morgen früh nicht mit Furunkeln am Hintern aufwachen. Er dürfte ungefähr einen Kopf größer sein als sie. Wahrscheinlich hat er sich in irgendeinem stinkreichen Kinderzimmer bedient. Er ist relativ schlank und leicht, dank der hohlen Knochen. Fliegen kann er nicht, Vogel hin oder her. Er hat ja nicht mal Flügel. Dafür ist er allerdings flink und wendig.«

»Er hat keine Flügel, aber er hat Federn?«, hauchte der Elf entsetzt und strich sich mit nadeldünnen Fingern über das schillernde Federgewand. Er war noch grüner im Gesicht angelaufen, als es normalerweise der Fall war.

»Nein, keine Flügel, die haben sich zu Armen zurückgebildet. Aber ja, Federn hat er. Fein und weich, überall am Körper. Mi, halt bloß die Klappe, ich hab ihn halt mal zufällig ohne Hose erwischt. Grins nicht. Er trägt übrigens sogar die Handschuhe, um die winzigen Federchen zu verstecken, die seine Fingerspitzen überziehen. Selbst sein Gesicht ist gefiedert. Seht ihr es?«

»Ein Vogel ohne Flügel und Schnabel«, murmelte Jamie gedankenverloren. »Dafür aber mit einem … äußerst markanten Riechorgan.«

»Soll heißen, er hat einen ziemlichen Zinken?«, warf Mi ein. »Stimmt. Lang und spitz und gebogen. Und das Kinn, autsch, sieht richtig scharfkantig aus. Als könnte man sich daran schneiden.«

»Und irgendwie sieht er … na ja, ich weiß nicht – menschlich aus?« Alesander rutschte unruhig auf seinem Stuhl herum. »Dieses Lächeln.«

Klar. Wie gesagt, das kleine Aas brachte einen immer zum Zweifeln.

»Lasst euch von seiner Mimik nicht beeinflussen«, winkte Carl ärgerlich ab. Die Leute tendierten dazu, Corax zu unterschätzen. So weit würde er es gar nicht erst kommen lassen. »Er ist kein Mensch. Er kann nicht einmal reden. Kann nicht reden, kann nicht fliegen, er hat sozusagen aus jedem Genpool die Arschkarte gezogen. Seht ihr seinen dämlichen kleinen Pferdeschwanz? Sogar der ist weder eindeutig menschlich noch eindeutig vogelhaft. Irgendein merkwürdiges Gemisch aus Haar und Federn. Ein degeneriertes Mittelmaß dazwischen. Und darauf müsst ihr euch vorbereiten, wenn ihr euch auf Corax einlasst: Er lebt in einer Welt der Extreme. Jemandem wie ihm werdet ihr nie wieder begegnen. Er kann sanft und liebenswert sein, wenn er will, aber er wird auch nicht zögern, euch den Kehlkopf herauszureißen, wenn ihr ihm im Weg seid. Er ist klug, aber zu unserem Glück auch unglaublich leichtsinnig. Er ist vorsichtig, und zugleich platzt er vor Neugierde fast aus allen Federn. Aber vor allem ist er gefährlich. Er ist schnell. Er ist geschickt. Er ist gerissen. Er ist beinahe unmöglich zu erwischen, weil er eines der wenigen natürlich teleportbegabten Wesen des Universums ist. Wir werden also jede Menge herumkommen müssen. Wenn ihr zu langsam seid, wird er euch entwischen – und selbst wenn ihr schneller seid als je zuvor in eurem Leben, wird er euch immer noch eine Nasenlänge voraus sein, und das nicht nur wegen seinem Monsterzinken. Selbst wenn ihr perfekt vorbereitet seid, wird er einen Ausweg finden. Wenn ihr euch auch nur den kleinsten Fehltritt erlaubt, die winzigste Schwäche, den Bruchteil einer Sekunde der Unaufmerksamkeit … dann war es das. Spiel vorbei. Was glaubt ihr, wer mir diese Narbe verpasst hat?« Das war gut. Die Narbe machte immer Eindruck. »Ich habe im falschen Augenblick geblinzelt. Jetzt habt ihr Schiss und wünscht euch, ihr wärt mir nie begegnet. Aber ich will nett sein und euch noch eine letzte Chance geben, zu gehen und euer normales Leben wieder aufzunehmen, weit weg von psychopatischen kleinen Raben. Es sei denn natürlich, er schleicht sich eines Nachts in euer Haus und ermordet euch kaltherzig. Das tut er recht gern. Also?« Er lehnte sich nach vorn und schaute gespannt in die Runde. Mindestens einer würde sich nach so unerwarteten Konditionen bestimmt wieder verziehen. Er tippte auf Alesander, dem die Übelkeit ins Gesicht geschrieben stand. »Wollt ihr euch darauf einlassen? Denn wenn ihr jetzt nicht aufsteht und den Raum verlasst, seid ihr dabei. Ihr werdet ein exklusives Training erhalten, das es in dieser Form sonst nirgendwo gibt. Ihr werdet eine Kopfgeldjägerausbildung im Schnelldurchlauf erfahren, speziell auf euch abgestimmte Waffen tragen und ein komplett neues Leben beginnen. Ihr werdet Orte sehen, von denen ihr nicht einmal wusstet, dass sie existieren, und Erfahrungen sammeln, von denen ihr nicht einmal hättet träumen können. Und am Ende werdet ihr euch kaum wiedererkennen. Ihr werdet mit mehr Geld nach Hause zurückkehren, als ihr es jemals ausgeben könnt. Und wenn ihr jetzt geht, werdet ihr es für immer bereuen.«

Es folgte ein Moment angespannter Stille. Die Halbdunkelheit flirrte erwartungsvoll um sie herum.

Dann schepperte ein Löffel, als der Elf mit flatternden Flügeln aufsprang.

»Nein!«, brach er die allgemeine Andacht schrill. »Nein, nein, nein, nein, nein, nein, nein, das war nicht abgemacht, davon wusste ich nix! Nein! Nein, nein! Nein! Ich nehm mein Interesse zurück! Höchstoffiziell! Ich bin nich' qualifiziert für den Job! Ich kann nicht, hab keine Zeit, muss meinem Schwager dabei helfen, 'nen neuen Mondkrater für seine Raupenzuchtfarm zu finden, und diesmal isses hoffentlich kein Minivulkan! Ich bin total verplant in nächster Zeit, sorry! Is' mir grad wieder eingefallen – gegen Vögel bin ich allergisch! Viel Spaß, auch ohne mich, und, äh, versucht, nich' draufzugehen!«

Er verpuffte in einem Wölkchen türkisblauer Luft.

»Sonst noch jemand?«, fragte Carl mit einem Räuspern. Na ja, schade, der Kleine wäre eine Hilfe gewesen, Schlüssellöcher zu knacken und Geist zu ärgern. Andererseits, jemand mit schwachen Nerven hatte in der Geschichte wahrscheinlich sowieso nichts verloren.

»Ich bin dabei«, seufzte Jamie mit einem herablassenden, gut manikürten Handwedeln, als ob Carl sie gerade auf einen gemütlichen Tee in sein Landhaus eingeladen hatte. Dann warf sie einen raschen Seitenblick auf Alesander, der recht blass aussah, aber entschieden nickte. »Genau wie er. Geist sowieso, so wie ich sie kenne. Was ist mit euch beiden?«

Die Banshee neigte nachdenklich den Kopf. *Na komm schon, sag ja. Jemand, der gut rumschreien kann, ist immer zu was nütze.*

»Es wird gefährlich«, raunte sie der Hexe zu.

»Saugefährlich sogar!«, murmelte die Hexe mit einem breiten Grinsen zurück. Ein gutes Zeichen, oder? Carl mochte es, wenn sie so grinste.

»Wir werden mit großer Sicherheit verletzt werden, oder vielleicht sogar getötet.«

»Ja, und wenn wir es trotz allem überleben sollten, werden wir bis an den Rest unserer Existenz gezeichnet sein.«

»Und danach wird nichts mehr so sein wie zuvor.«

»Nie wieder!«

Die Banshee lächelte. »Wir haben gerade einstimmig entschieden, dass wir mitmachen.«

»Großartig!« Carl sprang auf und stieß aus Versehen den Stuhl um, der zurückkippte und kläglich krachend auf dem Boden aufkam. Ah, es war immer ein gutes Gefühl, eine Verhandlung erfolgreich zu Ende zu bringen. »Dann setzen wir doch mal den Vertrag auf.«

Aufgeregt strahlende Gesichter überall. Die Lichter im Raum erhellten sich. In der Mulde des Löffels glänzte ein kleines honigfarbenes Tröpfchen. Offenbar war dem Elfen ein Missgeschick passiert.

Machte nichts. Dies war ein guter Tag.

Pass nur auf, Rabenaas. Wir kommen dich holen.

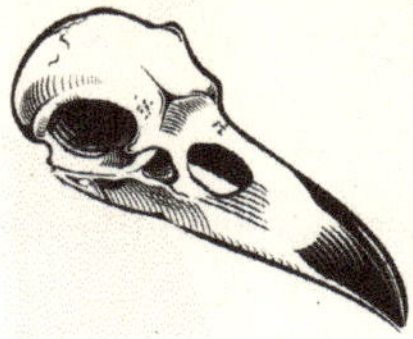

4

Geist

Hier leuchten Gedanken, Fettpolster sind magisch und ein Köder wird vorgestellt.

Die Wellen schlagen gegen den Stein wie Atemzüge gegen einen Brustkorb. Der Himmel spannt sich wie ein Blütenblatt um eine eng geschlossene Knospe, und hoch oben in seiner Blässe funkeln unentdeckte Sonnen. Da sind kaum Wolken, um die Sicht zu verschleiern. Der Horizont wölbt sich wie ein schmaler Mund, der zu einem Lächeln verbogen ist. Und Corax sitzt da und lauscht.

Ein. Aus.

Auf. Ab.

Er erinnert sich an dieses Geräusch vom Anbeginn seines Lebens, weil es das erste war, das nach Freiheit klang. Weil es das erste war, das ihm in die Zehen biss. Er weiß, er darf ihm nicht zu nahe kommen. Er fasst in das Ding, in das man andere kleinere Dinge stecken kann und das so eine wunderbar praktische Erfindung ist. Der Grund, warum er so gern Kleidung trägt. Seine Hand schließt sich um folgende Dinge, die er in das größere Ding gesteckt hat, in das man kleinere Dinge stecken kann: einen bunt schillernden Stein, wie eine unplatzbare Seifenblase. Einen schwarz verkrümmten Stock, eine verworrene Schnur aus glänzendem Silber. Einen alten, krümeligen Keks und ein Blatt von einem längst vertrockneten Baum.

Er nimmt das Blatt heraus und hält es gegen das Licht. Adern ziehen sich über seine Oberfläche wie Wege durch eine Wüste. Er lässt es auf seine Handfläche sinken und besieht es sich von allen Seiten, mit kleinen, neugierigen Rucken seines Kopfes. Es ist schön, wie Feuer, das jemand zwischen Buchseiten gepresst hat, aber es ist alt und tot. Er seufzt. Manche Schätze muss man gehen lassen, und deshalb pustet er. Das Blatt tanzt auf einem Windhauch den Wellen entgegen und lässt ihn lächeln, als es auf dem Dunkel der Wasseroberfläche aufkommt, Rot auf Schwarz. Das Atmen der Wellen verschluckt das Zischen.

Das Meer frisst das Blatt, das sich vor seinen Augen zersetzt, bis keine Zelle mehr übrig ist. Das Meer frisst das Blatt, wie die Männer in Weiß die Welt gefressen haben.

Die Sonne geht unter und schluchzt ihr Licht in die schaumige Gischt. Dämmerung bricht herein wie ein umgekipptes Tintenfass. Corax holt den Keks aus dem Ding, in das man Dinge tun kann, und frisst ihn, wie das Meer das Blatt gefressen hat.

Einem Seuchenbringer lag Schlaf in etwa so fern wie der Besuch einer Apotheke.

Am ersten Morgen der Ausbildung, lange vor Sonnenaufgang, konnte Geist die trägen Gehirne der Passanten schmerzhaft klar spüren. Sie stand gegen die kühle Härte einer Hauswand gelehnt und badete ihr Gesicht in den Schatten, wie sie es immer tat, wenn sie nachdenken musste.

Die meisten der Wesen, die ahnungslos an ihr vorbeischlurften, sehnten sich nach ihren Betten. Ihre Gedankengänge, voller kleiner Unwichtigkeiten und unbefriedigter Bedürfnisse, waren zäh und schmierig wie die Heimatsümpfe des Gräulichen Blutekels. Ihre Körper verzehrten sich Hirnwindung um Hirnwindung nach Schlaf oder Zucker, ihre Augen schrien nach Dunkelheit und ihre Köpfe nach weichen Kissen. Geist stand da und beobachtete schweigend, wie sie an ihr vorbeizogen – ein endloser Strom von Seelen auf einer Reise ohne Ziel.

Aber alles Sterbliche hatte ein Ziel. Obwohl es oft das Ziel selbst war, das auf einen zukam, ohne dass man es bemerkte. Das wussten sie nicht, die Ahnungslosen. Manche von ihnen dachten voller Unmut an ihre Arbeit. Manche brachen auf zu zwielichtigen Geschäften. Andere waren auf dem Weg nach Hause und einige würden nie wiederkehren …

Dann, wenn alles schlief, herrschte wohltuende Stille.

Aber das Universum ruhte nie, und Geist hörte überall Gedanken. Der Wind verfing sich in ihrem Haar und beschloss, den Rückzug anzutreten. Der gleißende Strahl eines Scheinwerfers streifte ihr Auge und brach daran ab. Sie verlagerte sanft ihr Gewicht auf den Beinen.

Der Himmel über ihr fühlte sich an wie ein Mund voll Asche, als ob sie schon seit Ewigkeiten mit ihm vertraut wäre und seinen Geschmack vergessen hätte. Manchmal war es unglaublich, dass ihre Existenz erst vor zwei Jahren richtig begonnen hatte, wenn es sich doch anfühlte, als sei sie Tausende von Jahren alt. Zurückblickend kam es ihr vor wie ein einziger langer, endloser Tag.

Eine Frau mit einer Reihe stattlicher Hörner auf der Nase trippelte an ihr vorbei, bemerkte sie mit einem erschrockenen kleinen Hüpfer und schlang die Arme fest um ihre bestickte Handtasche. Geist lächelte ihr zu. Eine einzige Berührung hätte genügt, um sie wie eine welke Zimmerpflanze verdorren zu lassen. Ein Hauch nur und ihre Knie wären eingeknickt, ihre Lungen hätten sich blubbernd mit Eiter gefüllt. Ein einziger strafender Blick und ihr eigener Herzschlag hätte sie dahingerafft, bis sie zu Staub zerfallen wäre.

Aber das wäre eine Überreaktion gewesen. Eine gesunde Portion Misstrauen sollte man niemandem verbieten.

Wussten sie es? Sie konnte nicht umhin, sich die Frage immer und immer wieder zu stellen. Sie kehrte hartnäckig zu ihr zurück, in all den stillen Momenten zwischen den Geräuschen. Wussten sie, die sie an ihr vorbeihasteten und sie mit einem gewöhnlichen Straßenräuber verwechselten, dass Geist so viel jünger und zugleich so viel älter war als sie selbst? Ahnten sie es? Vermutlich nicht. Die meisten Wesen waren in ihren eigenen Köpfen gefangen – in den wirbelnden, endlosen Farben ihrer Gedanken, die so bunt strahlten, dass die Welt dahinter verblasste.

Na ja. Es war Zeit, sich an die Arbeit zu machen. Nachwuchskopfgeldjäger bildeten sich schließlich nicht von selbst aus. Als Geist sich von der schattengetränkten Steinwand abstieß und ins Licht trat, wusste sie, dass die vielen vergänglichen Augen in ihr nicht mehr sahen als ein menschliches Mädchen mit viel zu vielen blauen Flecken. Ein dürres, dunkles Kind in kurzen Hosen, das in so kurzer

Zeit schon wieder aus dem Universum verschwinden würde – in kaum mehr als einem Jahr und zugleich einer Handvoll Ewigkeit.

So oft Carl auch von Geld sprach, so wenig hatte er letzten Endes damit zu tun. Wie es eben oftmals war. Es war nur ein kurzer Fußweg von Geists gemütlicher Hauswand bis zu der leer stehenden, gammligen Turnhalle, die ihnen als Trainingslager dienen würde – und dennoch, als sie ankam, stand die Sonne bereits hoch am Himmel. Der Tag beeilte sich auf dieser Seite des Planeten.

Das Gebäude war ein dunkelblauer fader Klotz, aber die Miete war billig und es war erst vor ein paar Tagen gründlich gereinigt worden. Sämtliches Ungeziefer, das in ihm genistet hatte – und davon war jede Menge vorhanden gewesen –, war nach Geists Besuch von einer mysteriösen Krankheit dahingerafft worden. Nun stand das Gebäude leer und still.

Im Trainingsraum setzte sie sich auf eine der gut gepolsterten Matten, schlang die Arme um ihre Knie und betrachtete den Stapel Waffen, den sie im Laufe der Nacht in der Mitte der Halle aufgetürmt hatte. Er war groß und wunderschön und glänzte so verführerisch wie der Tod in Person.

Sie war lange allein inmitten des Geruchs von Gummi und abgestorbener Haut. (Grundschulzombies hatten die Turnhalle vor ihnen zum Schnappbandballspielen benutzt.) Erst als die Sonnenstrahlen, die durch die runden Deckenfenster fielen, schon längst an ihr vorbeigewandert waren, öffnete sich eine der gläsernen Schwingtüren und sie bekam Gesellschaft. Geist erhob sich. Herein kamen die Hexe und die Banshee. »Ah«, machte sie zum Gruß und ließ sich zu einem flüchtigen Lächeln herab. Nicht, weil sie höflich sein wollte, sondern allein aus dem Grund, dass Geists Lächeln bei den meisten eine drittgradige Gänsehaut hervorrief. »Zur Abwechslung mal nicht die Letzten.«

Sie hatte die beiden schon gespürt, als sie sich die Straße entlang genähert hatten. Das tiefe, schlammbraune Bewusstsein eines Menschen, durchsetzt von einigen Schlieren grün leuchtender Magie. Die klaren, eisblauen Gedanken einer Todesfee, die sich heute merkwürdig anders anfühlten. Gestern hatte die Banshee eine Art nervöse Kälte verströmt, wie ein Schneemann, der sich vor Karotten fürchtete. Heute war sie still und ruhig, und ihre Gedanken nahmen immer mehr die Farbe eines klaren Himmels an. Geist beobachtete sie interessiert.

»Wir haben uns extra früh auf die Socken gemacht«, erzählte Mirembe stolz, während sie sich neugierig in der Halle umsah. Sie bewegte sich wie jemand, der die Welt dazu bringen wollte, sie zu unterschätzen. Geist war sich nicht sicher, ob man ihr trauen konnte. Das gefiel ihr. »Aber wir standen trotzdem ziemlich lang in der Schlange vor dem Teletransporter – bei uns in der Nachbarschaft gibt es eben nur zwei, und einer davon ist schon seit Jahren kaputt. Führt auf schnellstem Weg auf die Venus, egal, welches Ziel man eingibt … und mit der Rückreise scheint auch irgendwas zu klemmen, jedenfalls kenne ich keinen, der bisher zurückgekommen wäre, du etwa, Fionagh?«

»Nein.«

»Hier drin trainieren wir also die nächsten Wochen? Super Sache. Riecht irgendwie ein bisschen wie in dem Untoten-Kindergarten bei uns um die Ecke. Gibt es hier in der Nähe so etwas wie eine Unterkunft? Dann müssten wir nicht ständig von daheim auf einen anderen Planeten und dann wieder zurück pendeln.«

»Du kannst gern in der Umkleidekabine schlafen, wenn du willst«, meinte die Banshee trocken. Noch etwas war anders an ihr: Anstelle des langen grünen Kleides vom Vortag, das sich ständig in ihren Füßen verfangen hatte, trug sie heute ein praktisches Paar Hosen. Es gab also doch noch so etwas wie Vernunft. »Aber ich muss heute Abend zurück nach Hause. Jemand muss zumindest so *tun,* als ob wir den Laden noch schmeißen.«

Die Hexe zog ein langes Gesicht. »Spielverderberin. Na schön, dir zuliebe werde ich mich weiterhin mit verstopften Teletransportern rumschlagen. Geist, du wirst es kaum glauben, was der vor uns heute Morgen in der armen Maschine hinterlassen hat – wir kommen rein und da liegt ein Riesenhaufen stinkender …«

»Davon will sie ganz bestimmt nichts hören.«

Natürlich hätte Geist das hören wollen. »Du bist heute besser gelaunt«, stellte sie mit einem Blick auf die Banshee fest. Diese war in die Hocke gegangen, um die Riemen an ihren klobigen Lederstiefeln zuzuzerren. Im Gegensatz zur Hexe, bewegte *sie* sich wie jemand, der die Welt dazu herausfordern wollte, sie unter *keinen Umständen* zu unterschätzen. Geist wusste nicht, was von beidem Misstrauen erregender war.

»Ja. Stimmt«, grinste Fionagh und pustete sich mit einem recht unfeenhaften Prusten eine weißblonde Haarsträhne aus dem Gesicht. »Es geht mir schon besser. Der betreffende Todesfall ist endlich eingetreten, und jetzt haben sich meine Nerven ein bisschen entspannt. Hm, merkwürdig, normalerweise schauen die Leute schockiert, wenn ich so etwas sage«, wunderte sie sich und bedachte Geists unbeeindruckte Miene mit einem Stirnrunzeln.

»Du bist eine Todesfee. Du kannst das herannahende Verderben kommen sehen. Wieso sollte mich das schockieren?« Jetzt war es an Fionagh, beeindruckt zu schauen. Geist zuckte mit den Schultern. Tod und Niedergang waren schon immer ihre Lieblingsthemen gewesen. »Wer ist gestorben?«

»Eine unserer Zimmerschnecken«, entgegnete die Banshee betrübt. »Schade, sie hatte gerade ihren letzten Wachstumsschub hinter sich und stand kurz vor der Fühlerauffächerung. Aber es ist besser so; wenn ich spüre, dass es jemanden in meinem Umfeld betrifft, werde ich immer etwas reizbar und schreilustig.«

»So ist sie eben, wenn sie ihre Tage hat«, mischte Mirembe sich von der anderen Seite des Raumes her ein, wo sie geschäftig ein Stück abblätternde Wandfarbe untersuchte, hinter der es neongelb leuchtete. »Hey, seht euch das an, ich habe ein Nest von Glühpilzen gefunden! … Autsch! Die beißen ja!«

»Das Schlimmste ist«, fuhr Fionagh mit gedämpfter Stimme fort, wahrscheinlich an derartige Unterbrechungen schon längst gewöhnt, »dass ich nie sagen kann, wer dran glauben muss. Es reicht schon, wenn ich einmal fünf Minuten mit jemandem in einem Raum verbringe … und schwupps, sofort geht mir sein Tod an die Nieren, die ich nicht habe. Ich weiß nie, wer es sein wird, verstehst du? Ob er mir nahesteht. Wie viel Zeit wir schon miteinander verbracht haben und wie viel Zeit uns bleiben wird. Ob es sich dabei um einen Kunden handelt, ein Haustier, oder um …«

Ihr Blick flackerte zur Seite und Geist wusste, dass es nichts mit dem Glühpilznest zu tun hatte, das sie fixierte. Sie sagte nichts, sondern wartete in weiser Voraussicht darauf, dass das Gespräch sich von selbst beendete. Warum die Leute mit solchen Angelegenheiten immer zu *ihr* kamen, würde sie nie verstehen.

Nach einem Moment qualvoller Stille wandte Fionagh sich (endlich!) ab und schlenderte zu dem Waffenstapel, der bestimmt ein einfühlsamerer Gesprächspartner war. Wahrscheinlich wusste ein Haufen Pistolen mehr mit Sentimentalitäten anzufangen als Geist.

»Was machen wir denn heute?«, fragte Mirembe – immer noch über den silbern schimmernden Biss in ihrem Finger gebeugt – in genau dem Moment, in dem die Tür erneut aufschwang und Geist gnädigerweise davon abhielt, sich unterhalten zu müssen. Jamie kam hereinstolziert, wie immer mit langen Schritten und dramatisch flatterndem weißen Mantel. Und direkt hinter ihr, sodass seine Stirn schmerzhaft mit ihrer Schulter kollidierte, als sie abrupt stehen blieb, wuselte Alesander.

»Wo ist Carl?«, fragte die Vampirin mit gebieterischer Stimme. Ihr kleiner Freund rieb sich mittlerweile hinter ihrem Rücken mit beiden Händen die Stirn. »Ist er noch nicht hier?«

»Guten *Morgen*«, ließ Fionagh sich mit betont freundlicher Stimme vernehmen. Geist zog sich in die Dunkelheit einer Ecke zurück, wo niemand von ihr erwartete, dämliche Fragen zu beantworten oder so zu tun, als ob sie sich darüber empörte, dass die Leute sich gegenseitig nicht grüßten. Im Dunkeln, weit weg von allem, fühlte sie sich am wohlsten. Denn dort konnte sie *beobachten* …

… es war immer das gleiche Muster. Die Erdlinge drängten sich zusammen, während Alesander sich verlegen außerhalb der Gruppe herumtrieb und nichts mit sich anzufangen wusste. Geist war sich durchaus bewusst, dass Carl mit Absicht besonders viele Erdgebürtige gewählt hatte. Erdlinge hielten zusammen. Neu-Mars-Kolonisten hielten zusammen. Dreibeinige Eiwärmer von dem entlegensten Planeten in der einsamsten Ecke des Bekannten Universums hielten zusammen …

Sie wusste nie, wo sie dazugehörte. In vielerlei Hinsicht war die Nichtexistenz die einfachere Alternative gewesen. Sie war auf keinem Planeten geboren worden – sie hatte einfach begonnen, da zu sein. Sie war natürlich nicht die Einzige in der Galaxis, die weder Eltern noch Heimat aufweisen konnte, aber das waren Dinge, über die man normalerweise nicht sprach. Der Raum füllte sich mit Gedanken, die sie nicht hören konnte, aber deren verschlungene Formen sich hell leuchtend durch die Luft schraubten; in eisblauen Windungen, erdbraunen Kurven, wolkigen Strömen und rötlichem Schimmern. Geist hatte nie die Farbe ihrer eigenen Gedanken herausgefunden. Vielleicht hatten sie keine.

Die Zeit kroch vorüber. Jedes Mal, wenn jemand an der Glastür vorbeihastete, erwartete sie, endlich einen Blick auf Carls bescheuerten Cowboyhut oder seine lehmfarbenen Absichten zu erhaschen. Er war zu spät – wieder einmal. Sie sollte vermutlich nicht ohne ihn anfangen, aber die anderen wurden langsam ungeduldig. Die Erdlingsgruppe hatte sich verstreut, Jamie und Alesander standen dicht beisammen und tuschelten, Fionagh betrachtete ihr bleiches Gesicht in einem kleinen Taschenspiegel und fummelte an ein paar losen Haarsträhnen herum, und Mirembe saß an die Wand gelehnt und aß mit lauten Geräuschen eine Frucht, die überallhin roten Saft verspritzte. Geist stand auf. Es war nicht ihre Schuld, dass Carl sich unter Pünktlichkeit vorstellte, dass sich alle außer ihm selbst an ihren Plätzen zu befinden hatten. Vier Paar Augen wandten sich ihr zu, als sie den Mund öffnete.

»Heute …«

Vier Paar Augen wandten sich von ihr ab, als Carl grinsend in der Tür erschien. Geist schloss den Mund, verschränkte die Arme und ließ sich erneut vom Halbdunkel verschlucken. Typisch.

»'tschuldigung für die Verspätung, musste kurz noch jemanden abholen. Darf ich vorstellen: unser neuestes Mitglied. Sagt hallo.«

Das neueste Mitglied hibbelte aufgeregt auf den Fußballen wippend an Carls Seite herum. Es sah mit erwartungsvoll aufgerissenen Augen in die Runde und hatte ein Gesicht wie ein Mondkrater. Geist hob wortlos eine Augenbraue. Anscheinend hatte Carl sich größte Mühe gegeben, die eindrucksvollste und furchteinflößendste Kreatur aufzustöbern, die sich auf dem ganzen Planeten finden ließ. Wahrscheinlich wollte er damit angeben, dass es ihm gelungen war, einen derart wilden Fang zu zähmen. Es war das Großartigste, Faszinierendste und Atemberaubendste, das Geist je gesehen hatte: ein Teenager.

»Hallo«, sagte das Wesen unsicher und entblößte eine Reihe stacheldrahtbewehrter Zähne. Alesander trat einen Schritt zurück. Der

Teenager räusperte sich verlegen, als sämtliche Blicke auf ihm kleben blieben. »Äh. Ich bin die Neue! Ich, hm, hätte ja was mitgebracht, Kekse oder so, aber ich habe gerade eben erst erfahren, dass ich mitkommen darf! Also keine Zeit, noch schnell was einkaufen zu gehen oder so, hehe, das hätte doch komisch ausgesehen, oder? Aber ich freue mich so! Stellt euch vor, ihr sitzt in der Schule, alles langweilig, so wie immer, und plötzlich kommt so ein alter Typ mit Cowboyhut rein – also, nicht persönlich gemeint, Carl, aber du bist schon ein bisschen älter als ich –, auf jeden Fall kommt so ein Typ rein und fragt, ob jemand ein Stipendium zum Abblitzer geschenkt bekommen will, und als sich niemand meldet, fragt er, wer die schlechtesten Noten hat, und die Lehrerin zeigt auf den Kerl in der letzten Reihe und der Typ schaut ihn an und schüttelt den Kopf und sagt ‚Nee, sorry, zu groß, geht nicht', und du hebst die Hand und sagst, dass du die zweitschlechtesten Noten hast, und der Typ guckt dich an und grinst und sagt ‚mitkommen!', und du packst deine Sachen, und als ihr draußen über den Schulhof geht, wirft der Typ deinen Rucksack in den nächsten Müllcontainer und meint, dass du das ganze Zeugs jetzt eh vergessen kannst, weil du dich *nie* wieder in deinem ganzen Leben mit Sternphysik herumschlagen musst. Hach! Und ihr seid echt ein witziger Haufen, ich kann es kaum erwarten, ein Abblitzer zu werden! Was ist eigentlich ein Abblitzer?«

Geist wünschte sich den Elfen zurück. Jetzt sofort. Sie hatte noch nie jemanden getroffen, der so lange am Stück reden konnte.

»Du wirst kein Abblitzer«, gestand Carl mit einem Schulterzucken. »Das war eine Lüge, um dich da rauszubekommen. In Wirklichkeit wirst du mit uns auf das Abenteuer deines Lebens gehen. Allerdings selbstverständlich erst, nachdem du ein intensives Training in Töten und Fies-sein erhalten hast, angefangen mit diesen Waffen dort drüben.«

Die Augen der Kreatur weiteten sich, bis sie vor Begeisterung strahlenden Planeten glichen. Sie eilte hinüber zu Geists Ausrüstung, um sie genauer unter die Lupe zu nehmen. Immerhin bedeutete dies eine angenehme vorübergehende Stille. Möglicherweise würde ja einer der Abzüge sämtlichen Sicherheitsvorkehrungen zum Trotz von alleine losgehen – Geist wäre nicht besonders betrübt gewesen. Sie löste sich von ihrer Wand und trottete unmutig zu den anderen, bloß weg von der Neuen, die soeben eine kleine Taschenbombe mit Zeitzünder befingerte.

»Habt ihr das gesehen?«, flüsterte Fionagh ehrfürchtig. »Ihr Gesicht! Es ist überzogen mit bunt leuchtenden Beulen! Ist es eine Art Kriegsbemalung?«

»Vielleicht solltest du sie fragen, ob sie an der Würgelpest leidet«, schlug Geist liebenswürdig vor. Aber leider nein. Dieser Mensch war so widerlich gesund wie ein Arzneischrank. »Habt ihr euch die Beulen mal genauer angeschaut? Sie sind gefüllt mit Eiter! Jederzeit zum Aufplatzen bereit! Kommt ihr bloß nicht zu nahe.«

»Stimmt«, meinte die Banshee nachdenklich. »Wahrscheinlich handelt es sich um eine Art Waffe. Was geschieht wohl, wenn man ihre Haut berührt?«

»Sie sehen aus wie kleine Vulkane. Wunderschön und unheimlich«, warf Alesander mit taktvoll gedämpfter Stimme ein. »Könnten ätzend sein. Vielleicht mit Säure oder kochender Flüssigkeit gefüllt. Können Menschen Feuer unter ihrer Haut lagern?«

»Leute, das sind Pickel«, klärte Mirembe sie geduldig auf. »Und an eurer Stelle würde ich sie ihr gegenüber nicht unbedingt erwähnen.«

»Ohh, *Pickel!*«, raunte Alesander begeistert und stellte sich auf die Zehenspitzen, um das Wesen besser betrachten zu können. »Das also sind Pickel? Ich hätte nie gedacht, dass ich sie eines Tages mit eigenen Augen sehen würde – wozu sind sie gut?«

»Das ist doch egal«, fuhr Jamie dazwischen. »Seht euch nur an, was sie vor ihren Augen trägt. Eine machtvolle Vorrichtung. Es handelt sich vermutlich um Brennspiegellinsen, die zu einer energetischen Förderung führen; möglicherweise setzt sie die Gläser ein, um telepathische Kräfte zu verstärken.«

»Das ist eine Brille.«

Mirembes Einwurf wurde übergangen.

»Und seht euch diese Schenkel an!«, schwärmte Fionagh, die selbst so dürr war, dass ihre Knochen einem bei jeder Bewegung beinahe wortwörtlich ins Auge sprangen. »Ich weiß, was das ist! Die faszinierendste menschliche Körpereigenschaft überhaupt – Fettspeicherung für den Notfall! So ist stets eine Energiereserve für harte Zeiten vorhanden, die auf Bedarf jederzeit abgerufen werden kann. Das Prinzip ist mir von Mirembe bekannt, sie speichert *jede* Menge Energie in ihrem Bauchgewebe. Wenn ihr genau hinseht, werdet ihr erkennen, dass es in letzter Zeit sogar auf die Waden übergegriffen hat – möglicherweise steht uns eine Dürrezeit bevor …«

»Das, oder Brutus kocht einfach zu gut«, grinste Mirembe, dachte einen Augenblick nach und fügte dann hinzu: »Nein, du hast recht. Vermutlich ist die Theorie, dass meine Waden sich ohne mein Wissen auf mir unbekannte Hungernöte vorbereiten, viel wahrscheinlicher.«

Der Banshee schien soeben etwas eingefallen zu sein, denn sie richtete sich ohne Vorwarnung zu voller Größe auf und warf dem Teenager einen strengen Blick zu. »*Wie* alt bist du eigentlich?«

Die Neue richtete sich ebenfalls auf und zog die Hand zurück, als ob sie beim Stehlen ertappt worden wäre. Geist glitt zu ihr herüber, um zu sehen, ob sie etwas beschädigt hatte. Wehe.

»Sechzehn«, verkündete der Teenager stolz, als sei es eine persönliche Bestleistung. War es nicht typisch Mensch, sich etwas auf die bloße Anzahl vertrödelter Lebensjahre einzubilden?

Fionagh ließ ein leises Würgen hören. »*Sechzehn!* Dann bist du doch gerade eben erst geboren worden!«

»Äh, na ja, auf *diesem* Planeten hier bin ich seit zwei Jahren volljährig, also kann ich tun, was ich will! Es ist nie schlecht, seinen Horizont zu erweitern, oder? Zumindest zieht das Argument immer bei meinen Eltern.«

»Und du bist einfach … oh, Carl, ich habe ein siamesisches Schrumpfschwein mit dir zu rupfen! Du bist in ihre Schule gegangen und hast sie einfach aus dem Klassenzimmer gezerrt …!«

Carl schüttelte rasch den Kopf. »Hast du ihr nicht zugehört? Sie *wollte* mitkommen.«

»Klar will ich das!« Der Teenager strahlte nun, dass seine Minivulkane nur so leuchteten, und hüpfte fröhlich auf und ab. »Ich meine, ein Abblitzer zu werden, das klang schon abenteuerlich genug, aber anscheinend geht es ja sogar um etwas *noch Cooleres …«*

»Du weißt doch nicht einmal, was ein Abblitzer ist«, lächelte Jamie spöttisch.

»Na und? Das spielt doch jetzt keine Rolle mehr, oder? Ich werde ja keiner. Also, was haben wir wirklich vor?«

Die Stunde der Wahrheit. Alle Gesichter wandten sich Carl zu.

»Du wirst Kopfgeldjäger«, sagte der nach einem Moment des Zögerns und fuhr schnell fort, um die erstickten Jubelgeräusche zu übertönen. »Wir werden unser Bestes tun, um dich auf sämtliche Situationen vorzubereiten, die dir zustoßen könnten, aber gefährlich wird es trotzdem. Ich bin Carl, also musst du mich nicht mehr ‚alter Typ' nennen. Das ist meine Truppe. Geist ist die da drüben, die sich ein Zelt aus ihren Haaren basteln könnte. Der Kleine mit den hübschen Locken ist Alesander. Das mampfende Pummelchen mit dem verschmierten Gesicht ist Mi, auch bekannt als …«

»… Mirembe, aber mampfendes Pummelchen geht auch.«

»Daneben, die mit dem Gesichtsausdruck wie ein Seepferd, ist ihre Partnerin …«

»Fionagh. Nicht Fio, nicht Pummelchen, und auch nicht Seepferd. Niemals.«

»Und zu guter Letzt, die Dame, die aussieht, als ob sie auf Stelzen durch die Gegen stakst – Jamie. Ach ja – im Laufe der nächsten Wochen dürften wir einen weiteren Gast erwarten. Seid gespannt, es handelt sich bei ihm um einen waschechten Prinzen. Geist wird euch beibringen, euch zu verteidigen. Mit ein bisschen Glück lernst du ja auch was von den anderen: Ich kenn' mich bestens mit Selbstschutz aus, Mi ist eine Hexe, Fio kann Tode vorhersehen und all so was. Kann man vermutlich nicht lernen. Alesander ist der beste Fälscher, den ich je getroffen habe. Jamie ist Blutabstinenzlerin, also hat sie sich auf das Saugen von Daten verlegt. Begnadetste Hackerin der nördlichen Galaxis. Und was unseren Überraschungsgast angeht – der wird euch beibringen, wie man auch dann noch weiterkämpft, wenn die Waffe in irgendeinem Gully gelandet ist.«

»Und du?«, fragte Alesander in freundlichem Tonfall. Endlich sprach mal jemand das aus, was Geist schon die ganze Zeit im Kopf herumschwirrte »Was kannst du denn so?«

Es folgte das größte, lächerlichste, strahlendste Grinsen, das Geist je gesehen hatte.

»Nix!« Das Wesen sah begeistert in die Runde und fügte dann – weniger strahlend, dafür aber angenehm kleinlaut – hinzu: »Ach, ich hab ja ganz vergessen, euch zu erklären, warum das witzig ist. Das war ein

Scherz, aber ihr könnt ihn ja gar nicht lustig finden, weil ihr nicht wisst, wie ich heiße. Na ja, also, ich heiße Nix, und ich kann nix! Checkt ihr ihn jetzt?«

»Ich glaube, ich habe den Witz immer noch nicht verstanden«, sagte Jamie in die belämmerte Stille hinein.

»Sie wird unser Köder sein«, meinte Carl munter.

Fionagh zuckte sichtlich zusammen. »*Wie* bitte?«

»Unser Köder«, wiederholte Carl geduldig, als ob er es mit einem besonders ernstzunehmenden Fall von Schwerhörigkeit zu tun hatte, und klopfte dem Menschending aufmunternd auf die Schulter. »Du willst doch gern ein Köder sein, oder?«

»Na klar!«

»Nein, will sie nicht …«

»Hör mal, es ist schön und gut, eine Gruppe beeindruckender, übernatürlich begabter Fabelwesen zusammenzustellen, aber irgendwer muss uns doch wohl dabei helfen, das Biest anzulocken, oder? Wenn das Rabenaas eine Schwäche hat, dann ist es seine Vorliebe für Lebewesen, die den Anschein machen, als ob sie ein bisschen schwer von Begriff sind und keine Ahnung haben, wie man sich wehrt. Und wer sieht schon harmloser aus als Nix? Na, nix und niemand.«

Und von diesem Augenblick an, da war sich Geist mit Übelkeit erregender Zuversicht sicher, war das Menschending dem alten Typen mit Cowboyhut rettungslos verfallen.

Rund zehn Minuten später wurden Geists Dienste benötigt. Als Carl sie zu sich rief, um Nix' Zunge mit einem Faulfluch zu belegen, erledigte sie dies mit größtmöglicher Sorgfalt und Vergnügen. Sie wusste nicht, was man von jemandem zu halten hatte, der mit so guter Laune darauf wartete, als Köder eingesetzt zu werden – doch um fair zu sein, war Geist noch nie irgendjemandem begegnet, von dem sie gewusst hatte, was sie von ihm zu halten hatte. Fionagh protestierte lautstark und mit vor Empörung knisterndem Haar, als Carl den Teenager, der laut der Banshee gerade eben erst geboren war, den Vertrag unterzeichnen ließ. Niemand hörte zu, denn ein Köder kam ihnen wie gerufen. Wenn Geist eines über den Raben wusste, dann, dass er von funkelnden Gegenständen geradezu magnetisch angezogen wurde. Und an dem

Neuling funkelte alles – von den Gläsern, die er auf der Nase trug, über die drahtverzierten Zähne bis hin zu der rosafarbenen Spange in seinem Haar. Geist willigte nur widerstrebend ein, das Menschending im Umgang mit einer Waffe zu unterrichten, da sie genau gesehen hatte, wie es über seine eigenen Füße gestolpert war – aber dennoch willigte sie ein. Wahrscheinlich war es nicht von Vorteil, jemanden im Team zu haben, der sich nur mittels seiner säuresprühenden Pickel zu verteidigen wusste.

Es war ein Tag der verfehlten Zielscheiben und durchlöcherten Wände. Wo am Morgen noch das Glühpilznest fröhlich vor sich hin gemodert hatte, klaffte zehn Minuten nach Beginn des Trainings ein gewaltiger Krater. Daneben drückte sich ein verlegen dreinschauender Alesander herum, dessen Wangen vor Scham wie kandierte Äpfel leuchteten.

»Uuups … ich dachte, sie wäre nicht geladen …«

Geist nahm ihm den Blaster (dessen *Geladen*-Knopf hellgrün blinkte) mit einem vorwurfsvollen Knurren aus der Hand und wandte sich um. Nur um Fionagh dabei zu ertappen, wie sie auf ihre eigenen Füße zielte und dabei begeistert von Nix angefeuert wurde.

»Du schaffst es, komm schon, komm schon!«, jubelte das Menschenwesen in dem Moment, als Geist zwischen die beiden trat und streng von einem hochkonzentrierten Gesicht zum anderen funkelte.

»Was soll das werden? Liegt dir die Vorstellung am Herzen, anstelle von Füßen zwei blutige Beinstümpfe aufzuweisen? Dann mach ruhig weiter so.«

Die Arme der Banshee, dünn und bleich wie tote Hühnerschenkel, bebten wie unter schwerer Last. Es dauerte einen Moment, bis Geist klar wurde, was das Problem war.

»Die Waffe … ist einfach … zu …«

»Mach schon!«, jauchzte Nix. »Nur noch ein kleines Stückchen, dann hast du es geschafft!«

» … viel zu …«

»Na komm schon, los!«

»… schwer!«

Geist fing den Blaster gerade noch rechtzeitig auf, bevor er auf dem Boden aufkam. Mit kaum verhohlenem Entsetzen sah sie sich in der

Halle um. Ihr Blick wanderte von Fionagh – die sich silberperlenden Schweiß von der Stirn strich – über Nix – die gut gelaunt eine leere Patronenhülse in die Luft warf und anscheinend zu beschränkt war, sie wieder aufzufangen – zu Alesander, der unbeholfen das leicht vor sich hin schwelende Einschussloch in der Wand abtastete, womit er es nur noch größer machte. Sie ertappte Mirembe dabei, wie sie eine kleine Sprengkapsel über ihrem Kopf kreisen ließ, ohne sie zu berühren. Allein Jamie schien einigermaßen zu wissen, was sie tat, doch bereits Sekunden später zischte ein Dolch aus Damaszenerstahl um Haaresbreite an Nix' Ohr vorbei. Als die Vampirin mit großen Schritten herbeiflatterte, um zu sehen, ob sich irgendwo Blut zeigte, platzte Geist endgültig der Kragen.

»Halt!«, rief sie schallend. Wie ein geschwächtes Immunsystem beugten sich die Versager im Raum sofort ihrem Befehl. Geist funkelte sie der Reihe nach an. Von trotzig bis schuldbewusst war jeder Gesichtsausdruck vertreten. »Das reicht!«, schnappte sie. »Ihr hättet mich vorwarnen können, dass eure Kampferfahrungen gegen null gehen! Tolle ‚handerlesene Spezialistentruppe', Carl!«

Carl, der in einer Ecke saß und mit vollen Backen auf irgendetwas kaute, hob gönnerhaft beide Daumen.

»Wir machen das jetzt anders«, schnappte sie. »Wir fangen klein an und arbeiten uns langsam zu den großen Waffen vor. Tag eins: Klingen. Schnappt euch jeder ein paar Messer. Aber vorsichtig. *Vorsichtig,* habe ich ge… ja, gut gemacht, Alesander. Versuch wenigstens, nicht auf den Boden zu bluten. Jetzt wisst ihr immerhin, wozu ein Dolch einen Griff hat. Ist jeder ausgerüstet? Na also, geht doch. Jetzt stellt euch in einer Reihe auf. *Nein, i*hr Hohlköpfe, nebeneinander! Nicht hintereinander! Was ihr da gebildet habt, nennt man eine *Schlange!* Jetzt kapiert? Gut. Nehmt die Klinge und balanciert sie zwischen Daumen und Mittelfinger aus. Hebt die Hand – zielt – *und ihr werft erst, wenn ich aus der Schussli…* also gut, *wer* war das?!«

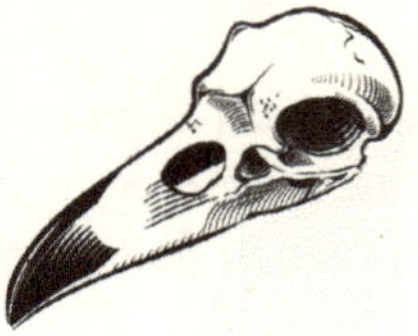

5

Nix

Hier wird vorschnell geurteilt, die Erde spielt keine Rolle und nicht jeder kann kämpfen. Aber dafür gibt es jede Menge Waffen. Versprochen.

Der Wind pfeift tief. Corax sieht die Schatten im Schnee und folgt ihnen. Sie liegen vor ihm wie Spuren.

Unter seinen Füßen knirscht das Eis. Es ist ein Geräusch wie von knackenden Knochen, aus denen das Mark fließt. Er leckt sich die gefrorenen Lippen und blickt zum Horizont, der vor ihm liegt wie verschüttete Milch, tröpfchenweise in der dunstigen Luft schwebend. Er fühlt nichts, wenn er auf die schneeweiße Weite schaut, die wie ein hohes Sirren in seinen Ohren klingt. Wenn die Männer an zu Hause dachten, dachten sie an Sicherheit. Corax hat kein Zuhause. Er ist nirgends sicher, nicht einmal hier, wo alles begonnen hat. Der Wind klingt nach Einsamkeit und wirbelt kleine Kristalle auf, die sich auf sein Gesicht verirren. Seine Haut ist zu kalt, um sie zu schmelzen.

Corax blickt auf, in einen Himmel, der nicht ihm gehört. Irgendwo, weit über ihm, leuchtet ein schwaches Feuer. Eine Sonne, klein wie ein Sandkorn. Und hier unten fällt der Schnee.

Etwas Neues knirscht unter seinen Schuhen. Es gibt nicht nur eine Art von Knirschen auf der Welt. Es gibt nicht nur das Knirschen von Schnee und Knochen. Zähne können knirschen, nur ganz leise, und Blicke können knirschen, wenn man sie richtig anwendet. Selbst das Mondlicht knirscht in stillen Nächten, oder wehleidiges Gras auf trockenen Dünen oder unter gefrorenem Tau.

Dieses neue Knirschen hier ist das Knirschen von Steinen. Steine unter Schnee.

Er schaut nach unten. Grau blinzelt durch das schmelzende Eis. Die Schuhe, die seine Zehen wärmen, sind voller tiefer Kratzer und haben ihren Glanz verloren. Er mochte es, als sie noch glänzten. Wie schwarzes Wasser. Wie die geschmolzenen Schatten hinter einem Schrank. Nun jedoch sind sie matt und zerbeult, und Corax weiß – er braucht neue. Glänzend wie schwarzes Wasser, schimmernd wie Eis.

Aber das Eis schimmert hier nicht. Es ist trüb. Dunkel wie eine Enttäuschung, und die Sonne ist verschwunden. Corax hebt den Kopf. Corax dreht sich um und blickt in den Wind, der weiß ist vor Schnee. Corax lächelt. Dann, wie die Sonne, ist er ebenfalls verschwunden.

Als er wieder auftaucht, sieht er ein großes Fenster, in dem ein Leuchten herrscht …

In einem Meer aus Kissen lag Nix auf dem Bauch und drückte an ihrer Wange herum. Der Grund dafür war, dass sie heute Morgen genau auf dem Wangenknochen einen besonders eitrigen Pickel entdeckt hatte. Er war wohl über Nacht gewachsen wie einer der Mundwurfhügel in dem gepflegten Rasen hinter dem Haus. Bloß waren Pickel um einiges nerviger. Mundwurfhügel musste man wenigstens nicht im Gesicht tragen.

Der Spiegel, den sie an den Bettpfosten gelehnt hatte, machte die Sache nur noch schlimmer. Er war eins dieser Dinger, die man seiner Tochter zum fünfzehnten Geburtstag schenkte, um ihr zu beweisen, wie sehr man sie hasste. Eins dieser Dinger, die jede Pore einzeln vergrößerten, damit man in die tiefsten Tiefen seiner Haut blicken konnte, wo bislang unentdeckte Unreinheiten einen anglotzten wie schwarze Löcher. Sie verzog das Gesicht. Ein Blick in einen Schminkspiegel war wie ein Blick in die Abgründe der Seele, nur dass man die normalerweise verstecken konnte.

Draußen vor der Zimmertür waren Schritte zu hören, die Nix sofort erkannte. *Oh nein.* Jeder Teenager mit einem durchschnittlich ausgeprägten Gehör besaß das Talent, geöffnete Türen, knarrende Fußböden, ächzende Treppen und behausschuhtes Schlurfen nach Größe, Gewicht, Geschlecht, Entschlossenheit und Ärgernislevel des Herannahenden zu analysieren. Und *das hier* war ganz eindeutig Mama. Und sie würde klopfen und ihr eine Strafpredigt halten. Zum Glück war die Tür abgeschlossen.

Es klopfte. Die Strafpredigt fing an.

Nix ließ sich mit dem Oberkörper vom Bett hängen wie ein Faultier von einem Ast, um den Spiegel auf den Boden zu legen. Oh, ein halb aufgegessenes Stück Erdbeerschokolade! Sie schnappte es sich, pustete die Fusseln weg und kaute nachdenklich, während sie an die Zimmerdecke starrte.

Es passte ihren Eltern *gar nicht,* dass sie mit Carl wegging. Aber das war ja zu erwarten gewesen. Sobald sich jemand in ihrer Umgebung als auch nur *annähernd* cool herausstellte, war das ein Grund, ihr den Umgang mit ihm zu verbieten. Und Carl war zwar alt, aber leider auch cool. Cooler als jeder, der Nix bisher begegnet war.

Die Strafpredigt ließ sich, genau wie die zehn oder elf davor, auf folgende Punkte reduzieren: a) Nix war doch viel zu jung, um die Schule abzubrechen, b) man sollte niemals jemandem trauen, der einem aufgrund seiner schlechten Noten ein Stipendium anbot, c) sie hatte sich doch überhaupt nicht informiert, ob man als Abblitzer in der heutigen Gesellschaft überhaupt eine Chance hatte, d) wenn sie schon auf das Angebot eingehen wollte, dann sollte sie diesen Carl-oder-wie-auch-immer-der-hieß doch wenigstens mal zum Abendessen einladen, damit man ihn sich in aller Ruhe anschauen konnte, und e) was sollte das heißen, sie würde für einige Monate von der Bildfläche verschwinden? Wo würde sie wohnen? Was würde sie essen? Wer würde sich um sie kümmern? Und war f) schon erwähnt worden, nämlich, dass sie schlicht und ergreifend *viel zu jung* war, um sich auf so etwas Haarsträubendes einzulassen?

»Ich bin volljährig!«, rief Nix durch die geschlossene Zimmertür und spuckte einen Fussel aus. »Und ich *werde* gehen, weil dieses Angebot das einzig wirklich Gute ist, was mir jemals in meinem ganzen Leben passiert ist!«

Und das war es wirklich. Eine Ausbildung zur Kopfgeldjägerin. Das musste man sich mal vorstellen. *Kopfgeldjägerin*. Sie. Nix, die Dumme, Blöde, Faule, würde zu Nix, der gefürchteten Jägerin ruchloser Verbrecher. Nix, der Köder in tödlichen Missionen. Nix, die jüngste Schurkenverfolgerin aller Zeiten! Na ja, zugegeben, da war noch Geist. Aber sie war sich ziemlich sicher, dass Geist nicht *wirklich* ein kleines Mädchen war. Dafür redete sie viel zu geschwollen, und außerdem wusste sie so einiges über Waffen, das bestimmt nicht einmal die meisten Erwachsenen wussten. Egal, ihre Eltern konnten sich ruhig weiter Sorgen darüber machen, dass man als Abblitzerin bestimmt schlechte Berufschancen hatte – Hauptsache, sie fanden nicht heraus, was es mit der Ausbildung tatsächlich auf sich hatte. Am Ende kämen sie noch auf die Idee, dass so was ja gar nicht infrage käme, weil es ja viel zu *gefährlich* wäre, und blablabla. Als ob. Ganz im Gegenteil sogar – sie würde endlich lernen, sich zu verteidigen! Mit Waffen zu kämpfen! Na gut, im Dolchewerfen war sie ziemlich mies. Pistolen waren auch nicht gerade ihre Stärke. Blaster durfte sie schon gar nicht mehr benutzen, nachdem letzte Woche die Sache mit Mirembes Rucksack passiert war. Bomben waren ihr irgendwie ein bisschen unheimlich, und den Dreh mit dem Sprengkapseln setzen und Fallen stellen hatte sie immer noch nicht wirklich raus. Aber egal! Sie würde schon noch eine Waffe finden, die ihr lag, und dann würde sie alle mit ihrem Talent überraschen!

Für den Rest des Abends – als die Strafpredigt irgendwann mal ein Ende gefunden hatte – übte sie Messerwerfen mit Bleistiften, bis sich ihre Eltern endlich ins Bett verzogen. Sie wurde immer besser – einer davon blieb immerhin leicht zitternd in der Tapete stecken und hinterließ dort ein kleines, grau verfärbtes Loch. Wenn der Stift ein Dolch gewesen wäre und die Tapete das Herz eines Angreifers … aber hallo!

Nix' Finger waren voller Schnitte und Schrammen aufgrund der echten Dolche. Ihre Schultern taten weh vom Speerwerfen, und ihr Knöchel war immer noch gerötet von der Drahtschlinge, in der sie sich verfangen hatte. Im Kopf ging sie immer wieder die Lektionen durch, die Geist ihnen bis jetzt beigebracht hatte – wie man mit Klingen umging (das spitze Ende musste auf den Gegner zeigen), wie man Sprengkapseln auslegte (man durfte sie auf keinen Fall versehentlich selbst aktivieren), wie man Granaten und Plasmazünder warf (mit

Schmackes), Bomben entschärfte (am besten gar nicht, zumindest, wenn man Nix war), Fallen stellte (im Verborgenen), eine Pistole benutzte (Achtung vor dem Rückstoß), und zu guter Letzt, wie man einen Blaster handhabte (einfach darauf hoffen, dass sich im Umkreis des Ziels keine Verbündeten befanden, und abwarten, bis es *Wumm!* machte). Viele Waffen konnten ja nicht mehr übrig sein, abgesehen vielleicht von dem wirren Sammelsurium von elektrischen Schwertern, mit denen sie gerade das Fechten übten, und anderem Krimskrams, wie Wurfmonde und Armbrüste. Und wenn nicht mehr viele Waffen übrig waren, dann bedeutete das vielleicht, dass bald die Abschlussprobe auf sie zukam – und was, wenn sie versagte? Vielleicht würde man sie dann zurück in die Schule schicken. Vielleicht würde sie dann wieder für bescheuerte Tests lernen müssen, um irgendwann einen bescheuerten Abschluss zu machen, mit dem sie dann einen bescheuerten Job annehmen konnte, bei dem sie nie im Leben auch nur einen Bruchteil der Kohle machen würde, welche die Coraxsache einbrachte. Vielleicht, nein, sogar ganz *bestimmt* würde sie dann niemals eine aufregende Laufbahn voller Abenteuer und Ruhm und Gefahren und eindrucksvollen Narben einschlagen … es war ein schrecklicher Gedanke. Also fasste sie einen Entschluss.

Nach Einbruch der Dunkelheit stahl Nix sich aus ihrem Zimmer, schlang in der Küche heimlich eine Schüssel Nusspudding herunter, schnappte sich ihre Tasche und machte sich auf den Weg zur Halle. Geist würde sie nicht aus der Gruppe schmeißen, wenn sie besonders verbissen übte. Carl würde so oder so auf die Schnelle keinen neuen Köder finden. Sie musste sich einfach nur ein bisschen anstrengen, dann würde aus ihr ohne große Probleme die neue Spitzenkämpferin des Teams werden.

Sie drückte sich durch die dunklen Straßen, das Gesicht tief unter ihrer Kapuze verborgen, und fühlte sich dabei irgendwie eindrucksvoll. So würde ihre Zukunft aussehen: Nur sie und die Dunkelheit, die Augen im Schatten verborgen. Sie auf dem Weg in den Kampf. Und keiner, der von ihrem geheimen Leben etwas ahnte. Keiner, der glauben würde, dass es bloß Nix allein war, die das Chaos in Schach hielt. Niemand, der auch nur den Schimmer einer Ahnung davon haben würde, dass sie die Hüterin des geordneten Lebens war …

Die Tür der Halle scannte ihr Gesicht und ließ sie ohne Probleme eintreten (und war es nicht genial, dass sie jetzt exklusiven Zugang zu einem Gebäude hatte, in dem geheime Dinge vor sich gingen – einfach nur, indem sie so aussah, wie sie eben aussah?). Als sie ihre Tasche in Carls Ecke abstellte und mit den Händen wedelte, sprangen knisternd die Lichter an. Und offenbarten einen schrecklichen Anblick.

Wo war der Waffenstapel? Hatte Geist ihn weggeräumt? Ohne Waffen konnte sie auch nicht üben! Mit nicht besonders leiser, sondern eigentlich eher brüllend lauter Enttäuschung durchsuchte Nix die Umkleideräume und sogar die Toiletten und die verwaisten Spinde in den Duschen. Es war ihr natürlich eigentlich klar, dass man mehrere Hundert Kilogramm Blaster, Gewehre und Bomben wohl kaum in einem schmalen Metallschrank unterbringen konnte, aber die Hoffnung starb zuletzt. Schließlich gab sie es auf, schlurfte niedergeschlagen zurück in die Halle, zerrte eine der Übungsmatten in die am wenigsten staubige Ecke, kuschelte sich an das am wenigsten zerschossene Stück Wand und versuchte zu schlafen. Sie konnte zwar nicht trainieren, aber allein die Tatsache, dass sie hier war und den Geruch von Gummi und Sprengpulver und Füßen einatmete, trug dazu bei, dass sie sich aus irgendeinem Grund ein wenig produktiver fühlte. Wie wenn man sich mit einem Buch unter dem Kissen schlafen legte und auf spontane Wissensübertragung hoffte.

Obwohl die Lichter grell strahlten, wurde es dunkel, als Nix' Augenlider sich schlossen. Dann wurde es wieder hell. Und dann, woraufhin Nix mit einem lauten Grunzen in die Höhe fuhr, gab es einen gewaltigen *KNALL.*

»Wasnlos?«

Goldenes Morgenlicht strömte durch das Fenster. Die Turnhalle lag friedlich müffelnd vor ihr – und irgendwas hatte geknallt. Ihr erster Gedanke galt gruseligen Halbraben, die sie aus gewaltigen Kanonen beschossen und sie gnadenlos aus runden, leeren Augen anstarrten. Ihr zweiter Gedanke war, dass sie ziemlich stolz auf sich sein konnte, denn nur ein *echter* Kopfgeldjäger wachte morgens auf und dachte sofort an seinen schlimmsten Feind. Ihr dritter Gedanke war, dass es bestimmt noch einige andere Leute gab, die aufwachten und sofort an Feinde dachten, und dass dies möglicherweise nicht immer ein Zeichen von guter psychischer Verfassung war.

Und dann bemerkte sie, dass Geist vor ihr stand und sie feindselig anfunkelte. Mit einem weiteren *KRACH*en ließ sie die Kiste mit Patronenhülsen los, die sie in den Armen hielt. Sie fiel direkt auf den Waffenstapel, der bedenklich nahe neben Nix' improvisiertem Bett schwankte. Ein bisschen zittrig in den Beinen rappelte sie sich auf, wuschelte sich durch das Haar und zwang sich zu einer Art Lächeln.

»Uuups, bin ich eingeschlafen? Gar nicht bemerkt. Morgen. Ich wollte nur herkommen, um zu üben, aber das, äh …«

… ist dir sowieso egal. Du willst ja eh nur, dass ich die Klappe halte. Sie wandte mit einem leichten Kopfschütteln den Blick ab und beschäftigte sich mit wichtigeren Sachen, zum Beispiel dem kleinen Puddingfleck, der auf ihrem T-Shirt klebte. Ja, na klar, sie wusste schon, dass Geist sie nicht ausstehen konnte. Wahrscheinlich hätten sie sich sogar nicht einmal dann verstanden, wenn Geist ein echtes Kind gewesen wäre und nicht … was auch immer sie war. Nix kam mit Kindern nicht gut zurecht. Sie konnten ziemlich fies sein – aber Geist toppte sie alle. Anfangs hatte sie Nix nur misstrauisch angestirnrunzelt, aber inzwischen konnte sie nicht mal mehr in ihre Nähe kommen, ohne dass sie böse angeknurrt wurde. Geist behauptete, dass Nix alles kaputt machte, nur, weil ihr zwei, drei Mal was runtergefallen war. Vier Mal, wenn man die Sache mit Geists Pausenbrot mit einrechnete. Aber *das* war *nicht* ihre Schuld gewesen. Jamie hatte sie erschreckt.

»Wo kommst du eigentlich her?« Man konnte ja trotzdem versuchen, die Stimmung ein bisschen zu lockern. Wahrscheinlich würden sie nie die besten Freundinnen werden, aber wenn man schon zu einer Mission aufbrach, die einen locker das Leben kosten konnte, war es doch zumindest ganz tröstlich zu wissen, dass die Leute im eigenen Team keine Mordgelüste gegen einen hegten. Vor allem, wenn sie im Besitz von so vielen Waffen waren, dass die ein derart lautes *KRACH*en von sich gaben, und viel besser kämpfen konnten als man selbst. »Kommst du auch von irgendeiner Erde? Ich ja nicht. Meine Vorfahren waren Kolonisten. Aber du siehst irgendwie ziemlich erdig aus – du hast so schöne lange Haare, hab ich das schon Mal erwähnt? Aber, na ja, nur weil du aussiehst wie ein Mensch, heißt das ja nicht, dass du auch einer bist. Aber vielleicht kommst du ja trotzdem von der Erde. Fionagh sieht auch aus wie ein Mensch, obwohl sie keiner ist, und kommt von der Erde. Der Ersten Erde sogar. Und Mirembe ist ein Mensch – obwohl, eigentlich auch nicht wirklich, sind Hexen Menschen? – und kommt auch von der Ersten Erde. Und Carl? Auch, oder? Jamie hat gesagt, sie ist von der Erde mit den drei Sonnen, am Anfang dachte ich sogar, dass ich die Einzige bin, die nicht von irgendeiner Erde stammt. Das wäre ganz schön peinlich gewesen, oder? Ich meine, wir haben trotzdem einen ganz guten Zusammenhalt im Team, obwohl man ja immer sagt, man soll sich nicht zu sehr mit Wesen von anderen Planeten anfreunden. Aber ich finde euch alle nett, auch dich übrigens. Auch wenn du mich so anschaust. Also, woher kommst du? Wenn du auch nicht von der Erde bist, sind wir fast in der Überzahl. Na ja, eigentlich sind wir dann immer noch in der Unterzahl, aber drei von sieben, wenn man Alesander mit einberechnet, ist immer noch besser als zwei von sieben.« Sie holte tief Luft.

Geist hielt kurz inne, starrte sie über einen Armvoll explosiver Pfeile an und schien für einen Moment sogar zu verwirrt, um böse zu gucken. Nix wertete dies als Sieg. Ja, im In-Grund-und-Boden-Quasseln war sie schon immer gut gewesen, obwohl ihr jetzt ein klein wenig schwindlig war.

»Ich bin nicht von der Erde«, antwortete Geist schließlich. »Ich bin von nirgendwoher. Aber wenn du wissen willst, wer meinesgleichen zuerst gesehen hat, *Mensch:* Ja, es waren ferne, ferne Vorfahren von dir. Es gab uns schon immer, in den dunklen Ritzen eurer Seele, damals auf der Ersten Erde, bevor man zu den Sternen reiste. Ihr habt nur nicht gut genug hingeschaut. Und als die Menschen vor langer Zeit irgendwann ausschwärmten, um neue Planeten zu besiedeln wie ein Schwarm gefräßiger Aasgeier, haben sie eine Sache vergessen: Letzten Endes würden sie immer nur Menschen sein, ganz egal, wo sie sich auch niederließen. Letzten Endes gab es keinen Unterschied zwischen ihnen und jenen, die stolz darauf waren, auf der Ersten Erde geblieben zu sein. Sie waren ganz gleich, die Raumfahrer und die Nesthocker. Die Sternreisenden waren immer noch Erdanhängsel. Die Erdanhängsel waren nicht mehr und nicht weniger erbärmlich als jene, die ganze Zivilisationen ausrotteten, um sich auf ihren Planeten niederzulassen und sie in einem Anflug von Nostalgie nach ihrer Heimat zu benennen. Für mich spielt es keine Rolle, woher jemand stammt, denn ich sehe die Wahrheit. Ich rieche die Bakterien, die sich auf deiner Haut zersetzen, ich schmecke den Schweiß auf der Zunge, der aus deinen Poren quillt, während ich mit dir rede. Ich höre das Stocken deines Herzens, das Kreuchen der Viren, den endlosen Kampf deines Immunsystems, sich gegen die Scharen von Eindringlingen zu wehren, von denen du nicht den Hauch einer Ahnung hast. Ich fühle den Tod auf all jene zukriechen, die mich umgeben. Und auch auf mich selbst. Du bist ein Wimpernschlag unter einem sternenbedeckten Himmel, ein Bruchteil einer Sekunde in einem langen, langen Tag, in dem Herkunft keine Rolle spielt. In Millionen von Jahren wird es niemanden mehr interessieren, woher du kamst oder wie deine Vorfahren sich genannt haben. Du wirst in deine allerkleinsten Einzelteile zerfallen sein, und ich ebenfalls. Glaub mir: Es gibt wichtigere Dinge als die Umstände, in die wir hineingeboren werden.«

Es war das erste Grinsen, das Geist ihr je geschenkt hatte. Nix wünschte sich sofort, sie hätte es gelassen.

»Äh, na schön«, nuschelte sie verwirrt und versuchte, mit dem Blick nicht zwischen Geists spitzen Zähnen hängen zu bleiben. »Das war ja wirklich mal eine sehr gut gelaunte Antwort. Ähm, und nur ein *klein* bisschen ausführlicher, als ich gehofft hatte, um ehrlich zu sein.«

»Dann frag in Zukunft nicht mehr. Und jetzt entschuldige mich, ich habe ein paar Idioten zu unterrichten.«

Das Gespräch lief noch viel schlimmer als erwartet. Nix entfernte sich verlegen und beschloss, einfach keine Fragen mehr zu stellen und ihre zukünftige Mörderin stattdessen still aus den Augenwinkeln zu beobachten. Sie hätte sich so gern mit ihr verstanden. Sie erinnerte sie merkwürdigerweise an die harten Stückchen bernsteinfarbenen Karamellzuckers, den ihre Oma in dem antiken Döschen mit den Rauchschwalben darauf verwahrte. Nur, dass Geist nicht süß schmecken würde. Sie wäre salzig wie ein Schluck Meerwasser.

Um nicht mit ihr alleine sein zu müssen, versteckte sich Nix in der Umkleidekabine, bis die anderen erschienen. Zuerst kamen Jamie und Alesander, die es wirklich nur im Zweierpack zu geben schien. Nach einer Weile tröpfelte der Rest ein: Carl, dann Fionagh und Mirembe.

Der Morgen war wie alle anderen Morgen. Sie saßen in einer Gruppe zusammen auf dem Boden, vesperten ihr mitgebrachtes Frühstück und

Nix versuchte, nicht allzu auffällig zu staunen. Neben ihr saß Alesander, dessen Stimme wie eine warme, weiche Decke war und der sie aus irgendeinem Grund immerzu fragte, ob er ihre Brille berühren durfte, nur um dann erschrocken zurückzufahren, sobald Nix sie abnehmen wollte. Daneben war Jamie, groß und still und wunderschön, wie immer mit perfekt sitzendem schneeweißem Anzug (wie schaffte sie es, dass da nie Flecken drauf waren?) und stechend eisblauen Augen. Carl, der unter seinem Hut hervorgrinste wie ein Pirat, mit der Narbe, die quer über sein Gesicht verlief. Fiona, die wie ein blasser Morgen war, und Mirembe, die nach Papier roch und so perfekte dunkle Haut hatte – und dazwischen sie selbst, pummelig und kurzsichtig und knallrot im Gesicht. Es passte alles nicht ganz zusammen, aber es war großartig.

»Passiert eigentlich irgendwas Schlimmes, wenn man, nur theoretisch, bei der Abschlussprüfung durchfällt?«, traute sie sich nach einer Weile zu fragen und gab sich dabei allergrößte Mühe, es wie reine Neugier klingen zu lassen. Geists schwarzer Blick traf sie wie ein Tritt gegen das Schienbein.

»Es gibt kein Durchfallen«, antwortete sie leise. Nix fing hoffnungsvoll an zu grinsen. Na also! Das klang doch gar nicht mal so schlecht. Es hatte also doch keinen Grund gegeben, sich so aufzuregen. Aber Geist blickte ernst. »Es gibt nur den Tod.«

Das Grinsen verschwand. »Oh.«

Bis zum Mittagessen verbrachten die anderen ihre Zeit damit, alle Grunddisziplinen noch einmal durchzugehen. Nix verbrachte sie, indem sie sich in allen Details ausmalte, wie Geist sie wohl um die Ecke bringen würde, falls sie die Prüfung nicht schaffte. Vielleicht war es nur ein Scherz gewesen. Oder vielleicht – und leider klang das wie die wahrscheinlichere Alternative – musste sie sich überhaupt keine Sorgen machen, dass Geist sie während ihrer Mission abmurkste und es wie einen Unfall aussehen ließ, weil sie ihr als Strafe für die verpatzte Prüfung schon lange vor Beginn das Genick brechen würde. Möglicherweise würde sie ihr irgendeine furchtbare Krankheit anhängen, Spaßern oder Sturmpocken oder eine Schnürhautentzündung – sie war immerhin ein Seuchengeist. Vielleicht würden ihre Gliedmaßen faulen oder ihre Augäpfel platzen oder ihre Zehennägel abfallen.

Alles in allem war es kein entspannter Vormittag. Nix verzichtete dankend, als die anderen sich dampfende Krausnudeln in den Rachen jagten und sich lang und breit über den Prinzen unterhielten, den sie bald kennenlernen würden. Stattdessen starrte sie lieber mit schmerzendem Magen auf den Waffenhaufen und dachte über die vielen Tötungsweisen nach, die Geist bestimmt kannte. Sie vergaß ihre Sorgen erst, als Geist das nächste Mal sprach, doch sie machten augenblicklich neuen Besorgnissen Platz.

»Es ist an der Zeit, dass ihr eure Waffe wählt.«

Oh große Materie.

Die anderen gingen alle ganz entspannt an die Sache ran, aber sie plagten sich auch nicht mit Todesgedanken herum. Sie schlenderten in die Mitte der Halle und schauten sich gemütlich die Auslage der mit fiesen Haken, Schlingen, Abzügen oder Sprengkörpern versehenen Killermaschinen an. Nix machte sich schwerfällig auf den Weg, wobei jeder ihrer Schritte einen ganzen Kilometer zu umfassen schien. Sie hatte zwar seit dem Frühstück nichts mehr gegessen und auf die Nudeln verzichtet, aber ihr war plötzlich kotzübel.

»Wozu müssen wir denn überhaupt eine Waffe wählen?«, murmelte sie Alesander zu, der ebenfalls ein bisschen unschlüssig aussah. Sofort wünschte sie sich, sie hätte den Mund gehalten.

»Weil *manche* von euch in jeder Hinsicht miserabel sind. Besser werdet ihr auch nicht mehr. Wenigstens wisst ihr inzwischen, in welche Richtung man einen Dolch oder eine Pistole zu halten hat, das übersteigt sämtliche meiner Erwartungen um ein Dutzendfaches. *Jetzt* bringe ich euch bei, wie man sich spezialisiert. Sobald ihr euren Kampfstil gefunden habt, erwarte ich, dass ihr in der Lage seid, euch zumindest nicht aus Versehen selbst abzumurksen.« Geist machte sich nicht einmal die Mühe, so zu tun, als wären diese letzten Worte nicht an Nix gerichtet. Sie starrte sie geradewegs an. »Im Notfall kann alles eine Waffe sein. Der kleine Gehilfe jedoch, für den ihr euch entscheidet, wird euch die gesamte Mission über begleiten. Also wählt weise. Banshee, du hast in etwa so viel Muskelmasse wie eine Bakterie, also nimmst du etwas, das keinen Kraftaufwand erfordert. Hexe, du kannst von allen am besten werfen, entscheide dich für eine Fernkampfwaffe. Vampirin, du bist stark und groß, nimm dir was mit richtig Wumm, und du, Wer-Stier, musst deine Gegner auf Distanz halten. Mensch …« Ein spöttisches Lächeln umspielte Geists Lippen. Nix schluckte die Galle runter, die in ihrer Kehle aufstieg. »Nimm irgendwas ohne scharfe Kanten. Wir wollen ja nicht, dass du dich schneidest. Und versuche, uns nicht alle in die Luft zu sprengen.«

Na ganz toll. Nix' Wangen brannten vor Scham, als sie den anderen dabei zusah, wie sie sich eifrig auf die Waffen stürzten. Zumindest hatten sie alle etwas, in dem sie *gut* waren. Nix jedoch hatte … nun ja, eben nix. Und plötzlich war es nicht mehr lustig.

»Was meinst du, was eignet sich am besten für mich?«, hörte sie Alesander irgendwem zuflüstern, und erst als er an ihrem Ärmel zupfte, wurde ihr klar, dass er mit ihr sprach. Es war ja nett, dass er sie ablenken wollte, aber alle waren sich schmerzlich darüber bewusst, dass sie keine Ahnung hatte, was sie mit sich anstellen sollte. Dass sie komplett fehl am Platz war. Sie hätte ihm wirklich gern eine Antwort gegeben, aber stattdessen wurde sie nur noch röter und panischer. Sie schüttelte rasch den Kopf und wandte sich ab, damit er die Tränen nicht sah, die plötzlich in ihren Augen aufstiegen. Sie sollte sich einfach für irgendeine Waffe entscheiden, damit sie nicht für den Rest ihres Lebens verzweifelt in dieser Halle stand und versuchte, nicht auf einen Blaster zu heulen. Ein Messer? Nein, Messer hatten scharfe Kanten, die durfte sie schon mal nicht nehmen. Dann vielleicht einfach eine Pistole? Aber als sie die Hand danach ausstrecken wollte, meinte sie, Geist lachen zu hören, und zog sie schnell zurück. *Versuche einfach, uns nicht in die Luft zu sprengen.* Also nichts, was explodieren konnte. Das war ihr recht. Sie mochte die Vorstellung nicht, dass sie sich auf dem Klo in Stücke jagte, weil sie den Sprengknopf mit dem Hosenknopf verwechselt hatte, und so dumm und schusselig wie sie war, würde ihr das garantiert passieren.

Also gut, sie musste sich jetzt wirklich entscheiden. Was taten denn die anderen? Verstohlen spähte sie in die Runde. Mirembe freundete sich mit ein paar Granaten an, Fionagh beäugte eine Packung Dynamit, Geist nahm Alesander ein langes, kupfern glänzendes Gewehr aus den Händen und drückte ihm eine Armbrust in die Hand. Sie schienen alle irgendetwas gefunden zu haben, das sie in irgendeiner Weise ansprach. Alle außer Nix.

»Könnte ich mich auch für *zwei* Waffen entscheiden?«, fragte Jamie, und plötzlich wurde es alles zu viel. Nix drehte sich um, drückte sich, irgendwas von wegen Toilette murmelnd, an Carl vorbei und versteckte sich in der Umkleidekabine, bis sie die Stimmen in der Halle erfolgreich aus ihrem Kopf vertrieben hatte. Keiner schien sie zu vermissen oder sie dabei zu ertappen, wie sie schniefend durch den Türspalt spähte. Jamie hatte sich tatsächlich gleich zwei Waffen gegriffen – eines der elektrischen Schwerter, schmal und spitz und länger als ein Arm, und einen schweren, klobigen Blaster, der fröhlich an einem Ledergurt um ihre Schulter baumelte. Sie sah aus wie eine Ritterin. Nix hätte alles – alles, alles, alles! – dafür gegeben, so zu sein wie sie. Wäre sie so stolz und stark und groß gewesen, wäre es Geist nie im Leben in den Sinn gekommen, auf ihr herumzutrampeln. Oder wenn sie wenigstens mit Jamie befreundet gewesen wäre, so wie Alesander. Auch er war nicht immer der Geschickteste, aber trotzdem wog er fröhlich seine neue, stahlglänzende Armbrust in den Händen und nahm eine Ladung unterschiedlich gefärbter Pfeile von Geist entgegen. Jamie passte auf ihn auf. Sie stellte sicher, dass ihm niemand zu nahetrat. Aber Nix hatte keinen Beschützer. Sogar Fionagh und Mirembe hielten zusammen – Fionagh mit der spitzen Nase, die sich mit ein paar Stolperdrähten und Sprengsätzen in eine Ecke verkrümelt hatte. Mirembe mit den glänzenden Augen, die gerade einen goldenen Wurfmond dazu brachte, mitten in der Bewegung seine Flugbahn zu ändern.

Nix jedoch hatte niemanden, der zu ihr hielt. Sie war weder geschickt noch mächtig noch wunderschön. Carl hatte sie doch nur deshalb ausgesucht, weil sie so durchschnittlich war. Ein Köder eben, jemand, dem man weder Schläue noch Stärke zutraute. Und inmitten einer Truppe von magisch begabten, unsterblichen Wesen war das nicht gerade ein gutes Gefühl. Sie wünschte sich den Prinzen herbei, der die Tür öffnete und sie voll Staunen erblickte. Der ihr persönlich das Fechten beibrachte, seinen Arm um sie legte und sie im Schein seines glänzenden Goldhaars so viel hübscher erstrahlen ließ.

Die Tür zur Umkleidekabine schwang plötzlich auf und Nix stolperte mit ertapptem Gesicht in die Halle. Nicht dass es einen Grund gegeben hätte, verlegen zu sein, denn die anderen nahmen ohnehin keinerlei Notiz von ihr. Vielleicht war das ja ihre Gabe – komplett unsichtbar zu sein. Es fühlte sich an, als hätte jemand ihre Magengrube mit Mirembes Monden gefüllt, scharf und kalt und so schwer, dass sich sämtliche ihrer Organe vor Furcht auf Walnussgröße zusammenzogen. Es war nicht der Prinz, der die Tür geöffnet hatte. Es war Carl, der ihr gut gelaunt auf die Schulter schlug. Nix spürte es kaum, so sehr klebte ihr Blick an dem Berg von Waffen fest, der ihr plötzlich wie die unnützeste Ansammlung von Dingen vorkam, die sie je gesehen hatte. In ihren Händen würde nichts davon etwas taugen.

»Für'n Anfang hältst du dich wohl am besten an eine ganz normale Pistole, nicht wahr«, meinte Carl leichthin. »Nicht alle finden gleich ganz zu Beginn raus, was ihnen am meisten liegt. Manchmal dauert es eben seine Zeit, und nicht jeder kann gut kämpfen. Aber du findest schon noch was, und mit 'nem guten alten Pistölchen kann man kaum was falsch machen.«

Bis auf den ein oder anderen Todesfall, dachte Nix bei sich, als ihre Füße sie schwerfällig aus ihrem Versteck trugen. Es fühlte sich an wie ein Gang zum Zahnarzt, der ihr die blöde Spange knochensplitternd eng drehen würde. Bloß noch viel schlimmer.

Und überhaupt: Über das Versagen ließ sich leicht reden, wenn man eine eindrucksvolle Narbe quer übers Auge, einen Cowboyhut auf dem Kopf und einen kiloschweren Blaster auf dem Rücken trug. Aber die Verkörperung des Versagens zu sein … nein, da würde auch eine Pistole nichts ausrichten können.

6

Alesander

Hier nehmen die Schatten Überhand, ein Rabe tanzt durch den Wald und das Universum ist wichtiger als Papierkram.

Wo Corax läuft, läuft die Hölle.

Draußen vor der Scheibe, die durch gesplitterte Ränder den Blick auf welliges Kopfsteinpflaster freigibt, glänzt die Straße nass unter gesprungenem Hagel. Auch die Scherben glänzen wie Kristall. Wegen Corax ist das Fenster in seine Bruchstücke zerfallen. Zorn folgt ihm, wie immer, wenn er stiehlt. Und er flieht, flieht und lacht, als hinter ihm zwei Schüsse den Morgen zerreißen – und als der Schmerz in seiner Seite aufblüht wie eine rotblättrige Rose, ist er längst verschwunden.

Aber die Kugel ist ihm gefolgt.

Und auch sein Blut glänzt wie zerschmetterte Kometen auf dem schartigen Boden unter ihm – wie Kristall. Die neuen Schuhe glänzen, alles glänzt schwarz in gespiegeltem Glas, und als er zu Boden sinkt, verfangen sich seine Augen in den Wolken.

Hallo, Tod.

In der Schwärze des Kellers verklang ein Sirren, das seit Stunden so beharrlich angedauert hatte, dass es sich anfühlte, als ob die ganze Welt daraus bestünde.

Alesander nahm sich Zeit. Man lernte so einiges in den Schatten uralter Höhlen. Behutsam setzte er den Stempel quer über Nix' verwirrt strahlendes Gesicht. Als er ihn wieder anhob – Hundertstelmillimeter um Hundertstelmillimeter, als würde das Dokument unter seinen Händen sonst in Milliarden von Splitter zerspringen –, war auf dem Papier nichts zu sehen. *Perfekt.*

Mit der Geschwindigkeit einer arthritischen Schildkröte senkte er den Stempel in die Halterung und legte den bienenfußgroßen Hebel um, der verhinderte, dass die Tinte auslief. *Dann* erst atmete er aus.

Wie gesagt, man lernte einiges von der Dunkelheit. Unter anderem, dass es nie schaden konnte, wenn man wusste, wann es an der Zeit war, sich aufzuregen. Jetzt beispielsweise! Seit Sonnenuntergang war er damit beschäftigt, die Waffenscheine zu drucken. Sorgfältig und akribisch wie immer. Und jetzt hatte der Drucker den Geist aufgegeben. Alesander stand auf, wobei sein Rücken ein unzufriedenes Knacken von sich gab, und beugte sich müde über die kleine Maschine.

»Was ist es dieses Mal?«, fragte er mit einem entnervten Seufzen. »Bitte kein Papierstau, das Thema haben wir doch schon hundertmal besprochen …«

»Kein-äh Tint-äh.«

»Ach so.«

Auch nicht viel besser. Alesander öffnete vorsichtig das kleine Tintenfach, um die (nebenbei bemerkt, wirklich teure) Patrone zu wechseln. Etwas knirschte. Tiefschwarze Flüssigkeit spritzte ihm über die Finger und ins Gesicht – genug, um damit noch mindestens fünf weitere Waffenscheine zu drucken. *Keine Tinte.* Ja, genau.

Vielleicht lag es daran, dass er seit Tagen nicht mehr richtig geschlafen hatte, aber in diesem Moment stachen Tränen der Frustration in seinen Augen. *Seit Sonnenuntergang.*

Er war nicht umsonst einer der besten Fälscher seiner Generation – so gut sogar, dass noch nie jemand von ihm gehört hatte. So gut, dass er siebenundfünfzig Identitäten besaß, die sich insgesamt dreizehn Häuser, sechs Wohnungen, einundzwanzig Raumschiffe und einen kleinen Planeten teilten, die alle nur auf dem Papier existierten. Er war so gut, dass nur drei Leute im gesamten Bekannten Universum tatsächlich wussten, wer er war, und einer davon war er selbst. Er war so gut, dass er sich alles hätte kaufen können, was sein Herz begehrte – so viele Vanilletörtchen, dass er sich sein Leben lang daran hätte satt essen können. Und hier saß er und weinte, weil er Druckerschwärze auf den Fingern hatte.

Die Kellerwände rückten von allen Seiten näher. Morgen schon war die Abschlussprüfung. Bis dahin mussten die Scheine fertig sein, von sämtlichen Prüfstellen der umliegenden zwanzig Planeten beglaubigt. Dazu noch für jedes Mitglied der Truppe einen Waffenträger-Pass, der absolut resistent gegenüber Feuer, Laser und skeptischen Blicken war … Das würde er niemals schaffen. Seine Dokumente waren gut, weil er sich *Zeit* nahm.

Alesander verbarg sein Gesicht in den Händen, erinnerte sich an die Tinte und tauchte voller schwarzer Fingerabdrücke auf der Stirn wieder auf. Er wollte Schlaf. Ein weiches Bett, etwas zu essen und eine heiße Tasse Honiglikör. Eine Dusche, um das klebrige Jucken aus seinen Augen zu vertreiben. Aber er konnte keine Pause machen, er konnte es sich nicht leisten, denn er musste doch unbedingt fertig werden … er hatte es Geist versprochen! Versprochen …

Die Wände erdrückten ihn fast. Die Tinte breitete sich aus wie flüssiger Schatten, formte eine kleine nachtschwarze Pfütze auf dem Tisch. Der Gedanke daran, bis zum Morgen hier unten vor sich hin zu werkeln, ohne etwas im Magen oder einen Mundvoll frischer Luft, wurde unerträglich. Er musste sich – nur für eine Weile – die Beine vertreten.

Alesander schlich sich die enge, gewundene Treppe hinauf in das Haus, in dem das Licht grau und schläfrig in den Ecken kauerte und ihn zum Gähnen brachte. Es war später als erwartet – oder früher. Er hatte geglaubt, zumindest noch ein paar Stunden zu haben, wobei ihm in Wirklichkeit vielleicht nur noch ein paar Augenblicke bis zum Sonnenaufgang blieben. Er hatte die Waffenscheine drucken und sich danach in aller Ruhe aufs Ohr legen wollen, um vor der großen Prüfung zumindest noch ein klein wenig Kraft zu sammeln. Na ja – dann würde es eben ohne Schlaf klappen müssen.

Er stolperte in die kleine Küche. Im morgendlichen Zwielicht fand er seine Armbrust unschuldig auf der Anrichte vor sich hin schlummernd. Er hatte sich schon gefragt, wo er sie dieses Mal gelassen hatte. Im Gegensatz zu Jamie war er nicht unzertrennlich mit seinen Waffen verwachsen. Zog sie das Schwert, dann war es, als ob ihr ein zusätzlicher (und recht eiserner) Meter Arm wuchs. Alesander wünschte sich, er könnte das Biest auf der Theke auch nur ansatzweise so gut verstehen, aber stattdessen war er immer noch von der Kraft überrascht, die hinter einem gut gezielten Pfeil steckte. Es war fast ein bisschen unheimlich – das harte Knallen der Sehne, das Sirren zerschnittener Luft … Geist hatte ihm eine schmale, handliche Tasche mit einer großen Auswahl Bolzen gegeben, allesamt schwer und glatt und wunderschön schillernd wie Libellenflügel. Wahllos zog er einen hervor, legte ihn ein, spannte und zielte auf ein Stück Tapete. War es eine gute Idee, im Haus zu schießen? Große Materie, natürlich nicht. Aber die lange Nacht saß hinter seinen Lidern wie ein schwerer Holzsplitter. Es verlangte ihm nach diesem einen Moment der Klarheit, wenn er abdrückte. Nichts klang verlockender als ein greifbarer Gedanke, wenn einem der eigene Kopf wie ein morastiger Sumpf vorkam.

Alesander kniff die Augen zusammen und spähte durch das Fadenkreuz. Visierte den kleinen Marmeladenfleck auf der Wand an. Nahm einen tiefen Schluck Sauerstoff und schloss ihn für einen Sekundenbruchteil in seinen Lungen ein, bevor er ihn zitternd gehen ließ. Drückte ab.

Mit einem tödlichen Schnurren zischte der Bolzen durch die Luft. Die Welt wurde ruhig und still wie in den winzigen Atemzügen zwischen dem Ticken eines Sekundenzeigers, in denen die Zeit Luft holte. Geräuschlosigkeit machte sich breit.

Nur, um im nächsten Moment in Flammen aufzugehen. Der Marmeladenfleck, und mit ihm das Stück Wand, auf dem er klebte, sprengte sich mit lautem Getöse in die Luft, und Stückchen von Putz und Kabel flogen Alesander um die Ohren. Entsetzt ließ er die Armbrust fallen.

»'tschuldigung, 'tschuldigung, 'tschuldigung!«, stammelte er dem Loch in der Wand verzweifelt zu. Es war wie ein furchtbarer Rückblick auf den Zwischenfall mit dem Blaster und dem Glühpilznest. Und Alesander *wusste* es – hatte es gewusst, seit er abgedrückt hatte –, dass Jamie in der Tür stand und ihn anstarrte und er keinerlei Ausrede parat hatte, warum er gerade ein Loch in ihre Küche gejagt hatte. Er war einfach überarbeitet, aber er bezweifelte, dass das als Entschuldigung durchging. Die Hände und Knie zitterten ihm wie Wackelpudding und er sank kraftlos zu Boden und schämte sich furchtbar.

»Ich vergesse immer, dass die orangen die mit Sprengstoff sind«, murmelte er. Bett. Er wollte ins Bett. Wieso hatte er sich ausgerechnet den einen Pfeil nehmen müssen, der die Hälfte des Hauses in Schutt und Asche legte? Er konnte es sich nicht erklären.

Das war eine Lüge.

Er wusste, weshalb. Leider.

Vielleicht, raunte ihm die Stimme des Stieres ins Ohr, *hast du ja gewollt, dass dir die Welt um die Ohren fliegt. Ist es nicht erstaunlich, wie viel Schönheit in der Zerstörung liegt? Vielleicht hast du ja gewollt, dass sie angerannt kommt und nachschaut, was du dieses Mal angestellt hast. Der Vollmond lässt grüßen … jetzt dauert es nicht mehr lange und wir sehen uns wieder. Wo dir Hörner doch so gut stehen …*

Nein. Nein, sei still. Er war nicht wie der Stier. Er liebte das sinnlose Verderben nicht. Er musste zur Besinnung kommen, verdammt! Grün: Gift, sagte er sich vor. Orange: Sprengstoff. Schwarz: Widerhaken. Blau: tödliche Keime, mit besten Grüßen von Geist. Gelb: Plasmabinder. Und dann gab es noch Rot … Rot, das am schrecklichsten war. Für den Fall, dass alles schiefging.

Alesander musste zurück in die Dunkelheit, wo der Stier ihn nicht finden konnte. Das Loch in der Wand klagte ihn an.

Jamies kühle Hände griffen ihm unter die Achseln und hievten ihn in die Höhe. Verschwommen wünschte er sich, im Laufe der Nacht wenigstens ein Mal sein Shirt gewechselt zu haben. Der Gedanke trieb die Anspannung aus seinem Körper: Der Stier hätte so etwas nie gedacht.

»Du musst nach draußen.« Licht, nicht Dunkelheit. Jamie schleppte ihn durch den schmalen Flur bis zur Haustür. Als sie aufschwang, erinnerte er sich daran, dass die Welt tatsächlich noch existierte. Alesander stolperte ins Freie und ließ sich auf die Treppe vor dem kleinen Häuschen sinken. Der Himmel tat sich über ihm auf wie ein Ozean. Er war von einem solch zarten Blau, durchsetzt von silbernen Adern – wie ein Edelstein, der sich in der Unendlichkeit verlor. Die Wolken zeichneten flammende Muster über seine Oberfläche, strahlende Straußenfedern im Licht der aufgehenden Sonne. Der Wind trug den Geruch von Wasser und Erde heran, den kehligen Gesang von Geckos und Kalbsfröschen, die morgendliche Frische. Da war überall Grün – die Bäume und das Gras. Der Fluss und der Nebel. Die Welt war nicht bloß Schatten und der Mief des Kellers und der Druck, dass alles richtig gemacht werden musste. Es gab mehr als auslaufende Drucker und explodierende Pfeile: Es war erstaunlich, wie leicht man vergaß, dass man noch am Leben war, wenn man sich zu viel vornahm. Und der Himmel scherte sich keinen Deut um das Loch in der Küchenwand.

Jamie ließ sich neben ihm zu Boden sinken und folgte seinem Blick geradewegs in die Unendlichkeit. Sie nahm seine Hand in die ihre und mit dem leichten Druck kehrte das Gefühl zurück in seine Finger. Was war er? Nur ein winziges Geschöpf, das allein durch die Gesetze der Schwerkraft an einen Klumpen Stein geheftet wurde, der seit Jahrmillionen durch das Weltall wanderte. Lange, bevor es ihn gegeben hatte. Lange, nachdem er gegangen sein würde. Es war ein merkwürdiger Trost.

»Manchmal vergesse ich es, weißt du?«, seufzte er. »Dass ich nur ein Niemand bin, der in den Himmel starrt. Und dass ich mir die Anforderungen selbst gestellt habe, die mir so vorkommen, als gäbe es keinen Weg daran vorbei.«

»Mein Liebstes, niemand sonst hat so hohe Erwartungen an dich wie du selbst. Haben wir das nicht schon an die hundert Mal durchgesprochen? Das Problem, das im Moment deine ganze Welt erfüllt, wird in ein paar Wochen vergessen sein. Irgendwann wirst du darauf zurückblicken und dich fragen, weshalb du dich jemals gesorgt hast. Unendlich ist nur das Universum, aber deine Ängste nicht. Der Himmel und das All. *Das,* mein Kleiner, sind Probleme von Bedeutung.«

Woher wusste Jamie jedes einzelne Mal, nach welchen Worten sie zu greifen hatte? Vielleicht trug der Wind sie heran, oder das Gras atmete sie aus. Vielleicht flüsterten die Sonnenstrahlen sie ihr ins Ohr.

Der Wind. Das Gras. Die Sonne. All die Dinge, aus denen das Leben bestand. Wo man die Kälte spürte und den Tau roch und die Luft säuseln hörte und wusste, dass man noch existierte, mitten in der Ewigkeit, nur für einen Moment.

Oh, er brauchte Schlaf, und zwar dringend. Er konnte ganz schön theatralisch werden, wenn er sich überarbeitet fühlte.

Jamie schlang die Arme um ihn und hob ihn mühelos in die Höhe. Das hatte sie schon oft getan – immer, wenn er sich weigerte, schlafen zu gehen. Heute jedoch war ihm die Aussicht auf ein warmes, weiches Bett mehr als willkommen. Schwärze. Tatsächlich, als er das nächste

Mal zu sich kam, sank er zwischen flauschige Kissen, und eine Decke breitete sich über ihm aus wie warme, traumschwere Magie. Jamie beugte sich über ihn und flüsterte: »Und in Zukunft greif nicht nach Explosionen, wenn dir der Sinn nach einer Unterhaltung steht. Es genügt, wenn du mich rufst.«

Dann folgte das Geräusch eines Kusses, der auf eine müde Stirn gedrückt wurde, und dann das tiefe, wolkige Schnurren des Schlafes.

Damals waren die Dinge anders gewesen.

Der Geruch von Moos erfüllte seine Nüstern. Moos, überall. Wenn Dunkelheit einen Geruch hatte, so war es der von nassen, modrigen Pflanzen, die in den Schatten raunten. Und immer noch stand da die Gestalt im Eingang seiner Höhle, umspielt vom trüben Sternenlicht. Stand da, ohne sich zu bewegen. Stand da und beobachtete ihn. Immerzu.

War sie gekommen, um ihn zu töten? Aber warum tat sie dann nichts? Sollte sie angreifen. Sollte sie brüllend auf ihn zustürmen – er würde sie unter seinen Hufen zermalmen. Sollte sie ihm das Eisen tief in die Flanke bohren – mit einem spitz geschwungenen Horn würde er ihr antworten. Alles wäre ihm lieber gewesen als diese Stille …

Der Stier tauchte den Kopf in den Tümpel. Als er ihn wieder hob, triefend vor Kälte und Nässe, und sie immer noch genauso dort stehen sah wie zuvor, bäumte sich der Hass in ihm auf. Genug. Er sehnte sich nach dem sanften Wispern der Einsamkeit. Mit einem Grollen senkte er die Hörner und preschte ihr entgegen – wollte schreien, sie solle ihn in Ruhe lassen, doch anstelle von Worten drang nur ein tiefes, gurgelndes Brüllen aus seiner wutschäumenden Kehle.

Und dann …

Dunkelheit umgab sie nun, Stunden, nachdem Alesander mit dem nagenden Gefühl aufgewacht war, eine Aufgabe nicht rechtzeitig erledigt zu haben. Das Leben war eine einzige Abfolge von Dunkelheiten, man musste nur mit ihnen umzugehen wissen.

»Bleibt dicht beisammen«, zischte Jamie.

Eine überflüssige Warnung – sie drängten sich bereits so eng aneinander, dass sie sich gegenseitig auf den Zehen standen.

»Genau genommen kann ja nichts passieren.« Das war Fionagh, die sich schon den ganzen Abend über größte Mühe gab, die Schrecken der Nacht mit kühler, analytischer Logik zu bekämpfen. Furcht und Verstand jedoch hatten sich noch nie sonderlich gut vertragen. »Wir sind schließlich nicht in Lebensgefahr. Woraus soll so eine Prüfung schon bestehen? Irgendwo zwischen den Bäumen lauert Geist und bewirft uns mit ein paar bunten Bällen oder kleinen Feuerkugeln, die wir abwehren müssen. Was ist schon dabei? Denkt einfach daran: Es ist nur eine Prüfung. Eigentlich könnten wir auch …«

Alesander würde wohl nie herausfinden, was sie eigentlich auch hätten tun können, denn in diesem Augenblick zischte etwas direkt auf ihre Köpfe zu. Es durchschnitt die Schatten zwischen den Bäumen mit einem eindringlichen Surren. Im ersten Moment sah es tatsächlich wie ein Spielzeugball aus, aber Jamie, die ganz an der Spitze der Gruppe stand, schien anderer Meinung zu sein. Und wenn Jamie anderer Meinung war, musste man sich in Acht nehmen.

Sie war die Erste, die reagierte. Ein Aufblitzen von Stahl, ein elektrisches Knistern und die Kugel zerbrach in Stücke, begleitet von einem hässlichen Knacken – wie von einem überdimensionalen Käfer, der unter einer gigantischen Schuhsohle zertreten wurde. Eine dampfende Flüssigkeit spritzte in alle Richtungen und wie auf Kommando warfen sie sich auf den laubübersäten Boden und warteten ab, was wohl geschehen würde. Explosionen? Künstliche Sturmböen? Entfesselte Lavaströme? Gefräßige Armeen winziger Roboterameisen, die sich mit kriegerischen Absichten auf sie stürzen würden?

Aber alles blieb still. Nach einer Weile kamen sie einer nach dem anderen zu dem Schluss, dass es anscheinend überflüssig war, noch länger in Deckung zu gehen, und rappelten sich verlegen aus den feuchten Blättern auf.

Mirembe stupste ein Stück der papierzarten Schale vorsichtig mit dem Fuß an. »Wie's aussieht, haben wir sie wohl unterschätzt. Das ist eine Säurekapsel! Die hätte uns glatt die Haut wegätzen können. Tja, manchmal ist es eben doch nicht so klug, sinnlos auf alles einzudreschen, was einem entgegengeflogen kommt.«

»Bestimmt wäre es dir um ein Unendliches lieber gewesen, wenn sie stattdessen dein Gesicht getroffen hätte.« Das Schwert verschwand unter Jamies langem Mantel. »Nächstes Mal wirf dich dazwischen, wenn du unbedingt möchtest.«

»Ich hätte nicht gedacht, dass sie echt mit *Säure* nach uns schmeißen würde«, murmelte Nix. »Zum Glück konnten wir ausweichen, oh Mann! Stellt euch mal vor, wenn uns das Ding getroffen hätte! Zum Glück warst du so schnell, Jamie.«

»Nun ja, ich kenne Geist. Sie pflegt nicht zu scherzen, wenn es um Todesdrohungen geht.«

Als sie sich vorsichtig in die Tiefen des klammen Nebelwaldes vorantasteten, strich Alesander gedankenverloren über seine Wange. Knapp unterhalb des linken Auges hatte ihn ein winziger Tropfen der Flüssigkeit getroffen. Und obwohl ihm die Schatten schwer im Nacken saßen, konnte er einfach nicht anders, als zu lächeln. Er fragte sich, ob er der Einzige war, der es bemerkt hatte.

Es war ein beschwerlicher Weg, und zu allem Übel wussten sie nicht einmal, wonach sie suchten. *Lauft einfach drauflos, ihr werdet schon herausfinden, was euch erwartet,* hatte Geist sie mit einem nicht wirklich beruhigenden Lächeln angewiesen. Dicke Ranken krochen über den Weg, und Jamie ließ sich nur von Fionaghs langatmigem Vortrag über ungebührliches Benehmen auf fremden Planeten davon abhalten, sie mit ein paar sauberen Schnitten zu durchtrennen. Fleischige Blätter klatschten ihnen mit unappetitlichen Schmatzgeräuschen in die Gesichter. Gummiartige Zweige bogen sich knatschend unter ihren Füßen. Alles in allem bewegten sie sich in etwa mit der Geschwindigkeit und Eleganz einer Horde darmkranker Büffel durch den Wald. Nach der Säureattacke hatte Alesander die Armbrust wachsam erhoben, doch als nach einigen langen Minuten noch immer nichts passierte (außer dass Mirembe ihn liebenswürdig darauf hinwies, dass er es doch bitte unterlassen sollte, ihr die Pfeilspitze jedes Mal in die Wirbelsäule zu rammen, wenn er über irgendeine Wurzel stolperte), schwang er die Waffe vorsichtshalber zurück über seine Schulter. Er konnte sowieso nicht sehen, was vor ihm los war. In einer Hinsicht jedoch war er sich selbst bei Nacht und Nebel und im Joch der beinahe vollkommenen Blindheit sicher: Sie gingen nicht eben professionell vor.

»Warum muss Carl eigentlich nicht mitmachen?«, fragte Nix soeben mit so durchdringender Stimme, dass sie von allen Seiten wütend angezischt wurde. »Oh, tut mir leid«, setzte sie im Flüsterton hinzu. »Hab ich vollkommen vergessen. Wir müssen ja still sein.«

»Weißt du, ich glaube, da Carl die ganze Sache leitet und schon sein halbes Leben Kopfgeldjäger ist, hat er es nicht nötig, noch mehr über Waffen zu lernen«, raunte Alesander zurück. Menschen waren manchmal nicht unbedingt die Hellsten – es lag vermutlich daran, dass ihre Hirnfunktionen ganz und gar darauf verwendet wurden, ihre eindrucksvollen Muskeln zu steuern, Hormone auszuschütten, die Hitzeregulierung ihrer massigen Körper zu übernehmen und sich ununterbrochen auf eine eventuelle Kampfsituation vorzubereiten. »Ich wette, er schläft mit einem Sortiment an Dolchen und Granaten unter dem Kopfkissen.«

»Ja, schon. Aber trotzdem!« Nix schlug mit ihrem Säbel einen Ast aus dem Weg, der Mirembe geradewegs ins Gesicht schnellte. Sie hatte immer noch keine Waffe gefunden, die sie als ihrer würdig erachtete, was Alesander zutiefst imponierte. Möglicherweise benötigte sie solch primitive Hilfsmittel gar nicht. Menschen waren mit einem derartigen Überangebot an Stärke und Kampfgeist ausgerüstet, dass sie selbst mit bloßen Händen großartige Krieger abgaben. »Ich meine, nichts gegen Carl oder so, ich mag Carl – oh nein, nicht im Sinne von *hach, ich maaag Carl!,* sondern eher wie *ach ja, Carl ist schon nett, ich mag ihn –*, jedenfalls, ich mag Carl ja, aber wenn er das Rabenaas schon seit Jahren jagt und es immer noch nicht erwischt hat, täte im so ein Training vielleicht auch ganz gut.«

»An deiner Stelle würde ich nicht schlecht über Carl reden, immerhin hat er sich nur dir zuliebe auf ein nervenzerreibendes Abendessen mit deinen Eltern eingelassen«, fiel Jamie ihr ins Wort, als sie über einen von schwammartigen Pilzen befallenen Baumstamm stiegen. »Obgleich ich zugeben muss, dass der Anzug ihm vorzüglich stand, den ich ihm ausgesucht habe. Er hat den Raben nur deshalb noch nicht erwischt, weil dieses Monster einer der flinkesten und gerissensten Verbrecher ist, die das Bekannte Universum je gesehen hat. *Deswegen* hat ihn noch niemand gefangen. Aber glaube mir, ich kenne Carl schon seit Jahrzehnten, und wenn es nach ihm gegangen wäre, dann hätte er liebend gerne allein weitergemacht.«

»Wieso hat er sich dann uns geholt?«

»Sagen wir es mal so – ACHTUNG!«

Ein glänzend silbernes Netz stürzte aus den Baumwipfeln auf sie herab. Sie stoben überstürzt in die unterschiedlichsten Richtungen davon und kauerten sich erneut Schutz suchend zusammen. Hinter einem dunkelblättrigen Busch richtete Alesander sich vorsichtig auf und spähte beeindruckt in die Runde – keiner von ihnen war getroffen worden. Vielleicht waren sie doch kein so hoffnungsloser Fall. Zumindest, solange Jamie auf sie aufpasste.

»Ich habe ein bisschen recherchiert, Nix«, raunte Mirembe nach einem Moment der Stille geheimnisvoll, als wäre überhaupt nichts passiert. Sie kroch unter einer grünlich schimmernden Hecke hervor, das Haar voller Zweige. »Ich habe mich nämlich auch gefragt, warum sich so ein alter Eigenbrötler plötzlich ein Team zulegen will. Komisch, denn normalerweise ist Fionagh die Misstrauische von uns beiden. Und weißt du, warum er nicht mehr einen auf einsamer Wolf machen will?«

»Nein! Weil er zu alt wird? Nicht dass er alt ist. Nur ein bisschen. Hmm, weil … er genug vom Alleinsein hat? Weil ihm die unendliche Einsamkeit des Alls so zugesetzt hat, dass er ohne ein bisschen abwechslungsreiche Gesellschaft bald komplett den Verstand verliert?«

»Aus Steuergründen.«

Ah! Hier konnte Alesander endlich mitreden. Jamie hatte ihm davon erzählt. Als sie sich erneut zusammenrotteten und argwöhnisch in die allumfassende Dunkelheit spähten, warf er Nix ein verschwörerisches Lächeln zu.

»Kopfgeldjäger sind wie Katzen«, verriet er ihr. »Oder Teuflische Dottermuränen, falls du noch nie von Katzen gehört hast. Sie trauen sich gegenseitig kein Stückchen über den Weg, sie belauern sich rund um die Uhr und meistens verwenden sie viel mehr Energie darauf, sich gegenseitig zu übervorteilen, anstatt tatsächlich erfolgreich auf die Jagd zu gehen. Und deshalb ist zu Anfang des Jahres eine neue steuerliche

Vergünstigung für alle Kopfgeldjäger in Kraft getreten, die offiziell zusammenarbeiten, anstatt sich gegenseitig an die Gurgel zu gehen. Ganz schön klug, oder?«

»Ohh«, staunte Nix, die an seiner Seite den anderen hinterherstolperte. Sie waren irgendwann im Laufe des Gesprächs abgehängt worden – vor ihnen brach ein kleiner Radau aus, doch als Alesander lossprinten wollte, war schon wieder alles ruhig. Mirembe steckte etwas Goldglänzendes zurück in ihren Gürtel. »Und warum hat er sich dann nicht mit Leuten zusammengeschlossen, die ein bisschen mehr können als wir? Ich meine, wir können natürlich schon *einiges*, aber *echte* Kopfgeldjäger … Es gibt schließlich genug von ihnen. Auswahl hätte er also gehabt.«

Ihr Blick blieb an Alesanders Stiefel hängen, der sich in einem mit feinen Widerhaken versehenen Gestrüpp verfangen hatte, und wanderte dann zu seinem verschmutzten, peinlich geröteten Gesicht.

»Äh, erinnerst du dich noch daran, was ich dir über die Dottermuränen erzählt habe? Na ja, die meisten Kopfgeldjäger kennen und hassen sich seit Jahren. Mit uns hat er alles, was er braucht: Leute, die er rumkommandieren kann und denen er noch nie ein Körperteil abgeschnitten oder weggeschossen hat; Leute, die seine Befehle nicht ständig hinterfragen, weil sie meinen, es besser zu wissen … kannst du mir mal eben kurz helfen? Wenn du diese Ranke mit dem Säbel durchtrennen würdest, aber pass auf, dass du nicht meinen Fuß … oh, das war knapp. Danke!« Alesander stieß einen Seufzer der Erleichterung aus, der sich in der Nachtluft wie glitzernder Nebel verflüchtigte. »Auf jeden Fall: Mit ein bisschen Übung bin ich mir sicher, dass wir ein ganz gutes Team abgeben werden. Carl hat doch weise gewählt, oder? Er hat Jamie, die sich in nahezu jedes bestehende Computersystem des Bekannten Universums einhacken kann, er hat Geist, die einfach unschlagbar ist, und mich, oder besser gesagt meine wandernde Fälscherwerkstatt. Er hat Mi, die sich bestens mit Gaunern auskennt, und Fio, die den Tod spüren kann, und er hat dich, äh … unseren Köder.«

Es schmerzte beinahe, es auszusprechen, aber Nix strahlte ihn bloß glücklich an und flüsterte: »Kannst du glauben, dass wir wirklich *Kopfgeldjäger* sind?!«

Es war, als hätte eine geisterhafte Hand hier, in der Dunkelheit des Waldes, tief in sein Gedächtnis gefasst und eine lange verborgene Saite berührt, die nun beinahe unmerklich summte.

Es war kaum mehr als eine Erinnerung an einen Traum, den man vor langer Zeit in einem anderen Traum geträumt und nie ganz vergessen hatte.

»Nein«, murmelte er. »Nein, das kann ich ehrlich nicht …«

Denn damals hatte die Dunkelheit noch nicht nach Liedern geklungen.

Natürlich hatte er sie nicht erwischt, die stattliche Gestalt im Eingang seiner Höhle – doch als er sich daran erinnerte, wie er schnaubend und heißen Schaum speiend auf sie zugeprescht war, überkam ihn die Scham. Danach kauerte er eingerollt in der finstersten Ecke, die er hatte finden können, nackt und mit glitschigem Moos und Schlamm beschmiert, und wartete zitternd darauf, dass die trübe Sonne am Horizont verschwand.

Aber die Gestalt fand ihn noch vor der Nacht. Ein glitzerndes Stück Stahl berührte seine Kehle, sanft wie der Kuss eines Schmetterlings. Inzwischen, nach Jahren voller Schatten, die sich in fauligen Höhlen zusammendrängten, nach so vielen ungezählten Tagen des Zorns und der Furcht und der Einsamkeit, war ihm alles recht. Er schloss die Augen und hob den Kopf, gab seinen Hals dem tödlichen Stich preis. Also war sie gekommen, um ihm ein Ende zu setzen. Also hatte sie ihn in dem Wissen beobachtet, dass er durch ihre Hand sein Leben aushauchen würde – und vielleicht war es besser so. Der Stier hätte niemals so gedacht, aber der Stier ließ ihn jedes Mal klein und schwach zurück, mit einem allumfassenden Appetit nach Tod.

Die Sekunden verstrichen und erstaunlicherweise ging das Leben weiter. Als er es schließlich wagte, die Augen zu öffnen – als ihre Blicke sich zum ersten Mal trafen –, wusste er, dass es keinen schöneren Tod geben konnte als durch ihre Hand. Ein schwacher Lichtstrahl hatte sich in ihrem Haar verfangen und ließ es leuchten wie helles Feuer. Ihre Augen waren blau wie ein Himmel, von dem Alesander nicht gewusst hatte, dass er sich danach sehnte.

»Meine Güte aber auch. Was haben wir denn hier?«

Er wusste nicht, woher sie die Sprache kannte, die er selbst mittlerweile fast vergessen hatte. Er wusste nur, dass er sich zum ersten Mal in seinem Leben nackt fühlte. Und er wartete immer noch auf den Tod, der sich um ein Unendliches zu verspäten schien.

Tu es doch endlich!, *wollte er flüstern, aber seine Stimmbänder hatten sämtliche Worte vergessen. Vielleicht hatte sie Mitleid mit ihm, schmutzig und schwach, wie er war. Vielleicht würde sie ihn so zurücklassen, zusammengekrümmt in seiner Ecke, und nie mehr wiederkehren – und nur noch an das erbärmliche Wesen denken, das sie tief unter der Erde gefunden hatte, wenn sie es verhöhnen wollte. Der Gedanke schmerzte. Es war merkwürdig, etwas zu vermissen, von dem man nicht den geringsten Hauch einer Ahnung hatte: Gesellschaft, oder das Geräusch einer Stimme. Er hasste die Einsamkeit, die so untrennbar mit seinem Schicksal verflochten war.*

Lange, dunkle Momente verflossen. Die Hand der Fremden war ganz ruhig. Fast erwartete er, dass die Welt irgendwie zur Seite gekippt und aus der Zeit gefallen war – dass sie für den Rest ihrer Tage reglos in den Schatten seiner Höhle verharren und auf das Ende warten würden, Stahl auf bloßer Haut.

Dann ließ sie die Klinge sinken und kniete sich neben ihm nieder. Er schrak zurück.

»Trink«, befahl sie forsch und drückte ihm eine runde Flasche in die Hand. Er trank, ohne zu wissen, was er tat oder warum er ihr gehorchte – aber die Flüssigkeit schmeckte göttlich, warm und süß. Er hielt erst inne, als sie einen Beutel öffnete, aus dem die unterschiedlichsten Gerüche strömten: nach Früchten, vollgesogen mit Licht, nach der Würze von getrockneten Kräutern und nach etwas anderem, das er zuvor noch nie gerochen hatte. »Hier. Iss das Brot und dann lass uns gehen, bevor die Nacht hereinbricht. Ich nehme dich mit.«

Ich nehme dich mit? Na gut. Es war ihm alles recht – und vielleicht waren die Worte der Grund für den winzigen Sprössling Hoffnung, der in diesem Moment in seinem Herzen keimte. Zwischen Alesanders modrig verschmierten Fingern leuchtete das Brot wie ein kleiner Vollmond, der sämtliche seiner Schrecken verloren hatte. Brot. Er hatte so etwas noch nie gegessen. Es war weich und knusprig zugleich zwischen seinen Zähnen und schmeckte nach Monaten von Sonnenstrahlen.

In diesem Moment, den Mund voller Sommer, wusste er: Er wäre ihr überallhin gefolgt.

Später verriet sie ihm ihren Namen.

Jamie.

»Alesander! Nix! Wo steckt ihr schon wieder?«

Alesander schüttelte sich wach, riss seinen Stiefel aus den Dornenranken und seinen Kopf aus dunklen Erinnerungen. »Wir kommen schon!«

Gemeinsam hasteten sie zwischen niedrig hängenden Ästen und wild wucherndem Buschwerk hindurch, wobei Nix andauernd mit dem Säbel nach Zweigen und Blättern schlug und sie jedes Mal verfehlte. Wahrscheinlich waren es in Wahrheit ausgeklügelte Übungen, die der Muskellockerung dienten. Alesander staunte immer wieder über die Menschen. Es gab so vieles, das sie über Kampfgeschick und Taktik wussten, das ihm nie in den Sinn gekommen wäre! Als sie schlitternd und schlingernd auf die anderen trafen, ließ Jamie gerade seufzend das Schwert sinken. Eine faustgroße Stechmücke fiel fein säuberlich in zwei Hälften zerteilt zu Boden, vom elektrischen Schock knusprig gegrillt.

»Cool!«, keuchte Nix fasziniert, aber Alesander sorgte sich viel eher darum, wie sehr Jamies Hände zitterten und wie dunkel ihre Lippen angelaufen waren. Sie fing seinen Blick auf.

»Es ist viel zu kalt auf diesem Planeten«, verkündete sie würdevoll.

»Ehrlich? So kalt finde ich es gar nicht«, teilte Mirembe ihr fröhlich mit. »Schau mal, keinerlei Gänsehaut.«

»Bei mir zu Hause, wo das Wetter Anstand besitzt, ist es nun mal ein Quäntchen wärmer.«

»Kein Wunder bei einer Erde mit *drei* Sonnen. Man hätte eigentlich meinen können, eine davon würde genügen, aber gleich drei …«

»Hey! Drei Sonnen sind vollkommen in Ordnung«, sprang Nix loyal ein. »Hast du etwas gegen Jamies drei Sonnen?«

»Nur einen Anti-Sonnenbrand-Zauber, aber ob der hilft …«

Alesander spitzte die Ohren. Da war etwas – ein leises Knacken jenseits ihrer Stimmen. Die Baumstämme waren hier dick und schwer, vollkommen reglos, als ob sie vor langer Zeit zu Stein erstarrt wären. Und irgendwo in der Finsternis dazwischen belauerte sie jemand. Er wirbelte herum, die Armbrust im Anschlag. Und blickte ins Nichts.

»Seid mal kurz still«, zischte Fionagh. Das Gezänk über die korrekte Anzahl von Sonnen verstummte sofort. Irgendwo raschelte es.

»Das ist bloß Geist, die …«, setzte Nix an, aber die Worte verloren sich in der regenfeuchten Luft. Langsam, ganz langsam entsicherte Jamie ihren Blaster. Mirembe zog einen Wurfmond. Und Alesander ließ den Blick über dunkle Rinde und noch dunklere Schatten gleiten, in denen das Unbekannte verborgen lag …

Nix zupfte an seinem Ärmel, und in der kleinen Bewegung lag das Grauen einer ganzen Welt.

»Da«, hauchte sie. Diesmal war sie kaum zu hören. »Da ist er … Dreh dich um, aber ganz langsam …«

Alesander wandte den Kopf und folgte ihrem Blick. Im ersten Moment war da nichts als Finsternis. Und dann nahm die Schwärze eine Form an, direkt vor seinen Augen, zwischen zwei umgestürzten Baumstämmen, kaum zehn Schritte entfernt. Sein Herz setzte aus.

»Da ist Corax!«, stieß er hervor. Sämtliche Köpfe schnellten herum. Die Gestalt verschwand in der Dunkelheit, ebenso plötzlich, wie sie gekommen war. Dann knackte es erneut, diesmal auf der anderen Seite. »Dort drüben!«

Es war die Tatsache, dass er dunkler war als die Nacht, die ihn verriet. Es war das Glänzen seiner Augen, das Schimmern seiner Federn, dem sie wortlos in das Herz des Waldes folgten. Erneut verschmolz er mit den Schatten, und in den Zweigen über ihren Köpfen verklang ein leises Lachen.

»Oh, er will spielen! Und was für ein Spiel das wird«, höhnte Jamie. »Wir teilen uns auf. Nix und Mirembe, nach rechts. Fionagh und Alesander, hier entlang! Ich nehme diesen Weg. Wir kesseln ihn ein!«

Sie spurteten hastig in verschiedene Richtungen davon, und Alesander blieb nichts anderes übrig, als Fionaghs silberglänzendem Haar hinterherzustolpern, das rasch zwischen den Bäumen verschwand. Sie war viel zu schnell für ihn, kaum mehr als ein Schillern in der Nacht … und dann war sie verschwunden und ließ ihn allein durchs Unterholz tappend zurück. Vor einem sanft vor sich hin glühenden Felsen blieb er stehen und beruhigte sein pochendes Herz. Das hier war nur eine Prüfung. Natürlich war der Rabe nicht echt, *natürlich* nicht – das wäre zu viel des Zufalls gewesen –, es war gewiss nur ein Hologramm, wie man es mit jedem billigen SoloHolo hinbekommen hätte. Und so verblüffend echt wirkte es nur deshalb, weil es sich fernab von jeder Lichtquelle bewegte. Deswegen hatte Geist sie in diesen finsteren Wald verfrachtet – so musste es sein! Vermutlich saß sie genau in diesem Augenblick in einer Astgabel und amüsierte sich königlich über ihre Versuche, einer gebrochenen Projektion in der Luft hinterherzuhasten. Er atmete erleichtert aus.

Und lange, spitze Beine legten sich zärtlich um seinen Hals, feines Borstenhaar streifte seine Haut. Kreischend sprang Alesander zur Seite, fuchtelte mit den Armen, feuerte versehentlich einen Giftpfeil gegen einen Baum ab und stieß mit dem Hinterkopf schmerzhaft gegen den Felsen. Ein dicker, armlanger Tausendfüßler huschte über den Boden davon und entkam nur um Beinesbreite einem weiteren Geschoss.

Gerade als er sich von seinem Schrecken erholt hatte, brach das Chaos herein. Von allen Seiten hagelte es Granaten, denen Alesander nur durch gezieltes Hakenschlagen entkam. Er rannte sich die Lunge aus dem Leib, wuselte im Slalom um die Baumstämme herum – und blieb blätterwirbelnd stehen. Ein Blutzauberer war aus dem Nichts vor ihm aufgetaucht, bis an die Zähne bewaffnet, die mit schartigen Feuerrillen versehen waren und unheilvoll leuchteten. Das Hologramm zersprang in einem Schauer aus Flammen, als Alesander zielte, schoss und weiterhastete, erfüllt von dem genussvollen Stolz, sich endlich die Farben seiner Pfeile merken zu können. Beinahe hätte er gelacht. Er fragte sich, ob die anderen auch gegen Hologramme von Bösewichten aus bekannten Filmen antreten mussten, die es im Sonderangebot gegeben hatte. Weiter vorn erhaschte er endlich einen Blick auf Fionaghs Mondlichthaar und er schlug rasch ihre Richtung ein, das Herz wild hämmernd vor Freude. Er stolperte nicht. Er verfing sich nirgends, trotz Ranken und Gestrüpp. Er rannte leichtfüßig, flog über Dickicht und Felsbrocken und stürzte sich unerschrocken in den Kampf. Selbst der Stier hatte ihn niemals so lebendig sein lassen.

Corax flatterte zwischen den Baumstämmen auf. Sie hatten ihn gefunden! Jetzt gab es kein Entkommen mehr. Der Rabe entging nur knapp einem Stromhieb aus Jamies Schwert und tauchte elegant unter Mirembes Wurfmonden hindurch – ohne jedoch vorhersehen zu können, dass sie mitten im Flug die Richtung ändern und ihn an der Schulter treffen würden. Er wirbelte seiner Verletzung zum Trotz lachend um Nix herum, die mit Steinen nach ihm warf und markerschütternd jodelte, was in ihrem Fall wohl einem Schlachtruf gleichkam. Er sprang über den Krater hinweg, den Jamies Blaster in den Waldboden sprengte, und streifte mit dem Ellbogen Nix' Säbel, die daraufhin triumphierend auf der Stelle herumhüpfte. Mirembes Dolch zischte durch seinen Handrücken, Jamies Schwert traf ihn knisternd an der Schläfe. Alesander atmete ein, legte an und drückte ab. Der Bolzen verfehlte den Kopf des Raben um Haaresbreite, als dieser lächelnd zur Seite trat und in der Nacht verschwand.

Es war dieses Lächeln, das ihn so beunruhigte. Dieser feine Hauch von Belustigung, der besagte, dass Corax etwas wusste, das ihnen entgangen war. Erneut zielte Alesander auf das grinsende Gesicht, aber der Rabe wirbelte herum, den Mund zu einer fröhlichen Grimasse verzogen, und ging lässig in Deckung, als Mirembe gleich drei tödlich glitzernde Monde auf ihn losließ. Er sprang in die Höhe, noch bevor ein weiterer Stromschlag in seine Richtung zuckte, und betrachtete verzückt die nun verschmorten Pflanzen zu seinen Füßen, als er leichthin auf dem Waldboden aufkam. Er ruckte wie nebenbei mit dem Kopf, um Alesanders Pfeil zu entgehen, und wich jeder weiteren Attacke mit der Leichtfüßigkeit eines Tänzers aus. Es war zum Läusemelken, aber sie kamen einfach nicht weiter – ihr Feind wand sich scheinbar schwerelos unter den Zweigen, bis der Boden um ihn herum mit Bolzen, Wurfmonden, Dolchen und Schusslöchern gespickt war. Wenn man dem Grinsen auf seinen Lippen Glauben schenken konnte, hatte er den Spaß seines Lebens. Langsam verstand Alesander Carls Frustration. Als ihnen vor Schwäche endlich die Knie zitterten und Kapitulation wie eine Erlösung schien, warf der Rabe einen letzten, frohgemuten Blick auf ihre bleichen Gesichter und die Sturzbäche von Schweiß, die ihnen die Sicht raubten … dann tänzelte er rückwärts in die Nacht davon, so spinnwebfein und lautlos wie ein Schatten. Er hatte gesiegt.

Und wurde im nächsten Moment von einer gewaltigen Explosion verschlungen.

Grimmig und rußgeschwärzt und mit triumphierend glitzernden Augen kroch Fionagh unter einem Gestrüpp hervor.

»Tja«, knurrte sie mit all der Genugtuung einer Katze im Fischladen – oder, falls man noch nie von Katzen gehört hatte, einer Dottermuräne im Wabbelwurmgeschäft, »das kommt davon, wenn man nicht aufpasst, wo man hintritt. Ist mir geradewegs in die Falle stolziert, das Vögelchen.«

Einen Augenblick lang herrschte Stille, in der sie sich gegenseitig verdutzte Blicke zuwarfen. Sie hatten gewonnen? Sie hatten gewonnen! Die Prüfung war bestanden! Aber alles Gute im Leben war flüchtig, und selbst die Siegessicherheit hielt nicht lange an, denn hinter ihnen durchschnitt jemand die Nachtluft mit jener Art von sarkastischem Applaus, die spontane Anflüge von Scham in einem aufstiegen ließ. Sie drehten sich um, erschöpft und schmutzig und zum Bersten gespannt. Carl trat zwischen den Bäumen hervor, beleuchtete sie der Reihe nach mit einer grell blendenden Taschenlampe und musterte ihre durchnässte Kleidung und die zerkratzten Gesichter.

»Soso«, grinste er. »Das war also eure sehnsüchtig erwartete Prüfung. Na, was denkt ihr wohl, habt ihr bestanden?«

Alesander kam nicht zu einer Antwort. Neben Carl bewegte sich die Dunkelheit wie an Fäden gezogen, schnürte sich zu einer teerschwarzen Gestalt zusammen, in der die Schatten wild wirbelten. Aber dieses Mal war es nicht Corax. Der Rabe war nicht derart riesenhaft, derart verschwenderisch bepackt mit purer Stärke und eiserner Ruhe. Hoch über Carls Kopf blitzten goldene Augen in der Dunkelheit auf. In schlitzartigen Pupillen spiegelte sich das fahle Mondlicht wider. Was auch immer aus dem Zwielicht auf sie zutrat, konnte mit einem einzigen Prankenschlag töten.

Alesander hob die Armbrust.

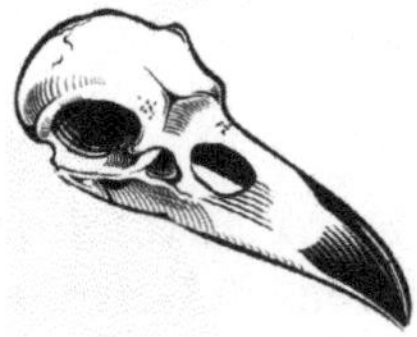

7

Sia

Hier macht ein Kater ein Geschenk, ein Biber braut einen Tee aus Dankbarkeit und ein Rabenteam schaut den Diamanten beim Regnen zu.

Der Schmerz frisst sich durch Corax' Seite wie ein Maul. Er ist nicht gut darin, die Qual verschwinden zu lassen. Er kann es nicht alleine, hat es nie gelernt. Hat nur gelernt, an andere Dinge zu denken, die weit jenseits von Fleisch und Blut liegen, aber dieses Mal gelingt es ihm nicht. Die Kugel in seiner Seite sticht und schreit, und zwischen seinen Fingern versickert die Wärme und er weiß, es wird sein Ende sein.

Aber Corax war schon oft verwundet. Er weiß, was es bedeutet, das Leben zu verlieren, Tropfen für Tropfen. Und er weiß auch, dass er Hilfe braucht, denn sonst wird er sterben. So einfach ist das, und gleichzeitig so kompliziert.

Er hebt die Hand und betrachtet sie einen Moment mit schmerzverzerrtem Gesicht. Sie zittert. Schönes, glänzendes Leder umhüllt sie wie immer, aber heute ist keine Zeit, es zu bewundern. Sein Blick bleibt nur für einen kurzen Atemzug daran hängen, denn seine Seite beißt sich ihm in die Seele.

Er klopft an das Fenster. Die Berührung lässt rostrote Abdrücke auf der Scheibe zurück, zart wie Wimpernschläge. Das Mädchen in den blauen Schlafkleidern schaut auf und erschrickt sich nicht. Zieht nur die Augenbrauen hoch und mustert ihn. Dann lässt sie ihn hinein – das Fenster schwingt zur Seite, wie Corax sich am Fensterbrett hochschwingt. Mit dem Unterschied nur, dass das Fenster dabei kein Blut verliert. Corax schon.

Er schaut sich um. Sein Blickt blüht vor Schmerz. Das Mädchen hat ein Zimmer voller Dinge. Glänzende Dinge, alte Dinge. Verbogene Dinge, strahlende Dinge. Dinge mit Löchern drin. Löcher mit Dingen drin. Und ihre Wände sind voller Bilder von Wolken und von einem Strand, hellgolden, an dem sich eine Welle bricht. Das Meer leuchtet wie eine rote Sonne, unter einem Himmel voller blauer Kugeln. Daneben steht ihr Nest, ein Bett voller Kissen, nach deren Weiche Corax sich sehnt und über dem kleine weiße Äste hängen, an durchsichtigen Fäden. Während er sie anstarrt – wie sich ihre Verästelungen in der Luft verlieren –, sickert sein Blut zu Boden und formt eine dunkle Pfütze. Er presst sich die Hand auf die Seite. Das Mädchen betrachtet ihn neugierig – seine Augen sind voller Wunder. Es formt Laute, die Corax nicht verstehen will, also unterbricht er sie und pflanzt einen Gedanken in ihren Kopf, ein keimendes Samenkorn. *Hilf. Mir.*

Er weiß nicht, ob sie es hören kann. Sie betrachtet das Loch in seiner Seite voller Interesse, wie Corax die Äste betrachtet hat. Vielleicht wird sie ihn nehmen und zu ihrer Sammlung von Dingen mit Löchern stellen.

Aber dann zuckt sie mit den Schultern und verschwindet, für einen kleinen Augenblick nur, in einem Raum voller Blau. Als sie wiederkommt, hält sie ein nasses Tuch in der ausgestreckten Hand wie eine Opfergabe.

Und erstarrt.

Ihr Blick fällt auf die Lücke, die ihr zuschreit, dass eins ihrer Dinge fehlt. Vielleicht sollte er es ihr wiedergeben – er hat kaum bemerkt, dass er es genommen hat. Es hat so schön gefunkelt, dass seine Hand geblendet war von seinem Glanz. Aber bevor er sich bewegen kann, öffnet sich ihr Mund und heraus dringt ein Schrei, wie er ihn noch nie gehört hat. Er kratzt kleine Risse in Corax' Knochen. Das Mädchen stürzt sich auf ihn wie ein Wirbelwind und schlägt ihm hart ins Gesicht, umklammert ihn mit Armen und Beinen, die wie dünne, zähe Ranken sind, und gräbt ihre Ferse tief in seine Wunde. Das Tuch liegt vergessen auf dem Boden, als sie mit ihren Nägeln über seine Haut fährt und ihren Fuß zwischen seine Rippen hämmert. Die Kugel brüllt. Der Schmerz wird ein Feuer, aus dem schäumender Rauch aufsteigt.

Schwarz zuerst, dann grau, dann weiß, und dann nur noch weiß, und das Feuer erlischt.

Dann flackert die Welt erneut auf, wie Glut in silberner Asche. In der Ecke liegt das Mädchen, weit weg von ihm, und ihr Gesicht ist unter ihren Haaren verborgen. Alles ist still, in derselben Weise, wie Schädel still sind. Corax flüchtet durchs Fenster.

Er hat das Ding nicht nehmen wollen. Aber es hat geglänzt. Jetzt liegt es in seiner Hand, rund wie eine Muschel, perlmuttschillernd und schwer. Er hebt es gegen das Licht der Sonne, die über den Horizont gekrochen kommt, und lächelt. Er ist gegangen, um Hilfe zu suchen, und er hat ein Stück der Sterne gefunden. Es ist schön – und jetzt, nachdem es durch die Weite eines ganzen Himmels gereist ist, gehört es ihm. Er wird es nie wieder hergeben. Das Lächeln wird breiter, bis es die Schwärze seiner Augen füllt.

Dann bricht er zusammen, wie schmelzendes Eis.

Der Schmerz macht ihn flüssig.

Die Welt tröpfelt aus ihm heraus.

Sia schenkte dem kleinen Mann ein träges Lächeln, als er die Armbrust hob. Oh, es mochte eine Beleidigung sein, doch es war nicht der Rede wert, und schon gar nicht das erste Mal, dass man auf Sia zielte. Er war an derlei Reaktionen gewöhnt.

Es war, weil er so groß war, musste er sich des Öfteren erinnern, wenn die Leute vor ihm zurückwichen und ihre Augen vor Ehrfurcht glasig wurden. Es war, weil sein Fell so schwarz war. Oder vielleicht fürchteten sie, dass er Flöhe hatte. Was natürlich Unfug war! Sia war weitaus gepflegter als die meisten derer, die ihm ängstlich aus dem Weg gingen. Nicht umsonst glänzte er wie geschliffener Schatten.

»Lass stecken, Junge, das ist unhöflich«, sprach Carl Sias heimliche Gedanken aus und winkte unbekümmert ab. Der kleine Mann ließ die Armbrust zögerlich sinken, wobei seine Wangen so rot leuchteten wie besonders giftige Käfer. Er war wirklich *sehr* klein. Natürlich war Sia andererseits auch sehr groß. Selbst Carl war klein neben ihm, doch der kleine Mann war noch um ein Vielfältiges winziger. Erstaunlich. Sia schenkte den verängstigten Gestalten, die sich zwischen den Bäumen aneinanderdrängten, der Reihe nach ein träges Grinsen. Er war nur deshalb so freundlich, weil er sich als Zuschauer ihrer nächtlichen Aufführung köstlich amüsiert hatte. Belustigung machte es immer einfach, liebenswürdig zu sein.

»Sia«, fuhr Carl fort, »das ist meine verstörte, dreckige Truppe. Verstörte, dreckige Truppe – das ist Prinz Sia Allkind. Unser Überraschungsgast.«

Sia nickte zur Begrüßung. Die verstörte, dreckige Truppe betrachtete ihn verstört aus dreckigen Gesichtern.

»Eure Hoheit. Ihr seid ein Löwe. Wie unerwartet«, sagte schließlich die Frau, deren Haare goldrot schimmerten wie roher Mohnfisch. Sie war groß, größer als Carl, aber nichts im Vergleich zu Sia. Jeder war klein, verglichen mit ihm.

Er hob feierlich eine Pfote. Alle hielten die Luft an, als erwarteten sie, dass er sie im nächsten Moment mit einem Blitzschlag zu Boden strecken würde. Er zog den Minicomputer aus der Außentasche seines Lederbeutels und tippte so schwindelerregend schnell, wie es nur mit frisch gewetzten Krallen möglich war.

Ich bin kein Löwe. Ich bin eine Anti-Sphinx.

Er hielt den Computer schweigend in die Höhe. Die Buchstaben leuchteten wie Schnee im Dunkeln und schienen dennoch gerade hell genug, um sie entziffern zu können. Sia musste sich immer daran erinnern, dass die meisten Augen des Universums jämmerlich blind waren, besonders mitten in der Nacht, in einem dichten Wald. Wie merkwürdig es sein musste, nicht jedes einzelne Blatt, jeden Zweig und jede tellergroße Giftspinne, die zwischen den Ästen lauerte, erkennen zu können.

»Ich meine, ich habe ja schon mal von Sphinxen gehört«, flüsterte das Mädchen mit den Punkten im Gesicht. Ob sie wohl Tarnfarbe trug, wie manche der getupften Fellträger zu Hause? Wenn ja, dann war es vergebens. Sie war immer noch vollkommen sichtbar, bis auf die Tatsache natürlich, dass sie so klein war. »Aber was ist eine *Anti*-Sphinx?«

Die Getupfte blickte Carl an. Carl blickte Sia an. Dann entschied er sich, zu sprechen.

»*Er* ist eine Anti-Sphinx. Seht ihr doch selbst – Körper eines Menschen, Kopf eines Löwen. Super Bauweise, oder? Sagt eurem Überraschungsgast hallo.«

»Aber er hat ja überall Fell. Menschenkörper haben nicht überall Fell.«

»Und wieso ist seine Mähne so kurz?«

»Warum kann er nicht sprechen? Haben Löwen keine Stimmbänder?«

Ich bin kein Löwe, tippte Sia mit der Genüsslichkeit eines Wesens, das nur allzu gerne im Mittelpunkt stand und dies auch ohne zu zögern zugab. Noch viel genüsslicher fügte er hinzu: *Ich bin eine Anti-Sphinx. Und ich werde euch beibringen, nicht zu verlieren. Ein einziges Mal nur beging ich den Fehler der Niederlage. Es war während einer großen, blutigen Schlacht. Sie nahmen mich gefangen. Sie schnitten mir die Zunge heraus. Daher muss mein Computer für mich sprechen – meine Stimmbänder jedoch sind intakt, vielen Dank.*

Jetzt staunten sie alle – wie sie es immer taten, wenn Sia die Geschichte von seiner Zunge erzählte. Er erzählte sie gern. Sie brachte ihm Respekt ein, wie es nicht einmal seine Größe vermochte. Oder seine spitzen Zähne. Oder seine nadelscharfen Krallen. *Wenn ihr meint, mit einer Mähne ließe es sich gut kämpfen, könnt ihr euch gerne eine wachsen lassen, um es selbst auszuprobieren. Ich jedoch verzichte darauf.*

»Sia war so nett, uns dabei zu helfen, euch mit Säurekapseln und dergleichen zu bewerfen«, grinste Carl.

Ja. Es war sehr lustig. Die Kapseln waren nur mit Wasser gefüllt, aber ihr seid gesprungen wie Hüpfmäuse.

»Ich wusste es!«, flüsterte der kleine Mann und fasste sich an die Wange. »Es hat überhaupt nicht gebrannt!«

Geist wählte diesen Augenblick, um sich ungesehen von allen aus dem Zwielicht zu nähern – nun ja, ungesehen von allen außer Sia, der alles sah. Und roch. Ihr Geruch nach Fäulnis und Verderben – und einem Hauch von Mandelbutter – ließ ihm das Rückenfell zu Berge stehen. Aber Sia kannte sie bereits, weswegen er und seine Nasenlöcher gewappnet waren.

»Die Prüfung hättet ihr hinter euch«, schnappte sie, als sie aus dem Schatten trat, und fünf dreckige, überraschte Köpfe drehten sich ihr zu. »Ihr wart lächerlich.« Das stimmte. Ein paar Mal wäre Sia vor Lachen fast vom Baum gefallen. Aber er war zu gut im Klettern, um von einem Baum zu fallen, nur weil jemand mit dem Kopf in einem großen, leuchtenden Pilz stecken geblieben war. »Euer Teamwork war ein schlechter Witz. Ich hätte euch nicht beibringen sollen zu kämpfen, sondern wie man sich durch den Wald bewegt, ohne sich ständig gegenseitig auf die Füße zu treten. Oder *ohne sich*«, ihr Blick flackerte zu dem kleinen Mann und der Gepunkteten, »*über Steuern zu unterhalten.* Aber kommen wir zu den guten Aspekten. Jamie, du hast bewiesen, dass du Schnelligkeit und ausgezeichnete Reflexe besitzt. Du hast außerdem bewiesen, dass du deine Mitstreiter nicht einfach aus dem Weg ballern würdest, um ans Ziel zu gelangen, was ich bisher ehrlich gesagt bezweifelt habe. Fionagh, ohne deine Falle wäre euch das Aas entwischt. Mehr muss ich nicht sagen. Mirembe. Du bist sehr gut geworden mit den Wurfmonden, weiter so. Alesander, du wärst ein paar Mal theoretisch fast gestorben, aber du hast deine Pfeile weise einzusetzen gewusst. Und letzten Endes …« Geists Augen glitzerten jetzt wie Untersetzer voll ausgesprochen bösartiger Milch. Von Milch war Sia schon immer übel geworden. »Nix. Du magst zwar absolut unfähig sein, eine Waffe zu halten, aber du hast dich trotzdem zur Wehr gesetzt. Ungeschickt und tollpatschig zwar, aber – Steine? Ein *Ast?* Über ein größeres Können muss ein Köder nicht verfügen. Und wenn du weiterhin beim Angriff so nervenaufreibend schreist, wird sich ohnehin niemand mit dir anlegen wollen.« Sia war nicht entgangen, dass das Gesicht des gepunkteten Mädchens dunkel angelaufen war und es rasch blinzelte, um seine Tränen zurückzuhalten. Tränen konnten für Freude stehen oder für Trauer, so viel wusste er. Es war schwer zu bestimmen, worum es sich handelte bei jemandem, der weder Schnurrhaare noch anständige Ohren besaß, die sich je nach Stimmung sträubten oder entspannten. »Ihr wart ein unkoordinierter, verzweifelter Haufen ohne Richtungsgefühl und Geschick, der durch den Wald getrampelt ist wie eine Herde Riesenrösser und dabei noch geräuschvoll Kaffeeklatsch veranstaltet hat. Aber ihr habt es doch tatsächlich geschafft, den Raben in die Luft zu jagen. Carl, meiner Meinung nach sind sie einsatzbereit. Besser werden sie sowieso nicht mehr – nicht mit dem Witz von einer Ausbildung, den du ihnen anbietest.«

Es dauerte einen Moment, in dem das Wissen in die Köpfe der kleinen Leute sickerte, dann brachen sie in laute Jubelgeräusche und Klatschen aus und Carl grinste erfreut in die Runde.

»Wunderbar! Leute, was ihr da geschlagen habt, war ein verdammt flinkes, verdammt cleveres interaktives Hologramm. Es war schnell. Es war klug. Es war ausdauernd! Ist auch besser so, wenn man bedenkt, wie viel es gekostet hat.« Er nahm den Hut ab und fuhr sich mit flinker Hand durchs Haar. »Jetzt stellt euch vor, es wäre zehn Mal so geschickt, zwanzig Mal so schnell und fünfzig Mal so fies gewesen und hätte euch dazu auch noch gnadenlos attackiert, anstatt euch nur auszuweichen – und schon habt ihr den echten Corax. Mal schauen, wie ihr mit ihm zurechtkommt. Ich kann es ehrlich kaum erwarten! Geist, hast du unsere Sachen gepackt? Alle Holos eingesammelt?« Zur Antwort hob sie einen Rucksack. Carl grinste. »Dann würd' ich sagen, ab nach Hause. Wir machen einen Tag Pause, dann bringe ich euch bei, wie man sich ausreichend schützt. Habt ihr alles? Also gut. Auf geht's.«

Sie schlugen sich einen Trampelpfad zurück durch das Unterholz, und schon nach wenigen Schritten verlor sich die Stille. Glück lag in der kalten Nachtluft, aus der alle Anspannung entwichen schien. Die kleinen Leute unterhielten sich in fröhlichen Stimmen über ihren Sieg, und zu Sias Überraschung ließ sich das getupfte Mädchen zurückfallen, um neben ihm herzustapfen und ihn dabei neugierig zu mustern. Er betrachtete sie ebenso interessiert. Sie hatte ziemlich eindrucksvoll gekreischt und mit Steinen um sich geschleudert wie ein menschliches Katapult. *Du hast keine Waffe?*, fragte er, um sicherzugehen, dass er richtig gehört hatte. Das Mädchen trug einen gekrümmten Säbel am Gürtel, aber selbst den Kampf gegen leblose Äste schien es damit nicht zu gewinnen.

Die Gepunktete schüttelte beschämt den Kopf. Wäre sie eine Anti-Sphinx, hätte sie wohl die Ohren hängen lassen. »Nein«, gab sie zu.

Sia überlegte. Dann hob er die Schnurrhaare und lächelte.

Aber du kannst gut mit Steinen werfen.

Die Punkte hellten sich auf vor lauter Grinsen. »Ja, im Steine werfen bin ich echt gut! Ich meine, hast du gesehen, wie gruslig er war, dieser Rabe? Aber ich hab ihn getroffen! Obwohl er so schwarz war und man manchmal kaum erkennen konnte, wo er rumgesprungen ist! Dieses Schwarz … richtig unheimlich. Er ist einfach … schwarz. Von oben bis unten. Nicht so schön blauschwarz wie du, auch wenn ich natürlich zuerst erwartet hatte, dass du blond sein wirst. Aber macht nichts! So gefällst du mir auch gut, und Strumpfhosen mochte ich sowieso noch nie. Deine Farbe ist wie … hm, wie der Himmel eine Stunde nach Sonnenuntergang. Aber er ist einfach … *nur* schwarz! Wie heißt du noch mal? Ich bin Nix!«

Die Tupfen hüpften, als Nix über den Boden schwebte. Sia konnte spüren, wie froh sie war und wie leicht ihr das Herz in der Brust tanzte. Er freute sich, dass sie dabei war, denn als sie ihn ansah, konnte er keinerlei Furcht in ihren Augen entdecken, und das war etwas Besonderes.

Sia, tippte er. *Sia Allkind.*

In den nächsten Tagen lernte Sia sie alle kennen – die kleinen Leute. Nach einer Weile vergaß er sogar, wie winzig er sie fand, und begann sie als die zu sehen, die sie wirklich waren. Zu Hause hätte ihm niemand geglaubt, wenn er von der seltsamen Hierarchie in der Gruppe erzählt hätte. Nicht der Größte, Stärkste oder Klügste gab den Ton an, wie es bei primitiven Lebewesen für gewöhnlich die Norm war (denn Sia war unzweifelhaft sowohl der Größte und der Stärkste als auch der Klügste und dennoch nicht der Anführer), und die Kleinsten waren auch nicht dafür zuständig, all die Arbeiten zu verrichten, die die Mittelgroßen nicht tun wollten. Stattdessen bestimmte Carl, was sie lernten, wann sie aßen und wann sie schlafen gingen, obwohl er bei Weitem nicht der Eindrucksvollste war, und alle hatten Respekt vor Geist, die Sia doch nur bis zur Hüfte ging. Es war merkwürdig, aber erfrischend.

Die Vorbereitungen gingen weiter. Carl brachte Ausrüstungsgegenstände, die alle staunen ließen – kugelsichere Westen, die selbst Energie- und Plasmastöße bis Stufe vier abhielten, und schicke Halsbänder, die vor den meisten Flüchen schützten. Er brachte ihnen bei, wie man medizinische Ringe zu tragen hatte, die hübsch glänzten und darüber hinaus auch noch vor gefährlichen Keimen warnten (Geist lachte nur darüber). Er wies die Nichtfellträger an, in Unterwäsche zu schlüpfen, in die magieresistente Fäden eingewebt waren, und forderte die Hexe dazu auf, sie zu testen. Sia lachte Tränen, als Carl am Bund seiner

Unterhose in die Höhe gezogen an der Decke baumelte und darüber schimpfte, dass Mirembe wohl eine Form der Magie verwendete, der er bisher noch nicht begegnet war. Die Unterwäsche behielten sie trotzdem an.

Als Nächstes war Sia an der Reihe, ein wenig von seinem Wissen zu teilen. Die kleinen Leute hatten es dringend nötig. Er zeigte ihnen, wie man den Fuß aufsetzen musste, um sich lautlos wie ein Lufthauch zu bewegen, und wie man atmete, ohne gehört zu werden. Er brachte ihnen bei, wie man sich über die Schulter abrollte, wenn man fiel, und wie man sich auch in schweren Schutzwesten flink bewegte. (Im Rennen waren die meisten seiner Schüler ganz gut, besonders die Menschen. Sia war schon oft aufgefallen, wie schnell magischen Wesen die Ausdauer ausging. Es amüsierte ihn. Nix, die Getupfte, war von allen die Langatmigste, dafür konnte niemand so lautlos schleichen wie Fionagh. Abgesehen natürlich von Sia. Sia verlor als Allerletzter die Ausdauer, und er war so leise und geschickt wie sonst keiner. Er war nicht umsonst der einzige Prinz in der Runde.)

Und Sia brachte ihnen auch bei, zu schlagen. Er bereitete sie auf den Tag vor, an dem sie ihre Waffe verlieren würden, denn dann erst würde der Kampf erst wirklich beginnen. Unter seinen Anweisungen formten sie ihre Finger zu Krallen und ihre Zähne zu Hauern, und er ließ sie üben, bis sie sich bewusst waren, dass sie keine Gewehre brauchten, wenn sie Knie und Ellenbogen besaßen. Es tat ihnen gut – das Wissen, dass sie allesamt gefährliche Biester waren, die ihr Kampfgeschick im Laufe der Generationen vergessen, es jedoch niemals verloren hatten. Er sah es ihnen an. Tausende Jahre von Lebenswillen und Blutlust lauerten in ihren Genen, und unter seiner Pflege erinnerten sie sich wieder daran. Am Ende ihrer Ausbildung trugen sie den Kopf weit oben und die Schultern stolz gestrafft. Sia war zufrieden mit sich. Er war ein guter Lehrer.

Und dann, von einem Tag auf den anderen, waren sie am Ende ihrer Ausbildung angekommen. Dann, als sie alle mit Schrammen und Stolz überzogen waren, wusste Sia nicht mehr, was er ihnen beibringen sollte. Wochen waren seit der Nacht im Wald vergangen wie ein Augenblick, wie ein Blinzeln, nachdem die Welt vollkommen neu erschien. Als Sia zu Carls Team dazugestoßen war, waren die kleinen Leute verängstigt und schmutzig gewesen, doch jetzt strahlten sie, beladen mit ihren Waffen und funkelnden Schmuckstücken und schützenden Kleidern. Sie wollten hinaus ins Universum, um sich zu beweisen.

Nur eine kämpfte immer noch mit Steinen.

Sia hatte schon immer gern beobachtet. Und was er in all den Wochen des Trainings gesehen hatte, war, wie sehr Nix verehrt wurde. Die anderen bestaunten die Tupfen auf ihrem Gesicht und ihren Schultern, den Draht, der sich so elegant über ihre Zähne zog. Ihre Blicke klebten an den Schweißtropfen fest, die nach einem langen Tag in ihren Haaren glitzerten, und sie sprachen ehrfürchtig über die Gläser, die auf der Nase der Gepunkteten thronten. Mit der gleichen Faszination sprachen sie über Carls Narbe und die Weichheit von Mirembes Bauch, aber Nix schien lediglich traurig. Wusste sie denn nicht, wie erstaunlich die Menschen waren? Dass sie so stark und massig waren und dennoch so jung starben – doch dass sie zur gleichen Zeit viel älter wurden, als die Natur es ihnen vorgab, weil sie dem Leben jeden einzelnen zusätzlichen Tag mit Gewalt entrissen? Menschen, die Millionen von Bakterien auf und unter ihrer Haut trugen – ein kleiner Kosmos in sich selbst, eine lebendige, atmende, wandernde Welt, die sich ihrer Bewohner nicht bewusst war. Menschen lebten selbst dann noch, wenn eine Anti-Sphinx längst verendet wäre, denn sie trotzten dem Universum jedes letzte bisschen Zeit ab. Ihre Knochen wuchsen wieder zusammen wie Wurzeln eines Baumes, wenn man sie ihnen brach, und sie starben nicht daran. Sie rissen sich Zähne aus den Kiefern, weil sie zu viele davon besaßen! Sie schnitten sich ihr Gedärm aus dem Leib und die Lymphen aus ihrem Hals, wenn sie ihrer überdrüssig wurden! Ihre Haut war von Öl überzogen, in ihrem Rachen sammelte sich Speichel, den ihre Körper ganz von selbst produzierte. Sie aßen, was auch immer ihnen über den Weg lief, und ihr Gebiss war der beste Beweis dafür. Menschen waren gemacht worden, um zu erobern und zu verschlingen. Sie waren zäh wie Fels und gefährlich und seltsam und uralt. Sie sahen so viele Farben.

Und trotz allem warf das Mädchen immer noch mit Steinen.

Es war am letzten Tag ihres Trainings, als Sia sie aufhielt. Er streckte die Pfote aus, als sie auf die Umkleide zumarschierte, und winkte sie näher. Sie hatte sich verändert. Ihre Augen sagten jetzt »Na komm doch und probier dein Glück, wenn du dich traust«. Aber sie lächelte noch immer.

Ich habe etwas für dich, verriet er ihr. Er konnte ihre Aufregung in der Luft schmecken.

»Was denn?«, flüsterte sie mit der hitzigen Begeisterung, die neugeborener Nachwuchs für gewöhnlich nur Geheimnissen entgegenbrachte. Sia grinste.

Du fürchtest dich vor Pistolen und an Wurfdolchen schneidest du dich, aber im Zielen bist du gut. Das solltest du nutzen. Er zog sein Geschenk aus der Tasche und legte es ihr in die Hände. Ihr Gesicht überzog sich mit Staunen. *Das hier ist für dich. Damit du auch eine Waffe hast.*

»Oh Mann! Sia!«

Die Getupfte strich andächtig über die gegabelte Öffnung und das dehnbare Band in ihrer Mitte. Sie strahlte nun wie ein Feuer. »Eine Steinschleuder! Megacool! So was wollte ich schon *immer* haben! Danke!«

Bestimmt wird sie … dir gute Dienste leisten, hatte Sia antworten wollen, aber schon schlang Nix ihre Arme um seinen Bauch und drückte ihn fest an sich. Er mochte Berührungen nicht, die als Überraschung kamen, aber dennoch hielt er still und hoffte, dass sie sich dem Lederbeutel um seine Taille nicht zu sehr nähern würde. Sein zerbrechlicher Inhalt würde so einer eifrigen Umarmung wohl kaum standhalten, und bei dem Gedanken schob er sie rasch von sich.

»Du bist der beste Prinz aller Zeiten.« Sie ließ von ihm ab und sprang lachend davon. »Aus dem Weg! Ich muss meine neue Waffe ausprobieren! Hey, schaut mal! Sia hat mir ein Geschenk gemacht!«

Sia blieb stehen und lächelte in sich hinein. Wenn die Getupfte in der Nähe war, stach sein Heimweh nicht mehr ganz so schlimm.

Es kam der Tag, an dem sie Kopfgeldjäger wurden. Und er kam wie jeder andere Tag auch.

Sia hatte sich erkundigt – es gab viele Wege, ein Kopfgeldjäger zu werden. Man konnte sich an speziellen Akademien überall in der nördlichen Galaxis ausbilden lassen, oder man erhielt die Lizenz, nachdem man seine ersten zehn Gauner der Klasse I erledigt hatte. Man konnte sich einem *ISA*-Offizier für viele Jahre als Schützling anschließen, oder man verzichtete vollkommen auf Urkunden und Genehmigungen und ging in den Untergrund, um die Köpfe gesuchter Verbrecher lizenzfrei und gegen wenig Geld an den Meistbietenden zu versteigern. Carl hatte eine weitere Methode entwickelt.

»Eure offiziell staatlich beglaubigten Bestätigungen, dass ihr an acht Ausbildungsjahren teilgenommen habt.« Reihum nahmen sie die bläulich glänzenden Papiere entgegen, voller Bewunderung für die bronzegewirkten Linien, die sich zwischen den Zeilen hindurchwoben. »Vollkommen ungeachtet der Tatsache, dass manche von euch noch gar nicht so lange am Leben sind. Nicht wahr, Geist?«

»Ach, steck es dir sonst wohin, alter Mann.«

»Und hier sind eure Waffenscheine, Teleportlizensen, Handlungsfreiheitssiegel und Recherchebescheinigungen. Alles intergalaktisch abgestempelt und vollkommen legal. Abgesehen natürlich von der Tatsache, dass es Fälschungen sind. Danke, Alesander. Du hast großartige Arbeit geleistet.«

Während Sia die Papiere in seinem Beutel verstaute, brachen die anderen in lautes Händeklatschen aus, das hart von den Hallenwänden abprallte. Nun konnten sie gehen, wohin sie wollten, und tun, wonach ihnen der Sinn stand, und niemand würde sie aufhalten. Die Freude der anderen brachte Sia zum Lächeln.

»Ja, nehmt euch ein Beispiel an unserem Löwen hier«, lobte Carl ihn gut gelaunt und zeigte auf den Beutel, den Sia soeben sorgfältig wieder verschnürte. Hätte er geahnt, was sich außer der neuen Papiere noch in seinem Inneren befand, wäre er ganz gewiss nicht so gut auf ihn zu sprechen gewesen. »Bewahrt eure Ausweise gut auf. Natürlich hab ich euch die digitalen Versionen schon auf eure Chips geladen, aber es gibt da draußen immer noch Zivilisationen, die keine Daten einlesen können oder ihre Beweise schwarz auf weiß haben wollen.«

Oder Bronze auf Blau, dachte Sia bei sich. Carl sah sie einen nach dem anderen strahlend an. Nix, die Gepunktete, hatte Tränen in den Augen und grinste, dass der Draht auf ihren Zähnen vor Freude glänzte wie Quicksilber. »Na, was sagt ihr? Haben wir uns gut geschlagen? Die Grundausbildung von Jahren in einige Wochen zu quetschen – ich finde, wir können stolz auf uns sein. Acht Kopfgeldjäger, ganz am Anfang eines Abenteuers. Wir sind bereit zum Aufbruch.«

Für einen Moment herrschte getragene Stille, dann räusperte Fionagh sich verhalten. »Nicht dass ich deine Rede zerstören wollte, Carl«, sagte sie voller Zweifel. »Aber sind wir das? Ich persönlich fühle mich ganz und gar nicht bereit zum Aufbruch. Es gibt einiges, das ich noch gern erledigen würde, bevor wir uns auf Vogeljagd machen. Ihr nicht auch, Raben?«

»Eines solltest du dir merken, Fio.« Carls Widerwille schwebte in der Luft wie eine Sturmwolke und blieb zitternd zwischen Sias Schnurrhaaren hängen. »Wir sind keine Raben. Niemals. Wir sind die, die den Raben zur Strecke bringen werden.«

Einen Atemzug lang schien die kleine Banshee zu zögern, aber dann nickte sie. »Also gut. Wenn du unbedingt so pingelig sein musst. Aber du musst zugeben, dass es besser klingt als *findet ihr nicht auch, die, die ihr den Raben zur Strecke bringen werdet?*«

Carl nickte zurück. »Na gut, das stimmt. Also schön, ich gebe euch ein paar Tage Zeit, um nach Hause zu gehen, eure Angelegenheiten zu sortieren und die Dinge zu packen, die ich auf eure Listen geschrieben habe. Wenn's losgeht, sende ich euch eine Rundnachricht. Aber bevor ich euch für heute endlich in Ruhe lasse – wer ist dafür, dass wir uns unsere Basis für die nächsten Monate anschauen gehen?«

Die Basis erinnerte an eine Hütte, und doch hatte sie das Wort nicht verdient. Eine Hütte war etwas Kleines, Schäbiges, in dem suspektes Getier lebte und der Schimmel von Generationen der Vernachlässigung an den Wänden nagte. Nun gut, zugegeben, die Basis war ebenfalls klein, und dazu noch niedrig und gedrängt. Es war ihr eigenes Gewicht, das sie zu Boden drückte: Die Fenster waren rund und aus stabilem, gewölbtem Panzerglas, die Wände mit meterdickem Beton abgesichert und das Dach mit Stahl verkleidet. Sia stieß mit dem Kopf an eine der Leuchtgasröhren an der Decke, obwohl er so gebückt kauerte, wie es ihm nur möglich war. Dennoch: Eine Hütte war es nicht. Zwar waren die Räume geduckt und lang gezogen, der braune Teppichboden knirschte unter seinen Füßen, fleischige Pflanzen bevölkerten die Fensterbretter und die Wände waren mit einer ergrauten Blumentapete überzogen, die vor langer Zeit einmal grün gewesen sein musste. Doch zugleich verströmte alles eine merkwürdig heimelige Atmosphäre, eher kuschelig als einengend. Und es duftete nach warmem Sand.

Draußen tobte der Sturm. Er tobte endlos. Diamanten krachten splitternd wie Hagel gegen die Fenster, und die Arme der Stromwindräder vor der kleinen Festung waren kaum mehr als verschwommene Schemen.

Carl war stolz. »Gefällt es euch?«

»Und der hat sich über unser Büro beschwert«, zischte Fionagh in Mirembes krauses Gewitterwolkenhaar.

»Wenn's euch nicht passt, könnt ihr euch ja wieder verziehen«, schnarrte eine Stimme aus Kniehöhe. Sia spähte belustigt nach unten. »Ich seh' sowieso nicht ein, warum ich euch bitte schön durchfüttern soll.«

Ach ja, und da war noch etwas. Zu der Basis gehörte auch Chapo, der nun wirklich *unheimlich* klein war. Und niemand konnte so misstrauisch dreinblicken wie ein Nager, der unter dichten, pelzigen Brauen emporspähte und Alesander unwillig betrachtete, als dieser ihm zu beteuern versuchte, dass es wirklich *toll* hier war und alle die Basis *liebten*. Genau wie Sia war der Kleine von Kopf bis Fuß mit seidig glänzendem Fell bedeckt (doch es war natürlich kein Vergleich zu Sias Pelz, der um einiges gepflegter und geschmeidiger war. Außerdem besaß er keine übergroßen Schneidezähne, die ihm bis übers Kinn ragten.)

»Es *ist* toll«, bekräftigte Carl und scheuchte die Gruppe hinüber zu dem runden Esstisch. Er war mit allerlei Dingen übersät, die aussahen, als habe Chapo sie von einem Schrottplatz gestohlen, und stand in einer engen Nische, in die Sia garantiert nicht hineinpassen würde. Wie um den beengenden Eindruck noch zu verstärken, waren ihre Wände über und über mit Bildern von Corax bedeckt – finstere Bilder, dunkle, bösartige, beklemmende Bilder. Die meisten davon hatte Carl wohl selbst geschossen, denn sie waren verschwommen und grobkörnig. Einige Satellitenaufzeichnungen waren auch dabei, ein paar Skizzen und Zeitungsartikel – und auf einer der handgefertigten Zeichnungen blickte der Rabe über seine Schulter hinweg genau in die Augen des Betrachters. Und lächelte. Sia wandte fellsträubend den Kopf ab.

»Toll und absolut sicher«, fuhr Carl fort, als sie sich um den Tisch drängten. Sia machte sich erst gar keine Illusionen und setzte sich einfach auf den Boden vor der Nische. Wenn er auf dem Boden saß, brutzelten seine Ohrenspitzen wenigstens nicht an den Hitzelampen fest, dank denen die Zimmertemperatur erträglich blieb.

»Bedankt euch beim guten Chapo und seiner Paranoia. Fünfhundertsiebenundvierzig Tage im Jahr ist der Planet dank der Diamantenzyklone absolut unzugänglich, und die restlichen zwei Wochen verirrt sich eh nie jemand hierher. Und selbst wenn ein ungebetener Gast hier auftauchen sollte, ist der Bunker absolut uneinnehmbar. Versiegelte Panzertür, bruchsichere Fenster, und den Code des Schrankteleporters kennen nur wir. Das ganze Universum könnte implodieren und das Ding hier würde immer noch stehen.«

»Wer hat das hier alles erbaut?«, wollte Jamie wissen, die sich unter der niedrigen Decke ebenfalls nicht wohlzufühlen schien. »Och, das war auch Chapo. Guter alter Freund von mir. Hat er zusammen mit seiner Frau eigenpfotig errichtet. War'n echtes Genie, die Kleine, für einen Biber.«

Sia ließ den Blick über die kleinen Schlafkojen schweifen, welche die Wände im hinteren Teil des Wohnraums durchzogen. Dahinter befand sich ein schmaler, mit luftfilternden Schlingpflanzen durchwachsener Durchgang, der in die Küche führte. Sie bestand aus einem alten Kühlschrank, einem winzig kleinen Herd und einer rostigen Spüle und führte durch eine Luftschleuse in den winzigen Garten außerhalb der Basis. Chapo hatte ihnen bereits stolz seine Setzlinge gezeigt, die unter der dicken Panzerglaskuppel vor sich hin träumten.

Hier also würden sie für die nächsten paar Monate wohnen. Hier würden sie schlafen und essen und Pläne schmieden, und Sia würde sich über die Nacht wohl auf dem Boden zusammenrollen müssen.

Der Bibermensch stellte einige dickwandige Tassen mit einer heiß dampfenden, hellgrünen Flüssigkeit auf den Tisch. Sia schnupperte und erhaschte den Geruch von frisch gemähtem Gras, sonnenwarmem Sandelholz und süßem Honigtau. Er ließ ein zufriedenes Schnurren hören.

»Tee der Agrazie, des höflichsten Baums des Bekannten Universums«, schnarrte Chapo und nickte ihnen der Reihe nach bedeutsam zu. »Um meine Gäste willkommen zu heißen und ihnen durch die Blume zu verklickern, dass sie sich besser an der Zuvorkommenheit meines Agraziengärtchens ein löbliches Beispiel nehmen, wenn sie lang hierbleiben wollen. Manieren un' gutes Benehmen sind höchste Voraussetzung. Ihr macht nix dreckig, und wenn ihr da seid, helft ihr mir gefälligst in der Küche und lungert nicht rum wie faules Pack. Jetzt trinkt aus, ist Brauch so bei meinen Leuten.«

Sie sahen seinem pelzigen Rücken nach, der sich watschelnd entfernte, und Sia hob die (wirklich kleine) Tasse und nippte behutsam an dem Tee. Er schmeckte genauso süß, wie er roch, und legte sich wie ein seidenes Tuch über seine Zunge.

»Bist du sicher, dass er nicht versucht, uns zu vergiften?«, scherzelte Alesander nervös und schnupperte zurückhaltend an dem feinen Dampf, der sich in perfekt geformten Kringeln der Decke entgegenwölbte.

»Ach, er ist ein bisschen komisch geworden über die Jahre«, antwortete Carl, und mehr sagte er nicht. Aber sie überlebten den Tee. Er war heiß und gut und füllte Sia mit dem sicheren Gefühl, dass selbst ein Zuhause, in dem man nicht aufrecht stehen konnte, immer noch besser war als gar keines.

Sie tranken in Stille, in ihrem kleinen Raum auf dem unwirklichsten Planeten, den Sia je betreten hatte – inmitten des lautlos heulenden Sturms und der funkelnden Diamantenschauer. Das Haus knackte und flüsterte um sie herum. Corax starrte ihnen von den Wänden blind entgegen, und das Licht ließ ihn flackern.

Schließlich stellte Carl seine Tasse ab und brach die Stille wie eine dünne Eisdecke auf einer Pfütze.

»Also. Es ist wohl an der Zeit, euch in den Plan einzuweihen, denkt ihr nicht auch?« Er wischte mit der flachen Hand über die Tischplatte, unter deren spiegelnder Glasoberfläche sofort ein Leuchten aufglomm. Unter der hauchzart schillernden Schicht war eine bunte Planetenkarte eingelassen. Winzige Sonnen strahlten Sia entgegen, als er sich nach vorn lehnte und mit gespitzten Ohren und erwartungsvoll zusammengekniffenen Augen auf den Tisch spähte. Die anderen schoben ihre Becher beiseite, um besser sehen zu können.

»Ich hab so meine Mittel und Wege, herauszufinden, wo sich der Bursche in letzter Zeit wieder rumtreibt«, fuhr Carl fort. »Es gibt in regelmäßigen Abständen neue Augenzeugenberichte, polizeiliche Ermittlungen, Versicherungsverfahren, Kameraaufnahmen und was ihr euch dergleichen noch so vorstellen könnt. Außerdem landen sämtliche Neuigkeiten, die im Verdacht stehen, mit unserem kleinen gefiederten

Freund zusammenzuhängen, im KGV. So nennen wir das offizielle Kopfgeldjägerverzeichnis. Ihr Neulinge könnt das nicht wissen – das ist so eine Art Datenbank, die regelmäßige Updates in Sachen Gaunerjagd erhält. Na ja, seit ich an dem Fall arbeite, hab ich alle Begegnungen mit ihm auf dieser Karte hier verzeichnet, sämtliche Sichtungen und geheimnisvolle Morde – oder Raubfälle, die unter Garantie von ihm verbrochen worden sind. Schaut mal genau hin. Die kleinen, türkisfarben leuchtenden Punkte sind seine Reiseroute. Fällt euch was auf?«

Noch bevor Sia eine Antwort tippen konnte, hob Mirembe die Hand. In ihren Augen spiegelte sich die Linie aus kleinen Tupfen, an der die Planeten zu kleben schienen wie an einem hauchdünnen Spinnwebfaden.

»Er bewegt sich linear«, merkte sie an.

Carl nickte. »Mehr oder weniger linear zumindest. Die Daten sind natürlich unvollständig und zwischen den einzelnen Sichtungen vergehen im Extremfall Monate. Ich kann mich an eine Zeit erinnern, in der er sich ein ganzes Jahr lang nicht hat blicken lassen. Tisch, ranzoomen …« Die Karte vergrößerte sich gehorsam. »Hier zum Beispiel ist er von der Linienroute abgewichen und in einer Art Zickzackmuster herumgesprungen. Im Groben kann man die Route aber als Gerade bezeichnen. Tisch, rauszoomen.«

Also hat er ein Ziel?, vergewisserte sich Sia, der fand, dass es wirklich an der Zeit war, dass er sich Gehör verschaffte. Oder zumindest den ein oder anderen Blick. *Oder er ist auf der Suche nach etwas, weiß aber nicht, wo er es finden wird?*

»Ganz ehrlich, ich hab keine Ahnung.« Carl zuckte mit den Schultern und schob seinen Hut zurück, von dem er annahm, dass er ihn verwegen und draufgängerisch aussehen ließ. »Wenn er nach etwas sucht, dann ist es mir bisher nicht aufgefallen. Ich tippe darauf, dass es sich um reine Neugier handelt. Er will möglichst viel vom Universum sehen, und zu diesem Zweck reist er einfach von Planet zu Planet, angefangen bei Station 11, bis er sich irgendwann sattgesehen hat am Weltall. Und noch viel wichtiger, sattgestohlen. Zeit hat er ja, das kleine Aas – theoretisch könnte er unsterblich sein, grausiger Gedanke –, und die Mittel ebenfalls, er braucht schließlich keine Genehmigung, um sich zu teleportieren. Er tut es einfach. Und dank seiner Widerstandsfähigkeit muss er sich um Ausrüstung und dergleichen auch keine Gedanken machen – wahrscheinlich kann er sogar auf Planeten rumspazieren, auf denen unsereins ohne Raumanzug sofort auf die Größe einer Rosine zusammenschrumpeln würde. Ihr wisst ja, was man über Unkraut so sagt.«

»Also eigentlich«, warf die Gepunktete begeistert ein, »müssten wir dann nur der Linie folgen, um zu erfahren, wo er als Nächstes auftaucht? Wenn wir einfach *diesen* Planeten hier nehmen – ups, 'tschuldigung …«

»Aber so einfach ist die Sache nicht, oder?«, wollte Fionagh wissen, während Carl die Karte mit einem leisen Seufzen neu startete. »Wenn es so unkompliziert wäre, hätte Carl ihn schon längst erwischt. Wir haben keinerlei Anhaltspunkte, *wann* er dort auftauchen wird. Oder wo genau. Planeten sind groß, er könnte sich überall verstecken. Außerdem hat das Universum die lästige Angewohnheit, dreidimensional zu sein. Er könnte auf *jedem* der Planeten auftauchen, die im näheren Umfeld der Linie liegen.«

»Ah, gut kombiniert, Fio, aber hier haben wir den Vorteil, dass es in der Tat nähere Anhaltspunkte gibt. Er taucht nämlich nicht einfach nur auf, um sich die Gegend anzuschauen und sich am Strand zu fläzen. Wenn er auf einem Planeten angekommen ist, bleibt er da für ein paar Tage bis Wochen und vertreibt sich die Zeit damit, nach Lust und Laune zu stehlen, wie es ihm eben gerade in den Kram passt.« Es war erstaunlich, dass Menschen mit den Zähnen knirschen konnten, während sie sprachen. »Seht euch das hier an. Jamie, fang! Und gib die Kopien an die anderen weiter. Das sind Berichte der letzten paar Monate. Noch bevor wir mit unserem Training angefangen haben, hat er sich auf dem Planeten Gliese 7316125 breitgemacht. Wunderschön dort. Hab gehört, man ernährt sich hauptsächlich von Seifenlauge. Scheint ihm ganz gut bekommen zu sein, jedenfalls hat er folgende Dinge aus einem Kolonialistenhaus gestohlen: einen schwarzen Flattermantel – passend zu seiner Seele, nehme ich an –, ein neues Paar Handschuhe und dazu passende Treter, mehrmals Essen und einige wertvolle Schmuckstücke. Die verkauft er übrigens nie weiter. Ich schätze, er hat einfach eine Vorliebe für Dinge, die glitzern, wie eine psychisch gestörte Elster. Jedenfalls hat er auch ein paar Leute verprügelt, ein kleines Kind fast umgebracht – na ja, ich nenn' es Kind, bezeichnen wir es eher als Kindergarten-Tentakelmonster – und generell Furcht und Schrecken und einiges an Chaos verbreitet. Wie er es eben am besten kann. Ein paar Wochen später besuchte er Kepler c17. Hier hat er Futter gestohlen, einen Hund umgebracht – ziemlich blutige Sache, gab damals 'nen riesigen Haustierversicherungsskandal –, einer alten Lady ihren Kronleuchter unter der Nase weggegaunert (was auch immer er damit anfangen wollte) und sich mehrere beseelte Luxusbettdecken unter den Nagel gerissen. Die sind ihm allerdings abgehauen und haben ihn verpfiffen. Tja, und bis vor ein paar Tagen war er auf Bergesund 20, wo er'n schickes Paar Lederschuhe geklaut und eine Bewohnerin fast ins Koma geprügelt hätte. Ein wertvolles Stück aus ihrer Sammlung hat er laut ihrem Bericht auch mitgehen lassen. Danach hat er sich über das örtliche Krankenhaus hergemacht und denen den halben Vorratsraum an Pflastern und Mullbinden leer geräumt.«

Ich glaube nicht, dass er wahllos stiehlt, stellte Sia fest. In seinem Kopf häuften sich Bilder eines blutüberströmten Raben, der von Planet zu Planet sprang ... zwischen endlosen Trampolinwelten, die ihn nirgends lange halten konnten. *Er braucht Nahrung, um zu überleben, und Kleidung, wenn seine alte verschlissen ist.*

»Was denn für eine Alte?«, fragte Nix mit verwirrtem Blick auf den Bildschirm.

Seine alte Kleidung. Seufz.

»Oh. Verstehe.«

Er stiehlt also Kristallleuchter, weil er einen Sinn für Ästhetik hat, tippte Sia weiter. *Aus demselben Grund benötigt er immer wieder neue Schuhe. Und wenn er in einem Krankenhaus gewesen ist und Verbandszeug gestohlen hat, kann das nur bedeuten, dass er verletzt ist.*

»Welch scharfsinnige Schlussfolgerung«, sagte Jamie, die Sias Meinung nach gerne auch einfach hätte still sein können. Aber Carl nickte ihm ernsthaft zu.

»Richtig!«, bestätigte er. »Er ist krank. Er hat ein Problem. Und das Problem ist Folgendes: Ich zitiere den Zeugenbericht des recht stacheligen Inhabers von *Schuhld und Unschuhld,* eines Schuhgeschäfts auf Bergesund 20. Ja, so heißt der Laden wirklich. Nehmt euch in Acht, die haben einen furchtbaren Humor da. Ahem. *Folgende Aussage: ›... und da höre ich doch dieses Klirren, und als ich mich zum Schaufenster drehe, sehe ich da tatsächlich dieses merkwürdige … Etwas, wie es mich anlächelt, unter seinem langen Schnabel hervor, und in der Hand hält es ein Paar feinster Echsenlederschuhe. Und ich rufe nach der Security und greife nach meinem Gewehr, denn man muss vorsichtig sein heutzutage, nicht? Und nehme die Tür, weil ich, hähä, nicht mehr so in der Form bin wie früher, ansonsten wäre ich ihm durch das gesplitterte Fenster hinterhergesprungen. Tja, ich sehe das Etwas die Straße entlanghüpfen wie einen Albtraum von einem Hampelmann, meine Schuhe immer noch in der Hand. Na ja, was soll ich machen – die Dinger sind zwanzig freie Tage wert, verstehen Sie, unsere Währung wurde vor Kurzem von Geld auf Freizeit umgestellt – also lege ich an und schieße, und dieses Ding … also, so etwas habe ich noch nie gesehen, schwarz wie die Nacht und drei Mal so unheimlich … na ja, also dieses Ding wirft mir ein Grinsen zu und krächzt auf und verschwindet mitten auf der Straße. Und als ich hinlaufe, finde ich nur diese dunklen Blutspritzer und ein paar schwarze Federn, aber von meinen kostbaren Schuhen ist nicht mal mehr ein Stück Schnürsenkel übrig. Und dann gehe ich rein und rufe Sie, Kommissar, und ich wäre Ihnen dankbar, wenn Sie Ihre Fühler irgendwo anders hinstecken könnten‹.«*

»Wo hat er seine Fühle denn hinge…«, begann Mirembe, aber Jamie unterbrach sie rasch.

»Er wurde also angeschossen?«

»Ich glaube, ich kann euch ziemlich genau sagen, was er mit seinen Fühlern gemacht hat. Willst du's hören, Nix? Komm her, ich flüster' es dir ins Ohr.«

Carl stöhnte auf. »Halt die Klappe, Mi. Ja, das Aas wurde angeschossen – und irgendwelche Fühler tun hier nichts zur Sache, in Ordnung? Schaut mal: Das sind gute Neuigkeiten für uns. Wieso?«

»Weil er verletzt ist«, murmelte Alesander mit der Stimme eines Mannes, der immer noch mit der Hälfte seines Gehirns der Fühlersache nachhing. »Das bedeutet, er ist schwächer als normalerweise und wir können ihn besser bekämpfen.«

»Sehr gut, Eins mit Sternchen. Aber warum noch?«

Fionagh antwortete wie aus dem Blaster geschossen. »Weil es beweist, dass er auf sich allein gestellt ist und keine Hilfe bekommt. Er hat niemanden, der ihn verarztet. Zudem gibt es einen Hinweis auf seine körperliche Verwundbarkeit. Eine Kugel übersteht er offensichtlich nicht ohne Weiteres.«

»Na also! Ich wusste doch, dass du deinen Kopf nicht nur zum Blondsein benutzt.«

»Also werden wir was genau tun?«, fragte Alesander hastig durch das sich anstauende Flimmern des kleinen Miniaturgewitters zwischen den beiden. Sia sah es schon kommen, dass sie sich an die Gurgel gingen wie Fronten meteoritenheißer und eissteppenkalter Luft, die unbarmherzig zusammenstießen.

»Also«, schnaubte Carl und schob sich den Hut in den Nacken, »gehen wir auf Zeugenbefragung. Mit ein bisschen Glück treibt er sich vielleicht immer noch auf Bergesund herum, nicht wahr – und wenn nicht, müssen wir eben irgendwie herausfinden, wo er inzwischen steckt. Alles, was wir über ihn erfahren können, ist von Bedeutung für die Mission. Jedes letzte kleine Detail: was für Kleidung er trug, ob er guter Laune war, in welche Richtung er sich vom Acker gemacht hat. Ihr wolltet Zeit, eure Angelegenheiten zu regeln – also geht nach Hause, packt eure Sachen und wir treffen uns in drei Tagen hier wieder. Den Code für den Teleporter kennt ihr. Und, nur um das klarzustellen – wir sprechen hier von Mittelwertstagen, das sind drei Mal siebenundvierzig Stunden, alles klar? Gut.«

Ich möchte gleich hierbleiben, bat Sia, der nicht wusste, wohin er sonst gehen sollte. Zum Großen Volk, zu seiner Familie, die er seit so vielen Monden nicht mehr gesehen hatte, konnte er vor Ablauf seines Regentschaftsabenteuers nicht zurückkehren. Man würde über ihn lachen.

»Geht schon klar«, winkte Carl ab. »Und keine Sorge, du wirst dich nicht allein mit Chapo herumdrücken müssen, ich bleibe auch hier. Wartet noch einen Moment«, fügte er hinzu, als die anderen sich stühlerückend erheben wollten. Er brachte die Karte mit drei Handwischern zum Verschwinden (»verdammte Technik!«) und der Raum verdunkelte sich, als das Leuchten erlosch. Carl lehnte sich vor, und im Halbfinstern glühten seine Augen wie die eines Wahnsinnigen. Vielleicht war er das ja auch. Sia hatte gesehen, was die Einsamkeit tat. Sie brachte Gesellschaft, auf die man besser verzichtet hätte.

»Hier sind die Dinge, die ich über Corax weiß«, raunte der Cowboy. »Ich kenne seinen Namen – das Einzige, was ihm von seiner erbärmlichen Vergangenheit im Labor geblieben ist. Ich weiß, dass dieser Name vor langer Zeit eine Nummer trug. Die Nummer 62, um genau zu sein. Er war nur einer von vielen, und jetzt ist er der Letzte. Ich glaube nicht, dass er von der Nummer weiß. Zahlen sind für ihn von ungefähr so großer Bedeutung wie Sonnencreme, und wenn ihr euch seinen Teint anschaut, wisst ihr Bescheid.« Ein verhaltenes Grinsen, dabei war der Witz gar nicht so lustig gewesen. »Ich weiß, dass er existiert und weshalb, obwohl es mir lieber wäre, er täte es nicht. Aber was würde ich dann mit meiner Freizeit anfangen, oder? Ich weiß, dass er schon recht alt ist – siebenhundertsiebenunddreißig Jahre, und noch immer keine einzige graue Feder – und dass er wohl noch nie auch nur einen Freund im ganzen Universum hatte … dafür aber jede Menge Feinde. Ich weiß, was mit dem einzigen Mann geschah, der jemals versucht hat, ihm einen Gefallen zu machen. Er würde sich im Grab umdrehen, wenn er wüsste, was aus seinem kleinen Monster geworden ist. Ich weiß, dass er einer der meistgesuchten Gauner der Geschichte des Bekannten Universums ist, und dass es einen guten Grund dafür gibt, dass Corax 1 bis 61 getötet wurden, genau wie Corax 63 bis 84. Und ich weiß – und dies ist das Wichtigste –, dass es ihm bald ebenso ergehen wird. Wir werden ihn finden. Wir werden ihn zur Strecke bringen und seinen kleinen gefiederten Kopf abliefern, ob tot, lebendig oder irgendwo dazwischen.«

Stille senkte sich über den Raum. Die Diamanten hatten aufgehört zu regnen. Mehr gab es nicht zu sagen. Zum ersten Mal schmeckten sie die erste Andeutung des Grauens, das sie erwartete.

Nach einer Weile löste sich die Runde schweigsam auf, einer nach dem anderen. Sia versank tief im Meer seiner Gedanken und sah zu, wie Carl die anderen zurück in die Nacht entließ und in das Wissen, dass es jetzt kein Zurück mehr gab; dass die Sache erst enden würde, wenn der Rabe tot war. Und der Himmel schwieg.

8

Jamie

Hier finden Geckos ein neues Heim, Bazillen erholen sich und eine Vampirin kann so oft aus ihrer Haut, wie sie nur will.

Es hat funktioniert. Corax hat beobachtet – und gelernt. Das Glas ist unter seiner Faust zersplittert, und seine Faust ist unter dem Glas zersplittert. Winzige Schmerzensschreie füllen nun seine Finger wie gefrorene Eisstacheln, kleine Stücke von Glas und Knochen. Es ist nicht wichtig. Nichts ist wichtig; nur dass er endlich hat, was er braucht. Was er wirklich braucht.

Er pickt mit der gesunden Hand – die, die nicht jammert – an dem Loch in seiner Seite, Faser für Faser, sodass es immer größer wird. Inzwischen spürt er die Qual kaum noch, die ihm am Anfang in den Ohren gehämmert hat, mit jedem seiner Herzschläge. Unter seinen Fingerspitzen fault sein Fleisch. Wenn das Loch stirbt, so stirbt auch er. Also greift er tief hinein und packt zu, aber seine Finger kommen blutig heraus. Ohne Kugel. Wenn die Kugel bleibt, so bleibt auch das Loch, und bleibt das Loch, so stirbt es, und stirbt das Loch, so stirbt auch er.

Corax findet einen Stock, viel dünner und länger als seine Finger, und stochert und rührt in der schmatzenden Wunde, bis er die Kugel findet, hartes Metall gegen weiches Holz. Hebelt sie an die Oberfläche, bis er sie herausziehen und betrachten kann, dunkelrot und schwarz, Feuer und Blut und Fäulnis. Er wird es behalten, das glitzernde Ding – das einzige glitzernde Ding, das ihn jemals gebissen hat. Er liebt es, wenn es eine Liebe gibt, in der immer ein Fünkchen Hass mitschwingt.

Das Nass brennt, als er es in das Loch schüttet. Es zischt aus dem zerbrochenen Flaschenhals heraus, den er gegen einen Stein geschleudert hat, weil das runde Ding sich nicht hat lösen lassen. Aber in seltsamer Weise tut es auch gut.

Und dann ist da das Weiß. Nicht in ihm, ausnahmsweise, sondern in seinen Händen, fleckig vom Blut. Corax schaudert, als er es über die Wunde legt wie eine Decke, fest zudrückt und dann wickelt. Es sieht falsch aus, Weiß auf Schwarz. Weiß über Schwarz. Der Anblick lässt ihn zittern. Aber er wickelt weiter, bis das Rot verschwunden ist, die Augen voller Leere, und zieht den Mantel fest über seine Brust. Schwarz auf Weiß auf Rot auf Schwarz. Weiß, das unter dunklem Leder verschwindet, bis nichts mehr davon zu sehen ist.

Und das ist besser so.

Der Schatten schließt ihn in seine Arme. Er flüstert in Corax' Ohr. Er flüstert: *Krrrrrr-aks, krrr-aks …*

Corax braucht Schlaf. In einem Meer aus gestohlenem Tuch, wo es sich am besten schlummert. Und dann, wenn das Erwachen kommt, braucht Corax Sonne, Licht und Wind, die ihn das Zerren in seiner Seite vergessen lassen.

Die ihn vergessen lassen, dass er auf einer Messerschneide balanciert, wohin auch immer er geht.

Und dass das Unglück ihm folgt wie ein Schatten, auf Schritt und Tritt.

Und dass sein Hunger nach einem Keks überwältigend ist.

Er weiß, wohin es ihn zieht.

Die Kugel döst zwischen seinen Fingern, gleitet friedlich mit ihm in den Schlaf, als wären die Dinge schon immer so gewesen.

Seine Träume sind schwarz. Schwarz auf Weiß.

Am Morgen des Aufbruchs war das Gras von Tau bedeckt.

Alesander blickte nicht zurück, und das war besser so. Jamie jedoch, die schon immer die Beherztere der beiden gewesen war, wandte sich ein letztes Mal um und brannte sich das kleine Haus auf ewig in ihr Gedächtnis ein. Ob sie jemals zurückkehren würden, war ungewiss. Die Fenster starrten ihr stumm entgegen, leeren Augenhöhlen gleich, als wären sie ihr vollkommen unvertraut.

Sie schüttelte den Kopf und schritt voran.

Es war ein merkwürdiger, seidig-bitterer Abschied. Sobald man einen Ort verließ, an dem man sich – für ein paar Tage oder Wochen nur – zu Hause gefühlt hatte, ließ man auch einen Teil seiner selbst zurück. Wer wusste das besser als Jamie? Das Leben, dachte sie bei sich, als sie an Alesanders Seite den gewundenen Kiespfad entlangging, war eine Abfolge von Abschieden, die einen auf das letzte große Wiedersehen vorbereiteten. Aber derlei Gedanken sollten sie nicht kümmern; nicht an dem Tag, an dem sie auszogen, den Raben zu fangen.

Sie waren früh zu Bett gegangen – selbst Alesander, der seine Werkstatt bis auf das letzte Stück Papier ordentlich aufgeräumt und schließlich Hand in Hand mit ihr magisch versiegelt hatte. Und sie waren nur Stunden später aufgestanden, als das Halbmondlicht dem ersten Schleier des Morgens gewichen war. Ausrüstung, Waffen und Kleidung waren bereits seit Tagen gepackt. Es hatte nicht viel gegeben, das es mitzunehmen lohnte, außer einer Menge Erinnerungen. In über achthundert Jahren stauten sich zu viele davon an, als dass man sie alle hätte behalten können. Jedes Mal, wenn es Jamie weiterzog, hinterließ sie ihre Häuser, wie sie auch ihr Leben zu hinterlassen gedachte, wenn es an der Zeit war: leer und still und säuberlich geordnet.

Für Alesander war es schwerer gewesen. »Auf Wiedersehen, Häuschen«, hatte er mit einem Lächeln geseufzt, in dem die Bitterkeit schwarz glänzender Kaffeebohnen lag. Jamie teilte seinen Schmerz nicht. Aber dennoch, sie hatte das kleine Haus im Wald gemocht.

Als sie zwischen den Bäumen verschwanden, wartete das Haus mit offenen Türen und Fenstern darauf, dass die Natur einzog. Dass Ranken sich in ihm ein neues Heim suchten, der Regen sich in silbernen Pfützen in seinen Ecken sammelte und sich das Leben erneut in ihm ausbreitete, vielflügelig und bunt schillernd.

Und um es herum sangen die Geckos.

In der Basis herrschte jene stickige, aufgewühlte Stille, die entstand, wenn viele sich gemeinsam auf etwas freuten und zugleich nicht wussten, ob sie sich davor zu fürchten hatten. Als sie eingetroffen waren, hatte Sia noch auf seiner Matratze auf dem Boden geschlafen, tief eingerollt und friedlich schnurrend. Inzwischen jedoch war er hellwach. Er hatte sich die glühenden Augen mit einem mondlichtschimmernden Stift umrandet und seinen feinst gearbeiteten Silberschmuck angelegt. Die Zeichen eines Prinzen: schmale Spiralreifen, die sich in eleganten Windungen seine Arme und Beine entlangzogen, hauchzarte Metallbänder, die halb vom Fell seines buschigen Schweifs verschluckt wurden, Dutzende kleine Ohrringe. Ein Krieger, bereit, in die Schlacht zu ziehen. Jamie fühlte sich beinahe schäbig neben ihm, und das, obwohl sie zu ihrer exquisitesten Garderobe gegriffen hatte.

Alle anderen jedoch hatten sich keiner solcher Bemühungen unterzogen. Carl verzichtete auf seine langatmigen Reden, was vermutlich auch besser war. Sie alle machten den Eindruck, in der Nacht nicht allzu viel Schlaf genossen zu haben. Es gab nichts mehr zu sagen, das sich zu hören lohnte.

Die Reise begann mit einem Ärgernis – da der Schrankteleporter weder die Koordinaten noch die Codes für irgendein Gegenstück auf Bergesund 20 besaß, mussten sie einen Umweg über das nächstbeste Reisebüro nehmen. Den Vormittag verbrachten sie – bewaffnet, voller Tatendrang und in den misstrauischen Blicken ihrer Mitreisenden ertrinkend – auf kratzigen Filzstühlen in einem überfüllten Warteraum. Dort mussten sie untätig ausharren, bis sämtliche Streiks und ins Nichts teleportierten Gepäckstücke des Tages ausgehandelt beziehungsweise ersetzt worden waren – dann endlich machten sie sich auf den Weg.

Auf Bergesund 20 war die Luft dünn und kühl. Kaum zu atmen. Zu guter Letzt war nur Fionagh nicht am Keuchen, als sie endlich bei *Schuhld und Unschuhld* ankamen. Es war keine gute Idee, Alesander den Zutritt zu einem Schuhgeschäft zu gewähren, so gierig, wie seine Augen funkelten, als er die edle Auslage im Schaufenster erblickte. Doch sie konnten ihn immerhin schlecht draußen auf der Straße stehen lassen, also nahmen sie ihn mit. Während sich Carl pflichtbewusst mit dem Besitzer des Ladens unterhielt, einem Mann von der Statur und Mimik eines Kugelfischs, beäugte Alesander liebevoll ein Paar Schuhe aus Libellenchitin. Jamie beobachtete ihn mit einem leichten Lächeln aus den Augenwinkeln und schwor sich, ihm das kleine Geschenk zu gönnen, sobald das Abenteuer zu Ende war. An Geld mangelte es ihr nicht.

Und so drifteten ihre Gedanken ab – dunkleren Tagen entgegen, die weit in der Vergangenheit lagen. Es war äußerst erstaunlich: Als sie ihn gefunden hatte, war er nichts weiter gewesen als ein nackter, schmutziger Junge, der sich vor Angst und Kälte bibbernd in einer Ecke zusammengekauert hatte. In einer Höhle auf einem Planeten, der ihm den Tod wünschte. Ein dummer kleiner Stier war er damals gewesen und niemals hätte sie es sich träumen lassen, dass er eines Tages ihre Familie sein würde. Jamie schüttelte mit einem leisen Seufzen den Kopf, um die nostalgischen Gedanken zu vertreiben. Aus ihm war so viel mehr geworden, als es ihm der Mond jemals hatte erlauben wollen. Es war ein schweres Schicksal, ein Wer-Stier zu sein, auf einem Planeten mit sechs Monden.

Sie blieben nur einige wenige Minuten, bis Carl ungeduldig abwinkte und sie zurück auf die Straße schickte, um das Krankenhaus ausfindig zu machen.

»Konnte mir auch nicht mehr erzählen, als er der Polizei schon gesteckt hat«, murmelte er missmutig vor sich hin. Der dünne Wind pfiff ihm beinahe den Hut vom Kopf, doch zumindest hatte das Wetter gewisse ästhetische Vorteile. Jamies blütenweißer Mantel beispielsweise umspielte mit jedem Schritt eindrucksvoll ihre Beine. Carl, der mit dem Murren gar nicht mehr aufhören mochte, schienen derlei ansehnliche Kleinigkeiten egal zu sein – er steckte sich eine qualmende, nach Torf und Öl stinkende Zigarette an, was Jamie zutiefst suspekt war. Sie kannte ihn nun schon lange, zumindest nach Menschenmaßstäben, und hatte noch nie gesehen, wie er seine Lungen vergiftete. Es musste der Rabe sein, der einen derartigen Selbstzerstörungstrieb in ihm hervorrief. Ein weiterer faszinierender Charakterzug der Menschen: Sie lebten wie Sommerfliegen, rasch und voller Freude an Dingen, die schwanden, und taumelten dem Licht entgegen, bevor es sich überhaupt gelohnt hatte zu existieren. Befremdlich. Sie inhalierten tödlichen Rauch, um ihre Innereien mit brennendem Gift zu füllen und ihre Köpfe mit Nebel. Der dunkle Qualm im sauerstoffarmen Wind brachte Jamie zum Würgen.

KRANKENHAUS BERGESUND – komm raus, sei bär-gesund!, stand in fröhlichen, baumgroßen Lettern vor der Eingangspforte des minzgrün gestrichenen Gebäudekomplexes. Alles war größer auf Bergesund, nicht nur seine Einwohner, und der allgemein genutzte Humor war tatsächlich von unterirdischer Schlechtheit.

Sie traten ein und zeigten die Ausweise vor, die sie als staatliche Ermittler dritter Stufe erkenntlich gaben. Jamie warf Alesander ein ermutigendes Lächeln zu, als niemandem die Fälschung auffiel. Noch nie war eines von Alesanders Papieren aufgeflogen, aber es war jedes Mal erneut eine Befriedigung.

»Natürlich zeige ich Ihnen, wo er eingebrochen ist!«, faselte die rotgesichtige Heilerin eifrig, eine Nymphe mit langem Quellhaar, die sie, pflichtschuldig strahlend, durch die Eingangshalle führte. »Kommen Sie mit, aber bitte leise, und ziehen Sie sich diese antibakteriellen Ganzgesichtsmasken über, wenn wir die Abteilung für schwerstgefährdete Bazillen durchqueren. Ach, Sie wollen gar nicht wissen, wie viele trauernde Bazillenfamilien wir jedes Mal hier haben, wenn Riesen wie wir mit all unseren neuartigen, unbekämpfbaren Bakterien die Station betreten. Sie müssen wissen, verfeindete Bakterienstämme sind dafür bekannt, sich organischer Lebewesen zu bedienen, um sich in die Nähe geschwächter Bazillen zu schmuggeln. Ach, ach, man kann nur hoffen, dass sich diese furchtbaren Stammeskriege eines Tages legen.«

»Sie meinen, Ihre Patienten sind *wirklich* Bazillen?«, hakte Nix mit einem Leuchten in den begläserten Augen nach, welches die Heilerin mit großer Empörung entgegennahm.

»Selbstverständlich nur ein kleiner Bruchteil davon! Unser Klientel ist äußerst divers.«

»Hast du das gewusst?«, flüsterte Alesander Geist zu, als sie durch die übervölkerten Flure geschleust wurden. »Dass Bakterien im Krieg mit Bazillenstämmen liegen?«

»Mich interessiert vielmehr, wie so eine Bazillenbeerdigung wohl aussieht. Stellt euch nur die kleinen Särge vor!«, überlegte Mirembe laut. »Tja, ich bin noch nie zu einer eingeladen worden. Ihr etwa?«

Jamie verspürte einen Anflug von Erleichterung, dass derlei unnötiges Geschwätz von den leisen Schaudern ablenkte, die ihre Glieder durchzuckten. Ihre Umgebung hielt sie gefangen. Krankenhäuser erweckten die Erinnerung an andere, halb verdrängte Zeiten in ihr, die sie sich nur ungern ins Gedächtnis rief. Das sterile, hell strahlende Weiß der Wände und das kalte Schimmern der Lampen stachen ihr in den Augen, der Geruch nach Hoffnung und Fäule heftete sich an ihre Fersen wie ein übelriechender Spion. Er verließ sie nicht einmal dann, als sie die Bazillenstation durchquerten und ihre Aufmerksamkeit gänzlich von den wilden Gestalten eingenommen wurde, die in gepolsterten Petrischalen schwebten.

Als sich die stahlverkleideten Türen hinter ihnen schlossen und sie die Gesichtsmasken abnahmen, war Geist die Einzige, die nicht leichenfahl angelaufen war. Sie warf einen letzten verzückten Blick auf das Metall, das die formlosen Schemen gnädigerweise vor ihren Blicken verbarg, und seufzte hingerissen. »Das waren die schönsten Bazillen, die ich je gesehen habe.«

»Oh, diese Station wird Ihnen aber ganz sicherlich noch viel besser gefallen«, plapperte die Heilerin und führte sie forschen Schrittes an einer Reihe schmaler Krankenzimmer vorbei. »Hier werden alle unserer Patienten geachtet!«

»Das ist sehr löblich«, ließ sich Fionagh vernehmen. »Die Bazillen verdienen demnach nicht Ihren Respekt?«

Die Nymphe ließ ein wasserglucksendes Lachen hören. »Ach, da sieht man gleich, dass Sie nicht vom Fach sind. Auf dieser Station liegen sogenannte *unachtsame* menschliche Patienten, die aufgrund von Unfällen oder genetischen Defekten nur über Daumen verfügen und gerne ihre restlichen acht Finger wiederhätten. Ein Eingriff, der sich in der Medizinersprache eben ‚achten' nennt. Wir haben auch einige Wesenheiten hier, die dem Menschen-Trend folgen und sich ein Paar Hände oder zehn Finger transplantieren lassen wollen. Also wirklich, man sollte meinen, vier Greifscheren, ein Set Fühler, drei Dutzend Saugnäpfe und zehn Paar Beine wären genug, aber manchen reicht es eben nie. Nun ja«, sie lächelte und hielt eine dreifingrige Hand in die Höhe. »Ich bin bis jetzt immer sehr gut zurechtgekommen. Auch wenn die Patienten mich mitunter zu bemitleiden scheinen. Diese ganze Körpermode liegt mir einfach nicht, und es ist mir unverständlich, dass dieses Jahrhundert ausgerechnet der menschlichen Spezies eine so große modische Bedeutung zukommt. Nur noch die Treppe hier hinab, dann sind wir da … Ach, Hallo, Herr Munkelruß. Morgenstund hat Gold im Mund, nicht wahr?«, trällerte sie fröhlich, als ein durchsichtig wabernder Pfleger einen geradezu obszön bärtigen Mann im Rollstuhl vorbeischob. »Er leidet unter einem ausgeprägten Fall von Goldener Ader«, flüsterte sie verschwörerisch, wobei sie Carl bedeutungsvoll zuzwinkerte. »Lebensgefährliche Berufskrankheit unter Alchemisten. Wir konnten ihn im allerletzten Moment retten – es hätte nicht viel gefehlt und er wäre an einem Herzen aus Gold gestorben. Aber das ist nichts im Vergleich zu Madam Sisztky und ihrem Barfuß. Ich sage ihr andauernd, sie soll mit dem Trinken aufhören, aber sie will es ja anscheinend darauf anlegen! Nun ja, hier wären wir. Hier ist er eingebrochen. Wie Sie sehen können, meine Herrschaften Ermittler, befinden wir uns im untersten Stockwerk. Er hat das Fenster aufgebrochen – eigentlich recht passend, es hat schon seit Monaten den Wind durchgelassen und jetzt durften wir endlich ein neues in Auftrag geben –, den Vorratsschrank geplündert, mehrere Patienten ganz furchtbar erschreckt und ist dann durch dasselbe Fenster wieder abgehauen. – Ach, und er hat organisches Material hinterlassen, das wir selbstverständlich zur Probe hierbehalten haben, bis eine Kollegin von Ihnen vorbeikam und sie uns abnahm. Zusammen mit sämtlichen Notizen, die wir uns zu dem Fall gemacht hatten.«

»Eine Kollegin?«, fuhr Carl ruppig dazwischen und schob sich gespannt den Hut in den Nacken.

»Eine Dame in Blau. Sie sagte, sie käme vom Institut für Seuchenkontrolle und wir hätten einen gefährlichen Aussätzigen überrumpelt.«

»Was hat er denn für Spuren hinterlassen?«, fragte Fionagh mit skeptischem Blick auf den vor magnetischen Pflastern und Verbandsmaterial nur so überquellenden Schrank.

»Och, nichts Besonderes.« Die Heilerin winkte dreifingrig ab. »Nur ein bisschen Blut … und ein paar Federn.«

Und Carls vernarbtes Gesicht strahlte wie eine finstere Sonne.

»Ist euch klar, was die uns gerade verklickert hat?«, fragte er mit grimmiger Miene, als er eine halbe Stunde später seine cowboybestiefelten Füße auf dem gewaltigen Tisch ihres noch gewaltigeren Hotelzimmers ablegte. Sie hatten es umsonst für die Nacht gebucht – dank Alesanders Überzeugungskraft hatten sie sich als außerplanetarischen Senator plus Hofbegleitung ausweisen können. Politiker besaßen bekanntlich allumfassende staatliche Immunität vor fremder Währung und waren dementsprechend von der Zahlungspflicht befreit. Dennoch konnte Jamie sehen, wie Fionagh jedes Mal aufschreckte, wenn sich draußen auf dem Gang Schritte näherten. »Eine Frau vom Seuchenamt, am Arsch! Wenn die nicht von der Regierung war, fress ich 'nen Warzenwurm.«

»Wieso versucht die Regierung eigentlich nicht selber, ihn zu fangen? Das wäre doch irgendwie weniger aufwändig, als ihm die ganze Zeit hinterherzulaufen und all seine Bewegungen zu verschleiern.« Nix ließ sich Bauch voran auf das riesenhafte Bett sinken, welches die Hälfte des Raumes für sich einnahm, und kickte ihre Schuhe in die Ecke. Jamie bevorzugte einen sanfteren Umgang mit ihrer Garderobe und schlüpfte sorgfältig aus ihrem Mantel, um ihn an einem Kleiderbügel im Schrank aufzuhängen.

»Nun, das ist eigentlich keine richtige Frage, sondern lediglich eine falsche Schlussfolgerung, die auf mangelnder Lebenserfahrung beruht«, entgegnete sie schließlich mit einer vor wohl gewählter Abfälligkeit triefenden Stimme. »Du bist noch zu jung, um dich daran zu erinnern, aber in meiner Jugend – vor rund sechshundert Jahren – gab es einen skandalösen Atomunfall auf einem Planeten, der nun keinen Namen mehr trägt. Seine Bewohner wurden seitdem nie wieder gesehen. Nun, kein Wunder, denn immerhin waren sie auf Molekulargröße geschrumpft worden. Zu jener Zeit unternahm kein einziger Regierungsangestellter den ernsthaften Versuch, den Zwischenfall auszubügeln. Sie waren viel zu beschäftigt damit, Spuren zu verwischen und Proteste einzudämmen. Politiker«, seufzte sie. »Immer nur reden, aber sobald es darum geht, in die Molekularebene einzutauchen, um eine entgegen den Regeln der Physik ins Nichts verschwundene Weltbevölkerung zu retten, geben sie klein bei.«

»Schön, dass du dich auch mal wieder zu Wort meldest«, mampfte die Hexe, die sich mit karamellisierten lavendelfarbenen Kaktusfrüchten vollstopfte. »Du warst den ganzen Tag so leise.«

Jamie nahm sich Zeit, in aller Ruhe aus ihren Schuhen zu steigen und sie säuberlich unter dem fein geschneiderten Mantel aufzustellen. Dann richtete sie sich auf und strich sich das Haar zurück. »Ich bin kein großer Freund von Krankenhäusern«, entgegnete sie steif.

Wieso?, tippte der Prinz. Jamie beschloss, nicht zu antworten, sondern beschäftigte sich lieber damit, ihre Kleidung für den nächsten Tag im Schrank zu verstauen. Ein weißes Leinenhemd mit teuren

Quicksilberknöpfen und Bügelfalten, an deren Schärfe man sich hätte schneiden können. Trotz Transport nur minimal zerknautscht. Dazu eine passende weiße Seidenhose, weiße Strümpfe und weiße Hosenträger, die sie unter der hellen Jacke verbergen konnte. Alles weiß wie der Schnee. Vampirfarben. Sie kam gegen ihre Natur einfach nicht an.

»Ist schon in Ordnung. Jeder hat vor irgendwas Angst«, posaunte Mirembe soeben im ganzen Zimmer herum. »Schwarze unaufhaltsame Löcher, die alles verschlingen, was einem lieb und teuer ist. Gigantische Riesenmonster, die einen zum Frühstück verspachteln. Die Gewissheit, allein und verlassen zu sterben. Krankenhäuser. Ist doch alles dasselbe.«

Jamie warf ihr einen ihrer *Blicke* zu.

»Krankenhäuser sind gruslig«, verteidigte Nix sie. Große Materie, nein. Es konnte niemals gut enden, wenn Nix einen verteidigte. »Ich meine, ich kann mich noch daran erinnern, als ich gegen die Bläueln geimpft wurde. Danach war mir richtig schlecht und ich hatte einen riesigen dunklen Fleck, wo sie mir die Spritze ins Rückenmark gebohrt haben. Aber ich habe ein Pflaster gekriegt, eins mit Schnabeltieren drauf. Das sind übrigens meine Lieblingstiere. In der Schule hatten wir ein Fach namens *Der Urmensch und die Biologie der Ersten Erde*, kurz DuuBEE, wo es nur um ausgestorbene Spezies ging, die es halt irgendwann auf der Ersten Erde mal gab. Man hat Überreste davon gefunden, aus dem Plastikzeitalter. Also, Schnabeltiere, denkt man, waren wahrscheinlich an die drei Meter groß, gefiedert und mit winzigen kleinen Köpfen und einem gigantischen Giftstachel, der ihnen aus dem Nacken ragte, und …«

»Daran liegt es nicht«, unterbrach Jamie einen Abschweifer in den Aufbau der Stimmbänder eines Schnabeltiers und die daraus resultierenden, von oszillierenden Rauchschwaden begleiteten Jagd– und Balzrufe. »Ich brauche keine Impfungen, da ich ein Vampir bin. Ich bin im Grunde genommen mehr Leiche als lebendiges Material, so sehr es mich auch schmerzt, dies zugeben zu müssen.«

»Du hast es gut«, flüsterte Nix neiderfüllt. »Nie zur Impfung gehen zu müssen!«

Alesanders Blick flackerte durch den Raum und blieb an Jamies Augen kleben. Sie sah schnell wieder weg.

»Erzähl es ihnen!«, bettelte er hitzig. Aus jahrelanger Erfahrung mit einem schmeichelnden Wer-Stier wusste sie mit Sicherheit, dass er ihr sein breitestes, charmantestes Lächeln schenkte. Sie seufzte tief. »Erzähl es ihnen! Bitte, Jamie! Erzähl ihnen die *Geschichte* …«

Ja, die Geschichte. Jeder hatte eine *Geschichte,* kursiv gedruckt, die es sich zu erzählen lohnte, oder nicht? Umständlich setzte sie sich auf die Bettkante, blickte in die Runde neugierig strahlender Gesichter und schnaufte voll höflicher Qual, um sicherzugehen, dass sämtliche Anwesenden verstanden, dass sie die *Geschichte* nur unter Zwang und keinesfalls freiwillig erzählte. Dann zuckte sie mit den Schultern und ließ ein Grinsen sehen. Eigentlich, in aller Ehrlichkeit, erzählte sie die Geschichte gern. Sie am eigenen Leib zu erleben, war etwas vollkommen anderes gewesen, aber Kummer und Schmerz existierten allein aus dem Grund, damit man nach erlittener Qual damit angeben konnte.

Sie krempelte sorgsam ihr Hosenbein hoch, woraufhin alle Versammelten sie entsetzt anstarrten – beinahe so, als hätten sie nicht erwartet, dass Jamie tatsächlich im Besitz von Waden war. Selbst Fionagh hatte von ihrem Buch aufgeschaut und hob milde interessiert die Augenbrauen.

»Nun gut«, begann Jamie mit kühler Stimme, stolz auf die Beiläufigkeit, die in ihren Worten mitschwang. »Ich erzähle es euch.« Und dann ließ sie ihre Haut aufplatzen.

»Igitt! Das ist das Widerlichste, was ich je gesehen habe!«, stieß Mirembe anerkennend aus. Die Banshee legte mit fahrigen Händen das Buch beiseite. Nix schienen beinahe die Augäpfel aus dem Kopf zu fallen.

»Cool!«, hauchte sie voll sorgfältig bemessenem Ekel und kam über das Bett ein vorsichtiges Stückchen näher gekrochen. »Was *ist* das?«

Jamie sah mit einem trägen Lächeln hinab auf den grauen Fleck abgestorbenen Gewebes, der sich über ihrem Schienbein breitgemacht hatte, durchzogen von purpurnen, herzschlaglosen Äderchen und rau und schartig wie Stein. Die Zeit hatte die aufgeborstene Oberfläche über die Jahrhunderte hinweg zum Verblassen gebracht, doch geheilt war sie nie. Ein weiterer Fleck prangte an ihrem Knöchel, und einige dezentere – aber immer noch faustgroße – Stellen Verwesung verunstalteten ihren Rücken und die Arme. Eine letzte thronte direkt unter ihrem Kinn.

»Das«, verkündete sie schlicht, »ist das Ergebnis eines Anfalls von Würgelpest, die im zweiten Stadium geheilt wurde.«

Carl, der die ganze Zeit über auf seinem Stuhl gewippt hatte, ließ die Stuhlbeine so abrupt auf den Boden krachen, dass es ihm die Füße vom Tisch fegte. »Du hattest die *Würgelpest?* Warum zum verdammten Großen Bären hast du nie was gesagt!?!«

Jamie zuckte mit den Schultern. »Nun, ich wünschte natürlich, dem wäre nicht so, aber eitrige Beulen sind ein Gesprächsthema, welches bei geselligen Zusammentreffen eher unerwünscht ist. Nicht umsonst kann ich sie verstecken. Vampirkörper sind für den Schein gemacht. Was aussieht wie Haut, kann ich ganz einfach über die mangelhaften Stellen wachsen lassen, bis nicht das kleinste sichtbare Fleckchen davon übrig bleibt. Aber sie schmerzen, immer noch. Selbst nach siebenhundertsechsunddreißig Jahren.«

»Wie alt *bist* du denn?«, fragte die Hexe verzückt. »Die gute alte Fionagh hier hat ja selber einiges auf dem Buckel, aber siebenhundertsechsunddreißig Jahre …«

»Ich war damals gerade hundertsechs Jahre alt. So unglaublich jung«, unterbrach Jamie sie mit einem plötzlichen Anflug von Wehmut. »Kaum ausgewachsen, keinerlei Ahnung von der Welt. Wir waren neun Sprösslinge insgesamt. Nur ich habe überlebt. Wie ihr wisst, sind Vampire besonders für ihr uraltes Familienvermögen bekannt, was wohl daran liegen mag, dass sich unsere Vorfahren vor Jahrtausenden darauf spezialisierten, Leute auszusaugen und ihr Geld zu … konfiszieren.«

»Ach, *deswegen* die Zähne! Das hat man uns in Artenkunde nie beigebracht.«

»Ja, mein kleines Blutschlückchen, deshalb die Fangzähne. Welch ungewöhnlich rasche Auffassungsgabe.«

Nix strahlte. »*Danke* sehr!«

»Nun, meine Eltern«, fuhr Jamie ungerührt fort (die Zeit hatte vieles in Vergessen getaucht, und Vampire trauerten nicht lange), »gaben einen beträchtlichen Großteil ihres Goldes für die Behandlung ihrer Kinder in einer der führenden Privatkliniken der östlichen Galaxis aus. Damals war Gold noch nicht von der Westinflation betroffen und auf einigen Planeten durchaus etwas wert. Es gingen eine Menge Trinkkelche und das ein oder andere künstliche Gebiss für unsere medizinische Versorgung drauf. Ich als die Jüngste konnte aufgrund des geringen Pestbefalls gerettet werden, der um ein Vielfaches minimaler war als bei meinen Geschwistern. Man sagte mir, man behandele mich mit der natürlichen Essenz einer Sumpfnessel, die von einem Kräuterkundigen in den Sümpfen von Ü hergestellt worden war. Doch in Wirklichkeit …«

»Stammte der Wirkstoff aus einer genetischen Farm«, unterbrach Carl sie mit hohler Stimme. »Aus einer Station mit der Nummer 11, wo man kleine Monster heranzüchtete, um in ihnen die richtigen Hormone und Gegenkörper wachsen zu lassen. Ich schätze, du und deine Familie wart so etwas wie Versuchskaninchen. Du musst eine der Ersten sein, bei denen die Behandlung jemals angeschlagen hat!«

Jamie ließ ihre Haut zurückwachsen, schob sorgfältig das Hosenbein nach unten und wandte den Blick ab. »Das war ich. Nun, was denkst du darüber? Dass dein Rabe der Grund ist, weshalb ich noch am Leben bin?« Stille machte sich breit, unterbrochen nur vom Schlagen dreier menschlicher Herzen. Es war eine Stille, die beinahe nach Genugtuung schmeckte. »Eigentlich«, fuhr Jamie ungerührt fort, »schulde ich ihm etwas.«

Sia Allkind machte ein kehliges Geräusch, das nach einem Räuspern klang, und hob den Computer in die Höhe, um die unangenehme Spannung zu lösen.

Ich könnte das heilen, verkündete er mit einem Gesichtsausdruck, der selbst für einen übergroßen Kater viel zu selbstgefällig aussah. *Sicher schmerzt es?*

Jamie betrachtete ihn argwöhnisch. Als Vampir tat man gut daran, niemandem zu trauen, den man im Dunkeln nur dann erkannte, wenn sich das Mondlicht in seinen Pupillen verfing.

»Ja«, gestand sie widerwillig. »Noch immer. Nach all den Jahren.«

Das Schnurren einer Anti-Sphinx kann aufgrund seiner sanften Frequenz alle Wunden heilen. Wenn du mich eines Tages zum Schnurren brächtest, würden diese Narben für immer verschwinden.

Jamie zog die Nase kraus, ohne so recht zu wissen, was sie von derlei Vertraulichkeiten zu halten hatte. Gewisse Angebote jedoch konnte eine vernünftig denkende Vampirin nicht ablehnen. »Wieso besitzt du dann nicht die Güte, jetzt für mich zu schnurren?«

Der Kater hob amüsiert die Mundwinkel. *Ich kenne dich doch gar nicht. Wieso also sollte ich für dich schnurren?*

»Hey, das ist aber nicht gerade nett«, empörte sich Alesander, aber Jamie hob die Hand.

»Nein«, stimmte sie zu. »Nett ist es nicht. Aber es ist weise. Du hast recht, Prinz Sia Allkind. Man sollte für niemanden schnurren, der einem nicht vertraut ist.«

Die Nacht brach herein wie in einen Schleier aus Bernstein gehüllt. Jamie lag bis zum Kinn zugedeckt auf dem gigantischen Bett (es war geradezu absurd, dass sie bequem zu acht auf die Matratze passten – aber sie wollte sich nicht beschweren, denn es war weitaus bequemer als die engen Einzelkojen in der Basis) und lauschte den magnetischen Stürmen, die vor dem Fenster wisperten. Das Licht im Zimmer war schummrig und gedämpft, und Müdigkeit schwebte in dichten Wolken über ihren Köpfen. Nur Geist fehlte. Sie hatte sich vor der Tür postiert. Möglicherweise befürchtete sie, dass jeden Moment ein aufgebrachter Hoteldirektor in Begleitung von Sicherheitstrollen hereinplatzen würde, weil jemand bemerkt hatte, dass sie weder Senator noch Hofstaat waren. Das rhythmische Fauchen des kleinen Wetzsteins, den sie über ihre Messerklinge gleiten ließ, durchbrach selbst das endlose Lied des Windes.

»Erzähl uns von deinen Begegnungen mit Corax, Carl«, verlangte Fionagh irgendwo von der anderen Seite des Bettes, welche Lichtjahre entfernt zu sein schien. »Vielleicht können wir etwas daraus lernen.«

»Ihr wollt eine kleine Gutenachtgeschichte hören, hm? Voller Spannung und Abenteuer?« Das bittere Grinsen in Carls Stimme kitzelte Jamies Nackenwirbel. »Nun, ich werde euch eine erzählen. Sperrt die Lauscher auf, denn es ist wohl um die zehn Jahre her, und die Hauptperson ist mein jüngeres, hübscheres Ich. Lange Haare, sonnengeküsste Haut, hervorragender Kleidungsstil. Ich war in Begleitung eines roten Säbelbeintigers. Ein schönes Tier, gerade groß genug zum Reiten. Prairie nannte ich ihn. Wir beide waren die besten Freunde – absolut unzertrennlich. Ich kümmerte mich aufopfernd um seine Hüftprobleme, er drückte meine Gegner zu Boden, bis ihre Gesichtsfarbe seinem Fell ähnelte und sie ächzend um Gnade hechelten. Eine Freundschaft also, die für beide Seiten erschwinglich war. Wohin ich auch ging, Prairie folgte mir, wo er schlief, schlief auch ich, jeden Bissen teilten wir miteinander und was es an dergleichen Klischees noch so gibt. Ich habe den Kleinen geliebt. Ihr wisst schon, wie die Gutenachtgeschichte ausgehen wird, nicht wahr?« Ein Schaudern breitete sich unter der Bettdecke aus. Ein *und wenn sie nicht gestorben sind* würde es nicht geben, und Carls Worte schmeckten nach Rache. »Eines Tages ertappten wir das Rabenaas dabei, wie es einen Delikatessenladen ausraubte. Wir wollten ihn aufhalten. Keine Chance. Er ist total durchgedreht, ist auf uns losgegangen wie ein Berserker. Er hat Prairie getötet, meinen Tiger. Meinen besten Freund. Er hat ihm im Blutrausch eine seiner Krallen ausgerissen und mir damit die Narbe verpasst, die ich für den Rest meines Lebens im Spiegel sehen werde. Dann ist er geflohen. Er hat eine Dose Kabelnein-Kaviar gestohlen. Für hundertfünfzig Gramm verdammten Kaviar hat er meinen Tiger umgebracht.« Ein Grollen im Dunkeln. »Ihr denkt immer noch, das Ganze sei ein Spiel. Ihr erwartet, dass es so lustig sein wird wie in der Nacht, in der ihr ein hüpfendes Hologramm bekämpfen solltet und wir euch von den Bäumen aus mit Wasserbomben beworfen haben. Aber das wird es nicht. Es wird blutrünstig und brutal sein. An manchen Tagen werdet ihr euch wünschen, ihr wärt mir nie begegnet. Ihr werdet lernen, den Raben genauso zu hassen wie ich. Und am Ende werdet ihr ihn töten, und ihr werdet es genießen.« Die Worte hingen in der Luft wie hämisch funkelnde Sterne. Ein Goldzahn blitzte in der Halbdunkelheit auf, als Carl grinste. »Gute Nacht allerseits.«

Später, als das Edelsteinlicht vor dem Fenster einer samtfarbenen Dunkelheit gewichen war, durchbrochen nur von grünlich schillernden Streifen des Südlichts, schreckte Jamie aus dem Schlaf auf. Irgendwo in der unüberschaubaren Weite des Bettes versuchte jemand, nicht zu schluchzen. Benommen drehte sie sich auf die Seite.

»Wer weint da?«, fragte sie laut. Das Nicht-Schluchzen verstummte abrupt. Einige Minuten lang herrschte nur die Art von tiefer, gemütlicher Stille, die zwischen schlummernden Körpern kauerte. Jamie kämpfte vergebens gegen ihre flatternden Augenlider an.

Die zögerliche Antwort hörte sie schon gar nicht mehr. Der Schlaf hatte sie längst verschluckt.

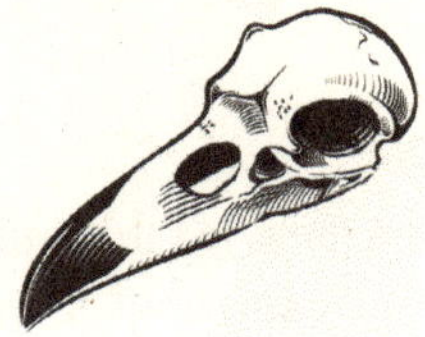

9

Carl

Hier wird die heiligste Müllhalde der Welt betreten, das Universum hat ein Faible für Unaussprechliches und ein Popel lässt sich nicht mehr loswerden.

Am nächsten Morgen checkten sie früh aus, nachdem sie ihre Bäuche mit Mohnbrot und Apfelbutter vollgestopft hatten. Dünner Nebel lag über den Straßen, als sie am Haus der zweiten Zeugin ankamen. Diese sah immer noch schwer vermöbelt aus und trug eine Halskrause, aus der ihr kleines Puppengesicht herausragte und sie feindselig anfunkelte. Man hätte sie fast für ein Menschenkind halten können – *fast,* wenn die moosgrünen Haare und das feine Schimmern nicht gewesen wären, das von ihr ausging und bei jeder Bewegung matt aufflimmerte. Beides wirkte eher exzentrisch, genau wie ihr Haus.

Carl wusste sofort Bescheid. Es musste sich um eine Wächterin der Heiligen Dinge handeln, wie es sie wohl vor Jahrtausenden auch auf der Ersten Erde gegeben hatte. Damals hatten sie sich dem Schutz von Bäumen, Quellen und anderem dreck- und käferverseuchtem Zeug verschrieben. Inzwischen sammelten sie anscheinend … na ja, Schrott. Ein flüchtiger Blick in den mit fein säuberlich sortiertem Müll überladenen Flur bestätigte diese Annahme.

Carl hatte schon so viele Befragungen hinter sich, dass er sich mittlerweile bewegte wie im Schlaf. Er hielt der Wächterin den falschen Ausweis unter die blasse Nase, faselte irgendwas von wegen Aufsichtsbehörde zum Schutz des Wasauchimmers und drückte sich ohne auf eine Antwort zu warten durch die Tür. Nur Mis und Alesanders Anwesenheit schien sie zu beruhigen –kein Wunder, da beide in etwa so einschüchternd wirkten wie schlummernde Goldhamster. Die Kleine ließ sie zögerlich eintreten, aber ihre Augen flackerten immer wieder misstrauisch zu den kleinen Schätzen hinüber, die sich überall auf Regalbrettern und Möbelstücken stapelten. Carl grinste. Ach, reg dich ab. Den Müll will sowieso keiner haben.

»Es war ein Dieb«, rückte sie nach mehreren Minuten der Befragung widerwillig heraus. »Einer mit acht Armen. Die Sorte, die Fenster von außen öffnen kann. Die Fangarme passen durch alle Ritzen und Schlüssellöcher, und ...«

»Aber nicht durch deine, oder?«, mischte Mi sich freundlich ein. »Du würdest deine Heiligtümer niemals mit gewöhnlichen Schlössern sichern. Selbst deine Tür ist vakuumverdichtet. Wer auch immer dich so zugerichtet hat, muss also ein Gast gewesen sein, den du selbst hineingebeten hast. Du kanntest ihn nicht, aber trotzdem hast du ihn durch dein Fenster klettern lassen. Wieso? Du hättest ihm auch eine verpassen können. Ihr Wächterinnen könnt ganz schön austeilen, sogar, wenn ihr es mit achtarmigen Finsterlingen zu tun habt.«

Tja, es hatte schon einen Grund, dass Carl sich ausgerechnet für zwei Detektivinnen entschieden hatte, die ihm bei der Suche helfen sollten. Die Wächterin wurde ganz blass. Zeit für den nächsten Schlag.

»Aber es war kein Achtarmiger«, setzte er wie nebenbei hinzu. »Es war ein Rabe. Ein Biest mit schwarzen Augen und einem Riesenzinken, das durchs Fenster kam und dich lieb angelächelt hat. Und du warst neugierig. Aber dann hat es sich an deinem Schro... ahem, an deinen Schätzen vergriffen und du bist auf den kleinen Dieb losgegangen. Als du wieder zu dir gekommen bist, warst du im Krankenhaus, weil dein Nachbar den Radau gehört und die Polizei alarmiert hatte.« Er schob sich den Hut in den Nacken und zuckte gelangweilt mit den Schultern. Es war immer dieselbe Geschichte mit Corax, jedes Mal. »Tja, und bald danach kamen einige elegant gekleidete Herrschaften zu dir und haben dir geraten, du solltest den Raben ganz schnell vergessen, wenn du nicht den Rest deines Lebens im Krankenhaus verbringen wolltest. Und elegant gekleideten Herrschaften schenkt man besser Gehorsam, nicht wahr?«

Die Kleine starrte ihn mit weit aufgerissenen Augen an, in denen die Dunkelheit alter Wälder brodelte. Carl waren die langen, messerscharfen Krallen nicht entgangen, die im Laufe des Gesprächs aus ihren Fingerspitzen gewachsen waren.

»Woher wissen Sie das alles?«

Immer dieselbe Geschichte. Immer dieselben ungläubigen Blicke. Immer dieselben Fragen. Es war wahrscheinlich der Grund, weshalb ihm bereits die ersten grauen Haaren wuchsen.

»Weil ich einer von ihnen bin. Ermittler. Jetzt zufrieden? Du kannst mir ruhig die Wahrheit sagen, kein Problem. Anderen gegenüber würde ich aber durchaus bei der Achtarmgeschichte bleiben, ganz besonders, falls dir eine gewisse Dame in Blau begegnen sollte. Also: Was hat er gewollt, der Rabe? Ich nehme an, du hast es instinktiv gespürt. Der Gedanke blitzte einfach in deinem Kopf auf. Er hatte eine Bitte an dich. Ein Flehen, dem du einfach nicht widerstehen konntest.«

Die Wächterin zögerte nur für den Bruchteil einer Sekunde, das musste man ihr lassen. Dann nickte sie, wandte sich um und trippelte den schmalen Flur entlang in Richtung einer der vielen Türen. Im Gehen drehte sie den Kopf, bis sie ihnen unverwandt in die Augen starrte; eine stumme, halswirbelverrenkende Warnung. Unglaublich, wie förderlich reines Misstrauen für die Gelenkigkeit sein konnte. »Hier rein«, befahl sie, stieß die angestrebte Tür auf und ließ ihren Kopf wieder in Normalposition zurückschnellen. Das leise Knacken von Knochen war zu hören. »Hier war es. Durch dieses Fenster dort drüben ist er gekommen. Er hatte eine Wunde in der Seite, hat mein ganzes Fensterbrett mit Blut beschmiert, als er reingekrochen kam. Und er wollte Hilfe, also war ich so dumm, ich … ich wollte ihn verarzten. Was hätte ich sonst tun sollen? Und zum Dank hat er mich bestohlen.«

Das war ihm sicherlich nicht weiter schwergefallen. Sie betraten ein mit bunten Bildern behängtes Schlafzimmer mitsamt angrenzendem Bad – doch nicht die quietschfröhlichen Tapeten waren das Auffällige an der Einrichtung, sondern die Haufen von Aberhunderten von wertlosen Gegenständen, die sich durch das Zimmer zogen. Carl sah Schrauben, Steine, getrocknete Käfer, Samen, merkwürdig glänzende Bruchteile von Meteoriten, Häute, Chitinpanzer, Bonbonpapierchen,

Büroklammern, gammlige Papierschnipsel, zertretene Stifte, leere Flaschen, fleckige Comicbücher und das ein oder andere angelaufene Schmuckstück. Einiges davon hätte Corax bestimmt gefallen. Es gab genug in diesem Raum, das glitzerte und glomm.

»Lass mich raten, du hast vom Raub im Krankenhaus gehört«, spekulierte Carl. Die Wächterin nickte, dass die grünen Locken nur so flogen, und betrachtete mit zu engen Schlitzen zusammengekniffenen Augen ihre Krallen. »Er muss in etwa zwei, drei Tage nach deiner Einlieferung stattgefunden haben. Rate mal, wer das war, der sich mit seinem neuen Schatz da draußen in der Dunkelheit versteckt und dabei zugesehen hat, wie die Männer in den hübschen grünen Kitteln dich abholen kamen, um dich in die Notaufnahme zu bringen. Rate mal, wer euch gefolgt ist und besagtes Krankenhaus so lange belauert hat, bis er sich sicher war, ungesehen einbrechen zu können.«

»Er hat mein Heiligstes immer noch«, knurrte das Mädchen. »*Immer* noch. Ich will es zurück. Das ist alles, was zählt. Die Verletzungen sind mir egal.«

Na ja, man musste schließlich Prioritäten setzen. Auch wenn die Prioritäten mancher Leute furchtbar beschränkt waren.

»Keine Sorge«, beschwichtigte Alesander sie mit ernster Miene. »Wir werden Ihren Gegenstand zurückholen. Wir brauchen nur ein wenig Hilfe. Sie müssen uns genau erzählen, was passiert ist, und zu Ihrer eigenen Sicherheit anderen gegenüber Stillschweigen bewahren. Für den Fall, dass Ihnen noch einmal etwas einfällt, das mit dem Fall zusammenhängen könnte, lasse ich Ihnen meine Chipadresse da …«

Alles in allem, dachte Carl bei sich, als sie das Haus gute zehn Minuten später verließen, hatte er sich nicht das schlechteste Team ausgesucht. Er war nur froh, dass er Sia nicht mitgenommen hatte – metergroße Löwen waren eher zum Einschüchtern als zum Vertrauenerwecken gut. Blieb bloß zu hoffen, dass die anderen ihre Sache genauso gut gemacht hatten.

Als sie am zuvor abgesprochenen Treffpunkt ankamen, war der Rest der Truppe bereits vorbildlich versammelt. Carl beobachtete misstrauisch, wie sie entspannt in den aus Regenbogenried geflochtenen Lehnsesseln des kleinen Lokals lümmelten, schmatzend, mampfend und – in Jamies Fall – die Nase in einen Laptop gesteckt. Er vermutete, dass sie sich nicht allzu gründlich umgehört hatten, wenn er sich die entspannte Truppe so ansah.

»Wirklich? Man schreibt dich mit *gh* am Ende?«, fragte Nix gerade vollkommen entgeistert, als er an den Tisch trat. »Ich dachte immer, du heißt Fionaaa, mit A, aber jetzt heißt du Fionaggg?«

»Es ist eine traditionelle Schreibweise«, gab die Banshee mit Blick auf Carl würdevoll zurück. Na endlich! Er hatte doch gewusst, dass er unmöglich der Einzige sein konnte, dem die unnötige Kompliziertheit dieses Namens gegen den Strich ging. »Ich komme von der Ersten Erde. Mein Name ist ein letztes Überbleibsel einer archaischen, längst untergegangenen Kultur, das ich mit Stolz trage, *und wenn du es wagst, mir den Popel anzudrehen, Sia, ramme ich dir diese Gabel ins Auge.«*

»Den Popel? Wovon redest … was ist *das* denn?«, zischte Alesander angeekelt, als er sich auf einen der freien Stühle sinken ließ. Sein bebender Zeigefinger wies anklagend auf den augapfelgroßen, gelbgrünen Klumpen, der an Sias Schulter haftete.

»Ach, den haben wir auf dem Weg hierher am Straßenrand gefunden«, erklärte Nix hilfsbereit. »Wir nennen ihn den Popel, wisst ihr, weil – na ja, die Farbe, die Konsistenz … er sieht eben aus wie ein richtig fetter Rotzbrocken!«

»*Ja«,* ergänzte Fio gedehnt. »Und wir haben keine Ahnung, was er ist oder was er *tut,* weshalb es ganz bestimmt keine gute Idee ist, mit ihm zu spielen, wie gewisse Individuen es sich in den Kopf gesetzt haben. Wir wissen nur, dass man ihn unmöglich wieder loswerden kann. Die einzige Möglichkeit ist, ihn weiterzureichen, indem man ihm jemand anderem unter die Nase jubelt.«

Sia zwinkerte Carl zu, wie nur Katzen es konnten, schenkte ihm ein verschwörerisches Nicken und rieb seine Schulter genüsslich an Alesanders Wange, der zurückschreckte und essiggurkengrün anlief. »Neiiin! Nicht in mein Gesicht! Aaaargggghhhh, jetzt klebt er an meiner Hand! Nimm ihn weg, nimm ihn *weg!«*

Tut mir leid, kleiner Mann. Um den Popel loszuwerden, musst du jemanden finden, der des Popels würdig ist.

»Ich an eurer Stelle wäre etwas vorsichtiger damit«, gähnte Geist, ohne von der Serviette aufzuschauen, die sie auf ihrem Schoß zerfledderte.

»Lass den Kindern ihren Spaß«, murmelte Jamie gedankenverloren, als Alesander würgend aufsprang, den Popel mit ekelverzerrtem Gesicht an ihrem Rücken abschmierte und hastig in Richtung Desinfektionsraum verschwand. »Carl, ich habe ein Stückchen interessanter Trivia für dich.«

»Alles, was mich vom Popel ablenkt, ist jederzeit willkommen.«

Jamie nippte an ihrem Gewürzkakao, der zimtig vor sich hin dampfte. »Sie haben Corax gesichtet.«

»*Was?!*«

»Ach. Ich vergesse immer, dass betagte Menschen schwerhörig sind. Ich sagte: *Sie haben Corax gesichtet.* Auf einem Nachbarplaneten, heute Morgen. Deshalb haben wir uns entschlossen, nicht weiterzusuchen. Er ist schon längst wieder fort.«

»Wer hat euch das gesagt?«

»Oh, selbstverständlich das Internet. Es gibt keine zuverlässigere Quelle, wenn es um ominöse Monstersichtungen geht. Ich habe einen Chipalarm für gewisse Schlagwörter gesetzt, darunter *schwarz, Vogel, unbekannt, Hybrid.* Um die Morgendämmerung herum lud ein Tourist auf dem Planeten SBL^4 ein Video namens *Unbekanntes Schwarzes Vogel-Wesen bloss Touristengäg oder Wahrheit??* hoch. Zwanzig Minuten später wurde es von einer Drittquelle gelöscht. Ohne jede Spur verschwunden, für jeden, der nicht zufällig Vampir und auf das Saugen von Daten spezialisiert ist. Der Nachgeschmack klebt mir immer noch am Gaumen. Ich hoffe, du weißt meine Bemühungen zu würdigen, denn du hast ja nicht den geringsten Schimmer, wie viele Meldungen ich in den letzten paar Tagen ignorieren musste, welche mit *Schwarzer Fremder* zu tun hatten. Eine Band, habe ich mir sagen lassen. Sie machen eine Galaxy-Tour. Willst du etwas über ihre neuesten Skandale hören, oder ihr Album *Bird of a Hybrid?* Nein? Nun, Corax ist auf SBL^4. Genauer gesagt im *Golden Beach and Crimson Waves Tourism XXL Deluxe Fun&Play Algae-Free Family Camp Resort.*«

»Was *redest* du da, verdammt?«

»Das ist ein Strand. Inklusive Hotel. Anscheinend geht man dort davon aus, dass dein kleines Aas eine niedliche Touristenattraktion ist, mein Lieber. Weshalb hast du eigentlich nicht früher damit begonnen, im Internet nach ihm zu suchen? Dorthin gehen aufsehenerregende Sichtungen zuerst. Wahrscheinlich hättest du ihn schon längst zur Strecke gebracht.«

Carl gab einen undefinierten Grunzlaut von sich, den Jamie nicht als Antwort gelten ließ. Vampire und ihre verdammte Sturheit. »Ich bin zu alt für den neumodischen Kram«, murrte er.

»Das Internet gibt es seit X-20.24. Das bedeutet nach der Zeitrechnung der Ersten Erde seit dem Jahr 1974. Das sind über dreitausend Jahre, Carl. Und wie lange gibt es dich schon? Seit vierundvierzig Jahren. Das Internet ist weitaus älter.«

Darauf wusste er nichts zu erwidern. »Na dann«, seufzte er und stand auf, obwohl sein Magen nach gebratenem Rührei und frisch gedämpften, hauchzarten Scheiben Lachs verlangte. Essen konnte er auch noch später. »Auf nach *Idiot Camp Blablabla* oder wie auch immer es sich nennen mag. Das Essen geht auf Alesander. Er hat mehr Konten als wir alle gemeinsam.«

»Idiot Camp Blablabla? Du gibst dir nicht mal mehr Mühe, oder?«, fragte Fio, als sie den Stuhl zurückschob und ihren Rucksack unter dem Tisch hervorzog.

Carl zuckte mit den Schultern.

»Das Universum will mich mit furchtbaren Namen ärgern.«

»Einen transportablen Teleporter sollte man haben. Das wäre formidabel«, seufzte Jamie, als sie geschlagene zehn Stunden später auf die sengenden Straßen von SBL^4 traten. Der Planet befand sich unglücklicherweise viel näher an der Sonne als sein Nachbar Bergesund, weshalb die Häuser flimmerten und der Horizont in einer Dunstschicht aus Hitze verschwand. »Mit ein wenig Pech ist Corax schon längst wieder über alle Welten davon.«

»Ich kann nur hoffen, dass das Aas sämtliche Schmerzen des Universums erleidet und sich vor Qual kaum auf den Beinen halten kann«, knurrte Carl missgelaunt und wischte sich den Schweiß von der Stirn. »Vielleicht erledigt ja die Schusswunde den Job für uns. Bringt ihn von innen heraus zum Verfaulen. Das wär's doch, oder?«

Es war nicht nur die endlos lange Schlange im Reisebüro, die ihn in so eine finstere Laune versetzt hatte. Schon die ganze Zeit über hallten

Jamies Worte in seinem Kopf wider: *Niedlich* fanden sie den Raben. Niedlich. Genau das war das Problem: Der hinterhältige kleine Bastard konnte harmlos aussehen, wenn er wollte. Er konnte grinsen, dass sämtlichen Großmüttern das Herz dahinschmolz. Die Leute sahen ihn an und waren hingerissen, denn obwohl sie alles an seinem Äußeren hätte abstoßen sollen, verzog sich der schmallippige Mund zu einem breiten Lächeln, das flüsterte: *Mir kannst du vertrauen …*

Sie wanden sich entnervt durch die Massen schwatzender, drängelnder Touristen die schmalen Straßen entlang in Richtung Strand. Carls Haut schlug zischende Blasen unter der Sonne und die anderen schienen auch nicht viel besser dran zu sein – nur Fio zitterte trotz der Hitze. Sie war knochenbleich.

»Was ist'n mit dir los?«

»Ich spüre den Tod.«

»Jaaah, tut mir leid, sie hat wieder mal ihren Dramatischen«, warf Mi entschuldigend ein, legte ihrer Freundin den Arm um die Schultern und tätschelte besänftigend ihren wirbelgespickten Rücken. »Hey, aber gute Neuigkeiten! Mein Chip hat sich gerade gemeldet. Nur noch zwanzig Schritte bis zum *Golden Beach and Crimson Waves Tourism XXL Deluxe Fun&Play Algae-Free Family Camp Resort!* Das bedeutet, wir haben den Strand gefunden! Und weißt du auch welchen Strand, Carl? Den Strand, der ganz eindeutig zum *Golden Beach and Crimson Waves Tourism XXL Deluxe Fun&Play Algae-Free Family Camp Resort* gehört. Ist das nicht großartig? Ich wette, man kann viel Spaß haben im *Golden Beach and Crimson Waves Tourism XXL …*«

»Schwafelschwafel und so weiter, schon klar. Wieso haben es eigentlich alle drauf angelegt, mir auf die Nerven zu gehen?«

Goldener Sand breitete sich vor ihnen aus, und an seinen Ufern brachen sich blutrote Wellen. Immerhin wussten sie jetzt, woher das Idiotencamp seinen Namen hatte. Bläuliche Sphären aus schwebendem Gas hingen wie lebensgefährliche Christbaumkugeln hoch über ihren Köpfen in der Luft. Malerisch von kleinen Müllbergen eingerahmte Palmen wiegten sich im Wind. Der Strand war menschenleer – und das aus gutem Grund. In der bunt leuchtenden Brandung, kaum fünfzig Schritte von ihnen entfernt, dümpelten drei gigantische Drachen. Jeder war so groß wie eine Villa.

»Au«, machte Alesander. »Wisst ihr was, vielleicht sollten wir wieder gehen.«

»Ich habe noch nie einen derartigen Schisshasen von einem Stier getroffen«, informierte ihn Carl mit einem Seufzen. »Das hier sind potenzielle Zeugen, die es zu befragen gilt. Möglicherweise haben sie etwas Auffälliges gesehen.«

Du meinst, noch auffälliger als sich selbst?

»Klappe, Kater.«

»Drachen verdanken ihren schlechten Ruf nur alten Vorurteilen und dem ein oder anderen unabsichtlichen Todesfall. Keine Sorge, ich finde, sie sehen nicht wirklich gefährlich aus«, sagte Mirembe weise. »Schaut mal, der rote trägt eine Sonnenbrille.«

»Wir gehen da jetzt hin«, entschied Carl und schob sich den Hut zurück. »Ich habe schon weitaus Beeindruckenderes gesehen als einen Haufen Echsen, die sich am Strand die Schuppen weich kochen lassen.«

Auch wenn besagte Echsen über Klauen verfügten, die so lang waren wie er selbst groß; auch wenn sich auf ihren gewaltigen Rücken mächtige Schwingen mit der Schubkraft kleiner Atombomben befanden; auch wenn ihre Augen aus silbernem Sternenstaub gemacht waren, in denen sich die Unendlichkeit brach. Er trat mit gemischten Gefühlen näher und pflanzte sich breitbeinig vor den Drachen in den Sand. So aus der Nähe nahm er ein unwirkliches Brummen wahr – wie das Geräusch einer Turbine, das man nicht wirklich hören konnte, aber das einem die Trommelfelle blubbern ließ.

»Hey, Drachen.«

Die beiden Biester direkt vor ihm – eins von der Farbe strahlenden Lagunenwassers, das andere schimmernd wie rosige, taubenetzte Perlen – hoben träge ihre Augenlider. Sie offenbarten eine Leere, die von uralten Gestirnen bevölkert war. Drachen hielten die gesamte Vergangenheit in ihrem Blick. Bei der rostroten Echse hingegen war es schwer zu erkennen, ob sie ihn ebenfalls anstarrte, da sie – wie die Hexe ganz richtig erkannt hatte – immer noch eine Sonnenbrille von der Größe eines Kleinfamilienautos quer über der glänzend geschuppten Schnauze trug.

Das Brummen verstummte. Carl hatte plötzlich das Gefühl, eine wichtige Diskussion unterbrochen zu haben.

»Ahem. Tag. Ich weiß ja, dass ihr Viech… *Leute* euch nicht allzu gern mit Papierkram abgebt, deswegen lass ich den Ausweis mal stecken und sag's euch einfach so: Wir, das sind die verschreckten Hühnerherzen, die sich hinter mir verstecken …«

»Bis auf mich.«

»Jaah, Jamie, bis auf dich, du bist wahrhaft furchtlos – also, wir sind Privatermittler von der Kommission für Galaktische Halluzinationenforschung. Sehr erfreut. Man hat uns geschickt, damit wir uns nach einer merkwürdigen Erscheinung erkundigen, die heute Morgen um Sonnenaufgangszeit hier gesichtet wurde.«

Es folgte Stille, unterbrochen nur vom sanften Plätschern der Wellen. Möglicherweise dauerte es eine Weile, bis die Worte ihren Weg von den gewaltigen Gehörgängen der Biester in ihre Gehirne gefunden hatten. Carl stellte sich vor, dass ihre Gedanken mit der Geschwindigkeit von Kontinentalplatten arbeiteten.

Als der blaue Drache schließlich sprach, bebte die Luft.

»Wovon spricht der Mensch, Basiliarius der Erste?«

»Wahrscheinlich von dem Geisterschiff, das jeden Tag im Morgengrauen über den Horizont gekrochen kommt, begleitet von den Todesschreien seiner Verdammten, Zerebrion, Vierundvierzigste deiner Linie.«

Die Drachen warfen die tonnenschweren Häupter zurück und gaben ein knochenmarkzerfetzendes *Hurren* von sich. Carl ging davon aus, dass sie lachten – Kaltblüterhumor hatte er noch nie verstanden. Die Nüstern des Perldrachen stoben faustgroße Funken in den Himmel, als sein bebrillter Kollege den Kopf in den Nacken legte, den dick gepanzerten Hals reckte und einen Feuerstrahl in die Höhe spie. Die Flammen trafen eine der Gasblasen und brachten sie mit lautem Getöse zum Platzen. Der Glutstaub spiegelte sich in den Gläsern der Sonnenbrille wider.

Carl räusperte sich nervös, als sich die Funken legten. Sich mit fettleibigen Schuhverkäufern herumzustreiten, war doch etwas ganz anderes, als es mit drei unsterblichen Urtieren vom Anbeginn der Zeiten zu tun zu haben.

»Eigentlich spreche ich von einem gewissen Video, das …«

Der blaue Drache schwenkte den helikoptergroßen Kopf zur Seite. »Er meint dich, Arimäus, Sohn der Ersten Flamme.«

Die Sonnenbrillenechse zuckte traurig mit der Schwanzspitze. »Du weißt doch, Zerebrion, Vierundvierzigste deiner Linie, dass ich diesen Spitznamen nicht mag.«

»Verzeihung, Arimäus Ezephebelius, Sohn der Ersten Flamme, dessen Schuppen die Ewige Weisheit bergen.«

Na also. Carl hatte es doch gleich gesagt. Das Universum wollte ihn mit dämlichen Namen ärgern. »Hat jetzt einer von euch was Auffälliges gesehen oder nicht?«, schnappte er.

Der Perldrache senkte seinen glänzenden Blick, in dem sämtliches Wissen des Kosmos verborgen lag, auf Carl.

»Ja«, sagte er würdevoll. »Es war Arimäus Ezephebelius, Sohn der Ersten Flamme, dessen Schuppen die Ewige Weisheit bergen, der das Video gedreht hat.«

»Dafür, dass seine Schuppen die Ewige Weisheit bergen, hat er aber erstaunlich wenig Ahnung von Rechtschreibung«, merkte die Hexe laut an. »Kleiner Tipp für die Zukunft: Gag schreibt man nicht mit ä, und bloß auch nicht mit zwei s.«

Der rote Drache neigte anmutig den Kopf und starrte sie durch die undurchdringliche Schwärze seiner Brillengläser an. Als er sprach, schäumte das Wasser. »Autocorrect war schuld.«

»Ach, na gut, das kann ich natürlich verstehen. Und warum trägst du eine Sonnenbrille? Steht dir übrigens gut.«

Der Perldrache seufzte tief. »Arimäus Ezephebelius, Sohn der Ersten Flamme, dessen Schuppen die Ewige Weisheit bergen, hat empfindliche Augen. Er bringt gern die Gassphären zum Platzen, doch tränen ihm seine Bindehäute, wenn er zu lange in den Strahl seines eigenen Feuers starrt.«

»Das ist aber keine gute Voraussetzung für einen Sohn der Ersten Flamme.«

Carl biss die Zähne zusammen. »Mi, könntest du vielleicht mal kurz den Rand halten?«

Die Brillenechse jedoch brummelte nur belustigt. »Danke, Basiliarius der Erste, dass du mein kleines Problem so zufriedenstellend erklärt hast. Und nun höre, Mensch, der du dich auf der Suche nach Antworten an uns gewandt hast: Ja, ich war es, der das Video von der kleinen schwarzen Kreatur gedreht hat. Schon bald danach suchten uns Männer auf, deren Münder schmallippig waren vor Missgunst und die ein Verbot in den Taschen trugen, über unsere Entdeckung zu sprechen. Sie wollten wissen, wohin die Kreatur verschwunden war. Aber sie warfen einen Blick auf unsere gebleckten Zähne und wandten sich rasch wieder ab. Ihre Füße verschwommen im Sand, so hastig traten sie den Rückzug an.«

Die Drachen stießen ein einstimmiges, keckerndes Fauchen aus. Das Wasser kochte. Schuppen knisterten. Sämtliche Synapsen in Carls Gehirn fingen Feuer. So musste es sich anhören, wenn Drachen vor Schadenfreude beinahe platzten.

»Genug!«, brüllte Jamie, die sich die Hände auf die Ohren geschlagen hatte. »Hat außer euch niemand den Raben gesehen? Gab es keine anderen Zeugen? Könnt ihr uns nicht sagen, wohin er gegangen ist?«

Die Echse mit der Vierundvierzig im Namen ließ ihre gespaltene Zunge hervorschnellen. »Niemand sonst war hier. Das Wasser ist von der Roten Tide befallen. Nur wir Drachen mit unseren unsterblichen Körpern können uns ohne Gefahr den Leuchtbakterien aussetzen, die unsere Schuppen polieren, bis sie glänzen wie der Mond. Ein jeder andere würde unweigerlich bei lebendigem Leibe gefressen werden.«

»Igitt!«, stöhnte Nix, die gerade dabei war, mit einem Stock im rötlich strahlenden Wasser herumzustochern, und machte einen Satz zurück. Geist jedoch hauchte ein hingerissenes »Wie schön!« und schöpfte eine Handvoll Gischt, an der sie begehrlich schnupperte. Irgendwie hatte Carl das Gefühl, dass die beiden nicht ganz bei der Sache waren.

»Es gibt einen Einzigen noch, den ihr um Rat fragen könntet. Einen noch, der trotz der Tide stets am Strand verweilt und gesehen haben könnte, wohin die Kreatur entwichen ist«, verkündete der Sonnenbrillendrache feierlich. Urplötzlich jedoch erschütterte ein dumpfes Pochen den Sand und die Bestie ließ ein alarmiertes Fauchen hören. »Oh nein. Da kommt Azaphaelios der Dritte.«

Wie auf Kommando schlossen die Biester ihre Augen und ließen die verhornten Schnauzen ins Wasser sinken, wo sie wie in tiefem Schlummer versunken liegen blieben. Als Carl sich umdrehte, starrte er geradewegs einem riesenhaften flaschengrünen Drachen in die Nüstern. Er war flügellos, gehörnt und bester Laune und trug zwischen jeder seiner Krallen einen Zwölferkasten sprudelnder Eukalyptuslimonade. Seine Schritte ließen die Wellen erzittern.

»Arimäus, Sohn der Ersten Flamme! Basiliarius der Erste! Zerebrion, Vierundvierzigste deiner Linie!«, rief er fröhlich und kam staubspritzend zum Stillstand geschlittert. »Seht mal, was ich gefunden habe!«

Der Blaue öffnete das Auge einen Spaltbreit, warf einen Blick auf die Limonadekästen und ließ ein ungeduldiges Knurren hören, in dem Jahrtausende der Frustration mitschwangen. »Wir haben dir doch gesagt, Azaphaelios der Dritte, du sollst endlich in Drachensprache mit uns kommunizieren. Benutze deinen erhabenen Geist, um uns an deinem Wissen teilhaben zu lassen, anstatt deine Zunge mit den unwürdigen Lauten der Niederen zu quälen. Und trink nicht so viel Limonade.«

»Aber, o Zerebrion, Vierundvierzigste deiner Linie, du sprichst doch auch in sterblichen Zungen!«

Wieder erfüllte das merkwürdige Brummen die Luft. Die Augen des Flaschengrünen weiteten sich schlagartig. Anscheinend hatte er etwas verstanden, das Carl entgangen war.

»Höflichkeit? Weil Sterbliche anwesend sind? Meinst du etwa …« Ein Schwall glitzernden Pulvers stob aus seinen Nüstern und legte sich schmetterlingszart über ihre Gesichter. Pfui Teufel. *»Menschen!«*

»Zerebrion, Vierundvierzigste deiner Linie, ich dachte, wir hätten ausgemacht, uns schlafend zu stellen.«

»Ich weiß, Basiliarius der Erste. Aber so können wir Azaphaelios den Dritten wenigsten davon abhalten, seine Eingeweide mit dem Höllengebräu zu verätzen, welches die Menschen ihrem Tode entgegensprudelt. Er ist nun einmal kein Sterblicher, auch wenn er es nicht wahrhaben möchte.«

Mit einem eleganten Peitschenschlag seines Schwanzes riss der blaue Drache die Limokästen aus den Krallen des grünen und schleuderte sie in die Wellen. Carl bekam es nur am Rande mit. Er hatte wichtigere Sorgen – in etwa die Tatsache, dass ihm soeben eine würstchenstandgroße, mit tödlichen Klauen bewehrte Tatze ins Gesicht gestreckt wurde.

»Lasst uns die Hände zum Gruße schütteln, meine werten Mitmenschen«, schlug der Drache freudig vor. Die Hexe streckte vorsichtig den

Arm aus und tätschelte die rasiermesserscharfen Krallenspitzen. »Ihr müsst wissen, obgleich man es mir nicht ansehen mag, bin ich dennoch einer von euch.« Aha. Total balla-balla. »Darf ich euch eine der Limonaden anbieten, die ich redlich und nach Menschenart erworben habe, geschätzte Mitsterbliche? Hey! Zerebrion, Vierundvierzigste deiner Linie! Wohin sind meine erfrischenden Getränke verschwunden?«

»In die Tiefen des Meeres. Ich kann nicht mit ansehen, wie du dich mit diesem unsäglichen Gebräu vergiftest.«

Die Echse mit der Persönlichkeitsstörung schniefte beleidigt, die Pranke immer noch zum Gruß erhoben. »Aber meine menschliche Form verlangt nach Limonade, Zerebrion, Vierundvierzigste deiner Linie!«

»Du spinnst doch, Azaphaelios der Dritte. Geh und zeig deinen neuen Freunden den Kiosk. Sie sind wegen des Videos hier.«

Augenblicklich verbesserte sich die Laune des Grünen. Er nickte mit einem ausladenden Ruck seines Hauptes, der Fio beinahe von den Füßen fegte.

»In einem Kiosk gibt es Limonade. Darf ich euch einladen? Folgt mir, menschliche Kumpels, ich werde euch hinführen.«

»Und kein Höllengebräu mehr, Azaphaelios der Dritte!«, rief ihnen einer der dümpelnden Drachen dröhnend nach, als sie sich beeilten, mit der gläsern leuchtenden Bestie Schritt zu halten. Jeder Meter, den sie an ihrer Seite zurücklegten, brachte sie in Gefahr, den peitschenden Schweif um die Ohren geschlagen zu bekommen. Carl musste sich mehr als ein Mal ducken, um einem tragischen Tod durch Enthauptung zu entgehen.

Eine gute halbe Minute später waren sie mit dem Drachen bereits auf Du und Du. Der Kiosk stellte sich als gigantisches Wucherwerk aus lebendigen Baumstämmen heraus, in dessen Mitte sich eine Art aus ineinander verwachsenen Ästen bestehende Theke gebildet hatte.

»Ihr müsst wissen, liebe Mitsterbliche, ich mag auf den ersten Blick vielleicht nicht wirken wie ein Mensch, doch es gibt Seelen im Universum, die sich an eine Zeit vor dem Jetzt erinnern«, erzählte die Echse gerade fröhlich. »Wir nennen uns Andersgeborene. Und ich … ich wusste schon immer, dass ich nicht bin wie die anderen meiner Art. Es ist nicht nur meine Flügellosigkeit und mein lieblicher Atem. Mein Herz sehnt sich nach dem Leben, das ich vor Tausenden von Generationen einmal geführt habe, fernab von drachischen Zwängen wie allumfassender Weisheit und täglicher Schuppenpolitur. Ich träume davon, Finger und Zehen zu haben. Beinahe kann ich das seidige Haar auf meinem Haupt spüren. Ich sehne mich danach, einen Steuerbescheid zu verfassen! Ach, wie sehr ich mich freue, endlich einmal Gleichgesinnte zu treffen.«

»Mhm, sehr schön«, murmelte Carl geistesabwesend und mit Blick auf den riesenhaften schwarzfelligen Verkäufer im Röckchen, der sich hinter der hölzernen Theke langweilte. Er verströmte einen starken Geruch nach Erde und Bambussprossen, jonglierte eine Handvoll weißer Kiesel und lauschte hingebungsvoll dem uralten Kofferradio, das einen bescheuerten Werbesong vor sich hin quäkte.

»Tonis frische Krabben – so fein, ein leck'rer Happen! Auf SBL Hoch vier / feiern wir jedes Tier, / das schmeckt / und deinen Gaumen neckt! Tonis Krasse Krabbenstube – so gut, so schön, so wunderbar, / die allerbesten Meeresfrüchte, / also glaubt dem schmeichelhaften Gerüchteeee!«, sang der Drache aus voller Kehle mit, wiegte melodisch den Kopf auf dem langen Hals und warf dem Verkäufer einen Augenaufschlag zu, der an jedem Nichtreptil als reizend durchgegangen wäre. »Guten Tag, Tapha'x. Ich habe dir ein paar meinesgleichen mitgebracht, die sich nicht davor scheuen, den Strand mit meinen Drachenfreunden zu teilen.«

»Das ist aber erfreulich – sowohl für dich als auch für mein Geschäft, Azaphaelios«, grinste der Hüne, legte die Steinchen für einen Moment beiseite und war so gnädig, das Radio leiser zu drehen.

»Ja, aber du musst mich wirklich nicht immer bei meinem vollen Namen nennen. Wir Menschen bestehen nicht auf derlei Formalitäten. Nenn mich doch einfach endlich Ätzi. Das klingt …« Der Drache warf einen vorsichtigen Seitenblick auf Geist, die es ihm offenbar ganz besonders angetan hatte, und schien angestrengt nachzudenken. »… cooler.«

Carl hielt sich schwer zurück, nicht zu seufzen. Ätzi klang ganz bestimmt nicht cooler. Tatsächlich müsste es der peinlichste Spitzname sein, den er je gehört hatte – aber wenigstens konnte man ihn sich merken. Außerdem passte er erstaunlich gut. Er zog sich den

Hut vom Kopf, wischte sich klebrigen Schweiß von den Schläfen und fächelte sich in einem Anfall von Optimismus frische Luft zu. Und dann tischte er dem Riesen dieselbe alte Story auf, die er schon so oft erzählt hatte, dass sie ihm mittlerweile aus allen verfügbaren Körperöffnungen raushing.

»Ja, der Kleine war hier«, überlegte der Verkäufer schließlich laut, als er sich endlich von der Gültigkeit von Carls gefälschtem Ausweis überzeugt hatte. »Aber eines sage ich dir – das war keine Halluzination. Er roch nach Blut. Es kam danach auch niemand, um mich zu befragen, obwohl ich die Anzugträger beobachtet habe, die mit dem guten Ätzi und seinen Drachenkollegen plaudern wollten. Es hat ihnen wohl niemand gesagt, dass ich ihn auch gesehen habe, den niedlichen Kerl.«

»Und was hat er getan?«, fragte Fio mit knirschenden Zähnen und schloss ihre Finger so fest um die Thekenkante, dass diese ein wehleidiges Knirschen von sich gab. Wahrscheinlich saß ihr der Tod immer noch zwischen den Wirbeln und quälte sie.

»Hey, hey, immer sachte, die Dame. Ich weiß ja, ihr Banshees habt manchmal ein paar Problemchen mit eurer Impulskontrolle, aber kein Grund, mir hier die Einrichtung zu ruinieren, hm? Das Tierchen hatte nur Hunger, also habe ich ihm erlaubt, eine Weile lang in meinem Müll herumzuwühlen. Dann hat es sich im Schatten zusammengerollt, die Füße in den Sand gesteckt und ist eingeschlafen. Als ich den Laden über Mittag dicht gemacht habe und nach Hause gegangen bin, war es verschwunden. Seltsam, ohne auch nur eine Spur zu hinterlassen – fast so, als hätte es sich in Luft aufgelöst. Das war vor ein paar Stunden.«

»Verdammt.« Carl ließ den Blick am Strand entlangwandern, jedoch ohne sich allzu groß zu sorgen. Das Aas war hungrig, erschöpft und geschwächt. Es konnte nicht weit gekommen sein. Wenn es hier seine Ruhe gehabt hatte, würde es zurückkehren, ganz bestimmt. Bis dahin hatten sie genug Zeit, für eine Weile die Füße hochzulegen und einen Schlachtplan auszuhandeln. Er wandte sich dem Riesen zu, knipste ein Grinsen an und schnippte einige Geldscheine auf die Theke.

»Also dann, geschätzter Nichtmensch, wir nehmen acht deiner kältesten Drinks, 'ne Flasche Sonnenöl und einen Kübel Limonade für unseren menschlichen Freund hier«, sagte er vergnügt, zwinkerte dem entzückt pulverspeienden Drachen verschwörerisch zu und beschloss, es Corax gleich zu tun. Er zog sich in den Schatten zurück, begleitet vom melodischen Rauschen der Wellen und den blechernen Liedern aus dem kleinen Radio, die immer wieder für denselben nervtötenden Werbesong und einige lokale Kurznachrichten unterbrochen wurden.

Und später wünschte er sich, er hätte besser hingehört.

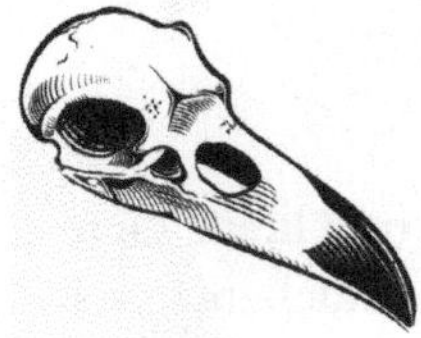

10

Nix

Hier erhält ein Drache Nachhilfe im Menschsein, ein lange erwarteter Gast kommt als Überraschung und eine Hexe wirkt ihre ganz eigene Magie.

Corax bleibt nie zu lange an einem Ort. Der Jäger wird ihn finden – oder jemand anderes, und sich auf ihn stürzen, um ihn zu vertreiben. Das tun sie immer, wenn Corax nicht auf der Reise bleibt. Es ist, als ob er die Erde verpestet, wenn seine Füße zu lang darauf ruhen. Als ob sein Dasein allein Grund genug ist, ihn zu hassen. Er weiß nicht, wie er das findet – die Spur aus Verderben und Fäulnis, die sich ihm nachzieht wie schwarze Schlieren und alles um ihn herum anzustecken scheint. Er weiß nicht, wie er es findet, immer unterwegs sein zu müssen und nie ganz da. Corax liebt neue Dinge. Neue Orte. Neue Himmel. Aber Corax liebt auch die Stille.

Heute herrscht Stille, so viel davon, dass seine Ohren darin ertrinken. Es ist der allerschönste Tod. Heute schweben keine Geräusche in der Luft – dafür aber blaue Kugeln. Alles, was ab und zu durch den dumpfen Schleier seiner Müdigkeit dringt, ist das Rauschen der Wellen und das Flüstern, als der Wind sich in den Blättern über ihm verfängt. Es ist ein Geräusch, das sagt: Alles wird gut. Alles *ist* gut. Die Welt ist im Grunde genommen wundervoll, alles an ihr – es zählt nur, was wir daraus machen.

Wärme umgibt ihn. Corax liebt Wärme. Und wenn das Loch in seiner Seite nicht wäre, das immer noch schmerzt, selbst unter all dem Weiß … er hätte in den Himmel geschaut und gelacht. So aber liegt er still und hofft, dass niemand ihn findet, und dass der große, dunkle

Fremde ihn nicht anfassen wird in seinen Träumen. Er hofft, dass er ihm auch später noch erlauben wird, in den Bergen von schleimigen Resten zu wühlen, die sich hinter seinem Nest auftürmen. Corax ist es gleich, womit er seinen Rachen stopft. Er will nur Schlaf. Er will nur Wärme. Er will nur Ruhe.

Und dann gleitet er durch eine Welt aus Bildern. Er hört ein Lied, immer dasselbe, und er sieht: Blut. Ein bleiches Gesicht. Zitternde Lippen, die seinen Namen hauchen.

Er weiß es noch – wie er die Finger eng um die Kehle des Mannes gelegt hat, wie die blütenzarte Haut unter seinem Griff zerrissen ist. Er weiß nicht, woher er dies weiß. Vielleicht stellt er sich nur vor, wie es wäre, sich zu erinnern. Aber in diesen Momenten, die aus dumpfem Pochen und fernem Wimmern gewoben sind, erscheint es ihm, als wäre es gerade eben erst geschehen. Als hätte er seine Hände erst vor Minuten tief in der heißen, zuckenden Kehle des Mannes vergraben und daran gerissen, bis das Gurgeln verstummt ist.

Die Träume kommen und gehen, bis nur das Loch in Corax' Seite bleibt. Und als er die Augen wieder öffnet, ist es Zeit, zu verschwinden. Sein Magen ist schwer vor Hunger und Ekel vor dem Müll, den er geschluckt hat. Er braucht … das Wort fällt ihm nicht ein, aber er weiß, was er sucht. Er braucht den Geschmack eines Todes, den er nicht selbst verursacht hat, süß und leicht auf seiner Zunge, nur für ihn allein. Er braucht den Geschmack des Lebens.

Mit letzter Kraft verschwindet er. Und lässt das schillernde Ding im Sand zurück, ohne es zu bemerken.

Nix bezweifelte, dass sie als Abblitzerin jemals so viel Spaß gehabt hätte. Sie hatten den gesamten Nachmittag am Strand verbracht, den Drachen beim Gasblasen platzen lassen zugesehen, im goldenen Sand gespielt und sich nebenher beratschlagt, wie es nun weitergehen sollte. Corax war ganz in der Nähe, wiederholte Carl ständig siegesbewusst, und mit ein bisschen Glück kam er bald wieder. Sia hatte zwischen zwei Palmen eine Handvoll roten Sand gefunden, der laut Jamie eindeutig nach Blut schmeckte. Und als Nix den Tatort untersucht hatte, war ihr ein merkwürdig glitzerndes Stück Gestein aufgefallen, das sie eine Weile lang in den Händen herumgedreht und dann sorgfältig an den Baumstamm zurückgelehnt hatte. Möglicherweise war es ein Ei oder Kokon, aus dem irgendetwas schlüpfen wollte.

Nur ein Köder zu sein, hatte jedenfalls ein Gutes: Niemand erwartete von ihr, dass sie nachdachte. Sie konnte im Sand sitzen und Mirembe dabei zuschauen, wie sie kleine Steinchen um Carls Hut schweben ließ, die ihn ab und zu im Gesicht trafen. Sie konnte sich zurücklehnen und sich gemeinsam mit Ätzi eisgekühlte, minzige Limonade servieren lassen, während die Sonne im Schneckentempo unterging. Die Tage waren hier viel länger als zu Hause. Aber an zu Hause durfte sie erst gar nicht denken, weil sonst das Heimweh wiederkommen würde. Also verdrängte sie die Trübsal und schickte weiterhin Chipnachrichten an Mama und Papa, in denen sie lang und breit erzählte, wie toll ihre Ausbildung doch war. Abgesehen davon tat sich für eine lange Weile nichts.

Carl zufolge gab es nur zwei Möglichkeiten, Corax ruhigzustellen, wenn sie ihn endlich mal erwischten: Entweder, so hatte er ihnen erklärt, hieben sie ihm die Rübe weich und hofften, dass er ohnmächtig wurde, oder sie fingen ihn in einem Netz aus Schwerstmaterie, das aus der Essenz von weißen Löchern hergestellt wurde und wirklich schwer zu erstehen war. In beiden Fällen wäre er dann nicht mehr imstande, sich zu dematerialisieren und ihnen einfach so zu entwischen. Nix hörte nicht allzu aufmerksam zu, aber was sie von dem Plan mitbekam, den die anderen gemeinsam ausklügelten, klang verdächtig nach »Wir schlagen ihm auf den Kopf und hoffen, dass er das Bewusstsein verliert, weil wir kein teures Netz aus Schwerstmaterie haben, aber das werden wir schon irgendwie hinkriegen«. Nix glaubte fest daran, dass es klappen würde. Das Hologramm hatten sie schließlich auch besiegt, und sie konnte es kaum erwarten, endlich ihre coole neue Steinschleuder einzusetzen. In einem *echten* Kampf, nicht in einem Zielschießen auf ihre Schulsachen.

Im Moment jedoch war sie in erster Linie damit beschäftigt, Ätzi ein bisschen mehr über Menschenkunde beizubringen. Die meisten seiner Informationen waren veraltet oder einfach nicht *wahr* – wie zum Beispiel sein Glaube, das Innere des menschlichen Nasenlochs sei aus Wassermelone gemacht.

»Das Innere des menschlichen Nasenlochs ist zum Großteil aus Popel gemacht«, klärte sie ihn auf und deutete auf Carls Rücken. »Wie dieser Klumpen, der ihm an der Jacke hängt. So ähnlich sieht es in unseren Nasen auch aus, nur dass unsere Popel in der Regel kleiner sind. Und was du mich gefragt hast – das mit den Neumenschen –, das stimmt auch nicht. Neumenschen sind ganz, ganz selten. Ich selbst bin ein Urmensch, das siehst du daran, dass ich keine riesigen Augen oder dünne, weiße Glieder habe. Also: Vor X-Minus-Irgendwas Jahren waren Neumenschen weit verbreitet, aber dann kehrten sie auf die Erste Erde zurück und versuchten, die Urmenschen zu erforschen, also ihre Ahnen. Aber die Urmenschen wehrten sich, und weil sie viel stärker waren, schafften sie es, sich ebenfalls auf den Weg ins All zu machen. Und jetzt sind eben wir Urmenschen überall verbreitet und von den Neuen gibt es kaum noch welche. Ziemlich lange Geschichte, und so genau kann ich mich an die Details nicht erinnern … auf jeden Fall ist es schon Ewigkeiten her, weil es noch *vor* dem Jahr X geschehen ist. Du weißt schon, in den *barbarischen* Zeiten, als es noch kein intergalaktisches Friedensabkommen gab. Jaah, ich bin ziemlich gut in Geschichte. Na ja, eigentlich nicht. Eigentlich war ich ja fast die Schlechteste in der Klasse, aber interessant finde ich es trotzdem.«

Ätzi nickte fasziniert, balancierte vorsichtig eine Limonadenflasche zwischen zwei Krallen und hielt sie Nix hoffnungsvoll entgegen, weil er noch einmal Anstoßen üben wollte. Nix grinste ihm zu, stieß ihre Flasche sanft gegen die seine und tätschelte ihm dann stolz die Pranke. »Hey, du bist richtig gut darin geworden!«

Ätzi seufzte, dass die Funken nur so aus seinen Nasenlöchern stoben. Viel schöner als Popel. Nix verstand gar nicht, warum er lieber ein Mensch wäre – aber irgendwie war es auch ein bisschen schmeichelhaft. Wenn sie nur hätten tauschen können! Sie wäre für ihr Leben gern ein Drache gewesen, vor allem einer mit so hübschen grünen Schuppen.

»Zeig mir noch mal deine blauen Flecken«, bat Ätzi schwärmerisch. Sie verdrehte scherzhaft die Augen, krempelte dann aber trotzdem ihr Hosenbein hoch und streckte ihm ihre böse angeschlagenen Knie entgegen. Ätzi senkte seine vor Hitze schillernde Schnauze an ihr Bein und spähte aus pupillenlosen Augen auf ihren Bluterguss. Und es war witzig, wirklich, denn obwohl in seinen Augen nichts als Mondlicht zu sehen war, wirkte es beinahe, als ob er schielte.

»So wunderschön«, flüsterte er ergriffen. »Wie kann es sein, dass sich auf Menschenhaut ein Universum bildet, wenn sie schmerzt? Alle Farben des Kosmos befinden sich in diesem Fleck. Das tiefe Violett des Alls. Das Schwarzblau der Nacht. Das Rot der Sonne. Das Gelb des Meteoritenstaubs. Und hier, in den kleinen Adern und Pünktchen, die das Dunkel durchziehen, leben die Sterne …«

Nix kicherte und dachte bei sich, dass es schon ein schweres Stück war, so etwas zu hören zu bekommen von jemandem, der selbst die ganze Unendlichkeit im Blick trug, aber sie sagte nichts. Schließlich jedoch schob sie ihr Hosenbein dann doch wieder nach unten, weil sich ihre Haut so langsam unangenehm heiß anfühlte vom Feueratem des Drachen, und hob ihre Limoflasche.

»Na komm, üben wir noch mal Anstoßen …«

Und so verflog der Tag, über viele Stunden hinweg. Ab und zu döste Nix im Schatten ein und wachte davon auf, dass Carl lautstark wissen wollte, wie Mirembes Magie funktionierte, oder dass ein kühler Wind vom Meer heraufgezogen kam und ihr frostig unter die Kleider kroch. Je näher der Abend rückte, je dämmriger es wurde, umso hübscher leuchteten die roten Wellen, die träge vor sich hin brandeten – und erst, nachdem die letzten Strahlen der Sonne hinter den blau wirbelnden Gasschleiern am Horizont schlafen gegangen waren, verschwand die Rote Tide. Zuerst fiel es Nix gar nicht auf, aber dann bemerkte sie, dass das bunte Glimmen nach und nach erlosch und einem trüben Blaugrün wich. Schließlich standen die drei Drachen, die sich ihre Schuppen vom Wasser auf Hochglanz hatten bringen lassen, schwerfällig auf und schüttelten ihre unendlich großen Flügel aus.

»Komm schon, Azaphaelios der Dritte«, donnerte einer von ihnen so laut, dass der letzte Rest Limo in Nix' Flasche erzitterte. »Wir gehen!«

Ätzi hob mit einem traurigen Seufzen den Kopf und blickte sie schwermütig an. Im Dunkeln leuchteten seine Augen silbern. »Also dann, du hast es gehört. Meine Drachenfreunde wollen gehen, und sie lassen mich nicht gern allein, weil sie wissen, wie zerbrechlich wir Menschen sind. Danke für alles, was du mir über unsere Spezies beigebracht hast, Nix. Es ist nicht leicht, von Ignoranten umgeben aufzuwachsen.«

Nix lächelte und schüttelte ihm ein letztes Mal die Tatze. »Das glaube ich dir. Aber keine Sorge – du machst dich wirklich gut für einen Menschen in einem Drachenkörper. Und sieh es mal so: Du bist unter Garantie der größte und stärkste und schönste Mensch, der je gelebt hat!«

»Und der schuppigste«, warf Mirembe von ihrem Platz unter der Palme aus ein. Und Ätzi strahlte.

»Danke! Danke euch allen, menschliche Kumpels! Ich hoffe, ihr findet die kleine schwarze Kreatur. Ihr hättet es euch wahrhaftig verdient! Ich werde nach ihr Ausschau halten auf meinen Reisen durch die Unendlichkeit.«

»Das wäre nett!«, rief Carl und hob sein Kokosbier, um ihm zuzuprosten. Ätzi lächelte sie alle der Reihe nach an, sodass sie sämtliche seiner baumstammlangen Reißzähne zu sehen bekamen, und wandte sich dann ab, dem stillen Horizont entgegen. Schwanzwedelnd lief er seinen Drachenfreunden nach, wobei Millionen von Sandkörnchen unter jedem seiner Schritte tanzten.

»Tja«, grinste Alesander in die Stille hinein, »das war der merkwürdigste Mensch, der mir je begegnet ist.«

»Und dabei kennst du Carl«, murmelte Jamie geistesabwesend, die sich seit Stunden hinter ihrem Laptop versteckte. »Und immer noch keine Nachrichten von unserem geliebten kleinen Rabenaas.«

Nix schlürfte den Rest ihrer Limonade, die warm und abgestanden schmeckte, und sah den Drachen dabei zu, wie sie lautlos in die Wellen abtauchten. Das Wasser schloss sich über ihren Köpfen, als wären sie nie da gewesen. Ja, ein Drache zu sein, musste sich wirklich wunderbar anfühlen. So stark und frei und unbesiegbar durch die Welt zu ziehen – es sei denn natürlich, man wäre lieber ein Mensch. Es war alles ein bisschen verwirrend.

»Und was machen wir jetzt?«, fragte sie und zog ihre Jacke enger um sich, denn so langsam wurde es kühl am Strand, auch wenn der goldene Sand immer noch ein wenig von seiner gespeicherten Wärme abgab. »Bleiben wir die ganze Nacht lang hier?«

»Natürlich«, seufzte Fionagh, die man nicht mit A am Ende schrieb. Nix wusste genau, warum sie so unbegeistert klang. Nicht nur, weil sie einen ihrer Todestage hatte, sondern weil sie Nix erst gestern lang und breit erzählt hatte, wie wichtig ein bequemes Bett für den gesunden Bansheeschlaf war. Übrigens auch für den gesunden Nixschlaf, aber der interessierte ja keinen. »Hast du etwas anderes erwartet?«

»Wir bleiben«, nickte Carl bierschlürfend. »Ich kenne doch meinen Raben. Wenn man ihm die Möglichkeit gibt, unbehelligt im Müll zu wühlen und putzig gefunden zu werden, wird er sich die Chance auf ein zweites Mal nicht entgehen lassen. Er wird zurückkommen. Fio und Alesander – ihr lauft los und kauft uns was zu spachteln. Aber was Ordentliches, das man aufspießen und grillen kann. Hört euch dabei gleich ein bisschen um, ob man den kleinen Bastard inzwischen woanders gesichtet hat. Ihr anderen, geht auf die Suche nach Feuerholz, ich bereite uns in der Zwischenzeit ein gemütliches kleines Lager für die Nacht vor. Das hier ist nicht der schlechteste Ort, um auf einen Schwerverbrecher zu warten …«

Und das war er tatsächlich nicht. Als eine Stunde später das Feuer brannte und sie gebratene Fische, Salzkartoffeln und Limonenhühnchen in sich reinstopften; als die Flammen tanzten und knackten; als die blauen Gaskugeln im Licht eines weit entfernten Mondes zu schimmern begannen, war die Welt in Ordnung.

Nein, überlegte Nix sich immer wieder – während sie den Geschichten lauschte, die zwischen dem Knistern der Funken spielten, und dem leisen Lied, das Fionagh und Mirembe irgendwann im Dunkeln anstimmten –, als Abblitzerin hätte sie bestimmt nicht so viel Spaß gehabt. Na gut, es verdarb ihr vielleicht ein klein wenig die Stimmung, dass Fio des Öfteren vor sich hin murmelte, dass einer von ihnen ganz bestimmt sehr bald sterben würde, aber Mirembe hatte ihnen erklärt, dass so etwas häufiger vorkam und sie trotzdem bisher noch nie gestorben war. Ganz eventuell ging es ihr ein winziges bisschen auf die Nerven, dass Alesander ständig ihre Pickel anfassen wollte und sich nur dadurch davon abhalten ließ, indem sie ihm ein ums andere Mal erzählte, dass man so etwas nicht tat, weil sie sich sonst entzünden würden. (»Es sind also doch Vulkane!«, japste er dann stets ergriffen.) Und vielleicht war es auch nicht so schön, mitten in der Nacht davon aufzuwachen, dass jemand ihr den Popel ins Haar schmierte, und dass ihre Träume voller herabbrennender Glut und schleichender Schatten waren – aber es gab Schlimmeres. Zum Beispiel Politikunterricht. Und mit ein bisschen Glück würde sie nie wieder darunter leiden müssen.

Am nächsten Morgen war das Feuer erloschen und die Welt mit feinem Tau bedeckt. Nix' ganzer Körper war steif und fühlte sich an wie mit winzigen Knochensplittern gefüllt, und sie fror erbärmlich. Das Erste, was sie sah, als sie mit übernatürlichem Kraftaufwand ihre Augenlider in die Höhe wuchtete, war Geist. Sie saß ihr gegenüber, polierte unheilverkündend ihre Pistole und funkelte sie hintergründig an. Na toll.

»Guten Morgen«, krächzte Nix in einem Versuch, freundlich zu sein, aber irgendwie drang aus ihrer Kehle nicht viel mehr als ein heiseres Röcheln. Sie setzte sich steif auf und rückte an die faserige Asche heran, in der Hoffnung, dass sie zumindest einen letzten Rest Wärme von sich gab. Aber keine Chance. Das Feuer war längst tot. Sie hätte vieles gegeben für eine warme Dusche – nicht alles, aber wirklich vieles –, und außerdem quälte sie ein leerer, bohrender Hunger.

Nix saß da und nagte an ein paar Fischgräten und zitterte, bis nach und nach die anderen aufwachten, sich den Schlaf aus den zerknautschen Gesichtern rieben und den golden rieselnden Sand aus den Ohren klopften. Jamie grummelte irgendetwas von wegen fehlender Solarkraft, als sie ihren Laptop auspackte, wobei Nix ihr nur zustimmen konnte. So ein bisschen Sonne wäre jetzt perfekt gewesen. Gerade wollte sie sich mit steifen Fingern daran versuchen, selber ein Feuer zu entfachen, als die Vampirin zischend die Luft einsog. Es klang wie das Fauchen einer Katze, oder vielleicht der Jagdruf einer Teuflischen Dottermuräne.

»Carl«, stieß sie mit brüchiger Stimme hervor. »Man hat ihn gesichtet. An einem Imbissstand nicht weit von hier, während wir geschlafen haben. Ein Einheimischer hat ein Selfie mit ihm gemacht. Das war vor zweiundzwanzig Minuten.« Als sie aufschaute, glühten ihre Augen wie fiebrig, in einem fremden Licht. »Wenn wir sofort aufbrechen, können wir ihn noch erwischen.«

Plötzlich ging alles ganz schnell. Sandspritzend sprangen sie auf, schnappten sich panisch Jacken, Waffen und Rucksäcke, stolperten über ihre eigenen Füße und konnten sich nicht entscheiden, in welche Richtung sie davonsprinten sollten.

»*Tonis Krasse Krabbenstube*«, schnappte Jamie. »Gebt es in eure Chips ein. Fünf Minuten zu Fuß. Hier lang!«

Gemeinsam mit Alesander, Geist, Mirembe und Sia stob sie davon. Nix murmelte alle unanständigen Wörter vor sich hin, die sie nur kannte, während sie den Sand nach ihrer Schleuder absuchte. *Wo* war sie? Wo hatte sie das blöde Ding gelassen? Sie hatte sie Ätzi gezeigt, daran konnte sie sich noch erinnern, und sie dann auf die Theke gelegt – aber danach war sie rüber zu den Palmen gegangen, um ein bisschen auf die Müllberge zu schießen …

Immerhin war sie nicht die Letzte, was ein kleiner Trost war, aber ihr Herz klopfte trotzdem schnell und schwer in ihrer Brust. Sie musste die Schleuder unbedingt finden, bevor Carl sich in seine Stiefel gequetscht und alle Waffen umgeschnallt und bevor Fionagh ihr langes, welliges Haar entwirrt hatte, das fest um ein Bündel Feuerholz geschlungen war. Wo war denn nun die dumme Schleuder? Sie war bei den Müllbergen gewesen, und dann wieder drüben beim Kiosk, und *oh große Materie, wie konnte man nur so dumm sein, sie hatte die ganze Zeit über in ihrer Tasche gesteckt …*

Die Erleichterung hielt nur für eine Sekunde an. Dann erstarrte Nix. Und weigerte sich, ihrem Gehirn Glauben zu schenken.

Es war genau wie damals im Wald. Auch da hatte sie ihn als Erste gesehen – lange, bevor er den anderen aufgefallen war. Und so war es auch dieses Mal. Sie stand ganz starr und wagte nicht einmal zu atmen, aus Angst, er könnte sie hören.

Die Geräusche um Nix herum verblassten. Der Herzschlag des Meeres. Das hektische Rascheln des Sandes, während Carl und Fionagh mit ihrer Ausrüstung kämpften. Das Knistern des ersten Sonnenlichts, das auf die goldenen Staubkörner traf. Es gab nur noch sie. Und Corax. In einer Blase aus tiefer, undurchdringlicher Stille.

Dann, wie Pudding, der sich ganz langsam erwärmte und träge vor sich hin zu blubbern begann, fing ihr Gehirn wieder an zu funktionieren. Es war *nicht* so wie im Wald. Der echte Rabe wirkte … einfach ganz anders. Sie hatte sein Hologramm noch lebhaft in Erinnerung, wie es lächelnd zwischen den Bäumen herumgehüpft war, anmutig und flink wie der dunkelste aller Sonnenstrahlen. Aber die Wahrheit war oft ganz anders als erwartet.

Der echte Rabe humpelte eher, als dass er hüpfte. Er schien sie gar nicht zu sehen durch den trüben, milchigen Schleier, der seine Augen verdeckte – oder wenn er es tat, dann war es ihm egal. Er war schwärzer als die Nacht. Auch das war ein Schock. Das Gehirn bestand darauf, dass es nichts *gab*, das schwärzer als die Nacht war, aber das tat es. Es gab Corax. Corax, der schwärzer war als alles, was sie jemals gesehen hatte, dunkler als die undurchdringlichste Dunkelheit in den lichtlosesten Träumen. Es war, als hätte ihn jemand ausgeschnitten aus dem bunten Blatt Papier, aus dem der Tag gemacht war, und dahinter wäre ein Stück Nichts zum Vorschein gekommen – nur dass Nichts niemals so dunkel gewesen wäre.

Und er bewegte sich wirklich wie ein Rabe; als ob all seine Bewegungen aus Tausenden von kleinen Rucken gemacht waren. Doch gleichzeitig – und hier biss sich Nix' Herz schmerzhaft in ihrem Brustkorb fest – … bewegte er sich auch wie ein Mensch. Er tastete die Stämme der Palmen mit langen, zitternden Fingern ab und fiel – nein, fiel *nicht* auf die Knie, sondern klappte seine Unterschenkel einfach nach vorne ab, weil sie *verkehrt herum* waren, wie bei einem Vogel. In echt wirkte sein Körperbau so viel absurder, dass ihr ganz übel wurde. Sie sah zu, ohne es glauben zu können, wie Corax mit den Händen im Sand wühlte, bis sein schwarzer Blick auf den Kokon fiel, den Nix am Tag davor zwischen die Wurzeln der Palme gelegt hatte. Er stürzte sich darauf und drückte ihn fest an seine Brust, wie einen verloren geglaubten Schatz.

Und dann platzte die Stille wie eine Seifenblase, die jemand mit der Fingerspitze berührt hatte.

»Carl«, flüsterte Nix. Und Carl musste es allein an dem Klang ihrer Stimme erkannt haben – dass der Rabe da war, dass die Mission hier bereits ihr Ende gefunden hatte. Er wirbelte herum, den Blaster schon im Anschlag, und drückte ab.

Corax sprang zur Seite.

Und die Welt bewegte sich wieder.

Sand spritzte, Stückchen von Holz und Stein splitterten in alle Richtungen davon. Das Geräusch des Schusses brachte die Luft zum Beben. Fionagh befreite ihr Haar mit einem groben Ruck und hastete hinter Carl her, dass ihr grünes Kleid im Morgenlicht hell flatterte wie der Geist eines kleinen, wilden Waldes. Corax stolperte in Richtung Straße davon und Carl jagte brüllend hinter ihm her, und Nix dachte bei sich, dass sie ihn noch nie so glücklich erlebt hatte. Sie schnappte sich eine Handvoll Steine, stopfte sie in ihre Jackentasche neben die Schleuder und nahm die Beine in die Hand. Sie hatte Fionagh schnell eingeholt, und es war auch nicht besonders schwer zu erraten, wo Carl sich befand. Noch waren die Straßen weitgehend leer, aber weiter vorne wurde wild gehupt und in dazu passenden Tonlagen geflucht. Als Nix dem Chaos näher kam, erkannte sie umgestürzte Marktstände, kullernde Souvenirs und einen Haufen zeternder Menschen. Sie raste an ihnen vorbei, schlingerte um eine Ecke und konnte endlich einen Blick auf Corax erhaschen, der die schnurgerade Hauptstraße entlanghastete. Man konnte seine eiligen, abgehackten Bewegungen nicht als Rennen bezeichnen – es waren vielmehr große, kraftvolle Sprünge, die ihn den flimmernden Asphalt entlangtrugen, aber Carl war ihm dicht auf den Fersen und feuerte immer wieder auf ihn. Einschusskrater blieben in der Straße und den umliegenden Gebäuden zurück, kleine Stückchen von Putz und Teer spritzten in alle Richtungen davon wie zuvor der Sand. Eine Sache jedoch fiel Nix besonders auf, in diesem Moment aus gehetzten Schritten und schweren Atemzügen und heißen Schweißtropfen, die ihr in den Augen brannten: Corax wehrte sich nicht. Es war kein Kampf, es war eine Flucht. Und das war irgendwie viel verstörender.

Sie ließ sich ein wenig zurückfallen, um auf Fionagh zu warten, die mit bleichem Gesicht auf sie zusprintete. »Wieso verschwindet er nicht einfach?«, schrie sie ihr zu, obwohl sie die Antwort genau kannte. Wie konnte es sein, dass der meistgesuchte Dieb und Mörder ihrer Zeit nicht einfach mitten im Sprung herumwirbelte, mühelos unter Carls Blaster hinwegtauchte und ihm den cowboyhütigen Kopf vom Hals riss?

Er war ganz einfach zu schwach. Schon wurden seine Sprünge flacher und geleeartig, und im nächsten Moment eierte er eigentlich eher über die Straße, als dass er floh.

Und das bedeutete …

»Wir haben ihn!«, röhrte Carl aus vollem Hals. »Hey, ihr da! Falsche Richtung! Er ist hier! Er ist *hier!*«

Es dauerte einen Moment, bis Nix verstand, mit wem er sprach. Dann jedoch erkannte sie die kleinen Gestalten am anderen Ende der

Straße, die alarmiert herumwirbelten und nach einem Moment der Verwirrung ebenfalls auf sie zugeeilt kamen. Sie konnte ganz deutlich Jamies weiß flatternden Mantel ausmachen. Corax saß in der Falle!

»Carl!«, kreischte Fionagh irgendwo hinter ihnen, wie wirklich nur eine Banshee kreischen konnte. Das Geräusch war schlimmer als Tausende von Fingernägeln, die mit liebevoller Hingabe über die gigantischste Tafel der Welt gezogen wurden. Für einen Augenblick brachte es Nix' Ohren zum Knallen und ihre Beine aus dem Gleichgewicht. »Hör sofort auf zu schießen! Heute ist ein Todestag! Du triffst noch jemanden aus dem Team!«

Und während ihre Lungen brannten und ihre Oberschenkel sich beinahe aus den Gelenken rissen vor lauter Anstrengung, nicht aus dem Takt zu fallen, sah Nix es für einen Moment ganz deutlich vor sich – wie Carl direkt in die Reihe ihrer herannahenden Verbündeten feuerte, wie ein lebloser Körper auf dem hitzestrahlenden Boden zusammenbrechen und Fionaghs Todesahnung sich bewahrheiten würde.

Aber dann, als ob das furchtbare Bild mit der Schwere eines Felsbrockens in seinen Kopf geplumpst war, senkte Carl den Blaster und klinkte ihn im Rennen zurück an den Schulterriemen, der sich quer über seinen Rücken zog. Materie sei Dank! Er hielt jetzt noch verbissener auf Corax zu, während sich Erleichterung in Nix breitmachte wie ein umgestoßenes Glas warmer Erdbeermarmelade. Gleich hatten sie ihn! Der Rabe flüchtete immer noch auf das andere Ende der Straße zu, obwohl dort noch viel mehr Feinde lauerten. Jamie verfiel in einen kraftvollen Spurt, das knisternde Schwert in der Hand. Nix' Herz hüpfte in ihrer Brust vor Aufregung. Gleich! Reichtum und Erfolg waren nur noch ein paar kleine Schritte entfernt …

… aber dann, als ihn nur noch Sekunden von Jamies gezückter Waffe trennten, bog der Rabe scharf nach rechts ab und hielt auf ein verglastes Gebäude zu.

»Nein!«, brüllte Carl verzweifelt. »Nein, lasst ihn nicht da rein!«

Silberne Wurfmonde blitzten in der Luft, hielten in komplizierten Mustern auf Corax' taumelnde, stolpernde Schwärze zu und verfehlten ihn dennoch um Federbreite. Die Glastüren schwangen mit einem fröhlichen *Zzziiing* vor ihm auf, als er sich in das Gebäude stürzte – und dann war er außer Reichweite. Nix hörte auf, hektisch in ihrer

Jackentasche nach der Steinschleuder zu kramen und legte einen Zahn zu. Sie kam nur Sekunden nach Carl an den Türen an und drängte sich gemeinsam mit Fionagh hinein, keuchend und schnaufend und schweißüberströmt. Vor ihnen fegte Corax die empört zeternden Leute beiseite, die in langen Schlangen überall in der Eingangshalle verstreut standen. Mit verzweifelten Hopsern verschwand er durch einen Sprengstoffdetektor in einen zweiten, größeren Raum dahinter – und plötzlich wusste Nix, wo sie hier waren.

»Nein, verdammt!«, schrie Carl erneut. Sie stolperten gerade noch rechtzeitig durch den Detektor (der Fionagh wütend anpiepste), um zu sehen, wie Corax sich an den Wartenden und zwei verdutzten Wachmännern vorbeidrängte, eine Reihe an flüchtigen, ruckartigen Blicken durch den Raum warf und sich in den erstbesten Teleporter quetschte. Immerhin: Es gab kaum einen besseren Ort für eine Flucht als ein Reisebüro.

Die Glaskapsel schloss sich mit einem leisen Sirren um ihn herum – gerade langsam genug, dass Carl daran abprallen und wutentbrannt dagegenhämmern konnte.

»Komm da raus! Komm raus, du kleines, mieses, feiges …!«

Natürlich dachte der Rabe gar nicht daran, rauszukommen. Er wäre ja auch schön blöd gewesen, so wie Carl mit den Fäusten fuchtelte. Stattdessen drehte er sich um und blickte ihnen direkt entgegen. Und dann, langsam und fürchterlich wie das fahle Licht einer Sonnenfinsternis, breitete sich ein hämisches, schadenfrohes Lächeln über sein Gesicht aus. Er hob die Hand mit dem schillernden Kokon und winkte, ein allerletzter Gruß, verpackt in flammendem Hohn.

Dann sackte er in sich zusammen. Die dunkle Schutzhülle senkte sich über die Kapsel. Ein greller Lichtblitz quoll unter ihrem Saum hervor, und Corax war endgültig verschwunden. Er hatte lediglich ein paar dunkle Blutspritzer auf dem Boden zurückgelassen.

Hinter ihnen ertönte Fußgetrappel. Die anderen schlossen schwer schnaufend zu ihnen auf; gerade, als Carl einen der Wachmänner am Kragen packte und ihn recht unhöflich dazu aufforderte, die eingegebenen Koordinaten zu rekonstruieren, damit sie dem Raben folgen konnten. Abgesehen von seinem Gebrüll herrschte im Reisebüro verdutzte Stille.

»Tja – ich weiß – ja nicht, wie – es euch geht«, keuchte Mirembe, die komplett außer Atem neben Nix zum Stehen kam. »Aber mir tun die armen – Leute von der Regierung echt leid, die – versuchen müssen, das hier – zu vertuschen.«

Eine halbe Stunde später saßen sie verschwitzt, deprimiert und gnadenlos aus dem Reisebüro geschmissen auf der Straße herum. Sie hielten geknickt die Köpfe gesenkt und musterten den schmutzigen Bordstein, in dem sich Staub und zähe Hitzeblümchen nur so sammelten – alle bis auf Mirembe und Fionagh. Die Hexe schien in Gedanken versunken, und die Banshee pfiff schon die ganze Zeit über gut gelaunt vor sich hin. Kurz darauf wurde Nix auch klar, warum.

»Hör sich einer das an«, kopfschüttelte Jamie, die mal wieder auf der Suche nach Neuigkeiten die blasse Nase in ihren Laptop steckte. »Der Verkäufer von *Schuhld und Unschuhld* ist tot. Das geschieht ihm ganz recht, bedenkt man seine schlechten Wortwitze. Was glaubt ihr – ob er wohl an einem Scherzinfarkt gestorben ist?«

Die Vampirin blickte erwartungsvoll in die Runde, aber Nix war nicht nach Lachen zumute. Vampire verstanden nicht ganz, was es mit dem Tod auf sich hatte, glaubte sie manchmal. Aber andererseits, wer tat das schon?

Carl, der auf Nachrichten über Corax gehofft hatte, sackte enttäuscht in sich zusammen. Es war unmöglich zu bestimmen, wohin er geflohen war, da er den Teleporter an seinem Zielort zerstört hatte. Der hatte die Verbindung mit lauter Fehlsignalen unterbrochen, wenn Nix es richtig verstanden hatte, und jetzt war es unmöglich, die Koordinaten aus dem Zahlenwust herauszuarbeiten. Oder so. Na ja, aber andererseits – es wäre auch wirklich viel zu einfach gewesen, wenn sie ihn bereits nach weniger als einer Woche erwischt hätten. Und sie hatte noch nicht einmal ihren großen Einsatz als Köder gehabt.

»Ach, das erklärt alles«, seufzte Fionagh mit Blick auf die Todesanzeige wohlig und ließ entspannt die Schultern kreisen. »Deswegen fühle ich mich also plötzlich so viel besser. Wurde aber auch Zeit! Ach, was denn? Ihr wärt auch nicht begeistert, wenn ihr ständig dieses unsägliche Jucken zwischen den Zähnen hättet – und ihr euch nicht einmal sicher sein könntet, ob es einen eurer Freunde treffen wird oder jemanden, mit dem ihr gerade mal einen halben Satz gewechselt habt.«

»Carl«, unterbrach Mirembe sie mit bedächtiger Stimme. »Hast du vielleicht ein Exemplar der Karte dabei, die bei uns in der Basis liegt?«

»Hm? Ja, klar.« Er zog ohne Weiteres den Scheibenprojektor aus der Tasche, hauchte darauf, drückte einen kleinen Knopf und brachte ihn mitten auf der Straße zum Kreiseln. Sofort wandte er den Blick ab und zog sich verbittert den Hut in die Stirn. Armer Carl. Nix hatte ihn noch nie so niedergeschlagen erlebt. »Entschuldige mich, wenn ich falschliege«, fuhr Mirembe fort, »was selbstverständlich rein rhetorisch gemeint ist, da ich niemals falschliege –, aber weder Bergesund noch SBL^4 liegen auf seiner Linienroute, oder? Er hat da einen ziemlichen Schlenker gemacht.«

»Mhm.«

»Ich glaube fast, dass du recht hast, weißt du?« Mit einem Fingerschnipsen vergrößerte sie die Karte, die im grellen Sonnenlicht nur schwer zu erkennen war. Nix rückte vorsichtig ein Stückchen näher, größtenteils, um Sia heimlich den Popel an die Spitze des flauschigen Schweifs zu heften. »Carl, hör mal. Ich glaube, dass sich Corax vor langer Zeit in den Kopf gesetzt hat, nach Lust und Laune durch das All zu reisen und seine neue Freiheit auszukosten. Schließlich macht ihm das keine Mühe, weil er einfach überall auftauchen kann, wo er will. Und auf diese Weise stolpert er bestimmt über viele interessante Entdeckungen. Aber was ist mit den unzähligen Malen, an denen er von seiner Route abgewichen ist, ohne dass es einen scheinbaren Grund für den Umweg zu geben scheint? Sieh mal, hier. Allein in den letzten vier Monaten hat er die Linie neunmal verlassen. Ich glaube, es gibt *doch* einen Grund.«

»Hmhm.«

Für eine Weile herrschte nachdenkliche Stille, und in der Gluthitze der Sonne wurde Nix so dösig zumute, dass sie sich richtig anstrengen musste, Mirembe zuzuhören, als sie weitersprach.

»Carl, sind dir weitere Fälle bekannt, in denen Corax mit einem Teleporter gereist ist?«

»Nö. Das hat er nur gemacht, weil er nicht anders konnte. Schätze mal, sich spontan zu dematerialisieren ist ziemlich anstrengend.«

»Also, woher wusste er dann so schnell, zu welchem Ort er verschwinden sollte?«

»Wahrscheinlich hat er einfach irgendwelche Zahlen ins Display gehämmert. Woher soll ich das wissen?«

Mirembe schüttelte den Kopf. Es war ein merkwürdiges Glimmen in ihren Augen, wie von Kohlen, die von innen heraus glühten. »Weißt du, was ich auffällig finde? Du hast mir mal erzählt, er stiehlt in regelmäßigen Abständen neue Schuhe. Wahrscheinlich immer dann, wenn seine alten verschlissen sind. Bevor wir aufgebrochen sind, habe ich mir die Freiheit genommen, dir ein bisschen hinterherzuspionieren. Nichts für ungut, du warst mir etwas suspekt. All die Diebstähle, von denen du uns beim ersten Treffen erzählt hast, haben tatsächlich genau so stattgefunden – und ich habe den Schadensbericht eines Barons von Irgendwas entdeckt, dessen Garderobe geplündert wurde. Er berichtete von einem fehlenden schwarzen Mantel mit passenden Handschuhen und Tretern vom Planeten Bergesund 20, was für ihre hohe Qualität spricht. Da, wo wir vor Kurzem noch waren, Carl.«

»Wo Corax Schuhe gestohlen hat«, gab Fionagh gut gelaunt zu bedenken. »Oh, an deiner Stelle würde ich gut aufpassen, Carl. Mirembes Ahnungen haben sich bisher immer bewahrheitet.«

»Auf Bergesund gibt es eben die besten Lederwaren«, grummelte Carl unwillig. »Na und? Soll das etwa eine Neuigkeit sein? Jeder weiß das, sogar ein kleines Aas wie er.«

»Aber woher?« Mirembe gab der langsamer werdenden Scheibe einen kleinen Stups. »Meiner Meinung nach mochte er die alten Schuhe. Wahrscheinlich hat er sie sorgfältig betrachtet, bevor er sie weggeworfen hat. Wahrscheinlich hat er den Prägestempel gesehen: *Made in Bergesund 20,* oder was auch immer da gestanden hat. Das setzt übrigens voraus, dass er lesen kann – aber ich glaube, er ist sehr viel klüger, als du zugeben willst. Er weiß schließlich auch mit Planetenkarten umzugehen. Also reiste er nach Bergesund, um sich sowohl ein neues Paar Schuhe als auch, unglücklicherweise, eine Schussverletzung zuzulegen. Er suchte Hilfe bei einer Wächterin, beging den Fehler, von ihr zu stehlen, und folgte ihr ins Krankenhaus. Und nachdem er sich dort mit allem eingedeckt hatte, das er benötigte, kam er hierher. Wieso?«

Carl schien so langsam der Geduldsfaden zu reißen. »Woher soll ich wissen, wieso dieser verfluchte Vogel *irgendwas* tut?«

Mirembe ließ die Karte mit einem Knopfdruck verschwinden und beugte sich vor. Auf ihren Lippen tanzte ein Lächeln.

»Als wir hier ankamen, ist mir eine Sache sofort aufgefallen: Ich *kannte* diesen Ort. Ich hatte ihn irgendwo schon einmal gesehen, obwohl ich noch nie hier gewesen war. Auf einer Postkarte, in einem Werbeprospekt oder in irgendeinem Film vielleicht. Und dann fiel es mir ein. Überleg mal, Carl. Ein goldener Strand, unter einem Himmel voller blauer Kugeln. Und rote Wellen, wie die untergehende Sonne.«

Carl zuckte mit den Schultern und versuchte, nicht so auszusehen, als ob er sich schwer den Kopf zerbrach. Alesander, von dem man gern mal vergaß, dass er existierte, nahm ihm die Anstrengung aufgeregt grinsend ab.

»Im Zimmer der Wächterin!«, stieß er hervor. »Da hing ein Plakat! Ich hatte mich damals gefragt, ob all die Kugeln wohl Monde darstellen sollten, und mir überlegt, wie furchtbar es wäre, auf einem solchen Planet zu wohnen. Na ja, Wer-Stier etcetera, ihr wisst schon.«

»Aber es waren keine Monde«, flüsterte Nix ehrfürchtig, weil dies der richtige Zeitpunkt für ein ehrfürchtiges Flüstern war. Jeder Detektiv brauchte jemanden, der ohne nachzudenken danebensaß und ihm ab und zu ehrfürchtig zuflüsterte. »Es waren Gasblasen!«

»Also las Corax den Namen SBL^4 auf dem Plakat und beschloss, dass dieser Strand nach einem großartigen Erholungsort aussah«, ergänzte Alesander begeistert. »Und er kam hierher. Und dann …«

»Dann«, nahm Mirembe mit gesenkter Stimme den Faden auf, »hörte er ein Lied im Radio. Immer wieder dasselbe, den ganzen Tag lang. Ein Lied, das am ganzen Strand zu hören war. Ein Werbesong für …«

Und die Antwort kannten sie alle.

»*Tonis Krasse Krabbenstube*«, platzten sie wie aus einem Mund heraus und sahen sich gegenseitig verwirrt an, weil so etwas im echten Leben normalerweise nie passierte, sondern immer nur in Büchern.

Das bedeutet also, tippte Sia fieberhaft, *wenn der Rabe von seiner Route abweicht, dann stets deshalb, weil er ein bestimmtes Ziel verfolgt. Wenn es etwas Außergewöhnliches zu stehlen oder zu bewundern gibt! Und das wiederum bedeutet für uns: Wenn wir wissen wollen, wohin er sich teleportiert hat …*

Er ließ die drei Punkte am Ende stehen, damit Mirembe den Satz vervollständigen konnte. Immerhin war es ihre Erkenntnis gewesen.

»… dann müssen wir zurück ins Reisebüro und herausfinden, was er in seinen letzten Momenten gesehen hat, bevor er sich teleportierte. Wenn dann noch die Koordinaten dabeistehen, wissen wir, wohin er verschwunden ist.«

Carl stand so abrupt auf, dass ihm der Hut vom Kopf rutschte, und schulterte den Blaster.

»Gehen wir«, bestimmte er. »Ach ja, und Mi: Wenn du das nächste Mal irgendwelche genialen Schlussfolgerungen hast, erzähl uns verdammt noch mal *gleich* davon.«

11

Sia

Hier tanzt man Ringelreihen auf dem Saturn, ein Kater hat ein Geheimnis und ein Geier is(s)t ein Aas.

Das Letzte, was Corax sieht, bevor er verschwindet, ist das Funkeln in den Augen des Jägers. Er kennt dieses Funkeln – das Glitzern des Wahnsinns, das wispert wie Schilf im Wind. An manchen Tagen singt es in seinem Herzen.

Er weiß nicht, wie der Jäger ihn immer findet, was sie so eng aneinanderknüpft wie Spinnweben, die auf alle Ewigkeit miteinander verbunden sind. Es ist bloß eine weitere Frage in einer langen Nacht ohne Antworten. Er weiß nur – als sein Körper sich in sämtliche Einzelteile zerstreut und durch die sternlosen Weiten stürzt –, dass er froh ist, sich einfach tragen zu lassen. Es scheint ihm, als hat er für gar nichts mehr die Kraft, nicht einmal, um zu atmen.

Dann setzt er sich zusammen, taucht auf und atmet. Und *sieht* …

»Die alte Kolonie auf dem Saturn? Das gibt's nicht. Dahin kann er nicht verschwunden sein. Die existiert doch seit mindestens tausend Jahren nicht mehr.«

Das Poster in der Teleportkabine war überzeugend auf alt getrimmt, eine originalgetreue Kopie der Reiseprospekte aus dem Ersten Millenium, die inzwischen als begehrte Sammelobjekte galten. Es hätte beinahe echt gewirkt, hätte es nicht so säuberlich geglänzt.

»Ring, ring – ja, hallo? Wer ist da? – Ach, nur der gigantischste menschlich besiedelte Planet aller Zeiten!«, las Geist mit vor Ekel verzogenem Gesicht vor. Sia fand den Anblick höchst unterhaltsam. *»Genießen Sie die wertvollen Kulturgüter des Saturns! Gönnen Sie sich eine Auszeit voller Profi-Ringkämpfe (Legale Wetten! Gleich auf Ihren Favoriten setzen!), unseren traditionellen Ringelsocken und deftig gewürzten Zwiebelringen – auf dem idyllischen Saturn, dem Riesen mit dem Ring!«*

»Mann, war die Werbung damals bescheuert!«, staunte Nix, die Gepunktete, andächtig.

Sia zuckte mit den Schultern. Seiner Meinung nach war die Werbung mittlerweile auch nicht besser.

Und jetzt?, tippte er.

»Jetzt schlage ich vor, dass Sie alle mal aus dem Weg gehen.« Einer der Wachmänner schob sie mit ausgebreiteten Armen zur Seite – alle bis auf Sia, den er flehentlich anstarrte, bis dieser ihm den Gefallen tat und beiseitetrat, damit die Wartenden zur Kabine vorschlurfen konnten. Er mochte es, wenn man sich davor scheute, ihn einfach aus dem Weg zu drängen. Es geschah recht häufig.

Wir haben uns nur gewundert, erzählte er dem verschüchtert dreinblickenden Mann und gab ihm mit einem gebleckten Fangzahn zu verstehen, dass er besser stehen blieb und sich die Frage zu Ende anhörte, *ob es wohl immer noch möglich ist, in die Saturnstadt zu reisen? Denn unser Freund, den du zu deiner eigenen Sicherheit hoffentlich schon längst wieder vergessen hast, scheint dorthin entkommen zu sein.*

»Die Reisecodes hier«, mischte sich die Banshee ein und deutete auf das Plakat. Oder vielmehr die Zahlenreihe, die unter der neongelb leuchtenden Überschrift angegeben war. »Sind die noch gültig?«

Der Wachmann überlegte für einen Moment. Die Stacheln auf dem, was Sia als seine Stirn interpretierte, kräuselten sich nachdenklich. »Nun ja, natürlich sind sie das. Nur benutzt sie inzwischen keiner mehr. Die Kolonie ist über die Jahre hinweg verkommen und sollte ohne Sicherheitsausrüstung auf keinen Fall betreten werden. Das Plakat war eigentlich eher als Scherz gedacht. Die Einreise in die Kolonie darf eigentlich nur Sozialarbeitern und medizinischen Fachkräften gestattet werden.«

»Wieso das denn?«, fragte die Getupfte, doch Carl war schneller. Er hatte sich zu Alesander umgedreht, dessen Haar vom Rennen strubbelig war, und flüsterte ihm eine halblaute Frage zu.

»Sind wir zufällig medizinische Fachkräfte oder Sozialarbeiter?«

Sia fand dies nicht sehr professionell.

»Sagen wir eher, Sozialarbeiter«, raunte Alesander zurück. »Das könnte sich mit *Psychologisch Beauftragte Ermittler* decken, fünfter Ausweis von links in deinem Geldbeutel.«

Carl drehte sich zu dem verwunderten Wachmann um und strahlte ihn an, wie nur jemand mit drittgradigem Sonnenbrand und Goldzahn es konnte. »Wir sind Sozialarbeiter.«

»Tja, in diesem Fall zeigen Sie Ihre Papiere doch kurz vorne an Schalter 5 vor. Vielleicht überlegen Sie sich nach einem kurzen Abstecher, der einheimischen Bevölkerung ein wenig unter die Arme zu greifen, etwas Hilfe wird in den alten Menschenkolonien immer gebraucht. Und falls Sie keine hauseigene saturntaugliche Ausrüstung besitzen, in *Geiz ist Geiersache* nebenan finden Sie alles, was Sie für Ihren Besuch brauchen werden. Richten Sie Herrn Schöne-Feder-Unter-Dem-Tau liebe Grüße aus, und er soll mal wieder zum Resteessen vorbeikommen.«

Ein paar Minuten später fand Sia heraus, dass Herr Schöne-Feder-Unter-Dem-Tau ein wahrhaftiger Aasgeier war. Er roch es in dem Moment, in dem sie den Laden betraten. Erstaunlich – er hatte noch nie eine derart lebendige Leiche gesehen.

»Kein Rabatt für Separatisten!«, krächzte der Geier ihnen entgegen, wobei er sie aus milchig weißen Augen anstarrte. Von diesem Anblick wurde Sia ganz übel, was er seiner Laktoseintoleranz zuschrieb. »Wenn ihr etwas gegen Zombies und andere Untote habt, könnt ihr gleich wieder verschwinden.« Herr Schöne-Feder-Unter-Dem-Tau schüttelte bedrohlich die Schwingen, und eine fahle, halb zerfledderte Feder löste sich und schwebte gen Boden.

»Wir haben nix gegen Zombies«, versicherte Carl ihm rasch, während Geist die Feder vom Boden aufhob und verzückt an ihrem vagen Totengeruch schnüffelte. »Wir wollen uns nur ein bisschen umschauen.«

Herr Schöne-Feder-Unter-Dem-Tau reckte seinen Geierhals und beobachtete sie misstrauisch. Mirembe winkte sie kurz entschlossen zwischen den deckenhohen Regalen zu einer kurzen Besprechung zusammen. Sia spitzte die Ohren.

»Diesmal machen wir *zuerst* einen Plan und *dann* gehen wir auf die Jagd«, flüsterte die Hexe eindringlich. »Fionagh und ich haben uns beraten, und Jamie, unsere Fachfrau, stimmt uns zu. Wir müssen Corax einen Chip verpassen.«

»Wie jetzt, zum Telefonieren?«

»Nein, Nix, nicht zum Telefonieren. Einen Ortungschip, einen Sender, damit wir seine Spuren verfolgen können.«

»Vergiss es, Mädchen«, knurrte Carl. »Das hab' ich selber schon mal probiert. Ging total schief.«

»Mädchen? Weißt du, wie alt ich bin?«, schnappte die Hexe zurück.

»Jünger als ich«, behauptete der Cowboy gut gelaunt.

»Ich bin neunzig.«

»Oh. Wirklich? Sieht man dir gar nicht an. Ich nehm's zurück, du bist kein Mädchen, sondern eine alte Schachtel. Wie dem auch sein – wisst ihr, wie viel so ein Ding seit dem neusten Erlass für intergalaktischen Datenschutz kostet? Und wir bräuchten einen richtig kleinen Sender. Meinen hat er damals entdeckt und an ein Raumschiff gesteckt, dem ich drei Monate hinterhergereist bin wie der letzte Trottel. Lacht nicht! Ihr wärt auch drauf reingefallen. Ein Ortungschip, der so gut wie unsichtbar und unspürbar ist, dürfte unmöglich zu kriegen zu sein, und außerdem …«

»Ich habe einen bestellt«, unterbrach ihn Jamie im Wisperton. »Per Express, bei einem alten … Freund. Klein wie ein Sandkorn, schwarz wie die Federn des Raben, überträgt Signale über Strecken von bis zu achthundert Lichtjahren.«

»Wahrscheinlich spricht sie vom Sender, nicht von ihrem Freund«, fügte Mirembe hilfreich hinzu.

Jetzt war Carl ganz still. »Wer bezahlt das?«, fragte er nach einer kleinen Weile heiser, ganz so, als ob ihm ein Fellknäuel im Hals stecken geblieben wäre.

»Alesanders falsches Vermögen. Wir sind recht gut darin, hohe Summen aus dem Nichts entstehen zu lassen.«

Je mehr Zeit verstrich, umso sicherer war sich Sia, dass er mit einer Gruppe gewissenloser Gauner und Betrüger zusammenarbeitete. War es nicht wunderbar? Er hatte sich noch nie einer Gemeinschaft so zugehörig gefühlt.

»Der Plan lautet folgendermaßen«, murmelte die Banshee. »Wir kaufen nur *zwei* Raumanzüge, für die beiden von uns, die Corax in der Saturnstadt aufspüren und versuchen, ihm den Chip anzuhängen. Geschwächt, wie er ist, wird es uns ein Leichtes sein. Das Problem ist nur, dass wir ihn eventuell nicht finden können – Saturnstadt ist groß. Und genau für den Fall haben wir uns die hier besorgt.«

Sie griff in ihre Umhängetasche und zog einen Stapel bunt bedruckter Flyer heraus, die sich wellten und krümmten, als ob sie im nächsten Augenblick fröhlich davonsegeln wollten. Als Sia die Bilder darauf sah, lief ihm das Wasser im Mund zusammen. Die glänzenden Zettelchen waren von oben bis unten voll von köstlichstem Futter – Sahnemeringen und Feuerbeerauflauf, grüne, fette Puddings, brausegelbe Bonbons, kunstvoll gedrehte Karamellschnecken und luftige Kuchen in Form von schneeweißen Wolken, in denen Volthonig aufleuchtete wie die Blitze eines kleinen Miniaturgewitters.

»Woher habt ihr *die* denn?«, staunte Nix, die Gepunktete, mit einer Stimme, in der Sia den Hunger hören konnte.

»Aus dem Reisebüro. Das sind Werbeflyer für *Madame Hasenherz' Siebten Himmel.* Eines der bekanntesten Gourmet-Cafés der südlichen Galaxis. Wir legen eine Spur aus! Selbst wenn wir ihn nicht finden, haben wir immerhin einen ersten Anhaltspunkt, wo er als Nächstes auftauchen könnte. Der Rabe ist ein Feinschmecker. Offensichtlich mag er sowohl Krabben als auch teuren Kaviar. Er wird nicht widerstehen können. Wenn er tatsächlich auf Saturnstadt ist und diese Flyer findet, wird er bei Madame Hasenherz auftauchen und direkt in unsere Falle tappen.«

Was bedeutet, tippte Sia entzückt, *dass wir wochenlang, vielleicht sogar monatelang, in einem Café voller Leckereien auf der Lauer liegen müssen.*

Sein Mund brannte jetzt vor Fresslust. Die Gepunktete stieß ihn in den Bauch – haarscharf an seinem Hüftbeutel vorbei, Materie sei Dank. »Naschkatze.«

Carl war trotz des krebsfarbenen Sonnenbrands recht bleich geworden. »Ihr habt das alles allein geplant?«

»Tja, Boss«, schulterzuckte Geist mit einem Grinsen. »Bald bist du noch überflüssiger, als du es sowieso schon immer warst. Wer reist denn nun alles auf den Saturn? Je länger wir zögern, umso größer ist die Chance, dass er uns wieder entkommt.«

Ich kann nicht mitkommen, ließ Sia sie sofort wissen. Verwunderte Blicke trafen ihn wie kleine Meteoriten, und er hob entschuldigend die Schnurrhaare.

»*Ich* werde auf jeden Fall gehen«, meinte Fio trotzig, als hätte er ihr höchstpersönlich verboten, auch nur einen Fuß auf den Saturn zu setzen. »Es war schließlich in erster Linie mein Plan. Aber ich werde mich verkleiden müssen – Corax hat mich schon gesehen.«

»Du wirst einen *Raumanzug* tragen, das sollte genügen«, seufzte Carl. »Und ich bin natürlich auch mit von der P…«

»Nein, du nicht! Dich kennt er schon, und du bist nicht gerade für dein taktisches Feingefühl bekannt. Er wird fliehen, sobald er dich sieht. Mirembe kann nicht mitkommen, ihr wird in Raumanzügen immer schlecht. Geist? Wie wäre es mit dir?«

Geist hob die knochigen Schultern. »Klar. Ich kann auch ohne Raumanzug gehen.«

»Umso besser!« Die Banshee lächelte breit. »Herr Schöne-Feder-Unter-Dem-Tau? Wir hätten gerne einen saturntauglichen Raumanzug mit Sauerstoffbehälter. Und wir sollen ihnen von einem gewissen Wächter Lý sagen, Sie sollten mal wieder zum Resteessen vorbeikommen.«

Der Aasgeier klappte den langen Hals in sein faseriges Gefieder zurück und schnappte genüsslich mit dem Schnabel. »Ah, ich liebe Teleportunfälle«, zischte er. »Kaum zu glauben, was da alles an Leckereien übrig bleibt …«

Alleine lief Sia hinunter zum Strand. Die roten Wellen waren zurückgekehrt, doch die Drachen blieben verschwunden. Wahrscheinlich hatten sie Wichtigeres zu tun, wie zum Beispiel die Unendlichkeit zu vermessen oder Mondlichtschatten zu kartografieren. Im Schatten der Palmen, fernab von neugierigen Augen, öffnete Sia den Beutel, den er um seine Taille trug.

Und die Sonne schien heller, und das Meer rauschte lauter.

Er setzte den Inhalt des Beutels vorsichtig in den weichen, goldenen Sand und bewunderte, wie atemberaubend schön er aussah inmitten all des Lichts.

Es gab fürs Erste nicht mehr viel zu tun. Womöglich würde es Tage dauern, bis Geist und Fionagh zurückkehrten. Vielleicht mit Corax' Kopf. Vielleicht mit der Nachricht, dass sich der Sender sicher zwischen seinen pechschwarzen Federn befand. Vielleicht mit einem Stapel Flyer weniger.

Und tatsächlich dauerte es Tage bis zu ihrer Rückkehr. Nachts schliefen die Zurückgebliebenen am Strand, unter Decken aus weichem Filz am Feuer zusammengerollt, und tagsüber erkundeten sie die Stadt. Und Neuigkeiten von Geist und Fio blieben aus.

Folgende Dinge geschahen in den langen, heißen Tagen, die vergingen wie zähes Bienenwachs, das an einem Baumstamm hinabträufelte:

Sia buk Zimtbrot mit dem Besitzer des Kiosks, der ihn fleißig mit Limonade und Schokoriegeln versorgte, denn sie waren beide groß und dunkel, und das schien sie in wunderlicher Weise zusammenzubinden.

Die Nachrichten wurden überflutet von Berichten, dass in Waschmaschinen überall im Bekannten Universum plötzlich einzelne Socken auftauchten, zu denen es kein Gegenstück gab und die Wissenschaftler vor ein Rätsel stellten, weil sie dreitausend Jahre aus der Vergangenheit zu stammen schienen.

Und die Gepunktete ließ sich die Haare schneiden und in ein tiefes Dunkelviolett tauchen, nur für den Fall, dass sich der Rabe noch daran erinnerte, wie sie aussah. Mirembe stritt sich mit ihr über die Farbe.

»Probier doch mal was Ausgefallenes!«, riet sie ihr ständig. »Als ich in deinem Alter war, wäre ich nie auf die Idee gekommen, mir ausgerechnet eine Modefarbe zuzulegen! Violett trägt doch inzwischen jeder.« Sie lächelte dabei, und das war unter den Menschen ein Zeichen, dass man es nicht vollkommen ernst meinte.

»Eben«, entgegnete die Getupfte. »Jeder trägt es. Ich meine, ein Köder soll so unauffällig aussehen wie möglich, oder nicht?«

Die Welt schien ganz aus Wellen und Licht und Sand gemacht. Langeweile machte sich breit, aber dennoch – in späteren Zeiten, von denen Sia noch nichts ahnen konnte, würde er sich oftmals voller Sehnsucht an diese letzten goldenen, friedlichen Tage erinnern.

Und dann, an einem Abend, an dem die untergehende Sonne die Luft wie flüssiges Feuer leuchten ließ, kehrten Geist und Fionagh zurück.

12

Fionagh

Hier wird gelauert, gelockt und geprügelt, Kellner zeigen ihre Zähne und ein Rabe schweigt.

Große Materie, es tat so gut, das Sonnenlicht wiederzusehen. Das sanfte Kräuseln des Windes in der stickigen Luft. Farben, die über Orange, Braun, Grau und Schwarz hinausgingen, und freien, unendlichen Himmel. Hell strahlende Wolken. Mirembe, die ihnen aufgeregt entgegengerannt kam, während die anderen ihr folgten wie ein neugieriger Kometenschweif. Fionagh freute sich sogar darüber, Carl wiederzusehen, wie sie zu ihrem eigenen Entsetzen feststellen musste – der Saturn hatte ihr wirklich nicht gutgetan.

Mirembe fiel ihr um den Hals, der sich aufgrund der fremdartigen Gewichtsverhältnisse in Saturnstadt immer noch wie Gummi anfühlte. Fionagh hatte kaum Zeit, die Umarmung verlegen lächelnd zu erwidern, bevor der Cowboy sich dazwischendrängte und sie eindringlich bei den Schultern packte. Zumindest in dieser Hinsicht hatte sich nichts geändert: Er hatte immer noch keinerlei Ahnung von guten Manieren.

»Habt ihr ihn gefunden?«, drängte er sie. »Habt ihr ihm den Sender angehängt?«

Eigentlich hätte ein einziger Blick auf Fionaghs Gesicht genügen müssen, um die Antwort zu erfahren. Sie zog sich in großen, in metaphorischer Tinte geschriebenen Lettern quer über ihre Stirn. Carl jedoch war ein Mensch und als solcher nicht in der Lage, unsichtbare Zeichen zu deuten – oder dezente Hinweise, dass er einem viel zu nahe auf die Pelle rückte. Fionagh schob ihn entschlossen von sich, schüttelte seine Hände ohne weitere Worte ab und sah ihm endlich in die türkis funkelnden Augen. Sie holte tief Luft.

»Ich glaube, es wird Zeit für einen Kaffee.«

Madame Hasenherz' Siebter Himmel sah genauso aus wie auf den Flyern. Rund zwanzig zierliche Tischchen standen adrett über die mit uralten Versteinerungen gepflasterte Veranda verteilt, einige davon im zart duftenden Licht der aprikosenfarbenen Sonne, andere – für die eher tagscheuen Kreaturen – im Schatten niedlicher Sonnenschirme. Sie spannten sich wie modische Pilze aus Sandelholz und Seidenpapier über den Köpfen der Gäste auf.

Und die Preise waren der Stoff, aus dem Albträume gemacht waren.

Ein Kaffee beispielsweise kostete zehn Gefälligkeiten – da Madame Hasenherz sich weigerte, irgendeine andere Währung anzunehmen, kam Alesander ganz schön ins Schwitzen. Derart viele Bonis und Gutscheine für Fußmassagen, Tortenböden, Restaurantbesuche und Anti-Laseraugenbehandlungen hatte er wohl noch nie fälschen müssen.

Corax ließ sich alle Zeit des Universums. Fionagh konnte nur hoffen, dass ihr Plan überhaupt funktioniert und der Rabe die ausgelegten Lockmittel gefunden hatte. Allein bei dem Gedanken, sich umsonst tagelang in der Saturnkolonie herumgetrieben zu haben, schlug ihr Magen missgelaunte Purzelbäume. Fionagh bemitleidete jegliche medizinischen Hilfskräfte oder Sozialarbeiter, die sich über die freie Reise womöglich auch noch gefreut hätten. Ihrer Meinung nach hätte man viel eher dafür bezahlt werden sollen, sich Saturnstadt anzusehen. Von Zwiebelringen war keine Spur gewesen.

»Erzähl mir mehr von eurem Abenteuer!«, bettelte Mirembe hartnäckig, als sie gemeinsam auf das Café zuliefen. Es war früher Morgen, und wie gewöhnlich stand ein auf den ersten Blick erholsames, in Wahrheit aber recht zermürbendes Tagesprogramm an: sich vom ersten bis zum letzten Sonnenstrahl in den samtgepolsterten Stühlchen zu lümmeln, vorzugeben, in eine Zeitung vertieft zu sein, und mit aller Kraft zu versuchen, den Verzehr eines Lakritzestrudels oder eines Sieh-alles-hör-alles-Törtchens über viele Stunden hinweg zu strecken. Und das, während aufdringliche Elfenkellner einem die Ecke der Speisekarte ins Auge pikten, um einen dezenten Hinweis darauf zu geben, dass man gefälligst eine weitere Nascherei zu bestellen hatte.

»Mirembe«, seufzte Fionagh mitgenommen, »das Einzige, was es über unseren Saturnaufenthalt zu wissen gibt, ist, dass es überall lebensgefährliche Lecks in der Kuppel gab und dass eine riesenhafte, stark beleibte Krabbe mir versicherte, sie gäbe die besten Massagen, wobei sie bedrohlich mit ihren mannsgroßen Scheren klapperte.«

»Und was hast du getan? Du hast ihr so richtig eingeschenkt, oder?«, bohrte Mirembe mit demselben hingerissenen Ausdruck nach, den sie immer aufsetzte, wenn es um Abenteuer ging.

Geist übernahm die Antwort. »Sie hat ihr einen Banshee-Schrei allererster Klasse verpasst«, schwärmte sie. »Er war so voller Hass, Tod und Verderben. Eine Symphonie des Untergangs. Einfach wundervoll.«

»Wow, anscheinend seid ihr zwei die besten Freundinnen geworden! Hey, Geist, vielleicht sollten *wir* zwei mal zusammen auf den Saturn reisen! Das wär's doch!«, schlug Nix begeistert vor.

»Verteilt euch besser auf eure Plätze, bevor sie euch jemand vor der Nase wegschnappt«, meinte Fionagh rasch, um Geists Knurren zu übertönen. Wie immer schoben sie sich flink an den kuchenhungrigen Touristen vorbei und ließen sich jeder an einem anderen der storchenbeinigen Tischchen nieder, schön gleichmäßig über die Terrasse verteilt. Der verschwenderische Luxus und das überquellende Licht standen in haarsträubendem Gegensatz zu der Dunkelheit von Saturnstadt. Fionagh schauderte, als sie die Speisekarte aufschlug und sich an all das Elend zurückerinnerte. Bergeweise Müll. Verlassene Straßen. Leeräugige Gestalten, die zwischen zerbrochenen Fensterscheiben hindurchspähten. Geist war entzückt gewesen und hatte ihr ein ums andere Mal versichert, sie könne „mindestens zehn verschiedene tödliche Keime in der Luft schmecken«.

Fionagh hatte sich ausgiebigst gewaschen, nachdem sie zurückgekehrt waren, aber der Gestank von vergessenen Identitäten, verlassenen Haustieren und gescheiterten Träumen hatte sich tief in ihren Nasenlöchern festgesetzt. Sie wollte nie wieder dahin zurück. Selbst der wunderschöne Himmel, gestreift von den schillernden Farben des Saturnrings, war durch die meteoritenstaubbedeckte Kuppel nicht zu sehen gewesen.

Der Tag strich dahin mit der Leichtigkeit eines Windhauchs, der den Geruch von Tau herantrug. Wie es jeder Tag in *Madame Hasenherz' Siebtem Himmel* tat. Fionagh schlug ihr Buch auf und seufzte missgünstig über die ewig selbe Liebesgeschichte zwischen dem Waswolf, der Flederkatze und dem Tankwart mit der Tierhaarallergie. Fionagh mochte Geschichten, die sie auf verschlungenen Pfaden in andere Welten trugen – aber sie würde nie verstehen, was so toll daran sein sollte, seine Körperflüssigkeiten untereinander auszutauschen. Ihrer Meinung nach war dies ein Vorgang, der nur während einer lebenswichtigen Bluttransfusion unbedingt erforderlich war.

Mit einem magischen *Tingling,* das ihr inzwischen gehörig auf die Nerven ging, tauchte eine kleine, süßlich lächelnde Elfe in einer pudrigen Glitzerwolke neben ihr auf und stieß ihr die Karte für Stammkunden ins Gesicht.

»IchHoffeMadameWollenHeuteMehrAlsNurEinenEinfachenRostkaffeeBestellen«, zwitscherte das Wesen lieblich und entblößte dabei zwei spitze Zahnreihen.

»Ich hoffe, du meinst *Röst*kaffee. Ja, so einen hätte ich gerne. Mit Schaum. Und nicht den Keks vergessen.«

»SehrWohlMadame.« Das Zwitschern war nun einem bedrohlichen Zischen gewichen. Die Elfe verschwand flügelsirrend. Nur wenige Augenblicke darauf schwebte eine warm duftende Wolke näher, ließ sich adrett auf der Tischplatte nieder und löste sich mit einem leisen Plätschern in feinen Nebel auf. Dieser verflüchtigte sich rasch in der seichten Luft und offenbarte eine perfekt geformte Kaffeetasse mit geschätzten drei Tropfen Inhalt – und einen Keks. Fionagh hegte den Verdacht, dass es sich bei den luftigen Kellnern um gezähmte und parfümierte Zimmerwolken handelte; halb lebendige Geschöpfe aus Dampf und Dunst, die den zweifelhaften Ruf genossen, des Nachts unschuldig Schlafende in ihren Betten zu ersticken. Beweisen konnte sie derlei Anschuldigungen leider nicht. Zur Sicherheit jedoch wartete sie, bis sich sämtliche duftenden – und potentiell lebensgefährlichen – Schwaden verzogen hatten, bevor sie an ihrem Kaffee nippte.

Und der Geschmack brachte das Heimweh zurück.

Sie war nicht gerade scharf darauf, es sich selbst einzugestehen, aber sie vermisste ihr weiches Bett zwischen den Töpfen voller Kletterpflanzen, die aus der Schlafzimmerdecke ein grünes Walddach machten. Ihr Badezimmer mit dem Miniaturmoor in der Wanne und den Sumpflichtern, die abends aus den Ritzen gekrochen kamen, um über dem Schreibtisch zu schweben. Sie sehnte sich sogar nach den ungeklärten Geräuschen im Vorhang und dem leeren Bilderrahmen neben der Tür, nach den Kratzern, die Brutus' Hufe auf dem Boden hinterließen, und nach Tom, dem Haushaltstroll, der ihnen ihre Löffel stahl. Sie ertappte sich selbst bei einem sehnsüchtigen Gedanken an Stephanie Konstantopoulus und ihre fatalen Erfindungen. Aber es gab keinen Grund zur Trübsal – gewiss würde sie ganz bald nach Hause zurückkehren. Je schneller ihr Abenteuer ein Ende fand, umso besser.

Später würde sie sich fragen, ob er sie wohl gehört hatte. Denn als sie aufsah, kauerte Corax am anderen Ende des Platzes.

Und er war eindeutig krank.

Oh, er sah *nicht* bleich aus – jemand, der wirkte, als habe man ihn frisch aus der tiefsten Mitte eines schwarzen Lochs geschnitzt, konnte gar nicht bleich aussehen –, aber sie merkte ihm die Erschöpfung so deutlich an, als spürte sie seine Müdigkeit am eigenen Leib. Dennoch, ein wenig besser schien es ihm bereits zu gehen: Der Verband um seine Mitte war verschwunden und er zitterte kaum. Tatsächlich kam er ihr beinahe wie ein weiterer Tourist auf der Suche nach Leckereien vor; klein und harmlos, ein schüchterner Schatten, der hungrig die überladenen Teller beäugte.

Selbstverständlich verfügte eine gestandene Banshee nicht über Schweißdrüsen, aber dennoch fühlten sich Fionaghs Hände plötzlich feucht an vor Aufregung. Vorsichtig senkte sie den Blick zurück auf das Buch in ihren Händen, schlug es auf Seite siebenhundertsiebenunddreißig auf und entnahm ihr ein winziges, durchsichtiges Päckchen. Ein staubkorngroßer Sender rutschte auf ihre nervös zuckende Fingerspitze, als sie es mit einem sanften Ruck aufriss. Er war da. Corax war da! Der Plan hatte funktioniert, und nun lag alles einzig und allein an ihr. Also durfte sie die Sache auf keinen Fall vermasseln. Es war ihre Idee gewesen, den Raben hierherzulocken – wenn sie versagen sollte, würde Carl es ihr für den Rest der Ewigkeit unter die Nase reiben. Oder zumindest für den Rest seines kurzen menschlichen Lebens.

Mit zitternden Lippen nippte sie an ihrem Kaffee und schob den Keks sanft mit dem Löffel an den Tellerrand, sodass er im Sonnenlicht verführerisch leuchtete. Auf der anderen Seite der Terrasse trat Corax unsicher von einem Bein auf das andere. Fionagh spürte seinen Hunger, der in großen, mächtigen Wellen von ihm ausging (wie lange war es her, dass er zuletzt etwas Nahrhaftes aufgestöbert hatte?), und hoffte inständig, dass das kleine Gebäckstück ausreichen würde, um ihn anzulocken. Zwei Tische weiter entfernt fuchtelte Nix mit einem Stück Kuchen. Das war auch nicht schlecht – wenn Corax sich an einen der anderen wandte, konnten sie ihn immer noch ablenken, bis Fionagh zur Stelle war …

Inzwischen waren die ersten Gäste auf ihn aufmerksam geworden. Ein Raunen und Kichern lief durch die Runde wie Wellenbewegungen in einem See, nachdem jemand einen Stein in das Wasser hatte fallen lassen. Einige zeigten mit Fingern oder Fangarmen auf das merkwürdige Wesen mit der langen Nase und grinsten verhalten, andere rutschten beunruhigt mitsamt ihren Stühlen zur Seite. Ein pickliger Junge warf einen Kiesel nach dem Raben, der, ohne Schaden anzurichten, von seiner Samtweste abprallte.

Corax machte einen Schritt.

Und das Universum kippte zur Seite.

Plötzlich war sich Fionagh sämtlicher Einzelheiten um sich herum bewusst. Es war ein schöner, sonniger Tag, in dem die erste Frische des Winters lag – auf diesem Planeten gab es keinen Herbst. Der Platz war überflutet von Sonnenlicht, und auf den runden Tischen glänzten Teller, Tassen und Gläser, allesamt gefüllt mit den besten Naschereien, die das Leben zu bieten hatte (zumindest, wenn man über ein herkömmliches Verdauungssystem verfügte und sich nicht beispielsweise von elektromagnetischer Strahlung ernährte). Und Corax war direkt vor ihr, wie ein unaussprechliches, urzeitliches Relikt aus einer anderen Realität. Plötzlich war die Welt von einer tiefen Ruhe erfüllt.

Fionagh warf einen letzten Blick auf das spiegelnde Metall ihres Löffels, das ihr Abbild gekrümmt zurückwarf. Gut – die Perücke saß. Sie hatte sich das Haar schwarz gefärbt vor ihrer Abreise nach Saturnstadt, sich aber – nur für den Fall, dass er sie aus einem der halb eingestürzten Gebäude heraus beobachtet hatte – für eine zusätzliche Verkleidung entschieden. Rote Strähnen, die ihr Gesicht wie ein künstlicher Wasserfall umrahmten. Rot wie Blut.

Ein weiterer Atemzug. Na schön! Jetzt lag alles an ihr. Fionagh reckte entschlossen das Kinn. Sie waren schon so weit gekommen, und jetzt war er in greifbarer Nähe, der gefährlichste, unberechenbarste Mörder ihrer Zeit. Niemand wusste, was ihn dazu verleitete, zu töten. Niemand konnte sich sicher sein, wann er das nächste Mal zuschlagen würde. Es bestand eine gewisse Wahrscheinlichkeit, dass sie den heutigen Tag nicht überlebte.

Aber der Tod war etwas, über das sie notfalls auch noch im Jenseits nachdenken konnte. Jetzt war es an der Zeit. Sie überredete ihre Lippen zu einem Lächeln, hob die Hand mit einem letzten großen Kraftaufwand, der sich anfühlte wie das Ende aller Welten, und wackelte einladend mit den Fingern.

Na, komm schon. Komm schon, Corax. Trau dich. Komm doch näher und hol dir einen Keks.

»Rabenaas«, flüsterte sie zwischen zusammengebissenen Zähnen hindurch; das Signalwort für die Aktivierung des Senders. In ihrem Hinterkopf blinkte ein kleines grünes Licht auf, als ihr Chip das Signal empfing. Ärgerlich, denn nur für den Bruchteil einer Sekunde lenkte das Leuchten sie ab, und plötzlich hatte Corax die erhobene Hand gesehen und kam mit einigen flachen, neugierigen Hüpfern näher gesprungen. Vielstimmiges Gelächter, in dem Furcht und Misstrauen mitschwangen, folgte ihm, unterbrochen von einigen »oooh!«s und »ahhh!«s. Nur zwei, drei Sprünge, dann war er da, direkt vor ihr, und kauerte sich dann für einen zerbrechlichen Moment Schutz suchend unter ihrem Tisch zusammen. Fionagh hielt den Atem an, der sich in ihren Lungen wie knisternde Elektrizität anfühlte. Ihre Wangen schmerzten von dem Versuch, das starre Lächeln aufrechtzuerhalten. Sie hatte sich sagen lassen, der Rabe konnte Gedanken lesen, und es war verdammt schwierig, sich nichts Fieses durch den Kopf gehen zu lassen, wenn man so viel Zeit damit verbracht hatte, intrigante Pläne zu schmieden.

Aber dann war es plötzlich ganz leicht, an nichts zu denken, denn in glänzendes Leder gehüllte Finger legten sich auf die Tischplatte und Corax Gesicht tauchte zögerlich dahinter auf und lächelte sie an.

Das Lächeln traf Fionagh wie ein Tritt in die Magengrube. Es war, als ob man im Dunkeln nicht nur eine Treppenstufe, sondern gleich die gesamte Treppe übersah. Das tosende Geräusch der Realität, das sämtliche Erwartungen und Vorurteile zerstörte, explodierte in ihren Ohren. Sie hatte ihn sich ganz anders vorgestellt – als ein Furcht einflößendes Monster, einen schmutzigen, ungepflegten Verbrecher, seit Hunderten von Jahren auf der Flucht und darauf geifernd, ihr den Kehlkopf zu zerquetschen. Stattdessen aber erschien ihr der Rabe … beinahe liebenswürdig, wie er schüchtern das Kinn auf die Tischkante legte und sehnlichst den Keks anschmachtete. Plötzlich wollte Fionagh von ganzem Herzen, dass er das Gebäckstück bekam, nach dem er sich so verzehrte. In seinen tiefen, endlosen Augen spiegelte sich das Rot der Marmelade wie heller Klatschmohn in einer mondfinsteren Nacht.

»Nimm nur«, flüsterte sie, wobei sie unauffällig die Hand mit dem Sender nach unten wandern ließ. Sie würde ihn an Corax' Rücken haften, wo er ihn mit ein bisschen Glück nicht finden würde – und er schien nichts zu bemerken. Der Keks füllte die gesamte Wahrnehmung des Raben. Nur ein paar Zentimeter noch, dann konnte sie mit den Fingerspitzen den schwarzen Samt seiner Weste berühren, und in einem plötzlichen Siegesrausch verzogen sich ihre Mundwinkel zu einem breiten, freudestrahlenden Grinsen …

Dann brach die Hölle herein.

Fionagh musste zugeben: Carl hatte seine Sache geschickt gemacht. Sie hatte ihn gar nicht näher kommen sehen, und als er sich so urplötzlich von hinten auf Corax' schmalen Körper warf und ihn unerbittlich zu Boden riss, erschraken alle Gäste des Cafés mit ihr. Er hielt den Raben fest an der Kehle gepackt, wirbelte ihn herum und schlug ihm zwei Mal hart ins Gesicht. Er ließ seinen Schädel mit einem dumpfen Knacken auf den Steinboden donnern und rammte ihm das Knie in die Schusswunde, dass die Luft zischend aus Corax' Lungen entwich. Und Corax hieb zurück, schlug und prügelte ohne jegliches taktische Geschick, ein kreischender Wirbelwind aus raschen Hieben und ungestümem Flattern. Fionagh zog die Hand zurück und sprang auf die Beine. Sie konnte sich nur mit einem raschen Hechtsprung zur Seite retten, als die beiden Kämpfenden gegen den Tisch stießen und dieser klirrend zu Boden polterte. Die Perücke rutschte von ihrem Kopf, segelte in einem feurig leuchtenden Bogen durch die Luft und landete direkt auf dem Tablett einer schockiert dreinschauenden Elfe, die panisch rückwärts davonflatterte.

Voller Entgeisterung starrte Fionagh auf das fluchende, sich wälzende Bündel aus Fäusten und dreschenden Gliedmaßen zu ihren Füßen und spürte, dass etwas zerbrochen war, das weit über die zerschmetterten Teller hinausging – sogar über den Keks, der für einen Moment wie der Inbegriff der Hoffnung gewirkt hatte und nun zertreten zwischen den Scherben lag. Einen Augenblick lang hatte etwas zwischen ihr und dem Raben existiert, das zerbrechlich und kostbar gewesen war wie eine Kristallkugel, und Carl hatte es unwiderruflich zerstört. Fionagh empfand nichts als Zorn, als sie den beiden dabei zusah, wie sie sich über den Steinboden rollten und einander an die Gurgel gingen. Sie fühlte sich beraubt. Sie ballte die Fäuste, um dem Drang zu widerstehen, laut loszuschreien – oder Carl zumindest kräftig zwischen die Rippen zu treten. Dieser Idiot! Was hatte er sich dabei gedacht? Wie sollte sie Corax jemals den Sender anheften, wenn dieser so ausgiebig damit beschäftigt war, sich zu prügeln?

Corax' Finger tasteten nach Carls Augen, als der Cowboy seinen Schädel erneut auf dem Boden zu zertrümmern versuchte. Instinktiv wich Carl zurück, und nur für einen Moment lockerte sich sein Griff um Corax' Kehle. Er spie wüste Obszönitäten, als der Rabe sich aus seiner Umklammerung löste und sich vor Schmerzen keuchend aufrappelte. Einige Elfen hatten die beiden umzingelt und bewarfen sie zornig mit Appetithäppchen und Händen voller schwefelig knisternder Funken. Die Gäste suchten ihr Heil in der Flucht.

Für den Bruchteil einer Sekunde, in dem das Chaos vollkommen schien, belauerten sich der Rabe und der Cowboy gegenseitig, Blicke trafen aufeinander wie weiß glühende Klingen. Dann zog Carl seinen Blaster. Und Corax wirbelte herum, nahm Anlauf, sprang über einen umgestürzten Tisch hinweg … und verschwand.

Stattdessen traf der Energiestoß einen Sonnenschirm und zwei Stühle, die in einem grellen Lichtblitz beiseite gepustet wurden.

Dann herrschte Stille.

Carl ließ sich mitten in die Zerstörung sinken, die er angerichtet hatte, und lachte aus vollem Hals, als ein Schwarm wütender Elfen auf ihn niederstieß und sich in seiner Haut verbiss.

Sehr viele gefälschte Gefälligkeiten später, um für den angerichteten Schaden auszukommen, verließen sie *Madame Hasenherz' Siebten Himmel* mit schamvoll gesenkten Köpfen. Fionagh konnte einfach nicht anders, als die Unmengen kleiner, scharfkantiger Bissspuren, die sich dekorativ über Carls Gesicht zogen, voll schlecht unterdrückter Schadenfreude zu betrachten. Was ihr weniger gefiel, war, dass Mirembe die offenen Stellen im Gehen mit einer ihrer wundheilenden Lösungen betupfte. Wenn es nach ihr gegangen wäre, hätte Carl die Narben ruhig bis an sein Lebensende tragen können. Überhaupt gefiel es ihr nicht, dass er in letzter Zeit ständig mit ihrer besten Freundin zusammensteckte. Sie hatte sehr wohl bemerkt, wie die beiden sich andauernd verstohlene Blicke zuwarfen, und jedes Mal erinnerte sie sich voller Schrecken an den Waswolf und die Flederkatze in ihrem schrecklich schmalzigen Buch. Wenn sie es recht bedachte, hatte sie Mirembe schon lange nicht mehr gefragt, ob sie Carl inzwischen wohl hübsch fand.

Fionagh war selbstverständlich nicht *eifersüchtig* – solcherlei Emotionen orientierten sich an menschlichen Standards und waren ihr dementsprechend vollkommen fremd. Sie stellte sich lediglich voller atemberaubender Furcht vor, wie Mirembe sie möglicherweise eines Tages verlassen würde, um an der Seite eines anderen das Universum zu bereisen, und dass sie dann ganz alleine inmitten ihrer Sumpflichter hocken und sich für den Rest ihrer Tage mit entführten Küchenmaschinen herumschlagen würde.

Aber so weit würde es gar nicht erst kommen – niemals. Sie waren beste Freundinnen, und der Cowboy hatte ja keine Ahnung, dass alles an ihm – von den dämlichen Stiefeln bis zu seinem heiß geliebten Hut – verblasste im Angesicht der Zuneigung einer besten Freundin. Außerdem hätte sie ihn ohne mit der Wimper zu zucken tot aus den Latschen kippen lassen können – mittels eines einzigen Schreis. Am besten hob sie sich das für den Tag auf, an dem er ihr wirklich auf die Nerven ging.

»Also, was zum dreiarmigen Henker sollte das?«, fauchte sie, während Mirembe unter seinem linken Auge herumtupfte und ihn äußerst liebenswürdig auslachte, als er zusammenzuckte. »Wieso musstest du so dumm sein und dazwischenspringen? Ich war *so* nah dran! Ich hätte ihm den Sender mühelos unterjubeln können, wenn du nicht gewesen wärst, ich …«

»Häh?« Nix schob ihre Hand in die Jackentasche und zog ein kleines, durchsichtiges Päckchen heraus, das jenem erstaunlich ähnlich sah, das Fionagh in ihrem Buch versteckt hatte. »*Ich* hatte doch den Sender? Immerhin bin ich der Köder. Er hätte eigentlich zu mir kommen sollen! Wäre er auch bestimmt, wenn mein Tisch nicht so weit weg gestanden wäre.«

»Amateure«, schnaubte Jamie abfällig. »Den echten Sender hatte selbstverständlich die ganze Zeit über ich. Carl hat euch Fälschungen untergejubelt.«

Der Cowboy ließ ein selbstgefälliges Grinsen sehen. »Ihr seid alle drauf reingefallen. Was ich euch da gegeben habe, sind Applausmohnsamen. Ihr habt es nicht einmal gemerkt. Den echten Sender hatte natürlich ich. Was schaut ihr denn so? Es war die einzige Möglichkeit, ihm das Ding unterzujubeln, ohne zu riskieren, dass er zur falschen Person lief. Im Verborgenen darauf lauern, dass er sich einem von euch nähert, ein schöner Schlag in die Fresse, 'nen Peilsender an den Hinterkopf … wir haben ihn, Leute! Wir haben ihn!«

Sie hatte Carl selten so enthusiastisch gesehen. Die Tatsache, dass sie einem Applausmohnsamen zugeflüstert hatte, trug lediglich dazu bei, dass sie sich noch verratener fühlte.

»Aber das Licht hat genau in dem Moment aufgeblinkt, in dem ich den Sender aktiviert habe!«, schnappte sie. Carl schenkte ihr ein mitleidiges Lächeln, das den dringenden Wunsch in ihr weckte, ihn mit seinen eigenen Nieren vertraut zu machen.

»Weil ich deinen Zugang genau in dem Moment aktiviert habe. Konnte ja nicht riskieren, dass du was spitzkriegst und aus der Rolle fällst, oder? Übrigens: Checkt mal alle eure Chips. Ihr solltet ihn inzwischen orten können.«

Es trat ein schweigsamer Moment der Sorte ein, die entstand, wenn eine Gruppe von Leuten einträchtig ihre Hirnwindungen nach Computersignalen durchsuchte. Sia ließ ein zufriedenes Geräusch hören, das entfernt nach *Mirrrp* klang, und hielt den kleinen Bildschirm hoch, der für ihn sprach.

Er ist auf Erde Nummer 106!

Carl strahlte und führte sie beschwingten Schrittes die kiesbestreute Einfahrt entlang. »Sehen das alle anderen auch? Genial! Also: Wir machen uns auf den Weg zur nächsten Teleportstation und … oh *nein*. Umdrehen, umdrehen …«

Aber es war zu spät. Fionagh tauchte erst jetzt wieder aus den Tiefen ihres Chips auf, einem veralteten Modell, das mitunter etwas langsam war.

Sie zog überrascht die Augenbrauen hoch. Die Gestalten, die sich ihnen in den Weg stellten, grinsten ihnen mit verschränkten Armen und dem Gestank übersteigerten Selbstbewusstseins breit entgegen. Es war die merkwürdigste Ansammlung von Kreaturen, die Fionagh je gesehen hatte – abgesehen natürlich von Team Rabe. Sie hatte es für leicht exzentrisch gehalten, einem Typen mit Cowboyhut durch das Universum zu folgen, doch vor ihr stand – und es war beinahe absurd, es zuzugeben – eine Horde waschechter Piraten. Angeführt wurde sie von einem Mann, der aussah wie frisch aus einem altmodischen Kinderbuch entschlüpft. Stulpenstiefel mit den traditionell im Absatz eingelassenen Minikanonen, vorn spitz zulaufender schwarzer Hut mit Feder und Radioantenne, Schärpe, elektrischer Säbel, ein langer Mantel aus abgewetztem Leder – und um seine absurde Erscheinung abzurunden, trug er auch noch eine Augenklappe. Es war empörend.

»Carl, altes Raumschiff«, grüßte er mit heiserer Stimme, die nach Salzwasser und jahrelang in alten Eichenfässern gereiftem Alkohol klang. »Wie schön, dass wir uns nach so langer Zeit wiedersehen – und wie überaus unerwartet.«

Er rollte seine Rs zwischen den moosgrünen Zähnen, als ob sie ihm Schmerzen bereiteten, und spuckte sie aus wie Kirschkerne. Die Rs, wohlgemerkt – nicht die Zähne, wobei diese durchaus Rückschlüsse auf seine Mundhygiene zuließen.

»Bärtchen«, seufzte Carl und ballte hinter dem Rücken die Fäuste. Die kleinen Elfenbissspuren hoben sich leuchtend von seinem rot angelaufenen Gesicht ab. »Du musst der einzige Klabautermann des Bekannten Universums sein, der sich hartnäckig weigert, irgendetwas über Mode zu lernen. Was soll denn dieser Mantel? Und erzähl mir bloß nicht, dass du dich immer noch *Redbeard* nennst.«

»Nun, was soll ich sagen?« Der Pirat zuckte mit den Schultern und schwang sich charmant das rot glänzende Haar auf den Rücken. »Der Name passt. Und nennst du dich immer noch *Carl?* Nun, du weißt natürlich am allerbesten, welche Kraft in einem Namen stecken kann. Es ist kein Wunder, dass du einen ausgewählt hast, der deine persönlichen Stärken reflektiert.« Er ließ ein Husten hören, das verdächtig nach »Mittelmaß« klang. »Sagt hallo zu Carl, Kinder.«

Die Gestalten, die sich hinter ihm aufgestellt hatten, bedrohlich und mit all der Finsternis einer heraufziehenden Sturmfront dreinfunkelnd, gaben eine Auswahl an Knurr- und Grunzlauten von sich. Nur das Walross in dem maßgeschneiderten Anzug, das aufrecht auf der Schwanzflosse hinter seinem Anführer balancierte, fiel komplett aus der Reihe und ließ ein fröhliches »Hallo!« hören. Es wurde von derart vielen bösartigen Blicken getroffen, dass es sich entsetzt die Flossen vor die Hauer schlug und prustend verstummte.

Fionagh musterte sie verstohlen der Reihe nach. Neben dem Walross kauerte eine kleine, schleimige Kreatur, die wie ein Ertrunkener wirkte, aufgedunsen und schwammig. Gnädigerweise besaß sie den Anstand, sich mit langen, schwarz-grünen Algensträhnen zu bedecken, die zugegebenermaßen recht streng rochen. Zu seiner linken Seite wiegte sich ein mannsgroßes Seepferd auf seinen an der Hinterflosse angewachsenen Hufen melodisch hin und her. Die bunten Hautfetzen, die seinen Rücken und den länglichen Kopf bedeckten, schwebten lieblich und frei in der Luft wie in einem unsichtbaren Strom. Im ersten Moment ging Fionagh empört davon aus, dass es ihr anzügliche Blicke zuwarf; dann jedoch erinnerte sie sich daran, dass Seepferde immer Kussmünder machten.

Die Letzte in der Reihe war noch weitaus faszinierender als ihre Kameraden: eine Dame mit grau schimmernder Haut, die über und über mit mikroskopisch kleinen Schuppen bedeckt war und von Kopf bis Fuß quicksilbrig schillerte. Sie war in eleganten blauen Taft gehüllt und wäre als wunderschöne Nixe durchgegangen, wäre ihre elegant geschwungene Schwanzflosse am unteren Ende nicht in zwei plumpe Flossenfüße aufgegabelt gewesen. Und ihre Augen nicht in kleinen Höckern auf ihrem haarlosen Kopf gesessen hätten, was ihr einen Ausdruck permanenten Schocks verlieh. Außerdem trug sie eine kleine Sprühflasche in der schwimmhäutigen Hand, aus der sie sich ungefähr alle fünfzehn Sekunden Wasser ins Gesicht spritzte. Es machte den Eindruck schwereloser Anmut ein wenig zunichte.

»Wer seid ihr?«, fragte Fionagh geradeheraus, um sich jegliches mühselige Ratespiel zu ersparen. Sie hatte jahrelange Erfahrungen mit Leuten, die sich einem bedrohlich in den Weg stellten, und hatte sich schon immer geweigert, sich von solch plumpen Einschüchterungsversuchen beeindrucken zu lassen.

Carl seufzte. »Darf ich euch einander vorstellen? Fionagh, das sind die *Bounties*. Sie *nennen* sich Kopfgeldjäger, aber in Wirklichkeit sind sie vielmehr – nun, wie drücke ich es höflich aus – verdammte Diebe und Räuber, Entführer ohne Moral und Anstand, ein Haufen Mistkerle, die einen das Fürchten lehren? Nein, das ist die Untertreibung des Jahres …«

»Nennen wir es Outlaws.« Der Pirat verbeugte sich mit einer schwungvollen Bewegung, wobei Fionagh mit Erleichterung auffiel, dass er Materie sei Dank auf ein Holzbein verzichtet hatte. »Wir sind der Schrecken der Sterne, der Albtraum eines jeden arglosen Reisenden. Wir besegeln die Leere auf unserem Schiff, dem *Tatsächlich Fliegenden Holländer.* Wir bringen all jene zum Zittern, die sich uns in den Weg stellen, und sind berüchtigt für unsere Gabe, minderbegnadeten Jägern die Beute vor der Nase wegzuschnappen. Nehmt es Carl also nicht übel, wenn ab und zu die Missgunst mit ihm durchgeht – er hat allen Grund, sich zu fürchten.«

Das eine sichtbare Auge, welches nicht hinter der schwarzen Lederklappe verborgen war, richtete sich bedeutungsvoll auf den Cowboy, der ebenso demonstrativ den Kopf schüttelte und die Daumen in den Gürtel hakte.

»Aha. Das ist überaus erfreulich zu wissen«, merkte Jamie nüchtern an. »Und was wollen Sie, wenn mir die Frage gestattet ist?«

»Oh, aber nichts weiter von Bedeutung. Lediglich einen kleinen Plausch unter Kollegen«, grinste der Klabautermann. Seine Zähne leuchteten vor Grünspan. »Du wirst mir meine Nachfrage hoffentlich nicht übel nehmen – wie läuft es in letzter Zeit mit der Kopfgeldjagd, alter Freund? Ich muss sagen, ich bin angenehm überrascht und stehe vor einem Rätsel. All die Jahre warst du ein derart lausiger Jäger, und nun plötzlich schaffst du es, zwei Rabensichtungen innerhalb so kurzer Zeit zu verzeichnen. Woran liegt das wohl, frage ich mich?«

»Na, an uns.« Geist wandte mühsam den Blick von der Algenkreatur ab und liebkoste mit zärtlichen Fingern einen ihrer Dolche. »Wir sind ein ausgezeichnetes Team.«

Der Pirat schien sich zu amüsieren. »Wie herzensgut von euch, dass ihr meinem alten Bekannten so zuvorkommend unter die Arme greift. Ich muss schon sagen, Menschen altern furchtbar schnell. Er ist nun einmal ein wenig in die Tage gekommen, der Gute, und kann den ein oder anderen Beistand gut gebrauchen. Möglicherweise ist er allerdings nicht zu betagt für eine unserer kleinen Wetten?«

Carl legte die Stirn in Falten und trat einen herausfordernden Schritt nach vorn. »Was bringt dich dazu, nach all der Zeit zurückgekrochen zu kommen?«

»Ach, was soll ich sagen? Du bist endlich wieder interessant genug, um mich mit dir abzugeben. Du erinnerst dich an unser altes Spiel, nehme ich an?«

»Nur allzu gut.«

Der Pirat streckte eine einladende Hand aus, die vor schweren Klunkern nur so funkelte. »Dann wette ich, dass dir das Vögelchen auch dieses Mal durch die Lappen gehen wird. Und ich gehe sogar noch weiter, da dich dieser Gedanke so überaus wütend zu machen scheint. Entspanne deinen Kiefer, mein Guter, wir wollen doch nicht, dass du einen Bruch erleidest. Ich wette mit dir, mein alter Freund, dass wir ihn zuerst fangen und das saftige Kopfgeld ganz allein einstreichen. Mein Ärmster. Musst dir Hilfe von außen holen, ausgerechnet du, und schaffst es trotzdem immer noch nicht …«

Hinter Carls Rücken ballten sich seine Fäuste, bis die Haut sich so straff über seine Knöchel spannte, dass sie beinahe zu bersten schien. »Bärtchen, die Wette nehme ich allzu gerne an.«

»Wundervoll! Das wollte ich hören. Ich nehme dich beim Wort – den Wetteinsatz schlage ich dir demnächst schwarz auf weiß vor. Kommt, Kinder, wir gehen.«

Redbeard klopfte Carl freundschaftlich auf die Schulter, zwinkerte ihm einäugig zu und drehte sich mit wirbelndem Mantel um. Ohne weitere Worte schritt er davon, gefolgt von seiner Crew – nur das Walross im Anzug winkte ihnen zum Abschied fröhlich zu.

Geist trat vor. »Hey! Du mit der Wasserflasche!« Die schuppig glitzernde Frau blieb stehen und beäugte sie nervös. »Ich will ja nicht unhöflich sein, aber was *bist* du?«

Kurz zuckten die Höckeraugen zur Seite, was wohl in diesem Fall einem hastigen Blick über die Schulter gleichkam. Dann drang ein kurzatmiges, entschuldigendes Stimmchen aus dem breiten Mund. »Eine Meerlandjungfrau. Bestimmt hast du schon einmal von Schlammspringern gehört, die sowohl zu Wasser als auch …«

»Scylla!«, rief der Piratenkapitän, ohne sich umzudrehen, und die Meerlandjungfrau nickte überstürzt, bespritzte sich ein weiteres Mal mit Wasser und watschelte ihren ungleichen Freunden hinterher.

Nach einem Moment verwunderter Stille ließ Jamie ein abfälliges Schnauben hören. »Was war *das* denn? Ich habe noch nie jemanden getroffen, der sich solch große Mühe gab, dem Klischee *liebenswürdiger Gentlemandieb* zu entsprechen – und du weißt, in welchen Kreisen ich mich zu bewegen pflege, Carl.«

Der Cowboy zog sich ungeduldig den Hut vom Kopf und wuschelte sich durch das strubbelige Haar. »Glaub mir, ich war auch schockiert, als ich ihn zum ersten Mal getroffen habe. Typen wie die Bounties sind die Schattenseiten des Geschäfts – Neueinsteiger ohne Lizenzen oder Moralvorstellungen. Und dann haben sie sich auch noch nach einem Schokoriegel benannt! Was ihr über die Meute wissen müsst, lässt sich in ein paar Worten zusammenfassen: sie sind viele, es wäre mir lieber gewesen, ihr wärt ihnen nie begegnet, und Bärtchens Outfit entspricht ziemlich genau seinen Berufsvorstellungen. Er zieht durchs All, kapert Raumschiffe, raubt Reisende aus und sackt hin und wieder den ein oder anderen Gauner ein, der dumm genug ist, sich auf ihn einzulassen. Das sind die schlimmsten Verbrecher, meiner Meinung nach – die, denen man nicht mal trauen kann.« Er schauderte, als sie gemeinsam den Rest der Einfahrt entlangtrotteten. »Und ich sag' euch eins: Ab jetzt kleben sie an unseren Fersen wie die Kletten. Sie haben bemerkt, dass unsere Vorgehensweise besser ist als ihre, und werden alles daransetzen, daraus Profit zu schlagen.«

»Aber das macht die Sache spannender!«, warf Nix mit einem Strahlen ein. »Piraten, die uns jagen! Wie cool ist das denn?«

»Piraten haben den Nachteil, dass sie nicht fair spielen«, knurrte der Cowboy zurück.

Fionagh schnaubte. »Man kann nicht gerade behaupten, dass *wir* fair spielen«, merkte sie an. »Wir reisen durch die Gegend mittels gefälschter Lizenzen, bezahlen unsere Rechnungen mit nicht existentem Geld oder überhaupt nicht, zerstören Cafés, belügen jeden, der uns über den Weg läuft, und besitzen mehr falsche Ausweise, als ein Piratenkapitän jemals erbeuten könnte.« Ganz zu schweigen davon, dass Fionagh gemeinsam mit einer Hexe eine Detektei leitete, die dafür bekannt war, ihre Kunden nach Strich und Faden auszunehmen, dass ihr Haushälter ein notorischer Dieb, ihr Spitzel ein dutzendfach vorbestrafter Raufbold und Mörder und ihr Buchhalter ein Zentaur war, der mehrfach wegen Missachtung öffentlicher Verkehrsregeln gesessen hatte. Aber das alles tat hier nichts zur Sache.

Carl spuckte abfällig auf den Boden, eine dieser menschlichen Angewohnheiten, die Fionagh wohl nie verstehen würde. Es gab bestimmt auch angenehmere Weisen, sein Revier zu markieren (und unangenehmere – definitiv).

»Na und? Immerhin *tun* wir so, als ob wir uns an das Gesetz halten«, argumentierte er, was aus seinem Mund merkwürdigerweise sogar nach einem überzeugenden Argument klang. »Hört zu, wir müssen uns einen Plan ausdenken, kapiert? Bevor wir uns auf die Suche nach unserem Lieblingsaas machen, sollten wir erst mal sichergehen, dass wir die Piratenbande loswerden …«

Und sie wurden sie los. Carls Plan sah folgendermaßen aus: per Teleport in die Basis, um etwaige Verfolger abzuschütteln, von der Basis zum Nachbarplaneten von Erde Nummer 106 (wer auch immer auf die Idee gekommen war, diesen »Mond Nummer 106« zu taufen, war ein Genie in Sachen Kreativität gewesen), und dort … nun ja. Herausfinden, dass Erde Nummer 106 vor langer Zeit verlassen worden war und man ein Shuttle mieten musste, um sich auf die ausgestorbene Oberfläche der einstmaligen Menschenkolonie kutschieren zu lassen. Also mieteten sie sich das kleinste, am wenigsten von Rost und Zerfall betroffene Schiff, das sie finden konnten. Bemannt war es nur mit einer zweiköpfigen Pilotin, die Kapitän und Erster Offizier zugleich war. Im Inneren ließen sie sich gemütlich in die gepolsterten Sessel sinken und versteckten ihre nagelneuen Materieverdichter unter den Jacken. Was diese Waffen anging, war Fionagh zutiefst skeptisch. In der Theorie verursachten sie eine spontane Implosion jeglicher Materie, die unter dem Gewicht eines durchschnittlichen Kleinkinds lag. Carl war überzeugt, dass es sich durchaus auszuprobieren lohnte, was wohl geschah, wenn man damit auf Corax feuerte – möglicherweise konnte man ihn damit am Verschwinden hindern oder im besten Fall sogar ganz zur Strecke bringen. Auch dieser Gedanke drehte ihr den Magen um, obwohl sie wusste, dass es dumm war, so zu denken. Dass es überaus leichtsinnig und ignorant war, Mitleid zu haben mit einem grausamen Serienmörder, der noch nie von Gnade gehört hatte. Und dass es zudem keinen Zweck hatte, sich von Carl verraten zu fühlen, weil er diesen einen perfekten, traumzarten Moment zerstört hatte, in dem der Rabe seine Hand nach ihr ausgestreckt hatte. Aber dennoch …

… aber dennoch wurde sie das Gefühl nicht los, dass mehr hinter diesen schwarzen Augen verborgen lag als nur gefühlloses Nichts.

Und das Gefühl des Todes stieg in ihrem nicht vorhandenen Herzen auf, je näher sie der hundertsechsten Erde kamen.

Zu ihrer eigenen Überraschung musste sie erkennen, dass es nicht mehr nur Mirembe war, um die sie sich sorgte.

Die Erde kam grau, trist und einsam in Sicht, pockennarbig und verstaubt wie eine von Schimmel überwucherte Orange. Sie landeten zwischen den Ruinen einer zerfallenen Stadt, in der niedrig hängende Wolken zwischen den Gebäuderesten hindurchflossen wie federleichte Sahne. Es wäre ein schöner Anblick gewesen, wenn die Sorge in Fionaghs Brust sie nicht zu ersticken gedroht hätte. Ihre beste Freundin sah auf einmal furchtbar krank aus, wie sie bleich durch die schuttübersäten Straßen stolperte und sich immer wieder die rechte Hand rieb, als ob sie ein bohrender Schmerz plagte.

»Kann einer von euch eine Karte von diesem Ort empfangen?«, flüsterte Jamie in die Stille hinein, die nur vom zaghaften Knirschen ihrer Schritte durchbrochen wurde. Die Wolken schluckten den Himmel und jedes überflüssige Geräusch. »Ich kann nichts sehen. Mein Chip meldet sich nicht. Dieser Planet muss schon zu lange verlassen sein.«

Auch in Fionaghs Hinterkopf herrschte nur graue Leere, wo sich eigentlich eine Straßenkarte hätte abbilden sollen. Also blieb ihnen nichts anderes übrig, als dem kleinen grünen Signal zu folgen, das beharrlich von Corax' Sender ausging …

Es führte sie geradewegs auf ein dunkles, halb zerfallenes Gebäude zu, dessen schwarze Fenster ihnen wie leere Münder entgegengähnten. Carls Warnung, dass sie gefälligst leise zu sein hatten, war die letzten Worte, die für eine lange Zeit gesprochen wurden. Sia schlich lautlos als Erster voran, wich geschickt quietschendem Gummimüll und verräterisch wispernden Steinen aus. Die anderen folgten ihm und versuchten sich krampfhaft daran zu erinnern, was er ihnen über ihre Fußballen erzählt hatte und wie man sie am besten abrollte, um kein Geräusch zu verursachen. Sie passierten die aufgebrochene, schräg in den Angeln hängende Eingangstür und traten in eine dunkle Halle, die Materieverdichter im Anschlag. Eine Nachricht von Mirembe blinkte in Fionaghs Chip auf.

Geht schon mal vor.

Als sie sich umdrehte, erblickte sie den zusammengesackten Körper ihrer Freundin, der kraftlos an der Tür lehnte. Sie schüttelte rasch den Kopf – kam ja gar nicht infrage, Mirembe hier allein zu lassen! – und schlich zurück.

Was ist los?

Erinnerst du dich noch an den ersten Tag des Trainings? An dem mich ein Glühpilz in die Hand gebissen hat?

Fionagh nickte, und zur Antwort grinste die Hexe schwächlich und hob einen angeschwollenen Finger, auf dem eine große gelbe Beule pochte.

Ich glaube, der Biss hat sich nicht allzu gut mit dem Mittel vertragen, das ich Carl vorhin ins Gesicht geschmiert habe.

Verdammter Carl und seine verdammten Elfenbissspuren! Es war alles seine Schuld. Fionagh biss die Zähne zusammen und zupfte gereizt an einer ihrer sich ringelnden Haarsträhnen. Normalerweise half das

Ziepen ihr dabei, sich zu konzentrieren, aber heute schien jegliche Hoffnung vergebens.

Ich bleibe hier, antwortete sie überzeugt, doch Mirembe schüttelte hastig den Kopf.

Nein, sei doch nicht dumm. Na geh schon, ich komm gleich nach. Ich muss mich nur kurz ausruhen.

Fionagh zögerte und spähte in die Dunkelheit, in den undurchdringlichen Schatten, in den die anderen verschwunden waren. Mirembe rollte mit den Augen, wie sie es immer tat, wenn sie fand, dass Fionagh sich störrisch anstellte.

Jetzt mal im Ernst, überleg dir nur, wenn sie Corax jetzt schnappen und du nicht dabei warst, weil mich ein Pilz gebissen hat. Du würdest dich für den Rest deines Lebens in den eigenen Hintern treten, und Banshees werden recht alt. Jetzt geh endlich. Die sind doch total verloren ohne jemanden mit Hirn.

Fionagh seufzte widerwillig. Allein dieses kurze Chipgespräch würde sich in horrenden Zahlen auf ihrer monatlichen Kommunikationsrechnung widerspiegeln – aber wenn sie Corax tatsächlich erwischten, würden sie sich nie wieder Sorgen über solcherlei Banalitäten machen müssen. Sie rappelte sich auf und nickte. *Na gut. Aber ruf mich, wenn du mich brauchst.*

Mirembe gab ihr einen Daumen hoch und ignorierte den misstrauischen Blick, den Fionagh ihr zuwarf. Dann wurde sie zu einer farblosen Silhouette im silbernen Licht, das durch die Tür floss, als Fionagh sich langsam in die Dunkelheit zurückzog.

Später würde sie sich an das beklemmende Gefühl erinnern, das in den Ecken des alten, muffigen Gebäudes lauerte. Daran, wie die Minuten zäh verstrichen, während die Todesahnung in ihrem Bauch hämmerte und die Schatten sie von allen Seiten bedrängten. Wie die Finsternis mit klammen Fingern nach ihr griff und darauf wartete, dass sie vor lauter Druck endlich aufplatzte wie eine reife Frucht und schrie, bis ringsum die verlassenen Steine erzitterten. In der Stille regte sich nichts, und das war beinahe fürchterlicher als jedes Geräusch.

Und Zweifel begannen in ihr zu blühen – die Vermutung, dass Corax vielleicht, ganz vielleicht nur, den Sender doch entdeckt und irgendwo hinter der verblichenen Tapete versteckt hatte, um sie ein weiteres Mal in die Irre zu führen …

Dann, ganz plötzlich, durchdrang ein gewaltiges Dröhnen die Grundfesten der Erde. Die Wände erzitterten. Staub rieselte von der Decke, gefolgt von modrigen Putzstückchen. Zersprungene Fensterscheiben klirrten und purzelten zu Boden. Fionagh stürzte auf eine davon zu, lehnte sich aus dem Fenster und starrte mit weit aufgerissenen Augen nach draußen. Durch die rasch wirbelnden Wolken senkte sich ein Raumschiff von der Größe einer Stadt dem Erdboden entgegen und füllte das Universum mit dem ungeheuerlichen Brüllen stampfender Motoren und brodelnder Turbinen. Mit tausendfachem metallischem Kreischen fuhr es einen Satz Laserkanonen aus. Und richtete deren weit aufgerissene Mäuler direkt auf ihr kleines Shuttle, das immer noch halb versteckt zwischen den Häusern lag.

Fionagh wirbelte herum und stürzte zurück in das stickige Treppenhaus, in dem die Luft sich seit Hunderten von Jahren nicht mehr geregt hatte. Wo war die Eingangstür? Dort. Dort drüben! Sie hastete darauf zu.

Mirembe war verschwunden.

»Wir müssen sofort hier raus!«, schrie jemand aus einem der düsteren Räume am anderen Ende des Gangs. Durch das Pochen der Panik in ihren Ohren erkannte Fionagh Alesanders Stimme. »Sie bombardieren unser Schiff!«

Jegliche Geduld war vollkommen am Ende. »Mirembe!«, schrie Fionagh aus voller Kehle. Hinter ihr stürzte die halb zerfallene Treppe in sich zusammen. »Mirembe! Komm hierher, sofort!«

Keine Antwort. Wo war sie? Sie hatte doch gewusst, dass sie an ihrer Seite hätte bleiben sollen! Fionagh stürzte wie eine Verrückte von Raum zu Raum, mit wehenden Haaren und flatterndem Kleid, bis sie in der Dunkelheit mit einer Mauer aus Pelz zusammenstieß, die sich als Sia herausstellte. Er schloss sich ihrer Suche wortlos an.

In ihrem Kopf überschlugen sich die Bilder: eine ohnmächtig zusammengesunkene Mirembe auf dem Boden eines verlassenen Raumes – Mirembe mit einer Blutvergiftung, die ihr Herz erreichte und es unwiderruflich zum Stillstand brachte – Mirembe in Corax' unerbittlichen Klauen – Mirembe zurück an Bord des Schiffes, das jeden Moment in die Luft gesprengt werden würde …

Ein lautes Donnern zerriss die Luft. Das Todesgefühl hörte schlagartig auf.

Jemand war gestorben.

Nein, nein, nein – nein, es konnte nicht sein! Entgegen aller Hoffnung riss Fionagh eine letzte Tür auf, den Geschmack des Verderbens auf der Zunge und die Lungen bebend unter der Last, nicht in lautes Klagen auszubrechen. Entgegen aller Hoffnung stürmte sie in einen letzten, finsteren Raum.

Entgegen aller Hoffnung erblickte sie Mirembe.

Und erstarrte.

13

Mirembe

Hier ist der Schatten bewohnt von Weiß, ein Holländer fliegt tatsächlich und eine Hexe muss eine wichtige Entscheidung treffen.

Es hatte viele Vorteile, eine Hexe zu sein. So hatte man in etwa die offizielle Erlaubnis, schrill gackernd im Mondlicht zu tanzen und dabei eine tote Katze über dem Kopf zu schwingen – auch wenn sich seit mindestens viertausend Jahren niemand mehr so aufführte. (Zudem konnte Mirembe bei genauerer Betrachtung eigentlich nicht von sich behaupten, dass sie oft das Bedürfnis beschlich, des Nachts unschuldige Leichen zu misshandeln.)

Glücklicherweise hatte das Hexendasein aber auch andere Vorteile.

Abschwellen, befahl sie der eitrigen Ausbuchtung an ihrem Finger. Die Beule kam ihrem Willen ohne Widerworte nach – der erste Vorteil. Mit einem erleichterten Seufzen rappelte Mirembe sich auf und spähte in die Dunkelheit. Dann, ganz leise und vorsichtig, machte sie sich auf den Weg.

Hier war der zweite, weitaus größere Vorteil: Als Hexe wusste man richtig und falsch zu unterscheiden. Nicht unbedingt im moralischen Sinn (was man schon allein daran sehen konnte, dass sie soeben ihre beste Freundin belogen hatte, um ein wenig Privatsphäre zu bekommen). Aber wenn man es richtig anstellte und die Anzeichen beachtete, wusste man, was geschehen war und was geschehen würde – und vielleicht sogar, was geschehen *sollte.*

Sie folgte dem Pochen ihres Herzens den dunklen Flur entlang, vorbei an den Trümmern eingestürzter Wände und zerbrochener Möbel. Ganz am Ende des Ganges befand sich eine kleine schwarze

Tür, die beinahe vollständig in der Dunkelheit verborgen lag und ihr wie ein schüchternes Lächeln vorkam. Sie ließ sich mit einem bloßen Stupser ihres Fingers öffnen.

Mirembe trat ein, wobei die Schatten wisperten. Und dort, in einer Ecke des winzigen Raumes, wo sich die Finsternis anstaute wie gefangenes Wasser, kauerte der Rabe.

Mirembe war nicht überrascht. Irgendwie, mit derselben Sicherheit, die sie zu ihm geführt hatte, wusste sie, dass er sie gerufen hatte. Aus dem gleichen Grund, aus dem alle die Hexe riefen, wenn sie allein waren in der Dunkelheit.

Sie näherte sich behutsam und ließ sich sacht auf den staubigen Boden sinken, die Beine überkreuz. Es trennte sie nur noch eine Armlänge, und dennoch ging der Rabe nicht auf sie los. Hatte sie es denn nicht gewusst, seit sie gesehen hatte, wie er Fionagh um den Keks angefleht hatte? Als sie lächelte, schmeckte sie Bitterkeit auf ihrer Zunge. Corax sah nicht aus wie ein wildes Tier, geschweige denn wie ein gewissenloser Mörder. Er sah aus wie jemand, der sich auf dem Weg nach Hause daran erinnert hatte, dass es keinen Ort gab, an dem er sicher war.

In diesem Moment vergaß Mirembe vollkommen, dass sie hier war, um ihn zu jagen. Mitleid machte sich in ihr breit wie warmer, süßer Agrazientee – ein tiefes Gefühl der Zuneigung für dieses wundersame, von der Einsamkeit zerfressene Wesen aus einem jahrtausendealten Ei. Diese verlorene Seele, die sich hier in einer ausgestorbenen Stadt in der Ecke zusammengerollt hatte – ohne jemanden, der sie wärmte. Es wäre beinahe lächerlich einfach gewesen, den Materieverdichter auf ihn zu richten und abzudrücken. Aber Corax blieb. Er zitterte und schlang die Arme fester um sich, betrachtete sie mit messerscharfem Blick, in dem der Argwohn lauerte; aber er blieb.

Und das war gut. Denn Mirembe hatte nicht vor, jemanden zu enttäuschen, der Vertrauen in die Hexe gesetzt hatte. »Hallo, Kleiner.« Sie sah ihm direkt in die Augen, die schwarz und leer waren wie ein sternenloser Himmel. Tief in ihrem Innern saß die Angst. »Du fürchtest dich, oder? Aber keine Sorge, das musst du nicht. Du brauchst meine Hilfe? Was kann ich …«

Er bewegte sich wie ein Schatten. Innerhalb eines Wimpernschlags war er an ihrer Seite, schob den Saum seiner Weste hoch und zeigte ihr die halb verheilte Schusswunde zwischen seinen Rippen, umgeben von dunklen Federn.

»Na schön«, flüsterte sie. »Alles klar. Verstehe. Warte, ich habe etwas, das dir helfen wird. Das sieht übrigens ziemlich widerlich aus, weißt du das? Ich hoffe, du versuchst nicht immer, dir auf diese Weise Freunde zu machen. Das würde einiges erklären.«

Sie zog das kleine Fläschchen Wundtinktur aus der Tasche, tupfte einige Tropfen auf ihre Fingerspitzen und legte diese vorsichtig auf die Wunde. Für den Bruchteil einer Sekunde befürchtete sie, dass Corax ihr entgegen aller Erwartungen wutentbrannt an die Gurgel gehen würde: seine Muskeln zuckten, seine Gesichtszüge verformten sich zu einer schmerzhaften Grimasse und er ließ ein Fauchen hören, das sich tief in ihre Trommelfelle schnitt.

Stattdessen aber riss er sich zusammen, fiel rückwärts auf alle viere und flüchtete sich in eine Ecke. Aus weit aufgerissenen Augen starrte er sie an, schwarze Löcher in der Ewigkeit. Vielleicht war es das erste Mal, dass jemand ihn mit guter Absicht berührt hatte.

»Nein. Bleib.« Beim fünften Anlauf gelang es ihr schließlich, die Wunde zu versorgen – so sanft und hauchzart, wie man ein verletztes Rosenblatt berühren würde. Corax' Federn waren kühl und seidig, sein Atem ging stoßweise und unter ihren Händen konnte Mirembe seinen rasenden Herzschlag spüren. Er hämmerte gegen seinen Brustkorb wie ein gefangener Vogel, der gegen die Gitterstäbe seines Käfigs flatterte.

Als Mirembe zurückwich, fing ihr Blick die tiefen Augen des Raben auf. Und plötzlich schlangen sich seine Finger um ihr Handgelenk und drückten spinnwebleicht zu.

Weiß.

Strahlendes, blendendes, allumfassendes Weiß.

Es war, als wäre die Welt von einem unerwarteten Schneefall verschlungen worden – nur, dass keine Spur von Schneeflocken zu sehen war. Es war, als ob … als ob das Universum plötzlich mit Blindheit geschlagen wäre, und als ob nichts übrig blieb, das es sich zu erblicken lohnte.

Aber dann, in derselben rätselhaften Weise, in der Corax' schwarze Federn sich von der Dunkelheit abhoben, tauchte urplötzlich das Monster vor ihren geblendeten Augen auf.

Sie würde sich immer an den Anblick erinnern: strahlende Helle, umgeben von schneegleißendem Nichts. Zum ersten Mal, seit sie den Raum betreten hatte, erfasste sie kalte, tödliche Angst.

Vor ihr schwebte der Rabe, fürchterlicher und grausamer als je zuvor. Weiß wie das Innerste der Sonne, weiß wie die gedankensprengende Eischale, aus der das Universum gekrochen war – weiß wie glühendes, schmelzendes Metall. Es war eine Farbe, die weitaus schrecklicher war als alles Schwarz der Galaxis. Sie hatte es darauf angelegt, Schmerzen zu bereiten.

Sie sahen sich stumm an, weil es keine Sprache mehr gab, die von irgendeiner Bedeutung war. Alles an dem Ungetüm schien wild zu flattern, obgleich er sich nicht bewegte, wie in einem überirdischen Wind. Kleinen Flammenzungen gleich sträubten sich seine blendend hellen Federn, umspielte ihn seine leuchtende Kleidung, wurde sein strahlendes Haar von der Unendlichkeit gepeitscht. Seine Augen jedoch waren ruhig und klar und ihr Blick bohrte sich mit fürchterlicher Grausamkeit in ihre Seele. Falls Mirembe gedacht hatte, das Nichts wäre schwarz, dann hatte sie sich getäuscht – das Nichts war weiß, alles verschlingend, alles betrachtend. Alle Farben des Universums vermischt und von ihrer eigenen Schönheit zermalmt.

Und es gab kein Verstecken.

Die Hexe schluchzte.

Doch in einer Welt jenseits des Nichts rief jemand einen Namen, an den sie sich nach der Ewigkeit im Blick dieser weißen Augen kaum noch erinnerte. Rief ihn erneut. Und erneut. Und dann erkannte sie ihn – es war ihr eigener. Mirembe. Das war sie.

Der Griff um ihr Handgelenk lockerte sich. Die Welt kehrte zurück wie ein Kübel Staub und Erdanziehungskraft und Sauerstoff und Sterblichkeit, der über ihrem Kopf ausgeleert wurde. Mirembe schnappte nach Luft wie ein Fisch auf dem Trockenen, blinzelte die Tränen beiseite und konnte sich kaum sattsehen an den trüben, düsteren Farben um sie herum. Das modrige Schimmelgrün in den Ecken, das abblätternde Grau der Wände. Wundervoll! Das glänzende Dunkel von Fionaghs schwarz gefärbtem Haar, das Bernsteinschimmern ihrer Augen, in denen ein unerklärliches Grauen lag. Es dauerte einen Moment, bis Mirembe verstand. Ach ja, richtig – sie saß hier mit einem der meistgesuchten Verbrecher der letzten siebenhundertsiebenunddreißig Jahre.

Und dann war da plötzlich Carl, der Fionagh mit einem groben Stoß beiseitedrängte, den Blaster auf Mirembes Kopf richtete und goldzahnglitzernd grinste. Auch diese neue Information quälte sich mit der Geschwindigkeit einer bauchlahmen Schnecke durch Mirembes Gehirnwindungen. Warum legte er auf sie an? Stimmt – hinter ihr kauerte, wie bereits erwähnt, einer der meistgesuchten Verbrecher der letzten siebenhundertsiebenunddreißig Jahre. Selbst nach dieser neuen Information weigerte sie sich beiseitezutreten, und langsam tröpfelte das Grinsen von Carls Gesicht und plätscherte zu Boden wie Schmelzwasser.

»Geh aus dem Weg, Mi.«

Mirembe stand auf, breitete schützend die Arme aus und blieb stehen. Sie hatte sich nie für lebensmüde gehalten – es war erstaunlich, was man im Laufe einer einzigen Existenz über sich herausfand. »Nein.«

Ein gewaltiges Beben durchfuhr das Gebäude und riss sie beinahe von den Füßen. Einen Sekundenbruchteil später, in dem die Luft ihre Kräfte sammelte, folgte ein noch gewaltigeres Krachen.

»Carl, wir müssen gehen!« Alesander kam in den kleinen Raum gestürmt, das Gesicht ganz bleich vor Angst. »Sie greifen unser Schiff an, sie greifen unser Schiff an! Wir können ihn auch noch ein andermal töten, bitte lass uns einfach gehen …«

»Verzieh dich, Hexe! Zur Seite, auf der Stelle jetzt!!«

»Nein.« Mirembe drehte sich um, fing Corax' funkelnden Blick ein und pflanzte ihm eine Idee in den Kopf. Es musste schnell gehen.

Mehrere Stimmen erhoben sich aufgebracht, als der Rabe auf die Beine sprang, sich in einer einzigen geschmeidigen Bewegung auf das Fensterbrett zog und ohne zu zögern durch die zerborstene Scheibe stürzte. Carl eilte ans Fenster, stolperte beinahe hindurch in seiner Hast, und fuhr mit zornsprühendem Blick herum. Mirembe wusste ohne hinzusehen, dass Corax mitten im Fall verschwunden war. Sie wusste auch, was nun unweigerlich folgen würde. Widerstandslos ließ sie zu, dass Carl sie an der Kehle packte und hart gegen die modrige Wand stieß, ohne mit der Wimper zu zucken. Bei Magie ging es stets um nichts weiteres als Konsequenzen.

»Warum hast du das getan, du verdammte Hexe? Häh? Wir waren so nah dran! *So* nah! Wir könnten schon längst wieder auf dem Weg nach Hause sein, ein saftiges Kopfgeld in der Tasche!«

Mirembe zuckte mit den Schultern, so gut das eben möglich war, wenn man von einem zornigen Cowboy an die Wand gedrückt wurde. »Er braucht Hilfe. Keinen Idioten, der ihn in die Luft sprengt.«

»Wir besprechen das im Raumschiff!«, entschied Jamie, als die Welt erneut erbebte.

»Es kann allerdings gut sein, dass unsere Pilotin tot ist«, warf Fionagh traumverloren ein. Sie schien noch nicht ganz verstanden zu haben, was soeben geschehen war. Später würde es eine lange, ausführliche Erklärung geben müssen. »Ich habe da so etwas gespürt, und da wir alle noch leben …«

»Du bist jetzt also auf seiner Seite, was?«, zischte Carl mit derart hasserfüllter Miene, dass es Mirembe beinahe leidtat, sein Gesicht verarztet zu haben. »Bist du das?«

»Wenn du weiterhin so mit mir sprichst, dann bin ich das.«

»Also willst du ihm jetzt das mörderische Händchen halten und ihm den Kopf tätscheln, weil er ja so ein armes, missverstandenes kleines Bürschchen ist, das eine Freundin wie dich dringend nötig hat?«

Carls Stimme troff vor Hohn, aber Mirembe fühlte sich, als ob die Worte durch tiefes, dichtes Wasser zu ihr drangen. War es nicht seltsam? Sie war ausgezogen, den Raben zu fangen, voller großartiger Ideen, was man mit der Belohnung wohl alles anstellen könnte, und voller verrückter Träume von bunten, aufregenden Abenteuern im All. Und ganz egal, wie merkwürdig es auch klingen mochte – ja, es stimmte. Jetzt wollte sie den Raben tatsächlich beschützen. Mehr als zuvor. Mehr als alles andere.

»Das kommt hin«, antwortete sie schlicht. In Carls Augen verschloss sich irgendetwas, als ob jemand einen unsichtbaren Schalter umgelegt hätte.

»Verräterin«, flüsterte er kalt und stieß sie von sich. Es lag keine Grobheit mehr in seinen Bewegungen, nur eine oberflächliche, gefühllose Leere.

»Ab jetzt gehen wir anders vor«, entschied Mirembe, obwohl sie bereits wusste, wie die Entscheidung letztendlich ausfallen würde. »Wir jagen ihn nicht mehr. Tief in ihm steckt ein Wesen mit klaren

Vorstellungen von Gut und Böse. Er ist ein Heimatloser, der unsere Hilfe braucht. Ab sofort jagen wir ihn nicht mehr – wir versuchen, uns sein Vertrauen zu verdienen.«

»Und dann heiraten wir ihn, bauen Nester und legen alle hübsche schwarze Rabeneier.« In Carls Lachen schwang der Wahnsinn mit. »Hörst du dir eigentlich zu? Weißt du, was du da sagst? Wie kannst du dem Biest helfen wollen, nach allem, was du über es weißt?«

»Ähm, Leute, euch ist schon klar, dass unser Shuttle gerade bombardiert wird, oder?«, meldete Nix sich mit zitternd erhobener Hand zu Wort. »Ich meine, ihr könnt euch auch noch an Bord weiterstreiten. Wenn es kaputt geht, werden wir hier sterben. Äh … dies ist vielleicht nicht der richtige Zeitpunkt für Diskussionen.«

Mirembe betrachtete Carls steinernes Gesicht mit einem Seufzen. Hier trennten sich ihre Wege also. In diesem Moment erfüllte sie der Gedanke lediglich mit der sicheren Gewissheit, dass es das Richtige war.

»Du willst deine Vorgehensweise nicht ändern?«, fragte sie. Einen letzten Versuch war es wert.

»Verdammt noch mal. Nein. Nur weil dir das Herz vor Mitleid zerfließt, weil er als Küken nie geliebt wurde, werfe ich nicht mein Lebenswerk über den Haufen. Komm zu dir oder verschwinde aus dem Team.«

»Gut.« Mirembe zuckte mit den Schultern. »Dann werde ich mich dir nächstes Mal wieder in den Weg stellen.«

Es folgte einer dieser Momente, in denen die Stille so greifbar schien, dass man sie aus der Luft hätte pflücken können. Jegliches Gefühl war aus Carls Stimme verschwunden, als er sprach. »Dann werde ich dich erschießen.«

Fionagh stieß einen drohenden Knurrlaut aus und trat näher, einen eisigen Grabeshauch verströmend, der das Gebäude erschaudern ließ. Oder vielleicht war es auch der immerwährende Bombenhagel von draußen.

Mirembe schüttelte lediglich resigniert mit dem Kopf. »Dann ist es entschieden. Ich verlasse das Team.«

»Gut. Ich will dich nie wieder in meiner verfluchten Nähe wissen.«

»Wir gehen jetzt!« Jamie packte Alesander am Oberarm und zog ihn grob durch die schmale Tür. »Begrabt euren Streit und kommt mit oder wir heben ohne euch ab und ihr könnt euch in den Haaren liegen, bis ihr hier elendiglich zu Staub zerfallt!«

Carl wirbelte wortlos herum und folgte ihnen. Mirembe nahm sich zusammen und Fionagh an der Hand, und gemeinsam stürzten sie durch die wackelnden Flure auf das Rechteck aus Licht zu, das sie ins Freie führen würde. Es war erstaunlich, wie gleichgültig ihr die Dinge in diesen finsteren, klaren Augenblicken waren. Die kleinen Steinchen, die von der löchrigen Decke gesegelt kamen. Der Anblick ihres hilflosen Shuttles, das verzweifelte Spiralen und Schlaufen im dunkler werdenden Himmel flog – verfolgt von einem riesenhaften Raumschiff, das träge durch die Lüfte kreiste wie ein Hai, der einen winzigen Fisch belauerte. Die Ladeluke, die sich ihnen während eines besonders waghalsigen Manövers zuneigte. Carl, der ihr wüst bedeutete, dass sie ruhig zum Sterben zurückbleiben konnte. Jamie und Geist, die dennoch nach ihren Händen griffen und sie an Bord zogen. Ihre Pilotin, die panisch vor sich hin stammelte, dass ihr linker Kopf getroffen worden war und sie keine Ahnung hatte, ob sie das Schiff als einzige Überlebende steuern konnte. Alesander, der sie darauf hinwies, dass sie bereits seit Minuten die kunstvollsten Figuren der Fluggeschichte in den Himmel zeichnete. Ihre halsbrecherische Flucht in die Weiten der Nacht und das Raumschiff, das schwerfällig hinter ihnen zurückfiel. Es war ihr nun alles klar: Wie die Geschichte von Anfang an hatte ausgehen sollen, und wohin ihr Weg sie führen würde. Er lag vor ihr wie ein schimmerndes Band.

Fionagh hatte seit Minuten kein Wort mehr gesprochen. Sie saßen eng aneinandergekauert in ihren Sitzen und lauschten dem Jaulen der Instrumente, die sich über die Außenwandbeschädigung des Shuttles beschwerten. Mirembe hoffte vage, dass es zumindest bis zum nächsten Planeten durchhalten würde, aber im Grunde genommen machte sie sich keine Sorgen. Hier war die Reise noch nicht zu Ende.

Im Shuttle jedoch herrschte die bedrückte Stille, die vermutlich immer dann aufkam, wenn ein Bündnis zu Bruch gegangen war. Sie wandte sich an die Banshee, die noch bleicher aussah als sonst mit dem obsidianschwarzen Haar. Blond stand ihr besser.

»Tut mir leid«, flüsterte sie ihr ins Ohr. »Dass ich hier aussteigen muss. Aber es ist nicht richtig, weiterzumachen. Eigentlich habe ich es schon länger geahnt. Aber heute hat er mir etwas verraten. Er ist einsam, weißt du – so wie ich es vor langer Zeit einmal war. Und er hat mir etwas gezeigt, dem ich nachgehen muss. Und das die Dinge verändern könnte.«

Die Banshee nickte, die Andeutung eines Lächelns auf den Lippen. »Du warst schon immer viel zu nett zu unseren Gaunern.«

Mirembe grinste zurück, von plötzlicher Erleichterung erfüllt. Wenn Fionagh auf ihrer Seite war, dann strahlte die Welt schon heller. »Tja, ich mag meine Bösen eben böse.«

»Du findest doch nur, dass er gut aussieht. Gib's zu.« Sie konnte einfach nicht anders, als in kehliges Lachen auszubrechen. Manche Dinge mussten sein, so wie der Sonnenuntergang, oder die Gesetze der Gravitation, oder das man in manchen Momenten eben lachen musste, wenn es am wenigsten angebracht war. Das Schweigen zerbarst wie ein Wassertropfen, als Fionagh mit einstimmte. Es kam ihr vor, als wäre es Jahre her, dass sie zuletzt zusammen herumgealbert hatten.

»Jaah, du hast recht«, kicherte sie. »Ich stehe nun mal auf Jungs, die sich gut zu kleiden wissen – was soll ich machen?«

Carl warf ihnen einen Blick zu, in dem der reinste Abscheu lag. »Ich will meine Ausrüstung zurück«, sagte er tonlos. »Die Schutzwesten, die Magiewiderstände, die Waffen, alles.«

Mirembe streifte sich den ganzen Plunder stumm ab. Sie gab vor, dass es nicht im Geringsten schmerzte – je weniger von seinem Zeug sie mit sich herumschleppte, umso besser.

»Was machst du da?«, schnappte Carl, als Fionagh aus ihrer Jacke schlüpfte und sich umständlich aus der schweren Schutzweste schälte.

»Wenn Mirembe geht, gehe ich auch«, entgegnete sie schlicht und legte ihm die Weste in den Schoß. Mirembe staunte sie an. Liebe, süße, vertrauensvolle Fionagh, die ohne weitere Erklärung einfach mit ihr kam. Sie hätten das Kopfgeld gut gebrauchen können, das wussten sie beide. Jetzt würde die Reise vermutlich in ganzen Gebirgszügen aus Schulden enden anstatt in sorglosem Reichtum. Aber vielleicht war es das wert – wenn auch nur, um Carls Gesichtsausdruck zu sehen, als Fionagh ihm ihre schützenden Talismane überreichte.

»Und die vergeudeten Lebensstunden«, krächzte er, wobei er beinahe selbst wie ein Rabe klang. »Die hätte ich auch gerne zurück.«

Mirembe wandte sich ab. »Selbst für deine Verhältnisse war das ein bisschen zu melodramatisch.« Ihre Stimme brach nur ein wenig.

Es folgte verbitterte Wortlosigkeit, die nach Feindschaft schmeckte. Wie einfach ein Bündnis zersplittern konnte, das einem zuvor teuer gewesen war, würde Mirembe wohl auf ewig erstaunen. Und was dann? Was dann, nachdem alle Bande zerteilt, alle Zuneigungen zerschmettert worden waren? Wo das riesenhafte Raumschiff abgeblieben war, das ihrer Pilotin einen Kopfschuss verpasst hatte, war unklar. Dennoch – Mirembe hatte den Namen erkannt, der in mannshohen Buchstaben auf seiner Seite prangte, ein Holländer, der tatsächlich flog. Die Bounties waren also wirklich hinter ihnen her, und anscheinend scheuten sie keine Mühe, die Wette zu gewinnen. Wer sonst, wenn nicht ein bekloppter Piratenkapitän mit grünen Zähnen, wäre auf die Idee gekommen, sein Schiff mit sarkastischem Trotz nach einer verwegenen Legende zu benennen? Es war erstaunlich, wie die alten Geschichten der Ersten Erde ihren Weg durchs Universum fanden. In all ihren Jahren als Hexe hatte Mirembe nie herausgefunden, was an den Menschen so besonders war, dass ihre Gedanken Raum und Zeit überdauerten. Und obwohl sie selbst ein Mensch war, bezweifelte sie, dass sie jemals dahinterkommen würde. Aber überall, zwischen fremden Sternen, deren Licht nie die Erde erreicht hatte, auf der dunklen Seite vergessener Monde, schwebten kleine Fünkchen menschlicher Fantasie.

»Ich erinnere mich gerade an eine interessante kleine Anekdote«, sagte Jamie in die bedrückte Stille hinein. »Meine Großmutter erzählte mir einst, dass sie vor rund eintausendfünfhundert Jahren zu Besuch auf Erde Nummer 106 war. Seine Bewohner ernährten sich zu ihrem Grauen von giftigem, krankheitserregendem Müll, welcher als feinste Delikatessen getarnt und mit Süßstoffen vollgepumpt wurde, um den fauligen Geschmack zu übertünchen. Einer nach dem anderen gingen sie daran zugrunde. Sie vergifteten sich selbst.«

»Wieso taten sie das?«, schwebte Nix' zittrige kleine Stimme durch das Schiff. »Wieso haben sie sich nicht einfach besseres Essen von außerhalb liefern lassen?« Mirembe hob den Kopf – gerade noch rechtzeitig, um zu sehen, wie Jamie resigniert mit den Schultern zuckte.

»Weil es kostengünstiger war«, antwortete sie, und in ihren Worten schwangen achthundert Jahre der Verwirrung über den Lauf des Universums mit. »Und weil die Macht der Gewohnheit sie dazu trieb, nicht allzu gründlich nachzudenken.«

Irgendwie war es ein bezeichnendes Ende ihrer Zusammenarbeit – dass dies die letzte Geschichte sein sollte, die sie sich vor dem Abschied erzählten. Auf seltsame Weise hoffte Mirembe, dass Carl eine Lehre aus der Erzählung ziehen würde – dass er verstehen würde, dass sie, wenn sie nicht aufhörten, den Raben blindlings zu jagen, eines Tages ebenfalls an ihrer Ignoranz zugrunde gehen würden, genau wie die einstigen Bewohner von Erde Nummer 106. Dass sie einen anderen Weg einschlagen mussten, bevor sie sich selbst vergifteten.

Derart finstere Gedanken begleiteten jeden ihrer Atemzüge, als sie mit einem ohrenbetäubenden Krachen auf der Oberfläche des Nachbarplaneten aufkamen. Für einen Moment kauerten sie stocksteif in ihren Sitzen und warteten darauf, dass irgendjemand etwas sagte. Schließlich erhob sich wortlos einer nach dem anderen und sie kümmerten sich in schweigsamem Einverständnis um die verletzte Pilotin. Sie sorgten dafür, dass ein Arzt gerufen wurde, und versprachen ihr ein großzügiges Schmerzensgeld und ihre tiefste Anteilnahme – aber einen zerstörten Kopf konnte vermutlich nicht einmal die freigiebigste Summe ersetzen.

Ganz zuletzt fand sich Team Rabe vor dem verbeulten, mitgenommen aussehenden Schiff stehend wieder, wobei jedes seiner Mitglieder es sorgfältig vermied, den anderen in die Augen zu schauen. Insgeheim waren sie nun einmal allesamt Feiglinge, die nur so taten, als ob große Abenteurer in ihnen steckten.

Der Horizont sah aus wie ein Eisbecher, überzogen von leuchtend violetten und rosafarbenen Wolken. In diesem letzten Moment zusammen wäre es wirklich wunderschön gewesen, überlegte Mirembe, einen Löffel aus der Tasche zu ziehen und einen Mundvoll Himmel zu kosten.

»Könnt ihr es euch nicht noch einmal überlegen?«, fragte Nix schließlich flehentlich und sah Mirembe mit solcher Verzweiflung an, dass sie sich die Kleine am liebsten unter den Arm geklemmt und mitgenommen hätte. Wahrscheinlich war es keine gute Idee, sie in der Obhut eines verrückten Kopfgeldjägers zurückzulassen – aber sie ahnte mit bedrückender Gewissheit, dass es auch für arglose Teenager sicherer war, auf Carls Seite zu stehen als auf der seiner Feinde. Und das waren sie nun.

Der Cowboy hatte sich längst abgewandt und verschwand soeben am anderen Ende der Landebahn, eine flimmernde Silhouette im bonbonfarbenen Licht.

Fionagh schüttelte den Kopf. »Nein. Ich glaube, Mirembe hat sich entschieden.«

»Das habe ich. Aber falls ihr jemals Hilfe brauchen solltet: Ihr habt unsere Chipnummern. Schickt uns einfach eine Nachricht.«

Es fiel ihr schwer. Es war eine Sache, die richtige Entscheidung zu treffen – doch etwas komplett anderes, sich von seinen Freunden zu verabschieden und nicht zu wissen, ob sie einander wohl jemals wiedersehen würden. Ob sie wohl, sollten sie sich irgendwann wieder begegnen, für alle Zeiten von Verbündeten zu Gegnern geworden wären. Beinahe bereitete es ihr Schmerzen, ein letztes Mal ihre Hände (und, in Sias Fall, Pfoten) zu schütteln und sich einmal mehr umarmen zu lassen. Doch irgendwann gab es niemanden mehr, von dem sie sich nicht wiederholt verabschiedet hätte, und keine Worte, die noch zu sagen waren.

»Passt auf euch auf«, bat Alesander sie zum Abschied, und gemeinsam nickten sie und wandten sich endlich ab in Richtung Sonnenuntergang.

»Du und ich, Fionagh, hm?«, fragte Mirembe. Es war fast wie in alten Zeiten – es waren immer nur sie beide gewesen.

»Du und ich, Mirembe.«

Sie hielten sich fest an den Händen.

Als die anderen außer Sichtweite waren, erlosch in Mirembes Hinterkopf ein blinkendes Licht. Jamie hatte wohl auf Carls Geheiß ihren Zugriff auf Corax' Sender deaktiviert. Von nun an würde es ihnen unmöglich sein, den Raben zu finden.

Aber das war in Ordnung.

Der Rabe würde sie finden.

Da war sie ganz sicher.

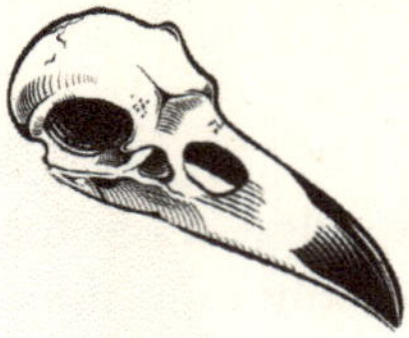

13

TEIL ZWEI

Das Jahr X+3.176, Station 11

Die Schritte der Frau hallten scharf in den stillen Fluren wider, als sie auf die große Stahltür zuhielt. Sie war spät dran. Nicht, dass es ihre Schuld gewesen wäre – hinter jeder erfolgreichen Forscherin steckte ein großes, reichhaltiges Frühstück. Auf leeren Magen war Wissenschaft vollkommen unverträglich.

Niemand schien auf die Idee gekommen zu sein, irgendwo in der Nähe der Station so etwas wie eine anständige Imbissbude zu eröffnen (vielleicht lag es daran, dass von ständigen Säurewellen ausgewaschene Klippen und düster brodelnde Horizonte kein besonders appetitanregender Anblick waren), also musste sie sich für derlei Bedürfnisse wohl oder übel auf dem nächstbesten Nachbarplaneten bedienen. Das konnte manchmal ein wenig dauern. Dies war der eine Aspekt ihres Berufes, den die Frau auf den Tod nicht ausstehen konnte: Es dauerte Ewigkeiten, sich ein anständiges Frühstück zu besorgen.

Sie hielt dem großen, leise vor sich hin surrenden Wachmann denselben Ausweis unter die Nase, den sie ihm jeden Morgen zeigte, ließ ihre Pupillen scannen, ihre Mundschleimhäute messen und ihre Gesichtszüge analysieren. Es war alles eine Frage von Sekunden – die Verzögerungen im Betriebsablauf hatten sich angenehm reduziert, seit die Wachmannschaft durch Roboter ersetzt worden war. Und niemand pfiff ihr mehr anzüglich hinterher.

Die Türe öffnete sich lautlos; armdicker Stahl, der behäbig zur Seite schwang und dahinter eine noch viel schwerere Metallpforte entblößte. Auch diese öffnete sich, und dann schnurrten ganz zuletzt die durchsichtigen Glastüren auf, die den Weg und den Blick auf das Labor freigaben.

Die Frau zog sich in den Umkleideraum zurück, schlüpfte aus ihrem seidenen Mantel und zog dafür ihre feine weiße Arbeitskleidung über. Selbst den doppelten Mundschutz, den sie so verabscheute. Man konnte nie wissen: Bei all den bösartigen Krankheiten, die sie den Versuchsobjekten mittlerweile auf den Hals gehetzt hatten, war es besser, Vorsicht walten zu lassen.

Sie arbeitete heute an Nummer 61. Sie hatten ihn vor drei Tagen mit den Fieselpocken infiziert und bis jetzt immer noch keine bemerkenswerten Veränderungen festgestellt. Erstaunlich, was die Biester nach Monaten der Erbgutveränderung bereits alles aushielten. Und die wahrhaftig bahnbrechenden Experimente hatten noch gar nicht begonnen …

Sie bückte sich zu ihrem Schützling hinab und untersuchte ihn sorgfältig. Keine Pocken, so weit sie sehen konnte. Kein Erbrochenes. Die übliche Normaltemperatur. Mit einem Knopfdruck glitt der Käfig aus seiner Halterung und schnurrte über die elegant geschwungene Magnetschiene auf den Untersuchungstisch.

Die Frau zögerte, als sie einen zufälligen Blick auf den Jüngsten der Brut erhaschte, der sich im Nachbarkäfig zusammenkauerte. Er war schon immer schwächlich und schreckhaft gewesen, der Klon eines Klons eines Klons, mühsam im Reagenzglas großgezogen und ständig am Rande des Todes schwebend. Und ausgerechnet er zeichnete sich durch seine herausragende Wichtigkeit für ihre nächste Versuchsreihe aus. Sein Gehirn würde ihnen unglaubliche Erkenntnisse liefern – höchstwahrscheinlich würden sie ihn dabei verlieren, aber manchmal verlangte das größere Wohl nun einmal Opfer.

Später, gegen Mittag, brachten sie ihn in den Operationssaal. Einige Tage lang erholte er sich in einem schallisolierten Käfig außerhalb des Labors von dem Eingriff. Als die Frau ihn das nächste Mal sah – ihre langen Haarsträhnen waren eifrig damit beschäftigt, den hungrigen Mund an der Rückseite ihres Kopfes zu füttern, denn es war wieder einmal Frühstückszeit –, hatte sich sein Zustand sichtbar verschlechtert. Die verkümmerte Gestalt tobte und kreischte und warf sich gegen die Wände ihres Käfigs, bis sie mit Blut besprenkelt waren.

Corax 62 hatte die Gehirnoperation wirklich nicht allzu gut überstanden.

In solchen Momenten fragte sich die Frau, ob es sich wohl lohnte, was sie hier taten. Ob es vielleicht nicht doch bedenklich war, all diese Lebewesen in eine Welt zu setzen, die ihnen von Anfang an außer Schmerz und Kälte nichts zu bieten hatte – bis sie eines Tages das Ende ereilte, gnädig genug, sie von ihren Qualen zu erlösen.

»Weibische Heulsuse«, murrte der zweite Mund und biss sie in den Finger, als sie versuchte, seine Worte mit der Hand zu ersticken. »Hör auf zu flennen und schaff mehr Futter ran. Was soll schon passieren?«

Ja. Was sollte schon passieren.

Station 11 war absolut sicher.

Niemand kam herein, und niemand kam hinaus.

Bis dann eines Nachts …

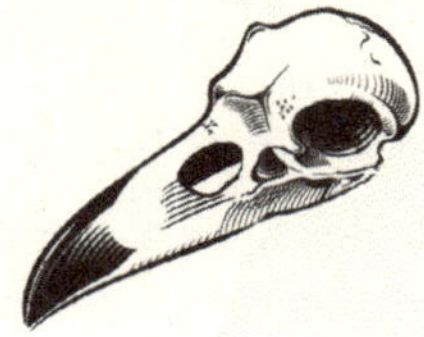

12

Geist

Hier schimmern Organe, ein Höllenhund schreibt rote Zahlen und ein Cowboy hat seinen Anstand vollkommen verloren.

Die Sonne schien hell auf Tautah X. Der Himmel war von einem strahlenden, wolkenlosen Gelb. Der erste Duft von Sommerfrüchten lag im sanften Wind. Die Leute weinten jämmerlich.

Ein älteres Wesen, das den Körperpanzer seiner Jugend längst verloren hatte und dessen Haut transparent schimmerte, stieß Geist einen gallertartigen Ausläufer in die Seite. Seine zerbrechlichen Organe leuchteten ihr mit jedem Schlag seines zuckenden Herzens entgegen.

»S brrr schggh gahh«, sagte es. Seine fliederfarbene Fadenzunge kräuselte sich in seinem Maul. Es dauerte einen Moment, bis Geists Chip das Genuschel übersetzt hatte. Sie musste wirklich dringend ihre Sprach-Software aktualisieren.

»Ich sehe nicht ein, warum ich mitweinen sollte«, antwortete sie schlicht. Der Chip des Wesens leuchtete grünlich auf. Zu Geists Faszination war er nicht in sein Hirn verpflanzt worden, sondern an eine Stelle unterhalb des Magens, wo ein Bündel frei in dem gallertartigen Fleisch schwebender Nervenbahnen zusammenlief. Tautahraner waren wirklich bemerkenswerte Geschöpfe, und ihre Gedanken, wie ihre Haut, waren schwereloses Glas.

»K-k-k-krrr schm gckg hahh.« *Weil du zu Besuch bist und die Höflichkeit es gebietet.*

Purpurne Tränen liefen aus den Poren des Wesens. Erneut riss es das glibbrige Maul auf, um einen markerschütternden Schrei von sich zu geben. Es wäre unterhaltsam gewesen, hätten es ihm seine geschätzt dreihundert Freunde nicht gleichgetan, die sich um sie herum zusammendrängten. Der ganze Planet schien widerzuhallen von trillernden Klagelauten.

Geist sah sich flüchtig um. Selbst Carl gab sich Mühe, sich der allgemeinen Trauer anzupassen und einen aufrichtig geknickten Eindruck zu machen – wobei dies vermutlich der Wahrheit entsprach. Es nahm ihn immer noch mit, dass die Hexe und die Banshee sie verlassen hatten. Ein Seuchengeist weinte nicht, doch wenn selbst ein alter Sturkopf wie der Cowboy sich fügte, würde Geist seinem beschämenden Vorbild wohl oder übel folgen müssen. Sie ließ den Kopf hängen und die Unterlippe dramatisch beben und gab ein schrilles Winseln von sich, das jedem getretenen Straßenpinscher größte Ehre gemacht hätte.

Das Wesen nickte zufrieden.

Carl, tippte Sia mit traurig angelegten Ohren, als sie sich durch die Menge an klagenden, tobenden und infolgedessen wild wabbelnden Kreaturen schlängelten. *Warum mussten wir ausgerechnet an Neujahr hier auftauchen, wenn sich die gesamte Bevölkerung im Ausnahmezustand befindet?*

»Weil es hier Zeugen zu befragen gibt, und das weißt du ganz genau, Kater«, antwortete Carl und fing widerwillig an, die Schultern beben zu lassen, als Jamie ihn mahnend in die Seite boxte. Geist war sich sicher, dass er nicht nur so tat, als ob die Trauer ihn aushöhlte. Der Verlust des Senders, der sich urplötzlich von selbst deaktiviert hatte, war groß genug gewesen – doch seit das Team sich gespalten hatte, schien jemand ihnen den Erfolg regelrecht zu missgönnen. In den letzten drei Wochen hatte es gerade mal eine einzige Sichtung gegeben, die nur vage auf das Aas zutraf. Und diese hatte ausgerechnet auf Tautah X stattgefunden – und, was noch viel nervenzermürbender war, ausgerechnet an Neujahr. Carls Gedanken waren trüb und träge wie eine morastige Pfütze.

»Es muss verwirrend sein, drei Mal im Jahr Neujahr zu feiern«, schluchzte Nix. Ihre quiekende Stimme wand sich unangenehm durch Geists Gehörgänge. »Besonders, wenn man dabei ständig weinen muss, weil ein weiteres Jahr vergangen ist und nun die Schrecken eines neuen auf einen zukommen! Ich meine, drei Mal im Jahr Silvester? Das ist so merkwürdig! Und irgendwie cool.«

Zum ersten Mal musste Geist dem Menschending wohl oder übel recht geben. Geist war froh, dass es keinen Ort gab, den sie ihr Zuhause zu nennen hatte – keinerlei lächerliche Traditionen, die von ihr verlangten, Rotz und Wasser speiend auf der Straße zu stehen und den Himmel anzuklagen. Zwei Jahre waren längst nicht genug, um die Wirren des Universums zu verstehen. Drei Mal Neujahr? Ein Mal für jede Umrundung der Sonne. Ein Mal für jeden Intergalaktischen Zyklus – die Mitte aus allen errechneten Jahren, die jedes Mal erneuert werden musste, wenn ein neuer Planet Mitglied im Bund wurde. Ein Mal für jedes offizielle Jahr, das sich nach den Regeln der Ersten Erde maß und somit dreihundertfünfundsechzig Tage dauerte. Silvester war einfacher gewesen vor der Entdeckung universalen Lebens.

Doch hier waren sie, unter dem ewig selben Himmel, in einem komplexen System aus sich ständig verändernden Neujahren – unter einer Sonne, die sich mit immerzu derselben Geschwindigkeit umkreisen ließ; in einer Welt, die sich änderte, weil die Regeln sich änderten, und die Regeln verlangten, dass das Jahr jedes Jahr drei Mal neu begann …

»Schagh kagrc kck maahh«, seufzte das Gallertwesen nostalgisch. Offenbar hatte es beschlossen, sich an Geists Fersen zu heften und sie mit seinen Kommentaren zu beglücken. Welche Freude. *Das zweite Neujahr ist das schlimmste. Nur zwei Wochen nach dem ersten.* »Sahh mgsch ss wh kahh.« *Das dritte ist das beste. Mitten im Jahr, wenn man schon lange nicht mehr anständig geweint hat. Sehr erfrischend – gerade dann, wenn die Tränendrüsen so richtig verstopft sind.*

Was sollte man dazu sagen? Jemandem, der über keine Augen verfügte, konnte man nicht einmal einen strafenden Blick zuwerfen. Also beschleunigte Geist wortlos ihre Schritte, bis das Schwabbelwesen in der gläsern schillernden Masse seiner Artgenossen verloren ging.

»Wie sollen wir unseren Zeugen finden, wenn alle gleich aussehen, auf der Straße rumstehen und rumflennen?«, wollte sie mürrisch wissen.

»Hab' ihm eine Chipnachricht geschickt«, kam die ebenso mies gelaunte Antwort. »Treffpunkt gleich erreicht.«

Geist erinnerte sich noch an den Carl früherer Zeiten. Den Kopfgeldjäger, den sie vor viereinhalb beklagenswerten tautahnischen Neujahren draußen in den Weiten des Alls kennengelernt hatte. Damals war er stolzer und fröhlicher gewesen, voller Witz und Tatendrang, und weniger Falten und graue Haare schien er auch gehabt zu haben. Geist hatte schließlich Vertrauen zu ihm gefasst, als sie ihn dabei beobachtete, wie er mit einem übermütigen Lachen auf den Lippen und einem gezielten Blasterstoß einen heißhungrigen Schimmelpilz in die Luft gejagt hatte. Seither waren sie Freunde – und manchmal fragte sie sich, was aus jenem wilden, sorglosen Mann geworden war. Aber sie beschränkte sich darauf, zu schweigen und ihm durch das endlose Meer an schluchzenden, zitternden Geschöpfen zu folgen. Bis sie die Menge endlich hinter sich gelassen hatten – Materie sei Dank – und einen Schlupfwinkel zwischen zwei kunstvoll geschnitzten Felsen erreichten. Der strahlend zitronenfarbene Himmel spiegelte sich funkelnd in ihrer glatt polierten Oberfläche wider. In der kleinen Höhle, die sich unter den Überhängen bildete, saß das fetteste Gallertwesen, das Geist je gesehen hatte, seufzend und schniefend, und winkte sie tränenspritzend näher. »Zuerst die Bezahlung«, begrüßte es sie in beinahe perfekt betonter Allgemeinsprache, wobei die fleischfarbenen Fäden seiner Zunge sich schmatzend verknoteten.

»Zuerst die Info«, gab Carl zurück, woraufhin das Wesen mit einigen Körperteilen zuckte, die Geist in Ermangelung eines besseren Wortes als Schultern bezeichnen musste.

»Aber ich will nur mit dem Mädchen sprechen, *sss-ckg.*«

Undurchsichtiger, übersetzte Geists Chip das letzte Wort, und fügte dann hinzu: *Tautahnischer Fachausdruck für Nichttransparenzler.*

Geist seufzte und trat auf das fettleibige Wesen zu. Von allen Undurchsichtigen schien sie auf diese geleeartigen Heulsusen wohl am vertrauenswürdigsten zu wirken. Eine Ehre, auf die sie gern verzichtet hätte.

»Also, was hast du gesehen?«, fragte sie in ihrer unbedrohlichsten Stimme, in der nur ein Hauch von Ungeduld mitschwang. »Wenn du uns davon erzählst, bekommst du so viele App-Läuse, wie du nur essen kannst – rund und saftig, frisch geerntet von den großen Klatschmohnebenen der Grünen Weite.“

Bläulicher Speichel sammelte sich zwischen den Fragmenten seiner Zunge an, als das Wesen eifrig nickte. Seine Gedanken schlugen Blasen.

»Nun, er war recht groß«, überlegte es schmatzend. »Und schwarz. Mit Augen wie Kohlen.«

Geist hörte Carl hinter sich ungeduldig seufzen und schüttelte rasch den Kopf. »Das reicht nicht. Wohin ist er geflohen?«

»Nirgendwohin.«

Mit einem beinahe hörbaren Knall platzte Carl der Kragen. Er packte den nervös wabbelnden Zeugen an einem seiner durchsichtigen Auswüchse und bohrte ihm den Blaster in die Seite, bis die zarte Haut fast zu bersten drohte. Geist hörte, wie sich Nix hinter ihrem Rücken die Hände vor den Mund schlug.

»Jetzt hör mal gut zu, Bursche«, zischte der Cowboy und schüttelte das Wesen zur Bekräftigung seiner Worte durch, dass die leuchtenden Organe nur so hüpften. »Du sagst uns jetzt sofort, wohin das Aas verschwunden ist, sonst …«

»Ist ja gut, ist gut!« Viel dickere Tränen kullerten nun aus den zahlreichen Poren des Zeugen. Sie versiegten selbst dann nicht, als Carl ihn losließ und sich angewidert die Hand an der Weste abwischte. Purpurne Flecken blieben auf dem weichen Leder zurück. »Er konnte gar nicht verschwinden, weil ich ihn mit einem *Ngck' wahh* gebannt habe, als er sich in meiner Werkstatt zu schaffen gemacht hat!«

Schleimpfropfen, meldete sich der Chip zu Wort. *Verteidigungsstrategie der Tautahner, basierend auf körpereigenem Drüsensekret, das den Angreifer mittels Klebstoff an den Boden heftet.*

Corax konnte einem leid tun.

»Ich konnte doch nicht einfach nur dastehen und zuschauen«, verteidigte sich der Zeuge. »Er hat versucht, sich an meinen Schneckenhäusern zu vergreifen! Allerfeinste Importware! Jetzt sitzt er in meinem Keller und wartet darauf, dass ich ihn verhungern lasse und mich an seinem Knochenmark bediene.«

Carl hob auffordernd den Blaster. »Worauf wartest du dann noch? Führ uns hin!«

Eine dunkle, silbern beringte Pfote senkte sich sanft auf Geists Schulter.

Carl ist nicht sehr nett, stellte Sia fest.

»Nein. Da muss ich dir recht geben – das ist er wirklich nicht.«

Normalerweise fand Geist ausgeklügelte Moralvorstellungen überflüssig und ärgerlich – aber sie war sich sicher, dass es nach menschlichen Maßstäben nicht gerade von gutem Charakter zeugte, einen wertvollen Zeugen mit dem Blaster zu bedrohen.

Es bereitete ihr Sorgen.

Manchmal war es leicht, zu etwas zu werden, das man nicht sein wollte.

Zehn Mittelwertsminuten später befanden sie sich in einem unterirdischen Kellergewölbe, und Carl spuckte schon wieder Gift und Galle.

»Was zum Teufel soll *das* denn sein?!«, tobte er, sein Verstand sprudelnd vor Empörung.

»Teufel trifft es ganz gut!«, stellte Geist erfreut fest. »Das ist ein Höllenhund! Seht euch nur sein loderndes Fell an! Und diese pechschwarzen Augen! Und die rasiermesserscharfen Zähne!«

Der Höllenhund grinste verlegen. Carls Augen sprühten nun beinahe vor Zorn.

»Hast du jemals in deinem verdammten Leben einen Raben gesehen, Rotzgesicht? Sieht das für dich aus wie ein Rabe? Das ist ein Hund! Verfluchte Materie noch mal, weißt du überhaupt, wie ein Vogel *aussieht?«*

»Es gibt keine Vögel auf Tautah X«, verteidigte sich das Gallertwesen mit ängstlich zusammengezogenen Organen. »Er ist von Kopf bis Fuß schwarz. Er ist groß. Er hat ein gemeines Lächeln …«

»Entschuldige mal«, sagte der Höllenhund.

»Das ist ein verfluchter *Hund.* Wegen eines Hundes hast du uns hierhergeholt, du verschleimter Volltrottel! Und das auch noch an Neujahr! Die Belohnung kannst du dir abschminken – und *bete,* dass ich nicht zurückkomme und mich für die Vergeudung wertvoller Arbeitszeit an dir räche. Geist, nimm deine Finger von dem Hund, wir gehen.«

»Nur noch einen Moment …« Ein letzter Schnitt mit dem Bronzedolch und die eiterfarbene Gallerthülle um die bedauernswerte Kreatur aus den tiefsten Ebenen des Hades ließ sich aufbrechen wie eine schmierige Eischale. Der Höllenhund sprang auf die Pfoten und schüttelte sich ausgiebig.

»Hey, danke, Kleine! Wenn mir die Bemerkung gestattet ist, es lohnt sich absolut nicht, mich an die Behörden auszuliefern. Der Dicke da heult aus gutem Grund.« Er richtete den flammenlodernden Blick auf den schluchzenden Zeugen. »Es ist schon ein Grund zu jammern, wenn der Allseits Gefürchtete Schreiberling nur noch eine Handvoll Kröten wert ist. Also macht euch gar nicht erst die Mühe, die Hundefänger zu rufen.«

»Wow, haben wir etwa aus Versehen einen Gauner gefangen, Carl? Wie cool ist das denn!«, freute sich Nix und kraulte den Höllenhund hinter den schwefelig qualmenden Ohren.

Carl jedoch hatte sich längst wieder abgewandt und kletterte missmutig die Strickleiter ins Obergeschoss hoch. »Lasst ihn laufen. Was interessiert mich seine hässliche Fratze? Ich will das Rabenaas.«

Weshalb nennt man dich den Allseits Gefürchteten Schreiberling?, erkundigte sich Sia interessiert, als sie dem eine feuchte Tränenspur auf dem Boden hinterlassenden Zeugen zu der Leiter folgten. *Was schreibst du denn so? Bell-Etristik? Ha! Ha! Ha!*

»Rote Zahlen«, verbesserte ihn der Allseits Gefürchtete Schreiberling stolz. »Ich schleiche mich in Geschäfte und Unternehmen, zücke meinen flammenden Stift der Verdammnis, ändere ein paar Kommastellen, und schwupps!« Er ließ ein diabolisches Lachen hören. »Denkt der Besitzer, sein Geschäft mache seit Monaten nur Schulden! Hähähähä!«

»Lediglich aus höflichem Interesse – und nicht etwa, um dir die Sinnlosigkeit deines Handelns vor Augen zu führen –, aber was bringt dir das?«, fragte Geist, während sie dem Hund die Leiter hinterherkletterte und dabei unfreiwillig einen Mundvoll rauchender Kohlehaare einatmete. Der Höllenhund hielt einen Moment lang inne, die Vorderpfoten fest um die nächste Sprosse geschlungen, und starrte erstaunt ins Nichts.

»Darüber habe ich mir ehrlich gesagt noch nie Gedanken gemacht«, gestand er schließlich. »Ich schätze, es gibt nur wenig, das der Hölle näher kommt als falsche Buchhaltung, oder?«

Geist zuckte mit den Schultern und schwang sich gerade noch rechtzeitig aus der Kellerluke, um Carl dabei zu erwischen, wie er dem um seine Lausration bettelnden Zeugen den Stiefel in den Bauch rammte und zornig davonstapfte.

»Entschuldigung«, murmelte Nix dem Geleewesen bedrückt zu, als sie an ihm vorbeihasteten. Sia zog den Wabbelmann mit einem verlegenen Schnurrhaarzucken auf die Beine. Seit Wochen waren sie rund um die Uhr damit beschäftigt, die Verwüstungen zu beseitigen, die Carl verursacht hatte. Am Anfang mochte sein Toben und Fluchen noch unterhaltsam gewesen sein, doch in letzter Zeit war es nur noch beschämend. Es war nicht die Aufgabe eines Seuchenbringers, einem trotzigen Kleinkind hinterherzuräumen.

Der Höllenhund preschte mit einem freudestrahlenden »Tschau, Amigos!« davon, als sie ins Freie traten.

Geist seufzte entnervt auf. Auf einer Mauer vor der Werkstatt saß die Meerlandjungfrau, bespritzte sich mit Wasser und wackelte grüßend mit den Schwimmhäuten.

»Wie zum Henker findet ihr uns immer?«, brüllte Carl ihr zu, doch sie hob lediglich wortlos die Mundwinkel. So ging es schon seit der Attacke auf ihr Shuttle. Die Sichtungen blieben aus, die Bounties verfolgten sie mit einer bewundernswerten Hartnäckigkeit auf Schritt und Tritt und Carls Gesichtsfarbe ähnelte immer mehr einer Bluttomate. Seit sich die Hexe und die Banshee verabschiedet hatten, war ihr Erfolg verflogen wie Fortunas Parfüm im peitschenden Wind.

Und es gab Dinge, die keiner von ihnen sehen konnte.

Als der Allseits Gefürchtete Schreiberling hechelnd um die Ecke bog, flitzte er genau in die Arme eines grünzähnigen Piraten, der ihm eine Betäubungskapsel in den Rachen stopfte. Er schlang zärtlich die Arme um den schwächlich lodernden Leib, bis dieser den Kampf aufgab und in einen tiefen, schattengefüllten Schlummer fiel.

»Gutes Hundchen«, murmelte der Piratenkapitän.

Gutes, Kopfgeld einbringendes Hundchen.

Als sie in der Basis ankamen, saßen Jamie und Alesander grübelnd über die Planetenkarte in der Tischplatte gebeugt.

»Ihr seid zurück«, grüßte die Vampirin und strich sich eine rötliche Haarsträhne zurück, die ihr in die Augen gefallen war. »Wart ihr erfolgreich?«

»Halt den Rand«, murrte Carl, schleuderte seinen Hut auf den nächstbesten Stuhl und schob Chapo rüde beiseite, der gerade mit seinem üblichen Willkommenstrunk angewatschelt kam. Dem Biber fiel beinahe die dickbäuchige Teekanne aus den Pfoten. »Und du kannst dir deine flüssige Dankbarkeit sonst wohin stecken, Kumpel.«

»Jaja, du mich auch mal, Blödgesicht.«

Jamie hob kühl eine Augenbraue. »Welch erquicklicher Umgangston. Und wie überaus freundlich von dir, Carl, dich nach unseren Fortschritten zu erkundigen.«

»Um ehrlich zu sein, hat sich bei uns auch nicht gerade viel getan«, seufzte Alesander peinlich berührt. »Immer noch keine neuen Sichtungen. Und die angebliche Begegnung, der wir auf der Spur waren, stellte sich als Fehlschlag heraus.«

Carl schnaubte abfällig und kickte seine Stiefel in die Ecke. »Genau deswegen hab ich gar nicht erst gefragt. War doch klar, dass nix Neues dabei rauskommt, wenn ihr zwei euch den ganzen Tag in der Bude verschanzt und euch mit meinem Essen vollstopft.«

Jamies Augenbraue wanderte nun so hoch, dass sie beinahe in ihrem Haaransatz verschwand. »Oh, ja, weil es hier so furchtbar gemütlich ist, dass wir uns am liebsten für den Rest unserer Tage mit verbrauchtem Sauerstoff und überwältigender Klaustrophobie herumschlagen würden. Du weißt selbst, dass auf Tautah X im Moment Vollmond herrscht und wir deswegen zurückbleiben mussten. Das hat nichts mit Faulheit zu tun.«

»Klar, ganz vergessen. Herr Alesander-Tragischer-Werstier kann sich nicht dem Mondlicht aussetzen, buhu. Er braucht einen Babysitter, der auf ihn aufpasst und ihn über seine traumatische Vergangenheit hinwegtröstet.«

Die Vampirin stand auf und strich sich sorgfältig die Krawatte glatt. Es war immer ein schlechtes Zeichen, wenn Jamie aufstand, und ein *sehr* schlechtes, wenn sie an ihrer Krawatte herumspielte. Alesander zupfte sie mit verlegenem Gesichtsausdruck am Ärmel.

»Komm schon. Wir haben alle schlechte Laune, aber wir sollten uns nicht streiten.«

Jamie strafte ihn mit Ignoranz. »Jeder einzelne Vollmond«, sagte sie scharf, »bedeutet unendliche Qualen für Alesander. Die Verwandlung ist schmerzhaft, allumfassend und erinnert ihn an all die Jahre der Einsamkeit und Verachtung, die der Stier ihm beschert hat.«

Und da beging Carl einen Fehler. Seine Gedanken blubberten jetzt vor Hohn.

»Das kommt euch beiden gerade recht, nicht wahr?«, spuckte er verächtlich. »Feiges Pack.«

Jamie lächelte, fuhr sich mit der Hand durchs Haar und verpasste ihm nach einem Moment der Erwägung einen Kinnhaken allererster Klasse. Es gab ein knochenknirschendes Knacken. Als Carls Kopf zurückflog, Alesander entsetzt aufsprang und Nix sich hinter Sias Rücken versteckte (wobei sie die Geistesgegenwart aufwies, ihm den Popel anzuheften) –, da konnte Geist einfach nicht anders, als Jamie aus vollstem Herzen zu applaudieren. Freundschaft hin oder her, es war schon lange fällig gewesen, Carl so richtig eine reinzuhauen. Er stand da und wankte, vollkommen belämmert, starrte mit glasigen Augen in die Runde und rieb sich den geschwollenen Kiefer. Das lange Haar hing ihm in wirren Strähnen ins Gesicht, ein ansehnlicher Bluterguss in der Form von Jamies Knöcheln blühte bereits unter seiner Haut. Es war ein zutiefst befriedigender Anblick, der leider nur für ein paar Sekunden anhielt. Im nächsten Augenblick wirbelte er herum und stürzte ohne ein weiteres Wort aus dem Raum.

»Du meine Güte«, kommentierte Geist glücklich. »Ich glaube, er hat die Pubertät nie hinter sich gelassen.«

Jamie rollte so übertrieben mit den Augen, dass es ein Wunder war, dass sie nicht aus den Halterungen fielen. Sie setzte sich, pustete auf ihre leicht geröteten Knöchel und zog Alesander an der Hand zurück auf seinen Stuhl. »Konzentrieren wir uns lieber wieder auf das Wesentliche, Liebstes. Wohin könnte er verschwunden sein? Denk *nach* …«

Alesander ließ den Kopf hängen. »Wir hatten so eine Glückssträhne, als … na ja, *sie* noch dabei waren«, murmelte er. Nix setzte sich auf den freien Platz an seiner Seite und klopfte ihm aufmunternd auf die Schulter. »Jetzt funktioniert gar nichts mehr. Ob es wohl Unglück bringt, Hexen und Banshees gegen sich aufzubringen?«

»Unsinn«, sagte Jamie knapp. »Glück und Unglück sind menschliche Konstrukte, bloße Zufälle oder der Beweis ihres Versagens. Der Unterschied ist, dass wir inzwischen gegeneinander arbeiten anstatt gemeinsam. Natürlich schränkt das unsere Produktivität ein, aber das ist auch schon alles. Ich wünschte nur, der Sender würde noch funktionieren. Teuer genug war er schließlich.« Auch wenn sie ihn selbstverständlich nicht bezahlt hatten, wie man hätte anmerken können. »Ich kann nicht glauben, dass er sich deaktiviert hat. Modernen Produkten kann man wahrhaftig nicht mehr trauen. In meiner Jugend gab es …«

Geist wandte sich ab und beschloss, der Anekdote zu entgehen, indem sie Carl in den Garten folgte. Insgeheim dachte sie darüber nach, wie erstaunlich es war, dass es immer Leute wie Jamie geben würde, die mit Falschgeld bezahlten und sich dennoch über die miese Qualität der Ware beschwerten. Eine unehrliche Haut sollte eigentlich darauf vorbereitet sein, dass man immer mit anderen zu rechnen hatte, die das Universum zu ihrem Spielfeld machten und dabei sorgfältig gegen sämtliche Regeln verstießen, die im ungeschriebenen Handbuch des Anstands verzeichnet waren.

An Tagen wie diesen, wenn draußen der Diamantensturm tobte und sich alle gegenseitig auf die Nerven gingen, fragte sie sich, warum sie überhaupt blieb. Doch bei genauerer Betrachtung war die Antwort offensichtlich – das Weltall war zu groß, um es auf eigene Faust zu erkunden, vollkommen überfüllt und zugleich voller Leere. Bald würde sie wieder dorthin verschwinden, woher sie gekommen war. Und was wäre sie ohne die Gesellschaft, die ihr so furchtbar missfiel? Vielleicht wäre sie wie Corax geworden, der das Universum in einer endlosen, einsamen Gerade durchwanderte, auf der Suche nach etwas, das die Stille hinter seinen Augen füllen konnte. Es war besser, ein Ziel zu haben – und jemanden, dessen Gedanken in der Schwärze hell schimmerten.

Die Luftschleuse zum Garten schwang auf. Zwischen den sorgsam angelegten Beeten unter den duftenden Agrazienzweigen saß Carl und schmollte Löcher in die Luft. Geist ließ sich neben ihm in die weiche, glitzernde Erde sinken und half ihm eine Weile lang bei der Lochproduktion. Schließlich streckte sie die Hand aus und pflückte eine der pelzigen Früchte, die an den zierlichen Stängeln überall an den Beeträndern wuchsen.

»Primaten sind schon merkwürdige Gewächse, nicht wahr?«, fragte sie nachdenklich. »Erstens: Sie duften nach Primeln und haben die Konsistenz von Tomaten. Zweitens: Sie wachsen immer in ungeraden Zahlen am Strauch, welche sich nur durch sich selbst teilen lassen. Drittens: Im Morgengrauen, wenn alle anderen Pflanzen noch friedlich schlummern, höre ich manchmal, wie sie affenartige Kreischgeräusche von sich geben. Und wenn man ihnen das Fell abzieht, sind sie eigentlich ganz genießbar. Der süße Geschmack krankhaft verkorksten Erbguts … irgendwie erinnert er mich ein wenig an unseren Raben.« Sie seufzte und nahm einen großen, saftigen Bissen, ohne dabei den Blick von Carl zu nehmen. Er hielt sich immer noch wie ein bockiges Kind den geschwollenen Kiefer. Geist zuckte mit den Schultern und rückte ein Stückchen näher. »Jetzt mal unter uns«, sagte sie mit gesenkter Stimme. »Wann wirst du ihnen eigentlich sagen, dass es gar nicht Corax war, der dir die Narbe verpasst hat?«

Das alte, sonderliche Licht flackerte in Carls türkisfarbenen Augen auf, wie immer, wenn verletzter Stolz in ihm aufkam. »Ach, halt dich da raus.«

Geist ließ sich nicht beeindrucken. Sie hätte ihm mit einem einzigen Fingerzeig die Pest auf den Hals hetzen können. »Kein Grund, so zu reagieren. Ich finde, die Geschichte mit der ausgerissenen Kralle klang wirklich eindrucksvoll. Sehr blutig. Sehr emotional. Voller Schmerz und nie wiedergutzumachenden Wunden. Der Stoff, aus dem die großen Legenden unserer Welt gewebt sind.«

Sie boxte ihm hart in die Seite, und ohne sie anzusehen, boxte Carl zurück.

Als Chapo seine »undankbaren kleinen Drecksäcke« fünf Minuten später zum Essen rief, spielte wieder das alte durchtriebene Grinsen auf dem Gesicht des Cowboys.

Es war tief in der Nacht. Feinster Diamantenstaub hatte sich über die runden Fenster gelegt wie funkelnder Schnee. Alles war still.

Bis auf den endlos plappernden Mund des Menschendings, das wieder einmal nicht schlafen konnte. Wieso Nix sich ausgerechnet zu Geist gesellte, wenn die Dunkelheit böse Träume brachte, würde sie wohl nie verstehen. Sie hatte es mit allen Mitteln versucht: mit bösartigen Sticheleien, schmerzhaften Fußtritten, unheilverkündenden Grimassen und das ein oder andere Mal sogar mit einer kurzfristigen Grippewelle. Es hatte alles nichts genützt. Nix war unverbesserlich.

»Carl sagt, du kannst *Gedanken* lesen«, staunte sie gerade mit andächtiger Miene. »Stimmt das? Wie sehen meine Gedanken aus? Sind sie hübsch?«

Geist stierte in die Leere und rührte keinen Finger. Doch völlige Ignoranz half anscheinend auch nicht weiter. Nix bohrte ihr besorgt den Finger in die Seite. »Geist? Alles in Ordnung? Schläfst du? Ich meine, ich kann dich auch in Ruhe lassen, wenn du willst. Ich dachte nur, ihr Seuchenbringer bräuchtet keinen Schlaf. Soll ich zurück ins Bett gehen?«

Geist seufzte tief.

»Ah, super! Du schläfst also doch nicht! Ich dachte schon, weil du dich plötzlich gar nicht mehr bewegt hast. Also, wie sehen denn nun meine Gedanken aus?«

»Wie die eines kleinen Kindes, das nicht will, dass seine Freunde davon erfahren, wie sehr es sich nachts die Augen nach seinen Eltern ausweint.«

»Hey! Das war aber nicht sehr nett. Carl hat gesagt, du kannst Farben und Formen und so sehen. Kannst du das?«

Geist schwieg. Für einen Moment – einen einzigen, wundervollen Moment nur – tat Nix es ihr gleich. Und dann: »Wie sehen denn Corax' Gedanken aus? Vielleicht konntest du sie an dem Tag im Café ja sehen. Du warst schließlich nah genug an ihm dran. Sind sie schwarz, so wie der Rest an ihm?«

Geist blinzelte. Sie war es nicht gewöhnt, dass das Ding sinnvolle Fragen stellte. »Sie sind schön. In derselben Weise, in der eine eiternde Wunde schön ist«, antwortete sie nachdenklich.

»Bäh!«

»Seine Gedanken sind … roh und wild. Rot wie dunkles Blut oder aufgerissenes Fleisch, unterbrochen nur von einem weißen Funkeln, das ab und an aufblitzt. Wirre, aufgebrachte Gedankenstränge, die in alle Richtungen davonschweben.« Geist blickte hinaus in die Nacht. Der Himmel war dunkel und staubverhangen. Irgendwo da draußen in der Weite saß der Rabe und lachte sie aus. »Solche Gedanken habe ich zuvor noch nie gesehen, Menschending.«

»Würde es dir was ausmachen, mich nicht so zu nennen?«

»Du wolltest eine Antwort. Hör gut zu, denn ansonsten kann es sein, dass ich dir nie wieder eine gebe. Der Rabe ist ein wildes Tier. Er sucht nicht. Er findet nicht. Er wird angetrieben von einem rastlosen Wunsch nach mehr, ohne Aufgabe oder Bestimmung. Er hat keinen Ort, an den er zurückkehren kann.« Und allein zu dem Zweck, dem Menschending zu imponieren, zog Geist einen ihrer Silberdolche aus dem Gürtel und schleuderte ihn auf eines der Bilder, die sich auf der verblichenen Tapete aneinanderdrängten. Er blieb zitternd in Corax' linkem Auge stecken. Geist lächelte und lehnte sich zurück. »Der Rabe hat kein Ziel.«

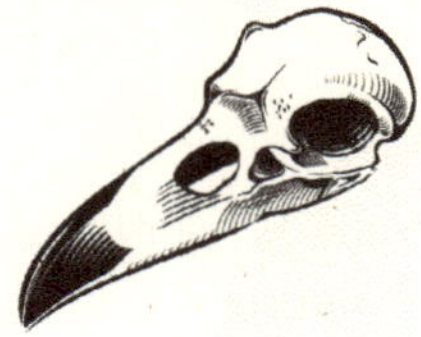

11

Mirembe

Hier stöbern Detektive in der Vergangenheit, Miniaturfionaghs sind möglicherweise Kannibalen und der Rabe hat ein Ziel.

Die Route ist ein *Kreis?*« Es dauerte einen Moment, bis die Information nahrhaften Boden in Mirembes Gehirn fand und dort ihre Wurzeln schlug. Sie stieß ihren Stuhl zurück, betrachtete sprachlos den chaotischen Haufen aus Büchern und Akten auf dem Tisch und wuschelte sich ungläubig durch das (so oder so schon strubbelige) Haar. »Die Route ist ein Kreis«, bestätigte sie dann verdutzt.

»Das räumt aber bitte Jemand auf, bevor Jemand das Gebäude verlässt!«, keifte die Bibliothekarin hinter ihren Rücken. Mirembe winkte gleichgültig ab. Sie hatte das sichere Gefühl, den Code endlich geknackt zu haben. Aufräumen konnte sie auch noch, wenn sich die Euphorie des Sieges ein wenig gelegt hatte!

»Weißt du was? Ich glaube, es war eine gute Entscheidung, uns von den anderen zu trennen. Erst neun Tage, und schon haben wir seine gesamte Route der letzten siebenhundertsiebenunddreißig Jahre rekonstruiert!«, grinste sie und gab Fionagh ein enthusiastisches High Five. Es wurde nur recht halbherzig erwidert.

»Wir haben doch keinerlei Beweise für unsere Theorie«, gab die Banshee zu bedenken.

»Aber sie macht viel mehr Sinn als Carls blöde Linie, Frau Skepsis-in-Person! Das kam mir von Anfang an komisch vor. Wieso sollte ein so kluges Wesen ziellos von Planet zu Planet springen?«

Fionagh zupfte zweifelnd an einer geringelten Haarsträhne, wie sie es immer tat, wenn sie sich bei einer Sache nicht ganz sicher war.

»Wieso sollte ein so kluges Wesen in endlosen Spirallinien durch das Universum hüpfen?«, konterte sie.

»Aha! Genau die richtige Frage! Und die Antwort lautet natürlich: weil es logischer ist. Stell dir vor, du befändest dich an einem fixen Punkt innerhalb einer Wüste voller unendlicher Felsen. Alle davon leuchteten im selben Blau, doch auf einem einzigen befände sich ein verborgener Schatz. Wie gehst du vor? Sicherlich nicht, indem du einfach in einer geraden Linie von Felsen zu Felsen marschierst, ohne Ziel und Vorgehensweise. Stattdessen wäre es viel effizienter, wenn du dich von deinem Standort aus vorarbeitest, und zwar in spiralförmigen Windungen, und das bereits abgeschrittene Gebiet hinter dir markierst. Oder etwa nicht?«

»Mhm. Ich könnte mir natürlich auch einen Metalldetektor besorgen und …«

»Hey! Dich muss man immer vom Schummeln abhalten. Schau her.« Auf Knopfdruck entfaltete sich die Projektion einer Miniatursternenkarte in der Luft, ein kleines Universum, das sich staubglitzernd um sich selbst drehte. Mirembe zoomte sorgfältig auf einen kleinen graublauen Planeten ein und brachte ihn mit einem Fingerstups zum Leuchten. »Hier befindet sich Station 11. Alles klar? Gut. Und *hier*, direkt unterhalb dieser Linie, fängt das Unbewohnte Universum an.«

»Zumindest behauptet man das.« Fionagh schnalzte missbilligend mit der Zunge. Alte Besserwisserin. »Nur weil man dort bislang keine bestätigten Zivilisationen gefunden hat, bedeutet das nicht …«

»Weißt du was, man merkt dir wirklich an, dass du mal Politikerin warst. Nà schön: Unterhalb der Linie beginnt das, von dem man *behauptet*, dass es sich um das Unbewohnte Universum handelt. Wenn man annimmt, dass Corax sich zeitweise auch auf Planeten herumtreibt, die keinerlei Populationen aufweisen, dann erklärt das seine vielen seltsamen Abwesenheiten. Schau, hier: unbewohnt, unbewohnt, verlassen, rein pflanzliche Vegetation, Sonne vor zweitausend Jahren erloschen, komplett überflutet, Gasplanet, unbesiedelbare Wüste … Aber wann auch immer sich seine Kreise auf das Bekannte Universum ausweiten, gibt es Zeugenberichte. Dann wieder monatelange Abwesenheit.«

»Und inwiefern bringt uns das jetzt weiter?«, schniefte Fionagh. »Wenn wir doch nur in die Basis einbrechen und wenigstens ein paar Waffen mitgehen lassen könnten, aber der Zugangscode musste ja unbedingt geändert werden, weil man uns anscheinend nicht vertrauen kann. Als wären wir nichts als gemeine Diebe.«

»Wir brauchen keine Waffen«, versicherte Mirembe ihr zuversichtlich und sammelte ein paar der verstreut aufgestapelten Bücher auf. Man hatte ihr versichert, dass Jemand dies tun sollte, bevor Jemand die Bibliothek verließ. »Wir brauchen lediglich ein klein wenig Verständnis für seine Situation, und die Recherche hilft uns, die Reise durch seine Augen zu sehen. Fionagh, er ist klug. Er arbeitet sich immer weiter ins Universum vor, in der Hoffnung, Antworten zu finden auf eine Frage, die er in jedem Moment seines Lebens mit sich herumträgt.« Kurz hielt sie inne, legte die Stirn in Falten und schüttelte andächtig den Kopf. »Er hat mir etwas gezeigt. Einen Teil von sich, den er dringend verstehen muss, sonst wird er sein Untergang sein. Erinnerst du dich noch an den Fall mit dem adoptierten Quallenmädchen, das uns nicht ruhen ließ, bis wir seine Eltern ausfindig gemacht haben? Genauso ist es mit Corax, nur dass er keine Eltern hat, zu denen er zurückkehren könnte. Er hat nur seine Erinnerungen an Station 11 und einen Kopf voller Fragen, deren Antworten irgendwo zwischen den Sternen auf ihn warten. Und er braucht uns. Vertrau mir.«

Einen Moment lang betrachtete die Banshee sie aus zusammengekniffenen Augen. Dann, ganz langsam, wich ihr misstrauischer Gesichtsausdruck etwas Weicherem und Wärmerem.

»Räumen wir auf und gehen wir«, sagte sie, und da Mirembe sie schon seit acht Jahren kannte, war sie sich im Klaren: Es war ihre ganz eigene Art, sie nicht als völlige Spinnerin abzustempeln.

Das war vor drei Wochen gewesen. Drei Wochen, die sie über Weltraumkarten und in alten Aufzeichnungen brütend verbracht hatten. Drei Wochen ohne Neuigkeiten von Corax; drei Wochen, in denen Fionagh ihr einige Male geschworen hatte, ihr den wuschligen Kopf abzureißen. Ihre Schulden wuchsen ins Unermessliche. Es war nicht einfach, das Universum ohne Alesanders gefälschte Ausweise und unendliche Geldreserven nach ein paar winzigen Informationen zu durchsuchen, aber Mirembe war sich sicher, dass sie auf der richtigen Spur waren. Es gab Archive, in die es einzubrechen galt, Planeten, die auf der Route des Raben lagen und dringend besucht werden mussten, Zeugenberichte längst vergangener Jahrzehnte, die durchforscht sein wollten.

Fionagh sah das ganze ein bisschen anders. »Können wir nicht zurück nach Hause?«, fragte sie immerzu. »Die Detektei verkommt doch ohne uns. Brutus wird der Papierkram so langsam über beide Ohren wachsen …«, und jedes Mal antwortete Mirembe: »Wenn du nach Hause gehen willst, dann geh ruhig, ich komme auch allein zurecht, versprochen.«

Und jedes Mal blieb Fionagh. Wenn auch davon überzeugt, dass sie einen furchtbaren Fehler begingen.

»Ich verstehe nicht, wieso du ihm so unbedingt helfen musst.« Es war dasselbe Argument, das sie immer dann anbrachte, wenn sie sich selbst nicht mehr zu helfen wussten. Mirembe hatte soeben einen neuen Punkt auf der endlosen Liste von Dingen entdeckt, die Fionagh annehmen ließen, dass ihr Unterfangen vollkommen aussichtslos war. Anscheinend zählte »auf einem Planeten voller unheimlicher Miniatur-Banshees herumzuirren« eindeutig dazu.

»Weil er meine Hilfe braucht und ich eine Hexe bin«, erinnerte Mirembe sie geduldig und ließ fröhlich zu, dass eines der kalkgesichtigen Wesen, die sich um sie herum versammelt hatten, ehrfürchtig an ihrem dunklen Haar zupfte. Zugegebenermaßen war sie sich nicht sicher, dass es sich bei den zerbrechlichen Kreaturen tatsächlich um Banshees handelte, doch sie wiesen alle eine wundersame Ähnlichkeit mit der Frau auf, die gerade so missmutig hinter ihr herstapfte. »Und weil ich ein Stückchen seiner Seele gesehen habe.«

Fionagh stöhnte leidvoll auf. »Lass uns umkehren. Mir ist mulmig zumute. Möglicherweise hängt es damit zusammen, dass ich von einem Dutzend kleiner Etwasse beobachtet werde, die allesamt meine Cousins sein könnten. Du erinnerst dich doch noch, was der Reiseführer gesagt hat?«

Ja, das tat sie. *Sie sind grobschlächtige Kannibalen. Suchen Sie sich zu ihrer eigenen Sicherheit ein anderes Reiseziel aus.* »Das hat man von meinen Vorfahren auch irgendwann einmal behauptet«, beharrte

Mirembe. Die Wesen verhielten sich nicht im Geringsten wie grobschlächtige Kannibalen. Ihre milchweißen Fingerspitzen strichen behutsam über Mirembes schwarzes Haar. Durch die honigfarbenen Strähnen, die ihnen ins Gesicht fielen, blinzelten sie ihnen aus großen, ehrfürchtigen, fischgrünen Augen entgegen.

»Wahrscheinlich überlegen sie gerade, wie sie dich am besten zubereiten sollen«, schauderte Fionagh taktlos. Für ihre kleinen Ebenbilder war sie offenbar vollkommen uninteressant. »Lass uns jetzt lieber wieder gehen.«

»Wie schön, dass du ihnen so unvoreingenommen begegnest. Du weißt aber schon noch, warum wir hier sind, oder?«

»Dann lass uns aber schnell machen. Sie schauen schon wieder so hungrig. Ich glaube fast, sie können gar nicht anders.«

Mirembe löste sich vorsichtig aus der Umklammerung der kleinen Hände, warf ein allgemeines Lächeln in die Runde, das nicht erwidert wurde, und folgte Fionagh die himmelblau gepflasterte Straße entlang. Ihrer Meinung nach war es ein echter Glücksfall, dass sie während ihrer Recherchen auf die große Umsiedelung im Jahr X-10.5 gestoßen waren. Eine gewisse Banshee jedoch schien das anders zu sehen.

»Du musst dir das mal überlegen!«, flüsterte Mirembe ihr aufgeregt zu. Sie versuchten ihr Bestes, die vielen wässrigen Blicke zu ignorieren, die ihre Gesichter von allen Seiten trafen wie feuchte Regentropfen. »Die direkten Nachfahren des Volkes, das vor dem Sonnensterben auf Corax' Nachbarplaneten gelebt hat! Bis zum letzten kleinen Glubschäuglein hierher evakuiert. Ist das nicht wahnsinnig?«

»Ja. Toll. Ich fürchte, ‚wahnsinnig' trifft es recht gut. Wenn ich sie mir so ansehe, wünschte ich mir fast, dass es ihnen so ergangen wäre wie dem Rabenvolk. Unter einer meterdicken Eisschicht würden sie besser aussehen. Also wirklich, wie sie uns anstarren!«

Da hatte jemand ganz eindeutig einen schlechten Tag. »Ich nehme alles zurück, was ich jemals über dich und politische Korrektheit gesagt habe. Deiner Meinung nach sollte man eine Planetenbevölkerung also nur dann vor der Eiszeit retten, wenn sie einen nicht komisch anstarrt?«

»Das Anstarren mag noch in Ordnung gehen, aber wenn es sich dabei auch noch um Kannibalen handelt, dann ja«, entgegnete Fionagh dickköpfig. »Und jetzt möchte ich für einen Moment die Stille genießen. Sie scheint das einzig Angenehme an dieser Reise zu sein.«

Ah, welch überaus subtiler Hinweis darauf, dass Mirembe gefälligst die Klappe zu halten hatte. Aber sie hatte recht. Die Stille hier hatte eine ganz eigene Qualität – beinahe wie ein feines, unhörbares Singen, oder der sanfte Atem eines Meeres, der vor langer Zeit verklungen war.

Es war Fionagh selbst, die das Schweigen schließlich brach. »Da vorne. Das sieht aus wie der Tempel von der Zeichnung, oder nicht?«

Mirembe kniff die Augen zusammen und blinzelte in die Ferne. Es war ja gut und schön, dass man als Hexe in aller Seelenruhe neunzig Jahre alt werden und trotzdem all seine grauen Haare an einer Hand abzählen konnte – aber das änderte nichts an der Tatsache, dass sie so langsam eine Brille brauchte.

»Stimmt«, bestätigte sie nach ein paar weiteren Momenten des Schielens und Halsreckens. »Und schau ja nicht nach hinten, sie laufen uns nach.«

Fionagh presste die Lippen zusammen, bis sie kaum mehr waren als ein blutleerer Strich, und warf das schwarze Haar über die Schulter zurück. »Was denkst du, würde deine Familie wohl sagen, wenn sie wüsste, dass du dein Haar inzwischen dunkel trägst?«, fragte Mirembe freiheraus. Es war wahrscheinlich klug, Fionagh ein wenig zu ärgern, um sie von der durchaus beunruhigenden Tatsache abzulenken, dass sich hinter ihnen eine ganze Masse bleicher Milchgesichter angesammelt hatte. Sie folgten ihnen wie der gigantische joghurtfarbene Schweif zweier merkwürdig geformter Kometen.

Fionagh rollte abfällig mit den Augen. »Oh, vergiss es, Mirembe. Sie haben mir offiziell das Wappen entzogen, als ich mich dazu entschlossen habe, Interspeziesorientierte Politikwissenschaften zu studieren. Was glaubst du, warum ich meinen Namen geändert habe? Du weißt ja, dass sie unbedingt wollten, dass ich Sängerin werde, bei so einer Stimme.«

»Und ich bin wirklich heilfroh, dass du mit der Tradition gebrochen hast«, versicherte Mirembe ihr aus ganzem Herzen und dachte an all die Male, da Fionagh unglückliche Gauner oder hoffnungsvolle Verehrer in Grund und Boden gekreischt hatte.

Die Banshee war inzwischen dazu übergegangen, den Tempel kritisch zu mustern. Sie schien eine persönliche Abneigung gegen die geschwungene Kuppelbauweise und die schwarz-weißen Fliesen zu hegen, aber Mirembe wusste genau, dass sie mit dem griesgrämigen

Gehabe nur ihre Verlegenheit überspielen wollte. Sie sprach nicht besonders gern über ihre Familie. Aber welche enterbte Privatdetektivin tat das schon?

»Ich hoffe, wir finden hier wenigstens etwas über den Raben heraus«, sagte die Banshee und gab sich alle Mühe, es wie eine Drohung klingen zu lassen.

»Ach, weißt du, ich glaube, die Chancen stehen gar nicht so schlecht«, gab Mirembe mit einem Schulterzucken zurück. »Uralte Nachbarkultur, die schon seit Jahrtausenden einem geheimnisvollen Rabengötterkult nachhängt? Ich denke, da dürfte was für uns dabei sein.«

Als sie die ausgetretenen Stufen zum Tempel emporstiegen, fielen ihre Verfolger einhellig von ihnen ab und blieben enttäuscht auf der Straße zurück. Mirembe warf ihnen einen letzten Blick zu, um sicherzugehen, dass sie sich verstreuten, bevor sie durch den Vorhang aus säuberlichst aufgefädelten Süßwasserperlen trat. Vielleicht lag es nur an ihr, aber von einer Horde glotzäugiger Kreideleute verfolgt zu werden, fand sie irgendwie unangenehm.

Im Inneren des Tempels war es kühl und still und voller bläulicher Schatten. Fionagh senkte die Stimme, wie man es immer automatisch tat, wenn man einen Tempel betrat – außer natürlich, es handelte sich dabei um die Kirche von Horg, dem Brüllenden Sternenverschlinger, wo man sich gefälligst den allgemeinen Umgangsformen anzupassen hatte.

»Mirembe«, flüsterte Fionagh ihr ins Ohr. Selbst nach all den Jahren war es immer noch ein wenig merkwürdig, dass es keinen Atem gab, den Mirembe dabei auf ihrer Haut hätte spüren können. »Und was ist denn, wenn wir Corax nie wiederfinden?«

»Wir brauchen ihn nicht zu finden«, hauchte Mirembe zurück. »Er wird uns finden. Man findet immer seine Hexe, wenn man sie braucht. Du hast deine damals auch gefunden.«

Sie schritten durch einen weiteren sanft klirrenden Perlenvorhang und traten in eine Halle, die sämtlichen Pessimismus sofort zerstreute. Sie waren ganz eindeutig *nicht* umsonst hierhergekommen. Fionagh hatte nichts mehr zu bemängeln. In ihren Augen spiegelte sich das Licht der unzähligen Glühraupen, die in komplizierten Mustern über die Wände krochen. Ihr Leuchten glitt wie flüssiges Öl über das blendende Weiß und das alles erstickende Schwarz der beiden riesenhaften Statuen, die vor ihnen thronten. Zwei gigantische Vögel, die Blicke irgendwo im Nichts verloren. Ihre meterlangen Schwingen stießen federleicht an die Decke, ihre gebogenen Schnäbel warfen scharfe, lange Schatten, ihre leeren Augen starrten in die Leere. Reinster Schnee und finsterste Nacht. In Mirembes Kopf öffnete sich ein Türchen, das bis dahin verschlossen gewesen war …

»Komm«, raunte sie und nahm Fionagh bei der Hand. Sie ließ sich nur widerstrebend auf die kleine Gruppe Betender zuziehen, die sich zu den dreizehigen Füßen des schwarzen Raben niederkauerte. Und es war ein *echter* Rabe, gefiedert und geflügelt – nicht wie Corax, der seine Schwingen vor langer Zeit verloren hatte.

Mirembe räusperte sich und zupfte respektvoll und nur ein *klein* wenig aufdringlich am Ärmel des buckligen Priesters, der gerade sorgfältig eine Silberplatte mit den feinsten Naschereien auf dem Sockel der Statue abstellte. Er wandte sich mit flatternden Gewändern um und starrte sie aus erstaunt aufgerissenen seegrünen Augen an.

»Hi«, sagte Mirembe.

In den darauffolgenden Minuten lernten sie einige neue Dinge. Sie hörten die Geschichte vom Spielenden Gott und vom Strafenden Gott und von Der Zeit, In Der Die Götter Noch Gesichtet Wurden, und wie sie ihr Volk eines Tages auf ewig verließen. Der Priester erzählte ihnen von den Opfergaben an den Strafenden Gott und vom Segen des Spielenden Gottes, dessen Herz so wunderbar einfach zu gewinnen gewesen war, als es ihn noch gegeben hatte. Es war eine Geschichte von mächtigen Wesen, die ihren Anhängern vor langer Zeit den Rücken gekehrt hatten und zu denen, trotz allem, noch immer gesprochen wurde, Weil Die Dinge Schon Immer So Waren.

Und als sie den Tempel im Abendrot verließen, starrte Mirembe gedankenverloren in die Ferne.

»Fionagh, alte Freundin«, sagte sie langsam und wusste, dass sich dieser Moment puren Horrors für immer in Fionaghs bemitleidenswertem Gedächtnis festbrennen würde. »Es tut mir furchtbar leid. Ich weiß jetzt, was wir tun müssen.« Selbst die Stille zögerte für einen Augenblick. Mirembe nahm einen tiefen, zitternden Atemzug. »Ich fürchte, wir müssen in Corax' Kopf hinein.«

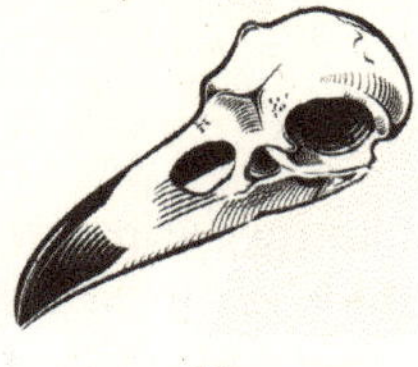

10

Sia

Hier sieht ein Fellbündel einem Löwen nicht ähnlich, die Sterne bilden eine Straße und Hände sind nicht zum Schnuppern da.

Implodierende Furunkel, könnt ihr euch jetzt endlich mal verziehen, ihr verdammten Nervensägen! Zieht doch mal euer eigenes Ding durch, anstatt uns auf Schritt und Tritt hinterherzurennen wie ein Pack stiefelleckender Straßenköter! Noch einen Schritt näher und ich puste euch eure Fischvisagen von der Rübe, dass euch das Grinsen vergeht, ihr Süßwasserscheißer!«

Sia hörte beeindruckt zu. Es war ganz und gar erstaunlich, was für ein ungezügelter Schwall an Schimpfwörtern und Beleidigungen dieser Tage aus Carls Mund quoll, wenn man ihm auch nur den geringsten Anlass dazu gab.

Nun gut, möglicherweise gab es den kleinen Auslöser, dass Redbeard gerade versucht hatte, ihm einen Betäubungspfeil in den Hals zu jagen. Sia hatte ihn mit einem lässigen Zucken seiner Schweifspitze abgewehrt, und der kleine Pfeil war tief im Popel stecken geblieben, der immer noch in Sias schwarzem Fell klebte. Er zog ihn vorsichtig aus der grüngelben Masse und drehte ihn zwischen zwei Krallen hin und her. Vielleicht sollte er ihn fürs Erste behalten. Man konnte nie wissen, wann ein mächtiges Beruhigungsmittel einmal von Vorteil sein würde.

»Ach, nun hab dich doch nicht so, alter Freund.« Sias Ohren zuckten beim Klang der kieselrauen, wellensalzigen Stimme des Piraten. »Du kennst mich doch, das war lediglich ein kleiner Annäherungsversuch. Ich bin eben ein wenig schüchtern geworden auf meine alten Tage. Tun wir uns endlich zusammen, begraben wir die alten Feindschaften! Du weißt, was man im Seemannsjargon sagt: Ein einzelnes Tau ist schwach, aber verbinde es mit neunzehn Seilen aus gewebtem Schwefelnylon zu einem vierfach geknüpften Gigantomegaknoten und nicht einmal ein entschlossener Entfesslungskünstler könnte sich aus seinem Griff befreien. Hey! Lässt du mich etwa mitten in meiner Rede einfach stehen?«

Carl war dazu übergegangen, sich die Finger in die Ohren zu stecken und laut ein Lied zu singen, dessen Text hauptsächlich aus Flüchen bestand. er Klabautermann sah ihm wehmütig hinterher und schüttelte enttäuscht den Kopf.

»Vielleicht liegt es ja wirklich an den Bounties, dass wir Corax nicht mehr erwischen«, meinte Nix, die Gepunktete, zweifelnd, als Sia die anderen einholte und Alesander unbemerkt den Popel an den Hinterkopf haftete. Ein großartiger Spaß. »Ich meine, seit sie uns überall auflauern, kriegen wir überhaupt nichts mehr hin.«

»Oh, ganz *gewiss* liegt es an ihnen«, antwortete Jamie in jenem in die Länge gezogenen Tonfall, von dem Sia vor langer Zeit – während einem unglücklichen Zwischenfall mit einer Badehose und einem Tintenfisch – gelernt hatte, dass es sich um Sarkasmus handelte. »Und nicht etwa an der Tatsache, dass unser tadelloser Anführer den Verstand verloren hätte.«

Es stimmte leider. Seit einiger Zeit hatten die Piraten beschlossen, ihnen auf Schritt und Tritt zu folgen und Carl zu bedrängen, dass er sich ihnen anschloss. Vielleicht dachte der Kapitän, dass es keinen Sinn machte, noch weiter an einer Wette festzuhalten, die niemand gewinnen konnte. Vielleicht dachte er aber auch, dass Carl Glück und Erfolg brachte, wie ein sechzehnblättriges Kleeblatt oder echte Drachennierensteine. Carl schien die Aufmerksamkeit nicht gutzutun. Er war nervös und reizbar geworden. Im Moment grölte er lauthals ein Cowboylied über blubbernde Steppen unter violettem Sonnenlicht vor sich hin und lief schnurgerade auf den Abgrund zu, der sich im felsigen Gestein vor ihm auftat. Sia sah interessiert zu und wartete gespannt ab, was wohl geschehen würde.

»Faszinierend, nicht wahr? Ich habe selten ein so perfektes Anschauungsobjekt für die Fragilität des menschlichen Verstands gesehen«, sagte Geist und hakte ihren kleinen Finger in Carls Gürtel, um ihn in die andere Richtung davonzuziehen. »Leider müssen wir ständig aufpassen, dass er sich nicht umbringt. Das macht die Sache ein bisschen weniger herrlich.«

Das sanfte Jucken in Sias Schnurrhaaren verriet ihm, dass sie immer noch beobachtet wurden, selbst als sie sich am Rand der Schlucht entlangtasteten und vorsichtig dem Weg hinab zwischen die sanft wogenden Sandhügel folgten. Er konnte den Angriff spüren, bevor er erfolgte, aber die Warnung kam dennoch zu spät. Seine Ohren zuckten. Seine Augen verengten sich zu Schlitzen. Das Fell auf seinem Nacken sträubte sich prickelnd. Er wirbelte herum, genau in dem Moment, in dem eine faustgroße Glaskugel Alesanders Gesicht traf und seine Atemmaske zerspringen ließ. Bruchstücke hauchdünner Scherben durchschnitten die Luft und entließen die Zimmerwolke in die Freiheit, die im Innern des Balls gefangen gewesen war. Ihre giftigen Dämpfe fraßen sich gierig durch die Sprünge in der Maske und tief in Alesanders ungeschützte Haut. Er schrie schmerzerfüllt auf und schlug sich die Hände vor das Gesicht. Ein weiterer Schauer von Kugeln folgte, klirrend und zischend wie gläserner Hagel. Winzige Gewitter und Säureregen entluden sich aus den befreiten Wolken, Blitze und scharfkantige Hagelkörner zuckten durch die Luft.

»Nehmt das als letzte Warnung!«, rief ihnen die grünzähnige Stimme durch all die Verwirrung hindurch zu. Eine besonders dicke Kugel traf Sia direkt in den Bauch und raubte ihm den Atem. »Wir erwarten eine positive Antwort. Ab jetzt, verehrte Damen und Herren, wird es ernst!«

Abrupt ließ der Kugelregen nach. Stille setzte ein. Die Piraten grinsten ihnen vom Rand der Schlucht aus zu und verkrümelten sich so urplötzlich, wie sie aufgetaucht waren.

Ein allgemeines Gewimmer breitete sich aus, als Blessuren betrachtet und die Sprünge in Alesanders Atemmaske notdürftig mit Klebeband geflickt wurden. Sia jedoch hatte keinen Blick übrig für die Sorgen der anderen. Die Kugel hatte ihn mit der Wucht eines Fußtritts getroffen, so unaufhaltsam wie ein Windstoß, und jetzt krampfte sich sein Herz eng zusammen vor Angst. Er fiel verzweifelt auf die Knie. *Nein,* dachte er schlicht, *nein, nein. Es ist nichts passiert. Ich weiß es. Ich weiß es doch!*

»Sia?« Geists Gesicht verschwamm vor seinen Augen, ertrank in dem Schleier von Sorge, der sich über die Welt gelegt hatte. »Du bist verletzt?«

Doch er hörte nicht zu. Sia tastete fahrig den Beutel an seiner Taille ab und zurrte ihn auf, ohne sich darum zu kümmern, dass sich die anderen verwirrt um ihn geschart hatten. Das einzige Wort in seinem Kopf war *bitte.* Er griff hinein und ertastete eine Bewegung tief im Inneren des Beutels – ja! Materie sei Dank! –, schloss die Pfote fest um das kleine, warme Bündel. Er zog es heraus und …

… und seine Brust explodierte beinahe vor Erleichterung. Sia war froh, dass nicht alle Metaphern der Welt der Wahrheit entsprachen. Oh, er konnte sich nicht daran erinnern, sich jemals so leicht und fröhlich gefühlt zu haben! Er hatte schon gedacht … aber nein! Nein, der Gedanke war zu grausam, um ihn erneut zuzulassen. Alles war gut! Es war nichts passiert!

»Sia«, sagte Jamie scharf. »Was *ist* das?«

Ihre Stimme durchschnitt seine Erleichterung wie ein silbernes Messer. Er drehte unwillig den Kopf, wobei er einen zufälligen Blick auf die Gepunktete erhaschte, die neben ihm kauerte. Sie hatte sich die Fingerknöchel in den Mund gestopft und starrte voll stummer Verzückung auf das Fellknäuel in Sias Pfoten.

Das Fellknäuel war klein. Es war wuschelig. Es öffnete zwei moosgrüne Augen und blinzelte in den Tag. »Miep«, machte es. Und Sias Herz hüpfte freudig.

»OhdumeineGüte«, hauchte die Gepunktete erstickt. »Das ist ein Kätzchen!« In ihrer Stimme lag jener spezielle Wahnsinn, der die Menschen beim Anblick eines winzigen, ungeschickten Geschöpfes stets befiel. Sia setzte den Kleinen vorsichtig auf dem Boden ab und sah ihm voll kaum unterdrücktem Stolz dabei zu, wie er sich die Schnurrhaare glatt strich.

Das, verkündete er, *ist Luo Seelpfad. Mein Sohn.*

Schweigen. Dann explodierte Carl wie ein Vulkan, in den jemand eine Wagenladung Brause gekippt hatte. »Seid ihr jetzt alle vollkommen von Sinnen?!«

»*Ich* finde ihn süß«, verteidigte Nix ihn rasch. »Ist er wirklich dein Sohn, Sia? Er sieht überhaupt nicht aus wie du. Ich meine, er ist braun mit weißen Flecken. Und du bist schwarz! Na ja, ihr seid beide Halblöwen, von dem her seht ihr euch vielleicht doch ein bisschen ähnlich. Aber abgesehen davon … ach, er ist so was von niedlich!«

Anti-Sphinxen, verbesserte Sia sie geduldig und spürte, wie ihm das Fell knisterte vor lauter Zufriedenheit. *Nicht Halblöwen.*

»Ja. Anti-Sphinxen.« Nix, die Getupfte, setzte sich auf den steinigen Boden. Neben ihr kniete Alesander, der sich wohl entschieden hatte, den Verätzungen auf seiner Haut keine Beachtung mehr zu schenken und Luo stattdessen an seiner Hand riechen zu lassen. Luo Seelpfad war noch zu klein, um zu wissen, dass dies eine tödlich beleidigende Geste war, an einen Nachwuchsprinzen gerichtet. Alesander wusste es ebenfalls nicht, also ließ Sia sie miteinander spielen. »Wie lange trägst du ihn schon mit dir herum? Ich habe gar nichts davon bemerkt!«

Sia zuckte amüsiert mit der Schwanzspitze. *Seit Beginn der Mission. Zu Hause wird man mir Vorwürfe machen, aber ich konnte ihn nicht alleine lassen. Ich muss ihn doch beschützen, und er mochte mich von allen Vätern schon immer am liebsten.*

Carl hatte es offenbar aufgegeben, ihn zu schelten, und sich mit verschränkten Armen in den Sand plumpsen lassen. Er warf Sias Sohn finstere Blicke zu, die wirklich sehr viel böser hätten sein können. Doch niemand widerstand Luos funkelnden Augen lange.

»Von allen Vätern?«, wiederholte Jamie pikiert. »Wie viele hat er denn?«

Sia musste rechnen. Er zählte die Hunderter an seinen Krallen ab und hob die Schultern. *Um die zweitausendvierhundert, aber die meisten davon kennen ihn nicht besonders gut.*

»Also, ich kenne mich mit anti-sphinxischer Biologie zwar nicht aus«, meinte Alesander und verzog die Lippen zu einem Lächeln, als Luo ihm mit nadelscharfen Zähnen in den Finger biss, »aber das klingt irgendwie unwahrscheinlich.«

Nein. Wir alle ziehen unsere Jungen gemeinsam groß. Wir stammen aus einem der Freien Rudel. Schon ich hatte Hunderte von Müttern und Vätern, und nach mir wird jede weitere Anti-Sphinx Hunderte von Müttern und Vätern haben. Meine Eltern waren die Generation der Freundherzen, und die Generation der Allkinder sind die Eltern der Seelpfade.

Ich bin Sia Allkind, und Luo Seelpfad ist mir der liebste von all meinen dreitausend Söhnen und Töchtern.

Er strich Luo zärtlich über den Kopf und erfreute sich an dem kaum spürbaren Schnurren. Es hatte ihm nicht gefallen, ihn all die Wochen über verborgen in seinem Beutel mit sich herumzutragen und ihn nur dann die Luft schnuppern und die Sonne sehen zu lassen, wenn er nicht beobachtet wurde. Sia war froh, dass Luos zweitausendsiebenhundert Mütter nichts davon wussten, denn er hätte sich unweigerlich zweitausendsiebenhundert Nackenbisse und ebenso viele Strafpredigten eingehandelt. Bei dem Gedanken sträubte sich ihm das Rückenfell.

»Aber das bedeutet«, überlegte Jamie laut und ließ sich widerstrebend ebenfalls auf die Knie sinken, um das Junge genauer in Betracht zu nehmen, »dass er nicht dein richtiger Sohn ist. Ihr seid nicht verwandt, du ziehst ihn lediglich groß.«

Sia blinzelte verwirrt. Möglicherweise sagten diese Worte mehr über die Vampirin aus, als ihr bewusst war. Es machte keinen Sinn, zu behaupten, Luo sei nicht sein Sohn, nur weil er bei seiner Zeugung nicht anwesend gewesen war. Den Urknall hatte er ebenfalls verpasst, und dennoch war dies hier sein Universum. Alle Anti-Sphinxen seines Clans teilten dieselbe Abstammung, dieselben Geschichten, dieselbe lange Erinnerung an viele vergangene Helden und Lieder, und ihre Blicke waren schon immer zu denselben Sonnen gewandert.

Es sind nicht die Gene, die bestimmen, wie sehr wir lieben, erinnerte er Jamie mit einem sanften Schnurrhaarzucken. Sie warf einen Blick in seine Seele und widersprach nicht.

»Tolles Team habe ich mir da aufgestellt«, brummelte Carl vor sich hin, als sie sich schließlich aufrappelten. Nach einer argwöhnischen Erkundung der Landschaft, um sicherzugehen, dass nicht noch weitere Gefahren lauerten, ließ Sia seinen Sohn auf seiner Schulter reiten, wo er die Ohren dem Himmel entgegenstreckte und vergnügt miaute. Auch das gehörte sich nicht für einen jungen Prinzen, aber das wusste Luo noch nicht, weshalb es in Ordnung war. Als Carl das sah, hatte er größte Schwierigkeiten dabei, seiner Stimme einen vorwurfsvollen Klang zu verleihen. »Falls ihr noch irgendwelche Geheimnisse vor mir habt«, beklagte er sich beinahe lächelnd, »nur heraus damit.«

Und er brummelte halbherzig, bis sie spät abends, nach einem weiteren erfolglosen Tag der Suche, die Basis erreicht hatten. Sia war sich sicher, dass die Bitterkeit in seiner Stimme bloß gespielt war. Denn war es nicht wunderschön, wie sein Sohn endlich die frische Luft schnuppern durfte, die ihm so in der Nase kitzelte, dass er niesen musste? Dass er sich an Chapos rehbraunes Fell schmiegte, Jamies Hosenbein zerfetzte und gähnend auf Alesanders Brust einschlief? Dass er zwischen Teetassen herumsauste, an Fingern kaute und lebte? Es war alles, dachte Sia bei sich, was er sich vom Universum erwartete: dass junge Seelen frei sein durften. Und als Jamie ihm vorhielt, wie viel die makellos daunenweiße Hose sie gekostet hatte, lächelte sie.

Aber selbst ein Anti-Sphinxen-Junges konnte die Wirklichkeit nicht für immer fernhalten. Am nächsten Morgen war Carl schlechterer Laune denn je und gab den Befehl, die Basis nicht zu verlassen, bis sie sichere Nachrichten von Corax hatten.

Die Tage wurden lang. Die Nächte wurden noch länger. Die Räume schienen immer und immer enger zu werden. Erst als Sia herausfand, dass in letzter Zeit einige bekannte Kopfgeldjäger ohne jede Spur verschwunden waren, verstand er Carls Bedenken.

Du glaubst, die Bounties jagen uns wirklich, nicht wahr?, fragte er ihn daraufhin über eine Schüssel dampfenden Beerenkompotts hinweg. Es war Abendessenszeit. Chapos Küche war das einzig Gute an ihrer Gefangenschaft. *Sie machen Ernst, haben sie gesagt. Nun verkriechst du dich, weil du dich fürchtest.*

»Das geht dich einen feuchten Kehricht an, Mieze«, fauchte Carl. Und mehr sagte er nicht. Also hatte Sia recht.

Und so verging eine Woche, bis Carl schließlich anfing, mit Messern auf die Wände zu werfen. Dann packte er seine Sachen zusammen und befahl ihnen, sich aufzurappeln und ihm zu folgen. Sie verließen die Basis und durchstreiften die Wildnis unbekannter Planeten, auf denen dunkle Gestalten gesichtet worden waren; wandelnde Schatten und Flecken von lang gezogenem Nichts. Aber den Raben fanden sie nicht. Sie durchkämmten Wälder und versanken bis zum Bauchnabel in Sümpfen, die von Blutsaugern bewohnt waren, dicker als jedes menschliche Bein. Sie krochen mit letzter Kraft unter sengender Sonne und frostigem Mond dahin. Und trotz allem wussten sie dennoch nicht, wonach sie eigentlich suchten. Und jedes Mal, wenn sie morgens aufwachten, murmelte Carl irgendetwas von wegen *Bounties* vor sich hin. Niemand aus der Truppe wusste, was sie eigentlich noch antrieb oder wohin sie gingen. Sie wussten nur eines: dass Carl nun endlich wirklich und vollkommen verrückt geworden zu sein schien. Sie alle litten Hunger und Durst – alle, außer Luo, dessen große Augen sich immer das ein oder andere Häppchen erbettelten. Oftmals spielte Sia mit dem Gedanken, nach Hause zurückzukehren, wo es Wärme gab und weiche Schlafecken, wo man willkommen war und nicht von ominösen Weltraumpiraten gejagt wurde. Aber er brachte es nicht übers Herz, die Gruppe noch weiter zu zerreißen.

Das übernahm die Gepunktete letztendlich für ihn.

Es war an einem lauen Abend, unter einem tintenblauen, sternengesprenkelten Himmel, der vor Kometenstaub nur so leuchtete und in dem sich Galaxien dahinzogen wie endlose silberne Straßen ohne Ziel. Und die erste Kälte des Winters lag in der Luft, und das Feuer knisterte heimelig in ihrer Mitte, und Carl erzählte finstere Schauergeschichten von Kopfgeldjägern, die sich gegenseitig zur Strecke brachten.

Und da fing Nix an zu weinen.

Es begann als leises Tröpfeln auf ihrem Gesicht, das rasch zu einem nassen Sturm wurde, und schließlich heulte sie das Mondlicht an, bis Sia überzeugt war, dass man sie heimlich mit einem heimatlosen Wolf vertauscht hatte. Zur allgemeinen Überraschung war es Geist, die schließlich die Hand ausstreckte und der Gepunkteten unbeholfen auf die Schulter klopfte. Vielleicht hatte sie ihr auch lediglich eine Seuche angehängt. Bei Geist konnte man nie wissen.

»Es r-reicht mir!«, schluchzte Nix in die Nacht hinein. Alle starrten sie an. »Ich kann nicht mehr! Die ganzen Geschichten von mordenden Kopfgeldjägern und … und schrecklichen Wetten … und wie wir die Z-zeugen behandeln, wenn sie uns nichts sagen können … und wie du darüber sprichst, was wir mit Co-corax anstellen, sobald wir ihn haben … es ist alles viel zu schrecklich! Ich gehe … ich gehe heim. Noch heute Abend.«

Geist ließ ihre Schulter los, als wäre ihr soeben erst aufgefallen, was sie da berührte, und wandte sich angewidert ab. Und dann brach alles aus der Gepunkteten heraus: Wie sie es schon seit Wochen nicht mehr aushielt und immer aufgeschoben hatte, es Carl zu sagen. Dass sie nach Hause musste, dass sie Heimweh hatte nach ihren Eltern, die sich ständig besorgt nach ihr erkundigten und sie viel mehr zu mögen schienen als ihre neuen Freunde. Dass sie die Kälte nicht mehr ertrug, den Hunger, die Enge der Basis, und dazu die Aussicht, dass sie von blutrünstigen Piraten gejagt wurden. Dass es inzwischen nicht mehr den Anschein hatte, dass sie Corax jemals finden würden – dass Mirembe und Fionagh ihn vielleicht längst entdeckt und für sich behalten hatten und sie sowieso nicht wusste, was sie mit all dem Kopfgeld überhaupt anfangen würde. Und dann – dann endete der Schwall aus Worten genauso plötzlich, wie er begonnen hatte, und die Getupfte saß im Schein des Feuers und wischte sich trotzig über ihre geschwollenen Augen. Alesander hielt ihre Hand und schien nicht zu wissen, was er sagen sollte.

»Na klasse. Noch so eine Verräterin«, zischte Geist, aber Nix lachte nur heiser. Ihre Stimme war zu jung für solch eine Bitterkeit.

»Mit dir will ich sowieso nichts mehr zu tun haben«, flüsterte sie, und das war alles, was es noch zu sagen gab. Es gab keinen Abschied, keine letzten großen Worte – dieses Mal nicht. Die Gepunktete blieb im Schein der erlöschenden Glut sitzen, bis ihre Freunde sich einer nach dem anderen schweigend von ihr abwandten. Sia wartete darauf, dass sie ging, aber irgendetwas schien sie mit magnetischer Macht festzuhalten. Nach einer Weile raffte er sich auf und glitt an ihre Seite wie ein Schatten. Er betrachtete sie lange und gründlich, damit ihm das Bild für immer im Gedächtnis blieb. Da war eine kleine, schmale Falte zwischen ihren Augenbrauen, und das Licht des Mondes verfing sich in ihren Tupfen. So würde Sia sie in Erinnerung behalten: viel zu jung für so ein großes Abenteuer, weil sie niemanden hatte, der auf sie aufpasste. Weil sie ganz auf sich allein gestellt war.

»Anti-Sphinxen lieben Rätsel, oder?«, murmelte sie irgendwann.

Sia hob die Schnurrhaare. *Oh ja.*

»Kannst du mir eines stellen?«

Wir sind keine Sphinxen. Wir lieben Rätsel, wenn wir sie lösen dürfen. Aber wir stellen keine. Kannst du mir eines geben? Rätsel machen uns glücklich.

Nix, die Gepunktete, wischte sich über eine längst getrocknete Wange und schüttelte traurig den Kopf. »Ich kenne leider keines.«

Das macht nichts. Sia rollte sich gemütlich auf die Seite, den träumenden Luo eng an seinen Bauch geschmiegt, und blinzelte zu der Gepunkteten hinauf. *Weißt du, was uns Anti-Sphinxen auch glücklich macht?*

Und damit legte er den Kopf in Nix' Schoß, und sie verstand von ganz alleine. Es war das erste Mal, dass Sia sich streicheln ließ. Während er in die Weite der Sterne starrte, versanken ihre Hände tief in seinem Fell und kraulten ihn sanft hinter den Ohren und unter dem Kinn. Dies war ihr Abschied, der keine Sprache brauchte. Sie verharrten reglos, bis das Blau des Himmels sich in Schwarz verwandelte – und Sia schnurrte; ein tiefes, wohliges Brummen, wie seine Mütter es für ihn geschnurrt hatten, wenn er aus einem schlechten Traum erwacht war. Sia schnurrte, um das Geräusch von Nix' zerbrechendem Herzen zu übertönen – er schnurrte, bis er es geheilt hatte.

Nach dem Aufwachen war die Welt grau und bedeckt von winzigen Eissplittern. Die Gepunktete war weg und ebenso ihre Ausrüstung. Sie musste in der Nacht verschwunden sein. Es war besser so für sie.

Es dauerte einen Moment, bis Sia bemerkte, dass noch jemand fehlte. Er richtete sich schlaftrunken auf, als Jamies Stimme die Morgenruhe in Scherben schlug.

»Wacht auf! Aufwachen!« Ihr rotes Haar war ganz zerzaust, und da Sia Jamie noch nie zerzaust gesehen hatte, wusste er, was geschehen war. Ihre Hände waren zu bleichen Fäusten geballt. »Carl ist verschwunden!«

Jenseits des Feuers breitete sich ein weißes, bösartiges Grinsen über Geists Gesicht aus.

»Stellt euch nur mal vor, was ihm alles passiert sein könnte – wie schrecklich!«, strahlte sie.

9

Fionagh

Hier öffnet sich eine Pforte.

Letzten Endes hatte Mirembe recht gehabt. Es geschah schließlich am Ufer eines elektrischen Stroms, der knisternd und zischend seinem gezackten Flussbett entlang dem Horizont entgegenzuckte.

Später würde sich Fionagh noch oft daran erinnern – an diesen einen honigsüßen, nachtdunklen Moment nach beinahe fünf Wochen der Suche, in dem sie verstand, wie die Dinge enden würden. (Hierbei sprach sie selbstverständlich von Galaktischen Mittelwertswochen, die um einige qualvolle Stunden länger waren als jene der Ersten Erde.)

Als Corax letztendlich erschien, war Fionagh zu ihrer eigenen Überraschung tatsächlich auf die Begegnung vorbereitet. Es war kein Vergleich zum ersten Mal, als sie verdutzt in seine lichtlosen Augen geblickt hatte. Er duckte sich Schutz suchend hinter einem zerbrochenen Felsen, in dessen Hohlraum Tausende winziger Kristalle glitzerten, und gab vor, nicht zu existieren.

In diesem Augenblick erinnerte sie sich nur daran, wie verzweifelt sie ihm damals, in einem anderen Leben, den Keks hatte schenken wollen. Wie sehr sie Carl dafür gehasst hatte, dass er auf ein Wesen losging, das bereit gewesen war, ihr zu vertrauen.

Vielleicht war es jetzt an der Zeit, es wiedergutzumachen. Vielleicht hatte alles einen Sinn gehabt: die Reise, das Training, der Abschied. Ihre Entscheidung, dem Raben zu helfen und damit die große Chance ihres Lebens zu verpassen. Weil manchmal das einzig Richtige getan werden musste. Sie schenkte Mirembe ein Lächeln.

»Also gut«, flüsterte diese, die Hände auf Fionaghs Wangen gelegt. Sie starrte sie an wie ein Raubtier. »Du weißt, was jetzt geschehen wird, oder?«

»Ich reime mir so einiges zusammen«, raunte Fionagh zurück, »und ich bin mir ehrlich gesagt nicht sicher, ob es mir gefallen will.«

»Du erinnerst dich noch daran, wie ich dir gesagt habe, dass wir einen Weg in seinen Verstand finden müssten?«

»Glaub mir, daran werde ich mich bis an mein Lebensende erinnern.«

Mirembe nickte ernst. »Also gut. Ich will ganz ehrlich zu dir sein: Ich habe keine Ahnung, was ich tun soll. Ich bin mir im Unklaren darüber, ob die Sache gut gehen wird und bezweifle, dass irgendwer so etwas jemals zuvor versucht hat. Aber ich muss es einfach probieren.« Sie nahm einen tiefen Atemzug. »Fürs Erste lässt du mich einfach machen und vertraust mir. Alles andere erkläre ich dir zu gegebener Zeit. Und jag ihm keine Angst ein!«

»Wie nett. Dann kann es sich ja nur noch um Stunden handeln, bis ich endlich die Antworten auf all die Fragen bekomme, die ich dir schon seit Tagen stelle. Oh, es sei denn natürlich, wir sterben beide bei deinem Vorhaben. Ich freue mich schon.«

Mirembe strahlte. »Das ist die richtige Einstellung!«

Da war sich Fionagh nicht ganz sicher, aber sie sah Mirembe wortlos dabei zu, wie sie sich hinkniete und dem Raben den Laib süßen Apfelbrots hinstreckte, wobei sie gurrende Lockgeräusche von sich gab. Fionagh setzte sich untätig auf einen glitzernden Felsen und versuchte ihr Bestes, das hohle Gefühl in ihrer Magengrube zu ignorieren. Wenigstens wurde sie heute von keinerlei Todesahnungen heimgesucht, was nur ein gutes Zeichen sein konnte.

Hoffte sie.

Es hatte viel zu lange gedauert, den Raben zu finden. Wie viel einfacher würde es sein, ihn zu verlieren? Sie konnten es nicht zulassen, dass er ihnen nach so viel hartnäckiger Detektivarbeit wieder durch die Lappen ging. Ihre Hand schloss sich zur Faust, während sie voll Misstrauen darauf wartete, dass das Wesen eine falsche Bewegung wagte.

»Na komm, Kleiner! Komm näher, du kennst mich doch«, schmeichelte Mirembe voll gut gemeintem Enthusiasmus und warf ihr einen tadelnden Seitenblick zu. »Fionagh, ich glaube, er hat Angst vor dir …«

»Zu viel des Kompliments«, seufzte Fionagh, die es unter normale Umständen genoss, als einschüchternd und bedrohlich zu gelten, mit dem allerleisesten Anflug schlechten Gewissens. Natürlich erinnerte Corax sich noch an sie. Sie war ihm bisher drei Mal begegnet, und jedes Mal war die Welt in Chaos ausgebrochen. Doch heute würde es anders sein, flüsterte sie sich in Gedanken zu – und hoffte inständig, sie könnte auf derlei weit hergeholte Behauptungen vertrauen.

Nach ein paar weiteren Momenten des Lockens und Schmeichelns – und nachdem Fionagh sich einige Schritte entfernt hatte, um so zu tun, als ob sie nicht zusah und gewalttätige Pläne schmiedete, wie man ein gefiedertes Hybridwesen wohl am besten von der Flucht abhielt – löste sich der schwarze Umriss endlich aus seinem Versteck. Als er zögerlich nähergekrochen kam, erhaschte Fionagh aus den Augenwinkeln die Quelle seiner Zaghaftigkeit.

Das Universum schien ihm in letzter Zeit nicht allzu gut mitgespielt zu haben. Die sonst so edel glänzende Kleidung hing in matten Fetzen an ihm herab, das Gesicht war verquollen und die dürren Gliedmaßen bis auf die Knochen abgemagert. Das dichte Federhaar fiel wirr auf seine ausgehungerten Schultern. Halb tat er ihr leid, halb erfüllte sie der Anblick mit widerwilligem Abscheu.

Mirembe jedoch begrüßte den einsamen Raben wie einen alten Freund. Carl wäre bei dem Anblick gewiss reihernd in der Ecke gelegen, aber Fionagh fand es wundersam berührend. Die Hexe kauerte sich mit allumfassenden Vertrauen vor ihrem einstigen Feind nieder und streckte die Arme aus und Corax, der noch nie einen einzigen Freund gehabt hatte in seinem obsidianschwarzen Leben, griff vorsichtig nach ihrer Hand. Seine Finger schlossen sich so zögerlich um die ihren, wie zarte Sprösslinge sich im Frühjahr ihren Weg durch gefrorene Erde bahnten. Und in der Berührung lag so wenig Boshaftes, dass Fionagh sich kaum mehr vorstellen konnte, wie eine Kreatur, die zu solcher Zuneigung fähig war, zu einem gewissenlosen Dieb und Mörder werden konnte.

Sie schätzte, sie würden es bald herausfinden.

Mirembe gab ihm den Laib Brot, den der Rabe mit kleinen, zaghaften Rucken seines Kopfes von allen Seiten betrachtete. Dann steckte er die lange Hakennase in den weichen Teig und vergrub nach einem Moment gleich das ganze Gesicht in dem Duft nach Äpfeln und

Getreide. Nichts schmeckte besser als Hunger, der endlich befriedigt wurde. Nichts schmeckte besser als das Leben.

Als Fionagh den beiden so zusah, war sie gegen ihren Willen beeindruckt: Sie hatte noch nie jemanden derart schlingen sehen. Jedes Monster verlor ein bisschen von seiner Unheimlichkeit, wenn es schmatzend und krümelstreuend auf dem Boden saß und sich die Backen mit Süßgebäck vollstopfte.

Auch wenn es, wie Corax, plötzlich innehielt, in der Bewegung eingefroren wie ein in Bernstein gefangenes Insekt, das Mirembe einen Blick zuwarf, aus dem das Misstrauen floss.

Auch wenn seine Augen groß und rund wurden und in einem inneren, glühend weißen Feuer aufloderten, als er das letzte Stückchen Brot fallen ließ. Verrat stand über Corax' Gesicht geschrieben, als er sich auf seine vermeintliche Freundin stürzte, die Finger zu Klauen verformt und das sonst eigentlich merkwürdig hübsche Gesicht verzerrt vor Entsetzen und Hass. Mitten im Sprung, noch bevor Fionagh eingreifen konnte, stöhnte er auf, seine Glieder erschlafften und er stürzte ungeschickt vornüber, wie eine leblose Stoffpuppe, der jemand einen Tritt verpasst hatte. Der Rabe kam kugelnd zum Stillstand, blieb bäuchlings auf dem grasüberwachsenen Boden liegen und fing hemmungslos an zu schnarchen.

Fionagh stand auf, von Ohr zu Ohr grinsend. Die besten Siege waren stets die, mit denen man nicht gerechnet hatte. »Ich kann nur gratulieren, Frau Hexe. Niemand kennt sich mit einschläfernden Mittelchen so gut aus wie du.«

Mirembe nickte ihr würdevoll zu. »Danke, Frau Banshee. Du kannst jetzt ruhig näher kommen. Ich muss mir die Sache erst einmal genauer anschauen …«

Sie strich behutsam mit den Fingerspitzen über Corax' gefiederte Stirn und murmelte dabei leise Worte in einer kryptischen, längst vergessenen Sprache vor sich hin. Fionagh war sich nicht ganz sicher, dass es sich dabei um tatsächliche Worte handelte. Sie hegte bereits seit geraumer Zeit den Verdacht, dass eine Hexenbehandlung zum größten Teil reine Show war. Hexen brauchten vielleicht gar nicht vor sich hin zu murmeln, damit sich die Wirkung ihrer Magie entfaltete, aber sie taten es trotzdem, weil es von ihnen erwartet wurde. Es gehörte sozusagen zum guten Ton.

Sie ließ sich vorsichtig neben Mirembe in das rötliche Gras sinken und betrachtete den bewusstlosen Halbvogel reglos. Aus der Nähe gesehen, wie er mit in den Boden gepresster Nase laut vor sich hin sägte, schien er gar nicht mehr so … falsch. Sie erinnerte sich noch genau daran, wie sich ihr Gehirn geweigert hatte, ihn als Stück der Realität anzuerkennen, als sie ihn zum ersten Mal erblickt hatte – aber nun kam er ihr wirklicher vor als alles andere. Vermutlich lag es tatsächlich an dem Sägekonzert, das er veranstaltete. Es gab kaum einen Moment, in dem man sich der Existenz eines anderen Lebewesens so sehr bewusst war, als wenn es derartige Geräusche von sich gab.

Schließlich nahm sie ihren Mut zusammen und strich sacht mit den Fingerspitzen über die seidenweichen Federn, die viel zu klein und nutzlos waren für ein Wesen seiner Größe. Sie staunte darüber, wie elastisch sie unter ihrer Berührung nachgaben. Ach, kleiner Vogel. Wenn Carl hier wäre, wärst du längst tot.

»Ich *wusste,* es würde funktionieren!«, unterbrach Mirembes triumphierende Stimme ihre Gedankengänge, die irgendjemand mit Blastern, Kopfgeld und Cowboyhüten vollgestopft hatte. »Ich wusste es! Er hat es mir gezeigt, damals, als wir zusammen in diesem Raum waren und unser Schiff systematisch in einen Schweizer Käse verwandelt wurde!« Sie sah auf und in ihren dunklen Augen blitzte absolute Gewissheit. »Sein Geist ist ein bisschen wie meiner. Unter anderen Umständen hätte er die genialste Hexe aller Zeiten abgeben können. Lass es mich dir zeigen «

Also dann, dachte Fionagh mit einem Seufzen bei sich, als sie Mirembes Hand ergriff. Dies ist er. Der Moment, in dem ich mit meiner besten Freundin den Kopf eines gemeingefährlichen Massenmörders betrete. Und das alles nur, weil irgendjemand beschlossen hat, dass er Hilfe braucht und bemuttert werden muss. Und wenn ich »irgendwer« sage, dann meine ich damit die einzige Person, die mich jemals wieder aus seinem Kopf zurückbringen kann.

»Siehst du«, war das Letzte, was ihre Ohren in dieser Welt vernahmen. »Sein Geist beschränkt sich nicht lediglich auf seinen Kopf, sondern wandert frei von Materie durch den Raum, wie Geruchmoleküle oder der Wind. Ein geniales Prinzip, das jemanden mit denselben Fähigkeiten erlaubt, in seine Gehirnströme einzutauchen! Ist das nicht großartig? Ich glaube, ich hab den Trick raus. Hol vielleicht zur Sicherheit noch mal tief Luft.« Der Rabe schmatzte im Schlaf. Mirembe zwinkerte ihr zu. »Bereit? Los geht's …«

Nein, wollte Fionagh sagen, ich bin ganz und gar nicht bereit. Lass mich los! Sofort! Aber es blieb ihr keine Zeit, zu protestieren – oder einzuwenden, dass dieser Plan wie der größte Humbug klang, dem sie im Lauf ihrer langen Karriere als Ermittlerin übernatürlicher Diebstähle je begegnet war.

Mirembe zählte nicht einmal bis drei. Ein Reißen, ein kurzer Moment der Schwerelosigkeit, in dem die Welt durcheinanderpurzelte und Kopf stand, dann waren sie weg.

Und sahen …

Oh.

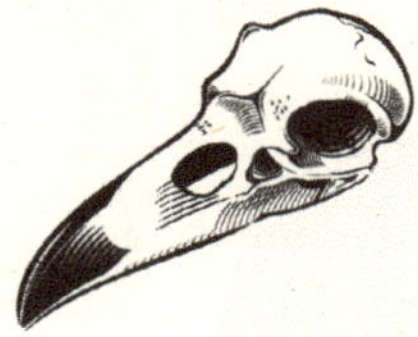

8

Carl

Hier sind Augen wie Sonnen, ein Pirat ist ein Grünschnabel und ein Cowboy trifft seine letzte dumme Entscheidung.

Lange, *lange* bevor Carl die Augen aufschlug, begann er zu denken. Es war so eine Sache mit dem Denken. Es war ihm in letzter Zeit ein wenig schwergefallen. Trotzdem, jetzt war der Moment gekommen, sich ausnahmsweise ein wenig anzustrengen. Hartnäckig manövrierte er sich durch den Nebel, der schwerfällig seine Gedanken verhüllte, und versuchte mit wachsender Verzweiflung, irgendwelche vertrauten Formen auszumachen. Aus einem ihm unbekannten Grund geisterten ihm immerzu Allnixen im Hirn herum, sagenumwobene Kreaturen aus alten Geschichten. Mit noch sagenumwobenerem Vorbau, hatte er sich sagen lassen. Das schien zumindest der einzige Mittelpunkt des Seemannsgarns zu sein, das in abgewrackten Speklunken überall im Bekannten Universum endlos vor sich hin gesponnen wurde – nicht etwa die meterlangen Schwanzflossen aus dichtem Sternennebel oder die sonnenlichtschimmernden Augen. Aber das war durchaus verständlich. Immerhin gab es in der Weite zwischen den Planeten für gewöhnlich nicht allzu viele Ausschnitte, in die es sich zu spähen lohnte.

Man sagte, das Haar einer solchen Nixe wäre von einem schwebenden, tiefschwarz durchdrungenem Violett, Gaswolken vom Anbeginn der Schöpfung gleich. Man sagte, ihre Haut sei wie brennender Meteoritenstaub und ihr Körper bewege sich in der Schwerelosigkeit wie ein Fisch im Wasser. Man sagte, ihre Zähne seien scharf wie Rasiermesser und eisig wie die Leere und ein einziger Biss genüge, einen auf ewig an sie zu binden. Sie lauerten einsamen Raumfahrern in Asteroidengürteln und Trümmerfeldern auf, am Rande von schwarzen Löchern und tödlichen Nebeln, und sangen sie mit lieblichen Stimmen ins Verderben.

Während er seine Augenlider Millimeter für Millimeter aus ihrer klebrigen Starre riss, wurde ihm so langsam klar, warum er nur an Allnixen denken konnte. Es war, weil eine direkt vor seiner Nase schwebte. Er blinzelte irritiert. Nur ein paar Fingerbreit trennten sie voneinander.

Die Geschichten waren *falsch.* Ihre Augen leuchteten nicht wie das Sonnenlicht, ihre Augen leuchteten wie *Sonnen.* Winzige, grell strahlende, alles versengende Lichter, gefühllos und unbarmherzig und eine Ewigkeit entfernt. Sonstige körperliche Attribute entsprachen, wie er nach einem flüchtigen Blick feststellen musste, ebenso wenig den Geschichten, zumindest bei diesem Exemplar. Beinahe enttäuschend. Seine erste Begegnung mit einer Allnixe hatte er sich ein wenig anders vorgestellt. Aber irgendjemand hatte ihm die Hände hinter dem Rücken zusammengebunden, und er war umrundet von einem ganzen Haufen Schrott, den er notgedrungen als Raumschiff identifizierte.

Ah.

Jetzt verstand er auch so langsam, was passiert war. Oh nein. Bitte nicht.

»Er ist wach«, raunte die Allnixe in einer Stimme vom Anbeginn der Zeiten, dunkel und rau und voller Tod. Carl wäre ihr sofort überallhin gefolgt, selbst in das schwärzeste aller schwarzen Löcher. Merkwürdig – der Klang ließ ihn sogar ihre fingerlangen Fangzähne vergessen.

Die Stimme, die danach erklang, hätte er jedoch am liebsten mitsamt ihrem Besitzer auf den nächstbesten Mond geschossen.

»Ah, wunderbar.« *Bärtchen.* »Na, mein Lieber? Wie fühlt man sich nach einer vollen Ladung hausgemachten Betäubungsgases?«

»Hhllllltttkllllbb.«

»Ich muss sagen, ich bin begeistert. Du bist der Erste, an dem wir die neue Formel getestet haben, und es hat wirklich ganz ausgezeichnet funktioniert. Du warst ein vorbildliches Versuchskaninchen.«

»Ffffggggdddchhh.«

Unglücklicherweise fühlte sich Carls Zunge an wie ein zäher Teerklumpen, der zu lange in der Sonne vor sich hin geschwelt hatte. Redbeards Gesicht lächelte ihm grünzähnig über die Schulter der Nixe hinweg zu. Zum ersten Mal, seit er erwacht war, freute Carl sich darüber, dass er nur noch verschwommen sah.

»Nichts zu danken. Es war immerhin an der Zeit, dass jemand dich von dieser Stümpertruppe befreite, die du dir da angelacht hast. Sie sind ja nicht einmal aufgewacht, als wir dich entführt haben! Wo hast du diese treulosen Gestalten überhaupt aufgetrieben? Gibt es neuerdings Auktionen für talentfreie Vollversager?«

»Schhhklbmm!«

»Na ja, Schwamm drüber.« Der Pirat zuckte mit den Schultern und verschwand aus Carls Blickfeld. Er versuchte vorsichtig, sich daran zu erinnern, wo sich seine Hände befanden, und bewegte die kribbelnden Fingerspitzen. Konnte er sich befreien? Vielleicht, sobald sich seine Muskeln nicht mehr wie Pudding anfühlten. »Du brauchst sie nicht mehr, du bist jetzt bei uns. Wie? Was sollte dieses Genuschel eben bedeuten? Den Teufel wirst du tun?«

Als Bärtchen wieder in Sicht kam, fläzte er sich, man sollte es kaum glauben, mit quer über die Armlehne geschwungenen Beinen in einem schäbigen grünen Sessel, der ihn auf quietschenden Rädchen näher trug. Er war wirklich der Gipfel der Geschmacklosigkeit – nicht nur, weil man ihn per Knopfdruck steuern konnte, sondern vor allem wegen der liebevoll geschnitzten Totenköpfe, die in die Armlehnen eingelassen waren. »Den Teufel wirst du tun, aha. Nun, mein Liebster, leider hast du keine allzu große Wahl, wie es eben mit den meisten Dingen im Leben ist. Sieh es mal so: Vor einiger Zeit noch war das Universum übervölkert von hohlbirnigen Kopfgeldjägern, die sich gegenseitig die Köpfe abrissen. Erinnerst du dich? Einige davon setzten es sich sogar in den Kopf, die Legende selbst zu fangen: unseren kleinen gefiederten Freund. Hulla die Köpferin, Gadaban Degenfresser, Èxo Totenglocke, Skeura Lichtauge, Die Siebte Ljubit … hast du dich niemals gefragt, wohin sie verschwunden sind?« Eine dramatische Pause.»Sie sind mir in die Quere gekommen. Und ich habe sie beseitigt, auf … meine ganz eigene Weise.«

»Rschlllllffffdmmm.«

Ja, weil du ein verdammter Idiot bist, wollte Carl ihm dringend sagen. Es hatte schon immer Schwachköpfe gegeben, die sich lieber darauf konzentriert hatten, andere Kopfgeldjäger zu verfolgen, und dadurch das eigentliche Ziel aus den Augen verloren hatten. Neid war die gefährlichste aller Berufskrankheiten. Und wie konnte es eigentlich sein, verlangte es ihn zu fragen, dass Redbeard eine *echte* Allnixe hatte und er nicht? Es war eine Frechheit!

»Nun, mein Lieber, da ich ein Gentleman bin – lass dir von all den Knochen und Totenköpfen nicht den Eindruck verderben –, habe ich es auf die sanfte Tour versucht. Aber du wolltest ja nicht, hm?« Der Kapitän seufzte mit viel zu dick aufgetragener Leidensmiene. »Was blieb einem armen, alten Piraten also anderes übrig, als dich zu schanghaien? Betrachte dich als rekrutiert. Eigentlich solltest du dich geehrt fühlen. An wen, glaubst du, wird man sich in Hunderten von Jahren erinnern? An Blate den Gesichtslosen? An Rev Sonnenhaar? Nein. An die furchtlose Mannschaft des *Tatsächlich Fliegenden Holländers,* Sternenfahrer in der Dunkelheit. Das sind die Geschichten, die einem unwiderruflich im Gedächtnis bleiben, vom ersten bis zum letzten Atemzug. Wird man sich hingegen an dich erinnern, Carl, was meinst du? Ausgerechnet an dich?«

»Hhllttddkkll.«

»Weißt du, ich kann mich noch genau daran erinnern, wie wir uns zum ersten Mal begegnet sind. Niemand wusste von dir. Ein unbedeutender Kleinkrimineller, der besessen war von dem Gedanken, einen Vogel zu fangen. Ich kann immer noch nicht glauben, dass du doch tatsächlich auf deine alten Tage beschlossen hast, dich mit ein paar anderen Erdratten zusammenzutun. Ich muss zugeben, zu Beginn war es unterhaltsam – aber dann fingen die Leute an zu munkeln.« Der Klabautermann musterte angestrengt seine auf Hochglanz polierten Fingernägel. »Man sagt, das Universum sei groß genug für alle, und da stimme ich vollkommen zu. Aber es kann nur eine Bande von Kopfgeldjägern geben, die den Leuten Kopfzerbrechen bereitet. Du wirst einsehen, dass es Sinn macht, dass ich dich leider ein für alle Mal vor die Wahl stellen muss. Schließ dich uns an oder gehe unter. Es ist bejammernswert, aber vor dir haben bereits viel zu viele die falsche Entscheidung getroffen. Ich hoffe, du wirst ein wenig weiser sein.«

Carl vertrieb sich die Zeit mit ein bisschen Zungengymnastik. Nach oben, unten, rechts, links, umgekehrt, im Kreis, einrollen, entspannen. So langsam fühlte sie sich an wie ein ausgelutschtes Kaugummi, was er als Verbesserung wertete. Er konnte es kaum erwarten, dem guten Bärtchen seine Meinung um die Ohren zu klatschen.

Vor allem anderen war es die Tatsache, dass er sich immer so furchtbar klischeehaft aufführen musste, die Carl so auf den Senkel ging. Es gehörte sich nicht für einen anständigen Bösewicht, jedes einzelne Detail seines diabolischen Plans auszuplaudern. Es war eine Sache, einem skrupellosen Gauner ausgeliefert zu sein, aber eine ganz andere – und viel gefährlichere –, einem skrupellosen Gauner ausgeliefert zu sein, der sich benahm, als befände er sich in einer Geschichte. Denn das waren die schlimmsten.

Und leider wusste Carl nur allzu gut, dass es sich bei der echten Welt nicht um liebevoll gesponnene Fantasie handelte. Dies wäre der richtige Moment gewesen, die treuherzigen Verbündeten des Helden in den Raum stürmen zu lassen, bewaffnet bis an die Zähne und großkotzige Sprüche auf den Lippen.

Falls es so etwas wie einen Helden überhaupt gab. Falls es überhaupt irgendetwas gab jenseits von Schwarz und weniger Schwarz. Aber trotzdem spähte er weiterhin hoffnungsvoll zur Tür, während er die Zunge im Mund kreisen ließ. Für einen Moment – nur einen einzigen, golden schimmernden Moment – meinte er, irgendwo auf dem Korridor hastige Schritte und laute Stimmen zu hören. Aber der Augenblick verstrich ohne Konsequenzen, und der stinkende Mist der Realität ergoss sich über ihn. Wie es eben immer war mit der Illusion.

Redbeard kam auf seinem Sessel ein wenig näher gerollt und lehnte sich mit geheimniskrämerischem Getue nach vorn. »Also, mein Guter«, schmeichelte er. Plötzlich tat sich Carl das Bild von einem Raubfisch auf, der liebevoll um einen Ertrinkenden strich. »Ich lasse dir die Wahl. Schließe dich denen an, die *wirklich* von Bedeutung sind. Eine letzte kleine Wette, hm? Ich versichere dir eines: noch vor Ablauf der nächsten zehn Minuten wirst du dich uns freiwillig anschließen. Wettest du dagegen?«

Gerade rechtzeitig fühlte Carls Zunge sich wieder einsatzbereit an. Er rollte sie versuchsweise noch ein paar Mal zwischen den Zähnen, dann schenkte er dem Piraten ein benommenes Lächeln. Grüne Zähne grinsten zurück.

»Scheißaufdich.«

Das Grinsen tat ihm nicht den Gefallen, zu verblassen, sondern wurde im Gegenteil umso breiter. »Du hast schon immer die harte Tour bevorzugt, mein Freund. Glaub mir, ich muss es am allerbesten wissen. Wie vorhersehbar. Aber ich gebe dir den Grund, weshalb ich meine Wette gewinnen werde – sicherlich ist dir bereits mein Erster Maat Laika aufgefallen.«

Die Allnixe nickte ihm zu. Das dunkle Nebelhaar schwebte jeder Bewegung ihres Kopfes nach wie eine schwerelose Wolke. Carl nickte wie betäubt zurück.

»Der Biss einer Allnixe«, fuhr Redbeard fort, erhob sich träge von seinem Stuhl und ließ die Schultern kreisen, »ist wirksamer als jede Gehirnwäsche. Ihr Gift gehört zu einem der schmerzhaftesten des Bekannten Universums, und es ist berüchtigt, mit zuverlässiger Sicherheit die Synapsen seiner Opfer anzugreifen. Solltest du weiterhin so störrisch bleiben, so bin ich mir sicher, dass sie mir mit Freuden beistehen und ihre Zähne in deiner Haut versenken würde, bis du mit Leib und Seele ihr gehörst. Du wärst nicht der Erste – Hulla die Köpferin wehrte sich damals wie eine Löwin. Heute, genau in diesem Moment, ist sie damit beschäftigt, friedfertig und pflichtbewusst ihren Brustpanzer zu polieren, wie ich es ihr beim Frühstück aufgetragen habe.«

»Richtigen Kopfgeldjägern geht es nicht um Trophäen«, spuckte Carl angewidert aus. »Ihnen geht es darum, am Leben zu bleiben. Du denkst vielleicht, du könntest dir alles nehmen, wonach es dir in deinem Größenwahn so begehrt – Geld, Waffen, Schiffe, Schätze –, aber wo bleibt die Liebe für Belohnungen?« Seine Zunge fühlte sich wirklich mit jedem Moment besser. »Wann hast du dich das letzte Mal tatsächlich auf die Jagd nach einem Gesuchten gemacht? Es muss Ewigkeiten her sein. Anstatt dich auf die Spuren von echten Gaunern zu machen, bist du zu einem Jäger von Kopfgeldjägern geworden. Beschämend. Was ist mit deiner Berufsehre? Ist sie dir aus der Tasche gefallen?« Wie es sich für einen Pirat gehörte, schien Redbeard nicht im Geringsten beeindruckt. Er ließ ein belangloses Schulterzucken sehen, als er ein Gähnen hinter dem Handrücken verbarg. »Was hat das Leben besseres zu bieten als den Geschmack des Sieges? Es war die erste Lektion, die ich je gelernt habe. Und sieh nur, wie weit ich gekommen bin. Ich finde nicht, dass ich es irgendjemandem in der Branche erlauben sollte, größer oder mächtiger zu sein als ich. Oder eine prunkvollere Crew zusammenzustellen. Oder mir meine Bedeutung streitig zu machen wie ein ekelerregender Dieb. Siehst du, wenn all unsere streitlustigen kleinen Bekannten genug Verstand hätten, sich mir anzuschließen, würde es dank mir irgendwann nie wieder lästigen Konkurrenzkampf geben. Keine hohlköpfigen Rivalen, die alle demselben Ziel nachhetzen. Nie wieder Papierkram oder Geldmangel.«

»Ah, jetzt verstehe ich.« Carl nickte beeindruckt. »Du bist vollkommen übergeschnappt!«

»Ach, komm schon, selbst jemand wie du kann kaum leugnen, dass Teamwork sich letztendlich immer bezahlt macht. Als eine Mannschaft vereint den Raben zu fangen – denk darüber nach. Du würdest dein eigenes Quartier bekommen, ein geregeltes Einkommen, deinen Anteil an der Beute, eine Gemeinschaft aus Gleichgesinnten. Und dazu eine, die sich niemals gegen dich stellen wird, wenn ich das anmerken darf … ganz im Gegensatz zu gewissen Individuen, die du deine ‚Freunde' nennst.« Er brach in ein Lachen aus, das wie ein Säbelrasseln klang und vermutlich das Ergebnis vieler Stunden verbissener Übung war. »Glaubst du etwa, sie werden ohne dich weiterkämpfen? Sie haben sich bereits in alle Winde zerstreut. Nur hier wirst du jemals so etwas wie echten Zusammenhalt und wahre Sorglosigkeit finden. Ein wirkliches Zuhause, fast so wie das, das du vor so bejammernswert langer Zeit verloren hast. Erinnerst du dich?«

Carl blinzelte, bis die Welt an Schärfe zunahm. Er war noch nie ein reicher Mann gewesen. Zu wissen, dass all dies direkt in seiner Reichweite schwebte und nur darauf wartete, dass er es sich nahm – Treue, Erfolg, Ruhm, Luxus … und der Preis dafür war nichts weiter als seine Seele.

Ein verlockendes Angebot.

Leider jedoch war er ein Mensch, und somit nur mit einer einzigen Seele geboren worden. Man musste darauf achtgeben, solange man noch konnte.

»Ich kann mich nur wiederholen.« Bevor er es wusste, fing er an, breit zu grinsen. Und dann lachte er, bis seine Narbe unangenehm zu kribbeln begann. »Zum Teufel mit dir, Grünspanpirat.«

Einen Moment lang sah der Kapitän beinahe ein bisschen enttäuscht drein unter seinem federbewehrten Piratenhut. Dann nickte er verständnisvoll, als habe er nichts anderes erwartet. »Dann geh mit dem Wissen, dass du zwar deine Freiheit verloren, aber wenigstens deine letzte Wette gewonnen hast. Laika, wenn ich bitten dürfte.«

Die Allnixe ließ es sich nicht zweimal sagen. Mit einem kräftigen Schlag ihrer Schwanzflosse, der die Luftmoleküle in der gesamten Kajüte erzittern ließ, schwebte sie näher. Jetzt wäre der Moment gewesen, sich umzuentscheiden. Ein Blick auf die fingerlangen Giftzähne, im Licht kalter Sterne leuchtend, genügte, um Carl vor plötzlicher Panik den Magen zu verknoten. Irgendwo, in einer versteckten kleinen Ecke seines Bewusstseins, hatte er darauf gehofft, dass der Pirat nur leere Drohungen aussprach. Aber er hatte Corax nicht all die Jahre gejagt, um sich am Ende brechen zu lassen. So etwas tat ein anständiger Jäger nicht – so etwas nicht.

Wenn die Suche hier ein Ende fand, dann würde er sich damit trösten, dass sie wenigstens eine gute Geschichte abgegeben hatte. Dass er für die letzten Sekunden seines Lebens von sich behaupten konnte, als der abzutreten, der er war. »Irgendwelche letzten Worte?«, rüttelte Redbeard ihn wach. Carl öffnete den Mund. »Ach, andererseits – wen interessiert es schon. Er gehört dir, Laika.«

Mit der Zärtlichkeit einer Schlange, die sich ihrem Beutetier näherte, ließ die Allnixe die Spitzen ihrer nadeldünnen Zähne über seine Halsbeuge streichen. Carl hoffte, dass sie nicht bemerkte, wie er sich vor Angst fast in die Hose machte. Es wäre ein schändlicher letzter Augenblick gewesen.

Als der Biss erfolgte, war nichts so, wie Carl es erwartet hatte. Er ging nicht stolz erhobenen Hauptes, mit einem grimmigen Lächeln auf den Lippen und finsterem Triumph in seinem Herzen. In den letzten flüchtigen Sekunden seines Lebens gab es nichts als Reue. Er verfluchte seine Sturheit, seine Dummheit, seine Kurzsichtigkeit, jede einzelne Entscheidung seines Lebens, die ihn in diese Situation gebracht hatte. Und die Tatsache, dass es zu spät war, umzukehren.

Die Nixe biss zu.

Und es schmerzte tatsächlich wie die Hölle.

Carl schrie.

Dann bemächtigte sich das Gift seines Körpers und setzte einen Punkt hinter das Ende.

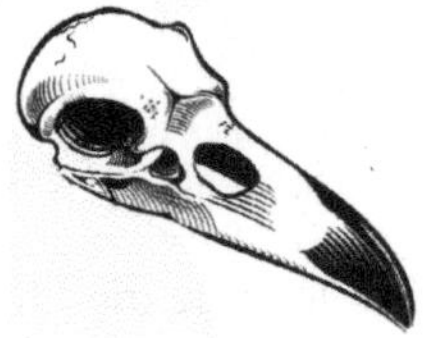

7

Nix

Hier sehen drei sich wieder, eine Wolke stattet einen Hausbesuch ab und ein unsichtbares Mädchen hält eine Rede.

Als Nix zu Hause ankam, war sie dreckig, müde, erschöpft und wundgeheult. Sie hatte nicht gewusst, dass sich die Enttäuschung anfühlen konnte wie eine Eisenkugel, die sich eng um den Knöchel kettete und einen immerzu zurückzog, sodass jeder Schritt einem vorkam wie ein ganzes Leben.

Es war früh, als sie aus dem schäbigen Teleporter in der Hauptstraße trat – so früh, dass am Himmel noch die Morgenblitze zuckten. In ihrem Kopf hatte sich die Vorstellung festgesetzt, dass sie klingeln und Mama die Tür öffnen würde, dass sie Nix erstaunt anstarren würde, wie sie da stand mit ihrem schweren Rucksack und dem ausgeblichenen Lavendelhaar, das vor ein paar Wochen noch leuchtend violett gewesen war. Und dann würde sie ihre Tochter in die Arme schließen, und vielleicht wäre alles ein bisschen weniger schlimm und die Dunkelheit nicht ganz so finster.

Und aus diesem Grund verbrachte Nix die ersten Stunden ihres neuen alten Lebens im Garten. Cafés erinnerten sie an die vielen Gespräche mit ihren Freunden, an all die Schlachtpläne, die sie über Gläsern dampfenden Kakaos geschmiedet hatten, und deswegen waren Cafés streng tabu. Außerdem hatte sie ihr letztes Taschengeld schon längst ausgegeben.

Also saß sie stattdessen eben im Garten, sah den Mundwürfen beim Graben und den Schatten beim Längerwerden zu. Sie wartete darauf, dass ihre Eltern von der Arbeit zurückkamen, damit das Bild in ihrem Kopf wahr werden konnte. Und über ihr verblasste das Wetterleuchten und die Wolken wurden süß und cremig. Als sie schließlich Schritte in der Einfahrt hörte, duckte sie sich und machte sich unsichtbar, wie es nur ein Teenager mit Pickeln, Brille und Zahnspange konnte. Es war ihre geheime Fähigkeit. Sie wartete, bis sie sich sicher war, dass es Abendessen gab. Und dann klingelte sie.

Es war fast genau so wie in ihrer Vorstellung: Da war einerseits sie, stand staubig und erledigt auf der Türschwelle, und Mama starrte sie genauso an, wie sie es sich ausgemalt hatte. Nur dass sie in ihrer Vorstellung davor nicht stundenlang im Garten gewartet hatte. Es machte alles irgendwie … anders.

»Nix?« Ihre Mutter riss verdutzt die Augen auf, und dann breitete sich das Lächeln über ihrem Gesicht aus wie Nordlichter über den Horizont an einem klaren, hellen Tag. „Nix! Was machst du denn hier? Hast du Ferien? Warum hast du nicht Bescheid gesagt? Mein kleines Mädchen, wir haben dich vermisst …«

Dann kam die Umarmung, und auch sie war fast ganz genauso wie in ihrer Fantasie. Nur um einiges länger und fester. So war es eben, zu Hause zu sein: Man wusste immer, was kommen würde. Und obwohl es vorhersehbar war, war es auch schön, oder vielleicht gerade deshalb. Und aus diesem Grund seufzte sie voll echter Erleichterung, als sie sich ins Haus schleppte und Papa sie überrascht und fröhlich begrüßte. Sie dachte bei sich, dass ihre Eltern sich viel mehr freuten, als sie es sich jemals hätte vorstellen können. Wie zwei Hunde, die aufgeregt um sie herumsprangen, mit dem Unterschied vielleicht, dass Hunde ihr nicht das Gepäck abgenommen, Essen unter die Nase gehalten und schimpfend an ihren Haaren herumgezupft hätten. Und weil sie wieder zu Hause war und alles so war wie gewohnt, entschied Nix sich dazu, zumindest teilweise die Wahrheit zu sagen.

»Nein«, nuschelte sie zwischen zwei Bissen Pfannkuchen, der schmeckte, wie jeder einzelne Pfannkuchen ihres Lebens zuvor geschmeckt hatte. »Ich habe keine Ferien. Sie haben mich rausgeschmissen. Ich war wohl nicht gut genug …«

Sie sagte es, weil es jetzt kein Zurück mehr gab; weil es bedeutete, dass sie sich nicht einfach wieder verdrücken konnte; weil es hieß, dass sie ihr Leben wiederaufnehmen musste, ganz genau so, wie es zuvor gewesen war. Sie würde zurück zur Schule gehen, und die Eintönigkeit würde das schlechte Gewissen aus ihr kratzen wie ein trockener Schwamm die Buchstaben von der Tafel. Und dass in den Augen ihrer Eltern nicht einmal Enttäuschung geschrieben stand, überraschte sie kein bisschen.

»Ach, so kennen wir unsere Nix doch«, sagte Papa mitfühlend und legte ihr den Arm um die Schultern. Jetzt hatte sie wirklich keinen Hunger mehr auf den Pfannkuchen. »Aber keine Sorge – wir mögen dich trotzdem genau so, wie du bist.«

Ja. Genau so, wie sie war. Genau so, wie man sie kannte. Weil zu Hause eben der Ort war, an dem sie schon immer eine Versagerin gewesen war. Trotzdem; vielleicht war das immer noch besser als der Ort, an dem sie erst bewiesen hatte, dass man sie tatsächlich zu nichts gebrauchen konnte, dass sie die Sorte Mensch war, die in dem Moment ausriss, in dem Zusammenhalt am allerwichtigsten war. Wahrscheinlich war Team Rabe ohne sie sowieso besser dran. Carl hatte seinen Köder nie gebraucht. Sie hatte Corax kein einziges Mal angelockt. Und sie fragte sich, ob sie es wohl jemals erfahren würde, wenn sie ihn fingen.

Wahrscheinlich nicht, denn es war schließlich ein Geheimnis – das bestgehütete Geheimnis der letzten siebenhundertsiebenunddreißig Jahre.

Als sie drei Stunden später im Bett lag, frisiert, gebadet und gefüttert und nach einem langen, langen Gespräch über ihre Ausbildung als Abblitzerin (kurz gesagt: frei erfunden) und darüber, was sich in ihrer Abwesenheit alles verändert hatte (kurz gesagt: eine Lampe war kaputt gegangen), tanzte die Dunkelheit vor ihren Augen wie schwarze Federn. Damals war Carl in ihr Klassenzimmer geplatzt und hatte gefragt, welcher Schüler die schlechtesten Noten hatte …

Weil er einen Versager *gewollt* hatte, wurde ihr jetzt klar. Nur jemand, der mit sich selbst unendlich unzufrieden war, wäre leichtsinnig genug, sich als Köder für einen gemeingefährlichen Verbrecher bereitzustellen. Nur jemand, dem alle ständig einredeten, er wäre einfach nicht gut genug. Aber ihr Platz war nun einmal nicht an der Seite von Kopfgeldjägern, die harmlosen Zeugen in den Bauch traten. Ganz besonders, wenn die Zeugen durchsichtig waren und man alle ihre Organe dabei beobachten konnte, wie sie sich wehrlos unter dem Tritt zusammenkrümmten. Man musste keine guten Noten haben, um zu erkennen, dass so etwas nicht richtig war.

Und die Tage verstrichen. Es war seltsam, wie sie mit ihren Eltern am Tisch sitzen und sich trotzdem so furchtbar fehl am Platz vorkommen konnte. Früher, bevor sie mit Carl und den anderen auf die große Suche aufgebrochen war, in einem anderen Leben, hatte sie immer gern gelesen. Von Welten, die viel aufregender waren als ihr langweiliger kleiner Planet, von Heldinnen, die schön und stark und mächtig und beliebt waren. Tja, und dann war sie aufgebrochen, um selbst ein Abenteuer zu erleben, und hatte gemerkt, dass die Wirklichkeit oft ganz anders war, als die Geschichten es vorgaben. Vielleicht waren Geschichten nur Lügen, denen jemand eine dicke Schicht Make-up verpasst hatte. Sozusagen das Gegenteil der ungeschminkten Wahrheit.

In Wirklichkeit änderte man sich nicht; in Wirklichkeit machten einen große Geschehnisse nur noch kleiner und ängstlicher. Und wenn man dann nach bestandener Gefahr zurückkehrte, konnte man sich kaum noch erinnern, wie man sein altes Leben hatte aushalten können. Sie fühlte sich wie eine Seite, die jemand aus der Mitte eines Buches gerissen und an den Anfang eines anderen geklebt hatte. Plötzlich wusste sie nicht mehr, wer sie eigentlich war. Und wenn sie an die Zukunft dachte, lag diese dunkel und unergründlich vor ihr.

Was hatte sie sich damals gedacht, als sie die Schule geschmissen hatte? Dass sie beladen mit Geld und Ruhm nach Hause zurückkehren würde, na klar. Dass sie eine glorreiche Karriere als Jägerin von Schurken und Ganoven erwartete. Es hatte alles so aufregend geklungen – aber dann hatte sich herausgestellt, dass der Rabe Augen hatte, in denen die Angst glitzerte. Dass Carl den Blaster auf Unschuldige richtete und Fionagh und Mirembe ohne schlechtes Gewissen auf einem verlassenen Planeten zum Sterben zurückgelassen hätte. Und jetzt war Nix wieder da, wo alles begonnen hatte. Sie würde die Klasse wiederholen müssen, weil sie wochenlang gefehlt hatte.

Aber das machte nichts. Es rechnete eh niemand damit, dass aus ihr jemals etwas werden würde.

Und so fing das Leben wieder von vorne an. Eine Weile lang war es lustig gewesen, so zu tun, als wäre sie so geistreich wie Mirembe und so kühl wie Fionagh. So stark wie Jamie, so hilfsbereit wie Alesander, so geschickt wie Sia. So eindrucksvoll wie Carl und so tapfer wie Geist.

Aber das war sie nicht. Sie war einfach nur sie selbst – Nix, deren Talente zu ihrem Namen passten. Normal. Langweilig. Aber eben auch vertraut. Und vielleicht sollten die Dinge so sein.

Sie suchte sich einen Job (die Säuberung vergammelter Akten im Rathaus, die vom Amtsschimmel befallen waren), um sich die Zeit bis zum nächsten Schuljahr zu vertreiben und die Gedanken an den Raben aus ihrem Kopf zu streichen. Sie vergaß ihr schlechtes Gewissen und das Gefühl, etwas unwiederbringlich Wertvolles verloren zu haben, das sich manchmal in ihre Brust schlich, wenn sie daran dachte, wie sie an den Abenden am Strand ums Feuer gesessen und sich gegenseitig Geschichten erzählt hatten. Sie versteckte Sias Steinschleuder unter einem Haufen einzelner Socken, die ihren Gegenpart vor langer Zeit in den Tausenden von Welten verloren hatten, die sich in jeder einzelnen Waschmaschine des Universums verbargen. Wer wusste das schon – vielleicht würden sie dreitausend Jahre in der Zukunft wiederauftauchen und den Wissenschaftlern Rätsel aufgeben. Sie widerstand der Versuchung, ihren Eltern von den Freunden zu erzählen, die sie zurückgelassen hatte. Immerhin hätte das bedeutet, dass sie sich eingestehen musste, wie sehr sie die anderen vermisste.

Es fühlte sich an wie Wochen, aber in Wahrheit verging nicht mehr als eine Handvoll von Tagen. Und dann, eines Nachts, geschah etwas, das ihre Entscheidung ins Wanken brachte. Und es fing alles damit an, dass sie das Fenster nicht richtig geschlossen hatte.

Nix wachte auf, weil dünner Schweiß an ihrer Haut klebte wie ein nasses Laken, und weil sich die Luft im Raum verändert hatte und nach Brauseseife schmeckte. Oder vielleicht war es nur der Geschmack des Schlafs in ihrem Mund.

Es gibt Momente, tief in der Nacht, in denen man die Augen aufschlägt und spürt, dass sich die Welt verändert hat. Selbst die Dunkelheit weiß es. Die Stille in all den Hunderten von Falten in der Bettdecke weiß es. Und die kühle Seite des Kopfkissens hört ausnahmsweise auf zu flüstern. Dies war einer dieser Momente.

Nix setzte sich auf, und die Traumbilder, die immer noch wild in ihrem Kopf herumwirbelten, vergaßen sich selbst. Sie strampelte die schwere Bettdecke von den Beinen und wischte sich ungeschickt eine klebrige Haarsträhne aus den Augen.

Und dann sah sie die Zimmerwolke.

Lautlos setzte sie die Füße auf den kühlen Boden und richtete sich ganz langsam auf, als ob ein wildes Tier auf ihrem Fensterbrett säße, das sie auf keinen Fall erschrecken wollte. In ihrer Brust hämmerte ihr Herz wie ein kleiner Hammer. Es war recht beunruhigend, mitten in der Nacht zu erwachen und zu bemerken, dass man nur um eine Schlafsekunde dem sicheren Tod entgangen war.

Wieso hatte sie das Fenster einen Spaltbreit offen stehen lassen? Vielleicht deshalb, weil sie sich insgeheim doch ein wenig danach sehnte, sich bei nichts vollkommen sicher sein zu können, nicht einmal bei der Heilsamkeit des Schlafes. Jeder wusste, dass man in Städten nachts die Fenster schließen musste. Einen Zimmerwolkenbesuch überlebten die wenigsten.

Zum Glück war Nix' nächtlicher Gast kein großes Exemplar seiner Gattung, in etwa so breit und hoch wie ein fluffiges Kissen, und seine Ausläufer tasteten sich blind und beinahe zögerlich durch das Zimmer. Die Vorhänge bauschten sich sanft im Wind, aber dennoch hing die Wolke ganz still – ein dunkles Gewirr aus reglos schwebendem Gift, in dem winzig kleine Blitze zuckten. Ein Miniaturgewitter in Nix' Zimmer, das von innen heraus geisterhaft leuchtete.

Für einen Atemzug lang kam es ihr so vor, als ob dieser Anblick allein für ihre Augen bestimmt war. Sie schimpfte sich selbst aus, als sie nach vorn trat und die Hand ausstreckte – aber sie konnte einfach nicht anders. Ihre Fingerspitzen trafen auf feinen Dunst, es gab ein boshaftes Zischen und ihre Haut wellte sich in kleinen Blasen und katapultierte sie zurück in die Realität wie in einen Kübel eiskalten Wassers. Mit einem erstickten Keuchen sprang Nix zurück, umklammerte ihre verletzte Hand und schlich sich auf Zehenspitzen in den Flur. Dort schnappte sie sich im Dunkeln den Staubsauger, mit dem sie den nächtlichen Einbrecher rasch einfing, bevor der Wolkenmelder Alarm schlagen und alle im Haus aufwecken konnte.

Danach schlüpfte sie zurück ins Bett, wo der Schlaf sich hartnäckig vor ihr versteckte. Sie konnte einfach nicht aufhören, mit dem Daumen über die schmerzende Kuppe ihres Zeigefingers zu streichen und sich zu erinnern. An fliegende Glaskugeln, die in der Sonne glänzten und kleine Klirrgeräusche von sich gaben, als sie auf dem Boden aufkamen.

An gefangene Wolken, die zwischen den Scherben aufstoben und sich in jedes kleinste Stückchen Haut vorfraßen, das sie nur finden konnten. An Alesander, der die Hände vor dem Gesicht zusammenschlug, weil seine Maske gesprungen war und seine Augen brannten wie Feuer. An Sias Gesichtsausdruck, so voller nackter Verzweiflung, als ihn eins der Geschosse in den Bauch getroffen hatte …

Sie lag lange wach. In Gedanken packte sie bereits den Rucksack und machte sich auf die Suche nach ihren verlorenen Freunden. Dennoch zwang sie sich dazu, liegen zu bleiben und beharrlich in die Dunkelheit zu starren. Es lohnte sich nicht, nachts große Entscheidungen zu treffen, nur um dann am nächsten Morgen aufzuwachen und zu erkennen, dass man sich zwischen zwei Träumen dazu hatte hinreißen lassen, all sein Geld in die Entwicklung von nicht wackelndem Wackelpudding zu investieren. Zugegeben: Ganz so drastisch war ihre Idee zum Glück nicht, und nicht zuletzt deswegen, weil sie überhaupt kein Geld hatte, das sie in irgendwelche hirnrissigen Vorhaben hätte stecken können. Aber trotzdem; vielleicht würde am nächsten Morgen, wenn ihr aufgescheuchtes Gehirn ein bisschen Ruhe gefunden hatte, alles ganz anders aussehen. Das Einzige, was es nun zu tun gab, war zu schlafen. Ihre Augenlider dazu zu zwingen, nicht zu flattern, und ihre Beine davon abzuhalten, sich aus dem Bett zu schwingen. Ihre Hände zu überreden, dass sie sich auch noch morgen an die Arbeit machen konnten.

Schließlich stand sie aber doch noch auf – allerdings nur, weil ihr aufgefallen war, dass sie schon wieder vergessen hatte, das Fenster zu schließen.

Am nächsten Morgen lag eine Zukunft vor ihr, die in durchsichtigen Bonbonfarben strahlte. So war es noch nie gewesen: Dass Nix die Augen öffnete und ganz genau wusste, was der Tag bringen würde und was sie zu tun hatte. Aber an diesem Morgen war es so; und wenn das nichts zu bedeuten hatte, dann war nichts mehr wichtig.

Als sie in die Küche kam, waren ihre Eltern schon eifrig am frühstücken.

»Pass heute auf, wenn du zur Arbeit gehst, diese Irrlichter werden immer schlimmer«, begrüßte Mama sie kauend und schlürfte an ihrem

Kaffee. »Kam gerade eben in den Nachrichten. Schon wieder zwei Verkehrsunfälle, weil sich diese Biester als grüne Ampeln ausgegeben haben.«

»Wenn du mich fragst, haben wir es noch ganz gut getroffen«, mischte Papa sich ein, die Krümel auf seinem Teller zu säuberlichen Häufchen zusammenkratzend. Seine Finger waren wie Hütehunde, die eine Herde winziger Schafe zusammentrieben. »In den Großstädten gibt es solche, die mit organisierten Banden zusammenarbeiten. Ein argloser Tourist folgt einem Licht in eine dunkle Gasse, und schwupps …« Er machte ein Geräusch, das wirklich recht überzeugend dem ähnelte, das entstand, wenn jemandem der Kopf vom Hals geschraubt wurde. Es klang wie *krrrrrblllltschhh,* nur ein bisschen ekliger. Papa war schon immer gut darin gewesen, widerliche Geräusche nachzumachen.

Nix beobachtete ihre Eltern wortlos, wie sie da am Tisch saßen und sich darüber unterhielten, ob es schlimmer war, sich als grüne Ampel auszugeben oder Leuten in dunklen Gassen sämtliche Knochen zu brechen. Sie stellte sicher, dass sich das Bild unwiderruflich in ihr Gedächtnis einbrannte, nur für den Fall, dass sie nie wieder zurückkehren würde. Der Anblick ihres gedeckten Tellers gab ihr einen kleinen Stich in die Brust. Hier kümmerte man sich um sie. Niemand im Team hätte daran gedacht, ihr einen Platz am Tisch zu richten – Chapo vielleicht ausgenommen, aber der gehörte nicht einmal dazu. Vielleicht war es das letzte Mal, dass sie in dieser Küche stand und ihren Eltern beim essen und diskutieren zusah; ein letzter sonniger Morgen, an dem sie festhalten würde, wenn die Welt zu Ende ging.

Es war schwer, keine dramatischen Gedanken zu denken, wenn ein Abschied bevorstand. Da draußen gab es Kopfgeldjäger, die es sich zum Ziel gemacht hatten, andere zu tyrannisieren und zu töten. Aber genau aus diesem Grund konnte sie sich nicht länger verstecken: Weil es irgendwo zwischen den Sternen eine Gruppe von guten Leuten gab, die langsam zu schlechten Leuten wurden, und weil Nix das nicht zulassen durfte.

»Ich muss euch etwas sagen.« Sie hatte sich sattgesehen, und das Herz klopfte ihr wie wild, sodass sie ihren Puls sogar in den Ohrläppchen spürte. Ihre Eltern hielten inne und schauten sie erwartungsvoll an. »Ich … war überhaupt nicht bei einer Ausbildung für junge Abblitzer. In Wirklichkeit habe ich auch kein Stipendium bekommen.« Sie schluckte. »In *Wirklichkeit* habe ich mich einer Gruppe Kopfgeldjäger angeschlossen und bin mit ihnen auf eine Mission gegangen, die so gefährlich ist, dass ich euch nichts davon erzählen kann, weil mir sonst die Zunge abfault. Sie haben mir das Kämpfen beigebracht, na ja, zumindest ein bisschen, und ich bin inzwischen richtig gut mit der Steinschleuder. Und sie sind echt tolle Freunde, auch wenn sie das nicht wissen. Eine Banshee, eine Hexe, ein Seuchenbringer, ein Wer-Stier, eine Vampirin, ein Cowboy und zwei Anti-Sphinxen. Wir sind von Planet zu Planet gereist, haben uns gegenseitig den Popel angehängt und ich sollte eigentlich den Köder spielen, aber dazu ist es nie gekommen. Wir sind von einer Gruppe anderer Kopfgeldjäger verfolgt, bombardiert und bedroht worden, und irgendwann ist unser Anführer böse geworden, aber das macht ihn trotzdem nicht zu einem schlechten Menschen, weil so etwas vielleicht einfach passiert, wenn man zu lange nicht mehr in einem richtigen Bett geschlafen hat. Und in Wirklichkeit haben sie mich nicht rausgeschmissen, sondern ich bin freiwillig gegangen, weil es mir nicht gefallen hat, was aus uns geworden ist. Ich meine, ich wollte nie irgendwelche Zeugen bedrohen. Ich glaube, Carl hat einfach den Blick verloren für das, was wirklich wichtig ist. Und obwohl unser Team zerbrochen ist und obwohl die Einzigen, die mich gut leiden können, Alesander und Sia sind und Geist mich hasst und Carl mich wohl nie wiedersehen will – obwohl wir uns zerstritten haben, muss ich zurück, weil es sich nicht gehört, seine Freunde im Stich zu lassen. Vor allem, wenn sie vielleicht gar nicht bemerken, dass sie zu etwas geworden sind, das sie wahrscheinlich nie sein wollten. Und es tut mir leid, dass ich euch angelogen habe, aber manchmal muss man das eben. Und es tut mir auch leid, dass ich jetzt schon wieder gehen muss, aber manchmal hat man keine Wahl. Aus demselben Grund, aus dem man lügen muss. Weil man oft nicht anders kann, als den Weg zu Ende zu gehen, den man begonnen hat. Und jetzt seht ihr mich so seltsam an, aber nichts, was ihr sagt, kann mich davon abhalten, das Richtige zu tun. Und das tut mir leid.«

Tja, dachte sie bei sich, als Stille über die Küche und Papa ein Stück Ei vom Löffel fiel. Das war doch eigentlich gar keine so schlechte Rede gewesen.

Und dann fiel ihr die Röte auf Mamas Wangen auf, wie ein Ausschlag, nur sehr viel zorniger. »Du sagst uns also, dass du deinen neuen Job hinschmeißt, deine Sachen packst und ganz allein zu irgendeinem haarsträubenden Abenteuer aufbrichst, das dich vielleicht Kopf und Kragen kostet, dass du uns wochenlang angelogen hast und wir dich vielleicht nie mehr wiedersehen?«

Wenn man es so zusammenfasste, klang es um einiges weniger heroisch. Nix spähte auf ihre Füße und knabberte verlegen an ihrer Unterlippe herum. »Na ja, *jaah* …«

Und dann sagte Mama etwas, das sie in Hunderten von Jahren nicht vergessen würde.

Sie legte die Gabel beiseite, stand auf und strich sich die Krümel vom Kleid. Und dann verkündete sie Folgendes: »Das klingt dumm und gefährlich, und ganz egal, ob du volljährig bist oder nicht, das kann ich auf keinen Fall zulassen.«

Und dann, während Nix noch lautstark protestierte, fügte sie hinzu: »Also werde ich mitkommen. Ich habe noch ein paar Urlaubstage, die ich einreichen kann.«

Es war der Schock ihres Lebens.

Nix vergrub gequält das Gesicht in den Händen und stieß einen lang gezogenen Heullaut aus. »Mama, neiiiiin! Das ist doch so was von *peinlich* …«

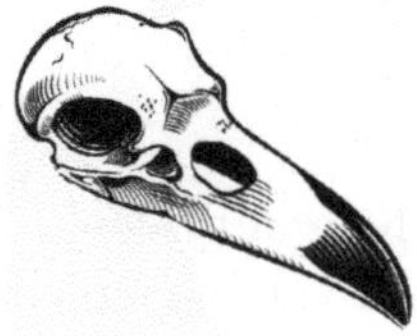

6

Fionagh

Hier wachsen Mondlichtblumen, eine Erinnerung lässt bitten und ein Plan geht gewaltig schief.

Es war ein Ort, an dem die Vögel nicht sangen. An dem der Wind nicht wehte. An dem der Himmel nicht endlos schien.

Genau genommen, würde Mirembe ihr später erzählen, war der Ort noch nicht einmal ein Ort.

Gedanken bewegten sich frei von Zeit und Raum, vor allem, wenn sie nicht an einen Kopf gebunden waren. Also konnte man sie niemals in einem beständigen Ort einfangen, genauso wenig, wie man den Sturm in Flaschen sperren oder die Geschwindigkeit eines Regentropfens in kleinen Döschen verkaufen konnte. Für einige lange, reglose Momente standen sie still, hielten sich an den Händen und schauten sich aufmerksam um.

Weiße Hügel wölbten sich in Corax' Kopf dem weißen Himmelszelt entgegen. Die weiße Sonne warf ihr farbloses Licht auf ihre Gesichter. Selbst die Luft schmeckte weiß.

»Ob es hier wohl anders aussehen würde, wenn Corax wach wäre?«, flüsterte Fionagh nach einer kleinen Ewigkeit und hörte die strahlende Schneefarbe der Umgebung in ihrer Stimme mitschwingen. Erst als Mirembe ratlos mit den Schultern zuckte, wurde ihr bewusst, dass sie immer noch über ihre Körper verfügten. Fionagh und Mirembe, die einzigen bunten Kleckse in einem Meer aus Nichts.

»Wenn Corax wach wäre, wären wir tot«, gab Mirembe weise zu bedenken, »also ist es wahrscheinlich besser so, dass wir es nie herausfinden werden.«

»So sehen seine Gedanken aus?«

Sie ließen den Blick noch ein wenig länger schweifen. Die Landschaft war wie ein Geist, eine Erinnerung an den Sommer, die im tiefsten Winter halb vergessen vor sich hin welkte. Zarte Grashalme bedeckten den Boden, hier und da unterbrochen von einigen filigranen, kostbar gearbeiteten Blüten. Alles sah so *echt* aus und zugleich wie aus Schnee geschnitzt, oder aus gefrorener Milch. Dennoch herrschte keine Kälte. Alles … *existierte* einfach nur.

»Himmel, ist es hier langweilig«, stöhnte Mirembe und lockerte ihren Griff um Fionaghs Finger. »Warte mal kurz.« Sie verzog das Gesicht, als ob sie auf bestem Weg wäre, ein Ei zu legen. Im nächsten Moment wuchs sich ihr kurzes Haar zu einem wahren Dschungel aus, wild und in alle Richtungen abstehend, durchsetzt von leuchtend pinkfarbenen Blumen. »Das ist schon besser, oder?«

»Ist es nicht«, widersprach Fionagh nuschelnd durch einen Mundvoll Haar und schob eine von Mirembes besonders widerspenstigen Strähnen beiseite. »Du siehst total verwuchert aus.«

»Na schön. So besser?«

»Nein.«

»Und so?«

»Vielleicht mit ein bisschen weniger Glitzer.«

Mirembe stolperte durch Dutzende von farbenfrohen Turm-, Schnecken-, Steck-, Flecht-, Schraub- und Kordelfrisuren, bevor sie sich endlich für einige elegant arrangierte violette Locken entschied, die sich über ihre Schultern ringelten.

»Weißt du, Nix hatte recht«, überlegte sie laut, »lila ist eigentlich ganz schick. Was schaust du mich so an?«

Hatten wir nicht einen dringenden Auftrag zu erledigen?, wollte Fionagh fragen, aber sie beschloss, derlei Anmerkungen für sich zu behalten. Sie waren im Kopf eines Verbrechers eingeschlossen und Mirembe vertrödelte ihre Zeit mit Haarfarben. Fionagh vermutete, dass sie sich schlicht und einfach fürchtete. Da konnte sie ihr keinen Vorwurf machen – sie hatte noch nie eine Landschaft gesehen, die dermaßen tot aussah. Weißes Gras verhieß Unglück.

»Du kannst unser Aussehen verändern?«, fragte sie stattdessen und trat einen misstrauischen Schritt nach vorn. Nichts hier war real, daran musste sie sich mit jedem neuen Atemzug erinnern, aber es *fühlte* sich real an. Vielleicht war es das in gewisser Weise auch. Vielleicht war das unterschwellige Gefühl der Gefahr begründet, das sie aus allen Seiten anzuglotzen schien. Wer wusste schon, was sie im Kopf des Raben erwartete? »Kannst du nicht auch etwas an diesen Hügeln ändern? Sie machen mich seekrank.«

Mirembe schüttelte den Kopf und folgte ihr mit behutsamen Schritten. Die Sonne schien ihr kaltes Licht auf sie hinab. »Das hier ist Corax' Landschaft. Ich kann nichts daran ändern, wie er seine Welt wahrnimmt. Nur an uns, weil wir Eindringlinge in seinem Geist sind. Hm, jetzt, wo ich es mir recht überlege ... so ein paar mehr Muskeln würden dir nicht schaden.«

Fionagh war darauf vorbereitet, aber als ihr Oberkörper anschwoll, bis er dem eines wohltrainierten Zentauren glich, schlug sie ärgerlich nach Mirembes Hand. »Hör auf damit! Du hast immer nur Quatsch im Kopf. Mach mich wieder normal.«

»Ach komm, ein paar Muskelfasern könnte ich dir zumindest lassen, oder? Weißt du noch, wie Jamie dich ausgelacht hat, als du diesen Blaster nicht hochheben konntest? Oh, oder damals, als Quell der Zweigarmige dich zu einem Armdrücken herausgefordert und tatsächlich *gewonnen* hat! Oder als ...«

»Ja, weiß ich noch«, fuhr Fionagh ihr scharf ins Wort. »Und jetzt halt die Klappe oder erkläre mir wenigstens, was genau wir hier wollen.«

»Also gut«, lächelte Mirembe, als sie ihr den nächsten sanft ansteigenden Hügel hinauffolgte. Wie immer freute sie sich darüber, sie erfolgreich geärgert zu haben. Anscheinend wusste sie auch nicht, wohin es gehen sollte – möglicherweise war es ihr aber auch egal. Es sah sowieso alles gleich aus. »Wir sind hier, um Corax zu töten.«

Vor lauter Schreck trat Fionagh auf eine besonders prächtige Blume, silberweiß wie Spinnweben. Sie bog sich nicht einmal unter ihren Füßen – es war, als ob sie die Berührung nie gespürt hatte.

»Was?«, schnappte sie ungläubig. »Ist Carl gestorben und sein Geist in dich gefahren?«

Mirembe schüttelte fröhlich den Kopf, dass die Locken nur so flogen. »Lass es mich umformulieren. Weißt du, ich glaube, wir müssen das uralte Böse vertreiben, das tief in seinem Inneren steckt und von dem ich nicht weiß, worum genau es sich handelt; mit Waffen, die wir nicht haben, und keinerlei Sicherheit, dass ich überhaupt richtigliege.«

In Fionaghs Kopf tanzten Mirembes Worte. Sie erreichten die Spitze des Hügels, ganz ohne außer Atem zu kommen, und dahinter … lagen weitere Hügel. Weiß, endlos, perfekt geformt. Es war die Ausgeburt der Eintönigkeit.

»Du erinnerst dich noch an den Tempel des Spielenden und des Strafenden Gottes?«, fuhr Mirembe fort.

Sofort zuckte in Fionaghs Erinnerung das Bild vieler starrender Glubschaugen auf.

»Wie könnte ich diese wundervolle Reise jemals vergessen«, murrte sie.

»Ich persönlich fand es sehr aufschlussreich. Eine Erinnerung an alte Zeiten, als die Raben noch Raben waren; lange, bevor jemand auf die Idee kam, an ihnen herumzupfuschen. Als ich damals in diesem verlassenen Haus auf Corax stieß, hat er mir etwas gezeigt. Sich selbst, ganz in Weiß, wie diese Landschaft hier – wie diese Sonne. Ich glaube, er wird heimgesucht. Wir sind hier, um den Teil von ihm zu vertreiben, der sein echtes Selbst davon abhält, wahrhaftig zu leben. Verstehst du? Betrachte es als Exorzismus von innen heraus, wenn du so willst.«

Aha. Sehr aufschlussreich. Aber mit Mirembe war noch nie gut zu reden gewesen, wenn sie sich einer Sache nicht hundertprozentig sicher war. Zu gegebener Zeit, das wusste Fionagh, würde sie alles erfahren.

»Also, was jetzt? Wie helfen wir ihm?«, hakte sie ungeduldig nach, als sie den Hügel hinab in ein kleines Tal rutschten. Doch es gab hier einige Dinge, die keiner der Realitäten entsprachen, die Fionagh bis jetzt über den Weg gekommen waren – das Gras leistete keinerlei Widerstand, und die Schwerkraft erweckte irgendwie den Anschein, als ob sie nur dann in Kraft trat, wenn sie gerade nichts Besseres zu tun hatte.

»Wir werden den Teil von ihm aufspüren, der ihm solche Angst macht, und ihn besiegen. Irgendwie. Vielleicht ist alles, was er braucht, lediglich ein gutes Wort. Wer weiß? Erst einmal müssen wir herausfinden, wo er steckt.«

Fionagh schüttelte den Kopf und beschloss, fürs Erste nichts mehr zu sagen. Hexen waren Hexen. Für sie galt die Tugend gesunder Vernunft nur in Ausnahmesituationen.

»Wie kann ein Verstand eine Landschaft sein?«, fragte sie schließlich schlecht gelaunt, als sie auf dem nächsten Hügel eine Verschnaufpause einlegten. Nicht dass sie es nötig gehabt hätten – ihre Beine hätten ewig weiterwandern können. Ihre Augen jedoch hatten genug. Irgendwann zehrte der Anblick der endlosen Hügel unter dem weißen Himmel an der Geduld. Fionagh beugte sich hinab, um eine der Schneeblumen zu pflücken, aber Mirembe machte ein sorgenvolles Geräusch, das sie mittlerweile als *Das würde ich lieber nicht tun* zu interpretieren wusste.

»Das würde ich lieber nicht tun«, pflichtete Mirembe ihrem Instinkt bei.

Entnervt ließ Fionagh die Pflanze in Ruhe und richtete sich auf. »Und wieso nicht?«

»Ach, ich weiß ja nicht, vielleicht weil wir im Geist eines anderen sind und es dir garantiert nicht passen würde, wenn jemand in *deinem* Kopf herumwühlen und Blümchen pflücken würde?«

Fionagh schnaubte widerwillig. »In *meinem* Kopf wachsen bestimmt keine Blumen.« Obwohl der Gedanke irgendwie schön war. »Dort geht es weitaus geordneter zu.«

Erneut rutschten sie den Hügel hinab, und erneut erklommen sie einen neuen, der ganz genauso aussah wie jener, den sie gerade hinter sich gelassen hatten. Es war wie eine ganz besonders qualvolle Form der Folter. »Und überhaupt«, fuhr sie nach einer Weile und zwei weiteren Hügeln fort, »verstehe ich nicht, wie man in jemandes Geist gelangen soll.«

Mirembe strahlte. »Ach, ich dachte schon, du fragst nie! Schau mal, da drüben scheint so etwas wie eine Art Pfad zu sein. Wir sollten ihm folgen, vielleicht führt er uns von all diesen Landschaftspickeln weg.«

»Nur zu gerne.«

»Ich hatte doch erwähnt, dass sich Corax' Verstand nicht bloß auf sein Gehirn beschränkt, nicht wahr? Nun, tatsächlich ist das bei den meisten Lebewesen der Fall. Oder hast du etwa geglaubt, dass ein ganzes Universum in eine Handvoll schwabbeliger Synapsen passen würde? Zwischen ein paar eng verlöteten Nervenenden? In einige mikroskopisch kleine Zellen?«

»Nicht jeder hat so viel im Kopf«, warf Fionagh ein und dachte an Carl.

»Na ja, das stimmt. Aber Gedanken sind wie Licht; sie bewegen sich beinahe vollkommen frei von Raum und nehmen trotzdem Auswirkung auf ihn. Treffen sie aufeinander, überlagern und vermischen sie sich. Deshalb kann Corax einen Außenstehenden an seinen Gefühlen teilhaben lassen. Deswegen wolltest du ihm von ganzem Herzen den Keks geben, als ihr euch im Café begegnet seid – weil er es ebenfalls wollte und sich vorübergehend deines Bewusstseins bemächtigt hat.«

»Das klingt mir aber verdächtig nach Gehirnwäsche. Was für ein kleines Aas!«

»Es ist die einzige Form der Kommunikation, die ihm vertraut ist. Ob er sich durch Gedankenübertragung oder liebe Worte bei dir einschmeichelt, dürfte ihm vollkommen egal sein. Ich persönlich schrecke davor zurück, Leuten in den Kopf zu schauen; es ist immer furchtbar unaufgeräumt und außerdem fängt man sich jedes Mal irgendeinen blöden Ohrwurm ein. Aber Corax kann gar nicht anders, als einen Teil seiner Gedanken in die Köpfe der Umstehenden zu projizieren, und als Hexe ist es für mich ganz einfach, mich in seine Hirnströme einzuklinken und sie mit deinen zu verknüpfen. Mir wurde schon von Kind an beigebracht, dass es sich lohnt, seine Multitaskingfähigkeiten zu trainieren.«

»Wir sind in einem Kopf«, murmelte Fionagh dumpf vor sich hin, als hätte sie kein Wort der Erklärung verstanden. »Wir sind in einem *Kopf.* Bestimmt wirst du mir gleich sagen, dass alle diese Hügel in Wirklichkeit metaphorische Abbildungen seiner Gehirnwellen sind oder irgendetwas in der Art.«

»Hey, das ist gar keine so schlechte Idee – warte mal. Was ist *das?«*

Mirembe war wie angewurzelt stehen geblieben, und Fionagh tat es ihr ohne zu zögern nach. Ein kurzer Blick auf das Gesicht ihrer Freundin sagte ihr, dass sie irgendetwas spektakulär Grauenerregendes entdeckt haben musste. Aber was? Der Pfad schlängelte sich weiterhin eintönig zwischen den Hügeln hindurch, die Sonne verströmte immer noch ihr farbloses Licht, und am Wegrand … oh! Am Wegrand – jetzt sah sie es auch.

»Bitte verpasse mir eine Sonnenbrille«, stöhnte sie gequält und schlug sich die Hände vor die Augen.

Mirembe jedoch schüttelte gedankenverloren den Kopf. »Ich bezweifle, dass das irgendetwas bringen würde. Ich muss mir die Sache genauer anschauen.«

»Was für eine wundervolle Idee. Geh und nimm den furchterregenden Flecken Nichts am Straßenrand genauer unter die Lupe, anstatt wegzurennen, wie es sich gehört. Ich wollte wenigstens nur Blümchen pflücken. Tu das *nicht!*«

Mirembe hörte mal wieder nicht zu.

Kaum fünfzig Schritte jenseits des Pfades befand sich … etwas. Fionagh war sich nicht ganz sicher, wie sie es überhaupt sehen konnte, doch es schien sich tief ihn ihre Augäpfel einzufressen vor lauter Weiß. Es war doch anscheinend tatsächlich möglich, noch heller zu erstrahlen als der Rest der Landschaft um sie herum – doch im Gegensatz zu der Sonne, dem Himmel und den Hügeln schmerzte der unförmige Flecken nicht nur in den Augen, sondern auch im Herzen.

Er war unheimlich. Man musste ihn nur anschauen, um zu wissen, dass man ihm nicht trauen konnte, und Mirembe, Närrin die sie war, hielt direkt darauf zu. Das Nichts schwebte eingekeilt zwischen drei aufrecht stehenden Felsen, als ob jemand einen Ort markiert hatte, dem man sich nähern sollte … oder aber einen, dem man sich *auf keinen Fall* nähern sollte.

»Mirembe! Bleib sofort stehen!«

»Das musst du dir *ansehen …*«

Die Hexe war dem unsichtbaren Flecken nun so nahe gekommen, dass sie sich beinahe die Nase daran platt drückte. Seine verschwommenen Ausläufer spiegelten sich in ihren weit aufgerissenen Augen. Fionagh wusste bereits, dass es zu spät war, als Mirembe die Hand ausstreckte und ihre Fingerspitzen in das Leuchten tauchte. Konnte man im Kopf eines anderen sterben? Was würde mit der echten Mirembe geschehen, wenn ihr Geist für immer in dieser Welt aus lauwarmem Schnee stecken blieb? Spürte sie nur deswegen nicht das störrische Nagen des Todes zwischen den Schulterblättern, weil sie ihren Körper weit hinter sich gelassen hatte?

»Mirembe, geh da *nicht rein …!*«

Zwecklos. Unter Fionaghs ungläubigen Blicken trat die Hexe in das spiegelblanke Weiß wie unter eine erfrischende Dusche. Von einem

Augenblick auf den anderen war sie verschwunden, als ob es sie nie gegeben hätte. Als Fionagh bei den Felsen ankam, stieß sie ein ärgerliches Seufzen aus. Als beste Freundin hatte man selbstverständlich keine Wahl: Man folgte einander in jede dämliche Gefahr, in die man sich nur begeben konnte, und unter den Menschen auch auf die Toilette. Das hier war weitaus unangenehmer. Einmal mehr kam Fionagh zu dem Schluss, dass es eine schlechte Entscheidung gewesen war, sich mit jemandem anzufreunden. An manchen Tagen stellte sich Loyalität als etwas keinesfalls Empfehlenswertes heraus.

Sie holte tief Luft, streckte die Hände aus und wandte den Kopf ab, um sich von der gleißenden Leere nicht blenden zu lassen. Dann trat sie vor. Und versuchte, den allerältesten Rat ihrer Kindheit zu vergessen:

Nähere dich niemals drei Steinen, die jemand zu einem dir unbekannten Zweck aufgestellt hat …

Corax hält inne, wie Diebe es immer tun, wenn sie sich zu siegessicher fühlen. Ist er wirklich ganz alleine? Kommt das leise Knacken nur von den Wänden, die im Dunkeln flüstern, oder ist es das Geräusch von Blicken in seinem Rücken – wie Blütenblätter, die säuselnd zu Boden fallen?

Nein. Niemand ist hier. Er weiß es, weil er im Schatten gewartet hat, bis die Mondscheintrinker einer nach dem anderen in die Nacht verschwunden sind. Im Morgengrauen werden sie zurückkehren, die Bäuche voller Licht, und bis dahin wird Corax längst wieder verschwunden sein.

Das ist gut so.

Vorsichtig wagt er einen Schritt in die Dunkelheit. Er ist hergekommen, weil er weiß, dass ihn zwei Dinge erwarten: Stille einerseits, und Wände, die ihn für ein paar Stunden vor neugierigen Blicken schützen. Und dann ist da noch das Futter. Er kann es schon riechen. In einem Raum voller Schatten findet er es – Essen, gutes Essen, leckeres Essen!

… Und die Stille platzt. Hinter ihm knurrt die Dunkelheit. Corax erstarrt. Es ist ein Knurren, das an den Rändern golden schimmert und kleine Wellen schlägt. Ein solches Knurren meint es ernst. Ruckartig fährt er herum. Ein Raubtier mag keine schnellen Bewegungen, aber in manchen Momenten ist es, als tanzt er auf einem Seil, das weit aufgerissene Maul des Abgrunds unter sich. Es ist schwer, ruhig zu bleiben, wenn die Tiefe so lautlos gähnt.

Es ist nicht die Dunkelheit, die geknurrt hat. Es ist ein Tier. Seine Ohren wackeln im Takt mit seiner hechelnden Schnauze, wie der Wind über einem kleinen See. Es starrt. Und es lauert. Und Corax lauert seinerseits.

Kleine Wellen in den Ohren des Hundes. Große Wellen in Corax' Innerem. Große weiße, Gischt sprühende Wellen. Er duckt sich behutsam. Wie flüssiger Schatten, der aus einer umgestoßenen Flasche Nacht sickert, nähert er sich und streckt die Hand aus …

… und zwischen seinen Fingern liegt eine grünlich schimmernde Frucht, wie ein vor langer Zeit verglommener Stern. Er weiß genau, wie man sich Hunde zu Freunden macht.

Aber der Hund scheint es nicht zu wissen.

Tiefes Wasser.

Schäumende Gischt.

Das kleine Wesen zeigt ihm die Zähne, und Corax will es noch beiseiteschieben, aber es ist zu spät. Und dann …

Ah, er sieht die Dinge jetzt viel klarer. Wie? Du lässt dich von kleinen, schwachen Tieren bedrohen, schwarzer Corax? Du lässt dir dein hart erarbeitetes Futter aus den Händen stehlen, das du zum Leben brauchst? Dummer schwarzer Corax, so dumm und hilflos. Du solltest froh sein, dass du mich hast.

Wirklich, ohne ihn wäre der schwarze Corax verloren. Er füllt seinen kleinen Kopf bis in den letzten Winkel, lässt das Weiß hell aufleuchten, um ihn daran zu erinnern, wem er es zu verdanken hat, dass er überhaupt noch lebt. Der schwarze Corax wäre nirgendwo ohne seinen Beschützer; er wäre vor langer Zeit gestorben.

Seine Hand ist ein strahlendes Licht der Rache, als er den Hund am Nacken packt. Es folgen einige Dinge, die laut knacken und heiß spritzen. Als die Tat getan ist, zieht er sich befriedigt zurück – ein weiteres Mal hat er gerade noch rechtzeitig eingegriffen. Dummer, hilfloser schwarzer Corax.

Als Schattencorax erwacht, kann er sich an nichts mehr erinnern. So wie immer. Nur das Blut – das Blut klebt immer noch an seinen Händen, und das Essen will plötzlich nicht mehr in seinem Magen bleiben. Als er das Haus verlässt, leise wie ein Atemzug, schwarz wie Teer, wirft er einen kurzen Blick in die Dunkelheit der Küche zurück. Sie schlägt träge Blasen. Das Blut ist kaum zu erkennen, aber es glänzt wie geraubter Schmuck, oder wie gestohlenes Leben, oder wie die klebrigen Finger der Schuld. Das Tier liegt ganz still. Seine Ohren wackeln nicht mehr. Sein Herz tut es ihnen gleich.

Corax schlüpft durch das Fenster, durch das er gekommen ist. Er bemerkt nicht, dass er eine schwarze Feder an der mondlichttriefenden Scheibe hinterlässt, ans Glas geheftet mit einem klebrigen Tropfen fremden Blutes.

Corax weiß so vieles nicht. Er weiß nicht, was das weiße Feuer ist, das strahlend in ihm auflodert, obwohl er es ihm doch nie erlauben will. Er weiß nicht, dass die Feder sich langsam vom Fenster löst und zu Boden sinkt, auf sanften Winden die Straße hinabgleitet und im Randstein verschwindet. Er weiß nicht, dass in vielen Stunden ein Lichttrunkener nach Hause kommen wird, durch eine Tür, durch die der Verlust hindurchsickert, und all das Blut sehen und schreien wird.

Auf der anderen Seite der Steine stolperte Fionagh entsetzt ins Freie. »Was zum dreiarmigen Henker war *das?*«

Und die weiße Sonne brach über sie herein. Der weiße Himmel wölbte sich über ihr. Die weißen Gräser glitten unter ihren Füßen hinweg wie an endlosen Schnüren gezogen. Und trotzdem hätte sie schwören können, dass sie gerade eben noch in einer muffigen kleinen Wohnung gekauert und Junk Food in sich reingefressen hatte. Dass sie einen kleinen Hund bei lebendigem Leib … nein. Das war nicht sie gewesen. Nicht sie.

Neben ihr stürzte Mirembe aus dem Nichts, das Haar voller kleiner Stücke von Weiß, die sich ringelten wie fleischlose Würmer. Zur Sicherheit fuhr Fionagh sich rasch durch ihre langen Strähnen, die wie immer kraftlos über ihre Schultern hingen. Das Weiß fiel von ihr ab und verschwand im Erdboden, und mit ihm die Gleichgültigkeit, mit der sie die Szene beobachtet hatte. Jetzt überkam sie nacktes, kaltes Grauen.

»Was *war* das?«, wiederholte sie gehetzt. Mirembe warf ihr einen warmen Blick zu.

»Eine Erinnerung«, entgegnete sie. Es lag eine Ruhe in ihrer Stimme, hinter der die Besorgnis zitterte wie ein Meer von Quallen. »Jetzt erst, glaube ich, sind wir *wirklich* in seinem Kopf.«

Fionagh sog die dünne Luft tief in sich ein und straffte die Schultern. »Darauf hätte ich verzichten können.« Sie wandte sich von dem blendenden Fehlen von Farbe ab und spähte den kurvenreichen Pfad entlang. Und nun erkannte sie, dass zu beiden seiner Seiten Blickfänger dieser Art aufgestellt waren, in niedrigen Steinkreisen, in den Kronen quarkfarbener Bäume, zwischen nebelumleuchteten Felsen.

»Mahnmale«, murmelte Mirembe gedankenverloren vor sich hin, als sie dem Weg argwöhnisch folgten. Allmählich wurden die Hügel flacher, hier und da von niedrigem, sternenleuchtendem Gestrüpp bewachsen, aber immer wieder unterbrochen von Flecken aus purem Nichts. »Er hat sie hier aufgestellt, um sich an seine Siege zu erinnern …«

»Wer?« Das Wort fror in der Luft. »Wer hat sie hier aufgestellt?«

»Der weiße Corax.«

Fionagh schauderte es bei dem Unterton, der in den sorgfältig gewählten Silben mitschwang. Der weiße Corax – es war ihr immer noch nicht klar, worum es sich bei ihm handelte. Um eine Krankheit vielleicht, eine wuchernde Epidemie, die sich die Gedankenlandschaft einverleibte und sie mit Beweisen ihrer Vorherrschaft zupflasterte? Sie schluckte schwer. »Die Sache ist mir nicht geheuer. Gehen wir lieber wieder. Wir können immer noch zurückkommen, wenn wir einen Plan haben … das Weiß saugt mir die Augäpfel aus dem Kopf.«

Mirembe hörte nicht zu. Mirembe hörte ganz *offensichtlich* nicht zu, weil sie gerade munter damit beschäftigt war, auf den nächsten Steinkreis zuzuspazieren. Sie nickte dem Nichts wie einem alten Bekannten zu.

»Ach, *komm* schon!«

»Wie oft hat man schon die Gelegenheit, in jemandes Erinnerungen herumzuschnüffeln, Fionagh Fanshawe? Die Chance sollten wir nutzen! So etwas darfst du dir als Detektivin doch nicht entgehen lassen …«

Sie entschwand mit einem spitzbübischen Lächeln. Fionagh stieß einen zornigen Schrei aus – zu allem Übel hatte Mirembe auch noch *recht.* Ihre Neugier überwog. Es blieb ihr gar nichts anderes übrig, als ihr zu folgen. Dieses Mal jedoch war sie vorbereitet. Die Hände so fest zu Fäusten geballt, dass ihre Knöchel kurz vor dem Platzen standen, tauchte sie ein …

Alesander

»Das ist er. Ich habe ihn.«

Jamie grinste dieses altbekannte Grinsen, das sie immer dann aufsetzte, wenn sie einen kleinen Triumph zu vermelden hatte. Ihre Mundwinkel wurden dabei immer scharf und klein. Alesander rückte aufgeregt näher und wagte einen kurzen Blick auf die Zahlenreihen, die über den Bildschirm flimmerten. Sie sagten ihm nichts, auch wenn Jamie Stunden damit verbracht hatte, ihm ein paar ihrer Tricks beizubringen. Aber mit der Funktionsweise von Computern, Chips, Sendern und dergleichen hatte er sich noch nie besonders gut ausgekannt – und natürlich war er kein Vampir, der sich ohne Weiteres in einen Datenstrom einklinken und wertvolle Informationen heraussaugen konnte. Jamie schien ihn deswegen manchmal für ein bisschen vertrottelt zu halten. Das war in Ordnung; sie hätte einen echten Ausweis selbst dann nicht von einem gefälschten unterscheiden können, wenn man das infraviolette Büttenpapier auf der Farbskala um drei Punkte ins Bläuliche geschoben hätte. Bei dem Gedanken musste er lächeln.

»Es war knifflig«, gab Jamie soeben an Geist gewandt zu. »Die meisten persönlichen Chips haben der Sicherheit halber ein rotes Band installiert, um Vampirangriffen vorzubeugen. Doch Carls Vampware ist recht veraltet und unglaublich löchrig. Dementsprechend kaum ein Problem für jemanden mit meinen Fähigkeiten.«

Alesander drückte begeistert ihre Hand und erlaubte sich den kleinen Luxus, einmal tief durchzuatmen. Die letzten paar Stunden waren furchtbar gewesen, wirklich. Carl weg, keinerlei Nachrichten oder Spuren, sein Chip deaktiviert, sämtliche Kontaktmöglichkeiten untergraben und von Team Rabe waren nur noch vier verlorene Gestalten übrig, die keinerlei Ahnung hatten, was sie als Nächstes zu tun hatten. Nun, zumindest bis vor ein paar Sekunden.

»Du bist genial«, stellte Geist nüchtern fest. »Niemand sonst hätte einen Chip hacken können.«

»Nun, seine Entführer haben beste Arbeit geleistet, als sie ihn gesperrt haben. Nur schade für sie, dass ich sogar *noch* besser bin.«

Also, was bedeutet das? Sia hatte seinen Sohn vorsichtshalber zurück in den Bauchbeutel gesteckt, als er erfahren hatte, dass neuerdings Mitglieder ihrer Gruppe entführt wurden. Verständlich. *Wir können ihm Nachrichten senden, ja? Dann kann er uns verraten, wo er sich herumtreibt?*

Jamie nickte eifrig. »Korrekt. Wartet, ich setze euch in den Verteiler und richte ein Gruppengespräch ein, damit ihr mitlesen könnt und euch nicht veranlasst seht, mich mit lästigen Fragen zu quälen.«

Es klang wie Kauderwelsch in Alesanders Ohren, aber Jamie schien wie immer zu wissen, was sie tat. Sekunden später leuchtete eine Nachricht in seinem Hinterkopf auf.

Jamie: *Hallo, Carl.*

Und dann …

… passierte gar nichts. Sie saßen um die heruntergebrannte Feuerstelle herum und froren, und im morgenblauen Himmel zwinkerten milchfarbene Sterne.

»Ich glaube, es hat nicht geklappt«, sagte Alesander nach einer Weile. Durch Nix' Abwesenheit fühlte er sich auf unerklärliche Weise dazu aufgefordert, seine eigenen überflüssigen Kommentare beizutragen. Und dann kam die Antwort.

Carl: *Ah, ihr seid das …*

Alesanders Herz tat einen kleinen Sprung. Geist ließ ein siegessicheres Lachen hören – seit Carl verschwunden war, schien sie bester

Laune zu sein. Entführungen kamen für sie wahrscheinlich aufregenden Schnitzeljagden mit anschließendem Picknick gleich. Alesander wünschte sich fast, er könnte ihren Enthusiasmus teilen. Er persönlich fand die ganze Sache eher beunruhigend.

Ja, schrieb Jamie. *Keine Zeit, uns nach deinem Zustand zu erkundigen. Du kannst antworten, also gehe ich davon aus, dass es dir gut geht. Wir schätzen, dass die Bounties dich entführt haben, aber wir werden dich im Handumdrehen befreien. Greife auf die Einstellungen deines Chips zu und aktiviere den Menüpunkt »Einvernehmliches Orten und Datenfreigabe«. Schalte meine ID-Nummer frei. Somit können wir deinen Standort ermitteln und dich ausfindig machen.*

Gut, antwortete Carl.

Jamie: *Sieh an, du hast doch tatsächlich alles richtig gemacht. Ich kann dein Signal empfangen. Westlicher Osiris-Gürtel, 2417/812°, Bewegung mit 150 Allknoten in Richtung Nördliche Galaxis?*

Carl: *Kann sein.*

Jamie: *Damit meine ich: Bist du auf einem Raumschiff, das sich bewegt?*

Carl: *Ja.*

Jamie: *Wir fangen euch ab. Halte dich bereit.*

Das Gespräch erlosch flackernd.

»Wenn es eines gibt, das ich nicht leiden kann, dann ist es so etwas«, murrte Jamie gedämpft, doch ihre Wangen glühten immer noch vor Zufriedenheit. »Leute, die einander grundlos schikanieren. Nun, wenigstens haben wir im Moment ohnehin nichts Besseres zu tun, als unseren hochverehrten Anführer zu retten. Die Chance, dass es sich lohnt, weiterhin der Rabensuche nachzugehen, erscheint mir doch verschwindend gering. Also dann, brechen wir auf!«

Sie klappte den Laptop zu und stand entschlossen auf. Alesander tat es ihr nach, ohne so recht zu wissen, weshalb.

»Warte mal, warte mal!«, merkte er auf. »Was genau tun wir jetzt?«

Geist rollte mit den Augen. »Das ist doch klar, du kleiner Wiederkäuer. Wir nehmen uns ein Schiff, fangen den *Tatsächlich Fliegenden Holländer* ab, tun so, als ob wir uns ergeben wollten und bringen sie alle zur Strecke.«

»Ähm. Das klingt aber nicht gerade nach einem besonders ausgefeilten Plan«, gab Alesander vorsichtig zu bedenken.

»Ach, das muss er nicht sein. Hauptsache, er funktioniert.« Mit wegwerfender Handbewegung schulterte Jamie ihren Rucksack und stapfte davon. Alesander entschied sich weise dafür, den Mund zu halten, denn wenn er jetzt noch einmal widersprechen würde, war der Moment gekommen, in dem Jamie die Augenbraue hob und ihn mit einem Ausdruck musterte, der ihn durch die Blume zu fragen schien, ob er vielleicht nicht doch lieber zu Hause bleiben und ein Vollbad nehmen wollte. Und obwohl ein Vollbad ganz verlockend klang – wohin Jamie ging, ging auch er; und wenn ihre Augen so entschlossen funkelten, gab es nichts auf der Welt, das sie von ihrem Plan hätte abbringen können.

Alesander fiel erst auf, dass Sia schon die ganze Zeit über versucht hatte, auf sich aufmerksam zu machen, als er ein ungeduldiges *Mirp*en von sich gab und ihm mit scharfen Krallen am Ärmel zupfte. »Oh, Sia! Entschuldigung! Ich habe dich gar nicht bemerkt ...«

Ich kann nicht mitkommen.

Alesander warf einen beunruhigten Blick auf den Text. Dann spähte er noch viel beunruhigter zu Jamie. Ihren eindrucksvollsten Kämpfer zu verlieren, gefiel ihm beim besten Willen nicht, und ihr würde es ebenso ergehen. »Ähm ...«

»Du lässt uns also auch noch im Stich?«, fuhr Geist bissig dazwischen. Alesander musste sich schweren Herzens eingestehen, dass es sich tatsächlich so anfühlte. Von ihrer einst so stattlichen Gruppe war jetzt kaum noch etwas übrig. Ohne Sia waren sie verloren.

Ich kann nicht anders. Ich glaube nicht, dass ein Piratenschiff der richtige Aufenthaltsort für Luo ist, und ich muss auf ihn aufpassen.

»Das verstehe ich«, versicherte Alesander ihm, obwohl ihm der Magen irgendwo in die Kniegegend gesackt zu sein schien. Sie waren zu acht gewesen. Was würde wohl aus dem mit dem kläglichen Rest geschehen?

Geist hatte sich bereits umgedreht und stapfte davon, ohne Sia eines weiteren Blickes zu würdigen. Alesander wusste, dass der Verrat sie umso schlimmer schmerzte, weil sie den Prinzen immer gemocht hatte, irgendwo tief in ihrem Inneren.

»Ich wünsche dir alles Gute, Sia Allkind.« Jamie besaß den Anstand, förmlich Sias nachtschwarze Pfote zu drücken und ihm ein letztes

Nicken zu schenken. »Es war nie Teil der Abmachung, ein Schiff zu kapern, also versuche dich nicht allzu schuldig zu fühlen.«

Ich fühle mich nicht schuldig. Ich tue, was für mich richtig ist, genau wie ihr tut, was für euch richtig ist. Weshalb sollte ich das bedauern? Ich wünsche euch alles Beste.

Jamie zwinkerte ihm zu. Dann drehte sie sich um und ging. Alesander blieb noch einen Moment stehen und blickte in Sias gutmütiges Löwengesicht, das ihm in so vielen dunklen Nächten ein geheimer Trost gewesen war. In Momenten wie diesen wünschte er sich, besser mit Worten zu sein.

Als er es schließlich schaffte, ein rauhkehliges »Viel Glück« hervorzuwürgen, klang es beinahe wie ein Wimmern, das sich seinen Weg vorbei an dem schmerzenden Knoten in seinem Hals bahnte. »Wenn Luo aufwacht, dann sag ihm, dass wir uns bestimmt einmal wiedersehen.«

Alesander wusste selbst nicht so recht, ob er daran glauben sollte. Es klang verdächtig nach blankem Wahnsinn, zu dritt ein von schwer bewaffneten Banditen besetztes Schiff zu stürmen und zu versuchen, entgegen sämtlichen Gesetzen der Vernunft und der Logik über sie zu triumphieren – aber es fühlte sich nicht so an, als ob sie noch allzu viel zu verlieren hatten.

Es war nur so, dass es ihnen mit Sia an der Seite bestimmt leichtergefallen wäre, ihrer letzten vernichtenden Niederlage gegenüberzustehen. Die Abwesenheit eines zwei Meter großen, schwarzfelligen Löwen ließ sich einfach nicht ignorieren. Doch er verstand – man konnte von niemandem erwarten, das eigene Junge in Gefahr zu bringen, geschweige denn auf ein Raumschiff voller Weltraumpiraten. Aber wenigstens wurde er von zwei der besten Kriegerinnen begleitet, die er je gekannt hatte. Alesander verabschiedete sich mit einem Lächeln, aus dem die Traurigkeit tropfte wie Wasser aus einem Leck. Er nahm ein letztes Mal Sias gewaltige Pranke in die Hand und drückte sie sanft. Dann eilte er den anderen nach, und die Anti-Sphinx blieb zurück.

Drei noch. Nur noch drei waren übrig.

Über ihnen färbte sich der Himmel rosarot.

Aus der Nähe betrachtet, wirkte der *Tatsächlich Fliegende Holländer* noch viel imposanter als gedacht. Als Alesander ihn zum ersten Mal gesehen hatte, hatte er sich hauptsächlich um die vielen Kanonen gesorgt, die aus dem Rumpf des Schiffes ragten und es auf ihr Shuttle abgesehen hatten. Heute jedoch war die Sache anders. Heute nahm er die schiere Größe des *Holländers* wahr, eine Enormität, die alle Vorstellungskraft in den Wind sprengte. Und heute waren sie diejenigen, die angreifen würden. Heute – oh Schrecken aller Schrecken – würden sie den *Tatsächlich Fliegenden Holländer* kapern.

Ihm schlotterte das Herz vor Angst.

Das Raumschiff, das sie sich gemietet hatten, war winzig klein – im Vergleich zu der gigantischen schwebenden Stadt vor ihnen kaum mehr als eine Lockenschote neben einer Dornfrucht. Eine zerbrechliche, computergesteuerte Blase, in die sie nur deswegen alle gemeinsam hineinpassten, weil Geist so wenig Platz beanspruchte. Der *Holländer* ragte vor ihnen auf wie ein Berg, dunkel, schwerfällig und scharfkantig. Je näher sie kamen, desto klarer wurde die Tatsache, dass es sich bei diesem komplizierten Gebilde um eine wilde Ansammlung von Schrott handelte – in einer Welt, in der Schrotthaufen der imposanteste Anblick aller Zeiten waren. Das Schiff der Bounties war ein Aasfresser, Tausende von ausgeschlachteten Raumschiffen, die zu einem einzigen Koloss zusammengeschweißt worden waren. Bei dem Anblick konnte Alesanders nervöse Fantasie einfach nicht anders, als sich die Vorstellung, was wohl aus all den unzähligen Mannschaften geworden war, in lebhaftesten Farben auszumalen. Rot wie Blut. Und dann so dunkel wie der Tod.

»Vielleicht sollten wir ja doch lieber umkehren«, gab er kleinlaut zu bedenken, gerade als Jamie das Lichtsignal für *Bitte um Andockerlaubnis* aussandte. Wie immer nahm niemand von ihm Notiz. Eigentlich recht schade, denn Alesander hatte einige Schwachstellen in ihrem Plan entdeckt, und es war ihm plötzlich klar geworden, dass ihr Leben davon abhing. Ganz abgesehen davon, dass sie keine Chance im Bekannten Universum hatten, einen Haufen von Weltraumräubern ganz alleine zu überwältigen … die Bounties würden sich doch unweigerlich fragen, wie sie den *Holländer* überhaupt gefunden hatten, und zu dem Schluss kommen, dass Carls Chip gehackt worden war – und dann, arrrghh, würden sie eingesperrt und kielgeholt werden oder gar über die Planke gehen müssen! Und das mitten in der eiskalten Leere des Weltalls.

Immerhin hab es noch Hoffnung. Bestimmt würden die Bounties sie nicht ohne Weiteres an Bord dulden. Garantiert würde man sie abweisen. Mit Sicherheit würden sie umkehren müssen und sich, wie überaus tragisch, einen besseren Plan ausdenken, einen voller List und Tücke und gemein versteckter Fallstricke, die …

Die blinkende Kontrollanzeige des Shuttles gab ein schrilles Piepsen von sich.

Andocken bestätigt.

Alesander verbarg frustriert das Gesicht in den Händen, als sich ihre kleine, unscheinbare Glaskugel dem Riesenschiff näherte. Mit einem *Zzzk-Ping!* dockte Jamie sie an, wartete auf den Ausgleich durch die Luftdruckschleuse und öffnete die Tür.

»Oh nein, oh nein, oh nein, oh nein, oh nein, oh nein, oh nein«, flüsterte Alesander fieberhaft vor sich hin, als er von seinen Begleiterinnen erbarmungslos in das Innere des Schiffs bugsiert wurde. »Oh nein, das wird schiefgehen, es *wird* schiefgehen – ohh, da kommen sie schon, lasst uns umkehren …«

Man musste ihnen zu allem Übel die allergrößten, allerblutrünstigsten Besatzungsmitglieder geschickt haben, dachte er bei sich, als er der Horde mit zitternden Knien entgegenstarrte. Sie waren bis auf die letzte Kreatur von entschlossener Grimmigkeit, mit glänzenden Klingen und geladenen Blastern bewaffnet und von entschieden schlechter Laune. Jeder Einzelne trug einen Gesichtsausdruck zur Schau, als ob ihm gerade ein liebevoll bestrichenes Marmeladenbrot mit der guten Seite nach unten auf den Boden geklatscht wäre – nur dass die meisten von ihnen wohl noch nie ein Marmeladenbrot gekostet hatten, da sie allesamt aussahen, als ernährten sie sich hauptsächlich von abgetrennten Gliedmaßen unschuldiger Individuen, die das Pech hatten, sich zufällig auf ihrem Schiff zu befinden, *arrrrrghhh …*

»Ganz ruhig bleiben«, zischte Jamie aus dem Mundwinkel. Die Gestalten näherten sich säbelrasselnd. »Denkt daran: Wir sind hier, um uns offiziell zu ergeben. Versucht, nicht verdächtig auszusehen. Hände weg von den Waffen, dies gilt vor allem für dich, Geist – und zwingt euch, möglichst harmlos dreinzuschauen. Es wird schon alles gut gehen.«

Zwanzig Blaster richteten sich auf sie.

Es folgte eine Stimme, die Totenköpfe über gekreuzten Knochen in ihrem Klang trug. »Na, was haben wir denn da? Eine Armbrust mit fünfzig Bolzen, drei Messer, fünf Dolche, ein Schwert, ein Blaster, eine Schockgranate, zwei Pistolen, ein Sprengsatz, ein Döschen Giftkapseln und ein Patronengürtel mit dreihundert Schuss. Auf den Boden damit, aber flott. Und Flossen hoch, sonst bekommt ihr 'ne gepfefferte Ladung Dematerialisation um die Lauscher gepfeffert.«

Alesander stöhnte gequält.

Na prima.

»Ich hab's euch doch gesagt. Hab ich es euch gesagt, oder nicht? Ich habe euch *gesagt,* die werden uns das nie im Leben abkaufen! Was machen wir denn jetzt?«

»Jetzt«, knurrte Geist verhalten, »halten wir erst einmal die Klappe, einverstanden, Alesander?«

Alesander war ganz und gar nicht einverstanden, doch die Klappe hielt er trotzdem. Also gut, er musste ruhig bleiben. Es würde schon alles … äh … ganz bestimmt gut ausgehen. *Ganz sicher.* Er war an einen eisernen Ring an der Wand gekettet, die Hände fest hinter dem Rücken zusammengeschnürt, in einem Raum voller schmutziger Käfige, in denen unzählige halb tote Kreaturen ihr karges Leben fristeten – und eine Bande Weltraumpiraten hatte ihre Waffen auf seinen Kopf angelegt und funkelte ihn mit vorfreudiger Mordlust an. Was an dieser Situation sollte ihn bitte schön daran zweifeln lassen, dass am Ende alles gut sein würde?

Die Tür am anderen Ende des Raums schwang auf. Genau die richtige Tonlage eisernen Gequietsches begleitete die rostige Drehung ihrer Angeln.

Redbeard trat ein. Der lange Ledermantel bauschte sich dramatisch hinter ihm auf, seine Säbel klirrten, seine Schritte hallten schaurig zwischen den Käfigstäben wider, sein Haar loderte wie rachlustig glühendes Feuer.

In der Hand hielt er eine dampfende Schüssel Nudelsuppe.

Er blieb in gebührendem Abstand stehen – gerade nah genug, dass sie das besorgniserregende Funkeln in seinen Augen wahrnehmen konnten – und musterte sie mit einem waldgrünen Lächeln. Das Anzugwalross stellte schwer schnaufend und prustend einen hölzernen Tisch mit dazu passendem Thron vor ihm ab. In die Armlehnen waren Schädel geschnitzt.

»Danke.« Der Kapitän nahm Platz und lehnte sich genüsslich zurück. Er steckte eine schwer beringte Hand in die Tasche seines Mantels und kramte geräuschvoll darin herum. Was würde er wohl hervorziehen? Eine Waffe? Ein Folterinstrument? Carls ausgeschlagene Zähne? Gerade als Alesanders Nerven kurz vor dem Zerreißen standen, zückte der Pirat … einen Löffel. »Es geht doch nichts über einen angenehmen Ausblick beim Essen.«

Ein hintergründiges Grinsen. Das Getier in den Käfigen winselte, und Redbeard schien es nicht zu entgehen, dass sich Alesanders Haar vor Grauen sträubte.

»Gefällt euch eure neue Gesellschaft etwa nicht?«, fragte er mit gespielter Empörung. »Nun, es betrübt mich, aber ihr werdet euch daran gewöhnen müssen. Schließlich werdet ihr den Rest eures jämmerlichen Daseins an ihrer Seite verbringen. Freut ihr euch nicht über eure Gemeinsamkeiten? Alles verdammte, verlorene Seelen, die es sich in den Kopf gesetzt hatten, sich gegen den *Holländer* aufzulehnen … und jetzt für alle Ewigkeit büßen müssen. Tja.« Er schnalzte amüsiert mit der Zunge. »Schlechte Idee.«

»Wir sind nicht hier, um uns aufzulehnen«, sagte Jamie laut. Alesander fragte sich, wie sie es schaffte, ihre Stimme angesichts all des Elends um sie herum so ruhig zu halten. Und – arghhhh, aaaaaargggհhhh!!! – angesichts der Tatsache, dass Redbeard soeben seine Augenklappe hochgeschoben und einen künstlichen Augapfel auf seine Handfläche hatte fallen lassen. Alesander gab einen erstickten Würgelaut von sich. »Ganz im Gegenteil sogar, Käpt'n, wir wollen uns euch anschließen. Der Ruhm der Bounties hat sich überall herumgesprochen. Außerdem habt ihr unseren Anführer in eure Reihen geschlossen, und wohin er auch geht, wir folgen ihm.«-
Zuerst dachte Alesander, Redbeard hätte den schrillen Kicherlaut von sich gegeben, der plötzlich schaurig zwischen den Wänden hin und her

sprang. Aber dann (uääääähhhh!) fiel sein Blick auf das künstliche Auge, in dessen Mitte sich so etwas wie ein Mund aufgetan zu haben schien, der fröhlich vor sich hin gluckste. Kleine Arme und Beine sprossen aus seiner Seite, und wie eine dicke Spinne erklomm es den Rand der Schüssel und ließ sich suppespritzend in die trübe Brühe plumpsen. Redbeard folgte seinem Blick.

»Stört es euch?«, fragte er recht süffisant. »Ihr kennt doch das alte Sprichwort – das Auge isst mit. Ansonsten ist gute Küche nur halb so schmackhaft.«

Alesander würgte erneut.

»Ich *sagte* soeben«, rief Jamie schneidend, »dass wir uns euch anschließen wollen. Also macht uns los, dann werden wir euch mit Freuden zu Diensten sein. Wir …«

Der Pirat wedelte ungeduldig mit der Hand. »Ich zitiere aus einem Gespräch, das euch bekannt vorkommen dürfte. *Wir schätzen, dass die Bounties dich entführt haben, aber wir werden dich im Handumdrehen befreien. Bist du auf einem Raumschiff? Wir fangen euch ab. Halte dich bereit.* Ja, das klingt tatsächlich sehr glaubwürdig danach, als ob ihr euch meiner Mannschaft anschließen wolltet. Verzeiht mir, dass ich euch jemals verdächtigt habe, Meuterei im Schilde zu führen. Wie konnte mir dieser Fauxpas nur unterlaufen?«

Oh, sie waren so was von geliefert. Sogar Jamie zuckte zusammen. Alesander hatte doch gesagt, dass es nicht klappen würde!

»Woher wisst ihr …«, begann Geist. Zu ihrem großen Bedauern hatte sie feststellen müssen, dass die Piraten allesamt gegen Seuchenbringer geimpft waren. Nicht einmal die Krankheit höchstpersönlich konnte ihnen noch weiterhelfen. Sie waren auf Gedeih und Verderb der Gnade unverbesserlicher Schurken ausgeliefert.

»Ach.« Der Kapitän hob einen Löffel siedender Suppe an seine Lippen und pustete sanft. »Ein alter Bekannter hat es mir verraten, wenn man so will.«

Alesander spürte den Verrat, noch bevor Carl aus den Schatten trat. Es kam ihm so vor, als müsste ihm das Herz brechen bei dem Anblick des vertrauten Hutes und des hohlwangigen Gesichts, das unter der Krempe hervorspähte. Also konnte es tatsächlich noch schlimmer kommen – selbst in der wohl auswegslosesten Situation in der

Geschichte der Kopfgeldjagd. Carl sah sie an und lächelte. Es war ein breites, gehässiges Grinsen, das seine Augen nicht erreichte.

Geist warf sich gegen ihre Fesseln, schäumend vor Wut und Ungläubigkeit. Wie konnte sie noch irgendwelche Kraft in den Knochen haben? Wie konnte sie inmitten der Trostlosigkeit des Universums noch dazu imstande sein, so durchdringend zu schreien?

»Du mieser, arschiger …!«

Und so weiter. An jedem anderen Tag wäre Alesander beeindruckt gewesen – manche dieser Worte hatte er noch nie zuvor gehört.

Redbeard winkte mit der Hand. Sein Befehl ging zwar hoffnungslos in Geists Geschimpfe unter, aber die Geste war eindeutig. Das Walross stopfte ihr mit entschuldigendem Flossenzucken einen widerlich schmierigen Lumpen in den Mund, der wohl der unappetitlichste aller intergalaktischen Knebel sein musste.

»Carl.« Als Jamie sprach, klang ihre Stimme genau so, wie Alesander sich fühlte; hohl, leer. Sinnlos. »Warum hast du das getan?«

Es war vergeblich, in den Augen ihres einstigen Freundes nach Reue zu suchen – nach irgendeinem gerissenen Plan, der sie in letzter Sekunde befreien würde, nach dem Hauch eines Zeichens, dass all das Vertrauen, das sie monatelang in ihn gesetzt hatten, nicht vergebens gewesen war. Da war nichts als Genuss in dem Lächeln, das er ihnen schenkte, als er näher geschlendert kam, die Hände in den Hosentaschen vergraben und die Schultern gleichgültig erhoben. »Na ja, weil ich es eben wollte.«

»Und du hast Mirembe eine Verräterin genannt«, flüsterte Alesander rau. Aber Geists Schicksal wollte er doch nicht unbedingt teilen, also verstummte er und ließ den Blick zu Boden schweifen.

»Na, na, wir wollen doch nicht ausfällig werden«, schalt der Kapitän ihn zwischen zwei Schlürfern Suppe. »Ich bin unserem Freund hier sehr dankbar. Er hat mir ein paar echte … Kostbarkeiten für meine Sammlung zukommen lassen. Ein Seuchenbringer! So etwas hatte ich noch nie. Ach, ich muss sagen, ich bin beinahe ein wenig enttäuscht von euch. Ihn über seinen Chip zu kontaktieren – war euch nicht klar, dass wir mitlesen würden? Aber weise Voraussicht scheint nicht deine Stärke zu sein, Jamie.« Redbeard seufzte und zwirbelte sich den Bart. »War es nicht auch deine Idee, deinen alten Bekannten mit Falschgeld zu bezahlen, der dir den Peilsender geschickt hat? Meine Güte, war er wütend, als er dahinterkam – so sehr sogar, dass er sein eigenes Werk mit einem spontanen Fluch vernichtet hat.«

Deswegen also hatte sich ihr Sender so plötzlich deaktiviert. Alesander durchlief ein unguter Schauer, als der Pirat mit träger Stimme fortfuhr. »Wir haben eine kleine Abmachung getroffen, er und ich. Ich überbringe dir seine allerliebsten und teilweise recht handfesten Grüße, und er überlässt mir im Gegenzug eines seiner allerbesten Ortungsgeräte. Vielleicht kommt dir das Fabrikat bekannt vor, du scheinst es sogar selbst zu bevorzugen: klein wie ein Staubkorn, schwarz wie die Nacht, überträgt Strecken von bis zu achthundert Lichtjahren … habt ihr euch tatsächlich nie gefragt, wie wir euch immer so mühelos aufstöbern konnten?«

»Damals, als du Carl auf die Schulter geschlagen hast«, zischte Jamie. »Es war weder eine Geste der Freundschaft noch einer harmlosen Wette. Du wolltest ihm lediglich den Sender anhaften, damit du uns auf Schritt und Tritt nachstellen und dir schließlich unsere Mitarbeit zusichern kannst, ganz egal, mit welchen Mitteln.«

In Redbeards Augen spielte der Triumph. Es war ein Wunder, dass Alesander es noch bemerkte, denn in seinen Fingerspitzen stieg ein altbekanntes Kribbeln auf, das rasch seine ganze Welt erfüllte und seine Wahrnehmung an den Rändern Blasen schlagen ließ. Ein Gefühl wie … oh nein, das konnte nicht sein! Das war unmöglich, nicht ausgerechnet jetzt!

»Geschlagen mit den eigenen Waffen«, lächelte der Kapitän ungeachtet der Qualen, die Alesander plötzlich durchzuckten. »Und jetzt seid ihr hier. Die Situation entbehrt nicht einer gewissen Selbstironie – viele Jäger werden im Laufe ihres Lebens zum Jagdwild. Somit seid ihr immerhin um eine Erfahrung reicher. Vielleicht wird es euch ein Trost sein, wenn ihr in der Dunkelheit verschimmelt, zu wissen, dass wir den Raben an eurer Stelle fangen werden. Und wenn wir ihn erst haben – oh, überlegt euch nur, wie viel Bares er uns einbringen wird! Selbstverständlich nicht nur das lächerliche Kopfgeld. Wir verkaufen ihn nur zu einem angemessenen Preis … nicht wahr, Carl?«

»Erpressung. Dass ich selbst nicht auf den Gedanken gekommen bin«, schnurrte Carl genüsslich, gleichgültig an einen der Käfige gelehnt. Sein Blick haftete auf dem jämmerlich vor sich hin siechenden Geschöpf in seinem Innern. »Ganz klassisch. Ein Geheimnis, von dem das Universum nicht erfahren darf, in der Hand von Piraten …«

Alesander wollte verzweifelt daran glauben, dass es alles doch nur ein Trick war, eine bloße Vortäuschung – wenn auch nur, um die Krämpfe, die seine Arme und Beine durchzuckten, in seiner zügellosen Zuversicht zu ertränken. Bestimmt konnte Carl nicht wollen, dass auch sie in den trostlosen Käfigen landeten … oder fühlte er sich so verraten von ihnen, dass ihm nicht einmal mehr das Geringste an seinen einstigen Freunden lag?

»Es könnte noch besser kommen.« Redbeard fischte das zappelnde Auge aus seiner Suppe und wischte es nebensächlich an seinem Ärmelsaum ab. Zu Alesanders Fingerkrämpfen gesellten sich jetzt auch noch Magenkrämpfe. »Wieso verwenden wir ihn nicht für unsere eigenen Zwecke? Haben wir ihn erst einmal abgerichtet, wird der Kleine ein prächtiges Werkzeug abgeben. Lassen ihn für uns arbeiten – ein Dieb, der sich überall materialisieren kann, ohne Spur, ohne Skrupel, ohne natürliche Feinde, wenn all seine Widersacher hier an Bord sind …«

Jamie schnaubte verächtlich. Das Geräusch drang nur verschwommen durch das Surren in Alesanders Ohren, wie Schnee durch Watte. »Wie wollt ihr das anstellen? Corax arbeitet für niemanden. Schon gar nicht für …«

Den Rest bekam Alesander nicht mehr mit. Das Zerren setzte nun vollständig ein, zog sich schraubstockartig durch seine Gliedmaßen, zerfraß Sehnen, Fleisch und Haut und traf in der Brust in dicken, feurig zitternden Knoten aufeinander. Seine Knochen zitterten wie von Tausenden Presslufthämmern bearbeitet, das Mark brutzelte und warf Blasen. Er riss den Kopf zurück und schrie, als sich seine Zellen verzehrten, als Muskelfasern zerfetzt wurden und sich unter Agonie neu zusammensetzten. Tränen quollen ihm aus den Augenwinkeln wie flüssiges Quicksilber, als aus dem Schrei ein lautes, durchdringendes Brüllen wurde …

… Und der Stier füllte seinen Kopf. Die Fesseln brachen unter der geballten Kraft seiner Muskeln und fielen nutzlos von ihm ab. Die Luft schmeckte plötzlich nach der Panik hilflos Zusehender.

»Wie dumm kann man eigentlich sein!«, schrie Geists Stimme irgendwo in einer weit entfernten Welt. Der Knebel lag ausgespuckt auf dem Boden. »Wie dämlich, hirnverbrannt und idiotisch kann man sein, dass man direkt unter einem Vollmond vorbeisegelt, wenn man einen Wer-Stier an Bord hat …!«

Das Tier tobte. Es schleuderte den gewaltigen Kopf zur Seite, und wo seine Hörner auf warmes Fleisch trafen, fielen Waffen und Körper wie nutzlose Spielzeuge zu Boden. Die Suppenschüssel flog nudelspritzend durch den Raum. Der Holztisch barst mitsamt Thron. Furchtsame Leiber warfen sich überstürzt beiseite.

»Beschleunigen!«, kreischte eine kreideschrille Stimme. »Beschleunigen, sofort! Aus dem Mondlicht raus, worauf wartet ihr noch …!«

Doch der Stier lachte nur, in jener wilden Art, in der Stiere lachen – mit hoch erhobenem Kopf und dampfenden Nüstern. Unter seinen schweren Hufen brachen Knochen, unter seinen Stößen splitterten Käfige und Schlösser. Und halb totes Getier witterte Hoffnung, entkam, stürzte sich voll lichtjahrelangem Hass auf seine Peiniger …

Aber selbst der Stier hörte die Stille, die plötzlich über die Welt hereinbrach. Und dann sah er *sie*.

Der Lärm verstummte.

Tosende See wurde zu spiegelglattem Flüstern.

Das Chaos nahm ein Ende.

Sie schwebte in der offenen Kerkertür, völlig unbehelligt inmitten der atemlosen Zerstörung, umgeben von ihrem eigenen Sternennebel. Als sie lächelte, blitzten nadelscharfe Zähne.

Irgendwo lachte jemand schallend.

»Ihr wollt wissen, wie wir uns Corax unterwerfen werden?«, schwangen die Worte voller Hohn durch die Luft. »Ganz einfach. So!«

Und die Allnixe sprach ein einziges Wort. Die gefangenen Kreaturen richteten sich auf. Ihre Augen glühend, schwelend, tränend, starrend, düster, schwimmend, richteten sich auf den Stier. Und wie in einer einzigen Bewegung stürzten sie sich auf ihn, begruben ihn unter sich und ihrem seit Ewigkeiten andauernden Leid. Er ging unter in einer Welle von Zorn, Qual und Verzweiflung, die ihn unbarmherzig zu Boden drückte. Selbst Kraft war nutzlos gegen den Wunsch nach Vergeltung.

Schließlich aber trat die Allnixe schwerelos näher und flüsterte dem Stier in einer Sprache zu, die nach endlosen Wiesen und sanft wiegenden Gräsern klang. Es war eine Stimme, der er überallhin gefolgt wäre. Er hob bereitwillig den massigen Schädel und entblößte seine schutzlose Kehle, um sich dem letzten Biss auszuliefern. Die Nixe bleckte die Zähne.

Eine Erschütterung griff nach dem Universum und rüttelte es gründlich durch. Der Raum rutschte abrupt zur Seite, der Stier taumelte inmitten seiner Angreifer auf die Wand zu und prallte hart dagegen. Eine aufschwingende Käfigtür trieb ihm den Schmerz in die Schnauze.

»Käpt'n! Käpt'n, wir werden angegriffen! Draußen – da draußen!«

Der Stier sah auf und beobachtete durch einen Schleier aus verwirrter Wut, die wie ein fehlgeleiteter Funke zwischen seinen Schädelwänden umherzuspringen schien, wie die Allnixe federleicht davonschwebte. Ihre Sklaven folgten ihr ohne Zögern, wie auch er ihr gefolgt wäre, hätte sie ihren Biss vollendet. Plötzlich erschien sie ihm viel weniger schön.

Erneut bebte und schwankte das Raumschiff, bis der Stier auf dem glatten Boden ausglitt und sich mit lautem Krachen den Kopf anstieß. Und während die Welt um ihn herum zusammenbrach, schleppte er sich mit letzter Kraft aus dem verlassenen Kerker, in einen weiten Gang, dessen Fenster den Blick auf den sonnendurchleuchteten Weltraum preisgaben. Und sah – sternenstrahlend, mondlichtumflimmert und in all ihrer endlosen, gewaltigen, unfassbaren Größe …

… Drachen!

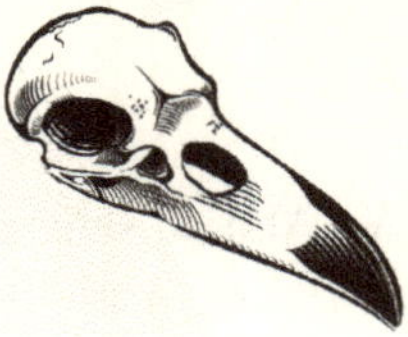

5

Mirembe

Hier werden Schreie für das größere Wohl eingesetzt, eine Allnixe wagt ein Tänzchen und ein Holländer fliegt tatsächlich.

Corax hasst. Er hasst aus vollem Herzen.

Vor ihm liegt die Eischale, aufgebrochen und leer, und blutet ihre dotterfarbene Seele auf den Boden. Warum? Warum muss er der Letzte sein? Wieso gibt es niemanden mehr auf der Welt, der ihm gleicht? Es ist eine große, endlose, grausame Ungerechtigkeit. Es hat sie gegeben, andere wie ihn – vor langer Zeit. Corax erinnert sich an ihre Gesichter, ihre Geräusche, ihre Traurigkeit hinter gläsernen Scheiben. Er erinnert sich daran, wie sie getötet wurden, wie gefühllose Dinge, die der Welt im Weg standen – ohne dass einer von ihnen jemals den Himmel gesehen hat, oder das Meer, oder die Sterne.

Aber Corax weiß jetzt, dass es ein Leben gibt, das nicht aus Käfigen besteht: eine Welt, die hinter den schweren Türen liegt. Sie ist so groß und weit, und er sucht vergeblich in ihr nach Antworten.

Er kann nicht der Einzige sein. Es kann nicht die Wahrheit sein, dass er ganz alleine ist. Denn wie kann es sein – wie kann es denn sein, dass es sonst niemanden gibt, nirgendwo, und überall nur ihn allein?

Etwas regt sich hinter ihm. Die Luft wirft kleine Wellen. Jemand hat ihn entdeckt. Grelles Weiß blitzt auf. Er greift sich händevoll von makellos glatten Eiern aus der Truhe voller Kälte und schleudert sie zu

Boden. Sie zerplatzen wie sein Leben. Corax krächzt laut vor Schmerz und Wut, als sie auf dem harten Stein zerrinnen.

Niemand wie er. Niemand sonst. Es gibt tatsächlich nur ihn, und dort, wo Antworten sein sollten, ist nur ewiges Eis. Und er hasst. Er hasst aus vollem Herzen.

Später, als das Weiß ihn verlassen hat, steht er reglos da und bereut. Wenn es eine Geschichte für Corax gibt, dann ist es eine, die nirgendwo anfängt und nirgendwo ein Ende findet.

Corax ist sich nicht sicher, ob er jemals geboren wurde.

Jenseits der Erinnerung war die Landschaft so hell wie zuvor.

»Ach, Rabe«, seufzte Mirembe. »Du hattest wirklich nicht gerade das schönste Leben, oder?«

Fionagh schüttelte den Kopf. »Das kann man wohl so sagen.« Eine kleine Falte bildete sich zwischen ihren Augenbrauen. Stunden waren vergangen, die sich wie Sekunden und Jahre anfühlten, und langsam bestand auch ihr eigener Geist nur noch aus verfluchtem, gefühllosem Weiß. »Ich habe genug von schlechten Erinnerungen. In die nächste kannst du schön alleine klettern, wenn du dir unbedingt weiter anschauen willst, wie der Rabe verprügelt, verletzt, gejagt oder verfolgt wird. Ich könnte mir einiges vorstellen, mit dem ich mir lieber die Zeit vertreiben würde. Ich würde sogar freiwillig losziehen, um wild gewordene Küchenmaschinen einzufangen.«

Mirembe nickte. Natürlich hatte die Banshee recht. Es machte wirklich nicht viel Spaß, von einer traumatischen Erinnerung in die nächste zu stolpern. Es wurde Zeit, zu einem Ende zu kommen.

»Ist schon gut«, versicherte sie. Der Weg führte sie tiefer in die inzwischen gebirgig gewordene, karge Landschaft hinein. »Ich habe eigentlich schon alles, was ich wissen muss.«

»Und das wäre?«

Die Berge schienen sich kaum merklich zu ducken, als ob auch sie dem Gespräch lauschten. »Du hast selbst schon bemerkt, dass der weiße Corax auf irgendeine Weise mit all den Tausenden von unglücksseligen Dingen zusammenhängt, die dem Raben im Laufe seines Lebens zugestoßen sind. Dass er sich immer dann seines Verstandes zu bemächtigen scheint, wenn Gefahr im Verzug ist und es dadurch zu furchtbaren Gewaltausschreitungen kommt. Und dass wird …«

Fionagh packte sie unvermittelt am Arm und riss sie beiseite. »Vorsicht!«, schnappte sie scharf. Mirembe sah sich mehr oder weniger ratlos um. Auf den ersten Blick erkannte sie die Bedrohung nicht. Und dann … ein kleines, rasch anwachsendes Bröckeln auf einem der spitzen weißen Berggipfel.

»Das ist die erste Bewegung, die ich in dieser Landschaft bisher wahrgenommen habe«, kommentierte sie das Geschehen fasziniert, als die Geröllawine sich von dem steilen Berghang zu ihrer Rechten löste und lautlos dem Boden entgegenrutschte. Es war die allgegenwärtige Stille, die den Vorgang so beängstigend machte – selbst das lauteste Tosen wäre angenehmer gewesen als die prickelnde Taubheit, die den Fall der Steine begleitete.

»Was hat das zu bedeuten?«, flüsterte Fionagh kaum hörbar. Möglicherweise befürchtete sie, dass es ihre Stimme war, die den Erdrutsch ausgelöst hatte.

»Keine Ahnung. Wir scheinen irgendetwas in ihm berührt zu haben.« Mirembe zuckte ratlos mit den Schultern und stakte mit großen Schritten um die auf den Weg gepolterten Steine herum. »Ich schätze, ein verwirrter Bursche wie er hat nicht eben den stabilsten Geist. Möglicherweise wacht er auch bald auf. Wir sollten uns beeilen.«

»Ich meine nicht den Erdrutsch, sondern *das hier.*«

Die Spannung in Fionaghs Stimme hielt Mirembe an den Schultern fest und drehte sie herum. Dieses Mal sah sie auf den ersten Blick, worum es ging: Inmitten der Masse an kleinen, perfekt geschliffenen weißen Kieseln zu ihren Füßen lag ein einziger schwarzer Punkt. Schwarz wie die Nacht. Schwarz wie ein Rabenflügel. Es hatte nie eine schönere Farbe gegeben.

Andächtig kniete Mirembe sich zwischen die Steinchen und musterte den dunklen Kiesel mit hungrigem Blick. Er war genauso glatt und rund wie alle anderen, nur glänzend und schattenfarben, und er zog ihren Blick an wie ein Magnet eine Schachtel voller Eisenspäne.

»Fass das nicht an!«, warnte Fionagh sie eindringlich. Aber Mirembe wäre keine Hexe gewesen, wenn sie die Hand nicht bereits ausgestreckt und ihre Finger fest um den Kiesel geschlossen hätte – den einzigen Flecken Schwarz in einer Welt, die vollkommen aus Gischt und Schnee bestand. Und durch ihre Adern strömte ein wildes, warmes, freudiges Lodern: Der Anblick eines Sternenhimmels, der allererste Windhauch auf einem bloßen Gesicht, das Rauschen der Wellen, noch nie zuvor gehört. Mondgeschmückte Unendlichkeiten spannten sich über ihrem Kopf, und die Stille trug Lieder heran.

Und in diesem Moment wusste sie es mit absoluter Sicherheit: es war es alles wert gewesen. Alles. Die ganze lange Reise, die Entbehrungen, die Feinde, die sie sich auf ihrem Weg gemacht hatten. Mirembe sprang auf die Füße, schnappte sich Fionaghs Arm und ließ den Kiesel auf ihre Handfläche fallen.

»Ich weiß es jetzt!«, strahlte sie. »Ich weiß es! Dies ist das Reich des weißen Corax – wir müssen sein schwarzes Ebenbild finden! Finden wir die *guten* Erinnerungen!«

Und am anderen Ende der Schlucht zitterten die Berge …

… Corax' gute Erinnerungen kamen in kleinen Portionen. Als Kiesel, als Blütenblätter, als Schatten unter einem Stein, oder als durch die Luft treibendes Staubkorn. Es dauerte nicht lange, sie alle zu sammeln, sobald man wusste, worauf man achten musste. Oh, es gab eine Menge davon: kleine, zarte, warme Fetzen der Vergangenheit. Lachende Gesichter kamen darin vor, und anschmiegsame Tiere. Wundervolle Leckerbissen und strahlende Sonnenstrahlen und jede Menge Sterne. Nach einer Weile trugen sie so viele davon in den Händen, dass sie kaum mehr wussten, wohin damit. Sie hätten die kleinen Stückchen aus Schwärze natürlich fallen lassen können, aber eine schöne Erinnerung war nichts, das man einfach auf dem Boden liegen ließ.

Und jedes Mal, wenn ein neues Stückchen Schwarz aus Corax' Unterbewusstsein hervortrat, zitterte die Welt. Die Hügel schienen den Atem anzuhalten, die Berge näher zu drängen. Die weißen Erinnerungen flimmerten zornig zwischen Felsen und in den Ästen der Bäume.

»Geh nicht hin«, mahnte Fionagh jedes Mal, wenn sie an einem der aufgewühlten Flecken vorbeikamen, aber Mirembe dachte nicht einmal daran, dem Bösen irgendeine Art von Aufmerksamkeit zu schenken. Sie sammelte weiterhin schöne Stücke der Vergangenheit, bis ihre Taschen schwer davon waren, und Fionagh half mit, ohne eine weitere Frage zu stellen. Es war das Richtige. Manchmal gab es Dinge, die getan werden mussten. Man spürte sie tief in der Seele.

Und dann.

Und dann.

Und dann stürzten die Berge ein. Dann, von einem Augenblick auf den anderen, verschlang der Himmel die Welt. Fionagh klammerte sich eng an Mirembes Handgelenk fest, weil sich unter ihren Füßen das Nichts auftat wie ein gigantisches Maul – aber sie fielen nicht. Der Erdboden wurde verschluckt, Gestein, Bäume und Blumen auseinandergerissen, aber dennoch stürzten sie nicht. Es war mehr wie Schweben, und da wusste Mirembe es, ganz ohne hinzusehen: dass sie ihn gefunden hatten. Dass seine blicklosen Augen sich zornig in ihren Rücken bohrten.

Sie standen still, versteinert in einer instinktiven Furcht, die älter war als alles Wissen, und hielten sich aneinander fest und gaben ihm Zeit, sie zu umkreisen wie ein Hai einen blutenden Seehund. Als er schließlich und endlich vor ihnen zum Stillstand kam, Weiß auf Weiß, schlossen sich Fionaghs Finger fester um Mirembes Arm.

Ja. Der weiße Corax war ein furchtbarer Anblick, wenn man ihn nicht gewohnt war. Mirembe jedoch war ihm schließlich schon zuvor einmal begegnet, und so erwiderte sie sein wutfunkelndes Starren mit einem erleichterten Lächeln. Sie hatte schon befürchtet, sie würden sich niemals wieder gegenüberstehen.

»Tag auch, Herr Strafender Gott.«

Er schwebte vor ihnen in der Leere wie eine strahlende Sonne, die Federn gesträubt und reglos. Mirembe war klar, weshalb er jahrtausendelang für eine überirdische Gottheit gehalten worden war. Und vielleicht war er das auch, in gewisser Weise. Es hatte schon viele Götter gegeben, und einige waren sogar noch merkwürdiger und beängstigender als dieser hier. »Was machen wir jetzt?«, zischte Fionagh ihr aus dem Mundwinkel zu. Es war eine Sprechweise, die aus irgendeinem Grund für unauffälliger als bloßes Flüstern gehalten wurde, obwohl bloßes Flüstern sehr viel leiser gewesen wäre. Manche Gesetze galten auch in Corax' Kopf. »Was *machen* wir denn jetzt?! Er schaut uns an, als wären wir sein zweites Frühstück! Ich schreie gleich los, das kann ich dir versichern. Du hast uns hierher gebracht, du *musst doch wissen,* was wir jetzt tun sollen! Wie besiegen wir ihn? Wie besiegt man das uralte Böse, das aus einem heimatlosen Raben einen Mörder macht? *Wie?*«

Mirembe kannte die Antwort zwar noch nicht, aber sie löste Fionaghs Finger von ihrem Handgelenk und trat entgegen aller Vernunft auf den weißen Corax zu. Einen Moment lang musterten sie sich gegenseitig mit unverhohlenem Misstrauen. Dann, mit jener Unerschrockenheit, die so oft der Grund für das kurze Leben einer Hexe war, packte sie das Monster am Nacken, zog es kurz entschlossen näher und nahm es in die Arme. Einen Versuch war es wert, denn im Kopf eines anderen konnte man unmöglich sterben. Niemals wirklich. Ein Teil blieb immer zurück.

Es war, als ob sie einen seidenen Kissenbezug umarmte, der bis zum letzten Winkel mit Schmetterlingen gefüllt war. Er flatterte und flimmerte unter ihrer Berührung, beinahe so, als ob er sich vor ihr fürchtete. Und als sie über seine Federn strich, waren sie weich wie ein warmer Windhauch.

Noch Jahre später würde Mirembe sich daran erinnern, wie sie im Nichts stand und das Gespenst einer alten Rachegottheit liebevoll umschlungen hielt. Während das Leben Lichtjahre entfernt weiterging. Während eisige Leere um sie herum aufpeitschte wie eine stürmische See.

Es ist schon gut, flüsterte sie ihm unhörbar zu. *Es ist alles gut. Ich weiß, du hast viel Schmerz erleiden müssen, aber vor uns musst du keine Angst haben. Wir passen auf dich auf.*

Es klappte erstaunlich gut.

Für eine Sekunde.

Dann veranlasste irgendetwas, vielleicht die Qual, vielleicht ein böser Gedanke, den weißen Corax dazu, sie mit lautem Kreischen von sich zu stoßen. Mirembe fiel so hart ins Nichts, dass sie die blauen Flecken wahrscheinlich noch in einem späteren Leben spüren würde. Der Rabe flüchtete mit lodernden Augen, kauerte sich in sicherer Entfernung zusammen und stieß ein Krächzen aus, das nach Kampflust klang.

Und dann kam Fionaghs großer Auftritt.

»Jetzt *reicht* es aber!«, donnerte sie. Wie sie so dastand, die Hände zu Fäusten geballt und in die Hüften gestemmt, das Gesicht wild und hart vor gerechtem Zorn, sah sie aus wie die furchterregendste Schulleiterin des Universums.

»Nein!«, keuchte Mirembe und rappelte sich mühsam auf. Sie wusste natürlich, dass es sinnlos war. Wenn eine Banshee schreien wollte, dann *schrie* sie. »Tu ihm nicht weh! Er weiß es nicht besser. Ich verspreche dir, alles, was er braucht, ist …«

»*Meine* Art von Hilfe!«, unterbrach Fionagh sie entschlossen. »Steck dir die Finger in die Ohren, Mirembe. Oder noch besser – lass deine Ohren einfach verschwinden.«

Sie richtete sich auf, das Haar wild flatternd, obwohl kein Wind wehte, und ließ den Tod in so einer furchtbaren Eiseskälte aus sich herausströmen, dass Mirembe betäubt zu Boden sackte. Manchmal vergaß sie, wie alt Todesfeen tatsächlich waren. Manchmal vergaß sie, dass eine Banshee mehr sein konnte als ein neurotisches Geschöpf, das Kaffeetassen zertrümmerte und zu schwach war, einen Blaster zu halten. Manchmal vergaß sie, dass Banshees furchterregende Kreaturen aus den wilden Hochmooren der Ersten Erde waren, die nicht vor dem Dunkel zurückschreckten.

Und Fionagh *schrie.*

Wenn es Worte gegeben hätte in diesem Moment, in dem die weiße Welt sich mit Dunkelheit füllte, hätte Mirembe Folgendes gedacht: dass sie das Heulen und Klagen selbst durch ihre Hände hörte, die sie sich fest auf die Ohren presste. Dass all ihre Nervenenden vor Schmerz in das Kreischen mit einfielen. Dass sie sich wünschte, sie würde bersten, in tausend Splitter zerspringen und sich in der Endlosigkeit zerstreuen. Aber es gab keine Worte – es gab nur Verderben; schrille, hohe, kehlige Schreie, die ihr die Gehörgänge zerfetzten. Es gab nur den Tod.

Gute Güte, man sollte eine Banshee wirklich nicht verärgern. Durch all den Lärm, durch die angestaute Wut, zwang Mirembe sich dazu, klar zu denken. Die Augenlider mit unmenschlicher Kraft aufzureißen. Zu *sehen …*

Sehen, wie der weiße Corax zurückwich, sich krümmte und wand und immer schwächlicher leuchtete, bis sein grelles Strahlen zu einem trüben Grau verblasste. Und immer noch schrie Fionagh, weltenlang, ohne Ende. Ohne Anfang. Ohne Gnade. Ohne Hoffnung auf ein Verstummen.

Der grauenvolle Klang verhallte erst dann in der Weite, als der Rabe zitternd und wimmernd am Boden lag, doch in Mirembes gequälten Ohren setzten sich die Schreie fort. Sie wusste nicht, woher sie die Kraft nahm, sich aufzurichten. Wie sie sich auf die Beine zwang und mit tränenden Augen näher stolperte – aber als sie auf die geschlagene Kreatur zu ihren Füßen hinabblinzelte, empfand sie nichts als Mitleid.

»Geh jetzt«, krächzte sie. »Zieh dich zurück. Es bringt dir rein gar nichts, dich mit uns anzulegen – und wie ich es dir versprochen habe, wenn du unser Freund bist, werden wir auf dich aufpassen.«

Der Rabe senkte den Kopf.

Wann oder wie es geschah, wusste sie selber nicht. Vielleicht hatte sie geblinzelt. Aber als sich ihr Blick enttrübte, war der weiße Corax verschwunden, und vor ihren Augen schmolz die Welt und offenbarte eine viel schönere. Die Leere zog sich zurück. Die Sonne wurde warm, der Himmel erstrahlte mit schleichender Langsamkeit in einem satten Blau und die Hügel färbten sich in einem Grün, das zuerst zögerlich war und dann glühte wie der Frühling. Sie standen wieder dort, wo sie zu Beginn ihrer Reise aufgebrochen waren – mit dem Unterschied, dass anstatt gefühllosem Schnee jetzt Wärme herrschte.

Die Hexe und die Banshee sahen sich an, vollkommen verblüfft, einer solchen Wandlung beigewohnt zu haben. Mirembe erinnerte sich daran, einmal in einen Strahl eiskalten Wassers gefasst zu haben, in der Erwartung, dass es brühend heiß war und ihr die Haut versengen würde. In diesem Moment hatte sie die Hitze *gespürt* und ihre Finger hatten Blasen geschlagen, verbrannt von dem kochenden Wasser, das nur in ihrer Fantasie existierte. Es war genau dasselbe Gefühl – sie hatten gesiegt, aber der Sieg kam so vollkommen unerwartet, dass es sich nicht wie einer anfühlte.

Schließlich jedoch brach es aus ihr heraus.

»Du hast ihn komplett zur Schnecke gemacht!«, staunte sie mit offenem Mund, als sie sich über das tränenverschmierte Gesicht wischte. Fionagh zuckte mit den Schultern, als wäre nichts weiter geschehen, doch auf ihren Lippen lag der Erfolg.

»Tja«, sagte sie nüchtern. »So ist das eben mit Grobianen. Manchmal reicht es nicht aus, sie in den Arm zu nehmen und zu kuscheln. Manchmal muss man sie eben erst einmal anbrüllen, bevor sie sich zu benehmen wissen.«

Und da kam sie, die Gewissheit, dass alles vorbei war. Zwischen den Hügeln flackerten die weißen Erinnerungen ein letztes Mal auf und verblassten, wie weit entfernte Funken, die einem unbekannten Ziel entgegenglommen. Und Mirembe warf den Kopf zurück und lachte laut und schallend, als die Erleichterung in ihr hochkochte, und Fionagh stimmte mit ein. Sie ließen sich ins weiche Gras fallen und starrten atemlos kichernd in den strahlend blauen Himmel, inmitten der endlosen Weite grüner Hügel. In einer Welt allerschönster Gedanken.

»Fio, meine Liebe«, japste Mirembe schließlich, als sie sich sattgegessen hatten am Glück, rieb sich den schmerzenden Bauch und rollte sich grinsend auf die Seite. »Ich glaube, es ist an der Zeit, Corax' Kopf zu verlassen.«

Die Banshee nickte und grinste ebenso breit zurück. Es war ein Moment, den sie beide nie vergessen würden – eine perfekte, glückliche Erinnerung. In Corax' Fall wäre sie wohl schwarz gewesen.

»Ja, Mi. Lass uns gehen. Und dann erklärst du mir, was zum Teufel wir hier eigentlich gerade getan haben.«

Und sie verließen eine Welt, die hinter ihnen weiterblühte.

Alesander

Der Sieg ließ nicht lange auf sich warten.

Natürlich tat er das nicht. Wenn drei gigantische Weltraumdrachen mit vereinten Kräften ein Raumschiff attackierten, blieb einem nichts anderes übrig, als sich kampflos zu ergeben und auf das Beste zu hoffen.

Die Bounties jedoch dachten nicht einmal daran. Sie rannten – in manchen Fällen sogar wortwörtlich – kopflos durch die Korridore, schrien sich gegenseitig an und stolperten über ihre eigenen Füße.

Niemand beachtete den Stier. Niemand sah, wie seine Hörner langsam schrumpften, als das Mondlicht am Horizont verblasste, wie seine Hufe sich zu Fingern auswuchsen und die schweren Muskelpakete schmolzen wie Butter. Schließlich war da nur noch Alesander, der auf dem Boden kauerte, vor Schmerz keuchend und mit hochrotem Gesicht. Die beschämte Wärme auf seinen Wangen kam nicht zuletzt daher, dass er keine Kleidung anhatte. Nur ein weiterer Nachteil der ganzen Wer-Stiersache – sämtliche Nähte platzten auf, sobald er sich verwandelte. Er hatte mehr als einmal sein Lieblingsshirt an den Stier verloren.

Glücklicherweise hatten die Drachen das Schiff inzwischen so oft und gründlich durchgeschüttelt, dass er umgeben war von Bewusstlosen. Als er sich schließlich taumelnd auf den Weg zurück zum Kerker machte, trug er eine pludrige Piratenhose, die aus irgendeinem Grund nach Spinat roch, und ein viel zu tief ausgeschnittenes schwarzes Hemd. Seine Ärmel waren zu lang, er musste sie zurückkrempeln und kleine Knoten auf den Saum machen, damit sie nicht ständig rutschten. Aber es war besser als nichts.

Jamie starrte ihm voller Unglauben entgegen, als er auf sie zugewankt kam, um sich an ihren Fesseln zu schaffen zu machen.

»Grundgütiger! Was *passiert* hier?«, wollte sie atemlos wissen. »Und weshalb bist du barfuß? Geht es dir gut?«

»Wir werden von Drachen angegriffen«, erwiderte Alesander gedankenverloren, der es merkwürdig fand, dass ihre größte Besorgnis in einem solchen Moment seinen Füßen galt. Er zerrte mühsam an einem besonders störrischen Knoten. Auf Seile verstanden sich die Piraten leider nur allzu gut. »Ich wollte mir nicht die Stiefel von irgendeinem dahergelaufenen Ganoven ausleihen, den Gedanken finde ich unappetitlich. Ich weiß ja nicht, wo der seine Füße schon überall hatte. Und ja, es geht mir gut. Wie steht es mit dir?«

Eine weitere Erschütterung ging durch das Schiff. Es dauerte eine ganze Weile, bis Alesander Geist und Jamie befreit hatte, und noch ein bisschen länger, bis sich die beiden etwas Gefühl zurück in die Handgelenke massiert hatten. Schließlich jedoch machten sie sich auf den Weg zum nächstbesten Fenster, denn sie konnten sich das Spektakel schließlich nicht entgehen lassen.

Sie starrten geradewegs in den aufgerissenen Rachen eines der Monster. Es grub die meterlangen Zähne tief in das Schiff, neigte den langen Hals und schleuderte den *Holländer* beiseite wie ein kaputtes Spielzeug. Allgemeines Gebrüll und Gefluche überall. Alesander hatte inzwischen mehr Beulen und blaue Flecke, als er zählen konnte.

»Seht mal!«, schrie Geist mit vor Aufregung glänzenden Augen. Irgendwie musste sie es geschafft haben, auf den Beinen zu bleiben. »Schaut! Da sind Sia und das Menschending! Da draußen, auf einem der Drachen!«

An jedem anderen Tag hätte Alesander sich ernsthaft gefragt, ob mit seinen Ohren wohl etwas nicht in Ordnung war – aber heute war ein Tag voller Überraschungen. Und auch wenn die meisten davon nicht sonderlich erfreulich gewesen waren – sie waren entwaffnet und gefangen genommen worden, hatten dabei zusehen müssen, wie Redbeards Auge eine Nudelsuppe aß und Carl sich als Verräter entpuppte, waren unter einem Vollmond hindurchgeflogen und von einer Horde allnixengesteuerter Bestien angefallen worden –, so war er durchaus dazu bereit, sich zur Abwechslung positiv überraschen zu lassen. Nix und Sia auf dem Rücken von Drachen kam ihm plötzlich wie die allerkleinste Unwahrscheinlichkeit vor.

Er rappelte sich schwerfällig auf und spähte durchs Fenster. Und lachte. Denn nur für einen kurzen Moment erhaschte er einen Blick auf seine Freunde, eingemummt in dicke Raumanzüge zwar – aber diese Gesichter hätte er überall erkannt. Wer die dritte Person war, die zwischen ihnen saß und sich eng an Nix' Taille klammerte, konnte er jedoch nicht sagen. Er glaubte kaum, dass er sie zuvor je gesehen hatte.

»Geist, Alesander«, zischte Jamie eindringlich. »Findet die Allnixe und tötet sie. Sofort.«

Alesander fuhr herum, eine Frage auf die Lippen, und sah sich unvermittelt der Mündung von Carls Blaster gegenüber. Der Cowboy, der ein Pirat geworden war, grinste ihm breit und mit bösartiger Genugtuung zu.

»So endet es also. So sterbt ihr.« Die Langeweile, die in den Worten mitschwang, war eine Beleidigung an jegliche Freundschaft, die sie jemals geteilt hatten. Alesander wollte loslaufen, aber seine Beine rührten sich nicht von der Stelle. Wäre Geist nicht gewesen, die nach seinem

Handgelenk griff und ihn mit sich zog, vermutlich wäre er für den Rest seiner Tage wie angewurzelt stehen geblieben und hätte sich gefragt, wie es möglich war, dass Carl sich so überhaupt nicht um sie scherte.

»Komm jetzt«, zischte Geist ihm ungeduldig zu, als er sich umwandte, um einen letzten besorgten Blick auf Jamie zu werfen. Sie erwartete Carl mit einer hoch erhobenen Pistole, die sie wohl irgendwo aufgelesen hatte. »Du hast gehört, was sie gesagt hat. Wir sollen die Allnixe töten.«

»Aber wieso?« Wieder bebte und wackelte das Raumschiff um sie herum, schleuderte sie im Rennen gegen die Wände und jagte ihnen Trümmerteile um die Ohren.

»Wieso?«, äffte Geist ihn über das Geräusch eines Drachen hinweg nach, der knirschend in das Raumschiff biss. »Du merkst aber auch gar nichts, oder? Im Gegensatz zu dir kann ich die Krankheit spüren, die Carls Geist vergiftet. Ich weiß jetzt auch, was es ist: er steht unter fremder Kontrolle, wie die Viecher in den Käfigen. Und weil er ein inkompetenter kleiner Bastard ist, müssen wir mal wieder seine Probleme für ihn lösen! Stirbt die Nixe, dann stirbt auch der Teil von ihm, der uns unbedingt ans Leder will.«

Es war wie ein Lichtblick an dem trübsten, nebligsten aller Abende.

»Du meinst, er hat uns gar nicht wirklich verraten?«, schrie Alesander überglücklich, als sie um eine Ecke schlingerten und beinahe mit einer Gruppe keifender, fliehender Bounties zusammenstießen. »Ich wusste doch, er würde so etwas niemals tun!«

Urplötzlich erschien es ihm gar nicht mehr so schlimm, auf einem fremden Raumschiff festzusitzen, das jeden Moment von gigantischen Sternenmonstern verdaut werden würde. Von einem Moment auf den anderen strahlte alles in einem ganz neuen, helleren Licht.

Doch dann hielt Geist ihn mit einer solchen Kraft hinten am Hemd fest, dass das Geräusch von reißendem Stoff erklang, und wirbelte ihn scharf herum.

»Ich glaube, wir müssen die Allnixe nicht mehr töten«, stellte sie nüchtern fest. Sie presste ihn mit dem Gesicht voran gegen das nächstbeste Fenster, sodass sich seine Nase schmerzhaft verbog. »Schau.«

Alesander gehorchte und schaute. Und er sah den Anbeginn der Schöpfung. Zwei Wesen, eines dunkler und unergründlicher als das andere, die sich in der Leere gegenüberschwebten. Das schwarzpurpurne Sternenhaar der Allnixe, das sich in der Schwerelosigkeit um sie herum ausdehnte, und das Schimmern ihrer nadelscharfen Zähne. Der gigantische Drache, der ihr ausdruckslos entgegenblickte, als sei sie nicht mehr als ein Staubkorn auf seiner geschuppten Kralle.

Und dann forderte die Allnixe ihn zum Tanz heraus. Sie schwebte in feinen, kompliziert verschlungenen Figuren um ihn herum, die Arme weit ausgestreckt. Die Unendlichkeit wellte sich zwischen ihren Fingerspitzen und leuchtete im Licht uralter Geschichten. Sie neckte ihn furchtlos, wirbelte bis dicht vor seine Schnauze und wich ebenso nordlichtleicht wieder zurück, die nebelleuchtende Schwanzflosse mit jeder Bewegung verschwimmend. Alesanders Augenlider wurden schwer. Er hätte ihr ewig beim Tanzen zusehen können, bei ihrem endlosen Kampf gegen das riesenhafte Sternenbiest, das sich für alle Zeiten durch das Universum winden würde, ohne Ende – die älteste aller Legenden …

Der Drache reckte den Hals und schnappte zu. Die Allnixe verschwand zwischen seinen Kiefern und verschwand ohne Spur.

Mit einem Jubelschrei stieß Geist die Faust in die Höhe, als hinter ihnen eine der gefangenen Kreaturen kläglich fiepte und auf der Stelle zusammenbrach. Alesander eilte an ihre Seite, ließ sich auf die Knie fallen und legte beide Hände auf den vernarbten, facettenäugigen Kopf.

»Es lebt!«, strahlte er. »Dann wird es auch Carl gut gehen!«

Von einer Sekunde auf die andere wurde alles ganz still. Das Knarzen des Metalls verstummte. Das aufgebrachte Stimmengewirr in den Gängen schlug in Schweigen um. Selbst Alesanders Herz hörte für einen Moment auf zu schlagen.

Meine Güte, wird das wieder Magendrücken geben, hallte eine ewigkeitsumtoste Stimme durch das Raumschiff. *Crew des Tatsächlich Fliegenden Holländers, hier spricht Basiliarius der Erste, meines Zeichens Drache. Es gibt keinen Grund zur Aufregung. Wir, die wir unser allumfassendes Wissen von Tag zu Tag erweitern, wollen lediglich sehen, ob euer Schiff seinem Namen Ehre macht. Haltet euch gut fest …*

Vielleicht war es nicht immer ein Glücksfall, Drachen als Verbündete zu haben, dachte Alesander bei sich, als das Raumschiff in hohem Bogen in die Höhe katapultiert wurde und in atemberaubender

Geschwindigkeit auf einen rostroten Planeten zuraste. Unaufhaltsam. Unerbittlich. Unabänderlich.

Nun, am Ende stellte es sich heraus, es lohnte sich aber doch. Zwar war Alesanders Handgelenk gebrochen und er war sich sicher, dass es sich bei dem schwummrigen Gefühl in seinem Kopf nur um eine Gehirnerschütterung handeln konnte – aber er lebte. Basiliarius der Erste versicherte ihm gut gelaunt, es sei bestimmt nur eine Nebenwirkung des Schocks und der plötzlichen Beschleunigung, genau wie seine furchtbaren Magenverstimmungen. Jamie hatte ihn höflich darauf aufmerksam zu machen versucht, dass es möglicherweise nicht die beste Idee war, ein Schiff komplett zu zerstören, auf dem sich die eigenen Verbündeten befanden – aber die Drachen hatten flügelzuckend geantwortet, dass sie doch ganz genau gewusst hätten, dass alle wichtigen Personen an Bord den Sturz überleben würden, also sollten sie sich bitte schön nicht so anstellen.

Carl konnte sich an nichts erinnern.

»Ich soll *was* gemacht haben?«, fragte er ständig. »Ich soll euch *verraten* haben? Die Allnixe soll mich *gebissen* haben? Das hätte ich doch wohl bemerkt! Wahrscheinlich wollt ihr nur nicht zugeben, dass *ich* in Wahrheit *euch* gerettet habe …«

Inzwischen waren sie dazu übergegangen, ihn zu ignorieren. Die Bounties hatten sich, jammernd und fluchend, aber mit besorgtem Blick auf die Drachen, aus ihrem komplett zerstörten Raumschiff davongestohlen, ihren bewusstlosen Kapitän an Armen und Beinen davontragend. Mit erhobenen Fäusten hatten sie ihnen ihre immerwährende Rache geschworen, aber angesichts ihrer zahllosen blauen Flecken und verbogenen Säbel hatte ihr Gefluche nicht unbedingt Eindruck gemacht.

Alesander war einfach nur froh, dass sie alle am Leben und auf einem Planeten waren, auf dem es sich einigermaßen frei atmen ließ, auch wenn die Luft nach Würstchenwasser schmeckte. Nach und nach fügten sich kleine Teile der Geschichte zu einem großen Ganzen zusammen, das Sinn ergab: Sia hatte sie nur deswegen verlassen, weil er sich zusammen mit Nix per Chipnachrichten den Plan ausgedacht hatte, Carl mithilfe von Ätzi und seinen Freunden zu retten. Nix hatte bereits vor Tagen beschlossen, zurückzukehren, und dabei gleich noch ihre Mutter mitgebracht, die auf sie aufpassen wollte. Sie war wirklich eine Furcht einflößende Frau – klein und mit strengen Stirnfalten, die ihm größere Sorgen bereiteten als sämtliche Bounties des Universums zusammen. Vermutlich, weil der dazugehörige Mensch seine Zeit nicht damit vergeudete, Seemannsgarn zu spinnen, und seine Augen in einer Art und Weise funkelten, die einem zu verstehen gab, dass große Schwierigkeiten am Horizont aufziehen würden, wenn man es wagte, einer gewissen Tochter auch nur ein einziges lavendelfarbenes Haar zu krümmen. Nix wurde wahrhaftig geliebt, und bestimmt wusste sie das. Wer sonst, wenn nicht eine Mutter, wäre dazu bereit gewesen, mit ihr auf einem Drachen zu reiten?

»Ich hab beschlossen, dass ihr wirklich jemanden braucht, der auf euch aufpasst«, erzählte Nix gerade fröhlich, die Wangen gerötet vor Stolz. »Also bin ich zur Basis zurück. Chapo hat mir erzählt, dass er von euch erfahren hat, dass Carl entführt worden ist. Ich wusste zuerst gar nicht, was ich jetzt tun sollte, aber dann hab ich eine Nachricht von Sia bekommen, der wissen wollte, ob ich noch Kontakt zu Ätzi hätte. Und ich so: na klar! Ich meine, einen so guten Freund trifft man nicht alle Tage, oder? Also habe ich ihn gefragt, ob er uns vielleicht helfen wollte, und er hat gleich alle seine Kumpels mitgebracht.«

»Außer Arimäus, Sohn der Ersten Flamme«, gab der flaschengrüne Drache zu bedenken. »Seine Bindehautentzündung ist ganz besonders schlimm geworden. Er braucht viel Ruhe.«

»Es war ganz einfach, euch zu finden«, fuhr sie genüsslich fort. »Immerhin stehen Drachen in direktem Kontakt zum Kosmos. Sie können alles erfahren, was sie nur wissen wollen – einfach nur, indem sie daran denken und irgendwelche Schwingungen aufnehmen, die nach Erdbeereis schmecken. Stellt euch das mal vor! Das ist so was von cool! Zum Beispiel: Wenn ein Drache wissen will, auf welcher Stufe man ein Ei kochen muss, damit es so richtig wachsweich wird, dann muss er nur …«

»Ihr wisst also alles?«, unterbrach Carl sie mit tauber Zunge und hielt einen Moment in seinem Bestreben inne, all seine Blasen abzutasten. »Verdammt, warum habt ihr dann damals behauptet, ihr hättet keine Ahnung, wohin das Rabenaas verschwunden ist?«

»Ach, das.« Zerebrion, Vierundvierzigste ihrer Linie, zuckte unbekümmert mit der Schwanzspitze. »Wir fanden ihn eben amüsant. Natürlich wollten wir niemanden verraten, der so überaus reizend lächeln kann.«

»Tja, und wie der Zufall es so will«, brummte Basiliarius der Erste mit einem Lächeln, das an Carls ungläubiges Gefluche gerichtet war, »wissen wir auch, wo der Rabe sich in diesem Augenblick befindet. Und es ist wohl an der Zeit, dieses Wissen mit dir zu teilen.«

Schweigen setzte ein, unterbrochen nur vom beständigen Rieseln des lauwarmen Regens um sie herum. Die Drachen hatten ihre nachthimmelgesprenkelten Flügel über ihnen aufgespannt, um ihre sterblichen Körper vor dem feinen, flüssigen Rost zu beschützen, der aus den Wolken fiel. Basiliarius der Erste wartete, bis sämtliche Blicke erwartungsvoll auf ihn gerichtet waren, dann ließ er ein gemütliches Seufzen hören. »In der Tat wartet er auf dich. Er möchte dich sehen. Du wirst ihn finden – an einem Ort, den ihr die Basis nennt. Und er wird einige alte Freunde bei sich haben.«

Die Stille nahm einen noch viel verdutzteren Unterton an. Geist durchbrach sie, indem sie nach vorne trat und eine Hand auf Nix' Schulter legte. Sie ignorierte das sanfte Zusammenzucken und schenkte ihr unter überirdischem Willensaufwand so etwas wie ein Lächeln. »Gut gemacht, Menschending.«

Azaphaelios schlug sich eine glasschimmernde Tatze vor das Maul, zu Tränen gerührt.

»Vielen Dank!«, hauchte er geschmeichelt.

Niemand klärte ihn darüber auf, dass das Kompliment nicht unbedingt an ihn gerichtet gewesen war.

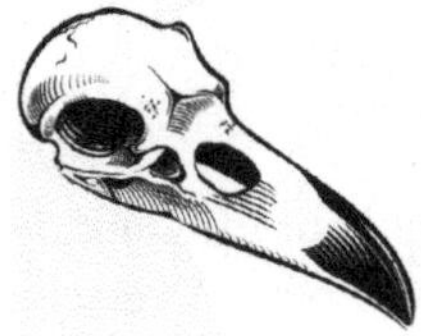

4

Corax

Hier werden eine Menge Fragen beantwortet, eine Rechnung steht offen und ein Schlachtplan lädt den Tod als Ehrengast.

Wie ist es geschehen? Corax' Gedanken sind auf einmal wie klares Wasser, das aus einer eisigen Quelle sprudelt. Er kann die Bilder sehen, die den anderen in den Köpfen aufleuchten, wenn sie zu ihm sprechen. Er versteht jetzt ihre Sprache. Er weiß jetzt, was sie mit ihm vorhaben, und er kann keinerlei Furcht in diesem Wissen erkennen.

Er spürt nicht einmal mehr die Angst vor den kleinen Räumen, die mit seinem Gesicht überzogen und eng und dunkel sind. Auch wenn sie ihn an die Käfige am ersten Ort erinnern, den er jemals gesehen hat. Denn dieses Mal sind es keine Käfige, die ihn gefangen halten – er kann kommen und gehen, wann er will. Aber er tut es nicht, denn zum ersten Mal fühlt er sich wohl. Die mit den krausen nachtschwarzen Haaren heißt Mirembe, ein Name, den er nicht aussprechen kann. Er bleibt in seinem Hals stecken wie ein Krümel. Die mit der spitzen Nase, die wie ein kleiner Schnabel aus ihrem Gesicht ragt, nennt sich Fionagh, und auch diese Laute wollen einfach nicht aus seinem Mund dringen. Er kann nur seinen eigenen Namen aussprechen – *Kkkk-raxxx.*

Sie lassen ihn das Geräusch immer wieder sagen und lachen darüber; aber es ist kein dunkles Lachen voller morastigem Abscheu, wie er es so oft gehört hat.

Nach einer Weile stößt der Jäger dazu, der ihn all die Jahre verfolgt hat. Nachdem die anderen ihn beiseite genommen und ihm alles erklärt haben – dass der kleine Mann im Pelz ihnen die Zugangsdaten verraten hat, was es mit Corax auf sich hat, dass er sich beruhigen muss, wenn er will, dass Corax unter dem Tisch hervorkommt –, hört er auf zu schreien und wird leise und nachdenklich. Sein Name ist Carl (*Kkkk-rlll*), und nach einer Weile sagt er, es tut ihm leid. Alles.

Alles ist eine ganze Welt, und Corax hat Mühe, es ihm zu glauben. Er zuckt zusammen, wenn der Jäger sich zu schnell bewegt, und flüchtet sich ans andere Ende des Raumes. Doch dann blickt er in seinen Kopf und sieht, dass es keine Lüge ist. Der Jäger denkt, dass er ihn viel zu lange verfolgt hat. Dass er ganz vergessen hat, wer er vor langer Zeit einmal war. Dass Corax Glück gehabt hat, dass die Hexe und die Banshee seine Freunde sind, denn ansonsten wäre er jetzt tot.

Corax wälzt die Worte in seinem Kopf herum wie die köstlichsten Pralinen, die man sich auf der Zunge zergehen lassen kann. Sie klingen nach Wärme und Glück. *Freunde.*

Freunde.

Freunde.

Es ist wie damals, auf dem Platz mit den Schaukeln. Damals, als er in der Hecke saß, von Blättern umgeben wie von einer waldgrünen Umarmung. Damals, als er dem Jungen eine Hand voller sich ringelnder Würmer entgegengestreckt hat. Der Junge hat sie genommen, aber nicht gegessen. Stattdessen hat er sie freigelassen und gelacht. Sie haben beide gemeinsam gelacht. Damals war Corax glücklich, nur für einen Moment, bevor das Nichts kam und ihn in die Flucht trieb.

Dieses Mal kommt es nicht. Dieses Mal bleibt einfach nur das Glück.

Er sieht, wie die Hexe und der Jäger, der kein Jäger mehr ist, die Hände unter dem Tisch verschränkt halten. Er sieht, wie sich alle gegenseitig anblicken: als seien sie froh, beieinander zu sein. So etwas hat Corax schon oft gesehen, aber noch niemals war er selbst Teil davon, ohne dass es jemanden gestört hat. Sie sind gut zu ihm. Er schläft weich und warm, er isst heiß und süß. Langsam glänzen seine Federn wieder. Er kann wieder aufstehen, ohne dass die Welt auf die Seite kippt. Und wenn er träumt, träumt er nicht von Angst.

Auch wenn Carl am Anfang noch nach seiner Waffe greift, wenn Corax das Zimmer betritt, sind seine Gedanken ruhig, glatt und friedlich, wie ein stiller See. Ab und zu sitzt er mit Corax am Fenster und schaut den glitzernden Steinen beim Regnen zu. Er hat ihm neue Kleidung gebracht; ihm sogar erklärt, wie man sie nennt: Handschuhe, weich und aus schwärzestem Leder. Schuhe, glänzend wie ein dunkler Mond, der ins Wasser gefallen ist. Ein Hemd aus Seide, eine Weste aus Samt, ein gewebtes Band für sein Haar und eine Hose mit Silberknöpfen. Alles vom Feinsten, sagt er; als Geschenk für einen, dem er lange genug den Tod gewünscht hat.

Und Corax lächelt und sagt ihm auf seine eigene Art, dass er nicht wollte, dass der Tiger ihn kratzte. Es muss wehgetan haben, einen Freund zu verstoßen. Das kann er erst jetzt erkennen, da er selber Freunde hat. Corax denkt noch oft darüber nach, obwohl es lange her ist – über den Tiger, den er so sehr erschreckt hat, dass er aufsprang und dem Jäger eine Narbe verpasste.

Carl sagt, an diesem Tag sei der Tiger für ihn gestorben. Er sagt, er habe lange über seine Narbe gelogen, weil er die Wahrheit nicht ertragen konnte. Er sagt, er nannte den Tiger Prairie, wie die weiten Grassteppen auf der Ersten Erde, die in den Farben seines Fells leuchten. Eines Tages wird Corax sie sich anschauen gehen.

»Ja, übrigens. Wo wir's gerade davon haben.« Es ist Mirembe, die seine Gedanken unterbricht. Corax kann nicht sprechen, aber wenn er seine Fingerspitzen auf die Handfläche der Hexe legt, können sie ihre Gefühle teilen. Bei ihr scheint es ihm besser zu gelingen als bei jedem anderen. »Genau darüber wollte ich mit dir reden. Es gibt so vieles, das du entdecken kannst, Corax. So vieles, das auf dich wartet. Ein einziges Leben reicht nicht aus, um das Universum zu erforschen, oder? Es reicht kaum aus, um sich selbst zu erforschen. Aber es gibt so viele Dinge, die du dir ansehen kannst, und eines Tages wirst du keine Angst mehr haben müssen, denn dann wird dich niemand mehr jagen. Aber bis dahin musst du noch ein bisschen Geduld haben, in Ordnung?«

Die Bäume duften süß und wiegen ihre Äste leise über ihren Köpfen. Sie flüstern Lieder von der Freiheit. Corax fängt eines der Blütenblätter auf, das zu Boden taumelt, und wiegt es sanft auf der Fingerkuppe. Es hat gar kein Gewicht, wie der Frühling selbst. Weiß auf Schwarz. Früher wäre ihm von dem Anblick übel geworden, aber jetzt stört er ihn nicht mehr.

Man wird mich immer jagen, antwortet die Klarheit in seinen Gedanken. Er setzt das Blatt vorsichtig zwischen Chapos säuberlich gefurchte Beete. *Ich kann nie alleine sein.*

Mirembe sagt nichts, aber nach einer Weile schneidet ihr Seufzen die Stille in zwei Hälften.

»Weißt du, dass es dort draußen schwarze Löcher gibt, die älter sind als die Zeit selbst? Weißt du, dass es vielarmige Sternenkraken gibt, die hinter Meteorsplittern auf verirrte Schiffe lauern? Weißt du, dass auf fernen Planeten tiefe Meere aus wogenden Gräsern wachsen, in deren Tiefe die absonderlichsten Insekten leben, ganz ohne Licht? Dass irgendwo da draußen der Regen aus Silber besteht, und dass essbare Wolken den Himmel durchkreuzen? Weißt du, dass es ein Volk gibt, das sich daran erinnert, als es sich mit deinen Vorfahren eine Sonne teilte? Sie nannten euch ihre Götter. Die Spielenden und die Strafenden Götter.«

Corax horcht auf. In seiner Brust rückt sich ein Stückchen Antwort in die Leere einer Frage.

»Vor langer, langer Zeit wart ihr wie Vögel. Ihr konntet fliegen, und ihr wart größer und mächtiger als jeder andere um euch herum. Ihr triebt Handel, gingt auf Reisen, konntet nach Belieben durch Raum und Zeit tauchen wie durch ein warmes Meer. *Und die sie kannten, liebten sie,* erzählte mir ein alter, schrumpliger Priester vor einiger Zeit. Seine Haare reichten bis zu seinen Zehenspitzen, du hättest ihn sehen sollen.« Die Hexe pflückt das Blütenblatt aus der Erde und haucht einen kleinen Kuss darauf. »*Denn sie waren gütig und leichtherzig und trugen ein Lächeln im Gesicht. Und wir baten sie um Hilfe, wenn Trauer und Wut herrschten, denn sie gaben stets reichlich. Das waren die Spielenden Götter.* Dein Volk, Corax – einfach nur ihr. Neugierig und fröhlich und nur ein *klein* wenig Furcht einflößend. Aber bedrohte man euch, ließt ihr zur Warnung euer Abbild in den Köpfen eurer Feinde aufblitzen, ein kleiner Vorgeschmack des Grauens, das sie erwarten würde. Weiß, strahlend, bedrohlich und furchtbar. Auf diese Weise konntet ihr schreckliche Angst verbreiten, ohne jemals Hand anlegen zu müssen. Es war zu eurem Schutz und zu dem aller anderen, denn wenn ihr in Wut gerietet, hielt euch nichts mehr.«

Eine Weile lang sind sie still, aber Corax kann nicht ruhig sitzen. Die Neugierde brennt in ihm wie ein Feuer, und er rutscht unruhig auf dem Fleck, bis Mirembe die Geschichte fortsetzt. »Dann, eines Tages, schleppte ein Reisender die Würgelpest auf euren Planeten. Selbst das hielt euch nicht auf. Ihr entwickeltet eine natürliche Abwehr gegen die fremde Krankheit, wurdet größer, stärker und mächtiger – aber irgendwann muss jedes große Volk untergehen. Und als die Eiszeit kam und die Sonne erlosch, starbt ihr, und die, die flüchteten, gingen allein zugrunde. Als du geboren wurdest«, hier hebt die Hexe die Hand und zeichnet eine kribbelnde Linie quer über Corax' Kopf, »machten die Forscher hier einen Schnitt. Was sie taten, war furchtbar. Sie veränderten Teile deines Verstandes, die sie nie hätten berühren dürfen. Sie wollten sehen, was passierte, wenn sie in dein Gehirn eingriffen, und sie weckten den Strafenden Gott. Seither ist er nicht mehr eingeschlafen, bis Fionagh ihm ordentlich die Meinung gesagt hat. Sie hat ihn zusammengebrüllt, dass dir die Schädeldecke wackelte, und ihm befohlen, er solle endlich zu Bett gehen. Und das hat er getan. Ganz ohne Gutenachtgeschichte.« Immer noch fällt Corax nichts ein, dass es sich zu erwidern lohnt. Das Weiß ist so lange Teil seines Lebens gewesen, dass er sich nicht vorstellen kann, dass es jemals endgültig verschwunden sein soll. »Ich bin mir sicher, dass du ihn eines Tages wieder brauchen wirst – denn er ist nicht wirklich böse, nur sehr, sehr verloren ohne den Teil von dir, der klar denken kann. Aber trotzdem solltest du vorsichtig sein. Wecke ihn nur dann, wenn es unbedingt notwendig ist, und habe keine Angst mehr vor ihm. Von nun an beginnt dein neues Leben. Jetzt bist du es, der den Strafenden Gott beherrscht – und nicht mehr umgekehrt.«

Und dann erzählt sie ihm den Rest. Alles andere. Seine eigene Geschichte und was ihn an diesen Punkt im Garten gebracht hat: der Schnee, das Ei, die Krankheit. Am Ende fühlt Corax sich, als trägt er ein Herz aus lauter kleinen Steinchen in der Brust, die nur von Erleichterung zusammengehalten werden. Es ist gut, die Antworten zu wissen, auch wenn manche davon schwer und traurig sind. Aber er hat schon immer geahnt, dass sie nicht schön sein können.

Es ist bloß gut zu wissen, dass es ihn tatsächlich gibt. Dass er geboren wurde und dass es andere gegeben hat wie ihn, und dass er sich selbst zu seinem Zuhause machen kann – jetzt, da er weiß, woher er kommt.

Jetzt, da es nur noch ihn gibt.

Und Antworten, die ihn auffüllen.

Und dann gibt es Abendessen, weil auf außergewöhnliche Dinge oftmals gewöhnliche folgen müssen, damit die Welt im Gleichgewicht bleibt. Süßes, heißes, weiches Essen, genau wie Corax es mag. Und danach sitzen sie zusammen und schmieden einen Plan.

Es gibt noch eine letzte Rechnung mit den Bounties zu begleichen, sagt Carl: eine letzte Wette. Also kauern sie im Kreis und schlecken die Reste von ihren Tellern und tuscheln. Und als der Plan am Ende feststeht, schiebt der Jäger den Stuhl zurück und grinst breit und wölfisch.

»Tja, kleines Aas«, sagt er. »Ich schätze, wir beide haben noch eine Rechnung zu begleichen. Es sieht aus, als ob du endlich sterben müsstest.«

Keiner hat etwas dagegen einzuwenden.

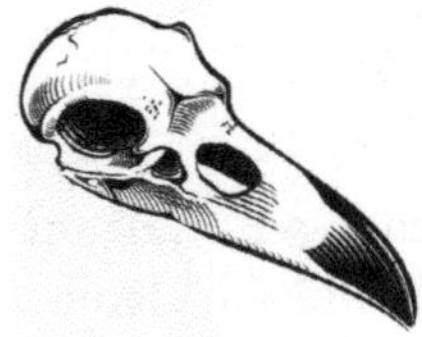

3

Fionagh

Hier tanzt der Staub, die letzte Jagd beginnt und alles andere wird noch nicht verraten.

Eine Woche später, auf einem weit entfernten Planeten.

Die anderen waren schon vorausgegangen – bis auf Mirembe, und daran erkannte Fionagh mit furchterregender Gewissheit, dass etwas ganz und gar nicht in Ordnung war. Und tatsächlich, als sie sich suchend umdrehte, sah sie ihre Freundin auf der verlassenen Straße stehen, starr wie Stein, die weit aufgerissenen Augen den Sternen zugewandt. Kleine Lichter, die stecknadelgroß in der Schwärze leuchteten.

Fionagh trat näher und zog die Jacke enger um sich. Es war kühl inmitten der wirbelnden Staubflocken. »Was ist denn los?«

Mirembe antwortete nicht sofort. Als sie schließlich sprach, wandte sie die Augen nicht vom Nachthimmel ab.

»Wie lange kennen wir uns jetzt schon?«, fragte sie mit sanfter Stimme, die sich irgendwo in der Ewigkeit verlor.

»Acht Jahre.«

Ja, es war inzwischen acht Jahre her.

Vor acht Jahren …

Acht Jahre zuvor

Damals waren die Dinge folgendermaßen gewesen:

Schillernder Rauch bündelte sich in hübsch anzusehenden Blasen über der Bartheke. Tänzelnd schwebte er an der einsamen Gestalt vorbei, die mit der Nase tief in ihrem Nebelwhiskey hing und nach Kräften versuchte, die Welt im Allgemeinen und sich selbst insbesondere zu vergessen. Das Leben kam ihr ebenso trostlos vor wie die karge Landschaft ihrer Heimat. Ein Grabeshauch mieser Laune und Melancholie umgab sie mit solcher Bestimmtheit, dass sich die anderen Gäste wohlweislich von ihr fernhielten. Sie waren schließlich nicht lebensmüde.

Mit blutunterlaufenen Augen starrte die Banshee in die silbrigen Tiefen ihres Glases und wünschte sich, erbärmlich darin zu ertrinken. Dies ist Fionagh, acht Jahre jünger, tausend Jahre verdrossener.

Später würde sie sich nur noch an einige wenige Details erinnern: die verspiegelten Wände, in denen sich ihr fahles, verbittertes Abbild tausendfach brach. Der tanzende Seifenrauch, der sich in ihren Haaren verfing. Der vielarmige Barkeeper, der seine Tentakel aus dem gewaltigen Wasserbecken hinter der Theke streckte, um ein Cocktailglas mit einer Olive zu garnieren. Die gefangenen Irrlichter, die schläfrig vor sich hin glimmend in kleinen Einmachgläsern von der Decke hingen.

Und dann, plötzlich, das neugierige, dunkle Gesicht einer Frau mit langen Zöpfen, die ihr das Glas aus der gefühllosen Hand nahm und sie breit angrinste.

»Ich glaube, du hattest genug für einen Abend. Der Vampir da hinten beobachtet dich schon seit Stunden. Er ist kein Blutabstinenzler – ich bezweifle, dass es das erste Mal wäre, dass er sich an eine Betrunkene ranmacht. Ich finde, für heute Abend sollten wir Freundinnen sein, was meinst du? Nur für den Fall.«

Fionagh zwang ihre Zunge, die sich inzwischen anfühlte wie eine fette Nacktschnecke, endlich in die Gänge zu kommen. »Ich brauch' keinen Babysitter«, nuschelte sie wenig überzeugend. »Kann auf mich selbst aufpassen.«

»Na klar.« Die Frau ließ sich auf einen der unbequemen Hocker neben ihr sinken und spähte bedeutungsvoll auf das Dutzend leerer Gläser, von denen einige noch leicht qualmten. »Du verträgst bestimmt noch zehn oder zwanzig weitere Drinks, bevor du endlich umkippst und bis auf den letzten Tropfen Blut ausgesaugt wirst. Ich will nur sichergehen.«

Fionagh drehte mit der Geschwindigkeit eines wendenden Öldampfers den Kopf und blinzelte die Fremde verwirrt an. Erst jetzt fiel ihr auf, dass ihre Zöpfe jeweils aus zwei kordelartig verdrehten Haarsträhnen bestanden. Wie merkwürdig.

»Was ist denn mit dir los, dass du hier so rumsäufst, hm?«, fuhr ihre selbsternannte Retterin guter Dinge fort, ohne sich darum zu kümmern, dass Fionagh einen kleinen Schwall Todesgeruch in ihre Richtung aussandte. »Herzschmerz?«

Es war das erste Mal, dass jemand Fionagh derartig anzüglich zugewinkert hatte.

»Ich habe gar kein Herz«, seufzte sie.

»Ach du meine Güte. Sei doch nicht so hart mit dir selbst!«

»Nein, ich mein's wörtlich. Anatomisch gesehen. Biologisch. Ich hab keins.«

»Oh.« Die Frau schien einen Moment darüber nachzudenken, dann fing sie wieder zu grinsen an. »Aber dennoch bist du traurig. Wieso?«

»Ich bin nich' traurig. Ich bin sauer. Stinksauer. So sauer. *So verdammt* sauer!« Fionaghs Finger schlossen sich um eines der geleerten Gläser und drückten fest zu. Die Moleküle sangen gequält unter ihrem Griff.

»Was ist passiert?«, fragte die Fremde gespannt. Menschen liebten solche Dinge.

»Bin gefeuert worden.«

Erste Risse zeigten sich im Glas. Die Frau tätschelte nervös Fionaghs zitternden Arm. »Na, na. Kein Grund, hier alles kaputt zu machen, oder?«

Fionagh quetschte das Glas noch ein bisschen fester. Es war sehr wohl ein Grund, alles kaputt zu machen.

»Undankbare Bande«, knurrte sie und widerstand nur schwer der Versuchung, die Trommelfelle sämtlicher Gäste mit einem einzigen markerschütternden Schrei zum Platzen zu bringen. »Koboldministerin. Die einzige Koboldministerin seit dreitausend Jahren, die kein Kobold war! Wie verdammt hart musste ich mir das erkämpfen? Und sie haben mich gefeuert! Totgerackert hab ich mich für die kleinen Scheißer, und plötzlich beschließen sie, dass ich nicht mehr gut genug für sie bin, verdammte Bande von Kleeblattfurzern, verfluchte Goldstücke schmeißende, Regenbögen knutschende …«

»Oh, davon habe ich gelesen!«, unterbrach die Frau sie unangemessen fröhlich. »Du bist von der Ersten Erde!«

»Ja. Verdammte Erste Erde. Verdammte Kobolde.«

»Ich komme auch von der Ersten Erde. Wie schön, mal wieder jemanden von zu Hause zu treffen!«

»Verdammtes Zuhause.«

Das Glas zerbrach, die Frau strahlte. »Ja, verdammt!«, stimmte sie ihr zu. »He, Tintenfisch! Noch mal zwei Drinks …«

Vor Fionaghs Augen setzten sich die Glasscherben wieder zusammen. Sie schluckte schwer. Was sie von Magie zu halten hatte, war ihr noch nie ganz klar gewesen.

»Ich brauch' keinen Aufpasser«, erinnerte sie ihre neue Bekanntschaft hartnäckig. »Ich bin eine Banshee. Ich kann auf mich selbst aufpassen.«

»Ja, eine verdammte Banshee – und ich bin eine verdammte Hexe, und jetzt betrinken wir uns zusammen!« Die Fremde griff nach Fionaghs Hand und drückte sanft zu. Als sie ihren empörten Gesichtsausdruck sah, grinste sie umso breiter. »Kein Grund, so entsetzt zu schauen. Das ist bloß meine Visitenkarte.«

Fionagh starrte ungläubig auf ihre Handfläche, auf der sich in feinen ockerfarbenen Lettern einige hübsch geschwungene Worte abzeichneten.

Manchmal braucht man einfach eine freiberufliche Hexe.

Entzünde in einer dunklen Straßenecke die Federn eines Buchenadlers, eine gemahlene Lapiswurzel und drei fingerhutvoll Schwefelpilz und sprich dabei die Worte »Eile zu mir, o Leuchte der Magie« (eine Gratisstunde extra, wenn du mir eine Videoaufnahme davon schickst). Oder erreiche mich ganz einfach unter folgender Nummer:

00222CALLTHEWITCH

Fionagh rubbelte murrend an ihrer Haut, aber die Schrift blieb bestehen.

»Tja, das geht erst weg, wenn du die Nummer gewählt hast – oder gegen eine kleine Zusatzpauschale«, versicherte ihr die Hexe. »Und bevor du fragst: Ja, das ist legal, zumindest in diesem Teil des Sternensystems.«

Nachdem Fionagh eingesehen hatte, dass weder Nebelwhiskey noch Spucke oder wohlgewählte Flüche die Visitenkarte zum Verschwinden brachten, zuckte sie resigniert mit den Schultern. Zum ersten Mal seit Tagen breitete sich so etwas wie ein Lächeln auf ihrem Gesicht aus. »Ich rufe dich an.«

»Na also!«

Ein feucht glänzender Fangarm stellte zwei sanft vor sich hin schwelende Drinks vor ihnen ab. Ohne zu zögern, griff die Hexe nach einem von Fionaghs halb ausgetrunkenen Gläsern, leerte es in einem Zug und stellte es dann hustend und aus den Nasenlöchern rauchend zu den anderen. »Erst einmal die Reste vernichten, sonst gibt's schlechtes Wetter.«

Fionagh starrte sie an. »Du hast mein Glas leer getrunken.«

»Japp!«

»Nachdem ich schon daraus getrunken hatte.«

»Vollkommen richtig!«

»Du hast aus meinem *Glas* getrunken! Obwohl ich eine *Banshee* bin!«

»Eine *verdammte* Banshee, bitte schön.«

»Bringerin von Krankheit. Freundin der Pest. Botin des Todes!«

»Und Feindin aller Kobolde.«

Fionagh starrte immer noch. »Hast du keine Angst, dich anzustecken? Ich bin eine Banshee.«

»Hattest du schon erwähnt.« Die Frau lächelte strahlend, beugte sich vor und stupste ihr zärtlich mit dem Finger auf die Nase. Das hatte noch nie zuvor irgendjemand getan. »Und ich bin eine Hexe.«

Einen Moment lang saßen sie in Stille da. Dann fand Fionagh auf wundersame Weise die Kraft zu sprechen. »Ich heiße Fionagh Fanshawe.«

»Mirembe Freitag.«

Sie reichten sich die Hand. Der Vampir in der Ecke schmollte.

»Ja. Acht Jahre«, stimmte die Mirembe der Gegenwart zu. Sie waren einander jetzt so nahe, dass Fionagh jede einzelne ihrer Wimpern zählen konnte, und jeden einzelnen Stern, der sich in ihren Augen spiegelte.

»Was ist denn?«, fragte sie.

»Na ja, nur …« Der Himmel war wolkenfrei, doch vor Mirembes Lippen bildete sich feiner silberner Nebel in der Luft. Er stieg mit jedem Wort an und verflog dann wieder. Ihr Atem flüchtete sich in die Nacht. »Mir ist gerade bewusst geworden, dass ich sterben werde.«

Fionaghs Nerven sangen wie ein straff gespannter Draht, den man versehentlich im Dunkeln berührt hatte.

»Nein«, flüsterte sie. »Nein, das wirst du nicht. Das hätte ich gespürt. Du bist nicht in Gefahr, das verspreche ich dir. Es ist ein guter, sicherer Plan.«

Zum ersten Mal wandte Mirembe den Blick von den blinzelnden Lichtern am Himmel ab. Als sie Fionagh anblickte, waren ihre Augen voller Wärme, die selbst die kalte Nachtluft nicht rauben konnte. »Nein, doch nicht jetzt sofort, du kleines wandelndes Besorgnis. Aber irgendwann, verstehst du? Früher oder später. Mir bleiben vielleicht noch ein paar Jahrzehnte, diese Sterne zu betrachten. Morgens aufzustehen. Das Gefühl von Gras unter meinen nackten Füßen zu spüren. Dieses Universum zu bereisen und dir Kaffee zu machen und den frischen Abendwind zu atmen. Aber dann – dann werde ich gehen, und ich weiß nicht wohin. Alles, was ich je geliebt habe, wird ohne mich weiterexistieren, als ob es mich nie gegeben hätte. Und du wirst weiterleben und die Sterne werden weiterstrahlen, Millionen Jahre nach meinem Tod. Bis jetzt konnte ich mich aus jeder Situation herauswinden, die mir Sorgen bereitet hat – aber aus dieser hier gibt es kein Entkommen. Ich werde niemals davor weglaufen können. Ich werde sterben. Wie vor mir und nach mir jeder andere auch.«

Fionagh hatte das schon immer gewusst. Sie hatte nur nie verstanden, dass es Mirembe ebenfalls klar war; dass sie wusste, dass jeder ihrer Atemzüge und jeder ihrer Herzschläge ein weiterer Schritt auf das Ende zu waren.

Plötzlich wollte sie schreien. Der Drang, den Kopf zu den strahlenden Monden zu heben und laut und durchdringend zu klagen, stieg in ihrer Kehle auf wie Galle. Sie wollte gemeinsam mit Mirembe unter den Sternen stehen, die es nicht kümmerte, dass diese schwarzen Augen sie eines Tages nicht mehr betrachten würden, und bis zum Morgengrauen mit ihr weinen. Weil sie eine Banshee war und Mirembe liebte, wollte sie ihr Schicksal betrauern. Und weil sie Mirembe liebte und eine Banshee war, wusste sie es besser.

»Es gibt so viele ungelebte Augenblicke.« Wieder spiegelte sich Mirembes Atem in kleinen Wölkchen in der Luft. »So viele. Und ich sollte nicht traurig sein, weil ich besser weiß als die meisten, dass wir Menschen sterben müssen. Aber ich will nicht, Fionagh. Ich will noch so viel sehen. Ich will meine Zeit nicht mit nebensächlichen Dingen vergeuden, weil mir so verschwindend wenig davon bleibt. Ich will für immer leben, aber das kann ich nicht. Ich werde sterben.«

Und erneut blieb Fionagh nichts anderes übrig, als zu nicken und ein kleines, hilfloses »Ja« zu flüstern. Aber dieses Mal legte sie den Arm eng um Mirembes Schultern und drückte sie an sich, und fest umschlungen verweilten sie gemeinsam unter dem Nachthimmel und blickten in die Weite.

»Ja«, wiederholte sie erneut. »So wird es sein. Aber heute noch nicht. Heute lebst du.«

Ferne Sonnen zwinkerten gleichgültig auf sie hinab. Sie hielten sich in tiefer Stille aneinander fest, bis Carls ungeduldiger Ruf die umherwirbelnden Staubflocken durchschnitt.

»Hey! Kommt ihr jetzt endlich, oder müsst ihr euch'n Zimmer nehmen?«

Fionagh und Mirembe tauschten einen Blick, wie ihn nur ein ungehobelter Rüpel auslösen konnte, der einen bedeutungsvollen Moment zerstörte. Dann lösten sie sich voneinander und eilten den anderen ohne ein weiteres überflüssiges Wort nach. Fionagh riskierte einen flüchtigen Blick auf Mirembes Gesicht. Sie wäre nicht ihre gute alte Freundin gewesen, wenn sie nicht schon wieder gelächelt hätte.

Und später wünschte sie sich, sie hätte ihr die ganze Wahrheit gesagt: Dass es keinen Grund gab, sich zu fürchten. Dass sie – vom Tod durchzogen, wie sie war – mit jeder Faser ihres Wesens wusste, dass es keinen Anlass gab zu trauern für jene, die gehen mussten. Dass der Tod das Leben nicht bedeutungslos oder gar ungültig machte. Dass am Ende kein Abschied stand von der Welt, die Mirembe so sehr liebte, sondern ein Wiedersehen. Und dass niemand jemals ging, ohne Spuren zu hinterlassen.

Sie wünschte es sich bereits, während sie durch die von Staubflocken betanzte Nacht hasteten und die Dunkelheit mit ihren Schritten aufwirbelten. Später würde es von großer Bedeutung sein.

Aber vielleicht wussten die Menschen all diese Dinge im Grunde ihres Herzens von ganz alleine.

Und vielleicht verstanden die Menschen auch, dass es möglicherweise gütiger war, wenn man einen herannahenden Todeszeitpunkt erahnte und sich trotzdem dafür entschied, nichts davon zu sagen.

Geist

Es war ein guter Plan – ganz egal, was die anderen sagten. Tatsächlich konnte Geist sich nicht daran erinnern, je einen besseren gehabt zu haben. (Die Tatsache, dass sie es für eine ausgezeichnete Idee gehalten hatte, auf ein Raumschiff voll bewaffneter Piraten zu stürmen, war hier nicht weiter von Bedeutung.)

Sie hatte noch nie nachvollziehen können, was all das Getue um das Überleben Einzelner bedeuten sollte. Die Existenz war in jedem Fall eine vergängliche Sache – eine Gerade mit einem Anfang und einem Ende, die unweigerlich irgendwo einen Schlusspunkt haben musste. Wo war der Spaß dabei, wenn es auf ewig weiterging? Na also. Man konnte ruhig einmal etwas riskieren.

Staubflocken füllten die Luft wie grauer Schnee, der im Wind tanzte, und verschluckten jedes Geräusch. Irgendwo weit draußen in der Wüste – und dennoch gar nicht so weit entfernt – gab es riesige Staubstürme, die sich seit Ewigkeiten um sich selbst drehten und alles verschlangen, was dumm genug war, sich in ihre Nähe zu wagen. Geist hatte sie sich aus mehr oder weniger sicherer Entfernung angesehen und ihren Sog auf der Haut gespürt. Sie waren wunderbar. Ihr Rauschen klang wie gewaltige Turbinen, die von purer Vernichtung angetrieben wurden.

Durch die wild rasenden Flocken hindurch hinkte ihnen die Mannschaft des *Tatsächlich Fliegenden Holländers* entgegen. Sie sahen reichlich angeschlagen aus. Wären sie nicht solche Jammerlappen gewesen, hätte sich Geist unter anderen Umständen eventuell dazu herablassen können, zumindest den theoretischen Gedanken in Betracht zu ziehen, dass sie in einem anderen Leben und einem anderen Paralleluniversum womöglich mit ihnen Mitleid hätte haben können. Aber so, wie die Dinge standen, gönnte sie ihnen die Beulen, Schrammen, Knochenbrüche und offenen Kopfverletzungen aus vollstem Herzen.

»Carl«, knurrte Redbeard, als er von seinem anzugtragenden Walross gestützt zum Stehen kam. Staub verfing sich in seinem sturmgepeitschten Haar. »Du schuldest mir ein Schiff.«

»Ah, ich sehe, du hast die Einladung angenommen«, strahlte Carl ihn ungerührt an. Es galt nun, hohle Reden zu schwingen und leere Drohungen unterhalb der Gürtellinie durch die Gegend zu schleudern. In solchen Fällen ließ man Menschen besser machen.

»Dein Sender war plötzlich reaktiviert«, nickte der Pirat. Er rollte seine Rs mit besonders genüsslicher Genugtuung. »Einladung genug. Womit haben wir diese Ehre verdient? Wolltet ihr uns herlocken, damit wir euch höchstpersönlich die Kehle aufschlitzen können, wie ihr es verdient hättet? Ah, ah, ah«, winkte er mahnend ab, als mehrere seiner Piraten bedrohlich mit den Säbeln rasselten. »Hören wir uns doch erst einmal an, was unsere verehrten Erzfeinde zu ihrer Verteidigung zu sagen haben.«

Carl lächelte und spuckte eine Staubflocke aus. »Ich sage: Corax ist auf diesem Planeten.« Allgemeines Stimmengewirr, das der Rotbärtige mit wildem Gefuchtel zu unterdrücken versuchte. Dennoch stand ihm die Gier hell funkelnd ins Gesicht geschrieben. »Ich sage: Der Begriff ‚vogelfrei' hat noch nie besser gepasst. Du erinnerst dich an unsere Wette, Bärtchen?«, fuhr Carl ein wenig lauter fort. »Wer den Raben zuerst erwischt – nicht wahr? Weißt du, du hast mich auf eine Idee gebracht. Du willst Corax für deine eigenen Zwecke nutzen, ihn dir zu eigen machen, oder? Tja, es wird dir vielleicht ein wenig schwerfallen, jetzt, wo unser Schoßdrache eure Allnixe gefressen hat. Kein Grund, gleich wieder rumzubrüllen, lass mich erklären. Corax denkt, er sei unser Freund. Er denkt, wir wollen ihn *beschützen.* Sein Herz ist so herrlich weich – ein bisschen Süßholzgeraspel, ein paar leere Entschuldigungen, ein Paar Handschuhe, und schon zappelt er am Haken. Er denkt, wir hätten einen Plan – dass wir euch von seinem Tod überzeugen wollten, damit er nicht mehr gejagt wird. Ist es nicht erstaunlich, wie viel Dummheit im Universum herrscht?« Er ließ ein Lachen hören, bei dem selbst Geist erschauderte. »Ich sage, es wird Zeit für eine letzte Rabenjagd. Er ist geschwächt – er kann nicht verschwinden, kann sich nirgendwo verstecken. Und wieso auch? Er denkt schließlich, es sei alles nur ein großes Spiel. Wieso machen wir nicht eine Schatzsuche daraus? Wer ihn zuerst erwischt und tötet, hat gewonnen und darf das Kopfgeld kassieren. Was sagst du?«

Der Pirat knurrte und lauerte, aber Geist roch die Lust am Wetten in seinen Gedanken wie eine klaffende, rostige Wunde. »Was ist dein Einsatz?«, fragte er schließlich. Er lutschte an den Wörtern wie an fauligen Zahnstumpen.

»Ich besorge dir ein neues Schiff, wenn du gewinnst.« Carl entsicherte mit einem Klicken den Blaster. »Ich trete freiwillig deiner Mannschaft bei und helfe dir für den Rest meines Lebens, neue Rekruten anzuwerben. Falls ich gewinnen sollte, will ich im Gegenzug dein Wort, dass du dich in Zukunft aus meinen Geschäften raushältst. Du hast ja gesehen, was passiert, wenn du dich einmischst.«

Die Piraten konnten nun kaum mehr an sich halten. Eine Chance, den Raben zu erwischen und ihm die Federn über die Ohren zu ziehen! Eine Chance auf ein neues Schiff und darauf, ihren verbittertsten Feinden eins auszuwischen! Ihre Muskeln waren gespannt wie knotige Taue, ihre Hände zitterten vor lauter Vorfreude, die Waffen zu zücken und sinnlos damit herumzufuchteln. Nur Redbeard schien noch zu sehr vom Misstrauen zerfressen, um einzuwilligen.

»Der Rabe wird mitspielen«, grinste Carl. »Er denkt, es ist alles Teil unseres Plans. Was sagst du?«

Geist erkannte das Glitzern im Auge des Kapitäns. Die Habgier hatte gewonnen.

»Ich sage, auf eure Posten, Männer!«, brüllte er gegen den Sturm an. »Schwärmt aus! Findet mir diesen kleinen gefiederten Bastard und bringt mir seinen Kopf! Wir werden reich, Bounties! Und du«, fügte er mit Blick auf Carl hinzu, aus dem die Überheblichkeit troff, »wirst mit dem Raben untergehen.«

»Käpt'n!«, hallte ein körperloser Schrei durch den Tanz der Flocken. »Da drüben ist er schon!«

Die Piraten hasteten der Stimme nach – das Walross schnaubend und grunzend –, dicht gefolgt von Team Rabe,und spähten durch das graue Gewirbel auf einen schlanken Schemen, der leichtfüßig über ein verdorrtes Baumgerippe tänzelte, das auf dem Boden vor sich hin moderte. Und es war tatsächlich Corax. Seine Augen glänzten, seine Lippen waren zu jenem unbeschwerten Lächeln verzogen, das vollkommen aus Albträumen zu bestehen schien. Er hob die Arme, drehte eine elegante Pirouette, einem schattenhaften Balletttänzer gleich – und sprang geschickt über eine funkensprühende Detonation hinweg.

»Ihr Idioten! Das ist ein Hologramm!«, schrie Redbeard, als seine Mannschaft grölend und jubelnd dem rasch davonstürzenden Schatten nachstürmte. Im endlosen Reigen des Staubs flimmerte er kaum merklich, wie die Hitze über einer Straße. »Das ist eine Falle! Beim klobigen Klabautermann!«, fluchte er ungehalten und humpelte der tobenden Piratenmeute hinterher. Carl schien den Spaß seines Lebens zu haben – mit gezücktem Blaster hastete er seinem Erzfeind hinterher, die Waffe unentwegt auf Corax angelegt.

In der folgenden halben Stunde verschwamm die Welt zu einem einzigen dunklen Schemen. Geist konnte Nix' karamellfarbene Gedanken neben sich spüren, und irgendwo in der Nähe musste sich auch Fionagh befinden – aber die Wüste war voller Gedankenfetzen, die sie nicht klar einordnen konnte. Sie stolperten mehr, als dass sie rannten, blieben mit den Füßen in Furchen und vom Staub geschliffenen Bodenvertiefungen hängen, verfingen sich in fuchtelndem Dornengestrüpp. Ab und zu knallte in der allgemeinen Verwirrung ein Schuss, leuchtete eine Detonation auf, gellte ein Schrei. Abgesehen davon blieb alles still und grau.

»Ich habe ein schlechtes Gefühl!«, schrie die Stimme der Banshee ihr nach einer kleinen Endlosigkeit ins Ohr, als der Rabe sie hüpfend und grinsend auf eine gewaltige Felsschlucht zuführte. »Wo ist Mirembe?«

»Weiß ich nicht, und lass mich mit deinen schlechten Gefühlen in Ruhe! Bis jetzt ist noch keiner von uns gestorben, wenn du einen deiner Todestage hattest!«

»Aber dieses Mal«, brüllte Fionagh zurück, »ist es anders!«

»Da drüben!« Das war unverkennbar Redbeards Stimme. Niemand sonst konnte mit einem simplen gerollten R zum Tanz aufspielen. »Das ist er! Das ist der echte – der da versucht, sich heimlich aus dem Staub zu machen! Auf ihn!«

Wohl eher in den Staub, dachte Geist bei sich. Corax war klug. Gebückt schlich er sich zwischen Felsbrocken und vertrockneten Bäumen hindurch, schmiegte sich an den kargen Erdboden an und hielt hartnäckig auf den gewaltigen Staubwirbel in der Ferne zu. Dort, wo sich die grauen Flocken ballten. Dort, wo es kein Durchkommen mehr gab und niemand ihn finden würde. Dort, wo keiner nach ihm suchen würde, während die Meute hartnäckig seinem falschen Ich nachjagte, das so fröhlich durch die Wüste hüpfte.

Geist setzte ihm nach. Die Piraten ertappten sie und folgten ihrem Beispiel.

»Ja!«, schwebten Redbeards Schreie durch die silbergefüllte Luft. »So endet es! Du warst schon immer überzeugt von deiner eigenen Großartigkeit, Carl, aber hier wären wir! Dein Plan ist durchschaut!«

Carl hastete mit hoch erhobenem Blaster an den Bounties vorbei, die Anstrengung ins Gesicht geschrieben.

Die folgenden Minuten waren die längsten in Geists unendlichem, kurzem Leben. Corax warf gehetzte Blicke über die in neue Seide gekleidete Schulter, Schmerz und Verrat in den leeren Augen, die vor Kurzem noch so vertrauensvoll gestrahlt hatten. Er fiel, überschlug sich, wurde von einer Harpune gestreift und von einem Dolch in die Wade getroffen. Schüsse durchschnitten den Staub, ein Hagel aus Waffen und Energiestößen ging auf ihn nieder, ziellos geschleudert und aus allen Richtungen aufs Geratewohl abgefeuert. Der Staub verschluckte seine Schreie, und mit der Zielsicherheit eines zu Tode Gehetzten hielt er geradewegs auf den riesenhaften Tornado zu, der den Horizont verschlang.

Und immer noch folgten sie ihm. Dieses Mal gab es kein Entkommen – nicht, wenn die eigenen Freunde einen jagten. Und gewiss kam einem eine Flucht in solch einem Fall sinnlos vor – wenn es nichts mehr gab, woran man sich klammern konnte.

Der Sturm rückte näher, unaufhaltsam wie der Tod. Schließlich, als ihnen der Staub in den Lungen stecken blieb und ihre Leiber vom

Wind gepeitscht wurden, zögerten die ersten Piraten und blieben zurück, ungeachtet der zornig gebellten Kommandos. Andere schlossen sich ihnen an. Der Sog wurde zu mächtig, drohte, sie allesamt in den pechschwarzen Mahlstrudel zu zerren, der unaufhaltsam auf sie zuhielt. Und irgendwann blieb sogar Geist stehen und blickte Carls rasch verschwindendem Schemen nach, der es als Einziger noch wagte, dem Raben in die Tiefen der Wüste zu folgen.

So geschieht es also, dachte sie bei sich. *Die Welt endet, und wir können ihr nicht einmal dabei zusehen.*

Es kam ganz so, wie sie es alle von Anfang an geahnt hatten. Ganz zum Schluss gab es nur noch Carl und Corax, verschwommene, dunkle Umrisse vor dem tobenden Chaos. Ganz zum Schluss hob der Cowboy den Blaster und warf dem Raben einen langen Blick des Abschieds zu. Es war der Moment, auf den er jahrelang gewartet hatte, und er würde ihn sich nicht von so etwas Nutzlosem wie Gnade verderben lassen.

Corax senkte resigniert den Kopf und wartete auf das Unvermeidliche.

Und Carl feuerte.

Das Tosen des Sturms verschluckte den Knall, aber es war ein Schuss, der die Welt unterteilte in Dann und Jetzt. Dann war Corax noch am Leben gewesen – die letzte große Legende der Kopfgeldjagd. Jetzt war er es nicht mehr.

Der Schuss traf den Raben mitten ins Herz. Geist wünschte sich später, sie könnte sagen, dass ihr geschlagener, verratener Freund für einen Moment gespenstisch in der Luft gehangen hätte, vom Einschlag des Energiestoßes von den Füßen gerissen, ein wunderschönes letztes Mahnmal an die Sinnlosigkeit unerbittlicher Feindschaft. Aber in Wirklichkeit riss ihn der Wirbel sofort in seine Tiefen wie eine leblose Hülle und zermalmte ihn in seiner erstickenden Umarmung. Der erste Flug des Raben war auch sein letzter.

Es war kein schöner Tod. Wie immer hatte die Realität den Moment verdorben.

Carl jedoch war zufrieden. Er lachte triumphierend, als er auf sie zugestapft kam – selbst dann, als der Wind ihn dem Hut vom Kopf fegte und ihn davontrug, hoch in die Weite des Himmels hinauf. Für einen Moment kam er Geist wieder vor wie der Jäger, dem sie vor einem ganzen Leben begegnet war, jung und ungestüm in seiner Freude. Wiedergeboren durch seinen vollkommenen Sieg.

»Dein Wort?«, lächelte er, als er den Blaster zur Seite warf und Redbeard eine grau verschmierte Hand hinhielt. »Du wirst von heute an deinen gigantischen Zinken aus meiner Jagd raushalten?«

»Jaja.« Der Kapitän hätte bitter klingen sollen, aber stattdessen war auch auf seinen Lippen ein Grinsen zu sehen. Es schmeckte nach widerwilliger Bewunderung. »Das war sogar für deine Verhältnisse ein guter Auftritt, du alter Hund. Das muss ich neidvoll zugeben!«

Sie schlugen ein. Aber Geist sah schon nicht mehr zu.

Eine Stille hatte sich unbemerkt unter das Tosen des Sturms geschlichen – ein Schweigen, das wie ein heimliches Schluchzen klang.

Wenige Schritte entfernt, inmitten des Flockenwirbels, stand Fionagh, hoch aufgerichtet, und klagte lautlos. Zu ihren Füßen kauerte Jamie, das Gesicht eine schmerzverzerrte Grimasse. In ihrem Schoß hielt sie Alesanders Kopf geborgen. Er starrte mit verdutzt aufgerissenen Augen in die sonnenlose Weite. Der Grund für seine Verblüffung war das rot blühende Loch, das in seiner Brust klaffte wie eine feurige Blume. Seine Gedanken waren still und leer.

Er war tot.

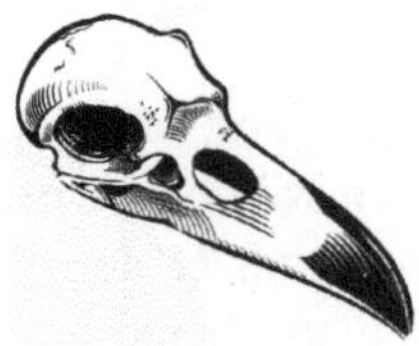

2

Jamie

Hier wird ein neuer Gauner geboren, die Blumen singen ein Wiegenlied und eine Vampirin verabschiedet sich.

In ihren kalten, windumtosten Schlössern, umgeben von Nebel und schroffen Bergzinnen, hatte Jamies Clan vor vielen Jahrtausenden die erste und wichtigste Regel aufgestellt: Binde dein Herz niemals an einen Sterblichen.

Man wuchs mit diesen Worten auf. Man sagte sie leise vor sich hin, wenn man einem Kurzlebigen auf der Straße begegnete und das zerbrechliche Klopfen seines Blutes vernahm. Und man kicherte darüber, wenn man sich tuschelnd über die merkwürdigen Denkweisen der Älteren unterhielt. Wer wäre schließlich so dumm, sich an eine Eintagsfliege zu binden? Wer würde die Lebensspanne eines Regenwurms betrauern? Wer, der noch bei rechtem Verstand war, würde auch nur ein einziges Wort mit einem Herzträger wechseln?

Nun verstand Jamie die Regel.

Es war befremdlich, wie leer die Welt auf einmal war. Irgendetwas schien der graue Staub verschluckt und ihre Brust an seiner statt mit einem gläsernen Gefühl gefüllt zu haben, das sie nicht einmal Trauer nennen konnte. Wenn die anderen versuchten, sie aufzumuntern, saß sie wortlos da und gab sich der Weite hin, die Alesanders Fehlen im Universum hinterlassen hatte.

War es nicht seltsam? Er war ein kleiner Mann gewesen – so unbedeutend und flüchtig –, aber das Loch, das er zurückließ, war weitaus größer als er selbst.

Ihr einziger, bitterer Trost blieb, dass er kein Mensch gewesen war. Ihnen war mehr als ein Jahrhundert gemeinsam vergönnt gewesen – in kaum tausend Jahren würde sie wohl auf ihr törichtes Verhalten zurückblicken und den Kopf schütteln ob ihrer Jugendsünden. Aber selbst dann würde der Gedanke an Alesander noch schmerzen.

Sie spürte ihn neben sich, in manchen Momenten. Konnte seine Wärme auf ihrer Haut wahrnehmen und den sanften Geruch nach gemähtem Gras, der ihn überallhin begleitete. Sie sah seinen Hemdsaum vor sich, immer zerknautscht und eingerollt, weil er die Angewohnheit besaß, daran herumzuknibbeln, wenn er aufgeregt war. Und Alesander war eigentlich immer aufgeregt gewesen. Auch das war etwas, das sie sich angewöhnen musste: die neue Zeitform, in der sie ihn zu betrachten hatte. Er war jetzt ein Geschöpf der Vergangenheit.

Aber sie hörte immer noch seinen Atem. Aber sie spürte noch immer die Röte seiner Wangen unter ihren Fingerspitzen. Sah das abgewetzte Lederarmband an seinem linken Handgelenk vor sich, über fünf Jahrzehnte lang getragen. Die kleine Narbe an seinem Ohrläppchen. Wenn sie still dasaß und sich an ihn erinnerte, war es fast, als ob er immer noch neben ihr säße.

Manchmal gesellte sich Corax zu ihr und teilte die Stille in kleine Stücke, die leichter zu ertragen waren. Er, freilich, war noch am Leben. Im Gegensatz zu Alesander hatte er die Jagd überstanden. Der Plan war ein voller Erfolg gewesen: Die Bounties waren geschlagen und sie selbst hatten ein ordentliches Kopfgeld für seinen angeblichen Tod abgesahnt. Mehr als genug, um für den Rest ihres Lebens komfortabel damit auskommen zu können.

Es war das beste Hologramm aller Zeiten gewesen. Das Hinken, die gequälten Blicke, die aufgesetzte Leidensmiene, während sich der echte Rabe siegessicher grinsend in der Schlucht verzogen und das Sterben seinem Doppelgänger aus Licht überlassen hatte. Jeder einzige Projektor war sorgfältig in der Ödnis der Wüste versteckt, jede letzte Bewegung bis zur Perfektion hin einstudiert worden. Es war kein Wunder, dass die Bounties vor der mit Corax' Tod betreuten Untersuchungskommission liebend gern geschworen hatten, dass der Rabe endgültig besiegt war. Sein Ende selbst hatte Jamie wohl verpasst, doch sie hatte gehört, dass es sehr überzeugend gewesen sein sollte. Sie war ein wenig abgelenkt gewesen.

Carl setzte sich zu ihr. Ein Gecko fiel zwitschernd aus den Ästen des Baumes über ihren Köpfen, prallte von seinem nagelneuen Hut ab und watschelte empört pfeifend davon. In Jamies Abwesenheit hatten die Echsen das Haus in Scharen bevölkert, grüne Schlingpflanzen hatten die Tür aus den Angeln gehoben und in der Küche wimmelte es vor Juwellibellen.

»Willkommen in meinem hochzivilisierten Zuhause«, bemerkte sie trocken.

»Die einen halten sich Biber, die anderen Schuppenviecher. Mir gefällt's.« Carl nickte zu dem Laptop hinüber, den sie auf dem Schoß trug. »Was machst du da?«

Jamie erlaubte sich ein grimmiges Grinsen, in dem keine Fröhlichkeit steckte. Es fühlte sich nicht wie eine glückliche Geste an; mehr so, als bräche ihre Seele an den Rändern auf.

»Sagen wir mal so«, seufzte sie. »Es gibt einen neuen Verbrecher in der Datenbank der International Gejagten. Einen, von dem man sich erzählt, noch schrecklicher, blutrünstiger und kostbarer zu sein als der Rabe. Seine Ergreifung würde einen wohl zu der wohlhabendsten Person der nördlichen Galaxis machen.«

Carl hob eine Augenbraue. »A?«, machte er. »Interessant. Wieso habe ich noch nie von ihm gehört?«

»Weil er erst seit achtunddreißig Sekunden existiert«, erwiderte Jamie mit einem Blick auf die Uhrzeit. »Die Bounties werden sich auf die Jagd nach ihm machen, glaubst du nicht?«

»Ja«, stimmte Carl gedehnt zu. »Denke schon.« Er hatte wohl begriffen.

»Nun, und ich werde mich auf die Jagd nach den Bounties machen. Wie hast du dich doch gleich ausgedrückt? Eine letzte kleine Schatzsuche. Ich werde denjenigen finden, der auf ihn geschossen hat, und ich werde ihm das Leben zur Hölle machen. Ich werde sie auf eine Jagd schicken, die mit ihrem Untergang endet.«

Carl besaß den Anstand, nur kurz zu zögern. »Natürlich weißt du, dass es ein Unfall war. Niemand hat absichtlich auf ihn gezielt.«

Jamie sah auf. Ihre Augen blickten sanft, wie sie es immer taten, wenn sie mit einem Kurzlebigen sprach, der einfach nicht verstehen wollte. Der einfach nicht verstehen *konnte.* Denn wie sollte er auch? Er wusste nichts von der Unsterblichkeit, und wie es sich anfühlte, sie ganz allein zu verbringen. »Wie gesagt. Ich werde denjenigen finden, der auf ihn geschossen hat.«

Es war einer dieser Tage, an dem sie das sichere Gefühl hatte, dass Carl sich bei ihr hätte entschuldigen sollen. Natürlich war sie sich darüber im Klaren, dass es nicht fair war. Selbstverständlich wusste sie, dass er niemals beabsichtigt hatte, dass Alesander sein Leben ließ. Aber dennoch – wäre der Cowboy nicht gewesen, dann wäre sie jetzt nicht so einsam.

Aber es kam keine Entschuldigung. Stattdessen herrschte gedankenverlorene Stille, untermalt vom Frühlingsgezirpe der Insekten. Nach einer Weile seufzte Carl tief und stand auf.

»Kommst du? Es wird Zeit.«

Jamie klappte den Laptop zu und schlang behutsam ihre Arme darum wie um ein geliebtes, verlorenes Wesen. »Ja. Ich komme schon.«

Alesander hatte es immer gemocht, inmitten des blühenden Wiesentraumkrauts und der strahlenden Milchseifenblüten zu liegen und in den Himmel zu blicken. Es gab keine bessere Ruhestätte für ihn.

»Er liebte dieses Haus«, erinnerte sich Jamie mit belegter Stimme. Sie war stolz darauf, dass sie vor Schwäche nicht vor den Augen der anderen zusammenbrach. »Er hat sich von ihm verabschiedet, als wir gingen. Er sollte hierbleiben, wo er hingehört.«

Der Rabe berührte sie sanft am Handgelenk, eine Berührung, in der das Wissen um allumfassende Verlassenheit mitschwang.

Wirst du auch hierbleiben?, fragte er.

Jamie wusste, was ihn umtrieb. Die Vorstellung, ein Zuhause zu haben, schien ihn mit einer Faszination zu erfüllen, die ihr fremd war. Doch sie schüttelte lediglich den Kopf, den Blick fest auf den frisch aufgeworfenen Erdhügel gerichtet, der zwischen den strahlenden Blumen aufragte. »Nein. Ich habe etwas zu tun.«

Sie hätte Corax hassen sollen, das war ihr durchaus bewusst. Wäre er nicht gewesen – hätten sie sich nicht dazu entschlossen, seinen Tod vorzutäuschen, um ihm ein Leben in Freiheit zu ermöglichen –, wäre Alesander jetzt noch …

… aber Gedanken einer solchen Natur waren nutzlos. Was zählte, war lediglich das Jetzt. Man durfte sich nicht verlieren in den unzähligen Möglichkeiten nie geschehener Universen.

Im Hier und Jetzt schien die Sonne. Die Geckos sangen. Libellen und Schmetterlinge jagten einander über die Wiese und zwischen den schlanken silbernen Baumstämmen hindurch. Es passte nicht zu dem, was vor einigen Stunden geschehen war.

»Vor langer Zeit, als der Regen noch nicht giftig war«, murmelte Fionagh Jamie ins Ohr, als sie an ihre Seite trat, »glaubten die Menschen auf der Ersten Erde, dass es zu jeder Beerdigung regnen sollte. Die Sonne schien zu hoffnungsvoll für derlei Anlässe. Es ist gut, dass wir eine Hexe haben – sie lässt es für uns regnen.«

Sie deutete auf Mirembe, die an Alesanders Grab saß und die Blumen darauf wachsen ließ. Tränen tropften von ihrem Kinn. Jamie spürte, wie bei dem Anblick eine leise Hoffnung in ihr zu keimen begann – der Gedanke, dass es eines Tages möglich sein würde, zu heilen. Vielleicht, weil Mirembe eine Hexe war, und Hexen für diejenigen weinten, die selbst keine Trauer besaßen. Es musste eine Erleichterung sein, weinen zu können; seine Verzweiflung in winzigen salzigen Portionen an die Welt abzugeben. Aber Jamie war eine Vampirin, und in ihr war nichts, das hätte weinen können. Die Traurigkeit würde in ihr bleiben, bis sie ein Teil von ihr war.

Sie beneidete auch die anderen, die sich in stummer Eintracht um den Grabhügel versammelt hatten. Sie selbst war sich sicher, dass sie keinen einzigen Schritt darauf hätte zutreten können, ohne sofort in all ihre Einzelteile zu zerfallen.

»Als er gestorben ist, habe ich es gehört«, erzählte sie Fionagh mit sachlicher Stimme. Sie war die Einzige, die noch neben ihr stand. Banshees kannten sich mit Kummer aus. »Ich habe gehört, wie sein Herz aufhörte zu schlagen. Es war, wie wenn man eine Blume pflückt. Ein kurzer Moment des Widerstands, ein leises, spürbares Reißen, und dann nichts mehr. Erstaunlich, wie zerbrechlich die Millionen von Momente sind, die ein Leben ausmachen. Es braucht nur einen einzigen, um sie alle zu beenden.«

Und nun wünschte sie sich wirklich die Tränen herbei, aber es blieb ihr nichts anderes übrig, als die Hexe zu beneiden – und den Himmel darum, dass er regnen konnte.

»Was glaubst du, wo er jetzt ist?«, fragte Fionagh leise. Jamie blickte sie an, ehrlich erstaunt.

»Wo soll er denn sein?«. Sie hob verwundert die Augenbraue. »Er hat in diesem Universum gelebt – weshalb also sollte er es verlassen haben? Das Weltall ist groß genug für uns alle, auch für diejenigen unter uns, die ihre Körper zurückgelassen haben.«

Fionagh lächelte. »So habe ich das noch nie betrachtet.«

Aber obgleich Jamie wusste, dass die Worte der Wahrheit entsprachen, fühlten sie sich in diesem Moment leer und sinnlos an. Alesander war in einer Art und Weise bei ihr, die sein Fehlen nur noch schmerzhafter machte.

Irgendwann hielt sie den Sonnenschein nicht länger aus. Sie drehte sich um und ging ins Haus, wo die Juwellibellen auf sie warteten.

Kaum eine Woche später wurde Corax' Akte geschlossen. Zwar gab es keinen Leichnam, der begutachtet werden konnte, dafür aber eine Handvoll blutiger Federn und die Berichte Dutzender Augenzeugen – und die Tatsache, dass der Rabe seither nicht mehr gesichtet worden war. Es würde wohl schwerfallen, ihn irgendwann in naher Zukunft noch einmal in der Öffentlichkeit zu entdecken, denn er hatte sich seit seinem Tod sorgfältig in der Basis versteckt. Chapo hatte ihm sogar beigebracht, wie man Suppe kochte und den Hundsrosen im Garten kleine Maulkörbe anlegte, um gefahrlos ihren Nektar ernten zu können. Es schien ihm gut zu gehen – auch wenn er des Öfteren sehnsüchtig aus dem Fenster starrte und sich stundenlang nicht vom Fleck rührte, tief in Gedanken versunken.

An dem Tag, an dem Jamie in die Basis kam, um sich zu verabschieden, traf sie ein merkwürdiges Gefühl wie ein schwerer Eisenhammer vor die Stirn. Es war die plötzliche Gewissheit, dass nichts vergebens gewesen war. Vielleicht war das Abenteuer all das Leid wert gewesen – nur für den Anblick ihrer Freunde, die gemeinsam um den Tisch saßen, Agrazientee tranken und über Luo lachten, der sich einen heldenhaften Zweikampf mit dem Popel lieferte. Nur für diesen einen Moment des Glücks. Wer wusste das schon. Möglicherweise war die Welt besser, wenn alte Feindschaften begraben wurden.

»Ich gehe dann«, verkündete sie. Die Tasche mit der Jagdausrüstung wog schwer auf ihrer Schulter. »Ich habe keinen Zweifel, dass wir uns eines Tages wiedersehen werden.«

Es folgten eine Menge Umarmungen, die sich in ihrem Herzen festfraßen und sie in die Leere begleiten würden, und das obligatorische Versprechen, in Kontakt zu bleiben. In jeder anderen Situation, an jedem anderen Tag, hätte es wie eine Lüge geklungen – aber wenn man einmal gemeinsam um Leben und Tod gekämpft hatte, blieb wohl gar keine andere Wahl. Man würde immer ein gemeinsames Leben teilen.

Als Letztes umarmte sie Carl. Jamie erlaubte sich, ihm so hart auf die Schulter zu klopfen, dass er keuchend in die Knie ging und aufgebracht fluchte. Als er wieder auftauchte, schenkte er ihr sein patentiertes Grinsen, bei dem der Goldzahn im schummrigen Licht glitzerte.

»Hulla die Köpferin war auf dem *Tatsächlich Fliegenden Holländer*, als die Allnixe verputzt wurde. Nur ein weiterer Beweis, dass es selbst den Besten unter uns passieren kann, unter einer gemeinen Hirnmanipulation zu leiden, wie ich anmerken darf. Heute Morgen habe ich eine Nachricht von ihr erhalten. Sie wollte wissen, ob sie sich uns anschließen darf.«

Jamie ließ den Blick über die verzettelte Gruppe schweifen, die in keinster Weise mehr derjenigen ähnelte, die sie zu Beginn gewesen war. Alesander war fort. Fionagh schlief. Nix und ihre Mutter waren nach Hause zurückgekehrt und Jamie selbst würde sich in einen paar Minuten auf den Weg ins Unbekannte machen. »Was hast du ihr geantwortet?«, wollte sie wissen.

Carl zuckte gleichgültig mit den Schultern. »Ich habe ihr gesagt, dass es uns nicht mehr gibt. Ist wohl besser so, nicht wahr?«

Jamie nickte. Dann, zum ersten Mal seit langer Zeit, lächelte sie. »Das glaube ich auch. Wir waren das furchtbarste Team aller Zeiten.«

»Ach, Jamie? Bevor du gehst.« Geist pflückte Luo den Popel vom Ohr, stand auf und klatschte ihn unsanft an Jamies Ellenbogen. Bis zur Schulter reichte sie wohl nicht. »Hefte den hier doch bitte irgendeinem Idioten an, wenn du auf Piratenjagd gehst. Ich wollte es euch ja die ganze Zeit über sagen, aber ihr habt mich nicht zu Wort kommen lassen. Der Popel ist ein hochaggressiver Parasit, der auf der Suche nach einem geeigneten Wirt ist. Ein Glück, dass er nie seine Eier in eure Blutbahnen gespritzt hat, während ihr mit ihm gespielt habt. Schade eigentlich. Ich wollte so gerne sehen, was in so einem Fall wohl geschehen wäre.«

Es war erstaunlich, dass selbst ein von Kopf bis Fuß schwarz befellter Kater erbleichen konnte. Jamie nickte ihm beruhigend zu, als er Luo vom Tisch pflückte und panisch in seine Arme schloss.

»Keine Sorge«, sagte sie. »Ich weiß ganz genau, wem ich den Popel anhängen werde.«

Das Letzte, was sie sah, als sie sich in die rätselhaften Weiten der Zukunft teleportierte, war das dankbare Lächeln im Gesicht des Raben.

Manchmal brauchte es Schmerz, um eine wichtige Lektion zu lernen. Würde sie zurechtkommen? Aber natürlich – da war sie sich ganz sicher. Von außen betrachtet wirkte jeder Schatten wie das schwärzeste Dunkel der Welt, doch wenn man sich erst einmal in seiner Mitte befand, war es erstaunlich, wie viel man plötzlich sehen konnte.

Hoffnungsschimmer. Lichtblicke. Und den Weg, der einen ans Ziel bringen würde.

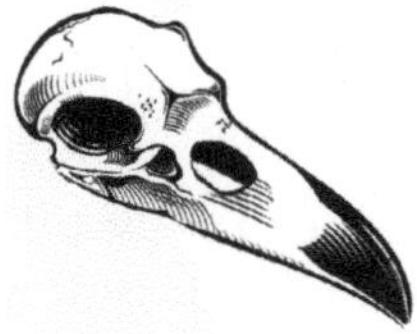

1

Sia

Hier schließt sich eine Pforte.

Im folgenden Monat kehrten sie alle zurück nach Hause, sofern sie denn eines besaßen – wie es sich am Ende eines Abenteuers gehörte.

Vieles hatte sich verändert. Luo war inzwischen viel zu groß geworden, um in den Lederbeutel zu passen, auch wenn er natürlich immer noch sehr, *sehr* klein war. Seine Väter und Mütter hatten ihn kaum wiedererkannt.

Natürlich hatte Sia schwere Schelte erhalten, weil er das Junge einfach so auf seine Reise mitgenommen hatte – aber er hatte Geld mitgebracht, und Geld konnte man immer brauchen, also handelte er sich nur eine geringfügige Tracht Prügel ein.

Und dann beschlossen seine Freunde, sich noch ein letztes Mal zu treffen, bevor sich ihre Pfade endgültig verzweigen würden. Das Leben konnte nicht einfach so weitergehen, ohne dass man sich anständig voneinander verabschiedet hatte. Also quetschte sich Sia einmal noch in die viel zu niedrigen Räume der Basis. Also spielte er noch einmal mit Corax, spannte Nix' Schleuder neu und ließ sich von Chapo beschimpfen, weil er vergaß, sein benutztes Geschirr in die Küche zu tragen.

Es war ein schöner letzter Tag.

»Weißt du, was ich tun werde?«, fragte Nix ihn am Ende freudestrahlend. »Ich habe beschlossen, dass ich nie wieder in die Schule zurückkehre. Mama hat gemeint, vielleicht ist das ja wirklich nicht das Richtige für mich. Sie hat eine Karriere mit Drachen vorgeschlagen, aber ich weiß was viel Besseres: Ich werde Abblitzerin!«

Das kommt mir irgendwie bekannt vor.

Die Gepunktete grinste, dass alle ihre Tupfen vor Glück leuchteten. »Ja, aber ich weiß jetzt, was ein Abblitzer *ist!* So etwas wie ein Bodyguard, verstehst du? Man lernt, auf Kommando kleine Gewitter zu befehligen, um doofen Leuten eins auszuwischen. Ist das nicht das *Coolste,* was du je gehört hast? Ich könnte als Magischer Rausschmeißer in einer Disko arbeiten, oder ängstliche Leute auf ihr erstes Date begleiten, wenn sie jemanden brauchen, der den anderen für sie abblitzen lässt. Das wird der Hammer! Und was machst du?«

Ich? Sia hob amüsiert die Schnurrhaare. *Ich kehre ganz einfach nach Hause zurück. Ich habe eine silberne Löwin kennengelernt, die mit nutzlosen Ohren auf die Welt gekommen ist. Sie versteht mich auch ohne Worte, und so nutzlos sind ihre Ohren gar nicht. Sie sehen sehr hübsch aus.*

»Das passt ja wunderbar zusammen!«, quiekte die Gepunktete fröhlich. »Sie muss ziemlich beeindruckt gewesen sein, als du ihr erzählt hast, dass man dir die Zunge herausgeschnitten hat, oder?«

Ach, das?, fragte Sia überrascht. *Ach ja. Ich vergesse immer, dass du tatsächlich an diese fellsträubende Geschichte glaubst. In Wahrheit war ich schon immer stumm. Aber was soll daran aufregend sein? Nein, meine Zunge habe ich noch, sie spricht nur nicht gerne. Immerhin, um sie herausschneiden zu können, hätte man mich erst einmal besiegen müssen. Und das ist ein absurder Gedanke, kleine Menschin.*

Das Geständnis war es wert gewesen – allein für den erstaunten Ausdruck in den Augen der Getupften. Und als sie sich am Ende des Tages voneinander verabschiedeten, fiel Nix ihm um den Bauch, da sich sein Hals viel zu weit oben befand, und verdrückte ein paar Tränen.

»Leb wohl, Sia Allkind«, flüsterte sie. »Mach's gut.«

Leb wohl, Nix Drachenreiterin.

Ein schöner allerletzter Tag.

Fionagh

Mirembe wollte noch ein paar Tage länger bleiben. Fionagh kannte den Grund: Der Abschied von Carl würde ihr schwerfallen, und zudem verbrachte sie jede freie Sekunde mit Corax, der wohl ihr neuer bester Freund geworden war. Fionagh wäre eifersüchtig gewesen, doch es war offensichtlich, dass die Dinge nicht ewig so weitergehen konnten. Zu Hause wartete die Detektei auf sie – und vieles endete. Wo Geist abgeblieben war, wusste keiner, doch Fionagh vermutete insgeheim, dass sie sich aufgelöst hatte. Seuchenbringer verfügten nur über eine sehr begrenzte Lebensspanne. Es war nicht dasselbe wie der Tod, so ein Verschwinden – tatsächlich hatte sie schon immer das Gefühl gehabt, dass Geist nur zur Hälfte existierte. Vielleicht kümmerte sie sich jetzt anderswo darum, dass Leute sich Schnupfen einfingen, oder legte gar den Grundstein für eine neue und viel gründlicher durchdachte Variante der Würgelpest. Es war kein besonders tröstlicher Gedanke, aber es war ein Anfang.

Zu dritt hatten sie einen Plan geschmiedet, um Corax die Freiheit zu ermöglichen. Seine Ausrüstung war fein säuberlich in einem sündteuren Rucksack verstaut worden, der unter dem Esstisch auf ihn wartete. Wasser, Proviant, Sternkarten, Geld, ein Laptop, Medizin, warme Decken, wasserfeste Kleidung, ein Kompass, Verbandsmaterial, Sauerstoff. Es war ein einsames Leben, das auf ihn wartete, aber auch das war ein Anfang.

»Du könntest der nächste große Entdecker unserer Zeit werden«, hatte Mirembe ihm am Tag zuvor mit strahlenden Augen erklärt. »Es gibt so viele Sterne und Planeten, die darauf hoffen, dass du sie kartografierst. Im unbekannten Teil des Universums wird niemand dein Gesicht kennen. Du wirst ein ganz neues Leben anfangen können – Freunde finden, ohne ständig befürchten zu müssen, dass jeden Moment ein Kopfgeldjäger um die Ecke kommen wird. Weißt du, die meisten haben Angst vor dem Unbekannten, aber du liebst es. Mach dir das zum Vorteil.«

Aber es würde eine Reise sein, die er alleine beschreiten musste, das wussten sie alle. Ein neues Leben. Ohne ihre Hilfe. Es war nicht überraschend, dass er zögerte.

Doch dann, eines Tages, als die Diamanten besonders dicht fielen, war Corax verschwunden. Fionagh kam mit einem Armvoll frisch gepflückte Augenweidenäpfel in die Küche, ihren blumigen Duft süß in der Nase, und fand Mirembe am Esstisch sitzen. Zwischen den Fingern drehte sie ein farbenfroh glimmendes Meteoritenstück hin und her. Der Rucksack war fort.

»Ist er gegangen?«, fragte Fionagh in die Stille hinein.

Die Hexe nickte bedrückt.

»Ja«, sagte sie. »Ohne sich zu verabschieden.«

Fionagh seufzte und setzte sich zu ihr, weil Kummer manchmal Gesellschaft brauchte. »Mach dir nichts daraus. Man kann einen Raben nicht ewig vom Fliegen abhalten.«

Gemeinsam lauschten sie dem Prasseln des Hagels und betrachteten das Stückchen überirdischen Glanzes, das Corax ihnen als Abschiedsgeschenk zurückgelassen hatte. Nach einer Weile legte Mirembe es vorsichtig auf die Tischplatte.

»Kommt dir das nicht furchtbar vertraut vor?«, fragte sie.

»Ja. Ich denke, ich weiß, was es ist.«

Eine Weile lang sprachen sie kein Wort. Dann endlich schob Fionagh mit einem verkniffenen Lächeln den Stuhl zurück und reckte ihre müden Glieder, denen es nach frischer Luft verlangte, nach Verfolgungsjagden auf offener Straße und nächtlichen Beschattungsaktionen.

»Ich glaube, dann gibt es keinen Grund mehr, hier noch länger herumzuhängen, oder?«, fragte sie hoffnungsvoll. Sie vermisste ihr Zuhause.

Und Mirembe stimmte zu.

Es blieb nicht viel zu tun. Es waren nur wenige Dinge zu packen, und Carl half ihnen nach bestem Können dabei, ihre Koffer zu füllen und ihre Schlafplätze zu säubern. Es war eine unausgesprochene Beteuerung, dass er sich in aller Heimlichkeit darauf freute, ein wenig Ruhe und ein kühl perlendes Bier zu genießen, das er mit niemandem teilen musste.

Als es schließlich Zeit wurde zu gehen, und er sich von Mirembe verabschiedete, wandte Fionagh gewissenhaft den Blick ab. Sie wusste, dass sie sich küssen würden. Es war die ganze Zeit über unvermeidbar gewesen.

»Schau mal wieder vorbei«, befahl sie ihm, als die beiden mit ihren Unaussprechlichkeiten fertig waren. Sie zwang sich sogar dazu, Carls Hand fest zwischen beide der ihren zu nehmen, ein letzter Gruß an einen Menschen, der ihr entgegen aller Erwartungen an das nicht vorhandene Herz gewachsen war. »Jamie hat uns auch versprochen, dass sie uns ab und zu besuchen kommt. Unter der Voraussetzung, dass wir Brutus vorübergehend aus dem Haus schicken. Ich glaube, sie hat eine Pferdephobie.«

»Wenn man es genau nimmt, *musst* du uns sogar besuchen kommen«, mischte Mirembe sich ein und nickte hoheitsvoll mit dem Kopf. »Das ist ein Befehl. Irgendjemand muss schließlich aufpassen, dass du nicht wieder vollkommen durchdrehst. Was hast du denn jetzt vor?«

Carl zuckte mit den Schultern und nahm den Hut ab, als die beiden in den Schrankteleporter kletterten. »Ich werde wohl weiterhin irgendwelchen halbgaren Banditen nachjagen. Sonst fange ich noch an, mich zu langweilen.«

»Dann ist es erst recht ein Befehl. Es klingt nach etwas, das dich mit Leichtigkeit wieder verrückt lassen werden könnte. Du schaust gefälligst ab und zu vorbei.«

Der Cowboy grinste. »Abgemacht, Fio.«

Mit einem Knopfdruck schloss sich die Glastür des Teleporters, und im letzten Moment entschloss sich Carl dazu, ihnen noch einmal hinterherzubrüllen. »Wie funktioniert deine Magie denn jetzt eigentlich, Mirembe?«

Die Hexe lachte. »Sie funktioniert, weil ich es will!«

Und damit verschwanden sie.

Fionagh hatte das untrügliche Gefühl, dass Carl mit der Antwort unmöglich zufrieden sein konnte.

Sie kehrten zurück nach Hause. Auf dem Heimweg machten sie einen Abstecher nach Bergesund 20, wo sie einer bis über alle Maßen entzückten Wächterin ihr verlorenes Heiligtum zurückbrachten. Und als sie schließlich in ihrer Heimatstadt Avanis ankamen, ging die große Sonne gerade unter. Und die kleine folgte ihr.

»Weißt du, Fio«, überlegte Mirembe laut, als sie Hand in Hand die schmale Straße zu ihrer lange verlassenen Detektei zurückschlenderten, die Herzen voller Vorfreude und Wehmut zugleich. »Ich dachte, wir könnten uns in Zukunft darauf spezialisieren, den ungerecht Verurteilten unter uns ein wenig auf die Beine zu helfen. Wenn uns die Sache eines gelehrt hat, dann ja wohl, dass die Dinge manchmal gar nicht so einfach sind, wie sie auf den ersten Blick scheinen mögen.«

»Ja.« Fionagh kramte einhändig einen schweren Schlüsselbund aus der Tasche, schloss die knarzende Haustür auf und spähte in den vertraut dämmrigen Flur. »Aber zuerst gibt es da eine gewisse Küchenmaschine, die wir einfangen müssen.«

Der Himmel draußen überzog sich mit jenem lilafarbenen Schleier, welcher der Nacht vorauseilte. Einige der zahmen Sumpflichter, die im Miniaturmoor in der Badewanne hausten, schwebten ihnen freudig flackernd entgegen. Die Vorhänge wisperten. Was auch immer hinter dem leeren Bilderrahmen neben der Tür lebte, begrüßte sie mit einem kehligen Schnurren.

Sie waren zu Hause.

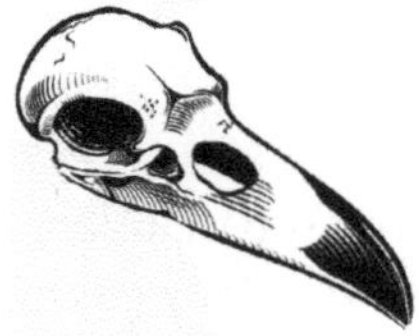

0

Corax

Fernab aller bekannten Sterne sitzt Corax an einer strahlend blauen Küste und macht ein Kreuz auf der Karte, wo sich der neu entdeckte Planet befindet. Es scheint ihm, als würde diese unberührte Welt ganz allein ihm gehören.

Alles ist so viel schöner – jetzt, da das einzige Weiß in seinem Kopf das Leuchten des Mondes ist. Es gibt so viel zu sehen, so unendlich viel, denn das ganze Universum wartet auf ihn.

Schließlich ist er frei.

Rabenfrei.

Vogelfrei.

Hier sind die Dinge, die Corax über sich weiß.

Er kennt seinen Namen – das Einzige, was ihm von den Männern geblieben ist, die den Himmel gefressen haben. Wenigstens eine Sache haben sie gut gemacht. Er mag seinen Namen. *Kkkk-rrraaaxxx.*

Er weiß, dass er vor langer Zeit eine Nummer trug, und dass er jetzt der Einzige ist, der noch übrig ist. Er weiß, dass er existiert, und warum. Inzwischen ist er froh darüber.

Er weiß, dass er alt ist – siebenhundertachtunddreißig Jahre und immer noch keine einzige graue Feder –, und dass er einst Hunderte von Feinden hatte … aber für eine kurze, wolkenschwebende Zeit hatte er Freunde. Und das macht es alles wett.

Es gibt immer noch viele Dinge, die Corax nicht weiß. Er weiß nicht, was jenseits des Sonnenlichts liegt, oder warum der Schnee in manchen Welten warm vom Himmel fällt. Er weiß nicht, was am anderen Ende der weißen Löcher liegt, von denen die Ewigkeit durchzogen ist, oder weshalb die Bachläufe auf manchen Planeten aus flüssigem Kupfer bestehen. Er weiß nicht, wohin er geht oder was ihn erwartet. Aber er weiß jetzt, woher er kommt. Und den Rest wird er alleine herausfinden. Niemand sonst kann es ihm sagen.

Das ist das Schöne am Leben: die vielen kleinen Abenteuer, die noch folgen werden, und die Weite zwischen den Sternen, die nach Freiheit klingt.

ENDE

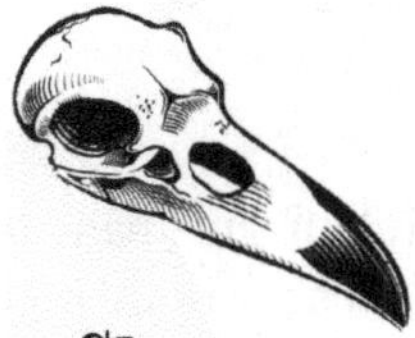

Glossar

Aasgeier, der: Spezielle Art von gefiedertem Zombie.

Andersgeborene, die: Seele, die sich an ein Leben außerhalb ihrer derzeitigen körperlichen Form erinnert. Kann mitunter in belustigend anmutendem Verhalten resultieren, schadet aber niemandem.

Alchemist, der: Aufgrund der großen Gold-Inflation ein aussterbender Berufszweig. Hat es mitunter schwer, eine Mietwohnung zu finden, da er oftmals für Explosionen und lebensgefährliche chemische Unfälle verantwortlich ist.

Allgemeinsprache, die: Wird heutzutage in den meisten Schulen gelehrt und zeichnet sich durch ihre verblüffende Eigenschaft aus, dass niemand sie so richtig sprechen kann. Dies liegt an der Vielzahl von Sprachlauten, die aus allen möglichen Sprachen der Intergalaktischen Vereinigung übernommen wurden, um ein gerechtes, ausgewogenes Verhältnis zwischen den Kulturen zu fördern. Selbstverständlich kann ein Tauhtaner zwar mit äußerstem Sachverständnis die gutturalen Schmatzlaute seiner Muttersprache von sich geben, mit dem Nasenflügelklicken des stolzen Volkes der Baja!?ta dürfte er hingegen seine Probleme haben. Und nicht zuletzt wegen seines eklatanten Mangels an Nasenflügeln.

Amtsschimmel, der: Parasitärer Pilzbefall, von dem vor allem bürokratische Einrichtungen betroffen sind.

Anti-Sphinx, die: Mischwesen, halb Mensch, halb Löwe, wobei die katzenartigen Attribute häufig überwiegen. Die äußerst breit gefächerten Fellfarben reichen über alle Schattierungen von schneeweiß zu teerschwarz, von sandgolden zu ebenholzbraun, von zartorange bis sonnenuntergangsrot. Anti-Sphinxen leben zumeist in traditionellen Wohngemeinschaften aus bis zu zehntausend Individuen; riesenhafte Metropolen, die von selbstversorgender Wirtschaft profitieren und keinerlei Handel mit der Außenwelt treiben. Tatsächlich beschränken sich anti-sphinxische Kontakte zu anderen Lebewesen zumeist auf die Regentschaftsabenteuer, die eine junge Anti-Sphinx in ihrem dreiundfünfzigsten Lebensjahr hinter sich bringen muss, um zum König oder zur Königin gekrönt zu werden. Eine der herausragendsten Eigenschaften anti-sphinxischer Kultur ist die Tatsache, dass jeder einzelne Bewohner der großen Metropolen als adlig gilt; dementsprechend besteht eine solche Gemeinschaft aus Tausenden von Königen und Königinnen und Abertausenden von Prinzen und Prinzessinnen. Es ist eine Machtverteilung, die erstaunlich gut funktioniert. Eine Anti-Sphinx legt größte Sorgfalt auf ihr Äußeres: tägliche Fellpflege, der traditionelle filigrane Silberschmuck, sorgfältige Krallenpolitur und das regelmäßige Einparfümieren mit kostbarem Gewürzpuder ist oberste Pflicht. Die anti-sphinxische Sprache wird verfeinert durch vielfältigen Gebrauch der frei beweglichen Ohren, Lefzen und Schnurrhaare, sowie durch Pupillenerweiterung und Fellbewegung. Aufgrund dieser Kommunikation erscheint ihnen die Körpersprache anderer Wesen zumeist verwirrend und einfallslos.

App-Laus, die: Kleiner Parasit, der sich vorwiegend von Klatschmohn ernährt, für seine Neigung zu enthusiastischen Beifallsbekundungen bekannt ist und auf manchen Planeten als Delikatesse gilt.

Banshee, die: Todesfee der Ersten Erde. Ein bisschen zu sehr von ihrer Haarpflege besessen, widmet sich dieses Geschöpf aus den smaragdgrünen Ecken seiner Welt insbesondere dem Sterben der ihr anvertrauten Familie. Ganz so, wie es auf der Ersten Erde vor langer Zeit Menschenclans gab, leben auch Banshees in großen Familienverbänden, die jeweils ihre eigene Kleiderfarbe und Kreischoktave besitzen (im Fall von Fionagh Fanshawe, ehemalige Koboldministerin und berühmt geworden durch ihren heldenhaften Kampf mit einer fehlerhaften Küchenmaschine mitten auf dem Marktplatz von Avanis, sind es lindgrün und

Gabel-kratzt-unbarmherzig-über-einen-Teller-schrill). In alten Zeiten heulten und jammerten diese Feen vor den Fenstern und durch die Kamine ihrer Menschenfamilien, wenn ein Mitglied auf der Schwelle des Todes stand – da viele Bansheeclans aufgrund der Weltraumfahrerei von ihren Menschen getrennt wurden, kann es mitunter passieren, dass eine Banshee sich überspezialisiert und die Todesschwingungen eines jeden Lebewesens um sie herum wahrzunehmen beginnt. Resultiert des Öfteren in zerschlagenen Kaffeetassen.

Blutzauberer, der: Der Grund, weshalb es Tiere wie Moskitos und Zecken gibt, denn mit ihrer Hilfe zieht sich ein Meisterblutzauberer so viel Lebensenergie, wie für das Wirken seiner Magie erforderlich ist. Somit hat sich seine Gilde den Beinamen *Inbegriff des Bösen* tatsächlich verdient.

Chip, der: Kleines Implantat im denkenden Bereich des Körpers – bei den meisten Menschen beispielsweise das Gehirn –, das für Anrufe, Nachrichten, GPS und Internetsuche benutzt werden kann. Wird heutzutage ein paar Wochen nach dem ersten Geburtstag implantiert und hat viele Vorteile, bis auf den leicht weggetretenen Gesichtsausdruck, der bei Abruf der Nachrichten entsteht.

Drache, der: Unsterbliches Geschöpf von allumfassender Weisheit, das sich niemals in irgendeiner Weise lächerlich verhalten würde und sich bestens mit Rechtschreibung auskennt.

Erste Erde, die: Ursprünglicher Wohnsitz der Menschen. Im Jahre X-10.01 – also nach menschlicher Zeitrechnung im Jahr 3897 – von einem Teil seiner Population verlassen, um das Glück in den Weiten des Weltalls zu suchen. Gilt heute als halb aufgegebener Stützpunkt einer überholten Zivilisation. Trotzdem immer eine Reise wert: Es ist der einzige Planet, auf dem trotz der Verordnung gegen die Nahrungsmittelverschwendung von X+1.5 immer noch Käse mit Löchern hergestellt wird.

Galaxis, die: Eine ganz besonders hell strahlende Ansammlung von Sternen, die in der Mitte des Bekannten Universums sitzt und die

Hauptmetropole der Kultur darstellt. Dort residieren die Reichen, Mächtigen und Zivilisierten. Nirgends sonst gibt es so viel Prunk und Luxus.

Hexe, die: Beruf mit jahrtausendelanger Tradition. Seitdem es Menschen gibt, gibt es auch Hexen. Diese stehen im Verdacht, gar nicht so viel mit warzigen Nasen und blubbernden Kesseln zu tun zu haben, wie man für gewöhnlich annimmt. Tatsächlich scheint ihre Magie in höchstem Maße individuell und um einiges subtiler zu sein und weder Krötenschleim noch Stinkwurz zu benötigen. Wie sie funktioniert? Das musst du eine Hexe fragen.

Intergalactical Security Agency, die: Existiert offiziell gar nicht.

Intergalaktische Vereinigung, die: Bund der Planeten, der sich im Rahmen des Friedensübereinkommens von Jahr X zusammengeschlossen hat, um künftig unter einer Regierung, einer Währung und einem gültigen Rechtssystem zu fungieren. (Das allgemeine Zahlungsmittel, der sogenannte »Intergalacto«, befindet sich mittlerweile auf einem absteigenden Ast.) Aufgrund ihrer Fähigkeit, um den heißen Brei herumzureden, wurde eine erstaunlich hohe Anzahl von Menschen in den Neuen Bundesrat gewählt – daher auch die absonderliche Angewohnheit in manchen Ecken des Bekannten Universums, ihre Jahre nach Menschenart zu messen, obwohl diese ganz und gar nicht den Umlaufbahnen der jeweiligen Planeten um ihre Sonne(n) entsprechen.

Intergalaktischer Zyklus, der: Umgangssprachlich »Mittelwertsjahr«; der Durchschnitt aller errechneten Jahre der Intergalaktischen Vereinigung.

Irrlicht, das: Heutzutage hauptsächlich in Städten gefunden, schwebt es oftmals über geöffneten Gullydeckeln, an der Einmündung dunkler Gassen und vor wichtigen Verkehrsampeln, um so viel Chaos zu verursachen wie nur möglich. Warum Irrlichter das tun, weiß keiner so genau, doch man ist sich im Allgemeinen einig, dass es in erster Linie damit zusammenhängt, dass sie absolute Mistkerle sind.

Jahr X, das: Eine Bezeichnung, die von einem Diplomaten ohne jegliche Fantasie erdacht wurde. Nach Zeitrechnung der Ersten Erde im Jahr 3998, eintausendeinhundertvierunddreißig Jahre vor der Jagd auf den Raben im Jahr X+11.34. Gründungszeitpunkt der Intergalaktischen Vereinigung, um den drohenden Beginn des Vierten Allkriegs zu verhindern. Voller Optimismus als Beginn eines utopischen neuen Zeitalters betrachtet.

Kabelnein, der: Technikabweisender Fisch.

Kampfgemüse, das: Will sich partout nicht essen lassen. Küchenchefs müssen in mindestens drei verschiedenen Kampfkunstarten ausgebildet sein, um zu seiner Zubereitung zugelassen zu werden. Es wird gemunkelt, dass die Freiberufliche Erfindergilde schon länger an lunarbetriebenen Schälern arbeitet, die dem widerspenstigen Gemüse automatisch auf die Pelle rücken sollen. Bislang blieben solche Versuche allerdings erfolglos.

Katze, die: Intelligenteste Lebensform der Ersten Erde. Mittlerweile zu mythologischen Figuren verkommen, da seit Urzeiten niemand mehr eine Hauskatze zu Gesicht bekommen hat. Mit der magischen Begabung, im Dunkeln zu sehen, Knochenbrüche durch reines Vibrieren zu heilen, sich vollkommen lautlos zu bewegen und aus unbekannten Gründen arglose Gegenstände von Tischen und Regalen zu werfen, sind diese Tiere von unzähligen Legenden umwoben. Höchstwahrscheinlich verließen sie die Erste Erde vor vielen Jahrhunderten, um eine eigene Zivilisation aufzubauen. Möglicherweise handelte es sich bei ihnen aber auch um Götter, die in eine höhere Dimension verschwunden sind.

Mensch, der: Geheimnisumwittertes Wesen, das für seinen Kampfgeist und seine Widerstandsfähigkeit bekannt ist. Gilt als allgemeiner Trendsetter. Vorwiegend in der Politik zu finden, auf vielen Planeten immer noch in der Minderheit. Diese Spezies unterteilt sich in Ur- und Neumenschen. Als Neumenschen bezeichnet man für gewöhnlich die Unterspezies, die im Jahr X-10.01 die Erde verließen, um das All zu besiedeln (sogenannte »Kolonialisten«). Evolutionär und durch ästhetische Operationen passten sie sich nach einigen Generationen an ihre veränderten Umweltbedingungen an und wurden somit um einiges graziler als die auf der Erde zurückgebliebenen Urmenschen. Neumenschen sind heutzutage ein aussterbender Zweig der Gattung.

Milchjahr, das: Veralteter Ausdruck für den Sternenfrühling, der in manchen Bereichen der nördlichen Galaxis alle zehn Jahre in einem Auftakt besonders hell funkelnder Sonnen erblüht.

Mittelwertstag, der: Recht selbsterklärend. Errechneter Mittelwert aus den Tagen aller Planeten im Intergalaktischen Bund. Beträgt 47 Mittelwertsstunden à jeweils 56 Mittelwertsminuten. Nach demselben Verfahren werden auch Mittelwertsjahre (547 Mittelwertstage) kalkuliert.

Mühlmaus, die: Lebt hauptsächlich von Mehl.

Seuchenbringer, der: Bote von Fäulnis, Pest und Infektion. Ist aufgrund seiner flüchtigen Erscheinung äußerst kurzlebig und stark mit dem Element Luft verbunden, das Keime sowie Sporen pflichtschuldigst verbreitet. Erscheint in vielen Kulturen in Gestalt kleiner Mädchen oder stummer Frauen mit leeren Augen. Vom Körperbau her eher schwach, aber dennoch absolut tödlich.

StGG, das: Galaktisches Strafgesetzbuch. Zu deinem Besten, wenn du dich daran hältst.

Sumpflicht, das: Grünlich flackernde Lichterscheinung von Streichholzflammengröße, die man bevorzugt in morastigen Landschaften und über Misthaufen schwebend vorfindet. Manche behaupten, es handele sich bei ihnen um tote Seelen unglücklich im Sumpf Versunkener. Andere sagen, es sei lediglich eine bislang unbekannte Glühwürmchenart. An stillen Abenden geben sie ein feines Sirren von sich.

Teuflische Dottermuräne, die: Von strahlend gelber Farbe. Lange aufgrund ihrer Hörner und ihrer fauchenden Kommunikationsversuche für aggressiv und unnahbar gehalten, tatsächlich allerdings noch um einiges aggressiver und unnahbarer als bisher angenommen.

Troll, der: Kommt in allen verschiedenen Größen und Formen vor. Haushaltstrolle bilden eine bestimmte Unterart, die in früheren Zeiten auf der Ersten Erde für ihre Freigebigkeit und die kleinen Geschenke gerühmt wurden, die sie ihren Menschenfamilien über Nacht hinterließen. Inzwischen scheinen sich die Dinge gewendet zu haben: Man hat von Haushaltstrollen berichtet, die mit Vorliebe Besteck, Korkenzieher und anderes Küchengerät stehlen.

Tod, der: Übergang in einen anderen, möglicherweise immateriellen Zustand, der Sterbliche früher oder später befällt. Aus irgendeinem Grund weithin gefürchtet. Unsicher, ob diese Abneigung berechtigt ist – er hat mir versichert, er sei ein recht charmanter Bursche.

Vampir, der: Ursprünglich ein blutsaugendes Wesen, hat sich aber innerhalb der fortschreitenden Informationsgesellschaft auf die Ernährung durch elektronische Daten verlegt. Vampire blicken zumeist auf ein generationenaltes Familienvermögen zurück, vermeiden italienische Restaurants und scheuen zurück vor Pferden und fließendem Gewässer (was nicht bedeuten soll, dass sie nicht reinlich wären. Sie nehmen stattdessen eben ein regelmäßiges Vollbad).

Wer-Stier, der: Im Gegensatz zu Werwölfen haben es Wer-Stiere nicht darauf angelegt, unschuldige Menschen anzustecken. Tatsächlich ist dies gar nicht möglich, da Wer-Stiere eine eigene Untergattung bilden, die der menschlichen Rasse bei Nicht-Vollmond zwar ähnlich sieht, dennoch allerdings nicht mit ihr verwandt ist. Das Wer-Stier-Gen verbreitet sich nur durch direkte Vererbung. Die Hörner eines Wer-Stiers gelten als eine solche Delikatesse, dass sich in manchen Teilen des Bekannten Universums ein regelrechter Handel entwickelt hat, der einzig auf der Wer-Stierjagd basiert. Tatsächlich sind Wer-Stierhörner geschmacklos und unverdaubar und rufen bei Verzehr eitrige Pusteln hervor – aber sie stehen im Verdacht, die Libido zu fördern. Oftmals nicht bedacht wird dabei die Tatsache, dass einem selbst der florierendste Vermehrungstrieb nichts nützt, wenn man aufgrund seiner temporären Entstellung durch Pusteln nicht dazu imstande ist, einen willigen Partner zu finden.

Zentaur, der: Eine ganz besonders schöne Erfindung eines Volkes, das auf der Ersten Erde als *Griechen* bekannt war. Zentauren geben immer noch liebend gern mit ihrer außergewöhnlichen Stärke, überragenden Ausdauer und vorbildlichen Fellpflege an. Standhafte und mutlose Krieger, die sie sind, eignen sie sich bestens für sämtliche Aufgabengebiete, die rohe Gewalt erfordern, von ehrenhaft bis schmutzig. Natürlich soll es ab und zu Ausnahmen geben, aber für einen anständigen Zentauren findet man eigentlich immer einen nützlichen Verwendungszweck – beispielsweise als Buchhalter.

Zimmerwolke, die: Frei herumziehende Wolke, die in Größenordnungen von Apfelsine bis Personenbus reichen kann. Durch stetige Bewegung ernährt sie sich von giftigen Abgasen, die sie andauernd wachsen und noch schädlicher für die Gesundheit werden lassen. Aus diesem Grund ist sie vor allem in großen Städten beheimatet. Ihren Namen verdankt sie dem unglücklichen Zustand, dass sie sich des Nachts gerne mal durch offen stehende Fenster schleicht, um arglos Schlafende zu vergiften.

Zuckersüß: Du. Danke, dass du diese Geschichte bis ganz zum Ende durchgeschmökert hast. Es sei denn natürlich, du fängst das Buch von hinten an. In diesem Fall: Schande über dich!

Danke …

An meine Familie: Mama, Papa, Leon, Marlene, Matteo, Oma und natürlich auch Annette, für ihre Begeisterung und Unterstützung – und für all die *Knochenjob!*-Werbung.

An meine drachenstarke Verlegerin Astrid, die alles tut, um ihre Autoren und Leser glücklich zu machen und die mir sehr ans Herz gewachsen ist.

An Helena, ohne deren Hilfe bei mir einfach gar nichts funktionieren würde: meine Messebegleiterin, WhatsApp-Nachrichtenschreiberin, Klappentextlektorin, Ideenbrainstormerin, Schreibstilbewerterin, Co-Autorin und allerbeste Freundin. Du weißt ja, dass ich mit meinem Lobgesang über Dich ein ganzes Buch füllen könnte.

An meine Lektorin Vika, für den Feinschliff der Dialoge, das Verständnis der Charaktere, die Ausbesserung dutzender Logikfehler und die perfekte Mischung aus konstruktiver Kritik und Begeisterung.

An Michaela, deren Korrekturen wie immer tadellos sind. Mit dir an seiner Seite hätte selbst Arimäus (Sohn der Ersten Flamme, dessen Schuppen die Ewige Weisheit bergen) keine Probleme mit Rechtschreibung!

An Marie, für ein weiteres sternenstrahlendes Cover.

An Marlena, für den sorgfältigen Satz.

An Rebecca, für ihre Freundschaft.

An Aadan, der einen Großteil meines Manuskripts gerettet hat, ohne etwas dafür zu verlangen.

An Corax, der mich im Traum besuchen kam und mich nie wieder losgelassen hat, und an jeden Leser, der sich an seiner Seite durch diese Geschichte gewagt hat.

An alle, die mir mit ihren Rezensionen zu *Knochenjob!* den Schreiballtag versüßen.

Und natürlich an meine umwerfenden, inspirierenden Drachenmond-Kolleginnen und die unheimlich liebe Leserschaft. Ihr bezaubert mich immer wieder und macht jeden einzelnen Moment zu etwas Besonderem. Ihr seid wirklich großartig!

Eure Sarah

Sarah Adler

Knochenjob!

ISBN: 978-3-95991-192-4, kartoniert, EUR 12,90

Drei wissenswerte Tatsachen

Dies ist eine Geschichte über den Tod.
Dies ist eine Geschichte über den Tod, der das Nasenbein gestrichen voll hat von rostigen Sensen und kratzigen Umhängen.
Dies ist eine Geschichte über den Tod, die folgende Dinge beinhaltet:
Das Leben
Das Schicksal
Eine Reise zur Zeit
Den todesmutigen Versuch, ein paar Menschen zu retten
Und ein zufällig gelüftetes Geheimnis, das alles über den Haufen wirft.

Aber lest selbst.